Englische und amerikanische Dichtung

Band III

ENGLISCHE DICHTUNG

Von R. Browning bis Heaney

Herausgegeben von
Horst Meller und Klaus Reichert

Verlag C. H. Beck München

Gefördert von der Robert Bosch Stiftung

Die Deutsche Bibliothek – CIP-Einheitsaufnahme

Englische und amerikanische Dichtung,
– München : Beck
ISBN 3-406-46464-5

Bd. 3. Englische Dichtung.
Von R. Browning bis Heaney /
hrsg. von Horst Meller und Klaus Reichert. –
2000
ISBN 3-406-46462-9

ISBN 3 406 46462 9 für diese Ausgabe
ISBN 3 406 46464 5 für die Gesamtausgabe

Satz: Fotosatz Otto Gutfreund GmbH, Darmstadt
Druck- und Bindearbeiten: Franz Spiegel Buch GmbH, Ulm-Jungingen
Gedruckt auf säurefreiem, alterungsbeständigem Papier
(hergestellt aus chlorfrei gebleichtem Zellstoff)
Printed in Germany

www.beck.de

Englische und amerikanische Dichtung

Zweisprachig

Erster Band
Von Chaucer bis Milton

Herausgegeben von
Friedhelm Kemp und Werner von Koppenfels

Zweiter Band
Von Dryden bis Tennyson

Herausgegeben von
Werner von Koppenfels und Manfred Pfister

Dritter Band
Von R. Browning bis Heaney

Herausgegeben von
Horst Meller und Klaus Reichert

Vierter Band
Amerikanische Dichtung von den Anfängen
bis zur Gegenwart

Herausgegeben von
Eva Hesse und Heinz Ickstadt

Inhalt

ALGERNON CHARLES SWINBURNE

FRANCIS THOMPSON

GERARD MANLEY HOPKINS

OSCAR WILDE

JOHN DAVIDSON

A. E. HOUSMAN

A Shropshire Lad · Ein Junge aus Shropshire (H. Wipperfürth)

ERNEST DOWSON

LIONEL JOHNSON

RUDYARD KIPLING

W. H. Davies

Thomas Hardy

Rupert Brooke

Wilfred Owen

ALDOUS HUXLEY

HUGH MACDIARMID

I. A. RICHARDS

BASIL BUNTING

Briggflatts (E. Schenkel)

STEVIE SMITH

JOHN BETJEMAN

SAMUEL BECKETT

WILLIAM EMPSON

W. H. AUDEN

LOUIS MACNEICE

STEPHEN SPENDER

EDITH SITWELL

GEORGE BARKER

DYLAN THOMAS

R. S. THOMAS

D. J. ENRIGHT

PHILIP LARKIN

MICHAEL HAMBURGER

CHARLES TOMLINSON

THOM GUNN

TED HUGHES

GEOFFREY HILL

FLEUR ADCOCK

TONY HARRISON

ROGER MCGOUGH

LES MURRAY

DEREK MAHON

CRAIG RAINE

CAROL RUMENS

CAROL ANN DUFFY

JAMES FENTON

SEAMUS HEANEY

JOSEPH BRODSKY

DEREK WALCOTT

ANHANG

Von R. Browning bis Heaney

Walter Pater

La Gioconda

We all know the face and hands of the figure, set in its marble chair, in that circle of fantastic rocks, as in some faint light under sea. The presence that rose thus so strangely beside the waters, is expressive of what in the ways of a thousand years men had come to desire. It is a beauty wrought out from within upon the flesh, the deposit, little cell by cell, of strange thoughts and fantastic reveries and exquisite passions. Set it for a moment beside one of those white Greek goddesses or beautiful women of antiquity, and how would they be troubled by this beauty, into which the soul with all its maladies has passed! All the thoughts and experience of the world have etched and moulded there, in that which they have of power to refine and make expressive the outward form, the animalism of Greece, the lust of Rome, the mysticism of the middle age with its spiritual ambition and imaginative loves, the return of the Pagan world, the sins of the Borgias.

She is older than the rocks among which she sits; like the vampire, she has been dead many times, and learned the secrets of the grave; and has been a diver in deep seas, and keeps their fallen day about her; and trafficked for strange webs with Eastern merchants, and, as Leda, was the mother of Helen of Troy, and, as Saint Anne, the mother of Mary; and all this has been to her but as the sound of lyres and flutes, and lives only in the delicacy with which it has moulded the changing lineaments, and tinged the eyelids and the hands.

Walter Pater

Mona Lisa

Wir alle kennen das Gesicht und die Hände dieser Frau, auf ihrem marmornen Stuhl, von einem phantastischen Felsenkreis umgeben, in einem matten Licht wie auf dem Grund des Meeres. Das Wesen, das so rätselhaft da neben dem Wasser aufgetaucht ist und dasitzt, ist der konzentrierte Ausdruck dessen, wonach die Menschen während tausend Jahren sich zu sehnen gelernt hatten. Es ist eine von innen heraus dem Körper angeschaffene Schönheit, der langsame Niederschlag, Zelle für Zelle, von seltsamen Gedanken, phantastischen Träumereien und adeligen Leidenschaften. Stellen Sie dieses Wesen einen Augenblick neben eine jener weißen Göttinnen oder schönen Frauen der Antike; wie würden Sie verwirrt von dieser Schönheit, die von der Seele und allen ihren Krankheiten durchtränkt ist! Alle Erfahrungen und alles Denken der Welt hat hier daran geformt und gefeilt, soweit dergleichen Macht hat, menschliche Form suggestiv und ausdrucksvoll zu machen: die vegetative Naivetät von Griechenland, die römische Orgie, die Sehnsucht, und die asketische Ehrsucht und die platonische Liebe des Mittelalters, das Wiedererwachen des Heidentums und die Sünden der Borgia.

Sie ist älter als die Felsen um sie; wie ein Vampir war sie mehr als einmal schon tot und kennt das Geheimnis des Grabes; und ist untergetaucht in Meerestiefen, und immer schwebt davon um sie dieses fahle Licht; und hat mit Kaufleuten aus dem Osten um seltsame Gewebe gehandelt; und war Leda, die Mutter der Helena, und Anna, die Mutter der Jungfrau; und alles dies war ihr nur wie Schall von Leiern und Flöten und lebt nur fort in der seltsamen Feinheit, die es ihren Zügen verliehen hat, und in der Farbe ihrer Hände und Augenlider.

Robert Browning

Summum Bonum

All the breath and the bloom of the year in the bag of one bee:
  All the wonder and wealth of the mine in the heart of one gem:
In the core of one pearl all the shade and the shine of the sea:
  Breath and bloom, shade and shine, – wonder, wealth, and
    – how far above them –
    Truth, that's brighter than gem,
    Trust, that's purer than pearl, –
Brightest truth, purest trust in the universe – all were for me
    In the kiss of one girl.

Meeting at Night

The gray sea and the long black land;
And the yellow half-moon large and low;
And the startled little waves that leap
In fiery ringlets from their sleep,
As I gain the cove with a pushing prow,
And quench its speed i' the slushy sand.

Then a mile of warm sea-scented beach;
Three fields to cross till a farm appears;
A tap at the pane, the quick sharp scratch
And blue spurt of a lighted match,
And a voice less loud through its joys and fears,
Than the two hearts beating each to each!

Parting at Morning

Round the cape of a sudden came the sea,
And the sun looked over the mountain's rim:
And straight was a path of gold for him,
And the need of a world of men for me.

Robert Browning

Summum bonum

Alles Blauen und Blühn des Jahres hält *einer* Biene Met:
Aller Bergwerke Wunder und Wert *ein* Edelstein:
Im Herzen *einer* Perle strömt und schimmert die See:
Blühn und Blauen, Strom, Schimmer, Wunder und Wert –
Um wieviel mehr scheint
Wahrheit heller als Edelstein,
Glaube reiner als Perlenfluß –
Hellste Wahrheit, reinsten Glauben – vereint
Fand ich in eines Mädchens Kuß!

Nächtliche Begegnung

Die graue See und das schwarze Land,
Und der gelbe Halbmond tief und bleich;
Und Welle um Welle, die – gefleckt
Mit Feuerringen – vom Schlaf aufschreckt,
Da die Bucht mein drängender Bug erreicht
Und sein Schwung erlischt im knirschenden Sand.

Eine Meile Strand, warm vom Seegeruch,
Bis der Hof auftaucht, noch drei Felder entlang;
Sachtes Klopfen am Fenster, ein rascher Strich,
Und der blaue Strahl, der vom Zündholz zischt,
Und die Stimme, leiser vor Freude und Angst
Als das Herz, das dem Herzen entgegenschlug.

Morgendliche Trennung

Um das Kap ganz plötzlich kam die See
Und die Sonne sah über den Bergesrand:
Und gleich war da für sie eine goldene Bahn,
Und für mich ein Verlangen nach Menschenwelt.

My Last Duchess

Ferrara

That's my last Duchess painted on the wall,
Looking as if she were alive. I call
That piece a wonder, now: Frà Pandolf's hands
Worked busily a day, and there she stands.
Will't please you sit and look at her? I said
«Frà Pandolf» by design, for never read
Strangers like you that pictured countenance,
The depth and passion of its earnest glance,
But to myself they turned (since none puts by
The curtain I have drawn for you, but I)
And seemed as they would ask me, if they durst,
How such a glance came there; so, not the first
Are you to turn and ask thus. Sir, 't was not
Her husband's presence only, called that spot
Of joy into the Duchess' cheek: perhaps
Frà Pandolf chanced to say «Her mantle laps
Over my lady's wrist too much», or «Paint
Must never hope to reproduce the faint
Half-flush that dies along her throat»: such stuff
Was courtesy, she thought, and cause enough
For calling up that spot of joy. She had
A heart – how shall I say? – too soon made glad,
Too easily impressed; she liked whate'er
She looked on, and her looks went everywhere.
Sir, 't was all one! My favour at her breast,
The dropping of the daylight in the West,
The bough of cherries some officious fool
Broke in the orchard for her, the white mule
She rode with round the terrace – all and each
Would draw from her alike the approving speech,
Or blush, at least. She thanked men, – good! but thanked
Somehow – I know not how – as if she ranked
My gift of a nine-hundred-years-old name
With anybody's gift. Who'd stoop to blame

Meine letzte Herzogin

Ferrara

Dies hier ist meine letzte Herzogin,
Gemalt, als lebte sie. Ich seh darin
Ein Wunder, jetzt. Fra Pandolfs Hände, ja,
Die hatten einen Tag zu tun. Nun steht sie da.
So setzt Euch doch und seht sie an. Ich sagte
«Fra Pandolf» mit Bedacht, denn niemals wagte
Ein Gast wie Ihr, der dies gemalte Antlitz las,
Im ernsten Blick die tiefe Leidenschaft,
Wenn er sich zu mir wandte (keiner hier
Darf diesen Vorhang aufziehn außer mir)
Die Frage, stand sie ihm auch im Gesicht,
Wo dieser Blick herkam. Ihr seid der erste nicht,
Der sich so wendet und so fragt. Herr, nein,
Es war des Gatten Gegenwart allein
Nicht, die das Rot in ihre Wangen trieb. Vielleicht
Sagte Fra Pandolf nebenbei «Der Mantel reicht
Zu weit über die zarten Hände»; oder auch:
«Kein Malerrot trifft je den leisen Hauch,
Der über dieser Brust erstirbt.» Und dies Getu,
Sie fand es liebenswürdig, Grund genug,
Den Freudenfleck zu wecken. Ihr Gemüt,
Es war – wie sag ichs gleich? – zu rasch entzückt,
Zu leicht bewegt; sie freute jedesmal,
Was sie auch sah – ihr Blick war überall.
Ganz einerlei: auf ihrer Brust mein Liebespfand,
Das Licht des Tages, das im Westen schwand,
Der Kirschzweig, den ein eifriger Lakai
Im Garten für sie brach, das Maultier, strahlend weiß
Das sie auf der Terrasse ritt – gleichviel
War all und jedes, war des Beifalls Ziel,
Und zu erröten Grund. Sie dankte, ja! doch Dank so reich,
Als seien – irgendwie – all diese Gaben gleich
Meinem Geschenk von tausendjährigem Adel.
Wer aber ließe sich herab zum Tadel

This sort of trifling? Even had you skill
In speech – (which I have not) – to make your will
Quite clear to such an one, and say, «Just this
Or that in you disgusts me; here you miss,
Or there exceed the mark» – and if she let
Herself be lessoned so, nor plainly set
Her wits to yours, forsooth, and made excuse,
– E'en then would be some stooping; and I choose
Never to stoop. Oh sir, she smiled, no doubt,
Whene'er I passed her; but who passed without
Much the same smile? This grew; I gave commands;
Then all smiles stopped together. There she stands
As if alive. Will't please you rise? We'll meet
The company below, then. I repeat,
The Count your master's known munificence
Is ample warrant that no just pretence
Of mine for dowry will be disallowed;
Though his fair daughter's self, as I avowed.
At starting, is my object. Nay, we'll go
Together down, sir. Notice Neptune, though,
Taming a sea-horse, thought a rarity,
Which Claus of Innsbruck cast in bronze for me!

The Bishop Orders this Tomb at Saint Praxed's Church

Rome, 15 –.

Vanity, saith the preacher, vanity!
Draw round my bed: is Anselm keeping back?
Nephews – sons mine . . . ah God, I know not! Well –
She, men would have to be your mother once,
Old Gandolf envied me, so fair she was!
What's done is done, and she is dead beside,
Dead long ago, and I am Bishop since,
And as she died so must we die ourselves,
And thence ye may perceive the world's a dream.
Life, how and what is it? As here I lie

Solch einer Kinderei? Und hätte man die Gabe
Der Rede (die mir fehlt), und machte solcher Dame
Den eignen Willen klar und sagte: «Dies und das
An Euch mißfällt mir; hier fehlt Euch das Maß
Und dort geht Ihr zu weit» – gesetzt den Fall,
Sie ließe sich belehrn, stellte nicht offen all
Ihr Wollen gegen euch, gäb Widerpart –
Selbst dann wär da ein Beugen; meine Art
Beugt sich niemals. Sie lächelte, ja, Herr,
Mir freundlich zu; jedoch, war irgendwer
Nicht ebenso belacht? Dies wuchs; ich gab Befehl;
Das Lächeln hörte auf. Hier steht sie selbst,
Als lebte sie. Wenn Ihr gestattet, gehn wir nun
Nach unten; man erwartet uns. Kurzum:
Des Grafen, Eures Herrn, Freigebigkeit
Verbürgt, daß kein gerechter Anspruch meinerseits
Auf Mitgift unbeachtet bleibt – dies umso mehr,
Da, wie ich eingangs sagte, mein Begehr
Sich auf die schöne Tochter richtet. Gehen wir –
Nein, miteinander –. Seht den Neptun hier,
Wie er das Seepferd zähmt, für Kenner ein Genuß;
Von Klaus von Innsbruck stammt der Bronzeguß.

Der Bischof bestellt sein Grabmal in Santa Prassede

Rom, 15. .

Alles ist eitel, sagt der Prediger, eitel!
Steht näher um mein Bett: Hält Anselm sich zurück?
Ihr Neffen – Söhne ... Oh mein Gott, was weiß denn ich! Nun gut –
Um sie, einst die Leute Eure Mutter nannten,
Hegte der alte Gandolf Neid, so schön war sie!
Vorbei, vorbei; tot ist sie außerdem,
Schon lange tot, und ich bin Bischof all die Zeit,
Und wie sie starb, genau so sterben wir,
Und daraus könnt ihr sehn, die Welt ist nur ein Traum.
Das Leben! Wie, wozu es ist? Wie ich hier lieg,

In this state-chamber, dying by degrees,
Hours and long hours in the dead night, I ask
«Do I live, am I dead?» Peace, peace seems all.
Saint Praxed's ever was the church for peace;
And so, about this tomb of mine. I fought
With tooth and nail to save my niche, ye know:
– Old Gandolf cozened me, despite my care;
Shrewd was that snatch from out the corner South
He graced his carrion with, God curse the same!
Yet still my niche is not so cramped but thence
One sees the pulpit o' the epistle-side,
And somewhat of the choir, those silent seats,
And up into the aery dome where live
The angels, and a sunbeam's sure to lurk:
And I shall fill my slab of basalt there,
And 'neath my tabernacle take my rest,
With those nine columns round me, two and two,
The odd one at my feet where Anselm stands:
Peach-blossom marble all, the rare, the ripe
As fresh-poured red wine of a mighty pulse.
– Old Gandolf with his paltry onion-stone,
Put me where I may look at him! True peach,
Rosy and flawless: how I earned the prize!
Draw close: that conflagration of my church
– What then? So much was saved if aught were missed!
My sons, ye would not be my death? Go dig
The white-grape vineyard where the oil-press stood,
Drop water gently till the surface sink,
And if ye find ... Ah God, I know not, I! ...
Bedded in store of rotten fig-leaves soft,
And corded up in a tight olive-frail,
Some lump, ah God, of *lapis lazuli*,
Big as a Jew's head cut off at the nape,
Blue as a vein o'er the Madonna's breast ...
Sons, all have I bequeathed you, villas, all,
That brave Frascati villa with its bath,
So, let the blue lump poise between my knees,
Like God the Father's globe on both his hands

In diesem Prunkgemach und langsam sterb,
In Stunden, langen Stunden tiefster Nacht, frag ich
«Leb ich noch, bin ich tot?» Friede scheint alles, Friede.
Sankt Praxed war die Friedenskirch seit je;
Darum zu meinem Grabmal. Bis aufs Messer hab
Ich, wie ihr wißt, um meinen Nischenplatz gekämpft:
Hat nichts genützt, der alte Gandolf hat mich ausgetrickst;
Schlau war sein Griff nach diesem Eck nach Süd,
Wo sein Kadaver prunkt, verdamm ihn Gott!
Jedoch ist meine Nische nicht so voll, sodaß
Man gut die Kanzel auf der Lesungsseite sieht,
Etwas vom Chor, vom schweigenden Gestühl,
Und in die luftige Kuppel, wo
Die Engel sind, und sich, ich weiß, ein Sonnenstrahl versteckt:
Genau dort füll ich meinen Grabblock aus Basalt
Und leg mich unter meinem Schrein zur Ruh,
Um mich herum neun Säulen, zwei und zwei,
Die neunte mir zu Füßen, dort wo Anselm steht:
Aus seltnem, reifem, pfirsichfarbnem Stein,
Marmor wie roter Wein von höchster Kraft.
Der alte Gandolf mit dem dürftigen Zwiebelstein –
Legt mich bloß so, daß ich ihn sehen kann! Echt Pfirsich,
Rosig, makellos: wie hab ich mir den Preis verdient!
Steht nah: die Feuersbrunst in meinem Gotteshaus
– Was dann? Gerettet hab ich viel, nur wenig hat gefehlt!
Ihr Söhne, wollt ihr meinen Tod? Geht, grabt
Den weißen Rebberg auf, wo die Olivenpresse stand,
Gießt sorgsam Wasser auf die Erde bis sie sinkt,
Und wenn ihr findet... O mein Gott, ich weiß nicht, ich!...
Gebettet in ein Nest aus weichem faulem Feigenlaub,
In einen passenden Olivenkorb geschnürt,
Ein Brocken, oh Gott, ja, aus *Lapis Lazuli*,
So groß wie eines Juden Kopf, im Nacken abgetrennt,
Wie eine Ader auf dem Busen der Madonna blau...
Söhne, ich hab euch alles, Villen, alles, schon vererbt,
Die schöne Villa in Frascati mit dem Bad,
Deshalb, legt mir den blauen Brocken zwischen meine Knie
Wie Gott den Erdball trägt mit beiden Händen,

Ye worship in the Jesu Church so gay,
For Gandolf shall not choose but see and burst!
Swift as a weaver's shuttle fleet our years:
Man goeth to the grave, and where is he?
Did I say basalt for my slab, sons? Black –
'T was ever antique-black I meant! How else
Shall ye contrast my frieze to come beneath?
The bas-relief in bronze ye promised me,
Those Pans and Nymphs ye wot of, and perchance
Some tripod, thyrsus, with a vase or so,
The Saviour at his sermon on the mount,
Saint Praxed in a glory, and one Pan
Ready to twitch the Nymph's last garment off,
And Moses with the tables ... but I know
Ye mark me not! What do they whisper thee,
Child of my bowels, Anselm? Ah, ye hope
To revel down my villas while I gasp
Bricked o'er with beggar's mouldy travertine
Which Gandolf from his tomb-top chuckles at!
Nay, boys, ye love me – all of jasper, then!
'Tis jasper ye stand pledged to, lest I grieve
My bath must needs be left behind, alas!
One block, pure green as a pistachio-nut,
There's plenty jasper somewhere in the world –
And have I not Saint Praxed's ear to pray
Horses for ye, and brown Greek manuscripts,
And mistresses with great smooth marbly limbs?
– That's if ye carve my epitaph aright,
Choice Latin, picked phrase, Tully's every word,
No gaudy ware like Gandolf's second line –
Tully, my masters? Ulpian serves his need!
And then how I shall lie through centuries,
And hear the blessed mutter of the mass,
And see God made and eaten all day long,
And feel the steady candle-flame, and taste
Good strong thick stupefying incense-smoke!
For as I lie here, hours of the dead night,
Dying in state and by such slow degrees,

Zu dem ihr betet in der heitren Chiesa del Gesù,
Damit es Gandolf sieht und platzt vor Neid!
Schnell wie ein Weberschiffchen fliehen unsre Jahr:
Der Mensch geht hin zum Grab, wo weilt er dann?
Söhne, sprach ich von einem Block Basalt? Und schwarz –
Ich hab doch immer schwarz antik gemeint! Wie schafft
Ihr meinem Fries, der drunter soll, denn sonst Kontrast?
Versprochen habt ihr mir das Flachrelief aus Bronze,
Pane und Nymphen, wie ihr wißt, vielleicht
Mit Dreifuß, Thyrsus, einer Vase oder so,
Der Heiland bei der Predigt auf dem Berg,
Sancta Praxedis dann mit Nimbus, und ein Pan
Der grad das letzte Stück Gewand von einer Nymphe zupft,
Moses mit den Gesetzestafeln ... ja, ich weiß,
Ihr hört mir gar nicht zu! Was flüstern sie dir denn,
Anselm, geliebtes Kind ? Oh ja, ihr hofft
All meine Villen zu verprassen, und ich keuch
Armselig, schimmlig unter Travertin,
Den Gandolf hoch von seinem Monument verlacht!
Nein Jungs, wenn ihr mich liebt – dann muß es Jaspis sein!
Für Jaspis steht ihr mir im Wort, zum Trost,
Daß ich mein Bad hier leider lassen muß.
Ein Block in reinem Grün wie die Pistaziennuß,
Es gibt doch auf der Welt Jaspis genug –
Und hab ich nicht Sankt Praxeds Ohr für ein Gebet
Um Pferde, braune Manuskripte, griechische,
Und herrlich weich- und marmorgliedrige Mätressen nur für euch?
Das heißt, nur wenn ihr sauber meißelt meinen Epitaph,
Erlesenes Latein, gewählter Stil, exakt in Tullius' Diktion,
Nicht so verblasnes Zeug wie Gandolfs zweite Zeil –
Tullius, ihr Herrn? Für ihn reicht Ulpian!
Und wie denn sonst könnt ich hier ruhn, Jahrhunderte,
Und hör der Messen heiliges Gemurmel,
Und seh, wie man von früh bis spät Gott macht und ißt,
Und fühl, wie still die Kerze brennt, und koste
Weihrauch, schwer, betäubend, süß und stark!
Denn so ich hier die Stunden tiefster Nacht verbring,
Im Staatsbett sterbend, langsam, stückchenweis,

I fold my arms as if they clasped a crook,
And stretch my feet forth straight as stone can point,
And let the bedclothes, for a mortcloth, drop
Into great laps and folds of sculptor's-work:
And as yon tapers dwindle, and strange thoughts
Grow, with a certain humming in my ears,
About the life before I lived this life,
And this life too, popes, cardinals and priests,
Saint Praxed at his sermon on the mount,
Your tall pale mother with her talking eyes,
And new-found agate urns as fresh as day,
And marble's language, Latin pure, discreet,
– Aha, ELUCESCEBAT quoth our friend?
No Tully, said I, Ulpian at the best!
Evil and brief hath been my pilgrimage.
All *lapis*, all, sons! Else I give the Pope
My villas! Will ye ever eat my heart?
Ever your eyes were as a lizard's quick,
They glitter like your mother's for my soul,
Or ye would heighten my impoverished frieze,
Piece out its starved design, and fill my vase
With grapes, and add a vizor and a Term,
And to the tripod ye would tie a lynx
That in his struggle throws the thyrsus down.
To comfort me on my entablature
Whereon I am to lie till I must ask
«Do I live, am I dead?» There, leave me, there!
For ye have stabbed me with ingratitude
To death – ye wish it – God, ye wish it! Stone –
Gritstone, a-crumble! Clammy squares which sweat
As if the corpse they keep were oozing through –
And no more *lapis* to delight the world!
Well go! I bless ye. Fewer tapers there,
But in a row: and, going, turn your backs
– Ay, like departing altar-ministrants,
And leave me in my church, the church for peace,
That I may watch at leisure if he leers –
Old Gandolf, at me, from his onion-stone,
As still he envied me, so fair she was!

Halt ich den Arm wie um den Bischofsstab,
Und streck die Füße aus so grad wie Stein nur kann,
Und laß die Laken fallen, wie ein Leichentuch,
In tiefe Knicke und in Falten, wie's ein Steinmetz haut:
Derweil die Kerzen niederbrennen, wachsen mir im Kopf
Gedanken, daß mirs in den Ohren brummt,
Vom Leben, das ich vor dem Leben lebte,
Und auch von diesem Leben, Päpsten, Kardinal und Pfaff,
Dem heiligen Praxed bei seiner Bergpredigt,
Von den beredten Augen eurer Mutter, hoch und bleich,
Von jüngst entdeckten Urnen aus Achat, wie neu gemacht,
Von Marmorsprache, rein, erlesenem Latein,
– Aha, hat unser Freund nicht ELUCESCEBAT gesagt?
Nicht Tullius, sagt ich, Ulpian wenn's hoch kommt!
Böse und kurz ist meine Pilgerschaft.
Alles aus *Lapis*, alles, Söhne! Meine Villen geb ich
Sonst dem Papst! Wollt ihr mir noch ans Herz?
Ihr hattet immer Echsenaugen, glitzernd, flink,
Gierig wie eurer Mutter Aug auf meine Seel.
Ihr würdet sonst verbessern meinen kümmerlichen Fries,
Den dürftigen Entwurf ergänzen, Trauben
Zur Urne tun, zum ganzen Helm und Terme,
Ihr würdet an den Dreifuß binden einen Luchs,
Der sich so sträubt, daß er den Thyrsus niederreißt,
Um mir auf meinem Sockel wohlzutun,
Auf dem zu liegen mir bestimmt ist bis ich frag
«Leb ich noch, bin ich tot?» Fort mit euch! Fort!
Ihr habt mit Undank mir den Todesstoß
Versetzt – ihr wollt es – Gott, ihr wollt es! Stein –
Sandstein, zerbröselnd! Quader, schwitzend feucht,
Als ob der Leichnam, den sie halten, sie durchweicht –
Und keinen *Lapis* mehr, der alle Welt entzückt!
Geht nur! Ich segne euch. Nicht so viel Kerzen dort,
Doch in der Reih; und wenn ihr geht, dann dreht euch um –
Ja, so wie Ministranten vom Altare gehn,
Laßt mich im Haus des Friedens, meiner Kirch,
Daß ich in Ruhe seh, ob er herüberschielt –
Der alte Gandolf, her zu mir, von seinem Zwiebelstein,
Als hegt er noch Neid, so schön war sie!

Porphyria's Lover

The rain set early in to-night,
   The sullen wind was soon awake,
It tore the elm-tops down for spite,
   And did its worst to vex the lake:
   I listened with heart fit to break,
When glided in Porphyria; straight
   She shut the cold out and the storm,
And kneeled and made the cheerless grate
   Blaze up, and all the cottage warm;
   Which done, she rose, and from her form
Withdrew the dripping cloak and shawl,
   And laid her soiled gloves by, untied
Her hat and let the damp hair fall,
   And, last, she sat down by my side
   And called me. When no voice replied,
She put my arm about her waist,
   And made her smooth white shoulder bare,
And all her yellow hair displaced,
   And, stooping, made my cheek lie there,
   And spread, o'er all, her yellow hair,
Murmuring how she loved me – she
   Too weak, for all her heart's endeavour,
To set its struggling passion free
   From pride, and vainer ties dissever,
   And give herself to me for ever.
But passion sometimes would prevail,
   Nor could to-night's gay feast restrain
A sudden thought of one so pale
   For love of her, and all in vain:
   So, she was come through wind and rain.
Be sure I looked up at her eyes
   Happy and proud; at last I knew
Porphyria worshipped me; surprise
   Made my heart swell, and still it grew
   While I debated what to do.
That moment she was mine, mine, fair,

Porphyrias Buhle

Der Regen kam heut abend früh
  Der schwere Wind war schnell gefrischt
Er riß die Wipfel durchs Gesprüh
  Und schlug den See zu wüster Gischt, –
  Mein Herz, halbtot, war ihm vermischt,
Als zu mir glitt Porphyria; rasch
  Schloß sie den Frost und Sturm hinaus,
Und kniet und schuf den Herd durch Asch'
  Aufglühn, und warm das ganze Haus, –
  Dann, stand sie, – zog den nassen Flaus
Und Schleier ganz von der Gestalt, –
  Die schrumpflen Handschuh fort, entband
Den Hut und allen Haars Gewalt, –
  Das fiel; und saß, zu mir gewandt
  Und rief; tat, da kein Laut entstand,
Sich meinen Arm rings um, und schloß
  Die Schulter auf, das Weiße bar,
Und all ihr gelbes Haar weit los,
  Geneigt, und bettete mir dar,
  Und goß darauf ihr gelbes Haar,
Flüsternd wie sie mich liebt' – ah sie!
  Zu schwach, ihr Herz, das, mich begehrend,
Sich bäumt, vom Hochmut, drins gedieh,
  Zu lösen, eitle Pflicht verzehrend,
  Und mein zu sein für immerwährend!
Doch Sehnsucht auch will ihren Preis,
  Noch starb heut nacht in Festes Brunst
Dies jäh Mein-Denken; der so weiß
  Aus Sucht nach ihr; und allumsunst. –
  So war sie hier, durch Guß und Dunst. –
Wahr, wahr, – ich sah zu ihr hinan
  Stolz, sehr stolz; endlich wußt ichs – trugs –
«Sie kniet vor mir!» Vom jähen Drang
  Erschwoll mein Herz, und schwoll und wuchs
  Als ich schon dachte meines Zugs:
Den Wink lang, was dort saß – mein wars,

Perfectly pure and good: I found
A thing to do, and all her hair
In one long yellow string I wound
Three times her little throat around,
And strangled her. No pain felt she;
I am quite sure she felt no pain.
As a shut bud that holds a bee,
I warily oped her lids: again
Laughed the blue eyes without a stain.
And I untightened next the tress
About her neck; her cheek once more
Blushed bright beneath my burning kiss:
I propped her head up as before,
Only, this time my shoulder bore
Her head, which droops upon it still:
The smiling rosy little head,
So glad it has its utmost will,
That all it scorned at once is fled,
And I, its love, am gained instead!
Porphyria's love: she guessed not how
Her darling one wish would be heard.
And thus we sit together now,
And all night long we have not stirred,
And yet God has not said a word!

From Paracelsus

I knew, I felt, (perception unexpressed,
Uncomprehended by our narrow thought,
But somehow felt and known in every shift
And change in the spirit, – nay, in every pore
Of the body, even,) – what God is, what we are,
What life is – how God tastes an infinite joy
In infinite ways – one everlasting bliss,
From whom all being emanates, all power
Proceeds; in whom is life for evermore,
Yet whom existence in its lowest form

Mein, gut, zart, reinlich: eines Dings
Fund fiel mir zu, und ihres Haars
Lang scheinigen Gelbstrang wand ich rings
Um ihren winzigen Hals: so gings
Und würgte tot: Qual macht ihrs nicht,
Ich bin ganz ruhig, keine Qual.
Wie Knospen drin was summt, was bricht,
So ich ihr Lid: noch einmal Strahl
Des blauen Auges sonder Mal.
Und ich entschnürte nächst das Band
Um ihren Hals; der Wangen Flor
Glomm neu von meines Kusses Brand:
Ich trug ihr Haupt, wie eh zuvor,
Nur, meine Schulter stützt' empor
Jetzt ihren Kopf, der noch drauf hängt;
Den kleinen rosig lächelnden, –
So froh, daß ihm sein Traum geschenkt,
Daß, was er haßte, nun dahin,
Und ich, sein Wunsch, gewonnen bin!
Porphyrias Wunsch! sie ahnte nie
Er war gewährt, und so, von Dort;
Und nun, dasitzen ich und sie,
Und rührten uns die Nacht nicht fort,
Und Gott sagt immer noch kein Wort!

Aus Paracelsus

Ich wußte, fühlt' – unausgedrückte Ahnung,
Von unserm engen Denken nicht umspannt
Und doch gefühlt, gewußt in jeder Windung,
In jedem Wechseln meines Geists, nein, jeder Pore
Des Körpers selbst –: was Gott ist, was wir sind,
Was Leben : Gottes grenzenlose Freude
In grenzenlosem Weg – *ein* steter Segen,
Aus dem die Wesen alle strömen, alle Macht;
Und in dem Leben *ist* für heut und immer
Und den ein Dasein in der Niederform

Includes; where dwells enjoyment there is he:
With still a flying point of bliss remote,
A happiness in store afar, a sphere
Of distant glory in full view; thus climbs
Pleasure its heights for ever and for ever.
The centre-fire heaves underneath the earth,
And the earth changes like a human face;
The molten ore bursts up among the rocks,
Winds into the stone's heart, outbranches bright
In hidden mines, spots barren river-beds,
Crumbles into fine sand where sunbeams bask –
God joys therein. The wroth sea's waves are edged
With foam, white as the bitten lip of hate,
When, in the solitary waste, strange groups
Of young volcanos come up, cyclops-like,
Staring together with their eyes on flame –
God tastes a pleasure in their uncouth pride.
Then all is still; earth is a wintry clod:
But spring-wind, like a dancing psaltress, passes
Over its breast to waken it, rare verdure
Buds tenderly upon rough banks, between
The withered tree-roots and the cracks of frost,
Like a smile striving with a wrinkled face;
The grass grows bright, the boughs are swoln with blooms
Like chrysalids impatient for the air,
The shining dorrs are busy, beetles run
Along the furrows, ants make their ado;
Above, birds fly in merry flocks, the lark
Soars up and up, shivering for very joy;
Afar the ocean sleeps; white fishing-gulls
Flit where the strand is purple with its tribe
Of nested limpets; savage creatures seek
Their loves in wood and plain – and God renews
His ancient rapture. Thus he dwells in all,
From life's minute beginnings, up at last
To man – the consummation of this scheme
Of being, the completion of this sphere
Of life ...

Dennoch umfaßt: wo Freude wohnt, ist Gott
Mit einem Flügelschlag noch fernern Segens
Und aufgesparten Glücks! ein ganzes All,
Entfernten Glanzes voll, in Sicht, so klimmt
Freude, stets steigend, immer höhere Gipfel.
Der Feuerkern unter der Erde brodelt,
So daß ihr Aussehn wechselt wie ein Antlitz;
Geschmolzen Erz spritzt in die Felsen auf,
Schleicht in der Steine Herz, verzweigt sich hell
Tief unter Tag, fleckt Flußgeschiebe, krümelt
Zu Sand, in dem sich Sonnenstrahlen wärmen:
Gott freut sich darin. Zorniger Sturmsee Wogen
Säumt Schaum, weiß wie des Hasses wunde Lippen;
Und wenn aus Öde seltsam eine Schar
Von jungen Feuerbergen steigt, zyklopenäugig,
Sich anstarrend mit einem Aug' von Flammen:
Gott freut sich ihrer, ihres rüden Stolzes.
Dann Stille rings, die Welt ein Klumpen Winter...
Doch Frühlingswind tanzt, harfenspielend, leicht
Auf ihrer Brust, sie weckend; seltnes Grün
Wagt sich aus rauher Ranft hervor und zwischen
Verschrumpften Wurzeln, frostgespaltnem Schrund,
Wie Lächeln kämpft mit qualdurchquollnem Antlitz.
Das Gras wächst hell; Gebüsch schwillt an von Blüten,
Gleich warm verpuppten Raupen bang nach Luft.
Ein Leuchten, Flügeln; bunte Käfer hasten
Den Furchen nach; Ameisen tun gewichtig.
Darüber Vögel, froh in Mengen flatternd;
Die Lerche steigt und steigt, schauernd vor Freude;
Fern schläft die See; schneeweiße Möwen flirren
Dort, wo der Strand sich purpurt, rot von Muscheln,
Die eng genistet; Urgeschöpfe suchen
In Wald und Fläche die Gefährtin: Gott erneut
Sein Urentzücken; denn er wohnt in allen,
Vom ersten Wimperschlag des Lebens bis zum Menschen,
Der letzten Summe dieses Daseinsplans
Und der Vollendung dieses weiten Runds
Voll Lebens...

George Meredith

Dirge in Woods

A wind sways the pines,
        And below
Not a breath of wild air;
Still as the mosses that glow
On the flooring and over the lines
Of the roots here and there.
The pine-tree drops its dead;
They are quiet, as under the sea.
Overhead, overhead
Rushes life in a race,
As the clouds the clouds chase;
        And we go,
And we drop like the fruits of the tree,
        Even we,
        Even so.

Modern Love

I

By this he knew she wept with waking eyes:
That, at his hand's light quiver by her head,
The strange low sobs that shook their common bed
Were called into her with a sharp surprise,
And strangled mute, like little gaping snakes,
Dreadfully venomous to him. She lay
Stone-still, and the long darkness flowed away
With muffled pulses. Then, as midnight makes
Her giant heart of Memory and Tears
Drink the pale drug of silence, and so beat
Sleep's heavy measure, they from head to feet
Were moveless, looking through their dead black years,

George Meredith

Requiem in Wäldern

Ein Wind schwenkt die Pinien
        Und untenhin
Kein Hauch von wildem Wehn;
Stumm wie das Moos, das da glimmt
Überm Grund, an den Linien
Von Wurzelwerk, kaum zu sehn.
Die Pinie wirft ihre Toten;
Sie sind still, wie unterm Meer.
Droben, dort oben
Braust es und rast, das Leben jetzt,
Wie Wolke die Wolke hetzt;
        Und wir kommen los,
Und falln, wie der Baum seine Früchte leert,
        Gerade wir,
        Gerade so.

Liebende heute

I

Daran erkannte er, daß sie schlaflos mit offnen Augen weinte:
Vom leichten Beben seiner Hand an ihrem Haupt
wurde das seltsam dumpfe Schluchzen, das ihr Lager,
das gemeinsame, erschütterte, mit jähem Schreck in sie zurück-
gerufen und stumm abgewürgt, gleich kleinen Schlangen,
die klaffend ihn mit ihrem Gift bedrohten. Still lag sie
wie ein Stein, und das lange Dunkel floß
mit erstickten Pulsen hin. Dann, als Mitternacht
ihrem mächtigen Herzen voll Erinnerung und Tränen
die bleiche Droge Schweigen einflößte und es in Schlafes
schweren Rhythmen schlagen ließ, lagen sie beide
reglos von Kopf bis Fuß, und ihre Blicke durchforschten

By vain regret scrawled over the blank wall.
Like sculptured effigies they might be seen
Upon their marriage-tomb, the sword between;
Each wishing for the sword that severs all.

23

'Tis Christmas weather, and a country house
Receives us: rooms are full: we can but get
An attic-crib. Such lovers will not fret
At that, it is half-said. The great carouse
Knocks hard upon the midnight's hollow door,
But when I knock at hers, I see the pit.
Why did I come here in that dullard fit?
I enter, and lie couched upon the floor.
Passing, I caught the coverlet's quick beat: –
Come, Shame, burn to my soul! and Pride, and Pain –
Foul demons that have tortured me, enchain!
Out in the freezing darkness the lambs bleat.
The small bird stiffens in the low starlight.
I know not how, but shuddering as I slept,
I dreamed a banished angel to me crept:
My feet were nourished on her breasts all night.

43

Mark where the pressing wind shoots javelin-like
Its skeleton shadow on the broad-backed wave!
Here is a fitting spot to dig Love's grave;
Here where the ponderous breakers plunge and strike,
And dart their hissing tongues high up the sand:
In hearing of the ocean, and in sight
Of those ribbed wind-streaks running into white.
If I the death of Love had deeply planned,
I never could have made it half so sure,
As by the unblest kisses which upbraid
The full-waked sense; or failing that, degrade!
'Tis morning: but no morning can restore
What we have forfeited. I see no sin:
The wrong is mixed. In tragic life, God wot,

die toten schwarzen Jahre, von müßigem Bedauern auf die bleiche
Wand gekritzelt. Wie ausgehauene Gestalten lagen sie
auf ihrem Ehe-Grab, das Schwert dazwischen; und jedes
begehrte nach dem Schwert, das alles trennt.

23

Weihnachts-Wetter; ein Landhaus nimmt uns auf: die Zimmer
allesamt belegt: ein schmales Lager nur in der Mansarde
ist für uns frei. Zwei, die wie ihr sich lieben, wird
– gibt man zu verstehn – dies nicht verdrießen. Der Lärm
der Zecher pocht mit lauten Schlägen an die hohle Tür
der Mitternacht, doch als ich bei ihr poche, tut sich
der Abgrund auf. Was trieb mich Tölpel her?
Ich trete ein, und strecke mich auf dem Boden aus.
Rasch sah ich, im Hereingehn, ihr Laken sich bewegen: –
Komm, Scham, brenn mich bis auf die Seele! Stolz und Schmerz,
fahrt, schändliche Dämonen, mich zu martern fort!
Draußen, im eisigen Dunkel blöken die Lämmer.
Im schwachen Sternenlicht der kleine Vogel erstarrt.
Ich weiß nicht warum, doch wie mich fröstelte im Schlaf,
da träumte ich, es kröche ein verbannter Engel mir zu:
die ganze Nacht lang nährten meine Füße sich an ihren Brüsten.

43

Seht hin dort, wo der Wind andrängend sein Schattenskelett
wie Lanzen über die breitgebuckelte Woge hinschießt!
Hier ist der rechte Platz, der Liebe ein Grab zu schaufeln;
Hier, wo die schweren Brecher klatschend anrollen
und ihre Zischelzungen weit über den Sand schnellen;
wo man den Ozean vernimmt und die gerippten
Windstreifen auslaufen sieht in weißem Schaum.
Hätt ich den Mord der Liebe tief vorausgeplant,
nie wäre er mit solcher Sicherheit gelungen
als durch die verfluchten Küsse, die dem erwachten
Verstand Anklage sind oder, bleibt diese aus, Erniedrigung!
Nun ist es Morgen: doch kein Morgen kann uns
zurückerstatten, was wir verscherzten. Ich sehe
keine Sünde: gemischt ist das Vergehn. Daß Leben tragisch sei,

No villain need be! Passions spin the plot:
We are betrayed by what is false within.

49

He found her by the ocean's moaning verge,
Nor any wicked change in her discerned;
And she believed his old love had returned,
Which was her exultation, and her scourge.
She took his hand, and walked with him, and seemed
The wife he sought, though shadow-like and dry.
She had one terror, lest her heart should sigh,
And tell her loudly she no longer dreamed.
She dared not say, ‹This is my breast: look in.›
But there's a strength to help the desperate weak.
That night he learned how silence best can speak
The awful things when Pity pleads for Sin.
About the middle of the night her call
Was heard, and he came wondering to the bed.
‹Now kiss me, dear! it may be, now!› she said.
Lethe had passed those lips, and he knew all.

50

Thus piteously Love closed what he begat:
The union of this ever-diverse pair!
These two were rapid falcons in a snare,
Condemned to do the flitting of the bat.
Lovers beneath the singing sky of May,
They wandered once; clear as the dew on flowers:
But they fed not on the advancing hours:
Their hearts held cravings for the buried day.
Then each applied to each that fatal knife,
Deep questioning, which probes to endless dole.
Ah, what a dusty answer gets the soul
When hot for certainties in this our life! –
In tragic hints here see what evermore
Moves dark as yonder midnight ocean's force,
Thundering like ramping hosts of warrior horse,
To throw that faint thin line upon the shore!

weiß Gott, dazu bedarf es keines Schurken! Leidenschaft spinnt
das Komplott: die Falschheit in uns selbst hat uns verraten.

49

Er fand sie an des Meeres stöhnendem Gestade,
und gewahrte keine schlimme Veränderung an ihr;
sie glaubte, seine alte Liebe sei zurückgekehrt,
was ihr Triumph und ihre Marter war.
Sie nahm ihn bei der Hand, und ging mit ihm, und schien
die Frau, nach der er suchte, ob auch ein dürrer Schatten nur.
Nur eines schreckte sie: ihr Herz möchte aufseufzen
und ihr laut verkünden, daß ihr Traum zu Ende sei.
Sie wagte nicht zu sagen: «Dies ist meine Brust: blick hinein!»
Doch es gibt Stärke, die dem Schwachen in der Verzweiflung hilft.
In dieser Nacht erfuhr er: Schweigen versteht am besten
das Gräßliche zu sagen, wenn Mitleid für die Sünde plädiert.
Um Mitternacht vernahm er ihren Ruf,
und sich verwundernd trat er an ihr Bett.
«Nun küsse mich, Geliebter! Jetzt darf es sein!» sprach sie.
Lethe war über diese Lippen geflossen, und er wußte alles.

50

So kläglich endete Liebe, was sie einst hervorgebracht:
die Vereinigung dieses auf immer verschiedenen Paares!
Reißende Falken waren beide, in der Schlinge,
verdammt dazu, wie Fledermäuse zu flattern.
Liebende wanderten sie einst unter dem singenden Himmel
im Mai, hell wie der Tau auf den Blumen; doch sie nährten
sich nicht von den Stunden, die in die Zukunft führen:
Ihre Herzen gierten nach dem begrabenen Tag. Dann setzte
jeder jedem mit dem verhängnisvollen Messer zu: bohrendes
Fragen, das gräbt und gräbt und endlos Trübsal fördert.
Ach, welche Antwort von Staub wird der Seele zuteil,
wenn sie heiß nach Gewißheit verlangt in diesem Leben!
In tragischen Winken hier erschauet, was dunkel immerdar
sich regt wie mitternächtlich die Macht des Ozeans dort,
tobenden Scharen kriegerischer Rosse gleich andonnernd,
um jene schwache dünne Zeile auf den Strand zu werfen!

James (B.V.) Thomson

From The City of Dreadful Night

The city is not ruinous, although
   Great ruins of an unremembered past,
With others of a few short years ago,
   More sad, are found within its precincts vast.
The street-lamps always burn; but scarce a casement
In house or palace front from roof to basement
   Doth glow or gleam athwart the mirk air cast.

The street-lamps burn amidst the baleful glooms,
   Amidst the soundless solitudes immense
Of rangèd mansions dark and still as tombs.
   The silence which benumbs or strains the sense
Fulfils with awe the soul's despair unweeping:
Myriads of habitants are ever sleeping,
   Or dead, or fled from nameless pestilence!

Yet as in some necropolis you find
   Perchance one mourner to a thousand dead,
So there; worn faces that look deaf and blind
   Like tragic masks of stone. With weary tread,
Each wrapt in his own doom, they wander, wander,
Or sit foredone and desolately ponder
   Through sleepless hours with heavy drooping head.

* * *

That City's atmosphere is dark and dense,
   Althoug not many exiles wander there,
With many a potent evil influence,
   Each adding poison to the poisoned air;
Infections of unutterable sadness,
Infections of incalculable madness,
   Infections of incurable despair.

James (B. V.) Thomson

Aus Nachtstadt

Die Stadt ist nicht verfallen, doch Ruinen
   aus großen Zeiten, die man längst vergaß,
stehn neben frischen Trümmern, die intakt erschienen,
   obwohl der Schimmel schon das Mauerwerk zerfraß.
Die Gaslaternen brennen ewig auf den Straßen,
doch sind die Fensterhöhlen dunkel und verlassen,
   und selten tritt ein Schimmer durch verstaubtes Glas.

Die Lampen brennen weiter in dem Unheilsdüster
   und in der großen Leere und Verlassenheit
von Häuserzeilen; Gräberfelder sind nicht wüster,
   betäuben den nicht mehr, dem Herzeleid
die Tränen raubt. Und dennoch schaudert es die Seele,
das Leben wegzudenken, als ob gar nichts fehle,
   schlafend, entschlafen, Pest-geschlagen und zerstreut.

Auf tausend Tote kommt vielleicht ein Trauernder
   in alten Nekropolen; und auch hier
trifft man Gesichter wie aus Stein und ausdrucksleer.
   Wandelnde Masken, teilnahmslos, die Blicke stier,
die eingehüllt in ihre eigenen Seelennächte
ruhelos wandern oder ausgezappelt im Geflechte
   ihres Geschicks brütend erstarrt sind wie Getier.

*   *   *

Die Atmosphäre in der Stadt ist lichtlos trübe,
   obwohl man Menschenmengen dort nie sieht,
ein übler Brocken, der wie Nebelschübe
   gifttriefend übers leere Pflaster zieht;
Miasma einer namenlosen Trauer,
Miasma bodenloser Wahnsinnsschauer,
   Miasma der Verzweiflung, die die Nähe flieht.

ALGERNON CHARLES SWINBURNE

Dedication

THE sea gives her shells to the shingle,
  The earth gives her streams to the sea:
They are many, but my gift is single,
  My verses, the first fruits of me.
Let the wind take the green and the grey leaf,
  Cast forth without fruit upon air;
Take rose-leaf and vine-leaf and bay-leaf
  Blown loose from the hair.

The night shakes them round me in legions,
  Dawn drives them before her like dreams;
Time sheds them like snows on strange regions,
  Swept shoreward on infinite streams;
Leaves pallid and sombre and ruddy,
  Dead fruits of the fugitive years;
Some stained as with wine and made bloody,
  And some as with tears.

Some scattered in seven years' traces,
  As they fell from the boy that was then;
Long left among idle green places,
  Or gathered but now among men;
On seas full of wonder and peril,
  Blown white round the capes of the north;
Or in islands where myrtles are sterile
  And loves bring not forth.

O daughters of dreams and of stories
  That life is not wearied of yet,
Faustine, Fragoletta, Dolores,
  Félise and Yolande and Juliette,
Shall I find you not still, shall I miss you,
  When sleep, that is true or that seems,

Algernon Charles Swinburne

Widmung

Das meer gibt die muscheln der düne,
Das land gibt die wasser dem meer –
Viele sinds, doch ich gebe kühne
Gesänge als erstlinge her,
Der wind nehme grünblatt und weissblatt,
Ohne früchte geschleuderte schar,
Nehme weinblatt und rosblatt und geissblatt
Losflatternd vom haar.

Die nacht weht sie um mich in herden,
Der tag treibt wie träume sie her.
Die zeit streut wie schnee sie auf erden
Und jagt sie in endloses meer.
Bleiche blätter fruchtlos getötet
Von flüchtigen jahren bedeckt,
Die mit wein die mit blut angerötet
Die von tränen befleckt –

Die im staub mancher jahre verwittert
Die dem kind auf die hand sich gesetzt,
In stillgrünen plätzen vergittert
Gepflückt unter menschen erst jetzt –
Auf meeren voll wundern, in schluchten,
An nördliche felsen gestreift,
In inseln wo myrten nicht fruchten
Und liebe nicht reift.

Ihr töchter von träumen und märchen
Die das leben noch immer nicht bannt:
Faustina Dolores und Klärchen
Julia und Amaranth!
Werd ich ewig euch suchen müssen
Wenn der schlaf, sei er wahr, sei er schaum,

Comes back to me hopeless to kiss you,
  O daughters of dreams?

They are past as a slumber that passes,
  As the dew of a dawn of old time;
More frail than the shadows on glasses,
  More fleet than a wave or a rhyme.
As the waves after ebb drawing seaward,
  When their hollows are full of the night,
So the birds that flew singing to me-ward
  Recede out of sight.

The songs of dead seasons, that wander
  On wings of articulate words;
Lost leaves that the shore-wind may squander,
  Light flocks of untameable birds;
Some sang to me dreaming in class-time
  And truant in hand as in tongue;
For the youngest were born of boy's pastime,
  The eldest are young.

Is there shelter while life in them lingers,
  Is there hearing for songs that recede,
Tunes touched from a harp with man's fingers
  Or blown with boy's mouth in a reed?
Is there place in the land of your labour,
  Is there room in your world of delight,
Where change has not sorrow for neighbour
  And day has not night?

In their wings though the sea-wind yet quivers,
  Will you spare not a space for them there
Made green with the running of rivers
  And gracious with temperate air;
In the fields and the turreted cities,
  That cover from sunshine and rain
Fair passions and bountiful pities
  And loves without stain?

Zu mir kommt euch vergeblich zu küssen –
Ihr töchter vom traum?

Sie entwichen wie schlaf, wie auf gräsern
Der tau alter dämmrungen weicht,
So schwach wie ein schatten auf gläsern,
Wie ein lied wie ein windzug so leicht.
Nach der ebbe wie seewärts die wogen
Erfüllt mit der finsternis fliehn:
So die singvögel, die mich umflogen
Dem blick sich entziehn.

Toter jahre gesänge die jagen
Auf vernehmlicher worte flug,
Lose blätter vom strandwind verschlagen,
Unbändiger vögel zug.
Schon zur schulzeit mir manche gefielen
Die leicht so in ton wie in schwung –
Die jüngsten sind brüder von spielen,
Die spätsten sind jung.

Ist ein schutz während langsam es schwindet,
Ist ein ohr für ein fliehendes lied
Wie ein mann es zum harfenklang findet,
Wie knaben es pfeifen im ried?
Ist ein platz in der welt die ihr gründet,
Ist ein raum in dem land eurer pracht,
Wo nicht wechsel mit schmerz sich verbündet
Und tag nicht mit nacht?

Ob vom seewind ihr flügel auch zittert,
Habt ihr nicht einen raum für sie hier
Von grünenden Flüssen umgittert
In lieblicher lüfte revier?
In feldern in turmigen mauern
Schutz bei regen und glühendem schein
Schönen wünschen und mildem bedauern
Und liebe ganz rein?

In a land of clear colours and stories,
   In a region of shadowless hours,
Where earth has a garment of glories
   And a murmur of musical flowers;
In woods where the spring half uncovers
   The flush of her amorous face,
By the waters that listen for lovers,
   For these is there place?

For the song-birds of sorrow, that muffle
   Their music as clouds do their fire:
For the storm-birds of passion, that ruffle
   Wild wings in a wind of desire;
In the stream of the storm as it settles
   Blown seaward, borne far from the sun,
Shaken loose on the darkness like petals
   Dropt one after one?

Though the world of your hands be more gracious
   And lovelier in lordship of things
Clothed round by sweet art with the spacious
   Warm heaven of her imminent wings,
Let them enter, unfledged and nigh fainting,
   For the love of old loves and lost times;
And receive in your palace of painting
   This revel of rhymes.

Though the seasons of man full of losses
   Make empty the years full of youth,
If but one thing be constant in crosses,
   Change lays not her hand upon truth;
Hopes die, and their tombs are for token
   That the grief as the joy of them ends
Ere time that breaks all men has broken
   The faith between friends.

Though the many lights dwindle to one light,
   There is help if the heaven has one;

Im lichtland von märchen und farben –
Die stunden drehn schattenlos um –
Wo das feld voller prächtiger garben
Und tönender blumen gesumm,
Im wald wo der lenz halb verdüstert
Sein sehnend errötend gesicht,
Beim quell der für liebende flüstert:
Empfangt ihr sie nicht?

Der sorge singvögel die gurren
Ihr lied wie zum feuer der dunst,
Der wünsche sturmvögel die murren
Laut-flatternd im winde der brunst,
In dem windlauf – legt sich sein wüten –
Zu der see fern vom lichte gebraust,
Geschüttelt im dunkel wie blüten
Nacheinander zerzaust.

Ist die welt eurer hand auch an duft reich
Und lieblicher hehrer erfüllt,
Süss durch kunst mit dem warm-weichen luft-reich
Ihrer schwebenden schwingen umhüllt:
Lasst sie ein, unbeschwingte, verblasste,
Alter liebe zu lieb - altem tag
Und empfangt in dem bilder-palaste
Dies reime-gelag.

Ob die menschliche zeit voll verzichten
Die jahre der jugend auch leert,
Widersteht doch ein ding dem vernichten:
Nie hat wechsel die treue versehrt.
Hoffnung stirbt und ihr tod lässt uns wissen,
Ihr glück wie ihr leiden entschwand,
Eh die zeit – allzerreissend – zerrissen
Um freunde das band.

Vergehn auch in ein licht die vielen:
Ist vom himmel zu hoffen erlaubt –

Though the skies be discrowned of the sunlight
  And the earth dispossessed of the sun,
They have moonlight and sleep for repayment,
  When, refreshed as a bride and set free,
With stars and sea-winds in her raiment,
  Night sinks on the sea.

From Atalanta in Calydon: Chorus

Before the beginning of years
  There came to the making of man
Time, with a gift of tears;
  Grief, with a glass that ran;
Pleasure, with pain for leaven;
  Summer, with flowers that fell;
Remembrance fallen from heaven,
  And madness risen from hell;
Strength without hands to smite;
  Love that endures for a breath:
Night, the shadow of light,
  And life, the shadow of death.

And the high gods took in hand
  Fire, and the falling of tears,
And a measure of sliding sand
  From under the feet of the years;
And froth and drift of the sea;
  And dust of the labouring earth;
And bodies of things to be
  In the houses of death and of birth;
And wrought with weeping and laughter,
  And fashioned with loathing and love
With life before and after
  And death beneath and above,
For a day and a night and a morrow,
  That his strength might endure for a span
With travail and heavy sorrow,
  The holy spirit of man.

Wenn vor wolken die strahlen auch fielen,
Ist die welt auch der sonne beraubt:
Sie hat mond und hat schlaf zum bescheide,
Sinkt bräutlich und frisch – eine fee –
Mit sternen und seewind im kleide
Die nacht auf die see.

Aus Atalanta in Calydon: Tragischer Chor

Vor aller der Jahre Anheben,
Da der Mensch ward, kamen heran,
Zeit ihm Zähren zu geben,
Gram, mit dem Glas das rann,
Lust, mit Schmerzen darwider,
Sommer, mit fallendem Flor,
Erinnrung aus Himmeln hernieder,
Und Wahn aus Höllen empor,
Kraft ohne Hände zu schlagen,
Liebe, die währt eine Frist,
Nacht, der Schatte von Tagen,
Und Leben, das Todes ist.

Und die Urgötter reckten die Hand
Nach Feur, und Tränengeträufte
Und wenigem gleitenden Sand
Aus den Tapfen von Füßen der Läufte,
Und Staub der mühenden Erden
Und Schaumtrift Meers und der Furt,
Und Leibern von Dingen die werden
In den Häusern von Tod und Geburt,
Und wirketen selig und bänglich
Und fügten mit Liebe und Schmach,
Darüber und drunter vergänglich,
Und lebend davor und danach,
Für ein Tagen und Nachten und Morgen
Daß es spannlang währe zumeist,
Mit Mühsal und schweren Sorgen
Des Menschen heiligen Geist.

From the winds of the north and the south
  They gathered as unto strife;
They breathed upon his mouth,
  They filled his body with life;
Eyesight and speech they wrought
  For the veils of the soul therein,
A time for labour and thought,
  A time to serve and to sin;

They gave him light in his ways,
  And love, and a space for delight,
And beauty and length of days,
  And night, and sleep in the night.
His speech is a burning fire;
  With his lips he travaileth;
In his heart is a blind desire,
  In his eyes foreknowledge of death;
He weaves, and is clothed with derision;
  Sows, and he shall not reap;
His life is a watch or a vision
  Between a sleep and a sleep.

A Forsaken Garden

In a coign of the cliff between lowland and highland,
  At the sea-down's edge between windward and lee,
Walled round with rocks as an inland island,
  The ghost of a garden fronts the sea.
A girdle of brushwood and thorn encloses
  The steep square slope of the blossomless bed
Where the weeds that grew green from the graves of its roses
    Now lie dead.

The fields fall southward, abrupt and broken,
  To the low last edge of the long lone land.
If a step should sound or a word be spoken,
  Would a ghost not rise at the strange guest's hand?

Von dem nord- und südlichen Sund
Sie sammelten Windes Weben,
Sie bliesen auf seinen Mund,
Sie füllten den Leib mit Leben,
Sprach' und Gesicht ward gemacht
Der Seele darin zu Gespinst,
Eine Frist für Rat und Bedacht
Eine Frist für Schulden und Dienst.

Sie gaben ein Licht seinen Pfaden
Daß er liebt und Frist daß er lacht,
Und Länge der Tage und Gnaden,
Und Nacht, und Schlaf in der Nacht, –
Sein Sprechen entzündet mit Lodern,
Mit den Lippen tut er sich Not,
Sein Herz ist blind und ein Fodern,
In den Augen ahndet er Tod;
Er webt, und sein Kleid ist Gelächter,
Er wirft, und nichts das er traf,
Er lebt, ein Seher ein Wächter
Zwischen Schlaf und aber Schlaf.

Der verlassene Garten

In der Beuge der Kluft zwischen Tiefland und Steilland,
Wo die Dün einlenkt aus Wind gegen Lee,
In Blöcke gepackt wie ein Binnland-Eiland
Gespenst eines Gartens starrts auf See.
Nur Strupp und Gedörn, wie ein Ringwall, hüten
Das entblätterte Beet, Steilhang im Geviert,
Wo das Kraut, einst grün von der Gruft seiner Blüten,
Zuckt und friert.

Gegen Süd stürzt Feld, schroff niedergebrochen;
Flach schleppt sich zu End dünn dehnendes Land –
Klängs jetzt wie ein Schritt, wie ein Wort gesprochen,
Erstände kein Geist an des Fremdgasts Hand?

So long have the grey bare walks lain guestless,
Through branches and briars if a man make way,
He shall find no life but the sea-wind's, restless
Night and day.

The dense hard passage is blind and stifled
That crawls by a track none turn to climb
To the strait waste place that the years have rifled
Of all but the thorns that are touched not of time.
The thorns he spares when the rose is taken;
The rocks are left when he wastes the plain.
The wind that wanders, the weeds wind-shaken,
These remain.

Not a flower to be pressed of the foot that falls not;
As the heart of a dead man the seed-plots are dry;
From the thicket of thorns whence the nightingale calls not,
Could she call, there were never a rose to reply.
Over the meadows that blossom and wither
Rings but the note of a sea-bird's song;
Only the sun and the rain come hither
All year long.

The sun burns sere and the rain dishevels
One gaunt bleak blossom of scentless breath.
Only the wind here hovers and revels
In a round where life seems barren as death.
Here there was laughing of old, there was weeping,
Haply, of lovers none ever will know,
Whose eyes went seaward a hundred sleeping
Years ago.

Heart handfast in heart as they stood, «Look thither,»
Did he whisper? «look forth from the flowers to the sea;
For the foam-flowers endure when the rose-blossoms wither,
And men that love lightly may die – but we?»
And the same wind sang and the same waves whitened,
And or ever the garden's last petals were shed,

Zu lang stiegs hier grau, nackend und gastlos,
Wenn ein Mensch sich zwänge durch Hasseln und Hag,
Ihm entgegnete nichts als der Seewind, rastlos
Nacht und Tag.

Steil klettert, Verhaun gleich, blind und beklommen,
Was als Zugang führte und keiner mehr fährt,
Zum wüsten Gereut, dem alles genommen
Die Zeit bis auf Dorn, dran Zeit sich nicht kehrt.
Dorn bleibt ihr geschont, wo die Rose zerschüttelt,
Fels dauert noch, wenn sie die Ebnen verheert,
Wind wandernd und Wildwuchs, windegerüttelt,
Dieses währt.

Keine Blume, die nicht, wie du streifst, zu Fall kommt;
Wie das Herz im Toten der Saatfleck dorrt;
Aus den Dickichten, draus keiner Nachtigall Hall kommt,
Käm er, – ihm würde nie Rosen-Antwort.
Über die Matten, die blühn und bleichen,
Schwingt seinen Ton nur Seevogel-Sang:
Einzig die Sonn und der Regen streichen
Hier Jahr lang.

Die Sonne brennt wund und Regen zerfetzen
Dich steil, kahle Blume, dich Hauch ohne Duft:
Nur Wind kommt spuken und hat sein Ergetzen,
Seit Leben ringsum brach ward wie die Gruft.
Einst Augen, sie lachten hier oder sie weinten,
Kann sein, von Buhlen, der keiner gedenkt,
Die den Blick seewärts vor hundert versteinten
Jahrn gelenkt.

Herz wie sie standen in Herz, «Blick dorthin!»
(Haucht ers?) «Blick hin von den Blumen zum Pier!
Denn der Schaumflor daurt, wenn die Rosen verdorrten,
Und was leichthin liebt, stirbt leicht, – doch wir?»
Und der gleiche Wind sang, und die gleiche See glitzte, –
Eh im Garten, was letzt aufblühte, verloht,

In the lips that had whispered, the eyes that had lightened,
Love was dead.

Or they loved their life through, and then went whither?
And were one to the end – but what end who knows?
Love deep as the sea as a rose must wither,
As the rose-red seaweed that mocks the rose.
Shall the dead take thought for the dead to love them?
What love was ever as deep as a grave?
They are loveless now as the grass above them
Or the wave.

All are at one now, roses and lovers,
Not known of the cliffs and the fields and the sea.
Not a breath of the time that has been hovers
In the air now soft with a summer to be.
Not a breath shall there sweeten the seasons hereafter
Of the flowers or the lovers that laugh now or weep,
When as they that are free now of weeping and laughter
We shall sleep.

Here death may deal not again for ever;
Here change may come not till all change end.
From the graves they have made they shall rise up never,
Who have left nought living to ravage and rend.
Earth, stones, and thorns of the wild ground growing,
While the sun and the rain live, these shall be;
Till a last wind's breath upon all these blowing
Roll the sea.

Till the slow sea rise and the sheer cliff crumble,
Till terrace and meadow the deep gulfs drink,
Till the strength of the waves of the high tides humble
The fields that lessen, the rocks that shrink,
Here now in his triumph where all things falter,
Stretched out on the spoils that his own hand spread,
As a god self-slain on his own strange altar,
Death lies dead.

War im Mund, der noch hauchte, im Aug, das noch blitzte,
Liebe tot.

Oder, lebten sie Liebe, und dann gings – wohin?
War'n eins bis ans Ziel; doch wer sah, wie's zielt?
Lieb tiefer als Meer muß wie Rosen verlohen,
Wie die rosige Alge, die Rose spielt.
Wird Totes den Toten meinen und lieben?
Geht Liebe so tief, wie Begrabnes ruht?
Sie sind lieblos heut, wie die drüber hin stieben,
Gras und Flut.

Buhlen und Rosen ruhn eins beim andern,
Unkund dem Geklipp, Meer, Feldern und Pfad;
Nicht ein Hauch von der Zeit, die da war, will wandern
In der Luft, halb lind von dem Sommer, der naht.
Nicht ein Hauch wird künftge Gezeit süß machen
Von Buhlen und Flor, der nun lacht oder weint,
Wenn wie sie wir erlöst von Weinen und Lachen
Ruhn vereint.

Hier Todes Geschäft aus ist es für immer,
Hier kommt kein Wandel als einer zuletzt,
Aus dem Grab ihrer Tat aufsteigen sie nimmer,
Die kein Leben gelassen als fremd und zerfetzt.
Erd, Felder und Dorn auf wilderndem Rasen:
Weil Regen und Sonn, hat dieses Gewähr,
Bis von letzten Wettern auf Land geblasen
Rollt das Meer.

Bis das Meer sich hebt und die Klippe Staub wird,
Bis Abhang und Anger die Tiefe schlingt,
Bis dem Schlage der Flut das Land zum Raub wird,
Das Feld, das schwindet, der Fels, der sinkt.
Im Siegrausch gestreckt, wie ein Gott, im zagen
Verdorrenden Raub, den er selbst gebot,
Wie von eigner Hand am Altar erschlagen,
Tod liegt tot.

A Ballad of Dreamland

I hid my heart in a nest of roses,
   Out of the sun's way, hidden apart;
In a softer bed than the soft white snow's is,
   Under the roses I hid my heart.
   Why would it sleep not? why should it start,
When never a leaf of the rose-tree stirred?
   What made sleep flutter his wings and part?
Only the song of a secret bird.

Lie still, I said, for the wind's wing closes,
   And mild leaves muffle the keen sun's dart;
Lie still, for the wind on the warm sea dozes,
   And the wind is unquieter yet than thou art.
   Does a thought in thee still as a thorn's wound smart?
Does the fang still fret thee of hope deferred?
   What bids the lids of thy sleep dispart?
Only the song of a secret bird.

The green land's name that a charm encloses,
   It never was writ in the traveller's chart,
And sweet on its trees as the fruit that grows is,
   It never was sold in the merchant's mart.
   The swallows of dreams through its dim fields dart,
And sleep's are the tunes in its tree-tops heard;
   No hound's note wakens the wildwood hart,
Only the song of a secret bird.

Envoi

In the world of dreams I have chosen my part,
   To sleep for a season and hear no word
Of true love's truth or of light love's art,
   Only the song of a secret bird.

Eine Ballade vom Traumland

Ich barg mein herz in ein nest von rosen
Weit von dem sonnenweg niederwärts,
So weich kann nicht weicher schnee mit ihm kosen –
Unter den rosen barg ich mein herz.
Was wollt es nicht schlummern? was sollt es nicht weilen
Wenn niemals ein blatt von dem rosenbaum schwang?
Was liess ihm den schlaf aufflatternd enteilen?
Nur eines heimlichen vogels gesang.

Lieg still! sprach ich: schwingen des windes ruhten,
Das laub dämpft milde den stechenden strahl.
Lieg still! denn der wind schläft warm auf den fluten
Unstäter wie du ist der wind nicht einmal.
Hat dich wie ein dorn ein gedanke getroffen?
Verletzt dich noch zögernder hoffnung fang?
Was hält deines schlafes lider noch offen?
Nur eines heimlichen vogels gesang.

Vom grünen land das ein zauber umgreifet
Schrieb niemals den namen ein wanderer auf
Und süssere frucht als auf bäumen dort reifet
Kam niemals auf einem markte zu kauf.
Die schwalben des traums ziehn im trüben gefilde,
Wie schlaf ist in allen wipfeln der klang,
Dort droht in den wäldern kein bellen dem wilde,
Nur eines heimlichen vogels gesang.

Zueignung

Im lande der träume ersah ich mein ziel,
Dort schlaf ich und hör nichts den sommer lang
Von liebe in treue von liebe im spiel –
Nur eines heimlichen vogels gesang.

Song

Love laid his sleepless head
On a thorny rosy bed;
And his eyes with tears were red,
And pale his lips as the dead.

And fear and sorrow and scorn
Kept watch by his head forlorn,
Till the night was overworn
And the world was merry with morn.

And Joy came up with the day
And kissed Love's lips as he lay,
And the watchers ghostly and grey
Sped from his pillow away.

And his eyes as the dawn grew bright,
And his lips waxed ruddy as light:
Sorrow may reign for a night,
But day shall bring back delight.

Lied

Liebe legt ihr schlaflos gesicht
Auf dornige rosige schicht,
Ihre augen von tränen waren rot,
Ihre lippen waren bleich und tot.

Und angst mit hohn und gram
An ihr bett zu wachen kam,
Bis die nacht überwältigt entfloh
Und die welt wieder morgen-froh.

Und freude kam mit dem tag
Und küsst' ihren mund der da lag,
Und der wächter gespenstische schar
Vom kissen entwichen war.

Mit dem frührot ward hell ihr gesicht,
Ihre lippen wurden rosig und licht.
Herrscht der gram auch durch eine nacht:
Am tag hat die lust wieder macht.

Francis Thompson

From The Hound of Heaven

I fled Him, down the nights and down the days;
   I fled Him, down the arches of the years;
I fled Him, down the labyrinthine ways
   Of my own mind; and in the mist of tears
I hid from Him, and under running laughter.
            Up vistaed hopes I sped;
            And shot, precipitated,
Adown Titanic glooms of chasmed fears,
   From those strong Feet that followed, followed after.
            But with unhurrying chase,
            And unperturbèd pace,
        Deliberate speed, majestic instancy,
            They beat – and a Voice beat
            More instant than the Feet –
        «All things betray thee, who betrayest Me.»

            I pleaded, outlaw-wise,
By many a hearted casement, curtained red,
   Trellised with intertwining charities;
(For, though I knew His love Who followèd,
            Yet was I sore adread
Lest, having Him, I must have naught beside);
But, if one little casement parted wide,
   The gust of His approach would clash it to:
   Fear wist not to evade, as Love wist to pursue.
Across the margent of the world I fled,
   And troubled the gold gateways of the stars,
   Smiting for shelter on their clangèd bars;
            Fretted to dulcet jars
And silvern chatter the pale ports o' the moon.
I said to Dawn: Be sudden – to Eve: Be soon;
   With thy young skiey blossoms heap me over

Francis Thompson

Aus Die Hetzjagd vom Himmel

Ich floh Ihn, nächtehin und tagelang;
Ich floh Ihn, hin den Bogengang von Jahren;
Ich floh Ihn, hin den wirr gewundnen Gang
Des Hirns, und in der Tränennebel Scharen
Barg ich vor Ihm mich und in Sprudellachen!
Auf weitgeworfner Hoffnung stob ich hin
Und schoß kopfüber tiefstem Abgrund zu,
Durch Riesendunkel hin voll Furcht und Krampf
Vor jener starken Füße Nahgestampf,
Das mich verfolgt', das folgte, ohne Ruh,
Nie überstürmend, stets im Jägerschritt ...
Oh, immer hallten jene Füße mit,
Bedachte Eile; schnell und meisterlich
Schlagen sie auf, und eine Stimme schlägt
Weiter, als aller Hall der Tritte trägt:
«Jed' Ding verrät dich, Mensch, verrätst du Mich!»

Da ward ich mir, Geächteter, zum Fürsprech
Vor manchem Herzensfenster, rot verhängt,
Gelegentlich von Wohltun übergittert;
Denn wußt ich, wie Sein Lieben mich bedrängt,
Fühlt ich mich jäh von tiefer Furcht durchzittert,
Wäre Er mein, dürfte ich sonst nichts haben;
Doch – stand ein kleines Fenster angelweit,
Der Windstoß Seiner Ankunft schlug es zu.
Nutzlose Flucht der Furcht, greift Liebe zu!
Ich stob des Weltalls letzten Rand entlang,
Verwirrt' der Sterne goldnen Gittergang,
Ihn rüttelnd, daß er Stab um Stab erklang ...
O Silberklirrn der bleichen Mondespforten!
All Seine Dienerschaft versuchte ich mit Worten:
«Dämmrung, sei plötzlich! Abend, komme bald
Mit Wolkenblüten, licht zerstiebenden!

From this tremendous Lover –
Float thy vague veil about me, lest He see!
I tempted all His servitors, but to find
My own betrayal in their constancy,
In faith to Him their fickleness to me,
Their traitorous trueness, and their loyal deceit.
To all swift things for swiftness did I sue;
Clung to the whistling mane of every wind.
But whether they swept, smoothly fleet,
The long savannahs of the blue;
Or whether, Thunder-driven,
They clanged his chariot 'thwart a heaven,
Plashy with flying lightnings round the spurn o' their feet: –
Fear wist not to evade as Love wist to pursue.
Still with unhurrying chase,
And unperturbèd pace,
Deliberate speed, majestic instancy,
Came on the following Feet,
And a Voice above their beat –
«Naught shelters thee, who wilt not shelter Me.»

Verbirg mich vor dem furchtbar Liebenden!»
Allein ihr Dienen wies sich mir als wechselvolle Scheue;
Meinen Verrat sah ich an ihrer Treue;
Da fleht ich Flügel von den flüchtigsten Dingen,
Hing mich an jeden Windgeist, der verpfeift;
Doch ob er eilends, aber selig schweift
Lange Savannen weiter Himmelsbläue,
Oder ob er vom Donner getrieben, laut verlacht,
Durch den Himmel stiebt, geklammert an dessen Wolkengespann,
Die Fußspur wirbelnd von Blitzen umkracht...
Nutzlose Flucht der Furcht, greift Liebe zu!
Stets, niemals überstürzt, im Jägerschritt,
Oh, immer hallten jene Füße mit;
Bedachte Eile; schnell und meisterlich
Schlagen sie auf, und eine Stimme schlägt
Weiter, als aller Hall der Tritte trägt:
«Nichts kann dich schirmen, schirmest du nicht Mich!»

Gerard Manley Hopkins

God's Grandeur

The world is charged with the grandeur of God.
   It will flame out, like shining from shook foil;
   It gathers to a greatness, like the ooze of oil
Crushed. Why do men then now not reck his rod?
Generations have trod, have trod, have trod;
   And all is seared with trade; bleared, smeared with toil;
   And wears man's smudge and shares man's smell: the soil
Is bare now, nor can foot feel, being shod.

And for all this, nature is never spent;
   There lives the dearest freshness deep down things;
And though the last lights off the black West went,
   Oh, morning, at the brown brink eastward, springs –
Because the Holy Ghost over the bent
   World broods with warm breast and with ah! bright wings.

Spring

Nothing is so beautiful as spring –
   When weeds, in wheels, shoot long and lovely and lush;
   Thrush's eggs look little low heavens, and thrush
Through the echoing timber does so rinse and wring
The ear, it strikes like lightnings to hear him sing;
   The glassy peartree leaves and blooms, they brush
   The descending blue; that blue is all in a rush
With richness; the racing lambs too have fair their fling.

What is all this juice and all this joy?
   A strain of the earth's sweet being in the beginning

Gerard Manley Hopkins

Gottes Herrlichkeit

Geladen ist die Welt mit Gottes Herrlichkeit.
  Ausflammen wird sie, wie Glast von gerütteltem Flitter;
  Sie sammelt sich zu einer Größe, gleich dem Seim gepreßten
Öls. Was achten Menschen denn jetzt seiner Rute nicht?
Geschlechter traten, traten schweren Tritts;
  Und alles von Schacher gedörrt; besudelt, beschmiert von Mühsal;
  Trägt Menschenschmutz, teilt Menschendunst: der Grund
Ist kahl nun, noch kann Fuß fühlen, der beschuht.

Trotz alle dem, Natur bleibt immer unerschöpft;
  Köstlichste Frische lebt tiefinnerst allen Dingen;
Und ob auch letzte Helle wich im schwarzen West,
  Oh, Morgen springt, am braunen Saum gen Osten, auf –
Denn brütend hegt der Heilige Geist die hingebeugte
  Welt mit warmer Brust und mit ah! lichten Schwingen.

Frühling

Nichts ist wie Frühling so schön –
  Wenn Wildkraut, in Wirbeln, aufschießt, lang, lieblich und schwellend;
  Wenn Drosseleier wie kleine Himmel aussehn, und die Drossel
Durch das Gehölz im Widerhall spült und wringt
So das Ohr – es trifft wie Blitze, sie singen zu hören;
  Der glasblanke Birnbaum laubt und blüht, sie fegen
  Das niedersteigende Blau; dieses Blau, das anstürmt rasch
In all seinem Glanz; die Lämmer auch im Wettlauf, schön tollen
        sie untereinander.
Was ist all dieser Saft und all dieser Jubel?
  Eine Spur vom süßen Sein der Erde im Anfang

In Eden garden. – Have, get, before it cloy,
Before it cloud, Christ, lord, and sour with sinning,
Innocent mind and Mayday in girl and boy,
Most, O maid's child, thy choice and worthy the winning.

The Windhover

To Christ our Lord

I caught this morning morning's minion, king-
dom of daylight's dauphin, dapple-dawn-drawn Falcon, in his riding
Of the rolling level underneath him steady air, and striding
High there, how he rung upon the rein of a wimpling wing
In his ecstasy! then off, off forth on swing,
As a skate's heel sweeps smooth on a bow-bend: the hurl and gliding
Rebuffed the big wind. My heart in hiding
Stirred for a bird, – the achieve of, the mastery of the thing!

Brute beauty and valour and act, oh, air, pride, plume, here
Buckle! AND the fire that breaks from thee then, a billion
Times told lovelier, more dangerous, O my chevalier!

No wonder of it: shéer plód makes plough down sillion
Shine, and blue-bleak embers, ah my dear,
Fall, gall themselves, and gash gold-vermilion.

Pied Beauty

Glory be to God for dappled things –
For skies of couple-colour as a brinded cow;
For rose-moles all in stipple upon trout that swim;
Fresh-firecoal chestnut-falls; finches' wings;

In Edens Garten. – Nimm, ergreife, eh es widrig,
    Eh es wolkig wird, Christ, Herr, und in Sünde versauert,
Unschuldigen Sinn und Maitag in Mädchen und Knaben,
    Zumeist, Sohn der Magd, was du erwählt und wert des Gewinnens.

Der Turmfalke

Christus unserm Herrn

Heut morgen Morgens Minner sah ich, Prin-
    zen des Taglichtreiches, zwillich-zwielicht-gezognen Falken,
        in seinem Ritt
    Auf der rollenden stet unter ihm festen Luft, und der Schlag
Hoch da, wie er trieb an der Trense flatternden Flügels
In seiner Extase! dann ab, ab fort im Schwung
    Wie leichtes Schlittschuh-Schweben in einer Bogen-Biegung
        das Stürzen und Gleiten
    Bannte den Wirbelwind. Mein Herz heimlich
Flog auf den Vogel, – die Fertigkeit, die Meisterschaft solchen Dings!

Geschöpfschönheit und Mut und Akt, oh, Kühne, Stolz, Gefieder, hier
    Zwingts! Und das Feuer, das aus dir dann bricht, billionen-
Fach fährlicher erzählt, lieblicher, O mein Chevalier!

    Was Wunder? Nein: schier Schuften macht Pflug in Furche
Blank, und Aschenglut, blau-bleich, mein Lieber, ach,
    Fällt, gällt sich und klafft gold-zinnoberrot.

Gescheckte Schönheit

Ehre sei Gott für gesprenkelte Dinge –
    Für Himmel zwiefärbig wie eine gefleckte Kuh;
        Für rosige Male all hingetüpfelt auf schwimmender Forelle;
Kastanien-Fall wie frische Feuerkohlen; Finkenflügel;

Landscape plotted and pieced – fold, fallow, and plough;
And áll trádes, their gear and tackle and trim.

All things counter, original, spare, strange;
Whatever is fickle, freckled (who knows how?)
With swift, slow; sweet, sour; adazzle, dim;
He fathers-forth whose beauty is past change:
Praise him.

Spring and Fall

To a young child

Márgarét, are you gríeving
Over Goldengrove unleaving?
Leáves, líke the things of man, you
With your fresh thoughts care for, can you?
Ah! ás the heart grows older
It will come to such sights colder
By and by, nor spare a sigh
Though worlds of wanwood leafmeal lie;
And yet you wíll weep and know why.
Now no matter, child, the name:
Sórrow's spríngs áre the same.
Nor mouth had, no nor mind, expressed
What heart heard of, ghost guessed:
It ís the blight man was born for,
It is Margaret you mourn for.

TO SEEM THE STRANGER lies my lot, my life
Among strangers. Father and mother dear,
Brothers and sisters are in Christ not near
And he my peace my parting, sword and strife.
England, whose honour O all my heart woos, wife
To my creating thought, would neither hear

Flur gestückt und in Flicken – Feldrain, Brache und Acker;
Und alle Gewerbe, ihr Gewand und Geschirr und Gerät.

Alle Dinge verquer, ureigen, selten, wunderlich;
Was immer veränderlich ist, scheckig (wer weiß wie?)
Mit schnell, langsam; süß, sauer; blitzend, trüb;
Er zeugt es hervor, dessen Schönheit wandellos:
Preis ihm.

Frühling und Herbst

An ein Kind

Margaret, härmst du dich über
Goldenhain, der sich entblättert?
Blätter, wie Menschendinge, dein
Frischer Sinn, sag, mag er sich sorgen darum?
Ach, wie das Herz älter wird,
Fühlt es solchen Anblick kälter
Nach und nach, gönnt keinen Seufzer mehr,
Ob auch Welten von Welkwald blattweis fallen;
Und doch wirst du weinen und wissen, warum.
Was aber, Kind, gilt hier der Name:
Leides Ursprung ist immer der gleiche.
Kein Mund fand, nein, noch Geist je Wort
Für das, was Herz vernommen, Seele sah:
Es ist Welknis, für die wir geboren,
Es ist Margaret, um die du trauerst.

FREMDLING ZU SCHEINEN ist mein Los, mein Leben
Unter Fremden. Vater und Mutter teuer,
Brüder und Schwestern sind in Christus nicht nah
Und er, mein Frieden, ist mein Scheiden, Schwert und Streit.
England, deß Ehre o all mein Herz umwirbt, Weib
Meinem schaffenden Geist, weder hörte es

Me, were I pleading, plead nor do I: I wear-
y of idle a being but by where wars are rife.

I am in Ireland now; now I am at a thírd
Remove. Not but in all removes I can
Kind love both give and get. Only what word
Wisest my heart breeds dark heaven's baffling ban
Bars or hell's spell thwarts. This to hoard unheard,
Heard unheeded, leaves me a lonely began.

Carrion Comfort

Not, I'll not, carrion comfort, Despair, not feast on thee;
Not untwist – slack they may be – these last strands of man
In me ór, most weary, cry *I can no more.* I can;
Can something, hope, wish day come, not choose not to be.
But ah, but O thou terrible, why wouldst thou rude on me
Thy wring-world right foot rock? lay a lionlimb against me? scan
With darksome devouring eyes my bruisèd bones? and fan,
O in turns of tempest, me heaped there; me frantic to avoid thee
and flee?

Why? That my chaff might fly; my grain lie, sheer and clear.
Nay in all that toil, that coil, since (seems) I kissed the rod,
Hand rather, my heart lo! lapped strength, stole joy, would laugh,
chéer.
Cheer whom though? the hero whose heaven-handling flung me,
fóot tród
Me? or me that fought him? O which one? is it each one? That night,
that year
Of now done darkness I wretch lay wrestling with (my God!) my God.

Mich, wenn ich flehte, noch will ich flehn: ich müd
Eines müßigen Nur-dabei-seins, wo rings Krieg herrscht.

Ich bin in Irland nun; nun bin ich ein drittes Mal
Versetzt. Zwar an jedem Ort der Versetzung kann ich
Gütige Liebe geben und auch empfangen. Nur jenes weiseste
Wort, das mein Herz hegt, dunklen Himmels hindernder Bann
Verschließt oder Höllen-Blendwerk vereitelt es. Dies horten ungehört,
Gehört unbeachtet, läßt mich bleiben ein einsam Begann.

Aas-Labsal

Nicht, ich will nicht, Aas-Labsal, Verzweiflung, nicht schwelgen in dir;
Noch aufzwirnen – ob sie schon schlaff sind – diese letzten Fasern Mensch
In mir oder, zu Tod erschöpft, aufschrein: *Ich kann nicht mehr.* Ich kann;
Kann etwas, hoffen, wünschen Tages Anbruch, nicht wählen, nicht zu sein.
Doch weh, doch o du Schrecklicher, warum wolltest du roh auf mir
Deinen Welt-umwälzenden rechten Fuß wiegen? eine Löwenpranke
gegen mich stemmen? durchspähn
Mit finster verzehrenden Augen mein zerschlagnes Gebein? und worfeln,
O mit Stößen des Sturms, mich dort Gehäufelten; mich von Sinnen
vor Begier, dir zu entrinnen und zu fliehn?

Warum? Daß meine Spreu fliege; mein Korn liege schier und klar.
Nein, in all der Mühsal, der Wirrsal, seit (scheints) ich die Rute geküßt,
Die Hand vielmehr, schlürfte, siehe! mein Herz Kraft, stahl Freude,
wollte lachen, jauchzen.
Jauchzen, wem doch? dem Helden, dessen Himmel-lenkende Hand
mich warf? Fuß mich
Trat? oder mir, der wider ihn stritt? o welchem? beiden gar? Jene Nacht,
Jenes Jahr nun abgetaner Finsternis, da ich Elender lag im Ringen
mit (mein Gott!) meinem Gott.

Spelt from Sibyl's leaves

Earnest, earthless, equal, attuneable, | vaulty, voluminous,
. . . stupendous
Evening strains to be tíme's vást, | womb-of-all, home-of-all,
hearse-of-all night.
Her fond yellow hornlight wound to the west, | her wild hollow
hoarlight hung to the height
Waste; her earliest stars, earl-stars, | stárs principal, overbend us,
Fíre-féaturing heaven. For earth | her being has unbound; her dapple
is at an end, as-
tray or aswarm, all throughther, in throngs; | self ín self steepèd
and páshed – qúite
Disremembering, dísmémbering | áll now. Heart, you round me
right
With: Óur évening is over us; óur night | whélms, whélms, ánd will
end us.
Only the beak-leaved boughs dragonish | damask the tool-smooth
bleak light; black,
Ever so black on it. Óur tale, O óur oracle! | Lét life, wáned, ah lét
life wind
Off hér once skéined stained véined varíety | upon, áll on twó spools;
párt, pen, páck
Now her áll in twó flocks, twó folds – black, white; | right, wrong;
reckon but, reck but, mind
But thése two; wáre of a wórld where bút these | twó tell, each
off the óther; of a rack
Where, selfwrung, selfstrung, sheathe-and-shelterless, |
thóughts against thoughts ín groans grínd.

NO WORST, THERE IS NONE. Pitched past pitch of grief,
More pangs will, schooled at forepangs, wilder wring.
Comforter, where, where is your comforting?
Mary, mother of us, where is your relief?

Gedeutet von Blättern der Sibylle

Ernst, erdelos, gleichförmig, einstimmbar, wölbig, umwaltend,
. . . erstaunend
Drängt Abend, nichts zu sein als Zeits weite – aller Schoß, aller Heim,
aller Sarg – Nacht.
Ihr hold gelbes Hornlicht gen Westen gewunden, ihr wild hohles
Graugramlicht hoch hangend im
Wüsten; ihre frühesten Sterne, Fürst-Sterne, Führersterne,
spannen sich über uns,
Mit Feuer den Himmel bezeichnend. Denn Erde hat ihr Sein
entbunden, ihr scheckiges Bunt ist dahin, ent-
stoben oder schwarmweis, alles durcheinander, in Gedrängen; Selbst
in Selbst getaucht und gestaucht – völlig
Entgedenkend, entgliedernd alles nun. Herz, du umraunst mich recht
Mit: Unser Abend ist über uns; unsere Nacht schwillt, schwillt und
will unser Ende.
Nur spitzschnabliges Laubgeäst drachenhaft ätzt in das stahlglatt
fahle Licht sich; schwarz,
Allerschwärzest darauf. Unsere Kunde, o unsere Weissagung! Laß
Leben, erloschen, ah laß Leben abweifen
Seine ehdem gesträhnte gefleckte geäderte Vielfalt auf, ganz auf zwei
Spulen; trenne, dränge, pferche
Sein Alles nun in zwei Herden, zwei Hürden – schwarz, weiß; recht,
unrecht; erwäge nur noch, achte nur noch, bedenke nur
Noch diese zwei; merk eine Welt, wo nur diese zwei zählen,
eines abstößt das andre; einen Marter-Rocken,
Wo, selbstgewunden, selbstgebunden, scheide- und schutzlos,
Gedanken wider Gedanken dumpf ächzend knirschen.

KEIN SCHLIMMSTES, ES GIBT KEINS. Hoch über Grames Höchstes hinaus
Wird mehr Qual, an Vorqualen geübt, mich wilder martern.
Tröster, wo ist dein Trösten?
Maria, Mutter unser, wo ist deine Hilfe?

My cries heave, herds-long; huddle in a main, a chief
Woe, world-sorrow; on an age-old anvil wince and sing –
Then lull, then leave off. Fury had shrieked ‹No ling-
ering! Let me be fell: force I must be brief›.

O the mind, mind has mountains; cliffs of fall
Frightful, sheer, no-man-fathomed. Hold them cheap
May who ne'er hung there. Nor does long our small
Durance deal with that steep or deep. Here! creep,
Wretch, under a comfort serves in a whirlwind: all
Life death does end and each day dies with sleep.

THOU ART INDEED JUST, Lord, if I contend
With thee; but, sir, so what I plead is just,
Why do sinners' ways prosper? and why must
Disappointment all I endeavour end?

Wert thou my enemy, O thou my friend,
How wouldst thou worse, I wonder, than thou dost
Defeat, thwart me? Oh, the sots and thralls of lust
Do in spare hours more thrive than I that spend,

Sir, life upon thy cause. See, banks and brakes
Now, leavèd how thick! lacèd they are again
With fretty chervil, look, and fresh wind shakes

Them; birds build – but not I build; no, but strain,
Time's eunuch, and not breed one work that wakes.
Mine, O thou Lord of life, send my roots rain.

Meine Schreie heben sich, herden-lang; wirr drängen sie sich in ein
Haupt-, ein höchstes
Weh, Welt-Gram; auf uraltem Amboß winden sie sich und winseln –
Dann verebben, dann schwinden sie. Die Furie hat gekreischt: «Kein
Verziehn! Laß mich grimm sein: notwendig muß ich kurz sein».

O der Geist, Geist hat Berge; Klippen des Sturzes
Kraß, jach, von keinem erlotet. Sie gering achten
Mag, wer niemals dort hing. Noch kann unsre dürftige
Dauer lang sich behaupten wider jene Steile oder Tiefe. Hier! kriech,
Elender, unter einen Trost, der ausreicht im Wirbelsturm: alles
Leben endet der Tod und jeder Tag stirbt mit Schlaf.

DU BIST WAHRLICH IM RECHT, Herr, wenn je und je mit Dir
Ich rechte; doch, Herr, gerecht ist auch mein Schluß:
Warum gedeihen die Wege der Sünder? Und warum muß
Enttäuschung enden all mein Streben hier?

Wärst Du mein Feind, der Du Freund doch mir,
Wie könnt'st Du ärger, ja ich weiß nicht, als Du tust,
Zernichten, werfen mich? Oh, die Trunknen und Knechte der Lust
Gedeihen in kurzen Stunden mehr als ich, der schier

Ein Leben, Herr, an Deine Sache wendet. Sieh, laubumwebt
Nun Rain und Busch wie dicht! Verbrämt neu allerwegen
Mit krausem Kerbel, schau, und frischer Windhauch hebt

Sie leicht; Vögel bauen – doch ich baue nicht; nein, müh mich
ohne Vermögen,
Der Zeit Eunuch, und zeuge nicht ein Werk, das lebt.
Meinen, o Du Herr des Lebens, send meinen Wurzeln Regen!

Oscar Wilde

Sonnet

On Hearing the Dies Iræ Sung in the Sistine Chapel

Nay, Lord, not thus! white lilies in the spring,
  Sad olive-groves, or silver-breasted dove,
  Teach me more clearly of Thy life and love
Than terrors of red flame and thundering.

The empurpled vines dear memories of Thee bring:
  A bird at evening flying to its nest
  Tells me of One who had no place of rest:
I think it is of Thee the sparrows sing.

Come rather on some autumn afternoon,
  When red and brown are burnished on the leaves,
  And the fields echo to the gleaner's song.

Come when the splendid fulness of the moon
  Looks down upon the rows of golden sheaves,
  And reap Thy harvest: we have waited long.

Impression du Matin

The Thames nocturne of blue and gold
  Changed to a Harmony in grey:
  A barge with ochre-coloured hay
Dropt from the wharf: and chill and cold

The yellow fog came creeping down
  The bridges, till the houses' walls
  Seemed changed to shadows and St. Paul's
Loomed like a bubble o'er the town.

Oscar Wilde

Sonett

Beim Anhören des Dies Irae in der Sixtinischen Kapelle

Nicht so, o Herr, nicht so! die schwermutvollen
   Olivenhaine, silberbrüstigen Tauben
   Und Lilien lassen mich dein Walten glauben,
Viel mehr als Flammenrot und Donnergrollen.

Die weinumhüllte Hügellehne bringt
   Erinnerung an dich: Ein Vogel mahnt
   Im Nest an Den, der Raum zur Rast nicht fand:
Und du bist es, von dem der Sperling singt.

O komm im Herbst am Nachmittag einmal,
   Wenn rot und braun das Laub sich überzieht
   Und durch die Felder schallt der Schnitter Sang,

O komme wenn der Mond so voll und fahl
   Auf Reihen goldener Garben niedersieht,
   Und halte Ernte: denn wir warten lang.

Impression du Matin

Früh wird zur Harmonie in Grau
   Der nächtigen Themse Blau und Gold:
   Mit ockerfarbner Heulast rollt
Ein Boot vom Kai; gelbes Gebrau

Kriecht um die Brücken, nebelmatt
   Wird jede Hausfront, unbestimmt,
   Wie eine ferne Blase schwimmt
Sankt Paul über der Riesenstadt.

Then suddenly arose the clang
  Of waking life; the streets were stirred
  With country waggons: and a bird
Flew to the glistening roofs and sang.

But one pale woman all alone,
  The daylight kissing her wan hair,
  Loitered beneath the gas lamps' flare,
With lips of flame and heart of stone.

From The Ballad of Reading Gaol

He did not wear his scarlet coat,
  For blood and wine are red,
And blood and wine were on his hands
  When they found him with the dead,
The poor dead woman whom he loved,
  And murdered in her bed.

He walked amongst the Trial Men
  In a suit of shabby grey;
A cricket cap was on his head,
  And his step seemed light and gay;
But I never saw a man who looked
  So wistfully at the day.

I never saw a man who looked
  With such a wistful eye
Upon that little tent of blue
  Which prisoners call the sky,
And at every drifting cloud that went
  With sails of silver by.

I walked, with other souls in pain,
  Within another ring,
And was wondering if the man had done
  A great or little thing,

Dann plötzlich wird das Leben wach:
Der Troß der Bauernwagen zieht
Die Straßen her, ein Vogel flieht
Und singt vom tagbeglänzten Dach.

Ein blasses Weib nur ganz allein
– Im Zwielicht ist ihr Haar so fahl –
Säumt in der Gaslaternen Strahl:
Flamme ihr Mund, ihr Herz von Stein.

Aus Die Zuchthausballade

Er trug nicht seinen Scharlachrock,
Auch Blut und Wein sind rot,
Blut hat und Wein an ihm geklebt,
Als er dem Blick sich bot:
Er schlug die Frau, die er geliebt,
In ihrem Bette tot.

Nun ging er im Gefangnenzug
In schäbigem Grau einher,
Die Cricketmütze auf dem Kopf,
Der Schritt nicht überschwer,
Doch solche Sehnsucht trug im Blick
Noch niemand wohl wie er.

So sehnsuchtsvoll hat noch kein Blick,
Den je ich sah, umkreist
Das kleine Fleckchen Blau, das bei
Gefangenen Himmel heißt,
Und jede Wolke, die daher
Mit Silbersegeln reist.

Ich schritt in einem andern Ring,
Mit andern kummervoll,
Und sann, was wohl der Mann verbrach,
Als eine Stimme scholl,

When a voice behind me whispered low,
   «That fellow's got to swing.»

Dear Christ! the very prison walls
   Suddenly seemed to reel,
And the sky above my head became
   Like a casque of scorching steel;
And, though I was a soul in pain,
   My pain I could not feel.

I only knew what hunted thought
   Quickened his step, and why
He looked upon the garish day
   With such a wistful eye;
The man had killed the thing he loved,
   And so he had to die.

*

Yet each man kills the thing he loves,
   By each let this he heard,
Some do it with a bitter look,
   Some with a flattering word.
The coward does it with a kiss,
   The brave man with a sword!

Some kill their love when they are young,
   And some when they are old;
Some strangle with the hands of Lust,
   Some with the hands of Gold:
The kindest use a knife, because
   The dead so soon grow cold.

Some love too little, some too long,
   Some sell, and others buy;
Some do the deed with many tears,
   And some without a sigh:
For each man kills the thing he loves,
   Yet each man does not die.

Ganz leise hinter mir: *das ist*
   Der Kerl, der baumeln soll.

O lieber Gott, ins Wanken kam
Die Kerkerwand von Stein,
Es preßte sich in meine Stirn
Ein Stahlhelm glühend ein,
Ob ich gleich selbst so schwer bedrückt,
   Ich spürte keine Pein.

Ich fühlte den gehetzten Geist
Im hastigen Schritte bloß,
Warum ihm nach dem hellen Tag
Die Sehnsucht gar so groß;
Der Mann erschlug, was er geliebt,
   So war der Tod sein Los.

*

Als ob nicht jeder, was er liebt,
Am Ende morden muß,
Der macht mit einem harten Blick
Und jener schmeichelnd Schluß,
Der Tapfere tut es mit dem Schwert,
   Der Feigling mit einem Kuß.

Der mordet Liebe wenn sie jung,
Und der da wenn sie alt;
Aus Lust erwürgt sie einer hier,
Ums Gold der andre bald;
Mit Messern tuts der Freundlichste:
Wer tot ist wird rasch kalt.

Dort währt die Liebe gar so lang,
Hier ist sie rasch vorbei,
Der bricht dabei in Tränen aus,
Dem kostets keine Reu,
Denn jeder mordet, was er liebt,
   Nicht jeden brichts entzwei.

John Davidson

Thirty Bob a Week

I couldn't touch a stop and turn a screw,
And set the blooming world a-work for me,
Like such as cut their teeth – I hope, like you –
On the handle of a skeleton gold key;
I cut mine on a leek, which I eat it every week:
I'm a clerk at thirty bob as you can see.

But I don't allow it's luck and all a toss;
There's no such thing as being starred and crossed;
It's just the power of some to be a boss,
And the bally power of others to be bossed:
I face the music, sir; you bet I ain't a cur;
Strike me lucky if I don't believe I'm lost!

For like a mole I journey in the dark,
A-travelling along the underground
From my Pillar'd Halls and broad Suburbean Park,
To come the daily dull official round;
And home again at night with my pipe all alight,
A-scheming how to count ten bob a pound.

And it's often very cold and very wet,
And my missis stitches towels for a hunks;
And the Pillar'd Halls is half of it to let –
Three rooms about the size of travelling trunks.
And we cough, my wife and I, to dislocate a sigh,
When the noisy little kids are in their bunks.

But you never hear her do a growl or whine,
For she's made of flint and roses, very odd;
And I've got to cut my meaning rather fine,
Or I'd blubber, for I'm made of greens and sod:
So p'r'aps we are in Hell for all that I can tell,
And lost and damn'd and served up hot to God.

John Davidson

Dreißig Schilling die Woche

Konnt nie an Schrauben drehn und Knöpfe drücken,
  So daß die Scheiß-Welt sich für mich mal dreht,
Wie der, der mit 'nem goldnen Löffel im Munde
  Zur Welt kam – wie's mit Ihnen, hoff ich, steht.
Wir hatten wenig Geld, jetzt bin ich angestellt
  Und kriege dreißig Schilling, wie ihr seht.

Glaub trotzdem nicht, daß alles Zufall ist;
  's gibt keine Sterne, die uns heimlich führen;
's ist halt die Macht der einen, zu befehlen
  Und die Scheiß-Macht der andern, zu parieren:
Ich weiß, was los ist, Mann; so kriegt man mich nicht dran;
  Ich weiß, für mich gab's immer nur: Verlieren!

Denn wie ein Maulwurf reis' ich durch die Nacht,
  Im Untergrund wie er, und finde blind
Von meiner Residenz im Vorstadtpark
  Nach da, wo stets von vorne nichts beginnt;
Und abends dann retour, ich frag mich, wie man nur
  Die Eier zählt, daß sechs ein Dutzend sind.

Und oft ist es sehr kalt und auch sehr feucht,
  Madam macht Näharbeit, für die sie kaum was kriegt,
Die halbe Residenz ist zu vermieten,
  Drei Zimmer im Format von Reisekiepen.
Wir hüsteln abends viel, Geseufz paßt nicht ins Spiel,
  Wenn unser Nachwuchs endlich mal im Bette liegt.

Sie hört man niemals meckern oder jammern,
  Aus Feuerstein und Rosen ist sie wohl;
Ich muß mir, was ich sag, gut überlegen,
  Weil ich sonst flenn, bin halt aus Dreck und Kohl:
Wir werden, das passiert, dem Herrgott heiß serviert,
  Vielleicht – wüßt nicht, was uns noch retten soll.

I ain't blaspheming, Mr. Silver-tongue;
  I'm saying things a bit beyond your art:
Of all the rummy starts you ever sprung,
  Thirty bob a week's the rummiest start!
With your science and your books and your the'ries about spooks,
Did you ever hear of looking in your heart?

I didn't mean your pocket, Mr., no:
  I mean that having children and a wife,
With thirty bob on which to come and go,
  Isn't dancing to the tabor and the fife:
When it doesn't make you drink, by Heaven! it makes you think,
  And notice curious items about life.

I step into my heart and there I meet
  A god-almighty devil singing small,
Who would like to shout and whistle in the street,
  And squelch the passers flat against the wall;
If the whole world was a cake he had the power to take,
  He would take it, ask for more, and eat it all.

And I meet a sort of simpleton beside,
  The kind that life is always giving beans;
With thirty bob a week to keep a bride
  He fell in love and married in his teens:
At thirty bob he stuck; but he knows it isn't luck:
  He knows the seas are deeper than tureens.

And the god-almighty devil and the fool
  That meet me in the High Street on the strike,
When I walk about my heart a-gathering wool,
  Are my good and evil angels if you like.
And both of them together in every kind of weather
  Ride me like a double-seated bike.

That's rough a bit and needs its meaning curled.
  But I have a high old hot un in my mind –
A most engrugious notion of the world,

Ich lästre doch nicht Gott, Herr Silberzunge,
  Red nur von Dingen, die Sie nicht verstehn:
Wär mein Gehalt zu haben nicht die tollste
  Von Ihren ausgefallenen Ideen?
Sie sind studiert, belesen, Sie haben Hypothesen
  Von Geistern, doch Ihr Herz, was ist mit dem?

Ich mein nicht ihren Beutel, Mister, nein:
  Ich mein, daß wenn man Kinder hat und Weib
Und dann von dreißig Schilling leben soll,
  Ist das kein Spaß, kein Tanz zum Zeitvertreib:
Und wer nicht trinkt, der denkt 'ne Menge nach und fängt
  Zu grübeln an, wer's da wohl mit ihm treibt.

Ich steig mir tief ins Herz und stoß zuletzt
  Auf einen Allmachtsteufel, kleinlaut, aber wie
Versessen drauf, zu grölen und zu pfeifen!
  Passanten plattzuhaun wie Fliegenvieh!
Und wär die Welt ein Kuchen, er würde ihn versuchen,
  Er fräß ihn ganz, doch satt sein würd' er nie.

Auch einen Einfaltspinsel treff ich dort,
  So einen, dem im Leben nichts gelingt;
Verdient die Woche dreißig Schilling, lebt
  Davon seit Jahr und Tag mit Weib und Kind:
Mehr war für ihn nie drin; doch weiß er, es macht Sinn,
  Weil Meere tiefer als Terrinen sind.

Und dieser Satansbraten und der Narr,
  Die auf der High Street plötzlich vor mir stehn –
Ein Pärchen, das es gut und böse meint –,
  Wenn ich Probleme wälze beim Spazierengehn,
Die sind nicht schnell verlegen, bei Sonnenschein und Regen
  Kannst du sie mit mir Tandem fahren sehn.

Das ist recht grob, das muß ich noch erklären.
  Ich hab ganz unerhörtes Zeug im Kopf –
Erklär mir superklug den Lauf der Welt,

That leaves your lightning 'rithmetic behind
I give it at a glance when I say «There ain't no chance,
Nor nothing of the lucky-lottery kind.»

And it's this way that I make it out to be:
No fathers, mothers, countries, climates – none;
Not Adam was responsible for me,
Nor society, nor systems, nary one:
A little sleeping seed, I woke – I did, indeed –
A million years before the blooming sun.

I woke because I thought the time had come;
Beyond my will there was no other cause;
And everywhere I found myself at home,
Because I chose to be the thing I was;
And in whatever shape of mollusc or of ape
I always went according to the laws.

I was the love that chose my mother out;
I joined two lives and from the union burst;
My weakness and my strength without a doubt
Are mine alone for ever from the first:
It's just the very same with a difference in the name
As «Thy will be done.» You say it if you durst!

They say it daily up and down the land
As easy as you take a drink, it's true;
But the difficultest go to understand,
And the difficultest job a man can do,
Is to come it brave and meek with thirty bob a week,
And feel that that's the proper thing for you.

It's a naked child against a hungry wolf,
It's playing bowls upon a splitting wreck;
It's walking on a string across a gulf
With millstones fore-and-aft about your neck;
But the thing is daily done by many and many a one;
And we fall, face forward, fighting, on the deck.

Mathematik ist da ein alter Zopf:
Ich sage nämlich schlicht: «Zufall, das gibt es nicht,
Und nie kommt was wie aus dem Glückslos-Topf.»

Hier nun, wie ich es mir zusammenreim:
An Vater, Mutter, Land und Klima lag
Es nicht, daß es mit mir so kam, noch war
Ein Adam schuld, auch die Gesellschaft klag
Ich hier nicht an, denn tief in einem Samen schlief
Ich Jahrmillionen vor dem ersten Tag.

Ich wachte auf, weil mir die Zeit reif schien.
Jenseits des eignen war kein Willensgrund.
Und überall fand ich mich selbst zuhaus,
Weil ich entschied, das was ich war zu sein;
In vielerlei Gestalt, Mollusk und Affe bald,
Macht ich Gesetze, ihnen folgend, wahr.

Mein Eros suchte mir die Mutter aus;
Ich sprang, zwei Leben einend, aus dem Bund;
Und meine Schwäche wie auch meine Kraft gehört
Mir ganz allein, und zwar von Anfang an;
Nur so kann ichs verstehn: «*Dein* Wille soll geschehn» –
Doch sag's in *deinem* Namen, trau dich nur!

Sie sagen's täglich, auf und ab im Land,
So locker wie man einen hebt, nicht wahr.
Doch eine Sache ist am schwersten zu verstehen,
Das schwerste Kunststück, das man lernt, ist dies:
Brav und geduldig streben, mit dreißig Schilling leben,
Und dann noch denken, so wie's ist solls sein.

Das ist's: Ein Kind kämpft nackt mit einem Wolf,
Ein Kegelspiel auf einem morschen Wrack.
Ein Drahtseilakt hoch über tiefer Kluft,
Mühlsteine vorn und hinten um den Hals.
Und trotzdem wird's gemacht, von vielen, Tag und Nacht.
Und wir fallen, vorwärts schauend, fechtend auf dem Deck.

A. E. Housman

A Shropshire Lad

7

When smoke stood up from Ludlow,
   And mist blew off from Teme,
And blithe afield to ploughing
   Against the morning beam
   I strode beside my team,

The blackbird in the coppice
   Looked out to see me stride,
And hearkened as I whistled
   The trampling team beside,
   And fluted and replied:

«Lie down, lie down, young yeoman;
   What use to rise and rise?
Rise man a thousand mornings
   Yet down at last he lies,
   And then the man is wise.»

I heard the tune he sang me,
   And spied his yellow bill;
I picked a stone and aimed it
   And threw it with a will:
   Then the bird was still.

Then my soul within me
   Took up the blackbird's strain,
And still beside the horses
   Along the dewy lane
   It sang the song again:

A. E. Housman

Ein Junge aus Shropshire

7

Als Rauch aufstieg von Ludlow,
  am Teme der Dunst zerrann,
im Gegenlicht des Morgens
  schritt fröhlich ich voran
  mit Pflugschar und Gespann.

In dem Gebüsch die Amsel
  sah auf, als ich so schritt,
sie lauschte auf mein Pfeifen
  zu schwerer Hufe Tritt.
  Dann flötete sie mit:

«Laß sein! Laß sein, mein Junge.
  Auf! Auf! – Bringt das Gewinn?
Steh auf an tausend Tagen,
  zum Schluß legst du dich hin!
  Ist das des Lebens Sinn?»

Mit ihrem gelben Schnabel
  sang sie. Mir wars zuviel,
hob einen Stein und warf ihn
  und nahm sie mir zum Ziel.
  Da war der Vogel still.

Doch meine Seele in mir
  nahm auf der Amsel Klang,
und neben meinen Pferden
  am taubedeckten Hang,
  war ich es, der ihn sang:

«Lie down, lie down, young yeoman;
The sun moves always west;
The road one treads to labour
Will lead one home to rest,
And that will be the best.»

33

If truth in hearts that perish
Could move the powers on high,
I think the love I bear you
Should make you not to die.

Sure, sure, if steadfast meaning,
If single thought could save,
The world might end to-morrow,
You should not see the grave.

This long and sure-set liking,
This boundless will to please,
– Oh, you should live for ever
If there were help in these.

But now, since all is idle,
To this lost heart be kind,
Ere to a town you journey
Where friends are ill to find.

Epitaph on an Army of Mercenaries

These, in the day when heaven was falling,
The hour when earth's foundations fled,
Followed their mercenary calling
And took their wages and are dead.

Their shoulders held the sky suspended;
They stood, and earth's foundations stay;
What God abandoned, these defended,
And saved the sum of things for pay.

«Laß sein! Laß sein! Mein Junge,
stets westwärts zieht das Licht.
Der Weg führt heim zur Ruhe,
den man zum Werk aufbricht.
Was Beßres gibt es nicht.»

33

Fänd Treu im Herz, das hinstirbt,
bei Höchster Macht Gewähr,
so machte meine Liebe,
du stürbest nimmermehr.

Wenn stetes Dein-Gedenken
je Schutz und Rettung gab,
ging heut die Welt auch unter,
du sähest nie das Grab.

Zuneigung, unbeirrbar,
und Liebe mannigfalt,
dein Leben währte ewig,
wär darin Wunschgewalt.

Doch weil dies alles eitel,
sei meinem Herz geneigt,
bevor zur Stadt du reisest,
darin kein Freund sich zeigt.

Grabschrift für ein Söldnerheer

An jenem Tage, da der Feste droben,
der Feste unten, sich kein Halt mehr bot,
da hielten diese hier, was sie gelobten,
empfingen Sold und standen sich zutod.

Daß Himmel sind, *den* Schultern ists zu danken;
sie standen, und es steht die Welt.
Da, wo Gott aufgab, kannten sie kein Wanken,
der Dinge Summe rettend für ein Geld.

Diffugere Nives

Horace: Odes iv, 7

The snows are fled away, leaves on the shaws
   And grasses in the mead renew their birth,
The river to the river-bed withdraws,
   And altered is the fashion of the earth.

The Nymphs and Graces three put off their fear
   And unapparelled in the woodland play.
The swift hour and the brief prime of the year
   Say to the soul, *Thou wast not born for aye.*

Thaw follows frost; hard on the heel of spring
   Treads summer sure to die, for hard on hers
Comes autumn, with his apples scattering;
   Then back to wintertide, when nothing stirs.

But oh, whate'er the sky-led seasons mar,
   Moon upon moon rebuilds it with her beams:
Come *we* where Tullus and where Ancus are,
   And good Aeneas, we are dust and dreams.

Torquatus, if the gods in heaven shall add
   The morrow to the day, what tongue has told?
Feast then thy heart, for what thy heart has had
   The fingers of no heir will ever hold.

When thou descendest once the shades among,
   The stern assize and equal judgment o'er,
Not thy long lineage nor thy golden tongue,
   No, nor thy righteousness, shall friend thee more.

Night holds Hippolytus the pure of stain,
   Diana steads him nothing, he must stay;
And Theseus leaves Pirithoüs in the chain
   The love of comrades cannot take away.

Diffugere Nives

Horaz: Ode IV, 7

Der Schnee verging. Das Gras der Auen sprießt.
Aus Baum und Strauch treibt Laub mit frischem Saft.
Im alten Bett der Strom gemächlich fließt;
Erneuert ist der Erde Schöpfungskraft.

Grazien und Nymphen, sorglos, ohn' Beschwer,
tanzen und spielen nackt mit Blütenpracht:
Flüchtige Stunden, Lenzens Wiederkehr; –
für ewig ist die Seele nicht gemacht.

Tauwetter folgt auf Frost. Des Lenzes Flucht
folgt Sommers rascher Tritt, der kurz verharrt;
dann schüttelt Herbst die reife Apfelfrucht,
zuletzt kommt Winter, der im Frost erstarrt.

Was immer sternregierte Zeit zerteilt,
Mond folgt auf Mond und häufts zu neuem Klaub;
Sind wir, wo Tullus und wo Ancus weilt,
und Held Aeneas, sind wir Traum und Staub.

Torquatus, wenn zum Tag das Morgen zählt
des Himmels Götterrat, wer machts bekannt?
Erfreu dein Herz, denn was dein Herz erwählt,
entziehst du deiner Erben Gier und Hand.

Wenn zu den Schatten du hinweggerafft,
das strenge Forum ließest, das Gericht:
Der Zunge Gold, der Ahnen Ritterschaft,
selbst die Rechtschaffenheit bewahrt dich nicht.

Nacht hält der Reinheit Zier, Hippolytus;
Diana fleht für ihn, doch sonder Glück;
In Ketten läßt Theseus Pirithous –
Die Freundesliebe bringt ihn nicht zurück.

Ernest Dowson

To One in Bedlam

With delicate, mad hands, behind his sordid bars,
Surely he hath his posies, which they tear and twine;
Those scentless wisps of straw, that miserably line
His strait, caged universe, whereat the dull world stares,

Pedant and pitiful. O, how his rapt gaze wars
With their stupidity! Know they what dreams divine
Lift his long, laughing reveries like enchaunted wine,
And make his melancholy germane to the stars?

O lamentable brother! if those pity thee,
Am I not fain of all thy lone eyes promise me;
Half a fool's kingdom, far from men who sow and reap,

All their days, vanity? Better than mortal flowers,
Thy moon-kissed roses seem: better than love or sleep,
The star-crowned solitude of thine oblivious hours!

Seraphita

Come not before me now, O visionary face!
Me tempest-tost, and borne along life's passionate sea;
Troublous and dark and stormy though my passage be;
Not here and now may we commingle or embrace,

Lest the loud anguish of the waters should efface
The bright illumination of thy memory,
Which dominates the night: rest, far away from me,
In the serenity of thine abiding-place!

But when the storm is highest, and the thunders blare,
And sea and sky are riven, O moon of all my night!
Stoop down but once in pity of my great despair,

Ernest Dowson

An einen in Bedlam

Mit zarter hand des Irren hinter rostigen stäben
Hat er gewiss auch seine kränze die er reisst und flicht –
Duftlose halme stroh, armselige, sie kreuzen
Sein enges kerker-weltall wo das dumpfe volk hinstarrt

Mitleidig überlegen. O wie sein verzückter blick
Mit ihrer stumpfheit eifert! Welcher göttertraum berauscht
Sein lang und lächelnd sinnen wie ein zauberwein
Und macht dass seine schwermut ist wie die der sterne!

Beklagenswerter bruder! ob dich dies ihr mitleid trifft –
Bin ich nicht freund von allem was dein hohler blick verspricht?
Ein halbes toren-königtum fern denen die da sän und ernten

Lebenlang eitelkeit. Besser als erdenblumen
Sind deine mondgeküssten rosen, besser als schlaf, als liebe
Sternkronige einsamkeit deiner vergessens-stunden.

Seraphita

Erscheine jetzt nicht, traumverlorenes angesicht,
Mir windverschlagen auf des lebens wilder see –
Sei meine fahrt auch voll von finster sturm und weh:
Hier – jetzt – vereinen oder küssen wir uns nicht!

Sonst löscht die laute angst der wasser vor der zeit
Das helle leuchten, deines angedenkens stern
Der durch die nächte herrscht – bleib von mir fern
In deines ruhe-ortes heiterkeit!

Doch wenn der sturm am höchsten geht und kracht
Zerrissen see und himmel, mond in meiner nacht!
Dann neige einmal dem verzweifelten dich dar,

And let thine hand, though over late to help, alight
But once upon my pale eyes and my drowning hair,
Before the great waves conquer in the last vain fight.

Vitae summa brevis spem nos vetat incohare longam

They are not long, the weeping and the laughter,
  Love and desire and hate:
I think they have no portion in us after
    We pass the gate.

They are not long, the days of wine and roses:
  Out of a misty dream
Our path emerges for a while, then closes
    Within a dream.

Non sum qualis eram bonae sub regno Cynarae

Last night, ah, yesternight, betwixt her lips and mine
There fell thy shadow, Cynara! thy breath was shed
Upon my soul between the kisses and the wine;
And I was desolate and sick of an old passion,
  Yea, I was desolate and bowed my head:
I have been faithful to thee, Cynara! in my fashion.

All night upon mine heart I felt her warm heart beat,
Night-long within mine arms in love and sleep she lay;
Surely the kisses of her bought red mouth were sweet;
But I was desolate and sick of an old passion,
  When I awoke and found the dawn was gray:
I have been faithful to thee, Cynara! in my fashion.

I have forgot much, Cynara! gone with the wind,
Flung roses, roses riotously with the throng,
Dancing, to put thy pale, lost lilies out of mind;
But I was desolate and sick of an old passion,

Lass deine hand (wenn auch zu spät nun) hilfbereit
Noch gleiten auf mein fahles aug und sinkend haar,
Eh grosse woge siegt im letzten leeren streit!

Vitae summa brevis spem nos vetat incohare longam

Sie sind nicht lang, das Weinen und das Lachen,
Liebe und Haß und Gier:
Nichts bleibt von uns für sie sobald wir gehen
Weit weg von hier.

Sie ist nicht lang, die Zeit für Wein und Rosen:
Aus einem dunklen Traum
Taucht unser Weg kurz auf; er endet
In einem Traum.

Non sum qualis eram bonae sub regno Cynarae

Zur Nacht, ah gesternnacht, fiel zwischen ihr und mein
Gesicht Dein Schatten, Cynara! Dein Atem strich
Um meine Seele durch die Küsse und den Wein.
Und ich war trostlos, krank von altem Lieben,
Ja, ich war trostlos und ich neigte mich:
Ich bin Dir treu, Cynara! auf meine Art geblieben.

Nachts fühlt' mein eigen Herz ihr warmes Herz, das schlug.
Nachtlang in meinem Arm in Lieb und Schlaf sie lag –
Gewiß ihr Kuß war süß von dem gekauften Mund.
Doch ich war trostlos, krank von altem Lieben,
Als ich erwacht' und fand so grau den Tag:
Ich bin Dir treu, Cynara! auf meine Art geblieben.

Und viel vergaß ich, Cynara! Wie Windeswehn.
Warf Rosen, Rosen rasender im Drang,
Im Tanz, um Deinen bleichen Lilien zu entgehn.
Doch ich war trostlos, krank von altem Lieben.

Yea, all the time, because the dance was long:
I have been faithful to thee, Cynara! in my fashion.

I cried for madder music and for stronger wine,
But when the feast is finished and the lamps expire,
Then falls thy shadow, Cynara! the night is thine;
And I am desolate and sick of an old passion,
Yea hungry for the lips of my desire:
I have been faithful to thee, Cynara! in my fashion.

Dregs

The fire is out, and spent the warmth thereof,
(This is the end of every song man sings!)
The golden wine is drunk, the dregs remain,
Bitter as wormwood and as salt as pain;
And health and hope have gone the way of love
Into the drear oblivion of lost things.
Ghosts go along with us until the end;
This was a mistress, this, perhaps, a friend.
With pale, indifferent eyes, we sit and wait
For the dropt curtain and the closing gate:
This is the end of all the songs man sings.

Ja, allezeit. Denn sieh, der Tanz war lang:
Ich bin Dir treu, Cynara! auf meine Art geblieben.

Ich schrie nach tollerer Musik und stärkrem Wein.
Doch wenn das Fest sich neigt, die Lampe rußt,
Dann fällt Dein Schatten, Cynara! Die Nacht ist Dein –
Und ich bin trostlos, krank von altem Lieben.
Ja, hungrig nach den Lippen meiner Lust:
Ich bin Dir treu, Cynara! auf meine Art geblieben.

Hefe

Das feuer losch, die wärme ward zu rauch –
So endet jeder sang den einer singt.
Die hefe bleibt (erschöpft der goldne wein!)
Wie wermut bitter und so scharf wie pein.
Mit kraft und hoffen ging die liebe auch
Wo trüb vergessen tote dinge schlingt,
Und bis ans end ein zug von geistern schleicht:
Dies war die liebste, dies ein Freund vielleicht.
So sitzen wir und warten wunschlos, fahl –
Bald fällt der vorhang, bald schliesst das portal,
So endet jeder sang den einer singt.

Lionel Johnson

The Church of a Dream

Sadly the dead leaves rustle in the whistling wind,
Around the weather-worn, gray church, low down the vale:
The Saints in golden vesture shake before the gale;
The glorious windows shake, where still they dwell enshrined;
Old Saints, by long dead, shrivelled hands, long since designed:
There still, although the world autumnal be, and pale,
Still in their golden vesture the old saints prevail;
Alone with Christ, desolate else, left by mankind.

Only one ancient Priest offers the Sacrifice,
Murmuring holy Latin immemorial:
Swaying with tremulous hands the old censer full of spice,
In gray, sweet incense clouds; blue, sweet clouds mystical:
To him, in place of men, for he is old, suffice
Melancholy remembrances and vesperal.

The Destroyer of a Soul

I hate you with a necessary hate.
First, I sought patience: passionate was she:
My patience turned in very scorn of me,
That I should dare forgive a sin so great,
As this, through which I sit disconsolate;
Mourning for that live soul I used to see;
Soul of a saint, whose friend I used to be:
Till you came by! a cold, corrupting, fate.

Why come you now? You, whom I cannot cease
With pure and perfect hate to hate? Go, ring
The death-bell with a deep, triumphant toll!
Say you, my friend sits by me still? Ah, peace!
Call you this thing my friend? this nameless thing?
This living body, hiding its dead soul?

Lionel Johnson

Eine Kirche im Traum

Traurig rascheln tote Blätter im rauhen Wind
Um die verwitterte graue Kirche im Tal:
Die Heiligen, goldgewandet, stehn fröstelnd und fahl;
Die prächtigen Fenster klirren, die ihre Schreine sind.
Alte Heilige, Werk von Händen, die längst dahin,
Herrschen hier, ist die Erde auch herbstlich und krank,
Harren aus, die alten Heiligen im goldnen Gewand
Mit Christus, einsam sonst, seit die Welt von ihnen ging.

Ein alter Priester nur feiert Eucharistie,
Murmelt die Litanei in uraltem Latein:
Das fromme Weihrauchfaß steigt zitternd in die Höh
In süßem Graugewölk und Duft der Heiligkeit:
Anstatt der Menschen – er ist alt – genügen ihm
Erinnerungen, abendlich, voll Traurigkeit.

Der Seelen-Zerstörer

Ich hasse Dich mit unbeugsamem Haß.
Erst suchte ich Geduld: entbrannt war sie:
Geduld, die mir zur eigenen Schmach geriet,
Da ich Vergebung wagte einer Sündenlast
So schwer, daß sie mich trostlos niederdrückt,
Trauernd um die lebendige Seele, die sie war;
Heilige Seele, mir in Freundschaft nah,
Bis Du kamst! kaltes, gräßliches Geschick.

Was kommst Du jetzt? Du, den ich hasse doch
Mit reinstem, tiefstem Haß? Die Totenglocke
Deines Triumphs, auf, laß sie weithin gellen!
Sagst Du, die Freundin sitzt noch bei mir? Ach!
Nennst meine Freundin Du dies Ding? dies namenlose?
Den Leib, der lebt, und birgt die tote Seele?

Nihilism

Among immortal things not made with hands;
Among immortal things dead hands have made:
Under the Heavens, upon the Earth, there stands
Man's life, my life: of life I am afraid.

Where silent things, and unimpassioned things,
Where things of nought, and things decaying, are:
I shall be calm soon, with the calm death brings.
The skies are gray there, without any star.

Only the rest! the rest! Only the gloom,
Soft and long gloom! The pausing from all thought!
My life, I cannot taste: the eternal tomb
Brings me the peace, which life has never brought.

For all the things I do, and do not well;
All the forced drawings of a mortal breath:
Are as the hollow music of a bell,
That times the slow approach of perfect death.

Nihilismus

Unter Dingen, unsterblich, von keiner Hand gefügt,
Dingen, unsterblichen, gefügt von toter Hand,
Auf Erden hier, und unterm Himmel, liegt
Mein Leben, Menschenleben: vor Leben ist mir bang.

Wo Dinge stumm, fühllos die Dinge sind,
Faulende Dinge, Dinge nichtig, leer,
Find ich bald Ruhe, wie der Tod sie bringt.
Dort sind die Himmel grau, und ohne Stern.

Nur Ruhe! Ruhe! Nur das Dunkel sacht,
Das lange Dunkel! Denken – ausgetilgt!
Mein Leben schmeck ich nicht: das ewige Grab
Gibt Frieden, den das Leben vorenthielt.

Denn alles was ich tu, und tu's nicht wohl,
Jeder erzwungene Stoß von Menschenatem,
Klingt wie Musik geborstener Glocken hohl:
Taktschlag für des vollkommenen Todes Nahen.

Rudyard Kipling

Tommy

I went into a public-'ouse to get a pint o' beer,
The publican 'e up an' sez, «We serve no red-coats here.»
The girls be'ind the bar they laughed an' giggled fit to die,
I outs into the street again an' to myself sez I:
O it's Tommy this, an' Tommy that, an' «Tommy, go away»;
But it's «Thank you, Mister Atkins,» when the band begins to play –
The band begins to play, my boys, the band begins to play,
O it's «Thank you, Mister Atkins,» when the band begins to play.

I went into a theatre as sober as could be,
They gave a drunk civilian room, but 'adn't none for me;
They sent me to the gallery or round the music-'alls,
But when it comes to fightin', Lord! they'll shove me in the stalls!
For it's Tommy this, an' Tommy that, an' «Tommy, wait outside»;
But it's «Special train for Atkins» when the trooper's on the tide –
The troopship's on the tide, my boys, the troopship's on the tide,
O it's «Special train for Atkins» when the trooper's on the tide.

Yes, makin' mock o' uniforms that guard you while you sleep
Is cheaper than them uniforms, an' they're starvation cheap;
An' hustlin' drunken soldiers when they're goin' large a bit
Is five times better business than paradin' in full kit.
Then it's Tommy this, an Tommy that, an' «Tommy, 'ow's yer soul?»
But it's «Thin red line of 'eroes» when the drums begin to roll –
The drums begin to roll, my boys, the drums begin to roll,
O it's «Thin red line of 'eroes» when the drums begin to roll.

We aren't no thin red 'eroes, nor we aren't no blackguards too,
But single men in barricks, most remarkable like you;
An' if sometimes our conduck isn't all your fancy paints,
Why, single men in barricks don't grow into plaster saints;

Rudyard Kipling

Tommy
(den Feldgrauen Gemeinen zur Erinnerung)

In eine Kneipe ging ich rein und wollt' nen Schoppen Bier;
Der Ober reißt die Schnauze auf: «Bedient wer Mannschaft hier?»
Die Mädels hinterm Bartisch grien'n und kichern sich nen Ast:
Ich mach aufs Pflaster raus zurück und red zu mir verbaast:
  Ja, «Tommy hin» und «Tommy her» und: «Tommy, mach beiseit!»
  Doch «Dank dir, wackrer Tommy,» wenn die Kriegserklärung schreit,
  Die Kriegserklärung schreit, ihr Jungs, die Kriegserklärung schreit,
  Oh, «Dank dann, wackrer Tommy,» wenn die Kriegserklärung schreit.

Ich wollt da ins Theater rein, so nüchtern wie nur kaum,
Für 'n angetrunknen Bürger ja, für mich war da kein Raum;
Sie stukten mich zur Galerie in Varietégestank;
Doch heißts: «In'n Graben!» – Großer Gott, so blüht mir Erster Rang.
  Denn «Tommy hin» und «Tommy her» und: «Tommy, wart im Schnee –»
  Doch «Extrazug für Atkins», wenn 's Transportschiff heult am Kai.
  Der Dampfer heult am Kai, ihr Jungs, der Dampfer heult am Kai,
  Dann «Extrazug für Atkins», wenn der Dampfer heult am Kai!

Ja, Grinsen übern grauen Rock, der euch im Schlaf bewacht,
Ist billiger als der Graurock, der's für fünf Mark dreißig macht,
Und uns dem Spieß verpetzen, wenn wir bißken Schnaps gesehn
Ist fünfmal beßre Sache als: «Mit Sturmzeug – stillestehn!»
  Denn «Tommy hin» und «Tommy her» und: «Tommy, schämst dir nischt»?
  Doch «Graue Heldenmauer», wenn die Sturmrakete zischt!
  Die Sturmrakete zischt, ihr Jungs, die Sturmrakete zischt!
  Dann «Graue Heldenmauer!», wenn die Sturmrakete zischt.

Wir sind nicht graue Helden, doch auch Lümmels sind wir nicht,
Nur einzle Leut im Unterstand, höchst gleich dir von Gesicht.
Und wenn dir unsre Führung auch nicht immer schön gefällt,
Na, einzle Leut im Unterstand sind nicht wie feine Welt.

While it's Tommy this, an' Tommy that, an' «Tommy, fall be'ind,»
But it's «Please to walk in front, sir,» when there's trouble in the wind –
There's trouble in the wind, my boys, there's trouble in the wind,
O it's «Please to walk in front, sir,» when there's trouble in the wind.

You talk o' better food for us, an' schools, an' fires, an' all:
We'll wait for extry rations if you treat us rational.
Don't mess about the cook-room slops, but prove it to our face:
The Widow's Uniform is not the soldier-man's disgrace.
For it's Tommy this, an' Tommy that, an' «Chuck him out, the brute!»
But it's «Saviour of 'is country» when the guns begin to shoot;
An' it's Tommy this, an' Tommy that, an' anything you please;
An' Tommy ain't a bloomin' fool – you bet that Tommy sees!

The Deep-See Cables

The wrecks dissolve above us; their dust drops down from afar –
Down to the dark, to the utter dark, where the blind white seasnakes are.
There is no sound, no echo of sound, in the deserts of the deep,
Or the great grey level plains of ooze where the shell-burred cables creep.

Here in the womb of the world – here on the tie-ribs of earth
Words, and the words of men, flicker and flutter and beat –
Warning, sorrow, and gain, salutation and mirth –
For a Power troubles the Still that has neither voice nor feet.

They have wakened the timeless Things; they have killed their father Time;
Joining hands in the gloom, a league from the last of the sun.
Hush! Men talk to-day o'er the waste of the ultimate slime,
And a new Word runs between: whispering, «Let us be one!»

Denn «Tommy hin» und «Tommy her» und: «Schmeißt ihn raus, den Schuft!»
Doch «Vorwärts schnell, in Front, ihr», ja, am Tag voll dicker Luft –
  's gibt höllisch dicke Luft heut, Jungs, 's gibt höllisch dicke Luft,
  Dann: «Vorwärts, schnell in Front, ihr», denn's gibt höllisch dicke Luft!

Ihr quatscht von bessrem Fraß für uns, von Unterricht, Kluft und Feuer –
Behandelt uns als Menschen erst, das kommt euch halb so teuer.
Bohrt nicht im Küchenabfall rum, doch zeigt uns ins Gesicht,
Des Britenvolkes Waffenrock bringt keine Schande nicht:
  Denn «Tommy hin» und «Tommy her» und: «Kerl, er ist verlaust!»
  Doch «Retter du der Heimat!», wenn das Bombenflugzeug braust.
  Und Tommy dies und Tommy jen's und alles was euch paßt –
  Nur zeigt, daß ihr, was Mannschaft war, nicht immerzu vergaßt!

Tiefseekabel

Die Wracks zerfallen über uns; ihr Staub sinkt von ferne hin
Ins Dunkel hinab, zur äußersten Nacht, zu den Seeschlangen weiß und blind.
Es dringt kein Laut, kein Echo von Laut, in die Meereswüste tief,
Wo durch ewigen Grauschlamm muschelverklebt das große Kabel kriecht.

Hier unten in den Spanten der Welt – in der Erde Mutterschoß
Pocht das Wort, das menschliche Wort, und zuckt und flackert und flirrt –
Warnung, Klage, Gewinn, Gruß, Freude und Trost –
Denn die Stille ohne Fuß und Mund wird durch fremde Macht gestört.

Sie haben zeitlose Dinge geweckt und Chronos, den Vater, erschlagen;
Pst! Die Menschen sprechen heute durch Wüsten urweltlichen Schleims,
Hände fassen sich in der Finsternis, meilenfern von den letzten Strahlen,
Und ein neues Wort macht die Runde und sagt flüsternd: «Seien wir eins!»

W. H. Davies

The Lodging-House Fire

My birthday – yesterday,
Its hours were twenty-four;
Four hours I lived lukewarm,
And killed a score.

Eight bells and then I woke,
Came to our fire below,
Then sat four hours and watched
Its sullen glow.

Then out four hours I walked,
The lukewarm four I live,
And felt no other joy
Than air can give.

My mind durst know no thought,
It knew my life too well:
'Twas hell before, behind,
And round me hell.

Back to that fire again,
Six hours I watch it now,
And take to bed dim eyes
And fever's brow.

Ten hours I give to sleep,
More than my need, I know;
But I escape my mind
And that fire's glow.

For listen: it is death
To watch that fire's glow;

W. H. Davies

Die Feuerstelle im Männerheim

Mein Geburtstag – gestern,
Mit vierundzwanzig Stunden;
Vier Stunden lebt ich lau,
Schlug zwanzig tot.

Acht Schläge, dann erwacht ich,
Kam hier zum Feuer runter,
Vier Stunden saß ich, schaute
In trübe Glut.

Vier Stunden lief ich draußen,
Die vier, die ich lau lebe,
Und fühlte nur die Freude,
Die Luft uns gibt.

An gar nichts durft ich denken,
Zu gut kannt ich mein Leben:
Ist Hölle vorn und hinten,
Hölle ringsum.

Zurück zum Feuer wieder,
Sechs Stunden sitz ich jetzt,
Geh' schlafen trüben Augs
Mit Fieberstirn.

Zehn Stunden nun dem Schlaf,
Mehr als ich brauch, ich weiß;
So lauf ich weg vom Denken
Und vor der Glut.

Denn hör: es ist der Tod,
So in die Glut zu starren;

For, as it burns more red
Men paler grow.

O better in foul room
That's warm, make life away,
Than homeless out of doors,
Cold night and day.

Pile on the coke, make fire,
Rouse its death-dealing glow;
Men are borne dead away
Ere they can know.

I lie; I cannot watch
Its glare from hour to hour;
It makes one sleep, to wake
Out of my power.

I close my eyes and swear
It shall not wield its power;
No use, I wake to find
A murdered hour

Lying between us there!
That fire drowsed me deep,
And I wrought murder's deed –
Did it in sleep.

I count us, thirty men,
Huddled from Winter's blow,
Helpless to move away
From that fire's glow.

So goes my life each day –
Its hours are twenty-four –
Four hours I live lukewarm,
And kill a score.

Denn wie sie röter wird,
Erblassen wir.

Ach, besser hier im Mief,
Der warm ist, hinzuleben,
Als draußen unbehaust,
Kalt, Tag und Nacht.

Legt Koks nach, schürt das Feuer
Aus Glut, die Tod verteilt;
Sonst schleppt man uns tot weg,
Eh man es merkt.

Ich lüg, ich kann nicht schaun
Ins Glänzen Stund um Stunde;
Das macht mich müd; zu wachen
Fehlt mir die Kraft.

Ich schließ die Augen, schwöre,
Das Feuer soll nicht siegen,
Wach auf und seh, die Stunde
Ist totgemacht.

Da liegt sie zwischen uns!
Glut hat mich eingeschläfert,
Und ich hab Mord begangen,
Tat es im Schlaf.

Ich zähl uns, dreißig Mann,
Geduckt vom Hieb des Winters,
Hilflos, hier wegzugehn
Von dieser Glut.

So leb ich Tag um Tag –
Mit vierundzwanzig Stunden –
Vier Stunden leb ich lau,
Schlag zwanzig tot.

No man lives life so wise
But unto Time he throws
Morsels to hunger for
At his life's close.

Were all such morsels heaped –
Time greedily devours,
When man sits still – he'd mourn
So few wise hours.

But all my day is waste.
I live a lukewarm four
And make a red coke fire
Poison the score.

Kein Mensch kann so klug leben,
Daß er der Zeit nicht hinwirft
Den Rest, nach dem er hungert
Am Lebensschluß.

Könnte man die Reste häufen –
Die Zeit frißt gierig alles,
Wenn man still sitzt – man wünschte
Sich öfter klug.

Doch mein Tag ist ganz Abfall,
Ich lebe lau vier Stunden
Und laß ein rotes Feuer
Zwanzig umbringen.

Thomas Hardy

Neutral Tones

We stood by a pond that winter day,
And the sun was white, as though chidden of God,
And a few leaves lay on the starving sod;
– They had fallen from an ash, and were gray.

Your eyes on me were as eyes that rove
Over tedious riddles of years ago;
And some words played between us to and fro
On which lost the more by our love.

The smile on your mouth was the deadest thing
Alive enough to have strength to die;
And a grin of bitterness swept thereby
Like an ominous bird a-wing . . .

Since then, keen lessons that love deceives,
And wrings with wrong, have shaped to me
Your face, and the God-curst sun, and a tree,
And a pond edged with grayish leaves.

The Darkling Thrush

I leant upon a coppice gate
When Frost was spectre-gray,
And Winter's dregs made desolate
The weakening eye of day.
The tangled bine-stems scored the sky
Like strings of broken lyres,
And all mankind that haunted nigh
Had sought their household fires.

Thomas Hardy

Töne, unbestimmt

Wir standen an dem Teich an jenem Wintertag,
Und die Sonne war weiß, wie gescholten von Gott,
Ein paar Blätter lagen auf erfrierendem Gras –
Von einer Esche gefallen und grau.

Deine Augen auf mir wie Augen die zurrten
Die schalen Rätsel von vor Jahren fest;
Und zwischen uns Worte, die fragten hin und her,
Wer mehr wohl durch unsre Liebe verlor.

Auf deinem Mund das Lächeln war das tödlichste,
Belebt genug nur für die Kraft zum Tod;
Ein bittres Grinsen huschte mit vorbei
Wie eines Unglücksvogels Schwinge . . .

Seitdem – Lektionen, daß die Liebe trügt,
Mit Unrecht wringt, die lehrten mich zu lesen
Die gottverfluchte Sonne, dein Gesicht, den Baum
Und jenen Teich, gesäumt von Blättern, grau.

Drossel im Dunkel

Ich stand an einer Hecke: hart
Im Frost lag Weg, Feld, Schlick;
In winterliche Hefe starrt
Des Tages müder Blick.
Gestrüpp kerbt sich ins Firmament,
Saiten zerbrochner Leier,
Und jeder, der hier jeden kennt,
Barg sich am Herd, am Feuer.

The land's sharp features seemed to be
   The Century's corpse outleant,
His crypt the cloudy canopy,
   The wind his death-lament.
The ancient pulse of germ and birth
   Was shrunken hard and dry,
And every spirit upon earth
   Seemed fervourless as I.

At once a voice arose among
   The bleak twigs overhead
In a full-hearted evensong
   Of joy illimited;
An aged thrush, frail, gaunt, and small,
   In blast-beruffled plume,
Had chosen thus to fling his soul
   Upon the growing gloom.

So little cause for carolings
   Of such ecstatic sound
Was written on terrestrial things
   Afar or nigh around,
That I could think there trembled through
   His happy good-night air
Some blessed Hope, whereof he knew
   And I was unaware.

31 December 1900

A Broken Appointment

You did not come,
And marching Time drew on, and wore me numb. –
Yet less for loss of your dear presence there
Than that I thus found lacking in your make
That high compassion which can overbear
Reluctance for pure lovingkindness' sake
Grieved I, when, as the hope-hour stroked its sum,
You did not come.

Als starb hier das Jahrhundert hin,
  Sah's aus in Feld und Ried;
Sein Grab der Wolkenbaldachin,
  Der Wind sein Totenlied.
Verdorrt lag all das, was einst grün,
  Draus Keim und Leben wich;
Und jeder Geist auf Erden schien
  Lustlos, verzagt wie ich.

Auf einmal eine Stimme klang
  Aus düstrer Zweige Schoß
In süßem selgem Abendsang
  Voll Freude grenzenlos;
Die alte Drossel, dürr und in
  Zerzaustem Federkleid –
Sie trotzte so aus frohem Sinn
  Wachsender Dunkelheit.

Solch kleinen Anlaß für ein Lied
  Von solchem Jubelklang,
Barg, was auf Erden rings geschieht,
  Fern oder hier am Hang,
Daß mir fast war, hier wurde Laut
  Und Lied, was sie berührt –
Ein Hoffnungsschimmer, ihr vertraut,
  Und den ich nie gespürt.

31. Dezember 1900

Versäumte Verabredung

  Du kamest nicht,
Und der Zeitmarsch zog dahin und schliff mich taub. –
Doch weniger, daß du dein Da versagtest,
Als daß ich fand, dir fehlte, wie du warst,
Das Gottserbarmen, das doch Widerstreben
Aus reiner Güte überwinden kann,
Bekümmert' mich, als da die Hoffnungsstunde schlug
  Und du nicht kamst.

You love not me,
And love alone can lend you loyalty;
– I know and knew it. But, unto the store
Of human deeds divine in all but name,
Was it not worth a little hour or more
To add yet this: Once you, a woman, came
To soothe a time-torn man; even though it be
You love not me?

The Schreckhorn

(With thoughts of Leslie Stephen)

Aloof, as if a thing of mood and whim;
Now that its spare and desolate figure gleams
Upon my nearing vision, less it seems
A looming Alp-height than a guise of him
Who scaled its horn with ventured life and limb,
Drawn on by vague imaginings, maybe,
Of semblance to his personality
In its quaint glooms, keen lights, and rugged trim.

At his last change, when Life's dull coils unwind,
Will he, in old love, hitherward escape,
And the eternal essence of his mind
Enter this silent adamantine shape,
And his low voicing haunt its slipping snows
When dawn that calls the climber dyes them rose?

Ah, Are You Digging on My Grave?

«Ah, are you digging on my grave,
My loved one? – planting rue?»
– «No: yesterday he went to wed
One of the brightest wealth has bred.
‹It cannot hurt her now,› he said,
‹That I should not be true.›»

Du liebst nicht mich,
Und nur die Liebe spielt dir Treue zu –
Ich weiß und wußte es. Doch zu dem Ganzen
Des Menschenwerks, bis auf den Namen göttlich,
War es nicht wert, ein Stündchen oder mehr
Hinzuzufügen: diese Frau, du, die kam einst,
Einen zeitgeschlagnen Mann zu sänftigen, auch wenn
Du mich nicht liebst?

Das Schreckhorn

(Mit Gedanken an Leslie Stephen)

Weit weg, wie eine Ausgeburt der Laune;
Jetzt, da die karge, trostlose Form aufglänzt
Vor meinem trüb werdenden Aug, scheints weniger
Ein dräuender Gipfel als ein Bild von ihm
Der dieses Horn erklomm und Leib und Leben wagte,
Berückt vielleicht von vagen Traumgebilden
Von Ähnlichkeiten mit dem eignen Selbst:
Umwölkungen, die scharfen Lichter, Schroffes.

Wird, wenn der Lebensfaden abgespult,
In letztem Wandel er dahin entkommen,
In alter Liebe sich sein ewger Geist verbinden
Der schweigenden, der Diamantgestalt
Und seine Stimme leis den Schnee umgeistern,
Wenn Dämmrung, die den Wandrer ruft, ihn rötet?

Ach, gräbst auf meinem Grabe du

«Ach, gräbst auf meinem Grabe du,
Geliebter? – pflanzest Raute?»
– «Nein: gestern hat er sie gefreit,
Die reichste Schöne weit und breit.
Er sprach, ‹vergangen ist die Zeit,
Da sie wohl mir vertraute›.»

«Then who is digging on my grave?
   My nearest dearest kin?»
– «Ah, no: they sit and think, ‹What use!
What good will planting flowers produce?
No tendance of her mound can loose
   Her spirit from Death's gin.›»

«But some one digs upon my grave?
   My enemy? – prodding sly?»
– «Nay: when she heard you had passed the Gate
That shuts on all flesh soon or late,
She thought you no more worth her hate,
   And cares not where you lie.»

«Then, who is digging on my grave?
   Say – since I have not guessed!»
– «O it is I, my mistress dear,
Your little dog, who still lives near,
And much I hope my movements here
   Have not disturbed your rest?»

«Ah, yes! *You* dig upon my grave . . .
   Why flashed it not on me
That one true heart was left behind!
What feeling do we ever find
To equal among human kind
   A dog's fidelity!»

«Mistress, I dug upon your grave
   To bury a bone, in case
I should he hungry near this spot
When passing on my daily trot.
I am sorry, but I quite forgot
   It was your resting-place.»

«Wer gräbt auf meinem Grabe dann?
   Sinds meine Nächsten, Liebsten?»
– «Ach nein, die denken sich ‹wozu!
Bringt Blümchenpflanzen ihr die Ruh?
Nein, Grabespflege wird partout
   Vom Tod sie nicht entfristen.›»

«Doch jemand gräbt ja auf dem Grab?
   Die Feindin? – Mit dem Stichelstahl?»
– «Nein: seit sie weiß, du gingst dahin
Durchs Tor, bestimmt von Anbeginn,
Steht ihr nach Haß nicht mehr der Sinn,
   Ist wo du liegst ihr ganz egal.»

«Wer gräbt auf meinem Grabe dann?
   Ich rat es nimmermehr!»
– «Ich bins nur, Frauchens kleiner Hund,
Der lebt noch munter und gesund,
Ich hoff, mein Streunen war kein Grund
   Zu störn die Ruh bisher?»

«Ach ja! *Du* gräbst auf meinem Grab . . .
   Was fiels mir bloß nicht ein:
Ein treues Herze ist noch da!
Vergebens war die Hoffnung ja –
In Menschen man noch niemals sah
   Des Hundes Treuesein! »

«Herrin, ich grab auf deinem Grab
   Zu bergen einen Schatz –
'nen Knochen, käm ich mal vorbei,
Hätt' Hunger von der Lauferei.
Entfallen war mir einwandfrei,
   Daß es dein Ruheplatz.»

The Convergence of the Twain
(Lines on the loss of the ‹Titanic›)

I

In a solitude of the sea
Deep from human vanity,
And the Pride of Life that planned her, stilly couches she.

2

Steel chambers, late the pyres
Of her salamandrine fires,
Cold currents thrid, and turn to rhythmic tidal lyres.

3

Over the mirrors meant
To glass the opulent
The sea-worm crawls – grotesque, slimed, dumb, indifferent.

4

Jewels in joy designed
To ravish the sensuous mind
Lie lightless, all their sparkles bleared and black and blind.

5

Dim moon-eyed fishes near
Gaze at the gilded gear
And query: ‹What does this vaingloriousness down here?› ...

6

Well: while was fashioning
This creature of cleaving wing,
The Immanent Will that stirs and urges everything

7

Prepared a sinister mate
For her – so gaily great –
A Shape of Ice, for the time far and dissociate.

Die Zusammenkunft der Zwei
(Zeilen auf den Untergang der ‹Titanic›)

I

In Meereseinsamkeit tief,
Fern dem Lebensstolz, der sie rief,
Und dem Dünkel der Menschen, in Stille lagert sie.

2

Stahlkammern, eben noch Erzeuger
Ihrer salamandrischen Feuer,
Sind des kalten Gezeitenstroms rhythmische Leier.

3

Über kristallenen Schliff,
Der den Überfluß spiegelt, kriecht
Gleichgültiges Seegewürm, stumm, glitschig, widerlich.

4

Geschmeide, einst frohen Herzens gefügt,
Daß es zur Lust die Sinne berückt,
Liegt lichtlos, sein Glitzern gelöscht, blind und trüb.

5

Fische, mondäugig und bleich,
Stieren auf all das goldene Zeug:
«Wie kam nur soviel Protzerei in unser stilles Reich?» …

6

Nun: da sie grad zu entstehen bereit,
Die Gefügelte, die Meere teilt,
Schuf der Wille der Welt, der alles regt und treibt,

7

Der strahlend Unbeschwerten
Den sinistren Gefährten,
Ein Eisgebild, vorerst noch für sich, in weiter Ferne gewärtig.

8

And as the smart ship grew
In stature, grace, and hue,
In shadowy silent distance grew the Iceberg too.

9

Alien they seemed to be:
No mortal eye could see
The intimate welding of their later history,

10

Or sign that they were bent
By paths coincident
On being anon twin halves of one august event,

11

Till the Spinner of the Years
Said ‹Now!› And each one hears,
And consummation comes, and jars two hemispheres.

The Oxen

Christmas Eve, and twelve of the clock.
«Now they are all on their knees,»
An elder said as we sat in a flock
By the embers in hearthside ease.

We pictured the meek mild creatures where
They dwelt in their strawy pen,
Nor did it occur to one of us there
To doubt they were kneeling then.

So fair a fancy few would weave
In these years! Yet, I feel,
If someone said on Christmas Eve,
«Come; see the oxen kneel

8

Als das schmucke Schiff langsam dann
Gestalt und Farbe und Grazie annahm,
Schritt im Schatten stummer Ferne auch des Eisbergs Wuchs voran.

9

Die beiden schienen so wenig verwandt:
Kein Menschenauge hätte erkannt,
Welch innige Verschmelzung bereits für sie geplant,

10

Oder daß durch Koinzidenz
Der Wege sie noch ausersehn
Zu Zwillingshälften eines einzigen hehren Geschehns,

11

Bis Er, der die Jahre spinnt,
Sein «Jetzt!» so sprach, daß es jeder vernimmt,
Und die Paarung vollzog, die zwei Hemisphären durchdringt.

Die Ochsen

Weihnachten einst in der Mitternacht
Wir hockten im Kreis am Kamin,
Da hat uns einer der Alten gesagt:
«Jetzt liegen sie all auf den Knien.»

So war es. Wir glaubten den Stall zu sehn
Und was dort im Heu geschah;
Wir wußten die sanften Tiere knien,
Keiner von uns, ders nicht sah.

Es war so gut zu glauben, so leicht
Zu erschaun; doch ich weiß, wenn dies
Einer mir spräch in der Weihnacht heut:
«Komm, schaun wie die Ochsen knien

In the lonely barton by yonder coomb
Our childhood used to know,»
I should go with him in the gloom,
Hoping it might be so.

Channel Firing

That night your great guns, unawares,
Shook all our coffins as we lay,
And broke the chancel window-squares,
We thought it was the Judgment-day

And sat upright. While drearisome
Arose the howl of wakened hounds:
The mouse let fall the altar-crumb,
The worms drew back into the mounds,

The glebe cow drooled. Till God called, «No;
It's gunnery practice out at sea
Just as before you went below;
The world is as it used to be:

All nations striving strong to make
Red war yet redder. Mad as hatters
They do no more for Christés sake
Than you who are helpless in such matters.

That this is not the judgment-hour
For some of them's a blessed thing,
For if it were they'd have to scour
Hell's floor for so much threatening...

Ha, ha. It will be warmer when
I blow the trumpet (if indeed
I ever do; for you are men,
And rest eternal sorely need).»

In der Kate drunten um Mitternacht,
Wie wir Kinder sie sahen im Heu,»
Ich ginge mit ihm durch die schwarze Nacht
Und hoffte, daß es so sei.

Geschützfeuer über dem Kanal

Jäh rissen nachts eure Geschütze
Uns aus der Ruhe, Sarg um Sarg,
Brachen das Chorfenster in Stücke –
Uns schien es wie der Jüngste Tag;

Wir fuhren auf. Daß Gott erbarm
Heulten die aufgescheuchten Hunde;
Die Maus ließ ihre Krume fahrn,
Der Wurm kroch zitternd tief ins Dunkel,

Die Dorfkuh trielte. Gott sprach: «Nein;
's ist nur Gefechtsübung auf See,
Wie als ihr herkamt seinerzeit;
Die Welt ist noch wie eh und je:

Die Völker wolln wie die Verrückten
Den roten Krieg noch röter machen,
Und tun nicht mehr um Christi willen
Als ihr, hilflos in solchen Sachen.

Daß dies noch nicht die Letzte Stund,
Ist reines Glück für all die Irren,
Sonst müßten sie den Höllengrund
Scheuern für ihr Bramarbasieren . . .

Ha, ha. Euch wird schon wärmer, wenn ich
Posaune blase (falls ichs tu;
Denn ihr seid alt und müd, ihr Menschen,
Und braucht sie sehr, die ewige Ruh)».

So down we lay again. «I wonder,
Will the world ever saner be,»
Said one, «than when He sent us under
In our indifferent century!»

And many a skeleton shook his head.
«Instead of preaching forty year,»
My neighbour Parson Thirdly said,
«I wish I had stuck to pipes and beer.»

Again the guns disturbed the hour,
Roaring their readiness to avenge,
As far inland as Stourton Tower,
And Camelot, and starlit Stonehenge.

April 1914

In Time of ‹The Breaking of Nations›

Jer., 51:20

Only a man harrowing clods
   In a slow silent walk
With an old horse that stumbles and nods
   Half asleep as they stalk.

Only thin smoke without flame
   From the heaps of couch-grass;
Yet this will go onward the same
   Though Dynasties pass.

Yonder a maid and her wight
   Come whispering by:
War's annals will cloud into night
   Ere their story die.

Wir legten uns. «Wird nie die Welt
Gescheiter», sprach einer verwundert,
«Als seitdem Er uns herbestellte
In unserm famosen Jahrhundert?»

Kopfschüttelnd lagen die Skelette.
Mein Nachbar Pastor Treulich meinte:
«Statt vierzig Jahr zu predigen, hätte
Ich besser Krug geleert und Pfeife.»

Und wieder schrie Kanonenwut
Die Lust nach Rache in die Ferne,
Ins tiefe Land bis Camelot,
Stourton, und Stonehenge unterm Stern.

April 1914

Zur Zeit des ‹Zerschmetterns der Reiche›

Jer., 51:20

Nur ein Mann, der Schollen eggt
In langsam-stummem Gang
Mit dem alten Gaul, der stolpernd nickt,
Halb schläft die Furche lang.

Nur feuerloser dünner Rauch
Aus Haufen Ackerwinden;
Doch aufwärts steigen wird er auch
Wenn Königreiche schwinden.

Da kommt ein Mädchen und sein Schatz
Wispernd vorbeigegangen:
In Nacht verwölkt der Kriegsschauplatz,
Eh ihre Mär vergangen.

He Never Expected Much
A Consideration on My Eighty-Sixth Birthday

Well, World, you have kept faith with me,
Kept faith with me;
Upon the whole you have proved to be
Much as you said you were.
Since as a child I used to lie
Upon the leaze and watch the sky,
Never, I own, expected I
That life would all be fair.

'Twas then you said, and since have said,
Times since have said,
In that mysterious voice you shed
From clouds and hills around:
«Many have loved me desperately,
Many with smooth serenity,
While some have shown contempt of me
Till they dropped underground.

I do not promise overmuch,
Child; overmuch;
Just neutral-tinted haps and such,»
You said to minds like mine.
Wise warning for your credit's sake!
Which I for one failed not to take,
And hence could stem such strain and ache
As each year might assign.

Er hat nie viel erwartet
Eine Betrachtung an meinem sechsundachtzigsten Geburtstag

Gut, Welt, du bist mir treu geblieben,
Mir treu geblieben;
Im ganzen hast du dich erwiesen
Als was du sprachst, du wärsts.
Wenn ich als Kind so lag im Feld
Und schaute hoch zum Himmelszelt,
Erwartete ich nie, die Welt,
Das Leben wären fair.

Du sagtest da, und sagtests wieder,
Oftmals sagtests wieder,
Mit deinem Rätselton, der nieder-
Hallt von Wolke, Berg und Hang:
«Manch einer liebte mich zu sehr,
Manch einer heiter, sanft und hehr,
Und andre höhnten um so mehr,
Bis sie das Grab verschlang.

Kind, ich versprech nicht allzu viel,
Nicht allzu viel;
Nur höchstens schieres Zufallsspiel,»
Sprachst du zu meinesgleichen.
Die weise Warnung sprach für dich!
Für mich blieb sie erinnerlich,
So konnt ich stillen Schmerz und Stich,
Die jährlich mich umschleichen.

Rupert Brooke

Libido

How should I know? The enormous wheels of will
  Drove me cold-eyed on tired and sleepless feet.
Night was void arms and you a phantom still,
  And day your far light swaying down the street.
As never fool for love, I starved for you;
  My throat was dry and my eyes hot to see.
Your mouth so lying was most heaven in view,
  And your remembered smell most agony.

Love wakens love! I felt your hot wrist shiver
  And suddenly the mad victory I planned
    Flashed real, in your burning bending head ...
My conqueror's blood was cool as a deep river
  In shadow; and my heart beneath your hand
    Quieter than a dead man on a bed.

A Channel Passage

The damned ship lurched and slithered. Quiet and quick
  My cold gorge rose; the long sea rolled; I knew
I must think hard of something, or be sick;
  And could think hard of only one thing – *you!*
You, you alone could hold my fancy ever!
  And with you memories come, sharp pain, and dole.
Now there's a choice – heartache or tortured liver!
  A sea-sick body, or a you-sick soul!

Do I forget you? Retchings twist and tie me,
  Old meat, good meals, brown gobbets, up I throw.
Do I remember? Acrid return and slimy,
  The sobs and slobber of a last year's woe.
And still the sick ship rolls. 'Tis hard, I tell ye,
To choose 'twixt love and nausea, heart and belly.

Rupert Brooke

Libido

Wie konnt ichs wissen? Es trieb mich des Willens
Gewaltige Schubkraft, kalten Blicks, den schlaflos Müden.
Die Nacht war leere Arme, Du noch Truggebilde,
Tag war, die Straße lang, Dein Leuchten und Dich-Wiegen.
Wie nie ein Liebes-Narr, so gierte ich nach Dir;
Mein Auge brennend heiß, die Kehle ausgedörrt.
Dein Mund voll Lug und Trug schien himmlisches Revier,
In der Erinnerung Dein Duft wie Todesschmerz.

Liebe weckt Liebe! Heiß bebten Deine Hände,
Und plötzlich ward mein Sieg, den ich im Wahn geplant,
Zur Wirklichkeit – Dein Kopf neigte sich brennend ...
Mein Siegerblut war kühl gleich einem tiefen Fluß
Im Schatten; und mein Herz lag unter Deiner Hand
Stiller als auf dem Bett ein Toter ruht.

Eine Kanalüberfahrt

Das verdammte Schiff stampft und schlingert. Nein! –
Schon hebt sich der Magen; die Woge rollt; und ich
Muß rasch ganz fest an etwas denken, oder spein;
Und kann doch nur an eins denken – an *dich*!
Du, Du bist meiner Sehnsucht Ziel von jeher,
Mit Dir kommt der Erinnerung herber Schmerz.
Nun heißt es wählen: Herzweh, Stich der Leber?
Seekranker Leib oder Du-krankes Herz?

Vergeß ich Dich? Würgen krümmt mich und peinigt,
Das letzte Mahl bricht sich in braunen Brocken Bahn.
Denk ich an Dich? Scharf steigt es hoch und schleimig,
Gesabber und Geschnief vom letzten Jahr.
Und der Kahn stampft. Hart ist, das laß Dir sagen,
Die Wahl zwischen Liebe und Brechreiz, Herz und Magen.

1914

Peace

Now, God be thanked Who has matched us with His hour,
  And caught our youth, and wakened us from sleeping,
With hand made sure, clear eye, and sharpened power,
  To turn, as swimmers into cleanness leaping,
Glad from a world grown old and cold and weary,
  Leave the sick hearts that honour could not move,
And half-men, and their dirty songs and dreary,
  And all the little emptiness of love!

Oh! we, who have known shame, we have found release there,
  Where there's no ill, no grief, but sleep has mending,
    Naught broken save this body, lost but breath;
Nothing to shake the laughing heart's long peace there
  But only agony, and that has ending;
    And the worst friend and enemy is but Death.

The Soldier

If I should die, think only this of me:
  That there's some corner of a foreign field
That is for ever England. There shall be
  In that rich earth a richer dust concealed;
A dust whom England bore, shaped, made aware,
  Gave, once, her flowers to love, her ways to roam,
A body of England's, breathing English air,
  Washed by the rivers, blest by suns of home.

And think, this heart, all evil shed away,
  A pulse in the eternal mind, no less
    Gives somewhere back the thoughts by England given;
Her sights and sounds; dreams happy as her day;
  And laughter, learnt of friends; and gentleness,
    In hearts at peace, under an English heaven.

1914

Frieden

Nun sei Gott Dank, daß uns Die Stunde traf,
Die unsere Jugend riß aus Schlaf und Enge,
Daß wir uns hellen Blicks, stark und gefaßt
Abwenden, Schwimmern gleich, die froh ins Reine springen,
Von Herzen ohne Herzschlag für die Ehre,
Von einer Welt, gealtert, kalt und müde,
Halbmenschentum aus Schmutz und trüber Leere,
Und all den kleinen Hohlheiten der Liebe.

Wir Schmach-Befallenen wurden hier befreit:
Kein Schmerz, kein Übel hier, die Schlaf nicht wendet,
Wo nichts bricht als der Atem, als der Leib,
Wo nichts des heiteren Herzens lange Ruh bedroht
Als nur die Agonie – und die muß enden –
Und schlimmster Freund und Feind ist bloß der Tod.

Der Soldat

Wenn ich denn sterbe, denk nur dies von mir:
Es gibt dann in der Fremde einen Winkel
Der immer England ist. In reicher Erde
Wird dann ein reichrer Staub geborgen sein;
Ein Staub, dem England Leben, Form und Geist gab,
Blumen zum Lieben und zum Schweifen Wege,
Den Körper, der die Luft der Heimat atmet,
Den Heimatflüsse wuschen, Englands Sonnen segnen.

Denk, daß dies Herz, wenn alles Böse fiel,
Ein Pulsschlag ewgen Geistes, trotz alldem
Irgendwo wiedergibt was England gab:
Gedanken, Bilder, Klänge, Träume froher Tage;
Lachen erlernt von Freunden; Freundlichkeit,
Friedvoll in Herzen unter Englands Himmel.

Wilfred Owen

1914

War broke: and now the Winter of the world
With perishing great darkness closes in.
The foul tornado, centred at Berlin,
Is over all the width of Europe whirled,
Rending the sails of progress. Rent or furled
Are all Art's ensigns. Verse wails. Now begin
Famines of thought and feeling. Love's wine's thin.
The grain of human Autumn rots, down-hurled.

For after Spring had bloomed in early Greece,
And Summer blazed her glory out with Rome,
An Autumn softly fell, a harvest home,
A slow grand age, and rich with all increase.
But now, for us, wild Winter, and the need
Of sowings for new Spring, and blood for seed.

Anthem for Doomed Youth

What passing-bells for these who die as cattle?
  – Only the monstrous anger of the guns.
  Only the stuttering rifles' rapid rattle
Can patter out their hasty orisons.
No mockeries now for them; no prayers nor bells;
  Nor any voice of mourning save the choirs, –
The shrill, demented choirs of wailing shells;
  And bugles calling for them from sad shires.

What candles may be held to speed them all?
  Not in the hands of boys but in their eyes
Shall shine the holy glimmers of goodbyes.
  The pallor of girls' brows shall be their pall;
Their flowers the tenderness of patient minds,
And each slow dusk a drawing-down of blinds.

Wilfred Owen

1914

Krieg brach aus: Welt-Winters Nacht
Senkt sich vernichtend über alles hin.
Der Pesttornado, entsprungen in Berlin,
Hat über ganz Europa sich schon hergemacht,
Des Fortschritts Segel fetzend. Entehrt
Oder gerafft der Künste Fahnen; Geheul; Hunger kehrt
In Denken und Fühlen. Dünn ist der Liebe Wein.
Des Menschenherbstes Korn fault, ist verheert.

Denn nach des Frühlings früher Blütenherrlichkeit
In Griechenland, entflammte Rom in Sommers Feuer;
Mild senkte sich ein Herbst der heimischen Scheuer
Mit Frucht und Fülle bedächtig großer Zeit.
Jetzt kommt für uns nur wilder Winter und das Los,
Statt Samen Blut zu säen in neuen Frühlings Schoß.

Hymne für die verdammte Jugend

Welch Grabgeläute denen, die wie Schlachtvieh sterben?
  – Die ungeheure Wut nur der Kanonen.
  Das schnelle Schnacken nur von stotternden Gewehren
Kann ihre Stoßgebete übertönen.
Jetzt weder Glocken und Gebete, die sie höhnen;
  Noch Stimmen sonst der Klage ihnen; nur Gesänge, –
Die schrillen Wahngesänge der Granaten, ihr Stöhnen,
  Und fern aus trauervollen Gauen rufend, Hörnerklänge.

Wird Beistand ihnen und von welcher Kerzen Schein?
  Nicht in den Händen von Knaben, in ihren Augen immer
Soll glänzen allen Abschieds heiliger Schimmer;
  Blässe von Mädchenstirnen soll ihr Bahrtuch sein;
Die Zärtlichkeit geduldiger Seelen ihr Blumenflor.
Und langsame Dämmerung zieht abends die Läden vor.

Dulce et decorum est

Bent double, like old beggars under sacks,
Knock-kneed, coughing like hags, we cursed through sludge,
Till on the haunting flares we turned our backs
And towards our distant rest began to trudge.
Men marched asleep. Many had lost their boots
But limped on, blood-shod. All went lame; all blind;
Drunk with fatigue; deaf even to the hoots
Of tired, outstripped Five-Nines that dropped behind.

Gas! Gas! Quick, boys! – An ecstasy of fumbling,
Fitting the clumsy helmets just in time;
But someone still was yelling out and stumbling,
And floundering like a man in fire or lime . . .
Dim, through the misty panes and thick green light,
As under a green sea, I saw him drowning.

In all my dreams, before my helpless sight,
He plunges at me, guttering, choking, drowning.

If in some smothering dreams you too could pace
Behind the wagon that we flung him in,
And watch the white eyes writhing in his face,
His hanging face, like a devil's sick of sin;
If you could hear, at every jolt, the blood
Come gargling from the froth-corrupted lungs,
Obscene as cancer, bitter as the cud
Of vile, incurable sores on innocent tongues, –
My friend, you would not tell with such high zest
To children ardent for some desperate glory,
The old Lie: *Dulce et decorum est*
Pro patria mori.

Dulce et decorum est

Gekrümmt wie alte Bettler unter ihrer Säcke Last,
Mit aufgeschundnen Knien, wie Hexen hustend, unter Fluchen,
Weg von den Leuchtraketen, die uns jagten, durch Morast,
Begannen wir, nach unserm fernen Ruheplatz zu suchen.
Männer schliefen marschierend, vielen blieb der Stiefel stecken –
Doch hinkten weiter, blutwund, blind und wie in Stücken,
Betrunken vor Erschöpfung, taub, vom Pfeifen nicht zu wecken
Zu kurz geschoßner Fünfpunkt-Neuner in ihrem Rücken.

Gas! Gas! Schnell Jungs! – Die Raserei von Fingern,
Die plumpen Masken grad noch aufzuschnallen;
Nur einer schrie noch laut im Schlingern,
Wie einer, der in Feuer oder Kalk brennt, im Fallen.
Verschwommen durchs beschlagne Glas, Licht so grün und dick
Wie unter einem grünen Meer: so sah ich ihn ertrinkend.

In allen Träumen, vor meinem hilflosen Blick,
Wirft er sich nach mir, gurgelnd, erstickend, ertrinkend.

Wenn du nur einmal in würgendem Traum
Hinter dem Karren gingst, auf den wir ihn geworfen,
Die weißverdrehten Augen sähst, auf dem Gesicht den Schaum,
Sein hängendes Gesicht wie eines Teufels krank von Sündenschorfen,
Und hörtest du, wie ihm das Blut bei jedem Stoß
Gurgelnd aus schaumverstopften Lungen quillt,
Obszön wie Krebs und bitter wie ein fetter Kloß
Aus Rotz, wie Schwären auf reinen Zungen, die nichts mehr stillt:
Nie würdest du, Freund, Kindern eine Story
Von Krieg und Ruhm servieren und den Rest
Des alten Lügenworts: *Dulce et decorum est*
Pro patria mori.

Strange Meeting

It seemed that out of battle I escaped
Down some profound dull tunnel, long since scooped
Through granites which titanic wars had groined.

Yet also there encumbered sleepers groaned,
Too fast in thought or death to be bestirred.
Then, as I probed them, one sprang up, and stared
With piteous recognition in fixed eyes,
Lifting distressful hands, as if to bless.
And by his smile, I knew that sullen hall, –
By his dead smile I knew we stood in Hell.

With a thousand pains that vision's face was grained;
Yet no blood reached there from the upper ground,
And no guns thumped, or down the flues made moan.
«Strange friend,» I said, «here is no cause to mourn.»
«None,» said the other, «save the undone years,
The hopelessness. Whatever hope is yours,
Was my life also; I went hunting wild
After the wildest beauty in the world,
Which lies not calm in eyes, or braided hair,
But mocks the steady running of the hour,
And if it grieves, grieves richlier than here.
For by my glee might many men have laughed,
And of my weeping something had been left,
Which must die now. I mean the truth untold,
The pity of war, the pity war distilled.
Now men will go content with what we spoiled,
Or, discontent, boil bloody, and be spilled.
They will be swift with swiftness of the tigress.
None will break ranks, though nations trek from progress.
Courage was mine, and I had mystery,
Wisdom was mine, and I had mastery:
To miss the march of this retreating world
Into vain citadels that are not walled.
Then, when much blood had clogged their chariot-wheels,

Seltsame Begegnung

Es schien, daß ich entronnen war der Schlacht
Hinab durch einen tiefen Tunnel, durch Schluchten
Von Graniten, welche titanische Kriege geschlagen.

Aber auch dort stöhnten verschüttete Schläfer,
Zu tief in Gedanken oder Tod, daß nichts sie störte.
Dann, als ich sie befühlte, sprang einer auf und starrte
Mitleidsvoll erkennend aus gebannten Augen,
Verzweifelte Hände erhebend gleichwie zum Segen.
Und ich erkannte in seinem toten Lächeln jene düstere Halle; –
Von seinem toten Lächeln wußte ich: wir standen in der Hölle.

Von tausend Schmerzen war jener Erscheinung Antlitz gewirkt;
Doch drang kein Blut dorthin aus jenem oberen Bezirk,
Tobten keine Kanonen und sandten Stöhnen durch die Luftkanäle.
«Fremder Freund», sprach ich, «hier gibt es keinen Grund zum Klagen».
«Keinen», erwiderte der andre, «bis auf die ausgelöschten Jahre,
Die Hoffnungslosigkeit; was immer deine Hoffnung nähre,
War mein Leben auch; ich war ein Jäger, wild
Auf alles wilde Schöne dieser Welt,
Das nicht in sanften Augen ruht oder in Haargeflecht,
Sondern verhöhnt der Stunden stete Flucht,
Und wenn es schmerzt, dann schmerzt es köstlicher als hier.
Denn manchem Mann wäre ein Lachen geworden aus meiner Lust,
Und geblieben wäre von meinem Weinen ein Rest:
Der muß jetzt sterben. Die Wahrheit meine ich, die ungenannte,
Das Elend des Kriegs, das Mitleid, vom Kriege gebrannt.
Jetzt werden Männer zufrieden sein mit dem, was wir verdarben,
Oder, enttäuscht im Blute wallen und verderben.
Sie werden mit der Schnelligkeit des Tigers springen.
Völker verraten den Fortschritt; keiner wird ihre Reihen sprengen.
Ich besaß Mut und ein Mysterium;
Ich besaß Wissen und Meistertum:
Mich auszuschließen von dem Rückzug dieser Welt
In eitle Zitadellen ohne Wall.
Und hätte Blut die Räder ihrer Wagen aufgequollen,

I would go up and wash them from sweet wells,
Even with truths that lie too deep for taint.
I would have poured my spirit without stint
But not through wounds; not on the cess of war.
Foreheads of men have bled where no wounds were.

I am the enemy you killed, my friend.
I know you in this dark: for so you frowned
Yesterday through me as you jabbed and killed.
I parried; but my hands were loath and cold.
Let us sleep now. . .»

Asleep

Under his helmet, up against his pack,
After so many days of work and waking,
Sleep took him by the brow and laid him back.

There, in the happy no-time of his sleeping,
Death took him by the heart. There heaved a quaking
Of the aborted life within him leaping,
Then chest and sleepy arms once more fell slack.

And soon the slow, stray blood came creeping
From the intruding lead, like ants on track.

Whether his deeper sleep lie shaded by the shaking
Of great wings, and the thoughts that hung the stars,
High-pillowed on calm pillows of God's making,
Above these clouds, these rains, these sleets of lead,
And these winds' scimitars,
– Or whether yet his thin and sodden head
Confuses more and more with the low mould,
His hair being one with the grey grass
Of finished fields, and wire-scrags rusty-old,
Who knows? Who hopes? Who troubles? Let it pass!
He sleeps. He sleeps less tremulous, less cold,
Than we who wake, and waking say Alas!

Dann wäre ich gegangen sie zu waschen aus süßen Quellen,
Lauterer Wahrheit gar aus Tiefen nicht zu schänden.
Ich hätte ausgegossen meinen Geist, doch nicht aus Wunden,
Ohne Maßen; nicht auf des Krieges Schwären.
Stirnen von Männern bluteten, wo keine Wunden waren.

Ich bin der Feind, den du erschlugst, mein Freund.
In diesem Dunkel erkannte ich dich: so hat dein Haß
Durch mich hindurchgeblickt gestern, beim Todesstoß.
Ich wehrte mich; doch meine Hände waren kalt und willenlos.
Laß uns jetzt schlafen . . .»

Der Schläfer

Gelehnt an den Tornister, helmbedeckt,
Nach so vielen Tagen Wacht und Placken,
Hat Schlaf ihn an der Stirn gefaßt und hingestreckt.

In seines Schlafens schöner Nichtzeit ruht er noch,
Da hat der Tod nach seinem Herz gefaßt. Da stieg ein Quaken
Des abgetriebnen Lebens, das noch hüpfte, in ihm hoch,
Dann wurden Brust und Arm noch einmal träge.

Und bald quoll schwer verirrtes Blut hervor und kroch
Vorm eingedrungnen Blei davon, wie Ameisen auf ihrem Wege.

Ob seinen tiefren Schlaf nun überschatte das Schlagen
Großer Schwingen und der Geist, welcher der Sterne Scharen
Hängte, auf Gottes stillen Kissen aufgebettet und getragen,
Weit über diesen Wolken, Regen, Schlossen Blei
Und dieser Winde Skimetaren;
– Ob sich sein armer, aufgequollner Kopf dem Einerlei
Des Moders schon vermische als Ungestalt;
Und ob sein Haar wie Gras schon unterm grauen Grase stehe
Erschöpfter Felder, Drahtgerippe rostig-alt,
Wer weiß? Wer hofft? Wen kümmerts? Dies gehe
Vorbei. Er schläft. Er schläft so angstvoll nicht, so kalt
Wie wir, die wachen und die wachend sagen: Wehe!

Futility

Move him into the sun –
Gently its touch awoke him once,
At home, whispering of fields half-sown.
Always it woke him, even in France,
Until this morning and this snow.
If anything might rouse him now
The kind old sun will know.

Think how it wakes the seeds –
Woke once the clays of a cold star.
Are limbs, so dear achieved, are sides
Full-nerved, still warm, too hard to stir?
Was it for this the clay grew tall?
– O what made fatuous sunbeams toil
To break earth's sleep at all?

The Parable of the Old Man and the Young

So Abram rose, and clave the wood, and went,
And took the fire with him, and a knife.
And as they sojourned both of them together,
Isaac the first-born spake and said, My Father,
Behold the preparations, fire and iron,
But where the lamb for this burnt-offering?
Then Abram bound the youth with belts and straps,
And builded parapets and trenches there,
And stretchèd forth the knife to slay his son.
When lo! an angel called him out of heaven,
Saying, Lay not thy hand upon the lad,
Neither do anything to him. Behold,
A ram, caught in a thicket by its horns;
Offer the Ram of Pride instead of him.

But the old man would not so, but slew his son,
And half the seed of Europe, one by one.

Vergeblichkeit

Legt ihn doch in die Sonne –
Zart hat ihr Strahl ihn einst geweckt,
Daheim, von Feldern flüsternd, halbgesäten.
Stets hat sie ihn geweckt, in Frankreich gar,
Bis auf diesen Schnee und diesen Morgen.
Könnte ihn jetzt noch etwas regen,
Die gute alte Sonne würd's besorgen.

Denk, wie sie immer weckt die Samen,
Einst weckte Stäube eines kalten Sterns.
Sind Glieder so teuer erworbne, Seiten,
So durchnervt, noch warm, nicht mehr zu stören?
Sollte so groß der Staub nur dafür werden?
– O, was ließ dumme Sonnenstrahlen streben,
Je einzubrechen in den Schlaf der Erde?

Die Parabel vom Alten Mann und dem Jungen

Also stand Abram auf, spaltete das Holz und ging
Und nahm das Feuer mit und auch ein Messer.
Und als sie beide am bestimmten Orte angelangt,
Da sagte Isaak, der Erstgeborene: «Mein Vater,
Sieh, mit Feuer und Eisen wird hier zugerüstet,
Wo aber ist das Lamm nur für den Opferbrand?»
Mit Strick und Riemen band Abram den Knaben
Und baute Brüstungen und Gräben dort
Und hob das Messer gegen seinen Sohn, um ihn zu töten.
Als, Wunder! ihn ein Engel anrief aus dem Himmel
Und sprach, Leg deine Hand nicht an den Knaben,
Noch tu ihm, deinem Sohn, ein Leid an. Siehe,
Ein Widder hat sich mit den Hörnern im Gedörn verfangen;
Des Stolzes Widder opfere an seiner Statt.

Aber der Alte hörte nicht, erschlug den Sohn
Und halb Europas Samen, Mann für Mann.

Siegfried Sassoon

‹They›

The Bishop tells us: «When the boys come back
They will not be the same; for they'll have fought
In a just cause: they lead the last attack
On Anti-Christ; their comrades' blood has bought
New right to breed an honourable race,
They have challenged Death and dared him face to face.»

«We're none of us the same!» the boys reply.
«For George lost both his legs; and Bill's stone blind;
Poor Jim's shot through the lungs and like to die;
And Bert's gone syphilitic: you'll not find
A chap who's served that hasn't found *some* change.»
And the Bishop said: «The ways of God are strange!»

Glory of Women

You love us when we're heroes, home on leave,
Or wounded in a mentionable place.
You worship decorations; you believe
That chivalry redeems the war's disgrace.
You make us shells. You listen with delight,
By tales of dirt and danger fondly thrilled.
You crown our distant ardours while we fight,
And mourn our laurelled memories when we're killed.
You can't believe that British troops ‹retire›
When hell's last horror breaks them, and they run,
Trampling the terrible corpses – blind with blood.
  O German mother dreaming by the fire,
  While you are knitting socks to send your son
  His face is trodden deeper in the mud.

Siegfried Sassoon

Unsre Jungs

Der Bischof sagt: «Wenn unsre Jungs nach Hause kommen,
Sind sie nicht mehr dieselben; sie haben sich geschlagen
In dem gerechten Krieg, führten die Schlußattacke
Gegen den Antichrist; das Blut der Kameraden, die erlagen,
Hat neues Recht erkauft, ein ehrenvoll' Geschlecht zu zeugen:
Sie stellten sich dem Tod und ließen sich nicht beugen.»

«Von uns ist keiner mehr derselbe!» kommts von den Jungen.
«George verlor beide Beine, Billy ist stockblind;
Der arme Jim stirbt an durchschoßnen Lungen
Und Bert hat Syphilis: Sie finden keinen von uns hier,
Der diente und noch *so* ist wie er war.»
Darauf der Bischof: «Gottes Wege – wahrlich wunderbar!»

Ruhm der Frauen

Als Helden liebt ihr uns, auf Fronturlaub,
Vielleicht mit einer Wunde, vorzeigbar, adrett.
Ihr findet Orden zum Verhimmeln und ihr glaubt,
Es mache Rittertum des Krieges Schande wett.
Ihr baut uns Bomben. Ihr lauscht uns so gerne,
Und zeigt bei Reden von Gefahr und Schlamm Bedauern.
Ihr krönt mit Ruhm auch unsre Kampflust in der Ferne,
Und kommt uns, wenn wir tot, am Ehrenmal betrauern.
Daß Briten vor dem Feinde ‹weichen›, geht euch nicht ein,
Wenn letzte Höllenwut sie bricht und nichts mehr hält,
Blutblind zu trampeln über die schrecklichen Toten.
    O deutsche Mutter, verträumt am Herd daheim:
    Derweil du Socken strickst für deinen Sohn im Feld
    Wird sein Gesicht noch tiefer in den Schlamm getreten.

Isaac Rosenberg

On Receiving News of the War

Snow is a strange white word.
No ice or frost
Has asked of bud or bird
For Winter's cost.

Yet ice and frost and snow
From earth to sky
This Summer land doth know.
No man knows why.

In all men's hearts it is.
Some spirit old
Hath turned with malign kiss
Our lives to mould.

Red fangs have torn His face.
God's blood is shed.
He mourns from His lone place
His children dead.

O! ancient crimson curse!
Corrode, consume.
Give back this universe
Its pristine bloom.

August 1914

What in our lives is burnt
In the fire of this?
The heart's dear granary?
The much we shall miss?

Isaac Rosenberg

Beim Empfang der Nachricht vom Kriegsausbruch

Schnee: fremdes weißes Wort.
Nicht Frost noch Eis
Sagt Knospe oder Vogel
Des Winters Preis.

Doch Eis und Frost und Schnee
Im ganzen weiten Rund
Kennt nun dies Sommerland,
Und niemand weiß den Grund.

In aller Menschen Herz
Hat alter Geist gehandelt,
Hat Leben mit bösem Kuß
In Moder verwandelt.

Rote Fänge rissen Sein Gesicht.
Blut Gottes wird vergossen.
Er trauert an einsamem Ort
Um Seine Kinder, erschossen.

O uralter purpurner Fluch!
Lös dich, verzehr dich ganz.
Gib dieser Welt zurück
Des Anfangs Blütenglanz.

August 1914

Was wird von unserm Leben
Verbrannt in diesem Feuer?
Des Herzens Vorratskammer?
Das Viele, was uns teuer?

Three lives hath one life –
Iron, honey, gold.
The gold, the honey gone –
Left is the hard and cold.

Iron are our lives
Molten right through our youth.
A burnt space through ripe fields
A fair mouth's broken tooth.

Break of Day in the Trenches

The darkness crumbles away –
It is the same old druid Time as ever.
Only a live thing leaps my hand –
A queer sardonic rat –
As I pull the parapet's poppy
To stick behind my ear.
Droll rat, they would shoot you if they knew
Your cosmopolitan sympathies.
Now you have touched this English hand
You will do the same to a German –
Soon, no doubt, if it be your pleasure
To cross the sleeping green between.
It seems you inwardly grin as you pass
Strong eyes, fine limbs, haughty athletes
Less chanced than you for life,
Bonds to the whims of murder,
Sprawled in the bowels of the earth,
The torn fields of France.
What do you see in our eyes
At the shrieking iron and flame
Hurled through still heavens?
What quaver – what heart aghast?
Poppies whose roots are in man's veins
Drop, and are ever dropping;
But mine in my ear is safe,
Just a little white with the dust.

Drei Leben hat ein Leben –
Eisen, Honig, Gold.
Honig und Gold sind fort –
Was bleibt ist hart und kalt.

Eisen sind unsre Leben.
Es schmolz in unsrer Jugend Bahn.
Brandspur durchs Erntefeld,
Im Mund zerbrochner Zahn.

Tagesanbruch in den Schützengräben

Die Dunkelheit krümelt weg.
Immer dieselbe alte Stunde der Druiden,
Da springt was über meine Hand, das lebt,
Verquer, sardonisch, eine Ratte,
Grad als ich von der Brustwehr Mohn pflück
Um ihn mir hinters Ohr zu stecken.
Drollige Ratte, erschießen würden sie dich, wüßten sie
Wie du im Grund kosmopolitisch bist.
Nun hast du diese Britenhand berührt
Und wirst das gleiche tun mit einer deutschen –
Bald, zweifellos, wenns dir beliebt
Das stille Grün dazwischen zu durchqueren.
Sieht aus, als ob du grinst, wenn du vorbeiläufst
An starken Augen, edlen Gliedern, prächtigen Athleten;
Fürs Leben nicht so gut gemacht wie du,
Sondern verpfändet launenhaftem Mord,
Rekeln sie sich jetzt im Gedärm der Erde,
In den zerrißnen Feldern Frankreichs.
Was siehst du denn in unsern Augen
Bei schrillem Eisenklang und Feuer
Geschleudert durch die stillen Himmel?
Welch Zittern – welch entsetztes Herz?
Mohnblumen, die in Menschenadern wurzeln,
Fallen, und werden weiter fallen;
Doch meine hinterm Ohr ist sicher –
Nur ein bißchen weiß vom Staub.

Dead Man's Dump

The plunging limbers over the shattered track
Racketed with their rusty freight,
Stuck out like many crowns of thorns,
And the rusty stakes like sceptres old
To stay the flood of brutish men
Upon our brothers dear.

The wheels lurched over sprawled dead
But pained them not, though their bones crunched,
Their shut mouths made no moan.
They lie there huddled, friend and foeman,
Man born of man, and born of woman,
And shells go crying over them
From night till night and now.

Earth has waited for them,
All the time of their growth
Fretting for their decay:
Now she has them at last!
In the strength of their strength
Suspended – stopped and held.

What fierce imaginings their dark souls lit?
Earth! have they gone into you!
Somewhere they must have gone,
And flung on your hard back
Is their soul's sack
Emptied of God-ancestralled essences.
Who hurled them out? Who hurled?

None saw their spirits' shadow shake the grass,
Or stood aside for the half used life to pass
Out of those doomed nostrils and the doomed mouth,
When the swift iron burning bee
Drained the wild honey of their youth.

Die Menschenkippe

Die Karren, sinkend in zerwühlter Spur,
Polterten mit ihrer rostigen Fracht,
Ragten heraus wie viele Dornenkronen,
Und die rostigen Pfähle wie alte Zepter,
Um Halt der Flut verrohter Männer zu gebieten
Die unsre teuren Brüder jagt.

Die Räder schwankten über hingespreizte Tote,
Doch quälten sie sie nicht, obschon die Knochen splitterten,
Kein Ächzen drang aus den verschloßnen Mündern.
Sie liegen durcheinander, Freund und Feind,
Mensch Kind des Menschen, und vom Weib geboren,
Granaten gehen schreiend über sie
Von Nacht zu Nacht, auch jetzt.

Die Erde hat auf sie gewartet,
Verzehrte sich, solang sie wuchsen,
Nach ihrem Untergang:
Und endlich hat sie sie!
Nun sind sie kraft ihrer Kraft
Gehalten – suspendiert, gepackt.

Welch wilde Bilder blitzten durch die dunklen Seelen?
Erde! Sind sie in dich gegangen?
Irgendwohin müssen sie doch gegangen sein,
Und hin auf deinen harten Rücken
Flog ihrer Seele Beutelsack,
Entleert vom Wesenserbe, das Gott gab.
Wer warf sie weg? Wer warf?

Man sah nicht Schatten ihrer Geister Gras bewegen,
Trat nicht zur Seite, als das halbgenutzte Leben
Aus todgeweihten Nüstern, Mündern fuhr,
Als die geschwinde Eisen-Feuerbiene
Den wilden Honig ihrer Jugend trank.

What of us who, flung on the shrieking pyre,
Walk, our usual thoughts untouched,
Our lucky limbs as on ichor fed,
Immortal seeming ever?
Perhaps when the flames beat loud on us,
A fear may choke in our veins
And the startled blood may stop.

The air is loud with death,
The dark air spurts with fire,
The explosions ceaseless are.
Timelessly now, some minutes past,
These dead strode time with vigorous life,
Till the shrapnel called «An end!»
But not to all. In bleeding pangs
Some borne on stretchers dreamed of home,
Dear things, war-blotted from their hearts.

A man's brains splattered on
A stretcher-bearer's face;
His shook shoulders slipped their load,
But when they bent to look again
The drowning soul was sunk too deep
For human tenderness.

They left this dead with the older dead,
Stretched at the cross roads.

Burnt black by strange decay
Their sinister faces lie,
The lid over each eye,
The grass and coloured clay
More motion have than they,
Joined to the great sunk silences.

Here is one not long dead;
His dark hearing caught our far wheels,
And the choked soul stretched weak hands

Und wir, geworfen auf den schrillen Scheiterhaufen,
Gehn glücklich, Übliches bedenkend,
Mit Gliedern wie von Götterblut genährt,
Unsterblich scheinend ewig?
Ob, wenn uns laut die Flammen treffen,
Nicht eine Angst erstickt in unsren Adern
Und das entsetzte Blut uns stockt?

Die Luft ist laut von Tod,
Die dunkle Luft speit Feuer,
Das Detonieren hört nicht auf.
Zeitlose jetzt, durchmaßen diese Toten
Noch vor Minuten lebensprall die Zeit,
Bis das Schrapnell rief «Aus!»
Doch jedem nicht. In Blut und Schmerz,
Auf Bahren noch träumt mancher von zu Haus,
Die Armen, kriegbesudelt tief im Herz.

Da klatschte eines Mannes Hirn
Dem Bahrenträger ins Gesicht;
Sein Schulterzucken ließ die Last entgleiten,
Doch als man sich zum Nachschaun niederbeugte
War schon zu tief für Menschenzärtlichkeit
Die Seele, die ertrinkende, versunken.

Sie ließen diesen Toten bei den länger Toten,
Dort ausgestreckt dicht bei der Wegekreuzung

Brandschwarz, verfremdet von Zerfall,
Unheilvoll liegen hier ihre Gesichter,
Das Lid auf jedem Aug;
Gras und verfärbter Lehm
Bewegt sich mehr als sie,
Eins mit der großen tiefen Stille.

Der hier ist noch nicht lang tot:
Sein dunkles Hören greift nach unsern fernen Rädern,
Und schwach streckt die erstickte Seele Hände aus

To reach the living word the far wheels said,
The blood-dazed intelligence beating for light,
Crying through the suspense of the far torturing wheels
Swift for the end to break
Or the wheels to break,
Cried as the tide of the world broke over his sight.

Will they come? Will they ever come?
Even as the mixed hoofs of the mules,
The quivering-bellied mules,
And the rushing wheels all mixed
With his tortured upturned sight.
So we crashed round the bend,
We heard his weak scream,
We heard his very last sound,
And our wheels grazed his dead face.

Nach Lebenswort, das ferne Räder sprechen;
Intelligenz, betäubt vom Blute, schlägt nach Licht,
Schreit in gespannte Ferne, wo die Räder foltern,
Rasch nach dem Anbruch des Endes,
Oder nach dem Brechen der Räder,
Er schrie noch, als die Flut der Welt über sein Auge brach.

Wann kommen sie? Werden sie jemals kommen?
Grad als das Hufgewirr der Maultiere,
Der zitterbäuchigen Maultiere,
Als Räderrauschen, alles, sich vermischte
Mit seinem Folterblick nach oben,
Bogen wir krachend in die Kurve,
Wir hörten seinen leisen Schrei,
Wir hörten seinen allerletzten Laut,
Und unsre Räder schrammten sein totes Gesicht.

Robert Graves

A Dead Boche

To you who'd read my songs of War
And only hear of blood and fame,
I'll say (you've heard it said before)
«War's Hell!» and if you doubt the same,
To-day I found in Mametz Wood
A certain cure for lust of blood:

Where, propped against a shattered trunk,
In a great mess of things unclean,
Sat a dead Boche; he scowled and stunk
With clothes and face a sodden green,
Big-bellied, spectacled, crop-haired,
Dribbling black blood from nose and beard.

When I'm Killed

When I'm killed, don't think of me
Buried there in Cambrin Wood,
Nor as in Zion think of me,
With the Intolerable Good.
And there's one thing that I know well,
I'm damned if I'll be damned to Hell!

So when I'm killed, don't wait for me,
Walking the dim corridor;
In Heaven or Hell, don't wait for me,
Or you must wait for evermore.
You'll find me buried, living-dead
In these verses that you've read.

So when I'm killed, don't mourn for me,
Shot, poor lad, so bold and young,

Robert Graves

Ein toter Boche

Wer meine Lieder liest vom Krieg
  Und nur von Blut und Ruhm was hören will,
Dem sage ich (du hast es schon gehört)
  «Krieg ist die Hölle!» und wenn du's nicht glaubst:
Heute fand ich in Mametz Wood
Ein sichres Mittel gegen Lust auf Blut:

An einen Baumstumpf angelehnt saß dort,
  Mitten im schmutzigen Gerät und Dreck,
Ein toter Boche; er schaute finster drein und stank,
  Mit Kleidern und Gesicht von faulem Grün,
Mit dickem Bauch, bebrillt, und Stoppelhaar;
Es sickerte noch schwarzes Blut aus Nas und Bart.

Wenn ich getötet bin

Wenn ich getötet bin, denkt nicht von mir:
Begraben dort in Cambrin Wood.
Und auch in Zions Feste denkt mich nicht,
Bei denen, die so unerträglich gut.
Und eins ist mir vollkommen klar:
Verdammt noch mal, wenn ich zur Hölle fahr!

Wenn ich also getötet bin, dann wartet nicht
In dunklen Korridoren auf Bescheid.
In Himmel oder Hölle wartet nicht,
Sonst wartet ihr in Ewigkeit.
Ihr könnt mich finden, lebend-tot, im Grab
Der Verse, die ich euch zu lesen gab.

Wenn ich also getötet bin, weint nicht um mich –
Erschossen, armer Kerl, jung und gesund,

Killed and gone – don't mourn for me.
On your lips my life is hung;
O friends and lovers, you can save
Your playfellow from the grave.

Ulysses

To the much-tossed Ulysses, never done
   With woman whether gowned as wife or whore,
Penelope and Circe seemed as one:
She like a whore made his lewd fancies run,
   And wifely she a hero to him bore.

Their counter-changings terrified his way:
   They were the clashing rocks, Symplegades,
Scylla and Charybdis too were they;
Now angry storms frosting the sea with spray
   And now the lotus island's drunken ease.

They multiplied into the Sirens' throng,
   Forewarned by fear of whom he stood bound fast
Hand and foot helpless to the vessel's mast,
Yet would not stop his ears: daring their song
   He groaned and sweated till that shore was past.

One, two and many: flesh had made him blind,
   Flesh had one pleasure only in the act,
Flesh set one purpose only in the mind –
Triumph of flesh and afterwards to find
   Still those same terrors wherewith flesh was racked.

His wiles were witty and his fame far known,
Every king's daughter sought him for her own,
   Yet he was nothing to be won or lost.
   All lands to him were Ithaca: love-tossed
He loathed the fraud, yet would not bed alone.

Getötet und dahin – weint nicht um mich.
Mein Leben hängt an eurem Mund:
Ihr könnt, Freunde, Geliebte – ihr allein
Den Spielgefährten aus dem Grab befrein.

Odysseus

Dem viel gebeutelten Dulder, der nie genug
Bekam von Fraun im Ehe- und Lotterbett,
Ihm waren Penelope und Circe eins:
Sie, hurenhaft, facht' seine Lüste an,
Und sie, sein Weib, gebar den Heros ihm.

Ihr Wechselspiel bedrohte seine Fahrt:
Sie waren die Zangenfelsen, Symplegaden,
Scylla und Charybdis, das waren sie auch;
Jetzt Sturmes Wut, das Meer mit Gischt begeifernd,
Und dann der Lotosinsel trunkene Ruh.

Vielköpfig sah er sie bei den Sirenen,
In deren Furcht und vorgewarnt er stand
Mit Hand und Fuß an Schiffes Mast gebunden,
Doch offenen Ohrs: so ihrem Singen trotzend,
Stöhnt' er und schwitzte, bis dies Land vorbei war.

Ein, zwei und viele: Fleisch hat ihn verblendet,
Fleisch hat nur eine Lust im Liebesakt,
Fleisch setzt im Geist sich nur ein Ziel –
Triumph des Fleischs, und nachher fand er wieder
Die alten Plagen, die das Fleisch zermürben.

So listenreich und weitberühmt er war,
Daß jede Königstochter ihn begehrte,
Doch konnt' man ihn nicht fangen, noch verlieren.
Liebesgebeutelt, war ihm allorts Ithaka:
Des Trugs bewußt, schlief er ungern allein.

The White Goddess

All saints revile her, and all sober men
Ruled by the God Apollo's golden mean –
In scorn of which we sailed to find her
In distant regions likeliest to hold her
Whom we desired above all things to know,
Sister of the mirage and echo.

It was a virtue not to stay,
To go our headstrong and heroic way
Seeking her out at the volcano's head,
Among pack ice, or where the track had faded
Beyond the cavern of the seven sleepers:
Whose broad high brow was white as any leper's,
Whose eyes were blue, with rowan-berry lips,
With hair curled honey-coloured to white hips.

Green sap of Spring in the young wood a-stir
Will celebrate the Mountain Mother,
And every song-bird shout awhile for her;
But we are gifted, even in November
Rawest of seasons, with so huge a sense
Of her nakedly worn magnificence
We forget cruelty and past betrayal,
Heedless of where the next bright bolt may fall.

The Cool Web

Children are dumb to say how hot the day is,
How hot the scent is of the summer rose,
How dreadful the black wastes of evening sky,
How dreadful the tall soldiers drumming by.

But we have speech, to chill the angry day,
And speech, to dull the rose's cruel scent.
We spell away the overhanging night,
We spell away the soldiers and the fright.

Die weiße Göttin

Sie schmähen alle Heiligen, Vernunft und Sitte,
Folgend des Gotts Apollo goldner Mitte –
Sie zu verhöhnen, stachen wir in See,
Um sie zu suchen, wo wir ihre Nähe
Erahnten, sie, nach der es uns verlangt,
Schwester der Täuschung und des Widerklangs.

Und Tugend war es, nicht zurück zu sehn,
Um unsren eignen, kühnen Weg zu gehn,
Zu suchen sie am Gipfel des Vulkans,
Im Packeis oder auf der Spur des Wahns,
Jenseits der Siebenschläferhöhle: breit
Die hohe Stirn und wie von Lepra weiß,
Die Augen blau, Vogelbeerlippen wunderbar,
Bis zu den weißen Hüften Honighaar.

Der grüne Frühlingssaft im jungen Wald
Feiert die Bergesmutter, Vogelschrei
Für sie als Jauchzen überall erschallt;
Wir aber im November, dieser Zeit,
Die kalt und rauh, sind so enorm entfacht
Von ihrer nackt dahergetragnen Pracht,
Daß wir vergessen Treubruchs bittren Witz,
Nicht bang, wo niedergeht der nächste Blitz.

Das kühle Netz

Kinder haben kein Wort, wie heiß der Tag ist,
Wie heiß der Duft der Sommerrose ist,
Wie grausig des Abendhimmels schwarze Wüstenei,
Wie grausig die großen Soldaten, die trommeln vorbei.

Doch wir haben die Rede, die stumpf macht die zornige Hitze,
Und die Rede, die dumpf macht der Rose grausamen Duft.
Wir reden die Nacht uns aus, sind wir auch von ihr überhangen,
Wir reden uns die Soldaten aus und das Bangen.

There's a cool web of language winds us in,
Retreat from too much joy or too much fear:
We grow sea-green at last and coldly die
In brininess and volubility.

But if we let our tongues lose self-possession,
Throwing off language and its watery clasp
Before our death, instead of when death comes,
Facing the wide glare of the children's day,
Facing the rose, the dark sky and the drums,
We shall go mad no doubt and die that way.

In Broken Images

He is quick, thinking in clear images;
I am slow, thinking in broken images.

He becomes dull, trusting to his clear images;
I become sharp, sharp, mistrusting my broken images.

Trusting his images, he assumes their relevance;
Mistrusting my images, I question their relevance.

Assuming their relevance, he assumes the fact;
Questioning their relevance, I question the fact.

When the fact fails him, he questions his senses;
When the fact fails me, I approve my senses.

He continues quick and dull in his clear images;
I continue slow and sharp in my broken images.

He in a new confusion of his understanding;
I in a new understanding of my confusion.

Ein kühles Netz von Sprache holt uns ein,
Zuflucht vor zuviel Freude, zuviel Angst.
Wir werden am Ende meergrün und sterben kalt
Voller Redseligkeit und Salzgehalt.

Doch lassen wir unsere Zungen den Halt verlieren,
Abschütteln Sprache und ihr wässriges Band
Vor unsrem Tod, *nicht* erst bei seinem Kommen,
Und sehn den weiten Glanz des Kindertages an,
Und sehn die Rose an, den dunklen Himmel und die Trommeln, –
Dann werden wir verrückt – gewiß – und sterben dran.

In gebrochenen Bildern

Er ist flink, denn er denkt in klaren Bildern;
Ich bin träge, denke in gebrochenen Bildern.

Er wird stumpf, im Vertraun auf die klaren Bilder;
Ich werde scharf, mißtraue den gebrochenen Bildern.

Im Vertraun auf seine Bilder unterstellt er ihnen Bedeutung;
Meinen Bildern mißtrauend, stell ich ihre Bedeutung in Frage.

Bedeutung unterstellend, unterstellt er Fakten;
Bedeutung in Frage stellend, stell ich Fakten in Frage.

Lassen ihn seine Fakten im Stich, stellt er die Sinne in Frage;
Lassen mich meine Fakten im Stich, lob ich mir die Sinne.

Er bleibt flink und stumpf mit seinen klaren Bildern;
Ich bleib träg und scharf mit meinen gebrochenen Bildern.

Er in neuer Verwirrung seines Begreifens;
Ich in neuem Begreifen meiner Verwirrung.

William Butler Yeats

The Lake Isle of Innisfree

I will arise and go now, and go to Innisfree,
And a small cabin build there, of clay and wattles made:
Nine bean-rows will I have there, a hive for the honey-bee,
And live alone in the bee-loud glade.

And I shall have some peace there, for peace comes dropping slow,
Dropping from the veils of the morning to where the cricket sings;
There midnight's all a glimmer, and noon a purple glow,
And evening full of the linnet's wings.

I will arise and go now, for always night and day
I hear lake water lapping with low sounds by the shore;
While I stand on the roadway, or on the pavements grey,
I hear it in the deep heart's core.

The Pity of Love

A pity beyond all telling
Is hid in the heart of love:
The folk who are buying and selling,
The clouds on their journey above,
The cold wet winds ever blowing,
And the shadowy hazel grove
Where mouse-grey waters are flowing,
Threaten the head that I love.

When You Are Old

When you are old and grey and full of sleep,
And nodding by the fire, take down this book,
And slowly read, and dream of the soft look
Your eyes had once, and of their shadows deep;

William Butler Yeats

Die Seeinsel Innisfree

Aufmachen will ich mich und gehn, und gehn nach Innisfree,
Wo ich mir eine Hütte aus Lehm und Flechtwerk bau:
Neun Bohnenreihen will ich, und einen Bienenkorb
Und einsam leben in bienenlauter Au.

Dort werd ich Frieden finden, denn Frieden sinkt leise ein,
Fällt aus den Morgenschleiern, hin wo die Grillen singen;
Mittnacht ist dort ein Leuchten, Mittag ein Purpurschein,
Und Abendluft erfüllt von Hänflingsschwingen.

Aufmachen will ich mich und gehn, denn ich hör Nacht und Tag,
Am Ufer Seewasser plätschern, leise, zu jeder Stund;
Mitten im Lärm der Stadt, auf grauer Straßen Belag,
Hör ichs im tiefsten Herzensgrund.

Das Erbarmen der Liebe

Ein Erbarmen ohne Namen
Ist im Herzen der Liebe bewahrt:
Die Leute, die handeln und kramen,
Die Wolken auf hoher Fahrt,
Der naßkalten Winde Ergießen
Und das schattige Haselnußlaub,
Wo mausgraue Wasser fließen,
Bedrohn das geliebte Haupt.

Wenn du erst alt bist

Wenn du erst alt und grau, vom Schlafe schwer
Am Feuer hockst und bist halb eingenickt,
Dann träum, wie deine Augen sanft geblickt
Und einst so tief die Schatten um sie her.

How many loved your moments of glad grace,
And loved your beauty with love false or true;
But one man loved the pilgrim soul in you,
And loved the sorrows of your changing face;

And bending down beside the glowing bars,
Murmur, a little sadly, how Love fled
And paced upon the mountains overhead
And hid his face amid a crowd of stars.

The Old Men Admiring Themselves in the Water

I heard the old, old men say,
«Everything alters,
And one by one we drop away.»
They had hands like claws, and their knees
Were twisted like the old thorn-trees
By the waters.
I heard the old, old men say,
«All that's beautiful drifts away
Like the waters.»

An Irish Airman Foresees His Death

I know that I shall meet my fate
Somewhere among the clouds above;
Those that I fight I do not hate,
Those that I guard I do not love;
My country is Kiltartan Cross,
My countrymen Kiltartan's poor,
No likely end could bring them loss
Or leave them happier than before.
Nor law, nor duty bade me fight,
Nor public men, nor cheering crowds,
A lonely impulse of delight
Drove to this tumult in the clouds;

Wie viele liebten deine Schönheit nicht
Und deine Fröhlichkeit. Ach, einer nur
Hat deine Pilgerseele und die Spur
Von Schmerz geliebt in deinem Angesicht.

Dann rückst du wohl noch näher hin zur Glut,
Beklagst dich leise, daß die Liebe floh
Auf zu den Bergen und nun irgendwo
Verbirgt ihr Antlitz in der Sternenflut.

Die alten Männer sich im Wasser bewundernd

Die alten, alten Männer hört ich sagen,
«Alles ist Wandel,
Und wir versinken einer nach dem andern.»
Die Hände warn wie Klauen, und die Knie
Krumm wie die alten Dornenknicke
Bei den Wassern.
Die alten, alten Männer hört ich sagen,
«Alles Schöne treibt dahin
Wie die Wasser.»

Ein irischer Kampfflieger sieht seinem Tod entgegen

Ich weiß, ich finde mein Geschick
Hoch über Wolken irgendwo.
Die ich bekämpfe haß ich nicht,
Die ich beschütze lieb ich nicht;
Mein Vaterland: Kiltartan Cross,
Mein Volk: das sind die Armen bloß,
Dem kann das Ende, wie es kommt,
Nicht Unheil bringen noch Erfolg.
Nicht Pflicht und nicht Gesetzeszwang,
Kein Staatsmannwort, kein Jubelschrei,
Allein einsamer Lustimpuls
Trieb zu der Wolken Aufruhr hier.

I balanced all, brought all to mind,
The years to come seemed waste of breath,
A waste of breath the years behind
In balance with this life, this death.

The Scholars

Bald heads forgetful of their sins,
Old, learned, respectable bald heads
Edit and annotate the lines
That young men, tossing on their beds,
Rhymed out in love's despair
To flatter beauty's ignorant ear.

All shuffle there; all cough in ink;
All wear the carpet with their shoes;
All think what other people think;
All know the man their neighbour knows.
Lord, what would they say
Did their Catullus walk that way?

Easter 1916

I have met them at close of day
Coming with vivid faces
From counter or desk among grey
Eighteenth-century houses.
I have passed with a nod of the head
Or polite meaningless words,
Or have lingered awhile and said
Polite meaningless words,
And thought before I had done
Of a mocking tale or a gibe
To please a companion
Around the fire at the club,
Being certain that they and I

Erwogen hab ich und bedacht:
Jahre die kommen, sind vertan,
Vertan die Jahre, die schon warn;
Im Gleichmaß dieses Lebens, dieses Tods.

Die Gelehrten

Kahlschädel, uneingedenk ihrer Sünden,
Alt, angesehn – gelehrte kahle Schädel
Ediern und annotiern die Zeilen,
Die Jünglinge, auf ihrem Bett sich wälzend,
In Liebespein dagegenreimten,
Der Schönheit tumbem Ohr zu schmeicheln.

Alle schlurfen; alle husten tintig;
Alle wetzen den Teppich mit den Schuhn ab;
Alle denken, was die andern denken;
Alle kennen, den ihr Nachbar auch kennt.
Mein Gott, was würden sie da sagen,
Käm ihr Catull des Wegs gegangen?

Ostern 1916

Nach Feierabend sah ich sie,
Wenn sie kamen mit hellem Gesicht
Aus Kontor und Kanzlei aus dem Grau
Der Quartiere des achtzehnten Jahrhunderts.
Ich ging mit einem Nicken vorbei,
Oder ein paar höflichen Floskeln,
Oder blieb auch mal stehn und sagte
Ein paar höfliche Floskeln dahin,
Und war doch in Gedanken schon
Bei Anekdote oder Spott
Zu eines Gleichgesinnten Amüsement
Vor dem Kamin im Club,
Überzeugt, daß sie so wie ich

But lived where motley is worn:
All changed, changed utterly:
A terrible beauty is born.

That woman's days were spent
In ignorant good will,
Her nights in argument
Until her voice grew shrill.
What voice more sweet than hers
When, young and beautiful,
She rode to harriers?
This man had kept a school
And rode our wingèd horse;
This other his helper and friend
Was coming into his force;
He might have won fame in the end,
So sensitive his nature seemed,
So daring and sweet his thought.
This other man I had dreamed
A drunken, vainglorious lout.
He had done most bitter wrong
To some who are near my heart,
Yet I number him in the song;
He, too, has resigned his part
In the casual comedy;
He, too, has been changed in his turn,
Transformed utterly:
A terrible beauty is born.

Hearts with one purpose alone
Through summer and winter seem
Enchanted to a stone
To trouble the living stream.
The horse that comes from the road,
The rider, the birds that range
From cloud to tumbling cloud,
Minute by minute they change;
A shadow of cloud on the stream

Eben lebten im Narrenkostüm:
Alles wandelte sich ganz und gar:
Eine Schönheit kam schrecklich zur Welt.

Jener Frau jeder Tag ging dahin
In einfältig gutem Willen,
Die Nacht mit Diskussion:
So wurde ihre Stimme schrill.
Gab es Stimmen süßer als ihre,
Als sie, jung noch und schön,
Zur Jagd mit der Meute ritt?
Dieser Mann stand einer Schule vor
Und ritt unser Flügelroß;
Dieser andre, sein Helfer und Freund,
Trat grad in seine volle Kraft;
Er hätte wohl Ruhm erkämpft,
So fühlsam schien seine Natur,
So kraftvoll und freundlich sein Denken.
Diesen anderen Mann sah ich gern
Als eitlen versoffenen Kerl.
Denn er hatte bitter gekränkt
Die nah meinem Herzen stehn,
Dennoch zähl ich ihn auf im Lied;
Auch er gab auch die Rolle auf
In des Lebens Zufallsschwank;
Auch er ward dabei gewandelt,
Verwandelt ganz und gar:
Eine Schönheit kam schrecklich zur Welt.

Ein Herz mit nur einem Ziel
Durch Sommer und Winter scheint
Verzaubert in einen Stein,
Zu stören des Lebens Strom.
Das Pferd, das die Straße verläßt,
Der Reiter, die Vögel im Flug
Von Wolke zu rollender Wolke,
Jeden Augenblick wandeln sie sich;
Einem Schatten der Wolke im Strom

Changes minute by minute;
A horse-hoof slides on the brim,
And a horse plashes within it;
The long-legged moor-hens dive,
And hens to moor-cocks call;
Minute by minute they live:
The stone's in the midst of all.

Too long a sacrifice
Can make a stone of the heart.
O when may it suffice?
That is Heaven's part, our part
To murmur name upon name,
As a mother names her child
When sleep at last has come
On limbs that had run wild.
What is it but nightfall?
No, no, not night but death;
Was it needless death after all?
For England may keep faith
For all that is done and said.
We know their dream; enough
To know they dreamed and are dead;
And what if excess of love
Bewildered them till they died?
I write it out in a verse –
MacDonagh and MacBride
And Connolly and Pearse
Now and in time to be,
Wherever green is worn,
Are changed, changed utterly:
A terrible beauty is born.

Bringt jeder Augenblick Wandel;
Am Ufer schlittert ein Huf
Und ein Pferd platscht durch die Flut;
Langbeinige Moorhühner tauchen,
Und Hennenruf schallt zu den Hähnen;
Sie leben im Augenblick:
Der Stein ist inmitten von allem.

Ein Opfer, das zu lange währt,
Kann Stein werden lassen das Herz.
O wann ist es genug?
Das ist Sache des Himmels, die unsre
Ist: Namen auf Namen zu murmeln,
Wie die Mutter den Namen des Kinds,
Wenn endlich Schlaf gekommen
In Glieder vom Toben heiß.
Was ist dies als der Einbruch der Nacht?
Nein, nein, nicht Nacht sondern Tod.
War es sinnloser Tod zuletzt?
Vielleicht hält England Wort
Trotz allem was geschehn und gesagt.
Wir kennen ihren Traum; genug
Zu wissen: Sie träumten und sind tot;
Was, wenn Liebe im Übermaß
Sie irregeführt bis sie starben?
Ich schreibe es aus im Gedicht –
MacDonagh und MacBride
Und Connolly und Pearse,
Von jetzt bis zum Ende der Zeit,
Wo immer Grün man trägt,
Sind verwandelt ganz und gar:
Eine Schönheit kam schrecklich zur Welt.

The Second Coming

Turning and turning in the widening gyre
The falcon cannot hear the falconer;
Things fall apart; the centre cannot hold;
Mere anarchy is loosed upon the world,
The blood-dimmed tide is loosed, and everywhere
The ceremony of innocence is drowned;
The best lack all conviction, while the worst
Are full of passionate intensity.

Surely some revelation is at hand;
Surely the Second Coming is at hand.
The Second Coming! Hardly are those words out
When a vast image out of *Spiritus Mundi*
Troubles my sight: somewhere in the sands of the desert
A shape with lion body and the head of a man,
A gaze blank and pitiless as the sun,
Is moving its slow thighs, while all about it
Reel shadows of the indignant desert birds.
The darkness drops again; but now I know
That twenty centuries of stony sleep
Were vexed to nightmare by a rocking cradle,
And what rough beast, its hour come round at last,
Slouches towards Bethlehem to be born?

Sailing to Byzantium

I

That is no country for old men. The young
In one another's arms, birds in the trees
– Those dying generations – at their song,
The salmon-falls, the mackerel-crowded seas,
Fish, flesh, or fowl, commend all summer long
Whatever is begotten, born, and dies.
Caught in that sensual music all neglect
Monuments of unageing intellect.

Die Wiederkunft

Kurve um Kurve weiten sich die Kreise,
Der Falke hört nicht mehr den Falkenier;
Alles zerfällt; die Mitte hält nicht mehr;
Schiere Anarchie ergießt sich auf die Welt,
Bluttrübe Flut ergießt sich; überall
Versinkt der Unschuld feierlicher Brauch;
Den Besten fehlt der Glaube und die Schlimmsten
Erfüllt hingebungsvolle Leidenschaft.

Gewiß steht Offenbarung dicht bevor;
Gewiß, die Wiederkunft steht dicht bevor.
Die Wiederkunft! Kaum ist das Wort heraus,
Als mir ein Riesenbild aus *Spiritus Mundi*
Die Sicht verstört: irgendwo regt, im Wüstensand,
Ein Schemen, Menschenhaupt auf Löwenleib,
Der Blick wie Sonne leer und mitleidlos,
Langsam die schweren Schenkel, während rings
Die Schatten schwanken aufgescheuchter Geierbrut.
Dann wieder Dunkelheit; doch weiß ich jetzt,
Daß zwei Jahrtausend-tiefen Schlaf von Stein
Zum Albtraum aufgewühlt ein Wiegenschaukeln;
Welch wüste Bestie, der die Stunde kam,
Schlurft, daß man sie gebiert, gen Bethlehem?

Seefahrt nach Byzanz

I

Das ist kein Land für alte Männer. Was noch jung
Umarmt sich, Vögel im Gezweig
– Die sterbenden Geschlechter – beim Gesang,
Der Lachs im Wasserfall, makrelensattes Meer,
Fisch, Fleisch und Vogel preisen sommerlang,
Was je gezeugt, geboren wird und stirbt.
Wen diese Sinnenmelodie erfaßt, vergißt
Die Monumente alterslosen Intellekts.

2

An aged man is but a paltry thing,
A tattered coat upon a stick, unless
Soul clap its hands and sing, and louder sing
For every tatter in its mortal dress,
Nor is there singing school but studying
Monuments of its own magnificence;
And therefore I have sailed the seas and come
To the holy city of Byzantium.

3

O sages standing in God's holy fire
As in the gold mosaic of a wall,
Come from the holy fire, perne in a gyre,
And be the singing-masters of my soul.
Consume my heart away; sick with desire
And fastened to a dying animal
It knows not what it is; and gather me
Into the artifice of eternity.

4

Once out of nature I shall never take
My bodily form from any natural thing,
But such a form as Grecian goldsmiths make
Of hammered gold and gold enamelling
To keep a drowsy Emperor awake;
Or set upon a golden bough to sing
To lords and ladies of Byzantium
Of what is past, or passing, or to come.

Leda and the Swan

A sudden blow: the great wings beating still
Above the staggering girl, her thighs caressed
By the dark webs, her nape caught in his bill,
He holds her helpless breast upon his breast.

2

Ein alter Mann ist nur ein jämmerliches Ding,
Ein Kleid aus Lumpen über einem Stock, wenn nicht
Die Seele händeklatschend singt, und lauter singt
Für jeden Fetzen ihres sterblichen Gewands.
Doch Singeschulen gibt es nur, wo sie studiert
Die Monumente ihrer eignen Herrlichkeit.
Und deshalb fuhr ich übers Meer und kam
Zur heiligen Stadt Byzantium.

3

O Weise ihr, die ihr in Gottes heiligem Feuer
Steht wie im goldnen Mosaik auf einer Wand,
Entsteigt dem heiligen Feuer, im Wirbel kreist,
Und seid für meine Seele Lehrer im Gesang.
Verzehrt mein Herz; von Sehnsucht krank
Und angekettet an ein Tier, das stirbt,
Weiß es nicht was es ist; und nehmt mich auf
Ins Kunstgebilde eurer Ewigkeit.

4

Entrückt aus der Natur entnehm ich niemals mehr
Einem Naturding meine körperliche Form,
Nur solche Form, wie Griechenkunst sie schuf,
Aus Gold getrieben und mit Gold-Email,
Und halte einen schlafestrunknen Kaiser wach,
Oder ich sing auf einem goldnen Zweig
Den Herrn und Damen von Byzantium
Von dem, was war, vorübergeht, und kommt.

Leda und der Schwan

Ein jäher Stoß: die Schwinge, bebend, packt
die Taumelnde; der Schwimmhaut schwarze Lust
Greift um das Schenkelpaar; der Schnabel hackt
sich ins Genick, und Brust preßt sich auf Brust.

How can those terrified vague fingers push
The feathered glory from her loosening thighs?
And how can body, laid in that white rush,
But feel the strange heart beating where it lies?

A shudder in the loins engenders there
The broken wall, the burning roof and tower
And Agamemnon dead.
Being so caught up,
So mastered by the brute blood of the air,
Did she put on his knowledge with his power
Before the indifferent beak could let her drop?

A Man Young and Old

I
First Love

Though nurtured like the sailing moon
In beauty's murderous brood,
She walked awhile and blushed awhile
And on my pathway stood
Until I thought her body bore
A heart of flesh and blood.

But since I laid a hand thereon
And found a heart of stone
I have attempted many things
And not a thing is done,
For every hand is lunatic
That travels on the moon.

She smiled and that transfigured me
And left me but a lout,
Maundering here, and maundering there,
Emptier of thought

Wie könnte jene angstverwirrte Hand
so weiße Pracht von willigen Schenkeln wehren?
Und wie der Leib, vom Fittich übermannt,
so fremden Herzens Klopfen überhören?

Ein blindes Schaudern in den Lenden schaut
der Mauer Sturz, Glut im Gebälk entfacht,
und Agamemnons Tod.
Die's also graut
Vorm Blut der Luft, das wild herniederstieß:
gehörte ihr das Wissen seiner Macht,
eh sie der Schnabel lässig fallen ließ?

Ein Mann Jung und Alt

I
Erste Liebe

Obwohl sie aufwuchs gleich dem Mond
In Schönheits Mörderbrut,
Kam sie doch her, errötend hier,
War meinem Pfade gut,
Bis ich gedacht, es trüg ihr Leib
Ein Herz aus Fleisch und Blut.

Doch seit ihn meine Hand erfuhr
Und fand ein Herz aus Stein,
Hab ich versucht gar vielerlei,
Nutzlos und ungewohnt;
Denn toll muß jede Hand wohl sein,
Die wandert auf dem Mond.

Sie lächelte, verwandelt' mich
In einen dummen Bub,
Der ziellos schwärmt, bald hier, bald dort,
Dunkel mein Hirn und leer,

Than the heavenly circuit of its stars
When the moon sails out.

2
Human Dignity

Like the moon her kindness is,
If kindness I may call
What has no comprehension in't,
But is the same for all
As though my sorrow were a scene
Upon a painted wall.

So like a bit of stone I lie
Under a broken tree.
I could recover if I shrieked
My heart's agony
To passing bird, but I am dumb
From human dignity.

3
The Mermaid

A mermaid found a swimming lad,
Picked him for her own,
Pressed her body to his body,
Laughed; and plunging down
Forgot in cruel happiness
That even lovers drown.

5
The Empty Cup

A crazy man that found a cup,
When all but dead of thirst,
Hardly dared to wet his mouth

Wie wenn im Himmelskreis der Nacht
Kommt groß der Mond daher.

2
Menschenwürde

Wohl ist ihr Liebreiz wie der Mond,
Wenn Liebreiz wird genannt
Was keinerlei Verstehen kennt,
An jedermann gewandt,
Als wär mein Schmerz nur aufgemalt
Auf einer bunten Wand.

So lieg ich wie ein Stückchen Stein
Unter geborstenem Baum.
Viel besser wär mir, wenn ich schrie
Den Todesschmerz zum Himmel hoch,
Wo Vögel fliegen, doch ich bleib
Vor Menschenwürde stumm.

3
Die Nixe

Die Nixe nahm sich einen Bursch
Den sie sich ausersehn,
Preßt ihren Leib an seinen Leib,
Fährt lachend in den See
Hinab, vergißt im wilden Glück:
Liebe ertrinkt im Weh.

5
Der leere Krug

Ein toller Kerl fand einen Krug,
Als er vor Durst fast tot,
Doch kaum den Mund zu netzen wagt,

Imagining, moon-accursed,
That another mouthful
And his beating heart would burst.
October last I found it too
But found it dry as bone,
And for that reason am I crazed
And my sleep is gone.

8

Summer and Spring

We sat under an old thorn-tree
And talked away the night,
Told all that had been said or done
Since first we saw the light,
And when we talked of growing up
Knew that we'd halved a soul
And fell the one in t'other's arms
That we might make it whole:
Then Peter had a murdering look,
For it seemed that he and she
Had spoken of their childish days
Under that very tree.
O what a bursting out there was,
And what a blossoming,
When we had all the summer-time
And she had all the spring!

Byzantium

The unpurged images of day recede;
The Emperor's drunken soldiery are abed;
Night resonance recedes, night-walkers' song
After great cathedral gong;
A starlit or a moonlit dome disdains
All that man is,

Wähnt, mondverwirrt verzagt,
Ein einziger Mundvoll bräche ihm
Sein hitzig schlagend Herz.
Letzten Oktober fand auch ich
Den Krug, doch knochentrocken,
Das macht: auch mich schlug nun der Wahn
Und all mein Schlaf ist hin.

8
Sommer und Frühling

Wir saßen unterm Dornenbaum,
Erzählten durch die Nacht,
Was alles wir getan, gesagt,
So lang Erinnerung reicht.
Gedachten wie man manches Herz
Halbiert mit spitzem Pfeil,
Fielen einander in die Arme,
Und machtens wieder heil.
Da blickt uns Peter mörderisch an,
Er hat, so scheint's, den Kindheitstraum
Geträumt schon einmal, er und sie,
Unter dem gleichen Baum.
Was brach da alles auf für sie,
Wie blühte da die Welt,
Den ganzen Sommer hatten wir,
Den ganzen Frühling sie!

Byzanz

Verrauscht des Tags unlautere Bilderflut;
Des Kaisers trunkene Söldner sind zur Ruh;
Nachthall verrauscht, Nachtwandler-Sang,
Nach mächtigem Kathedralen-Gong;
Im Mond- und Sternenglanz verhöhnt ein Dom
Alles, was der Mensch ist,

All mere complexities,
The fury and the mire of human veins.

Before me floats an image, man or shade,
Shade more than man, more image than a shade;
For Hades' bobbin bound in mummy-cloth
May unwind the winding path;
A mouth that has no moisture and no breath
Breathless mouths may summon;
I hail the superhuman;
I call it death-in-life and life-in-death.

Miracle, bird or golden handiwork,
More miracle than bird or handiwork,
Planted on the star-lit golden bough,
Can like the cocks of Hades crow,
Or, by the moon embittered, scorn aloud
In glory of changeless metal
Common bird or petal
And all complexities of mire or blood.

At midnight on the Emperor's pavement flit
Flames that no faggot feeds, nor steel has lit,
Nor storm disturbs, flames begotten of flames,
Where blood-begotten spirits come
And all complexities of fury leave,
Dying into a dance,
An agony of trance,
An agony of flame that cannot singe a sleeve.

Astraddle on the dolphin's mire and blood,
Spirit after spirit! The smithies break the flood.
The golden smithies of the Emperor!
Marbles of the dancing floor
Break bitter furies of complexity,
Those images that yet
Fresh images beget,
That dolphin-torn, that gong-tormented sea.

All das wirre Gemisch
Des Menschenbluts aus Wut und Kot.

Vor mir ein Bild: Mensch oder Schatten,
Ein Schatten mehr als Mensch, mehr Bild als Schatten;
Denn Hades' Haspel, vermummt in Mumienbinden,
Kann den gewundenen Pfad entwinden;
Mund ohne Speichel, atemlos,
Kann sich an Münder ohne Atem wenden;
Ich ruf ihn an, den Übermenschen,
Nenn Tod-im-Leben ihn, Leben-im-Tod.

Ein Wunder, Vogel oder goldnes Handgeschmeid,
Ein Wunder, mehr als Vogel, als Geschmeid,
Auf goldenem Zweig im Sternlicht stehend,
Kann wie die Hades-Hähne krähen,
Oder verhöhnt, vom Mond erbittert, laut
Im Stolz von dauerndem Metall
Gemeinen Vogel, Blütenblatt,
Jedes wirre Gemisch aus Kot und Blut.

Zur Mitternacht über des Kaisers Pflaster züngeln
Flammen, wie sie kein Reisig nährt, kein Stahl entzündet,
Die kein Sturm stört, Flammen gezeugt aus Flammen,
Dort, wohin blutgezeugte Geister kommen
Und lassen alles Wüten, wirr vermengt;
Ersterbend im Tanze,
In Agonie aus Trance,
In Flammenagonie, die keinen Saum versengt.

Rittlings auf der Delphine Kot und Blut
Jagt Geist um Geist! Die Schmiede bricht die Flut,
Des Kaisers goldene Schmiede!
Der Tanzplatz bricht auf seinen Marmorfliesen
Das bittere Gewirr aus Wut und Weh,
Die Bilder, denen stets
Ein neues Bild entwächst,
Delphin-durchwühlte, Gong-zerquälte See.

After Long Silence

Speech after long silence; it is right,
All other lovers being estranged or dead,
Unfriendly lamplight hid under its shade,
The curtains drawn upon unfriendly night,
That we descant and yet again descant
Upon the supreme theme of Art and Song:
Bodily decrepitude is wisdom; young
We loved each other and were ignorant.

The Lady's First Song

I turn round
Like a dumb beast in a show,
Neither know what I am
Nor where I go,
My language beaten
Into one name:
I am in love
And that is my shame.
What hurts the soul
My soul adores,
No better than a beast
Upon all fours.

Long-Legged Fly

That civilisation may not sink,
Its great battle lost,
Quiet the dog, tether the pony
To a distant post;
Our master Caesar is in the tent
Where the maps are spread,
His eyes fixed upon nothing,
A hand under his head.
Like a long-legged fly upon the stream
His mind moves upon silence.

Nach langem Schweigen

Nach langem Schweigen sprechen; es ist recht –
Die Liebsten sind uns fremd geworden oder tot,
Das Licht der Lampe unterm Schirm ein Spott,
Vorm Spott der Nacht den Vorhang zugezogen –
Daß wir noch singen und dagegensingen
Die höchsten Themen: Kunst und Lied:
Verfall der Körper: Weisheit. Jung
Da liebten wir einander, wußten nichts.

Der Lady Erstes Lied

Ich dreh mich
Wie ein vorgeführtes Tier,
Weiß weder was ich bin
Noch wo ich geh,
Die Sprache verschlagen
Zu *einem* Namen;
Ich bin verliebt
Und das ist Scham und Schande.
Was die Seele peinigt
Vergöttert meine Seele,
Nicht besser als ein Tier
Auf allen Vieren.

Langbeinige Fliege

Damit der kultivierte Erdkreis nicht versinke,
Wenn ihm die große Schlacht mißlingt,
Herrsche den Hund an und des Ponys Zügel
Um einen weit entfernten Pfosten schling!
Im Zelt ruht Caesar, Herr von unsresgleichen,
Inmitten aller Karten dieser Welt,
Die Augen wie gebannt auf nichts gerichtet,
Die Hand beiseit, die seinen Schädel hält.
Wie eine langbeinige Fliege auf dem Fluß
Bewegt sein Geist sich auf dem Schweigen.

That the topless towers be burnt
And men recall that face,
Move most gently if move you must
In this lonely place.
She thinks, part woman, three parts a child,
That nobody looks; her feet
Practice a tinker shuffle
Picked up on a street.
Like a long-legged fly upon the stream
Her mind moves upon silence.

That girls at puberty may find
The first Adam in their thought,
Shut the door of the Pope's chapel,
Keep those children out.
There on that scaffolding reclines
Michael Angelo.
With no more sound than the mice make
His hand moves to and fro.
Like a long-legged fly upon the stream
His mind moves upon silence.

Lapis Lazuli
(For Harry Clifton)

I have heard that hysterical women say
They are sick of the palette and fiddle-bow,
Of poets that are always gay,
For everybody knows or else should know
That if nothing drastic is done
Aeroplane and Zeppelin will come out,
Pitch like King Billy bomb-balls in
Until the town lie beaten flat.

All perform their tragic play,
There struts Hamlet, there is Lear,

Damit die wolkenhohen Türme Feuer fangen
Und Menschen dieses Antlitz werd bewußt,
Beweg dich sacht, sobald du dich an diesem
So abgelegnen Ort bewegen mußt!
Sie glaubt – ein Teil nur Weib, drei Teile Mädchen –,
Hier würde sie von keinem mehr gesehn
Und übt den Schleifer, wie ihn Kesselflicker
Auf offner Straße drehn.
Wie eine langbeinige Fliege auf dem Fluß
Bewegt ihr Geist sich auf dem Schweigen.

Damit bei Mädchen, die geschlechtsreif werden,
Der erste Adam ihrem Geist entspring,
Schließe die Pforte von der Papstkapelle,
Vor diesen Kindern dreh den Schlüssel flink!
Dort oben, rücklings in den Baugerüsten,
Liegt Michelangelo, wie hingemäht.
Kaum mehr Geräusch, als es die Mäuse machen,
Macht seine Hand, die auf und nieder geht.
Wie eine langbeinige Fliege auf dem Fluß
Bewegt sein Geist sich auf dem Schweigen.

Lapislazuli

(Für Harry Clifton)

Ich hörte hysterische Frauen sagen,
Wie satt sie Paletten und Geigen haben
Und Dichter, die immer nur heiter sind,
Denn jeder weiß oder sollte wissen,
Werden jetzt nicht Maßnahmen ergriffen,
Dann kommen Aeroplane und Zeppelin
Und werfen Bomben wie Kaiser Billy
Und machen die Stadt dem Erdboden gleich.

Sie spielen alle ihr tragisches Spiel,
Da stolziert Hamlet, da ist Lear,

That's Ophelia, that Cordelia;
Yet they, should the last scene be there,
The great stage curtain about to drop,
If worthy their prominent part in the play,
Do not break up their lines to weep.
They know that Hamlet and Lear are gay;
Gaiety transfiguring all that dread.
All men have aimed at, found and lost;
Black out; Heaven blazing into the head:
Tragedy wrought to its uttermost.
Though Hamlet rambles and Lear rages,
And all the drop-scenes drop at once
Upon a hundred thousand stages,
It cannot grow by an inch or an ounce.

On their own feet they came, or on shipboard,
Camel-back, horse-back, ass-back, mule-back,
Old civilisations put to the sword.
Then they and their wisdom went to rack:
No handiwork of Callimachus,
Who handled marble as if it were bronze,
Made draperies that seemed to rise
When sea-wind swept the corner, stands;
His long lamp-chimney shaped like the stem
Of a slender palm, stood but a day;
All things fall and are built again,
And those that build them again are gay.

Two Chinamen, behind them a third,
Are carved in lapis lazuli,
Over them flies a long-legged bird,
A symbol of longevity;
The third, doubtless a serving-man,
Carries a musical instrument.

Every discoloration of the stone,
Every accidental crack or dent,
Seems a water-course or an avalanche,

Das ist Ophelia, das Cordelia;
Doch wenn es zur letzten Szene kommt,
Der große Vorhang sich senken will,
Und sie ihrer Hauptrolle würdig sind,
Unterbrechen sie nicht ihre Zeilen mit Weinen.
Sie wissen, heiter sind Hamlet und Lear,
Heiterkeit verwandelt die Pein.
Was Menschen erstrebten, fanden, verloren;
Licht aus; Himmel flammt in den Kopf hinein.
Tragödie – ins Äußerste beschworen.
Mag Hamlet rasen, mag Lear wüten,
Mag auch der Vorhang überall fallen
Zugleich auf hunderttausend Bühnen,
Sie wächst um keinen Zoll, kein Gramm.

Auf eignen Füßen kamen sie, auch übers Meer,
Auf Esel, Maultier, Kamel und zu Pferd,
Alte Kulturen kamen unter ihr Schwert.
Und all ihre Weisheit lag in Scherben:
Nichts was Kallimachos geschaffen, der
Den Marmor wie Bronze modellierte,
Behänge wob, die sich zu bauschen schienen,
Wenn Meerwind in die Ecke fegte, steht noch;
Sein langer Lampenzylinder geformt wie der Stamm
Einer schlanken Palme, stand einen Tag nur;
Ein jegliches, das fällt, wird wieder gebaut.
Und heiter sind, die es wieder erbauen.

Zwei Chinesen, ein dritter hinterdrein,
In Lapislazuli geschnitten,
Ein langbeiniger Vogel fliegt darüber.
Symbol der Langlebigkeit;
Der Dritte, sicherlich ein Diener,
Trägt ein Musikinstrument.

Jede Verfärbung dieses Steins,
Jeder zufällige Bruch oder Sprung
Scheint ein Bachlauf oder eine Lawine,

Or lofty slope where it still snows
Though doubtless plum or cherry-branch
Sweetens the little half-way house
Those Chinamen climb towards, and I
Delight to imagine them seated there;
There, on the mountain and the sky,
On all the tragic scene they stare.
One asks for mournful melodies;
Accomplished fingers begin to play.
Their eyes mid many wrinkles, their eyes,
Their ancient, glittering eyes, are gay.

From Under Ben Bulben

Under bare Ben Bulben's head
In Drumcliff churchyard Yeats is laid.
An ancestor was rector there
Long years ago, a church stands near,
By the road an ancient cross.
No marble, no conventional phrase;
On limestone quarried near the spot
By his command these words are cut:

Cast a cold eye
On life, on death.
Horseman, pass by!

Oder ein Steilhang, noch beschneit,
Wenn auch sicher Kirsch- oder Pflaumenzweig
Das kleine Haus auf halbem Weg versüßen,
Zu dem sie klettern, die Chinesen – ich
Stelle sie da mir sitzend vor, entzückt;
Da, auf den Berg und auf den Himmel,
Auf all die tragische Szenerie starren sie.
Einer bittet um klagende Melodie;
Geschickte Finger beginnen zu spielen.
Die Augen, verrunzelt, verhutzelt, die Augen,
Die alten glitzernden Augen – heiter sind sie.

Aus Unter Ben Bulben

Unter Ben Bulbens kahlem Gipfel
Liegt Yeats im Kirchhof von Drumcliff.
Ein Vorfahr war vor langen Jahren
Dort Pfarrer, eine Kirche steht dabei,
Am Weg ein altes Kreuz.
Kein Marmor oder erwartbarer Spruch;
In Kalkstein aus einer nahen Grube
Hieß er hauen diese Worte:

Schau kalten Blicks
Auf Leben, auf Tod.
Reiter, reit zu.

JAMES JOYCE

Strings in the earth and air
  Make music sweet;
Strings by the river where
  The willows meet.

There's music along the river
  For Love wanders there,
Pale flowers on his mantle,
  Dark leaves on his hair.

All softly playing,
  With head to the music bent,
And fingers straying
  Upon an instrument.

ALL DAY I HEAR the noise of waters
  Making moan,
Sad as the sea-bird is, when going
  Forth alone,
He hears the winds cry to the waters'
  Monotone.

The grey winds, the cold winds are blowing
  Where I go.
I hear the noise of many waters
  Far below.
All day, all night, I hear them flowing
  To and fro.

I HEAR AN ARMY charging upon the land
  And the thunder of horses plunging, foam about their knees.
Arrogant, in black armour, behind them stand,
  Disdaining the reins, with fluttering whips, the charioteers.

James Joyce

Saiten in Erd und Luft
Machen süße Musik;
Saiten am Fluß, wo Duft
Um der Weiden Gewieg.

Musik erklingt an den Wassern:
Ein Liebender geht,
Im Haar dunkle Blätter, den Mantel
Von Blüten umweht.

Ein spielendes Schwirren
Die Sinne ihm leise dehnt,
Und Finger irren
Auf einem Instrument.

All Tag hör ich im Schwall der Wasser,
Wie es klagt,
Traurig wie die Möwe, wenn sie
Einsam jagt
Und hört, was Wind dem Wasser
Eintönig sagt.

Die grau und rauhen Winde tönen,
Wo ich bin.
Es liegt das Tosen vieler Wasser
Mir im Sinn.
All Tag, all Nacht hör ich sie strömen
Her und hin.

Ich hör ein Heer anstürmen gegen das Land
Und den Donner ausschlagender Pferde, um die Knie Schaum.
Herrisch, in schwarzer Rüstung dahinter im Stand,
Verschmähend die Zügel, mit flatternden Peitschen, die Wagenlenker.

They cry unto the night their battlename:
  I moan in sleep when I hear afar their whirling laughter.
They cleave the gloom of dreams, a blinding flame,
  Clanging, clanging upon the heart as upon an anvil.

They come shaking in triumph their long green hair:
  They come out of the sea and run shouting by the shore.
My heart, have you no wisdom thus to despair?
  My love, my love, my love, why have you left me alone?

Alone

The moon's greygolden meshes make
All night a veil,
The shorelamps in the sleeping lake
Laburnum tendrils trail.

The sly reeds whisper to the night
A name – her name –
And all my soul is a delight,
A swoon of shame.

THERE'S AN ANTHROPOID consul called Bennett,
With the jowl of a jackass or jennet,
  He must muzzle or mask it
  In the waste paper basket,
When he rises to bray in the Senate.

From Finnegans Wake, IV

Soft morning, city! Lsp! I am leafy speafing. Lpf! Folty and folty all the nights have falled on to long my hair. Not a sound, falling. Lispn! No wind no word. Only a leaf, just a leaf and then leaves. The woods are fond always. As were

Sie schleudern gegen die Nacht ihren Schlachtennamen:
  Ich stöhne im Schlaf, wenn ich höre von fern ihr wirbelnd Gelach.
Sie spalten das Dunkel von Träumen, blendende Flammen,
  Prallen, prallen gegen das Herz, daß es klirrt wie ein Amboß.

Sie kommen, es wallt im Triumph ihr lang-grünes Haar:
  Sie kommen herauf aus der See und jagen vorbei am Gestad.
Mein Herz, bist du, so zu verzweifeln, der Weisheit bar?
  Mein Lieb, mein Lieb, mein Lieb, was ließest du mich allein?

Allein

Goldgrauer Mond, der Schleier flicht
in jede Nacht,
schlafspiegelnd kränzt das Uferlicht
den See goldregenhaft.

Ein Name weht durchs Uferried
oh Gott, ihr Nam'!
und in der Seele Quellenlied
aufquillt entzückte Scham.

Konsul Bennett, kaum Mensch von Gestalt,
Läßt sein Eselsohr selber nicht kalt,
  Und so stülpt er sich lieber
  'nen Papierkorb darüber,
Wenn sein Konsuls-I-ah erschallt.

Aus Anna Livias Monolog in Finnegans Wake

Mild der morgen, stadt! Lsp! Ich bin liefi die sprieft. Lpf! Zores und mores alle die nächte sind gephahlt weiter zu langen mein haar. Nicht ein laut, fällt. Lispn! Kein wind kein wort. Nur ein blatt, bloß ein blatt und dann platter. Die wälder sind immer innig. Als wärn

we their babes in. And robins in crews so. It is for me goolden wending. Unless? Away! Rise up, man of the hooths, you have slept so long! Or is it only so mesleems? On your pondered palm. Reclined from cape to pede. With pipe on bowl. Terce for a fiddler, sixt for makmerriers, none for a Cole. Rise up now and aruse! Norvena's over. I am leafy, your goolden, so you called me, may me life, yea your goolden, silve me solve, exsogerraider! You did so drool. I was so sharm. But there's a great poet in you too. Stout Stokes would take you offly. So has he as bored me to slump. But am good and rested. Taks to you, toddy, tan ye! Yawhawaw. Helpunto min, helpas vin. Here is your shirt, the day one, come back. The stock, your collar. Also your double brogues. A comforter as well. And here your iverol and everthelest your umbr. And stand up tall! Straight. I want to see you looking fine for me... It's Phoenix, dear... It is the softest morning that ever I can ever remember me...

But you're changing, acoolsha, you're changing from me, I can feel. Or is it me is? I'm getting mixed. Brightening up and tightening down. Yes, you're changing, sonhusband, and you're turning, I can feel you, for a daughterwife from the hills again. Imlamaya. And she is coming. Swimming in my hindmoist. Diveltaking on me tail. Just a whisk brisk sly spry spink spank sprint of a thing theresomere, saultering. Saltarella come to her own. I pity your oldself I was used to. Now a younger's there. Try not to part! Be happy, dear ones! May I be wrong! For she'll be sweet for you as I was sweet when I came down out of me mother. My great blue bedroom, the air so quiet, scarce a cloud. In peace and silence. I could have stayed up there for always only. It's something fails us. First we feel. Then we fall. And let her rain now if she likes. Gently or strongly as she likes. Anyway let her rain for my time is come. I done me best when I was let. Thinking always if I go all goes. A hundred cares, a tithe of troubles and is there one who understands me? One in a thousand of years of the nights? All me life I have been lived among them but now they are becoming lothed to me. And I am lothing their little warm tricks. And lothing

wir ihre babies in. Und rabin, sohn gruß, oh. Es ist für mich meine grollndne hochgezeit. Falls nicht? Nur fort! Steh auf, mann aus den högen, du schlieffest so lang! Oder erscheints nur morschlimm? Flach auf dein gestrengkten hand. Hingegossen von kapf bis flus. Mit der pip am sack. Nen dreier fürn fitzler, sexer für machtspasmer, nix für den Cool. Steh auf jetzt und auferstets! Norwegna's aus. Ich bin liefi, die grollndne dein, so nanzt du mich, soll mein leben, ja dein grollndnes, verlesen mich zerlösen, exorbitarbandler! Du gabst dich so droll. Ich war so scharm. Doch ein großer poet steckt auch in dir drinn. Der stämme Stokes nämdich vom fleck. So hat er an bohrd mich zu bruch. Doch bin brav und in ruh. Dansk dir, poppi, bräu dich! Jottheewaw. Steh ins bay, steh als finnins bei. Hier ist dein hemd, für den tag das, komm rück. Der schlits, dein kragen. Auch deine zwiegemähten. Ein wollenschal dazu. Und hier die kammäschen und gutterletzt dein ombr. Und steh groß her! Grad. Ich will daß du hübsch für mich aussiechst ... 's ist Finnix, lieber. ... Es ist der mildeste morgen an den ich je mich jerinnere. ...

Doch du veränderst dich, kuhlster, veränderst dich von mir, ich fühls. Oder bin ich es die? Ich komm durcheinander. Helle mich auf und quälle mich ab. Ja, du veränderst dich, sohnemann, und du verdrehnst dich, ich fühls du, wieder nach einer tochterfrau aus den bergen. Imlamaya. Und sie kommt. Schwemmt in meim hinternäßten. Nur ein wisch wasch rasch wink flink flitz flitter flutsch eines dings dasobloß, füßig tarantellend. Saltarella zu sich selber gekomm. Mich dauert dein altsich an das ich gewöhnt war. Jetzt ist ne jüngre da. Geh nicht wenns geht! Glück euch, lieben! Tät ich mich ihrn! Denn sie wird süß für dich sein, süß, wie ichs war als ich herabkam aus meiner mutter. Mein großes blaues boudoir, die luft so still, kaum eine wolke. Friendlich und stumm. Da hätt ich bleiben können, drinn, für immer nur. 's ist was das uns abgeht. Erst fühlen wir. Dann fallen wir. Und laß sie regnen jetzt rein wenn sie will. Stark oder schwach wie sie will. Wie immer laß sie regen denn meine zeit ist da. Ich tat mein bestes wann man mich ließ. Hab immer gedacht wenn ich geh gehts all. Hunderterlei klönigkeiten, mein anteil sargen und gibts denn ein der mich versteht? Ein in eim jahrtausend von nächten? All mein leben war ich gelebt unter ihnen doch jetzt ehkeln sie mich an. Und mich ehkeln ihre kleinwarmen tricks. Und ehkeln ihre gemein-samften drehs. Und all die gier ergüsse durch

their mean cosy turns. And all the greedy gushes out through their small souls. And all the lazy leaks down over their brash bodies. How small it's all! And me letting on to meself always. And lilting on all the time. I thought you were all glittering with the noblest of carriage. You're only a bumpkin. I thought you the great in all things, in guilt and in glory. You're but a puny. Home! My people were not their sort out beyond there so far as I can. For all the bold and bad and bleary they are blamed, the seahags. No! Nor for all our wild dances in all their wild din. I can seen meself among them, allaniuvia pulchrabelled. How she was handsome, the wild Amazia, when she would seize to my other breast! And what is she weird, haughty Niluna, that she will snatch from my ownest hair! For 'tis they are the stormies. Ho hang! Hang ho! And the clash of our cries till we spring to be free. Auravoles, they says, never heed of your name! But I'm loothing them that's here and all I lothe. Loonely in me loneness. For all their faults. I am passing out. O bitter ending! I'll slip away before they're up. They'll never see. Nor know. Nor miss me. And it's old and old it's sad and old it's sad and weary I go back to you, my cold father, my cold mad father, my cold mad feary father, till the near sight of the mere size of him, the moyles and moyles of it, moananoaning, makes me seasilt saltsick and I rush, my only, into your arms. I see them rising! Save me from those therrble prongs! Two more. Onetwo moremens more. So. Avelaval. My leaves have drifted from me. All. But one clings still. I'll bear it on me. To remind me of. Lff! So soft this morning, ours. Yes. Carry me along, taddy, like you done through the toy fair! If I seen him bearing down on me now under whitespread wings like he'd come from Arkangels, I sink I'd die down over his feet, humbly dumbly, only to washup. Yes, tid. There's where. First. We pass through grass behush the bush to. Whish! A gull. Gulls. Far calls. Coming, far! End here. Us then. Finn, again! Take. Bussoftlhee, mememormee! Till thousendsthee. Lps. The keys to. Given! A way a lone a last a loved a long the

ihre eh lenden seelchen raus. Und all die lahmen lecks über ihre sprüden körper rab. Wie klein ists alls! Und ich, immer schwatzt ich mir etwas vor. Und sprüdelte fort all die zeit. Ich sah dich ganz strahlernst in tollstem gepfärde. Dabei bist du ein zwulch. Ich sah dich den großen in allem, in schold und in ehre. Dabei bist du ein wicht. Heim! Meine leute warn nicht von ihrem schlag da draußen so weit wie ich mich dran. Für allen schneid und schimpf und schummer wern sie gerupft, die seevetteln. Nee! Nicht für all unsre wilden tänzchen in all irrem wilden trab. Mich kann ich gar seenen bei ihnen, allaneunja pulchrebellt. Wie war sie schön, die wilde Amazia, wenn sie mir griff an die andere brust! Und was ist sie hechsisch, die stolze Niluna, daß sie mir schnappt nach dem eigensten haar! Denn sie sinds sind die stürmsten. Ho häng! Häng oh! Und das geklirr unsres gekreischs bis wir uns frei springen. O, revols, sang die, nie gehüt vorn deim nahm! Doch ich verlhasse die wo da sind und alles haß ich. Heinsahm in mein alleinssein. Um all irrer fehler weg. Verscheid ich aus. Ach bittres ende! Ich mach mich ab bevor sie aufs. Sie werns nicht seen. Noch wissen. Noch mich vermissen. Und 's ist alt und alt ists trist und alt ists trist und erschöpft kehr ich zurück zu dir, mein kalter vater, mein kalter irrer vater, mein kalter irrer fürchticher vater, bis die nahsicht seines ahnblicks schon, die mühlen und mühlen davon, stöhnerdröhnend, mich seeschlick salzschlecht macht und ich stürz, mein einziger, in deine arm. Ich seh sie steigen! Rett mich vor den schrhäuslichen zücken! Zwei mehr. Einszwei meermenscher mehr. So. Avelaval. Meine blätter sind von mir abgetrieben. All. Doch eins hakt fest. Das ertrag ich auf mir. Mich zerrinnern an. Lff! So mild der morgen, unsrer. Ja. Trag mich dahin, pappi, wieder einst durch den messeplabtzt. Wenn ich ihn säh jetzt wie er mich niederflög unter weißgespreizten schwingen als käm er von Arzangeln, ich sänk hin ich erstürb zu sein füßen, krumm stumm, nur um aufzubetzen. Ja, zeits. Da's wo. Zuerst. Wir huschen durch buschen keuchen gesträuchen zu. Wsch! Ne möwe. Möwen. Fern rufts. Komme, fern! Endt hier. Uns denn. Finn, noch wieder! Nimm. Küßoftmildchihm, meerdenkmermein! Bis tausendstdein. Lpn. Die schlüssel zu. Geben! Da hin da lein da letzt da liebt da lang m

T. E. Hulme

Autumn

A touch of cold in the Autumn night –
I walked abroad,
And saw the ruddy moon lean over a hedge
Like a red-faced farmer.
I did not stop to speak, but nodded,
And round about were the wistful stars
With white faces like town children.

The Embankment
(The fantasia of a fallen gentleman on a cold, bitter night)

Once, in finesse of fiddles found I ecstasy,
In a flash of gold heels on the hard pavement.
Now I see
That warmth' s the very stuff of poesy.
Oh, God, make small
The old star-eaten blanket of the sky,
That I may fold it round me and in comfort lie.

Above the Dock

Above the quiet dock in midnight,
Tangled in the tall mast's corded height,
Hangs the moon. What seemed so far away
Is but a child's balloon, forgotten after play.

T. E. Hulme

Herbst

Ein Hauch von Kälte in der Herbstnacht –
Ich ging im Freien
Und sah den roten Mond über eine Hecke gelehnt
Wie ein frischgesichtiger Bauer.
Ich hielt nicht ein zum Sprechen, aber nickte,
Und rund herum waren die still aufmerkenden Sterne
Weißgesichtig wie Stadtkinder.

Der Themse-Kai
(Phantasie eines gefallenen Herrn in kalter, bitterer Nacht.)

Einst fand in feinem Spiel der Geige ich Ekstase,
Im Blitzen goldner Absätze auf hartem Pflaster.
Jetzt seh ich:
Wärme ists woraus Poesie gemacht ist.
O Gott, mach klein
Die alte sternzerfreßne Himmelsdecke,
Daß ich sie um mich legen kann und lieg bequem.

Über dem Dock

Über dem stillen Dock mittnachts
Verwickelt hoch im Tauwerk am Topmast
Hängt der Mond. Was so weit weg schien
Ist nur ein Luftballon, vom Kind vergessen nach dem Spiel.

D. H. Lawrence

Lightning

I felt the lurch and halt of her heart
    Next my breast, where my own heart was beating;
And I laughed to feel it plunge and bound,
And strange in my blood-swept ears was the sound
    Of the words I kept repeating,
Repeating with tightened arms, and the hot blood's blindfold art.

Her breath flew warm against my neck,
    Warm as a flame in the close night air;
And the sense of her clinging flesh was sweet
Where her arms and my neck's blood-surge could meet.
    Holding her thus, did I care
That the black night hid her from me, blotted out every speck?

I leaned me forward to find her lips,
    And claim her utterly in a kiss,
When the lightning flew across her face,
And I saw her for the flaring space
    Of a second, afraid of the clips
Of my arms, inert with dread, wilted in fear of my kiss.

A moment, like a wavering spark,
    Her face lay there before my breast,
Pale love lost in a snow of fear,
And guarded by a glittering tear,
    And lips apart with dumb cries;
A moment, and she was taken again in the merciful dark.

D. H. Lawrence

Blitz

Ich spürte den Taumel und Stillstand ihres Herzens
An meiner Brust, wo mein eigenes Herz schlug;
Und ich lachte da ich es stürmen und springen spürte,
Und fremd mir im blutsausenden Ohr war der Klang
Der Worte, die ich immer wiederholte,
Wiederholte mit Klammerarmen, und der blinden Kunst heißen Bluts.

Ihr Atem flog warm an meinen Nacken,
Warm wie eine Flamme in dichter Nachtluft;
Und das Gefühl ihres haftenden Fleisches war süß,
Wo ihre Arme und der Blutsturz meines Halses sich trafen.
So sie haltend, kümmert' es mich,
Daß die schwarze Nacht sie vor mir verbarg, tilgte jede Stelle?

Ich beugte mich vor, ihre Lippen zu finden,
Sie völlig in einem Kuß zu eigen zu machen,
Als der Blitz ihr übers Gesicht flog
Und ich sie sah, im Schimmerraum
Der Sekunde, voll Angst vorm Klammern
Meiner Arme, starr vor Schreck, hilflos aus Angst vor dem Kuß.

Den Augenblick, wie ein flackernder Funke,
Lag ihr Gesicht da vor meiner Brust,
Fahle Liebe verloren in einem Schnee aus Angst
Und bewacht von einer glitzernden Träne
Und Lippen offen von stummen Schreien;
Ein Augenblick, und sie war wieder gehüllt in gnädiges Dunkel.

Bei Hennef

The little river twittering in the twilight,
The wan, wondering look of the pale sky,
    This is almost bliss.

And everything shut up and gone to sleep,
All the troubles and anxieties and pain
    Gone under the twilight.

Only the twilight now, and the soft «Sh!» of the river
    That will last for ever.

And at last I know my love for you is here;
I can see it all, it is whole like the twilight,
It is large, so large, I could not see it before,
Because of the little lights and flickers and interruptions,
    Troubles, anxieties and pains.

    You are the call and I am the answer,
    You are the wish, and I the fulfilment,
    You are the night, and I the day.
        What else? it is perfect enough.
        It is perfectly complete,
        You and I,
        What more –?

Strange, how we suffer in spite of this!

Hennef am Rhein.

Green

The dawn was apple-green,
  The sky was green wine held up in the sun,
The moon was a golden petal between.

She opened her eyes, and green
  They shone, clear like flowers undone
For the first time, now for the first time seen.

Icking.

Bei Hennef

Das Flüßchen, das im Zwielicht zittert,
Der müde Frageblick des fahlen Himmels,
    Das ist fast Seligkeit.

Und alles versperrt und schlafen gegangen,
Alle Sorgen und Ängste und Pein
    Vergangen im Zwielicht.

Nur das Zwielicht jetzt und das sanfte «Sch!» des Flusses
    Die ewig währen werden.

Und endlich weiß ich: hier ist meine Liebe zu dir;
Ich sehe alles, sie ist wie das Zwielicht: ganz,
Sie ist weit, so weit, ich konnt sie vorher nicht sehn,
Wegen den Lichtchen, dem Flimmern, den Unterbrechungen,
    Sorgen, Ängsten und Pein.

    Du bist der Ruf und ich die Antwort,
    Du bist der Wunsch, ich die Erfüllung,
    Du bist die Nacht und ich der Tag.
        Was noch? es ist völlig genug.
        Es ist ein Ganzes – völlig,
        Du und ich,
        Was mehr –?

Sonderbar, was wir leiden trotz alledem!

Hennef am Rhein.

Grün

Die Morgendämmrung war apfelgrün,
    Der Himmel grüner Wein, der Sonne dargebracht,
Der Mond, goldnes Blütenblatt, schwamm darin.

Sie schlug die Augen auf, grün-
    Leuchtend, hell wie Blumen, aufgetan
Zum ersten Mal, zum ersten Mal gesehn.

Icking.

Gloire de Dijon

When she rises in the morning
I linger to watch her;
She spreads the bath-cloth underneath the window
And the sunbeams catch her
Glistening white on the shoulders,
While down her sides the mellow
Golden shadow glows as
She stoops to the sponge, and her swung breasts
Sway like full-blown yellow
Gloire de Dijon roses.

She drips herself with water, and her shoulders
Glisten as silver, they crumple up
Like wet and falling roses, and I listen
For the sluicing of their rain-dishevelled petals.
In the window full of sunlight
Concentrates her golden shadow
Fold on fold, until it glows as
Mellow as the glory roses.

Icking.

Song of a Man Who Has Come Through

Not I, not I, but the wind that blows through me!
A fine wind is blowing the new direction of Time.
If only I let it bear me, carry me, if only it carry me!
If only I am sensitive, subtle, oh, delicate, a winged gift!
If only, most lovely of all, I yield myself and am borrowed
By the fine, fine wind that takes its course through the chaos of the world
Like a fine, an exquisite chisel, a wedge-blade inserted;
If only I am keen and hard like the sheer tip of a wedge
Driven by invisible blows,
The rock will split, we shall come at the wonder, we shall find the Hesperides.

Gloire de Dijon

Wenn sie am Morgen aufsteht,
Laß ich mir Zeit, sie zu betrachten;
Sie breitet das Badetuch aus unterm Fenster,
Und die Sonne bleibt an ihr haften,
Glitzernd weiß auf ihren Schultern,
Während die Flanken hinab ein milder
Schatten glüht, von Gold umflossen,
Als sie sich unterm Schwamm beugt, und im Schwung
Die Brüste wiegen sich wie vollerblühte gelbe
Gloire de Dijon-Rosen.

Von Wasser überspült triefen die Schultern
Silbern glitzernd, und wellen sich
Wie feuchte, fallende Rosen, und ich lausche
Dem Streichen ihrer naßgezausten Blätter.
Und im Fenster voller Sonne
Glättet ihr Schatten goldumflossen
Das Gefältel, bis er milde
Glüht wie lauter Glorienrosen.

Icking.

Lied eines Mannes, der durchkam

Nicht ich, nicht ich, aber der Wind, der mich durchweht!
Ein feiner Wind weht in der neuen Richtung der Zeit.
Wenn ich nur mich nehmen, mich tragen lasse von ihm, wenn er mich trägt!
Wenn ich nur feinfühlig, subtil, ja, zart bin, geflügelte Gabe!
Wenn ich nur, Köstlichstes, mich selbst geb und entliehen werd
Vom feinen, feinen Wind, der seinen Lauf nimmt durchs Chaos der Welt
Wie ein feiner, erlesener Meißel mit eingefügtem Keil;
Wenn ich nur scharf und hart bin wie die nackte Keilspitze,
Getrieben von unsichtbaren Schlägen,
Der Fels wird sich teilen, wir kommen an beim Wunder, finden die Hesperiden.

Oh, for the wonder that bubbles into my soul,
I would be a good fountain, a good well-head,
Would blur no whisper, spoil no expression.

What is the knocking?
What is the knocking at the door in the night?
It is somebody wants to do us harm.

No, no, it is the three strange angels.
Admit them, admit them.

Piano

Softly, in the dusk, a woman is singing to me;
Taking me back down the vista of years, till I see
A child sitting under the piano, in the boom of the tingling strings
And pressing the small, poised feet of a mother who smiles as she sings.

In spite of myself, the insidious mastery of song
Betrays me back, till the heart of me weeps to belong
To the old Sunday evenings at home, with winter outside
And hymns in the cosy parlour, the tinkling piano our guide.

So now it is vain for the singer to burst into clamour
With the great black piano appassionato. The glamour
Of childish days is upon me, my manhood is cast
Down in the flood of remembrance, I weep like a child for the past.

Bare Fig-Trees

Fig-trees, weird fig-trees
Made of thick smooth silver,
Made of sweet, untarnished silver in the sea-southern air –
I say untarnished, but I mean opaque –
Thick, smooth-fleshed silver, dull only as human limbs are dull

O, für das Wunder, das mir in die Seele sprudelt,
Wär ich guter Quell, gutes Brunnenhaus,
Würd kein Flüstern verwischen, keine Botschaft verhunzen.

Was für ein Klopfen ist das?
Was für ein Klopfen ist das nachts an der Tür?
Einer will uns schaden.

Nein, nein, es sind die drei fremden Engel.
Laß sie ein, laß sie ein.

Piano

Leis, in der Dämmerung, singt eine Frau für mich;
Führt mich hinunter die Allee der Jahre, bis ich
Ein Kind seh, unterm Piano, im dröhnenden Saitenklingen,
Die kleinen schwebenden Füße der Mutter drückend, die lächelt beim Singen.

Die trügerische Macht des Gesangs trägt mich willenlos
Zurück, bis das Herz in mir weint: könnt ich bloß
Dem alten Sonntagabend daheim gehören, draußen weiter
Winter, im warmen Zimmer Hymnen, Klavierklang unser Begleiter.

Jetzt braucht die Sängerin nicht auszubrechen in Klage
Mit dem großen schwarzen Piano appassionato. Glanz früher Tage
Rührt mich an, dahin meine Männlichkeit
Tief im Meer des Erinnerns, ich wein wie ein Kind um Vergangenes.

Kahle Feigenbäume

Feigenbäume, gespenstische Feigenbäume
Aus dickem glattem Silber
Aus süßem, makellosem Silber in der see-südlichen Luft –
Ich sage makellos, meine aber opak –
Dickes, fleischglattes Silber, stumpf nur wie Menschenglieder stumpf sind

With the life-lustre,
Nude with the dim light of full, healthy life
That is always half-dark,
And suave like passion-flower petals,
Like passion-flowers,
With the half-secret gleam of a passion-flower hanging from the rock,
Great, complicated, nude fig-tree, stemless flower-mesh,
Flowerily naked in flesh, and giving off hues of life.

Rather like an octopus, but strange and sweet-myriad-limbed octopus;
Like a nude, like a rock-living, sweet-fleshed sea-anemone,
Flourishing from the rock in a mysterious arrogance.

Let me sit down beneath the many-branching candelabrum
That lives upon this rock
And laugh at Time, and laugh at dull Eternity,
And make a joke of stale Infinity,
Within the flesh-scent of this wicked tree,
That has kept so many secrets up its sleeve,
And has been laughing through so many ages
At man and his uncomfortablenesses,
And his attempt to assure himself that what is so is not so,
Up its sleeve.

Let me sit down beneath this many-branching candelabrum,
The Jewish seven-branched, tallow-stinking candlestick kicked
over the cliff
And all its tallow righteousness got rid of,
And let me notice it behave itself.

And watch it putting forth each time to heaven,
Each time straight to heaven,
With marvellous naked assurance each single twig,
Each one setting off straight to the sky
As if it were the leader, the main-stem, the forerunner,
Intent to hold the candle of the sun upon its socket-tip,
It alone.

Vom Lebensglanz,
Nackt vom sanften Licht prallen, gesunden Lebens,
Das immer halbdunkel ist,
Und lieblich wie Passionsblumenblüten,
Wie Passionsblumen,
Mit dem halbgeheimen Schein der Passionsblume, die vom Fels hängt,
Groß, verzwickt, nackt der Feigenbaum, stengelloses Blumengeschling,
Blumig nackt im Fleisch, und Lebensfarben spendend.

Eher wie eine Krake, doch sonderbare, süß-myriadengliedrige Krake;
Wie eine Nackte, wie eine auf Fels lebende, fleischsüße Seeanemone,
Vom Fels prunkend in mysteriöser Arroganz.

Laß mich unter dem vielastigen Kandelaber sitzen
Der auf diesem Fels wohnt
Und über die Zeit lachen und die stumpfe Ewigkeit
Und die schale Unendlichkeit höhnen,
Im Fleischdunst dieses Sündenbaums,
Der so viele Geheimnisse im Hinterhalt bewahrt hat
Und so viele Jahrhunderte den Menschen ausgelacht hat
Und seine Verquerheiten
Und seinen Selbstvergewisserungsversuch, daß, was so ist, nicht so ist,
Im Hinterhalt.

Laß mich unter diesem vielastigen Kandelaber sitzen,
Dem Judenleuchter, siebenarmig, talgstinkend über die Klippe
   gekickt –
Mitsamt seiner talgigen Gerechtigkeit,
Und laß mich merken wie er sich verhält.

Und ihn jedesmal gen Himmel recken sehn,
Jedesmal direkt gen Himmel,
Mit wunderbar nackter Sicherheit jeden einzelnen Zweig,
Jeder macht sich auf direkt zum Himmel
Als wär er der Führer, der Hauptstamm, der Vorläufer,
Begierig die Kerze der Sonne in seiner Tülle zu halten,
Er allein.

Every young twig
No sooner issued sideways from the thigh of his predecessor
Than off he starts without a qualm
To hold the one and only lighted candle of the sun in his socket-tip.
He casually gives birth to another young bud from his thigh,
Which at once sets off to be the one and only,
And hold the lighted candle of the sun.

Oh many-branching candelabrum, oh, strange upstarting fig-tree,
Oh weird Demos, where every twig is the arch twig,
Each imperiously over-equal to each, equality over-reaching itself,
Like the snakes on Medusa's head,
Oh naked fig-tree!

Still, no doubt every one of you can be the sun-socket as well
as every other of you.
Demos, Demos, Demos!
Demon, too,
Wicked fig-tree, equality puzzle, with your self-conscious
secret fruits.

Taormina.

Little Fish

The tiny fish enjoy themselves
in the sea.
Quick little splinters of life,
their little lives are fun to them
in the sea.

Jeder junge Zweig,
Kaum dem Schenkel seines Vorgängers entsprossen,
Macht sich auf ohne Bedenken
Die eine einzige entflammte Kerze der Sonne in seiner Tülle zu halten.
Er gebiert beiläufig einen andern jungen Trieb aus seinem Schenkel,
Der sich sofort aufmacht der eine einzige zu sein,
Die entflammte Kerze der Sonne zu halten.

Oh vielastiger Kandelaber, oh sonderbarer aufragender Feigenbaum,
Oh gespenstischer Demos, wo jeder Zweig der Urzweig ist,
Jeder jedem herrscherlich übergleich, Gleichheit die sich selbst übersteigt
Wie die Schlangen auf Medusas Haupt,
Oh nackter Feigenbaum!

Dennoch, gewiß kann jeder einzelne von euch die Sonnentülle sein
so gut wie jeder andere von euch.
Demos, Demos, Demos!
Dämon auch,
Sündiger Feigenbaum, Gleichheitsrätsel, mit deinen selbstbewußten
geheimen Früchten.

Taormina.

Kleine Fische

Die winzigen Fische leben froh
im Meer.
Flinke klitzekleine Splitter Lebens,
ist ihnen ihr winziges Leben Lust
im Meer.

Bavarian Gentians

Not every man has gentians in his house
In soft September, at slow, sad Michaelmas.

Bavarian gentians, tall and dark, but dark
darkening the daytime torch-like with the smoking blueness
   of Pluto's gloom,
ribbed hellish flowers erect, with their blaze of darkness spread blue,
blown flat into points, by the heavy white draught of the day.

Torch-flowers of the blue-smoking darkness, Pluto's dark-blue blaze
black lamps from the halls of Dis, smoking dark blue
giving off darkness, blue darkness, upon Demeter's yellow-pale day
whom have you come for, here in the white-cast day?

Reach me a gentian, give me a torch!
let me guide myself with the blue, forked torch of a flower
down the darker and darker stairs, where blue is darkened on blueness
down the way Persephone goes, just now, in first-frosted September,
to the sightless realm where darkness is married to dark
and Persephone herself is but a voice, as a bride,
a gloom invisible enfolded in the deeper dark
of the arms of Pluto as he ravishes her once again
and pierces her once more with his passion of the utter dark
among the splendour of black-blue torches, shedding fathomless
   darkness on the nuptials.

Give me a flower on a tall stem, and three dark flames,
for I will go to the wedding, and be wedding-guest
at the marriage of the living dark.

Bayrische Enziane

Nicht jedermann hat Enziane in seinem Haus
Im sanften September, an Michaeli, langsam, traurig.

Bayrische Enziane, hoch und dunkel, doch dunkel
die Tagzeit fackelgleich dunkelnd mit der Rauchbläue von
Plutos Düster,
Höllenblumen gerippt, aufrecht, mit ihrer Dunkellohe, blau gebreitet,
zu Spitzen flach geweht, vom schweren weißen Luftzug des Tags.

Fackelblumen des blauen Rauchdunkels, Plutos dunkelblauer Lohe
schwarze Lampen aus den Hallen des Dis, rauchdunkelblau
Dunkel spendend, blaues Dunkel, zu Demeters fahlgelbem Tag
wen zu holen seid ihr gekommen, hier am weiß übertünchten Tag?

Reicht mir einen Enzian, gebt mir eine Fackel!
Laßt selbst mich mein Führer sein mit der blauen Züngelfackel der Blume
hinab die dunkleren, dunkleren Stufen, wo Blau sich auf Bläue verdunkelt
hinab den Weg, den Persephone geht, eben jetzt, im erstbereiften
September,
zum auglosen Reich wo Dunkel sich Dunklem vermählt
und Persephone selbst ist nur Stimme, als Braut,
ein Düster unsichtbar, umfaßt im tieferen Dunkel
von Plutos Armen wie er sie noch einmal schändet
noch einmal sie bohrt mit seiner Passion äußersten Dunkels
beim Glanz der schwarz-blauen Fackeln, die Dunkel verströmen,
maßlos, zur Vermählung.

Gebt mir eine Blume auf hohem Stengel, und drei dunkle Flammen,
denn zur Hochzeit will ich gehn, Hochzeitsgast sein
wenn getraut wird das lebende Dunkel.

Only Man

Only man can fall from God
Only man.

No animal, no beast nor creeping thing
no cobra nor hyaena nor scorpion nor hideous white ant
can slip entirely through the fingers of the hands of god
into the abyss of self-knowledge,
knowledge of the self-apart-from-god.

For the knowledge of the self-apart-from-God
is an abyss down which the soul can slip
writhing and twisting in all the revolutions
of the unfinished plunge
of self-awareness, now apart from God, falling
fathomless, fathomless, self-consciousness wriggling
writhing deeper and deeper in all the minutiae of self-knowledge,
downwards, exhaustive,
yet never, never coming to the bottom, for there is no bottom;
zigzagging down like the fizzle from a finished rocket
the frizzling falling fire that cannot go out, dropping wearily,
neither can it reach the depth
for the depth is bottomless,
so it wriggles its way even further down, further down
at last in sheer horror of not being able to leave off
knowing itself, knowing itself apart from God, falling.

Nur der Mensch

Nur der Mensch kann abfallen von Gott,
Nur der Mensch.

Kein Tier, kein Vieh, nichts Kreuchendes,
nicht Kobra nicht Hyäne nicht Skorpion noch die weiße eklige Ameise,
kann ganz durch die Finger der Hände Gottes schlüpfen
in den Abgrund des Selbst-Wissens,
Wissen des Selbst-Fern-Von-Gott.

Denn das Bewußtsein des Selbst-Fern-Von-Gott
ist ein Abgrund, in den die Seele rutschen kann,
sich windend und krümmend in allen Drehungen
des unvollendeten Sprungs
der Selbst-Bewußtheit, jetzt fern von Gott, fallend
unergründlich, unergründlich, Selbst-Bezogenheit, schlängelnd,
sich windend, tiefer und tiefer in alle Details des Selbst-Wissens,
 abwärts, erschöpfend,
doch nie, nie den Boden erreichend, denn Boden gibt es nicht;
im Zickzack runter wie das Gezisch einer ausgebrannten Rakete,
wie das flackernde fallende Feuer, das nicht erlöschen kann, in müdem
 Sturz,
kann auch sie nicht die Tiefe erreichen,
denn die Tiefe ist bodenlos,
deshalb schlängelt sie noch tiefer hinab, tiefer hinab
zuletzt in schierem Grauen, nicht loszukommen
vom Wissen ihrer selbst, sich fern von Gott wissend, fallend.

T. S. Eliot

The Hollow Men

Mistah Kurtz – he dead.

A penny for the Old Guy

I

We are the hollow men
We are the stuffed men
Leaning together
Headpiece filled with straw. Alas!
Our dried voices, when
We whisper together
Are quiet and meaningless
As wind in dry grass
Or rats' feet over broken glass
In our dry cellar

Shape without form, shade without colour,
Paralysed force, gesture without motion;

Those who have crossed
With direct eyes, to death's other Kingdom
Remember us – if at all – not as lost
Violent souls, but only
As the hollow men
The stuffed men.

2

Eyes I dare not meet in dreams
In death's dream kingdom
These do not appear:
There, the eyes are
Sunlight on a broken column
There, is a tree swinging

T. S. Eliot

Die hohlen Männer

Mister Kurtz – kaputt.

Ein Penny für den alten Guy

1

Wir sind die hohlen Männer
Die Ausgestopften
Aufeinandergestützt
Stroh im Schädel. Ach,
Unsre dürren Stimmen,
Leis und sinnlos
Wispern sie miteinander
Wie Wind im trockenen Gras
Oder Rattenfüße über den Scherben
In unserm trockenen Keller

Gestalt formlos, Schatten farblos,
Gelähmte Kraft, reglose Geste;

Die hinüber sind, sehenden Auges,
Ins andere, in des Todes Reich,
Wenn sie an uns denken, denken sie nicht
An wilde verlorene Seelen,
Sondern an hohle Männer,
An Ausgestopfte.

2

Augen, deren Blick ich fürchte,
Die nicht erscheinen
Im Traumreich des Todes:
Dort sind die Augen
Sonnenlicht auf Säulentrümmern
Dort, ein Baum der sich wiegt

And voices are
In the wind's singing
More distant and more solemn
Than a fading star.

Let me be no nearer
In death's dream kingdom
Let me also wear
Such deliberate disguises
Rat's coat, crowskin, crossed staves
In a field
Behaving as the wind behaves
No nearer –

Not that final meeting
In the twilight kingdom

3

This is the dead land
This is cactus land
Here the stone images
Are raised, here they receive
The supplication of a dead man's hand
Under the twinkle of a fading star.

Is it like this
In death's other kingdom
Waking alone
At the hour when we are
Trembling with tenderness
Lips that would kiss
Form prayers to broken stone.

4

The eyes are not here
There are no eyes here
In this valley of dying stars
In this hollow valley
This broken jaw of our lost kingdoms

Und Stimmen sind
Im Gesang des Winds
Ferner und feierlicher
Als ein verblassender Stern.

So fern will auch ich sein
Im Traumreich des Todes
Ich will auch so
Vorsätzliche Masken wählen
Rattenfell, Krähenhaut, Stangen gekreuzt
Auf einem Feld
Die tun was der Wind will,
So fern –

Nicht die endgültige Begegnung
Im Reich des Zwielichts

3

Dies ist das tote Land
Dies ist das Kaktusland
Hier sind aufgerichtet
Die steinernen Bilder, zu denen
Betet die Hand eines Toten, darüber
Funkelt ein verblassender Stern.

Ob es so ist
In dem andern Todesreich
Ob Lippen wachen, mit sich allein,
Zur Stunde da wir beben
Vor Zärtlichkeit,
Lippen die küssen möchten
Und beten zu zerbrochenem Stein.

4

Die Augen sind nicht hier
Hier sind keine Augen mehr
In diesem Tal da Sterne sterben
In diesem Hohlweg
Dem Stück Kinnbacken zu unseren verlorenen Reichen

In this last of meeting places
We grope together
And avoid speech
Gathered on this beach of the tumid river

Sightless, unless
The eyes reappear
As the perpetual star
Multifoliate rose
Of death's twilight kingdom
The hope only
Of empty men.

5

Here we go round the prickly pear
Prickly pear prickly pear
Here we go round the prickly pear
At five o'clock in the morning.

Between the idea
And the reality
Between the motion
And the act
Falls the Shadow
For Thine is the Kingdom

Between the conception
And the creation
Between the emotion
And the response
Falls the Shadow
Life is very long

Between the desire
And the spasm
Between the potency
And the existence
Between the essence

Auf diesem letzten Sammelplatz
Tasten wir nach dem andern
Sprachlos geschart
Am Ufer des reißenden Stroms

Blind, es erschienen denn
Die Augen wieder
Wie der lebendige Stern
Die vielblättrige Rose
Des zwielichtigen Todesreiches,
Niemandes Hoffnung,
Hoffnung der leeren Männer.

5

Wir tanzen um den Stachelbaum
Stachelbaum Stachelbaum
Wir tanzen um den Stachelbaum
Um fünf Uhr früh am Morgen.

Zwischen Idee
Und Wirklichkeit
Zwischen Regung
Und Tat
Fällt der Schatten

Denn Dein ist das Reich

Zwischen Empfängnis
Und Geburt
Zwischen Gefühl
Und Erwiderung
Fällt der Schatten

Das Leben ist sehr lang

Zwischen Verlangen
Und Zuckung
Zwischen Vermögen
Und Leibhaftigkeit
Zwischen Wesen

And the descent
Falls the Shadow
For Thine is the Kingdom

For Thine is
Life is
For Thine is the

This is the way the world ends
This is the way the world ends
This is the way the world ends
Not with a bang but a whimper.

A Song for Simeon

Lord, the Roman hyacinths are blooming in bowls and
The winter sun creeps by the snow hills;
The stubborn season has made stand.
My life is light, waiting for the death wind,
Like a feather on the back of my hand.
Dust in sunlight and memory in corners
Wait for the wind that chills towards the dead land.

Grant us thy peace.
I have walked many years in this city,
Kept faith and fast, provided for the poor,
Have given and taken honour and ease.
There went never any rejected from my door.
Who shall remember my house, where shall live my children's
children
When the time of sorrow is come?
They will take to the goat's path, and the fox's home,
Fleeing from the foreign faces and the foreign swords.

Before the time of cords and scourges and lamentation
Grant us thy peace.
Before the stations of the mountain of desolation,

Und Abstieg
Fällt der Schatten
Denn Dein ist das Reich

Denn Dein ist
Das Leben ist
Denn Dein ist das

Auf diese Art geht die Welt zugrund
Auf diese Art geht die Welt zugrund
Auf diese Art geht die Welt zugrund
Nicht mit einem Knall: mit Gewimmer.

Ein Lied für Simeon

Herr, die römischen Hyazinthen in den Schalen blühn und
Die Wintersonne rückt um die Schneeberge;
Die zähe Jahrzeit hängt sich ein.
Mein Leben, leichtes Spiel dem Todeswind,
Hängt federleicht auf meinem Handrücken.
Erinnerung in Winkeln, Staub im Sonnenstrahl
Warten auf den Wind, der Kälte fegt ins tote Land.

Gib uns deinen Frieden.
Ich ging so manches Jahr in dieser Stadt einher,
Betend und fastend, stand den Armen bei,
Ehre und Gunst hab ich genossen und gewährt.
Ließ niemand leer von meiner Türe gehn.
Wer wird eingedenk sein meines Hauses, wo werden meine
Kindeskinder
Unterkommen, wenn die Zeit der Prüfung hereinbricht?
Sie werden sich auf den Ziegenpfad schlagen, in den Fuchsbau,
Flüchtig vor dem fremden Gesicht, dem fremden Schwert.

Vor der Zeit der Stricke und Geißeln, der Zeit des Klagens,
Gib uns deinen Frieden.
Vor den Stationen auf dem wüsten Berg,

Before the certain hour of maternal sorrow,
Now at this birth season of decease,
Let the Infant, the still unspeaking and unspoken Word,
Grant Israel's consolation
To one who has eighty years and no to-morrow.

According to thy word.
They shall praise thee and suffer in every generation
With glory and derision,
Light upon light, mounting the saints' stair.
Not for me the martyrdom, the ecstasy of thought and prayer,
Not for me the ultimate vision.
Grant me thy peace.
(And a sword shall pierce thy heart,
Thine also).
I am tired with my own life and the lives of those after me,
I am dying in my own death and the deaths of those after me.
Let thy servant depart,
Having seen thy salvation.

From Choruses from The Rock

The soul of Man must quicken to creation.
Out of the formless stone, when the artist united himself with stone,
Spring always new forms of life, from the soul of man that is joined
to the soul of stone;
Out of the meaningless practical shapes of all that is living or lifeless
Joined with the artist's eye, new life, new form, new colour.
Out of the sea of sound the life of music,
Out of the slimy mud of words, out of the sleet and hail of verbal
imprecisions,
Approximate thoughts and feelings, words that have taken the place
of thoughts and feelings,
There spring the perfect order of speech, and the beauty of incantation.

Vor der vorherbestimmten Stunde, da der Mutter das Herz bricht,
Jetzt, zur Geburtszeit des Ablebens,
Lasse das Kind, das noch sprachlose und ungesprochene Wort,
Den Trost Israels geben
Einem, der achtzig Jahr hat und kein Morgen.

Wie du gesagt hast.
Es wird dich lobpreisen und leiden jedwedes Geschlecht
Mit Glanz und Frohlocken,
Licht über Licht, die Engelstufen hinan.
Mir wird kein Marterlos zuteil, nicht die Ekstase von Beten und Sinnen,
Ich werde die letzte Schau nicht empfahn.
Gib mir deinen Frieden.
(Und es wird ein Schwert durch dein Herz dringen
Auch dir.)
Ich bin müde des eigenen Lebens und der Leben die nach mir kommen,
Ich sterbe des eigenen Todes und der Tode die nach mir kommen.
Nun lässest du deinen Diener fahrn,
Da seine Augen den Heiland sahn.

Aus Chöre aus The Rock

Des Menschen Seele soll ansprechen auf das Schaffen.
Wenn sich der Künstler dem Gestein vereint, wird aus formlosem Stein
Form über Form ins Leben treten aus des Menschen Seele, die sich
der Seele des Gesteins gesellte;
Aus den belanglosen, werktäglichen Gebilden von allem, was lebendig
oder leblos ist
Erhebt sich, wenn sie in des Künstlers Auge eintraten, die neue Farbe,
neue Form, das neue Leben.
Aus einem Meer von Lärm das Leben der Musik,
Aus dem schlüpfrigen Schlick der Wörter, dem Gestöber von Fehl-
benennungen,
Näherungswerten von Gedanken und Gefühlen, Wörtern, die an die
Stelle von Gedanken und Gefühlen traten,
Hebt sich der Sprache erlesene Fügung, die Schönheit der Beschwörung.

Four Quartets

East Coker

3

O dark dark dark. They all go into the dark.
The vacant interstellar spaces, the vacant into the vacant,
The captains, merchant bankers, eminent men of letters.
The generous patrons of art, the statesmen and the rulers,
Distinguished civil servants, chairmen of many committees,
Industrial lords and petty contractors, all go into the dark,
And dark the Sun and Moon, and the Almanach de Gotha
And the Stock Exchange Gazette, the Directory of Directors,
And cold the sense and lost the motive of action.
And we all go with them, into the silent funeral,
Nobody's funeral, for there is no one to bury.
I said to my soul, be still, and let the dark come upon you
Which shall be the darkness of God. As, in a theatre,
The lights are extinguished, for the scene to be changed
With a hollow rumble of wings, with a movement of darkness
  on darkness,
And we know that the hills and the trees, the distant panorama
And the bold imposing façade are all being rolled away –
Or as, when an underground train, in the tube, stops too long
  between stations
And the conversation rises and slowly fades into silence
And you see behind every face the mental emptiness deepen
Leaving only the growing terror of nothing to think about;
Or when, under ether, the mind is conscious but conscious of
  nothing –
I said to my soul, be still, and wait without hope
For hope would be hope for the wrong thing; wait without love
For love would be love of the wrong thing; there is yet faith
But the faith and the love and the hope are all in the waiting.
Wait without thought, for you are not ready for thought:
So the darkness shall be the light, and the stillness the dancing.
Whisper of running streams, and winter lightning.

Vier Quartette

East Coker

3

O Dunkel, Dunkel, Dunkel. Sie alle gehen in das Dunkel,
Die leeren Räume zwischen Sternen, das Leere in das Leere,
Die Feldherrn, Bank- und Handelsherrn und großen Gelehrten,
Die noblen Gönner der Künste, die Staatsmänner und Herrscher,
Vorzügliche Beamte, Vorsitzer vieler Komitees,
Industriekönige und kleine Unternehmer, alle gehn in das Dunkel,
Und dunkel Sonne und Mond und der Gothaische Hofkalender
Und die Börsenzeitung und das Handelsregister,
Und kalt der Sinn und dahin der Beweggrund der Tat.
Und wir alle gehn mit ihnen in den schweigenden Leichenzug,
Niemandes Leichenzug, denn niemand ist da zum Begraben.
Zu meiner Seele sprach ich: sei ruhig, laß das Dunkel kommen über dich,
Das wird die Dunkelheit Gottes sein. Gleichwie im Theater
Die Lichter verlöschen, wenn die Szene wechselt
Mit hohlem Gerumpel der Kulissen, mit einer Bewegung von
Dunkelheit auf Dunkelheit,
Und wir wissen, daß Hügel und Bäume, das ferne Panorama
Und die kühne großartige Fassade, daß alles hinweggerollt wird –
Oder wie wenn die Untergrundbahn im Tunnel zwischen den
Stationen zu lange hält,
Und Unterhaltung entsteht und langsam vergeht in Schweigen,
Und du siehst hinter jedem Gesicht die geistige Leere wachsen,
Die nur steigenden Schrecken zurückläßt, daß nichts zu denken da ist;
Oder wenn unter Äther der Geist seiner selber bewußt ist, doch
keiner Sache bewußt –
Zu meiner Seele sprach ich: sei ruhig und warte ohne Hoffnung,
Denn Hoffnung wäre Hoffnung aufs Falsche; warte auch ohne Liebe,
Denn Liebe wäre Liebe zum Falschen; da ist noch der Glaube,
Doch Glaube, Liebe und Hoffnung sind alle am Warten.
Warte ohne Gedanken, denn du bist nicht bereit für Gedanken:
Also wird Dunkelheit Licht sein, und die Stille der Tanz.
Rauschen eilenden Stroms, und Blitz im Winter.

The wild thyme unseen and the wild strawberry,
The laughter in the garden, echoed ecstasy
Not lost, but requiring, pointing to the agony
Of death and birth.

                                    You say I am repeating
Something I have said before. I shall say it again.
Shall I say it again? In order to arrive there,
To arrive where you are, to get from where you are not,
   You must go by a way wherein there is no ecstasy.
In order to arrive at what you do not know
   You must go by a way which is the way of ignorance.
In order to possess what you do not possess
   You must go by the way of dispossession.
In order to arrive at what you are not
   You must go through the way in which you are not.
And what you do not know is the only thing you know
And what you own is what you do not own
And where you are is where you are not.

4

The wounded surgeon plies the steel
That questions the distempered part;
Beneath the bleeding hands we feel
The sharp compassion of the healer's art
Resolving the enigma of the fever chart.

Our only health is the disease
If we obey the dying nurse
Whose constant care is not to please
But to remind of our, and Adam's curse,
And that, to be restored, our sickness must grow worse.

The whole earth is our hospital
Endowed by the ruined millionaire,
Wherein, if we do well, we shall
Die of the absolute paternal care
That will not leave us, but prevents us everywhere.

Der wilde Thymian ungesehn und die wilde Erdbeere,
Gelächter im Garten, Echo des Entzückens,
Nicht das verlorene, doch das begehrende, deutend auf die Pein
Von Tod und Geburt.

Ihr sagt, ich wiederhole
Etwas, das ich zuvor schon sagte. Ich werd es wieder sagen.
Werd ich es wieder sagen? Um dahin zu gelangen,
Dahin, wo du bist, und von dort loszukommen, wo du nicht bist,
Mußt du gehn auf einem Wege, wo keine Leidenschaft ist.
Um zu dem zu gelangen, was du nicht weißt,
Mußt du gehn auf einem Wege, das ist der Weg der Unwissenheit.
Um zu besitzen, was du nicht besitzest,
Mußt du gehn auf dem Weg der Besitzlosigkeit.
Um zu dem zu gelangen, was du nicht bist,
Mußt du gehn über den Weg, auf dem du nicht bist.
Und was du nicht weißt, ist das Einzige, das du weißt,
Und was du zu eigen hast, ist, was du nicht zu eigen hast,
Und wo du bist, ist, wo du nicht bist.

4

Der Wundarzt, selbst verwundet, führt den Stahl,
Der streng erfragt unsrer Gebreste Brunst.
Unter der Hand, die blutet, fühlen wir wie Qual
In ihrem Mitleid ist; und wie durch ihre Gunst
Das Rätsel unsrer Fieberkurve löst des Heilers Kunst.

Nur Krankheit ist Gesundheit für uns alle,
Wenn wir befolgen, was die Sterbe-Amme lehrt,
Die stets bemüht ist, daß sie *nicht* gefalle,
Sondern gemahnt, daß Adams Fluch auch uns versehrt,
Und daß sich Siechtum, eh es heilt, vermehrt.

Die ganze Welt ist unser Hospital
(Der Stifter Millionär, doch tief in Schuld)
Drin sterben wir, im Überlebensfall,
An unbedingter väterlicher Huld,
Die unablässig uns zuvorkommt überall.

The chill ascends from feet to knees,
The fever sings in mental wires.
If to be warmed, then I must freeze
And quake in frigid purgatorial fires
Of which the flame is roses, and the smoke is briars.

The dripping blood our only drink,
The bloody flesh our only food:
In spite of which we like to think
That we are sound, substantial flesh and blood –
Again, in spite of that, we call this Friday good.

5

So here I am, in the middle way, having had twenty years –
Twenty years largely wasted, the years of *l'entre deux guerres* –
Trying to learn to use words, and every attempt
Is a wholly new start, and a different kind of failure
Because one has only learnt to get the better of words
For the thing one no longer has to say, or the way in which
One is no longer disposed to say it. And so each venture
Is a new beginning, a raid on the inarticulate
With shabby equipment always deteriorating
In the general mess of imprecision of feeling,
Undisciplined squads of emotion. And what there is to conquer
By strength and submission, has already been discovered
Once or twice, or several times, by men whom one cannot hope
To emulate – but there is no competition –
There is only the fight to recover what has been lost
And found and lost again and again: and now, under conditions
That seem unpropitious. But perhaps neither gain nor loss.
For us, there is only the trying. The rest is not our business.

Home is where one starts from. As we grow older
The world becomes stranger, the pattern more complicated
Of dead and living. Not the intense moment
Isolated, with no before and after,
But a lifetime burning in every moment

Die Kälte steigt von Füßen zu den Knien,
Das Fieber singt in den mentalen Drähten.
Den, der sich wärmen will, muß Frost durchziehen,
Ihn schütteln eisig Fegefeuers Nöte:
Rauch ist hier Dornwerk, Feuer Rosenröte.

Wir trinken nur triefendes Blut.
Blutiges Fleisch, wir essens gern.
Trotzdem zu denken haben wir den Mut,
Wir seien, Fleisch und Blut, gesund im Kern –
Und trotzdem wiederum heißt dieser Freitag gut.

5

So bin ich hier, mitten auf dem Weg, und hatte zwanzig Jahre,
Zwanzig Jahre leichthin vertan, die Jahre *entre deux guerres* –
Und versuche den Wortgebrauch zu lernen, und jeder Versuch
Ist gänzlich neuer Beginn und andersartiger Fehlschlag,
Weil man nur lernte, mit den Wörtern ins reine zu kommen
Für die Sache, die nicht mehr zu sagen, oder die Weise, in der man
Sie auszusagen nicht mehr gestimmt ist. Darum ist jeder
Einsatz ein neues Beginnen, ein Feldzug ins Sprachlose
Mit schäbigem Rüstzeug, das immer weiter verdirbt
Im allgemeinen Trubel ungenauen Fühlens,
In zuchtlosen Haufen von Empfindung. Und was da zu erobern ist
Durch Kraft und Demut, wurde längst entdeckt
Ein- oder zweimal oder mehrere Male von Männern, denen man
Nicht nachzueifern hoffen kann – doch hier gibt es keinen Wettstreit –,
Hier ist allein der Kampf, Verlorenes wieder zu entdecken
Und Gefundenes und wieder und wieder Verlorenes: und dies jetzt,
unter Bedingungen,
Die ungünstig scheinen. Doch vielleicht nicht Gewinn noch Verlust –
Für uns gilt allein das Versuchen. Der Rest ist nicht unser Geschäft.

Heimat ist, woher man ausgeht. Indessen wir altern,
Wird fremder die Welt, das Muster wird verschlungener
Des Toten und Lebendigen. Nicht der Moment für sich,
Der heftige, mit keinem Vorher und Nachher,
Vielmehr ein Lebenlang, verbrennend in jedem Moment,

And not the lifetime of one man only
But of old stones that cannot be deciphered.
There is a time for the evening under starlight,
A time for the evening under lamplight
(The evening with the photograph album).
Love is most nearly itself
When here and now cease to matter.
Old men ought to be explorers
Here and there does not matter
We must be still and still moving
Into another intensity
For a further union, a deeper communion
Through the dark cold and the empty desolation,
The wave cry, the wind cry, the vast waters
Of the petrel and the porpoise. In my end is my beginning.

Little Gidding

2

Ash on an old man's sleeve
Is all the ash the burnt roses leave.
Dust in the air suspended
Marks the place where a story ended.
Dust inbreathed was a house –
The wall, the wainscot and the mouse.
The death of hope and despair,
  This is the death of air.

There are flood and drouth
Over the eyes and in the mouth,
Dead water and dead sand
Contending for the upper hand.

Und nicht die Lebzeit eines Menschen nur,
Sondern alter Steine, die nicht zu entziffern sind.
Eine Zeit gibts für den Abend unter Sternenlicht
Und eine Zeit für den Abend unter Lampenlicht
(Den Abend mit dem Photoalbum).
Selbst Liebe ist am nächsten,
Wenn Hier und Jetzt aufhören, etwas zu bedeuten.
Alte Menschen sollten Forscher sein
Hier und Dort hat nichts mehr zu bedeuten
Wir müssen stets und stets uns hinbewegen
Nach anderer Intensität,
Zu fernerer Einung, tieferer Vereinigung
Durch den dunklen Frost und die leere Öde,
Den Wogenschrei, den Windschrei und die weiten Wasser
Des Sturmvogels und des Tümmlers. In meinem Ende ist mein Anfang.

LITTLE GIDDING

Tode

Asche am Rock eines Alten
was wir vom Brand der Rose behalten
Staub in der Luft ohne Dichte
Ende einer verwehten Geschichte
Staub den wir atmen ein Haus
Mauer Möbel und Maus
der Ängste und Hoffnungen Gruft
  Das ist der Tod in der Luft

Es kommen Schwemme und Schwund
Über die Augen und in den Mund
Trübes Wasser und bitterer Sand
streiten sich um die Oberhand

The parched eviscerate soil
Gapes at the vanity of toil,
Laughs without mirth.
    This is the death of earth.

Water and fire succeed
The town, the pasture and the weed.
Water and fire deride
The sacrifice that we denied.
Water and fire shall rot
The marred foundations we forgot,
Of sanctuary and choir.
    This is the death of water and fire.

The Naming of Cats

The Naming of Cats is a difficult matter,
    It isn't just one of your holiday games;
You may think at first I'm as mad as a hatter
    When I tell you, a cat must have THREE DIFFERENT NAMES.
First of all, there's the name that the family use daily,
    Such as Peter, Augustus, Alonzo or James,
Such as Victor or Jonathan, George or Bill Bailey –
    All of them sensible everyday names.
There are fancier names if you think they sound sweeter,
    Some for the gentlemen, some for the dames:

Such as Plato, Admetus, Electra, Demeter –
    But all of them sensible everyday names.
But I tell you, a cat needs a name that's particular,
    A name that's peculiar, and more dignified,
Else how can he keep up his tail perpendicular,
    Or spread out his whiskers, or cherish his pride?
Of names of this kind, I can give you a quorum,
    Such as Munkustrap, Quaxo, or Coricopat,
Such as Bombalurina, or else Jellylorum –
    Names that never belong to more than one cat.

der Gräber der niemand mehr harrt
ein blinder Stein allein starrt
auf die Eitelkeit aller Beschwerde
  Das ist der Tod in der Erde

Wasserfluten und Feuerbrand
wüten wo Stadt und wo Heimat stand
Wasser und Feuer verlacht
Knechte die sich zu Herren gemacht
sie rotten und zerfressen
die Menschen die ihrer selbst vergessen
Knochen am schwarzen Gemäuer
  Das ist der Tod in Wasser und Feuer

Wie heißen die Katzen

Wie heißen die Katzen? gehört zu den kniffligsten Fragen
  Und nicht in die Rätselecke für jumperstrickende Damen.
Ich darf Ihnen, ganz im Vertrauen, sagen:
  Eine jede Katze hat DREI VERSCHIEDENE NAMEN.
Zunächst den Namen für Hausgebrauch und Familie,
  Wie Paul oder Moritz (in ungefähr diesem Rahmen),
Oder Max oder Peter oder auch Petersilie –
  Kurz, lauter vernünftige, alltägliche Namen.
Oder, hübscher noch, Murr oder Fangemaus
  Oder auch, nach den Mustern aus klassischen Dramen:

Iphigenie, Orest oder Menelaus –
  Also immer noch ziemlich vernünftige, alltägliche Namen.
Doch nun zu dem nächsten Namen, dem zweiten:
  Den muß man besonders und anders entwickeln.
Sonst könnten die Katzen nicht königlich schreiten,
  Noch gar mit erhobenem Schwanz perpendikeln.
Zu solchen Namen zählt beispielsweise
  Schnurroaster, Tatzitus, Katzastrophal,
Kralline, Nick Kater und Kratzeleise –
  Und jeden der Namen gibts nur einmal.

But above and beyond there's still one name left over,
  And that is the name that you never will guess;
The name that no human research can discover –
  But THE CAT HIMSELF KNOWS, and will never confess.
When you notice a cat in profound meditation,
  The reason, I tell you, is always the same:
His mind is engaged in a rapt contemplation
  Of the thought, of the thought, of the thought of his name:
  His ineffable effable
  Effanineffable
Deep and inscrutable singular Name.

Doch schließlich hat jede noch einen dritten!
  IHN KENNT NUR DIE KATZE und gibt ihn nicht preis.
Da nützt kein Scharfsinn, da hilft kein Bitten.
  Sie bleibt die einzige, die ihn weiß.
Sooft sie versunken, versonnen und
  Verträumt vor sich hinstarrt, ihr Herren und Damen,
Hats immer und immer den gleichen Grund:
  Dann denkt sie und denkt sie an diesen Namen –
  Den unaussprechlichen, unausgesprochenen,
  Den ausgesprochen unaussprechlichen,
Geheimnisvoll dritten Namen.

Aldous Huxley

First Philosopher's Song

A poor degenerate from the ape,
   Whose hands are four, whose tail's a limb,
I contemplate my flaccid shape
   And know I may not rival him,

Save with my mind – a nimbler beast
   Possessing a thousand sinewy tails,
A thousand hands, with which it scales,
   Greedy of luscious truth, the greased

Poles and the coco palms of thought,
   Thrids easily through the mangrove maze
Of metaphysics, walks the taut
   Frail dangerous liana ways

That link across wild gulfs remote
   Analogies between tree and tree;
Outruns the hare, outhops the goat;
   Mind fabulous, mind sublime and free!

But oh, the sound of simian mirth!
   Mind, issued from the monkey's womb,
Is still umbilical to earth,
   Earth its home and earth its tomb.

Fifth Philosopher's Song

A million million spermatozoa,
   All of them alive:
Out of their cataclysm but one poor Noah
   Dare hope to survive.

Aldous Huxley

Erster Philosophen-Song

Ich dekadenter Sproß des Affen
(Der mit dem Schwanz und allen Vieren
Ins Leben greift) seh meinen Leib, den schlaffen,
Und weiß: ich kann nicht konkurrieren,

Außer im Geist, dem flinken Tier –
Mit tausend sehnigen Schwänzen klettert
Und tausendhändig er, voll Gier
Nach saftiger Weisheit, auf die fetten

Kokospalmstämme der Gedanken,
Schlüpft leicht durch das Mangrovendickicht
Der Metaphysik, nimmt die schwanken
Pfade, die die Liane flicht,

Spannt über weiten, wilden Raum
Analogien von Baum zu Baum,
Rast hasenschneller, überhüpft die Geiß:
Phantastischer, hehrer, freier Geist!

Doch hör das äffische Lustgebrüll!
Geist, diese Affenschoßgeburt,
Hängt an der Erde Nabelschnur:
Erde sein Heim, sein Grab, sein Ziel.

Fünfter Philosophen-Song

Abermillionen Spermatozoa,
  Die alle leben:
Welch eine Sintflut – und nur *ein* Noah
  Darf überleben.

And among that billion minus one
  Might have chanced to be
Shakespeare, another Newton, a new Donne –
  But the One was Me.

Shame to have ousted your betters thus,
  Taking ark while the others remained outside!
Better for all of us, froward Homunculus,
  If you'd quietly died!

Morning Scene

Light through the latticed blind
Spans the dim intermediate space
With parallels of luminous dust
To gild a nuptial couch, where Goya's mind
Conceived those agonising hands, that hair
Scattered, and half a sunlit bosom bare,
And, imminently above them, a red face
Fixed in the imbecile earnestness of lust.

Vielleicht steckte in dieser Abermillion
  Minus eins ein Shakespeare – warum nicht?
Vielleicht auch ein neuer Newton, ein Donne –
  Doch der Eine war Ich.

Der drängt sich vor, schnappt die Arche, und Schluß –
  Die Besseren sind abserviert!
Unerhört! Wärst du dreister Homunculus
  Nicht besser krepiert?

Morgenszene

Licht gittert durch die Jalousie,
Durchzieht dämmrigen Zwischenraum
Mit Parallelen hellen Staubs,
Streut Gold aufs Braubett, wo Goyas Genie
Diese zuckenden Hände schuf, den Wust
Der Haare, nackte Brüste halb im Licht,
Und, über alledem, ein Rotgesicht,
Erstarrt im schwachsinnigen Ernst der Lust.

Hugh MacDiarmid

Empty Vessel

I met ayont the cairney
A lass wi' tousie hair
Singin' till a bairnie
That was nae langer there.

Wunds wi' warlds to swing
Dinna sing sae sweet,
The licht that bends owre a' thing
Is less ta'en up wi't.

At My Father's Grave

The sunlight still on me, you row'd in clood,
We look upon each ither noo like hills
Across a valley. I'm nae mair your son.
It is my mind, nae son o' yours, that looks,
And the great darkness o' your death comes up
And equals it across the way.
A livin' man upon a deid man thinks
And ony sma'er thocht's impossible.

Perfect

I found a pigeon's skull on the machair,
All the bones pure white and dry, and chalky,
But perfect,
Without a crack or a flaw enywhere.

At the back, rising out of the beak,
Were twin domes like bubbles of thin bone,
Almost transparent, where the brain had been
That fixed the tilt of the wings.

Hugh MacDiarmid

Leeres Gefäß

Ich traf dort hinter den Steinen
Ein Mädchen mit wirrem Haar
Singend einem Kleinen,
Das längst nicht mehr war.

Winde, die Welten wiegen,
Singen nicht so süß gestimmt,
Das Licht über allem sich biegend
Gibt sich nicht so hin.

Am Grab meines Vaters

Auf mir noch Sonnenlicht, du in Wolken gehüllt,
Wir betrachten einander nun wie Berge
Über ein Tal. Ich bin nicht mehr dein Sohn.
Es ist mein Geist, kein Sohn von dir, der schaut,
Und das große Dunkel deines Todes kommt auf
Und gleicht dem gegenüber.
Ein Lebender denkt an einen Toten,
Und jeder geringere Gedanke ist unmöglich.

Vollkommen

Ich fand am Meeresstrand den Schädel einer Taube,
Ganz weiß und trocken alle Knochen, kreidig,
Aber vollkommen,
Ohne einen Sprung oder einen Fleck irgendwo.

Nach hinten, aufsteigend vom Schnabel her,
War ein doppelter Dom, wie zwei Blasen dünnen Gebeins,
Beinah durchscheinend, wo das Hirn gewesen war
Zum Richten des Kippwinkels der Schwingen.

I. A. Richards

Retort

A poem's not on a page
        Or in a reader's eye;
    Nor in a poet's mind
Its freedom may engage.
        For I, a poem, I
    Myself alone can find
    Myself alone could bind.

I, though I take from you
        All, all I have to sing,
    Am all an empty Ought
Spinning itself its clew.
        Burning up what you bring
    To search out what you sought,
    I work on out from naught.

Eyeless, a source of seeing,
        Careless, a fount of care,
    An unrecorded vow
Is all my core of being.
        Yet, neither here nor there
    And with no then but now,
    Your life I disallow.

I sing, who nevertheless
        No accents have or breath.
    I neither live nor die.
But you whom I possess . . .
        You, you know life and death
    And throughly know; so I
    What void I fill thereby.

I. A. Richards

Antwort

Gedicht: nicht auf dem Blatt
        Noch in des Lesers Aug;
    Noch in des Dichters Sinn.
Sein Frei-Sein holt dich ein.
        Denn ich, Gedicht, nur ich
    Ich selbst allein kann finden
    Ich selbst allein könnt binden.

Ich, nehm ich gleich von dir
        All was ich hab zu singen,
    Bin ganz ein leeres Nichts
Das spinnt sich selbst sein Knäuel.
        Verbrennt all was du bringst
    Zu suchen, was du suchst,
    Ich wirk hervor aus Nichts.

Ohn Aug, ein Quell des Sehens,
        Fühllos, ein Brunn des Fühlens,
    Gelöbnis, unversprochen
Ist all mein Mark des Seins.
        Doch weder hier noch dort,
    Mit keinem dann als nun,
    Setz ich dich selbst aufs Spiel.

Ich sing und habe dennoch
        Nicht Atemkraft noch Klang.
    Ich lebe nicht noch sterb ich.
Doch du, den ich besitze …
        Du kennst sie, Leben, Tod
    Und kennst sie tief; so sehr
    Füll ich was dabei leer.

Basil Bunting

Briggflatts

I

Brag, sweet tenor bull,
descant on Rawthey's madrigal,
each pebble its part
for the fell's late spring.
Dance tiptoe, bull,
black against may.
Ridiculous and lovely
chase hurdling shadows
morning into noon.
May on the bull's hide
and through the dale
furrows fill with may,
paving the slowworm's way.

A mason times his mallet
to a lark's twitter,
listening while the marble rests,
lays his rule
at a letter's edge,
fingertips checking,
till the stone spells a name
naming none,
a man abolished.
Painful lark, labouring to rise!
The solemn mallet says:
In the grave's slot
he lies. We rot.

Decay thrusts the blade,
wheat stands in excrement
trembling. Rawthey trembles.

Basil Bunting

Briggflatts

I

Prahl, Stier, frischer Tenor,
Diskant zu Rawtheys Madrigal,
jeder Kiesel eine Stimme
im späten Frühling der Höhen.
Tanz zehenspitz, Stier,
schwarz vorm blühenden Dorn,
lachhaft und lieblich
jag hüpfende Schatten
vom Morgen zum Mittag.
Weißdorn auf Stierfell
und durchs Tal
blütenvoll die Furchen, weiche,
eben ist der Weg der Schleiche.

Ein Steinmetz richtet den Schlegel
nach Lerchengezwitscher,
lauscht, wenn Marmor ruht,
legt sein Maß
an einen Buchstaben,
und Fingerspitze prüft,
bis der Stein den Namen spricht,
der niemanden nennt,
einen Ausgelöschten.
Leidvolle Lerche, lernt mühsamen Aufstieg!
Der ernste Schlegel sagt:
In des Grabes Riß
liegt er. Wir sind Fäulnis.

Verfall treibt Ähre hoch,
Weizen steht im Exkrement
und bebt. Rawthey bebt.

Tongue stumbles, ears err
for fear of spring.
Rub the stone with sand,
wet sandstone rending
roughness away. Fingers
ache on the rubbing stone.
The mason says: Rocks
happen by chance.
No one here bolts the door,
love is so sore.

Stone smooth as skin,
cold as the dead they load
on a low lorry by night.
The moon sits on the fell
but it will rain.
Under sacks on the stone
two children lie,
hear the horse stale,
the mason whistle,
harness mutter to shaft,
felloe to axle squeak,
rut thud the rim,
crushed grit.

Stocking to stocking, jersey to jersey,
head to a hard arm,
they kiss under the rain,
bruised by their marble bed.
In Garsdale, dawn;
at Hawes, tea from the can.
Rain stops, sacks
steam in the sun, they sit up.
Copper-wire moustache,
sea-reflecting eyes
and Baltic plainsong speech
declare: By such rocks
men killed Bloodaxe.

Zunge stammelt, Ohren irren
in Frühlingsfurcht.
Reib den Stein mit Sand,
nasser Sandstein, der Rauhes
glättet. Finger
weh auf dem Reibstein.
Der Steinmetz sagt: Fels
entsteht durch Zufall.
Niemand hier versperrt die Tür,
Liebe so wund.

Stein weich wie Haut,
kalt wie die Toten, die sie nachts
auf einen flachen Karren laden.
Der Mond sitzt auf dem Hang,
aber es wird regnen.
Unter Säcken auf dem Stein
liegen zwei Kinder,
hören wie das Pferd stallt,
wie Steinmetz pfeift,
wie Zügel zur Deichsel hin murmelt,
Felge zur Achse quietscht,
Rad rattert in Spur,
knirschendem Kies.

Strumpf an Strumpf, Jacke an Jacke,
Kopf am harten Arm,
küssen sie sich unterm Regen,
wund vom Marmorbett.
In Garsdale, Morgengraun;
in Hawes, Tee aus der Kanne.
Regen hört auf, Säcke
dampfen in der Sonne, sie setzen sich auf.
Schnurrbart wie Kupferdraht,
meerspiegelnde Augen
und baltisch-gregorianische Rede
verkünden: Bei solchem Fels
ward Bloodaxe getötet.

5

Furthest, fairest things, stars, free of our humbug,
each his own, the longer known the more alone,
wrapt in emphatic fire roaring out to a black flue.
Each spark trills on a tone beyond chronological compass,
yet in a sextant's bubble present and firm
places a surveyor's stone or steadies a tiller.
Then is Now. The star you steer by is gone,
its tremulous thread spun in the hurricane
spider floss on my cheek; light from the zenith
spun when the slowworm lay in her lap
fifty years ago.

The sheets are gathered and bound,
the volume indexed and shelved,
dust on its marbled leaves.
Lofty, an empty combe,
silent but for bees.
Finger tips touched and were still
fifty years ago.
Sirius is too young to remember.

Sirius glows in the wind. Sparks on ripples
mark his line, lures for spent fish.

Fifty years a letter unanswered;
a visit postponed for fifty years.

She has been with me fifty years.

Starlight quivers. I had day enough.
For love uninterrupted night.

5

Fernste, feinste Dinge, Sterne, frei von unserm Humbug,
jeder bei sich, je länger gekannt, desto einsamer,
gehüllt in Feuer emphatisch, das brausend ins Schwarze zieht.
Jeder Funke trillert auf einem Ton jenseits von Zeit und Maß,
doch gegenwärtig und fest in einer Sextantenblase
setzt er Vermessungspunkt, sichert die Pinne.
Einst ist Jetzt. Der Stern, nach dem du lenkst, ist weg,
sein zitternder Faden verwirbelt in das Orkan-
Gespinst auf meiner Wange; Licht vom Zenit,
gesponnen als die Schleiche lag in ihrem Schoß
vor fünfzig Jahren.

Die Bögen sind gesammelt und gebunden,
der Band mit Index versehen, eingestellt im Regal,
Staub auf seinen marmorierten Blättern.
Hoch oben, eine leere Talmulde,
still bis auf Bienen.
Fingerspitzen berührten sich und waren still
vor fünfzig Jahren.
Sirius ist zu jung sich zu erinnern.

Sirius glüht im Wind. Funken auf Wasserriffel
ziehen seine Linie, Köder für kraftlosen Fisch.

Fünfzig Jahre ein Brief ohne Antwort;
ein Besuch fünfzig Jahre verschoben.

Fünfzig Jahre war sie bei mir.

Sternenlicht zittert. Ich hatte Tag genug.
Für Liebe ununterbrochen die Nacht.

Stevie Smith

Not Waving but Drowning

Nobody heard him, the dead man,
But still he lay moaning:
I was much further out than you thought
And not waving but drowning.

Poor chap, he always loved larking
And now he's dead
It must have been too cold for him his heart gave way,
They said.

Oh, no no no, it was too cold always
(Still the dead one lay moaning)
I was much too far out all my life
And not waving but drowning.

Infelice

Walking swiftly with a dreadful duchess,
He smiled too briefly, his face was as pale as sand,
He jumped into a taxi when he saw me coming,
Leaving me alone with a private meaning,
He loves me so much, my heart is singing.
Later at the Club when I rang him in the evening
They said: Sir Rat is dining, is dining, is dining,
No Madam, he left no message, ah how his silence speaks,
He loves me too much for words, my heart is singing.
The Pullman seats are here, the tickets for Paris, I am waiting,
Presently the telephone rings, it is his valet speaking,
Sir Rat is called away, to Scotland, his constituents,
(Ah the dreadful duchess, but he loves me best)
Best pleasure to the last, my heart is singing.

Stevie Smith

Nicht winkend sondern ertrinkend

Keiner hörte ihn, den toten Mann,
Aber noch lag er da, stöhnend:
Ich war viel weiter draußen als ihr gedacht habt
Und nicht winkend sondern ertrinkend.

Armer Kerl, hatte immer Späße geliebt
Und nun ist er tot
Muß zu kalt für ihn gewesen sein, sein Herz hielt nicht mit
Hieß es.

Aber nein nein nein, es war immer zu kalt
(Noch lag der Tote da, stöhnend)
Ich war all mein Leben viel zu weit draußen
Und nicht winkend sondern ertrinkend.

Infelice

Schnellen Schritts mit einer gräßlichen Herzogin,
Kaum ein Lächeln, sein Gesicht war fahl wie Sand,
Er sprang in ein Taxi, als er mich kommen sah,
Ließ mich allein mit meinem Geheimnis,
Er liebt mich so sehr, mein Herz jubiliert.
Später im Club, als ich am Abend anrief,
Sagt man mir: Sir Rat speist jetzt, speist jetzt, speist jetzt,
Nein, Madam, er hinterließ nichts, ach wie sein Schweigen spricht,
Die Liebe macht ihn wortlos, mein Herz jubiliert.
Wir haben Plätze im Pullman, Fahrkarten nach Paris, ich warte,
Plötzlich klingelt das Telefon, sein Diener spricht,
Sir Rat muß fort, nach Schottland, seine Wähler
(Ach die gräßliche Herzogin, aber mich liebt er am meisten),
Die größte Freude bis zuletzt, mein Herz jubiliert.

One night he came, it was four in the morning,
Walking slowly upstairs, he stands beside my bed,
Dear darling, lie beside me, it is too cold to stand speaking,
He lies down beside me, his face is like the sand,
He is in a sleep of love, my heart is singing.
Sleeping softly softly, in the morning I must wake him,
And waking he murmurs, I only came to sleep.
The words are so sweetly cruel, how deeply he must love me,
I say them to myself aloud, my heart is singing.
Now the sunshine strengthens, it is ten in the morning,
He is so timid in love, he only needs to know,
He is my little child, how can he come if I do not call him?
I will write and tell him everything, I take the pen and write:
I love you so much, my heart is singing.

God the Eater

There is a god in whom I do not believe
Yet to this god my love stretches,
This god whom I do not believe in is
My whole life, my life and I am his.

Everything that I have of pleasure and pain
(Of pain, of bitter pain and men's contempt)
I give this god for him to feed upon
As he is my whole life and I am his.

When I am dead I hope that he will eat
Everything I have been and have not been
And crunch and feed upon it and grow fat
Eating my life all up as it is his.

Eines Nachts kam er, es war vier Uhr morgens,
Langsam die Treppe herauf, steht an meinem Bett,
Liebster, leg dich zu mir, es ist zu kalt, im Stehen zu sprechen,
Er legt sich zu mir, sein Gesicht ist wie Sand,
Er schläft den Liebesschlaf, mein Herz jubiliert.
Er schläft sanft sanft, am Morgen muß ich ihn wecken,
Und erwachend flüstert er: Ich bin nur zum Schlafen gekommen.
Die Worte sind süß und grausam, wie heiß muß er mich lieben.
Ich sage sie laut vor mich hin, mein Herz jubiliert.
Jetzt scheint die Sonne stärker, es ist zehn Uhr früh,
Er ist so scheu in der Liebe, er muß es nur wissen,
Er ist mein kleines Kind, wie kann er kommen, wenn ich ihn nicht rufe?
Ich werde schreiben, ihm alles sagen, ich nehme den Stift und schreibe:
Ich lieb dich so sehr, mein Herz jubiliert.

Verzehrender Gott

Es gibt einen Gott, an den glaube ich nicht,
Doch meine Liebe reckt sich ihm entgegen;
Und dieser Gott, an den ich nicht glaube, ist
Mein ganzes Leben, mein Leben und ich seins.

Was alles ich habe an Lust und Leid
(An Leid, bittrem Leid und Verachtung der Welt)
Geb ich diesem Gott, daß er davon zehrt:
Er ist mein ganzes Leben und ich seins.

Wenn ich tot bin, hoffentlich, zehrt er auf
Was ich war und nicht gewesen bin,
Zerbeißt es knirschend und mästet sich
Und vertilgt mein Leben, das seines ist.

John Betjeman

In Westminster Abbey

Let me take this other glove off
   As the *vox humana* swells,
And the beauteous fields of Eden
   Bask beneath the Abbey bells.
Here, where England's statesmen lie,
Listen to a lady's cry.

Gracious Lord, oh bomb the Germans.
   Spare their women for Thy Sake,
And if that is not too easy
   We will pardon Thy Mistake.
But, gracious Lord, whate'er shall be,
Don't let anyone bomb me.

Keep our Empire undismembered
   Guide our Forces by Thy Hand.
Gallant blacks from far Jamaica,
   Honduras and Togoland;
Protect them Lord in all their fights,
And, even more, protect the whites.

Think of what our Nation stands for,
   Books from Boots and country lanes,
Free speech, free passes, class distinction,
   Democracy and proper drains.
Lord, put beneath Thy special care
One-eighty-nine Cadogan Square.

Although dear Lord I am a sinner,
   I have done no major crime;
Now I'll come to Evening Service
   Whensoever I have the time.
So, Lord, reserve for me a crown.
And do not let my shares go down.

John Betjeman

In der Westminster-Abtei

Laß mich beide Handschuh ausziehn,
  Da die *vox humana* tönt
Und da Edens Prachtgefilde
  Liegt vom Glockenglanz verschönt.
Hier, wo Englands Führer ruhn,
Ruft Dich eine Lady nun.

Bombardier, o Gott, die Deutschen.
  Dir zulieb verschon die Frauen.
Und wenn das nicht ganz so leicht ist
  Wird man so genau nicht schauen.
Doch, gnädger Gott, was immer kommt,
Sieh zu, daß keiner *mich* ausbombt.

Halt das Britenreich zusammen,
  Führ das Heer an Deiner Hand,
Tapfere Schwarze aus Jamaica,
  Aus Honduras, Togoland,
Schütze sie im Kampf, dem heißen,
Und insbesondre schütz die Weißen.

Schütz das, wofür wir Briten glänzen:
  Buch vom Buchclub, Freies Wort,
Baum-Alleen und Klassengrenzen,
  Demokratie, Patent-Abort.
Vor allem schütze, Gott, noch mehr
Mein Stadthaus am Cadogan Square.

Ob ich, o Herr, auch bin ein Sünder,
  Noch nie mußt ich zur Polizei.
Jetzt geh ich unter Gotteskinder
  Falls wieder mal ein Abend frei.
Schenk mir die Krone einst wie allen
Und nie laß meine Aktien fallen.

I will labour for Thy Kingdom,
   Help our lads to win the war,
Send white feathers to the cowards
   Join the Women's Army Corps,
Then wash the Steps around Thy Throne
In the Eternal Safety Zone.

Now I feel a little better,
   What a treat to hear Thy word,
Where the bones of leading statesmen
   Have so often been interr'd.
And now, dear Lord, I cannot wait
Because I have a luncheon date.

Gern will ich für Dein Reich was tun,
   Helf den Jungs den Krieg gewinnen,
Schick Federn an die Drückeberger,
   Geh zu den Heeres-Helferinnen.
Dann wisch ich auf vor Deinem Throne
In Deiner Ewigen Luftschutz-Zone.

So, jetzt fühl ich mich schon besser,
   Ach, wie gut Dein Wort doch tut,
Wo Gebein der Staatselite
   Stets aufs neue würdig ruht.
Und jetzt, o Herr, mach ich mal Schluß,
Weil ich noch rasch zum Essen muß.

Samuel Beckett

Dortmunder

In the magic the Homer dusk
past the red spire of sanctuary
I null she royal hulk
hasten to the violet lamp to the thin K'in music of the bawd.
She stands before me in the bright stall
sustaining the jade splinters
the scarred signaculum of purity quiet
the eyes the eyes black till the plagal east
shall resolve the long night phrase.
Then, as a scroll, folded,
and the glory of her dissolution enlarged
in me, Habakkuk, mard of all sinners.
Schopenhauer is dead, the bawd
puts her lute away.

Echo's Bones

asylum under my tread all this day
their muffled revels as the flesh falls
breaking without fear or favour wind
the gantelope of sense and nonsense run
taken by the maggots for what they are

Dieppe

again the last ebb
the dead shingle
the turning then the steps
towards the lights of old

Samuel Beckett

Dortmunder

In dem verhexten, dem homerischen Zwielicht
vorbei am roten Turmknauf des Zufluchtsorts
ich nichtig, sie ein stattlicher Holk
haste zur roten Lampe, zur schrillen K'in-Weise der Hure.
Sie steht vor mir in der grellen Bude
gepfählte von jadnen Tonsplittern
das vernarbte Hymen ihrer Reinheit still
die Augen, die Augen schwarz bis der plagale Orient
das lange Nachtmotiv auflöst.
Dann, aufgerollt wie ein Pergament,
und die Glorie ihrer Verkommenheit überhöht
in mir, Habakuk, merde aller Sünder.
Schopenhauer ist tot, das Mensch
packt seine Laute weg.

Echos Gebein

Obdach unter meinem Rist den ganzen Tag
ihr dumpfes Schmausen derweil das Fleisch fällt
und lassen Wind sonder Verlaub und Gunst
der Rutenlauf von Sinn und Unsinn ist getan
die Maden nehmen sie schlechthin so wie sie sind

Dieppe

und wieder das letzte Verebben
das tote Geschiebe
die Umkehr und dann die Schritte
nach den alten Lichtern

MY WAY IS IN THE SAND FLOWING
between the shingle and the dune
the summer rain rains on my life
on me my life harrying fleeing
to its beginning to its end

my peace is there in the receding mist
when I may cease from treading these long shifting thresholds
and live the space of a door
that opens and shuts

WHAT WOULD I DO without this world faceless incurious
where to be lasts but an instant where every instant
spills in the void the ignorance of having been
without this wave where in the end
body and shadow together are engulfed
what would I do without this silence where the murmurs die
the pantings the frenzies towards succour towards love
without this sky that soars
above its ballast dust

what would I do what I did yesterday and the day before
peering out of my deadlight looking for another
wandering like me eddying far from all the living
in a convulsive space
among the voices voiceless
that throng my hiddenness

I WOULD LIKE MY LOVE TO DIE
and the rain to be raining on the graveyard
and on me walking the streets
mourning her who thought she loved me

ICH BIN DER SANDSTREIFEN der sich
zwischen dem Geschiebe und der Düne hinzieht
der Sommerregen regnet auf mein Leben
auf mich mein Leben das mich flieht mir folgt
und enden wird am Tag seines Beginns

teurer Augenblick ich sehe dich in dem weichenden Nebelvorhang
wo ich nicht mehr die langen treibenden Schwellen zu betreten brauche
und leben werde solange eine Tür
sich öffnet und wieder schließt

WAS WÜRDE ICH TUN ohne diese Welt ohne Gesicht ohne Fragen
wo Sein nur einen Augenblick dauert wo jeder Augenblick
ins Leere fließt und ins Vergessen gewesen zu sein
ohne diese Welle wo am Ende
Körper und Schatten zusammen verschlungen werden
was würde ich tun ohne diese Stille Schlund der Seufzer
die wütend nach Hilfe nach Liebe lechzen
ohne diesen Himmel der sich erhebt
über dem Staub seines Ballasts

was würde ich tun ich würde wie gestern wie heute tun
durch mein Bullauge schauend ob ich nicht allein bin
beim Irren und Schweifen fern von allem Leben
in einem Puppenraum
ohne Stimme inmitten der Stimmen
die mit mir eingesperrt

ICH MÖCHTE DASS MEINE LIEBE STÜRBE
daß es regnet auf den Friedhof
und in die Gassen wo ich gehe
jene beweinend die mich zu lieben glaubte

William Empson

Dissatisfaction with Metaphysics

High over Mecca Allah's prophet's corpse
(The empty focus opposite the sun)
Receives homage, centre of the universe.
How smooth his epicycles round him run,
Whose hearth is cold, and all his wives undone.

Two mirrors with Infinity to dine
Drink him below the table when they please.
Adam and Eve breed still their dotted line,
Repeated incest, a plain series.
Their trick is all philosophers' disease.

New safe straight lines are finite though unbounded,
Old epicycles numberless in vain.
Then deeper than e'er plummet, plummet sounded,
Then corpses flew, when God flooded the plain.
He promised Noah not to flood again.

Homage to the British Museum

There is a Supreme God in the ethnological section;
A hollow toad shape, faced with a blank shield.
He needs his belly to include the Pantheon,
Which is inserted through a hole behind.
At the navel, at the points formally stressed, at the organs of sense,
Lice glue themselves, dolls, local deities,
His smooth wood creeps with all the creeds of the world.

Attending there let us absorb the cultures of nations
And dissolve into our judgement all their codes.
Then, being clogged with a natural hesitation
(People are continually asking one the way out),

William Empson

Ungenügen an der Metaphysik

Hoch über Mekka läßt der Leichnam des Propheten
(Der leere Fokus vis-à-vis der Sonne),
Huldvoll, des Universums Mitte, zu sich beten.
Wie ruhig seine Epizykeln ihn umgehen,
Des Herd nun kalt, des Weiber trauernd stehen.

Zwei Spiegel, zechend mit Unendlichkeit,
Trinken ihn nach Belieben untern Tisch.
Adam und Eva mehren ihre Pünktchenlinie,
Im Inzest heute noch, als Serie bescheiden.
Ihr Trick ist aller Philosophen Leiden.

Heut sind Geraden sichrer: grenzenlos, doch endlich,
Der alten Epizykeln Vielzahl ohne Nutzen.
Weit tiefer als je Senkblei, Senkblei lotet,
Leiber flohn weit, da Gottes Fluten losgebrochen.
Nie wieder Sintflut, hat er Noah dann versprochen.

Hommage ans British Museum

Ein Obergott in der Abteilung Völkerkunde:
Auf hohlem Krötenleib ein Schild, blank, als Gesicht.
Er braucht den Bauch, das Pantheon zu bergen,
Das eingeführt wird durch ein Loch von hinten.
Am Nabel, an markanten Stellen und Organen
Sind Läuse angeklebt, Puppen, Lokalgottheiten.
Das glatte Holz bekrabbeln Credos aller Welt.

Dort laßt uns die Kulturen der Nationen absorbieren,
Und ihre Gläubigkeiten andachtsvoll uns einverleiben.
Und dann laßt uns, ein wenig überbürdet, zaudernd
(Die Leute fragen einen dauernd nach dem Ausgang),

Let us stand here and admit that we have no road.
Being everything, let us admit that is to be something,
Or give ourselves the benefit of the doubt;
Let us offer our pinch of dust all to this God,
And grant his reign over the entire building.

Arachne

Twixt devil and deep sea, man hacks his caves;
Birth, death; one, many; what is true, and seems;
Earth's vast hot iron, cold space's empty waves:

King spider, walks the velvet roof of streams:
Must bird and fish, must god and beast avoid:
Dance, like nine angels, on pin-point extremes.

His gleaming bubble between void and void,
Tribe-membrane, that by mutual tension stands,
Earth's surface film, is at a breath destroyed.

Bubbles gleam brightest with least depth of lands
But two is least can with full tension strain,
Two molecules; one, and the film disbands.

We two suffice. But oh beware, whose vain
Hydroptic soap my meagre water saves.
Male spiders must not be too early slain.

This Last Pain

This last pain for the damned the Fathers found:
«They knew the bliss with which they were not crowned.»
  Such, but on earth, let me foretell,
  Is all, of heaven or of hell.

Hier stehn und sagen: Wir haben keinen Weg.
Wer alles ist, geben wirs zu, der ist doch etwas.
Legen wir Zweifel einfach uns zum Nutzen aus;
Laßt unsre Prise Staub ganz diesem Gotte gelten,
Und laßt ihn herrschen über das gesamte Haus.

Arachne

Zwischen Teufel und tiefer See hackt Jedermann die Höhlen;
Geburt und Tod; Eines und Vieles; Wahrheit, Schein;
Der Erde heißes Eisen, des Weltraums kalte Wellen:

Er schreitet, Spinnentier, auf samtenem Dach von Strömen:
Muß Fisch und Vogel, muß den Gott und Bestien meiden:
Tanzt, wie neun Engel, auf den Nadelspitz-Extremen.

Glitzernde Blase trennt ihm Leeres von dem Leeren,
Stammes-Membran, die wechselseitige Spannung trägt,
Erdoberflächenfilm, ein Hauch kann ihn zerstören.

Am hellsten glitzern Blasen mit der dünnsten Haut,
Doch zwei zumindest braucht es, daß die Spannung hält,
Zwei Moleküle; eins nur, und der Film zerreißt.

Wir zwei genügen. Doch paß auf, hydroptisch kann
Die eitle Seife mir mein mageres Wasser retten.
Man töte besser nicht zu früh den Spinnenmann.

Diese letzte Qual

Diese letzte Qual Verdammter fanden die Väter:
«Sie kannten Glück das *sie* nie krönte später.»
    Dies, sag ich – doch auf Erden – ist der Fall
    In Himmel oder Hölle, überall.

Man, as the prying housemaid of the soul,
May know her happiness by eye to hole:
    He's safe; the key is lost; he knows
    Door will not open, nor hole close.

«What is conceivable can happen too,»
Said Wittgenstein, who had not dreamt of you;
    But wisely; if we worked it long
    We should forget where it was wrong.

Those thorns are crowns which, woven into knots,
Crackle under and soon boil fool's pots;
    And no man's watching, wise and long.
    Would ever stare them into song.

Thorns burn to a consistent ash, like man;
A splendid cleanser for the frying-pan:
    And those who leap from pan to fire
    Should this brave opposite admire.

All those large dreams by which men long live well
Are magic-lanterned on the smoke of hell;
    This then is real, I have implied,
    A painted, small, transparent slide.

These the inventive can hand-paint at leisure,
Or most emporia would stock our measure;
    And feasting in their dappled shade
    We should forget how they were made.

Feign then what's by a decent tact believed
And act that state is only so conceived,
    And build an edifice of form
    For house where phantoms may keep warm.

Imagine, then, by miracle, with me,
(Ambiguous gifts, as what gods give must be)
    What could not possibly be there,
    And learn a style from a despair.

Der Mensch, der Seele Magd, kann schnüffelnd stehn
Und deren Glück durchs Schlüsselloch besehn:
  Er weiß (selbst sicher), ohne Schlüssel, doch:
  Nie wird die Tür aufgehn, nie zu das Loch.

«Was konzipierbar ist, wird möglich sein»,
Dies, träumend nicht von dir, sagt Wittgenstein.
  Doch merke: wer sich lang damit befaßt
  Dürfte vergessen, wo dies gar nicht paßt.

Auf Knoten, die aus Dornen Kronen machen,
Kochen des Narren Töpfe bald mit Krachen;
  Und niemand, wacht er noch so klug und lang,
  Verwandelt sie durch Starren in Gesang.

Dornwerk verbrennt zu Asche, so wie wir;
Ergiebig, einsetzbar für Bratgeschirr;
  Und wer ins Feuer springt aus Pfannen
  Sollte dies brave Paradox bestaunen.

Die großen Träume, die zum Leben laden,
Sind Projektionen auf den Höllenschwaden.
  Dies, will ich sagen, ist real:
  Ein Dia-Bild-Original.

Von Hand kann man sie einfallsreich bemalen
Oder im Kaufhaus maßgerecht bezahlen.
  Schwelgend in ihren buntgescheckten Schatten
  Laßt uns vergessen woher wir sie hatten.

Gib vor was Anstand taktvoll postuliert,
Tu als sei Status nur so konzipiert,
  Und bau ein Wohngehäus aus Form,
  Phantomen Heimstatt, traut und warm.

Imaginiere mit mir, wunderbar,
(Vieldeutig wie was je ein Gott bringt dar)
  Was ganz unmöglich da sein will,
  Lern aus Verzweiflung einen Stil.

Aubade

Hours before dawn we were woken by the quake.
My house was on a cliff. The thing could take
Bookloads off shelves, break bottles in a row.
Then the long pause and then the bigger shake.
It seemed the best thing to be up and go.

And far too large for my feet to step by.
I hoped that various buildings were brought low.
The heart of standing is you cannot fly.

It seemed quite safe till she got up and dressed.
The guarded tourist makes the guide the test.
Then I said The Garden? Laughing she said No.
Taxi for her and for me healthy rest.
It seemed the best thing to be up and go.

The language problem but you have to try.
Some solid ground for lying could she show?
The heart of standing is you cannot fly.

None of these deaths were her point at all.
The thing was that being woken he would bawl
And finding her not in earshot he would know.
I tried saying Half an Hour to pay this call.
It seemed the best thing to be up and go.

I slept, and blank as that I would yet lie.
Till you have seen what a threat holds below,
The heart of standing is you cannot fly.

Tell me again about Europe and her pains.
Who's tortured by the drought, who by the rains.
Glut me with floods where only the swine can row
Who cuts his throat and let him count his gains.
It seemed the best thing to be up and go.

Taglied

Vor Tag uns weckend ging das Beben los.
Mein Haus war auf dem Cliff. Der Schlag genügend groß,
Bücher und Flaschen vom Regal zu wehn.
Dann lange Pause und ein stärkerer Stoß.
Das beste schien, aufzustehn und zu gehn.

Meinen schwankenden Füßen kam das in die Quere.
Ich hoffte ein paar Bauten fallen zu sehn.
Nicht fliehen können ist das Herz der Schwere.

Bis sie aufstand und sich anzog, schien es harmlos zu sein.
Indem er seinen Führer prüft, stellt der Tourist sich ein.
Dann rief ich In den Garten? Lachend sagte sie Nein.
Taxi für sie und für mich ein Schlafschön.
Das beste schien, aufzustehn und zu gehn.

Das Sprachproblem. Konnte sie mir erklären,
Welchen Grund es noch gäbe, im Bett zu sein?
Nicht fliehen können ist das Herz der Schwere.

An dem was draußen starb lag ihr nicht sehr.
Es ging nur um ihn. Wenn er aufwacht und röhrt,
Und sie ist nicht da, wird er alles verstehn.
Halbe Stunde, wollt ich sagen, dann komm wieder her.
Das beste schien, aufzustehn und zu gehn.

Ich schlief verwirrt und trieb ins Ungefähre.
Bis du siehst was drunten Schlimmes geschehn:
Nicht fliehen können ist das Herz der Schwere.

Erzähl noch mal von Europa und seiner Qual,
Wen Dürre plagt und wen Regenfall.
Tränk mir die Flut ein, die schwimmend nur Schweine bestehn,
Wer Hälse abschneidet und häuft Kapital.
Das beste schien, aufzustehn und zu gehn.

A bedshift flight to a Far Eastern sky.
Only the same war on a stronger toe.
The heart of standing is you cannot fly.

Tell me more quickly what I lost by this,
Or tell me with less drama what they miss
Who call no die a god for a good throw,
Who says after two aliens had one kiss
It seemed the best thing to be up and go.

But as to risings, I can tell you why.
It is on contradiction that they grow.
It seemed the best thing to be up and go.
Up was the heartening and the strong reply.
The heart of standing is we cannot fly.

Let It Go

It is this deep blankness is the real thing strange.
The more things happen the more you can't
Tell or remember even what they were.

The contradictions cover such a range.
The talk would talk and go so far aslant.
You don't want madhouse and the whole thing there.

Ein Flug im Bett Richtung fernöstliche Sphäre.
Auch dort Krieg. Mit größeren Füßen versehn.
Nicht fliehen können ist das Herz der Schwere.

Erzähle, doch rascher, was mir da entging,
Und was einer verpaßt, der beim Gewinn
Sich weigert, im Würfel den Gott zu sehn,
Und wieso es, nachdem ein Kuß zwei Fremde fing,
Das beste schien, aufzustehn und zu gehn.

Was Aufstände angeht, das kann ich dir erklären.
Interne Widersprüche lassen sie entstehn.
Das beste schien, aufzustehn und zu gehn.
Auf, rief sie und gab mir, mich zu ermuntern, die Ehre.
Daß wir nicht fliehen können ist das Herz der Schwere.

Laß los

Es ist dies tiefe Leersein eigentlich, was fremd macht.
Je mehr passiert, je weniger kannst du verstehn
Oder dich überhaupt erinnern, was es war.

Das Widersprüchliche kommt auf so breiter Front.
Das Reden würde reden und so weit daneben gehn.
Du willst doch nicht das Irrenhaus und alles da.

W. H. Auden

Paysage Moralisé

Hearing of harvests rotting in the valleys,
Seeing at end of street the barren mountains,
Round corners coming suddenly on water,
Knowing them shipwrecked who were launched for islands,
We honour founders of these starving cities
Whose honour is the image of our sorrow,

Which cannot see its likeness in their sorrow
That brought them desperate to the brink of valleys;
Dreaming of evening walks through learned cities
They reined their violent horses on the mountains,
Those fields like ships to castaways on islands,
Visions of green to them who craved for water.

They built by rivers and at night the water
Running past windows comforted their sorrow;
Each in his little bed conceived of islands
Where every day was dancing in the valleys
And all the green trees blossomed on the mountains,
Where love was innocent, being far from cities.

But dawn came back and they were still in cities;
No marvellous creature rose up from the water;
There was still gold and silver in the mountains
But hunger was a more immediate sorrow,
Although to moping villagers in valleys
Some waving pilgrims were describing islands...

«The gods,» they promised, «visit us from islands,
Are stalking, head-up, lovely, through our cities;
Now is the time to leave your wretched valleys
And sail with them across the lime-green water,
Sitting at their white sides, forget your sorrow,
The shadow cast across your lives by mountains.»

W. H. Auden

Paysage Moralisé

Hörend von Ernten, faulend in den Tälern,
Schauend am Rand der Stadt die kahlen Berge,
Um Ecken plötzlich stoßend auf das Wasser,
Wissend von Schiffbruch auf der Fahrt nach Inseln,
Rühmen wir Gründer jener Elendsstädte:
Ihr Ruhm ist doch das Bild nur unsrer Trauer,

Die nicht ihr Abbild sieht in jener Trauer,
Die sie verzweifelt trieb zum Rand der Täler;
Träumend von Abendgängen durch die Städte,
Spornten sie ihre Rosse auf die Berge:
Licht wie die Schiffe Schmachtenden auf Inseln,
Ein Traum von Grün den Lechzenden nach Wasser.

An Flüssen bauten sie, und nachts das Wasser,
Rauschend vorbei, war Trost für ihre Trauer;
Jeder auf schmalem Bett dachte an Inseln,
Wo jeder Tag ihm tanzte in den Tälern
Und alle Bäume blühten in den Bergen,
Wo Liebe Unschuld war, fern von den Städten.

Doch Dämmrung, kehrend, fand sie noch in Städten;
Kein wunderbares Tier entstieg dem Wasser;
Es gab noch Gold und Silber in den Bergen,
Doch Hunger weckte wiederum die Trauer,
Obgleich betrübten Wohnern in den Tälern
Schweifende Pilger sprachen von den Inseln ...

«Die Götter», raunten sie, «wandeln von Inseln
Zu uns, erhobnen Haupts, durch unsre Städte;
Nun ist es Zeit: Verlaßt die öden Täler,
Segelt mit ihnen übers grüne Wasser,
Neben den Strahlenden, vergeßt die Trauer,
Den Schatten, den sie werfen, jene Berge.»

So many, doubtful, perished in the mountains,
Climbing up crags to get a view of islands,
So many, fearful, took with them their sorrow
Which stayed them when they reached unhappy cities,
So many, careless, dived and drowned in water,
So many, wretched, would not leave their valleys.

It is our sorrow. Shall it melt? Then water
Would gush, flush, green these mountains and these valleys,
And we rebuild our cities, not dream of islands.

Funeral Blues

Stop all the clocks,
  cut off the telephone,
Prevent the dog from barking
  with a juicy bone,
Silence the pianos
  and with muffled drum
Bring out the coffin,
  let the mourners come.

Let aeroplanes circle
  moaning overhead
Scribbling on the sky
  the message He Is Dead,
Put crêpe bows round the white necks
  of the public doves,
Let the traffic policemen
  wear black cotton gloves.

He was my North, my South,
  my East and West,
My working week
  and my Sunday rest,
My noon, my midnight,
  my talk, my song;

So viele, zweifelnd, kamen um in Bergen,
Kliffe erklimmend, zu erblicken Inseln;
So viele, angstvoll, schleppten ihre Trauer,
Die sie nicht ließ in den unseligen Städten;
So viele, unbedacht, ertranken in dem Wasser;
So viele, elend, blieben in den Tälern.

Dies ist unsre Trauer. Schmilzt sie je? Ach, Wasser
Ergöß sich grünend über Berg und Täler;
Wir bauten Städte, träumten nicht von Inseln.

Begräbnis-Blues

Haltet alle Uhren an,
  laßt das Telefon abstellen,
Hindert den Hund daran,
  den saftigen Knochen anzubellen,
Klaviere sollen schweigen,
  und mit gedämpftem Trommelschlag,
Laßt die Trauernden nun kommen,
  tragt heraus den Sarg.

Laßt Flugzeuge kreisen,
  klagend im Abendrot,
An den Himmel schreibend
  die Botschaft *Er ist tot;*
Laßt um die weißen Hälse der Tauben
  Kreppschleifen schlagen,
Und Verkehrspolizei schwarze
  Baumwollhandschuhe tragen.

Er war mein Nord, mein Süd,
  mein Ost und West,
Meine Arbeitswoche
  und mein Sonntagsfest,
Mein Gespräch, mein Lied,
  mein Tag, meine Nacht,

I thought that love would last for ever:
   I was wrong.

The stars are not wanted now;
   put out every one;
Pack up the moon
   and dismantle the sun;
Pour away the ocean
   and sweep up the wood;
For nothing now
   can ever come to any good.

Roman Wall Blues

Over the heather the wet wind blows,
I've lice in my tunic and a cold in my nose.

The rain comes pattering out of the sky,
I'm a Wall soldier, I don't know why.

The mist creeps over the hard grey stone,
My girl's in Tungria; I sleep alone.

Aulus goes hanging around her place,
I don't like his manners, I don't like his face.

Piso's a Christian, he worships a fish;
There'd be no kissing if he had his wish.

She gave me a ring but I diced it away;
I want my girl and I want my pay.

When I'm a veteran with only one eye
I shall do nothing but look at the sky.

Ich dachte, Liebe währet ewig:
  Falsch gedacht.

Die Sterne sind jetzt unerwünscht,
  löscht jeden aus davon,
Verhüllt auch den Mond
  und reißt nieder die Sonn',
Fegt die Wälder zusammen
  und gießt aus den Ozean,
Weil nun nichts mehr
  je wieder gut werden kann.

Roman Wall Blues

Über die Heide bläst naß der Wind,
Mein Rock ist verlaust und die Nase rinnt.

Der Himmel klatscht Regen aufs graue Land,
Bin Soldat an der Mauer – Zweck unbekannt.

Der Nebel kriecht übers harte Gestein,
Hab ein Mädel in Tungria; schlafe allein.

Vor ihrem Haus macht sich Aulus dick,
Mag den Kerl nicht – seine Art, seinen Blick.

Piso ist Christ, verehrt einen Fisch;
Mault, wenn er einen beim Küssen erwischt.

Sie gab mir 'nen Ring – ist beim Würfeln verrollt;
Ich will mein Mädel, und ich will meinen Sold.

Wenn ich Veteran bin mit bloß einem Aug,
Wird nichts mehr getan als zum Himmel geschaut.

As I Walked Out One Evening

As I walked out one evening,
Walking down Bristol Street,
The crowds upon the pavement
Were fields of harvest wheat

And down by the brimming river
I heard a lover sing
Under an arch of the railway:
«Love has no ending.

I'll love you, dear, I'll love you
Till China and Africa meet,
And the river jumps over the mountain
And the salmon sing in the street.

I'll love you till the ocean
Is folded und hung up to dry
And the seven stars go squawking
Like geese about the sky.

The years shall run like rabbits,
For in my arms I hold
The Flower of the Ages,
And the first love of the world.»

But all the clocks in the city
Began to whirr and chime:
«O let not Time deceive you,
You cannot conquer Time.

In the burrows of the Nightmare
Where Justice naked is,
Time watches from the shadow
And coughs when you would kiss.

Als ich eines Abends ausging

Als ich eines Abends ausging,
Durch die Bristolstraße schritt,
Da war die Menge am Gehsteig
Ein Weizenfeld vor dem Schnitt.

Ich hörte beim schäumenden Fluß,
Wo der Eisenbahnbogen sich schwang:
«Liebe hat kein Ende.»
Das war ein Verliebter, der sang.

«Ich liebe dich, Liebe, ich lieb dich,
Bis der Fluß den Berg überspringt,
Bis sich China und Afrika treffen
Und der Fisch auf der Straße singt.

Ich lieb dich, bis vom Wäschestrick
Der trocknende Ozean weht
Und eine schreiende Gänseschar statt
Der sieben Sterne am Himmel steht.

Wie Hasen sollen die Jahre
Laufen. Mein Arm hält
Die Blume aller Zeiten
Und die erste Liebe der Welt.»

Von den Glockentürmen der Stadt
Aber scholl es und schrie:
«Laß nicht die Zeit dich trügen,
Die Zeit besiegst du nie.

In den Wühlstollen des Alptraums,
Wo Gerechtigkeit nackt sein muß,
Wartet die Zeit unter Schatten
Und hustet vor deinem Kuß.

In headaches and in worry
   Vaguely life leaks away,
And Time will have his fancy
   To-morrow or to-day.

Into many a green valley
   Drifts the appalling snow;
Time breaks the threaded dances
   And the diver's brilliant bow.

O plunge your hands in water,
   Plunge them in up to the wrist;
Stare, stare in the basin
   And wonder what you've missed.

The glacier knocks in the cupboard,
   The desert sighs in the bed,
And the crack in the tea-cup opens
   A lane to the land of the dead.

Where the beggars raffle the banknotes
   And the Giant is enchanting to Jack,
And the Lily-white Boy is a Roarer,
   And Jill goes down on her back.

O look, look in the mirror,
   O look in your distress;
Life remains a blessing
   Although you cannot bless.

O stand, stand at the window
   As the tears scald and start;
You shall love your crooked neighbour
   With your crooked heart.»

It was late, late in the evening,
   The lovers they were gone;
The clocks had ceased their chiming,
   And the deep river ran on.

In Kopfschmerz und in Sorgen
  Wird das Leben im Nebel verstreut,
Die Zeit tut, was ihr einfällt,
  Morgen oder heut.

In viele grüne Täler
  Weht der schlimme Schnee;
Zeit bricht die verschlungenen Tänze
  Und des Tauchers Sprung in die See.

O tauch deine Hände ins Wasser,
  Tauch ein bis ans Handgelenk,
Starre, starre ins Becken
  Und was du versäumt hast, denk.

Der Gletscher poltert im Kasten,
  Im Bett die Wüste ächzt,
Bis die Straße ins Land der Toten
  Aus dem Sprung in der Teetasse wächst.

Wo die Bettler Banknoten scheffeln
  Und der Riese die Kinder nicht frißt,
Und der Däumling ein schrecklicher Raufbold
  Und Mariechen gefallen ist.

O schau, schau in den Spiegel,
  Schau deinen Kummer an;
Dir auch ist Leben ein Segen,
  Dir, der nicht segnen kann.

O steh, steh beim Fenster,
  Jetzt kommt der Träne Schmerz;
Du sollst lieben den krummen Nachbarn
  Mit deinem krummen Herz.»

Es war spät, spät am Abend,
  Keine Glocke rief;
Die Liebenden waren gegangen
  Und der Fluß rann tief.

Lullaby

Lay your sleeping head, my love,
Human on my faithless arm;
Time and fevers burn away
Individual beauty from
Thoughtful children, and the grave
Proves the child ephemeral:
But in my arms till break of day
Let the living creature lie,
Mortal, guilty, but to me
The entirely beautiful.

Soul and body have no bounds:
To lovers as they lie upon
Her tolerant enchanted slope
In their ordinary swoon,
Grave the vision Venus sends
Of supernatural sympathy,
Universal love and hope;
While an abstract insight wakes
Among the glaciers and the rocks
The hermit's carnal ecstasy.

Certainty, fidelity
On the stroke of midnight pass
Like vibrations of a bell
And fashionable madmen raise
Their pedantic boring cry:
Every farthing of the cost,
All the dreaded cards foretell,
Shall be paid, but from this night
Not a whisper, not a thought,
Not a kiss nor look be lost.

Beauty, midnight, vision dies:
Let the winds of dawn that blow
Softly round your dreaming head

Wiegenlied

Liebste, leg dein müdes Haupt
Warm in meinen schwachen Arm;
Zeit und Fieber löschen aus
Die Schönheit eines Gottgeschöpfs,
Das fruchtlos grübelt; und das Grab
Zeigt die Kürze seiner Zeit:
Darum, bis der Morgen graut,
Bette, was dir lebt, bei mir,
Sterblich, schuldig, doch für mich
Sinnbild der Vollkommenheit.

Leib und Seele fehlt das Maß:
Bei Liebenden, die hingestreckt,
Von ihrer Ohnmacht blindgeschlagen,
Auf ihrem sanften Hange liegen
Und die Vision, die Venus schickt,
Von transzendenter Sympathie,
Hoffnung, Liebe, Glück begraben,
Derweil, in Gletschereis und Fels,
Abstrakte Einsicht bis zum Rausch
Das Fleisch der Einsiedlers verzückt.

Sicherheit und Menschenwort
Verwehn im Schlag der Mitternacht
Wie das Schwingen einer Glocke;
Und die Narren aller Moden
Gellen ihren tauben Schrei:
Jeder Pfennig ihrer Spesen,
Alle düstren Wahrsagbrocken
Seien gezahlt, doch von der Nacht
Soll kein Wispern, kein Gedanke,
Kuß, noch Blick verlorengehen.

Schönheit, Mittnacht, Tagtraum gehn:
Laß den Wind des Zwielichts, der
Sanft dein Träumerhaupt umfährt,

Such a day of welcome show
Eye and knocking heart may bless,
Find our mortal world enough;
Noons of dryness find you fed
By the involuntary powers,
Nights of insult let you pass
Watched by every human love.

Musée des Beaux Arts

About suffering they were never wrong,
The Old Masters: how well they understood
Its human position; how it takes place
While someone else is eating or opening a window or just walking
dully along;
How, when the aged are reverently, passionately waiting
For the miraculous birth, there always must be
Children who did not specially want it to happen, skating
On a pond at the edge of the wood:
They never forgot
That even the dreadful martyrdom must run its course
Anyhow in a corner, some untidy spot
Where the dogs go on with their doggy life and the torturer's horse
Scratches its innocent behind on a tree.

In Brueghel's *Icarus,* for instance: how everything turns away
Quite leisurely from the disaster; the ploughman may
Have heard the splash, the forsaken cry,
But for him it was not an important failure; the sun shone
As it had to on the white legs disappearing into the green
Water; and the expensive delicate ship that must have seen
Something amazing, a boy falling out of the sky,
Had somewhere to get to and sailed calmly on.

Dir den Tag der Süße zeigen;
Herz und Auge solln dich segnen,
Sterblich dir die Welt genügen;
Mittagshitze sieht gestärkt
Dich von ungeworfnen Kräften,
Wundennächte heilen dich,
Beschirmt von aller Menschen Liebe.

Musée des Beaux Arts

Mit dem Leiden kannten sie sich aus,
Die alten Meister: wie gut sie seinen Platz
Im Menschlichen verstanden, daß es sich einfach ereignet,
Während die Leute essen, ein Fenster öffnen, unbeteiligt vorbeigehn;
Daß immer, wenn die Alten ehrfürchtig, hingebungsvoll
Der wunderbaren Geburt harren, Kinder
Da sein müssen, die das Ereignis nicht sonderlich wünschen,
Und schlittschuhlaufen auf einem Teich am Waldrand:
Nie vergaßen sie,
Daß selbst das gräßliche Martyrium seinen Lauf nehmen muß
Einfach so, an Ecken, auf unsauberen Plätzen,
Wo Hunde sich weiter hündisch betragen und des Folterknechts
  Pferd
Sein unschuldiges Hinterteil an einem Baum scheuert.

Breughels *Ikarus* zum Beispiel: wie alles sich ganz
Gemächlich von dem Unheil abwendet; der Pflüger mag wohl
Den Aufklatsch gehört haben, den gottverlassenen Schrei,
Doch für ihn war das kein Sturz von Bedeutung; die Sonne beschien
Ordnungsgemäß weiße Beine, die im grünen Wasser
Verschwanden; und das schlanke teure Schiff, das Erstaunliches
– Einen Knaben, vom Himmel stürzend – gesehn haben mußte,
Hatte irgendein Ziel und segelte ruhig seines Wegs.

In Memory of W. B. Yeats
(d. Jan. 1939)

I

He disappeared in the dead of winter:
The brooks were frozen, the airports almost deserted,
And snow disfigured the public statues;
The mercury sank in the mouth of the dying day.
What instruments we have agree
The day of his death was a dark cold day.

Far from his illness
The wolves ran on through the evergreen forests,
The peasant river was untempted by the fashionable quays;
By mourning tongues
The death of the poet was kept from his poems.

But for him it was his last afternoon as himself,
An afternoon of nurses and rumours;
The provinces of his body revolted,
The squares of his mind were empty,
Silence invaded the suburbs,
The current of his feeling failed; he became his admirers.

Now he is scattered among a hundred cities
And wholly given over to unfamiliar affections,
To find his happiness in another kind of wood
And be punished under a foreign code of conscience.
The words of a dead man
Are modified in the guts of the living.

But in the importance and noise of to-morrow
When the brokers are roaring like beasts on the floor of the Bourse,
And the poor have the sufferings to which they are fairly accustomed,
And each in the cell of himself is almost convinced of his freedom,
A few thousand will think of this day
As one thinks of a day when one did something slightly unusual.

Zum Gedenken an W. B. Yeats
(gest. Jan. 1939)

I

Er verschwand im tiefsten Winter:
Die Bäche waren vereist, die Flugplätze fast verlassen,
Und Schnee entstellte die Denkmäler;
Das Quecksilber sank im Mund des sterbenden Tages.
Was an Instrumenten wir haben, bestätigt es:
Sein Todestag war ein dunkler, kalter Tag.

Fernab von seiner Krankheit
Liefen die Wölfe durch die immergrünen Wälder,
Blieb der bäuerliche Fluß unverlockt durch die vornehmen Kaie;
Trauernde Zungen
Hielten den Tod des Dichters fern von seinen Gedichten.

Aber für ihn war es sein letzter Nachmittag als er selbst,
Ein Nachmittag der Pflegerinnen und Gerüchte;
Die Provinzen seines Körpers revoltierten,
Die Plätze seines Geistes waren leer,
Stille drang in die Vororte,
Der Strom seines Fühlens versagte; er wurde seine Bewunderer.

Jetzt ist er verstreut über hundert Städte
Und unbekannten Neigungen völlig überlassen.
Um sein Glück zu finden in einer anderen Art Gehölz
Und bestraft zu werden unter einem fremden Gewissenskodex.
Die Worte eines Toten
Werden abgeändert in den Bäuchen der Lebendigen.

Aber inmitten der Wichtigkeit und des Lärms von morgen,
Wenn die Makler brüllen wie Tiere auf dem Parkett der Börse
Und die Armen erleiden das, woran sie so ziemlich gewöhnt sind.
Und jeder in der Zelle seines Ich fast überzeugt ist von seiner Freiheit,
Werden ein paar tausend denken an diesen Tag,
Wie man denkt an einen Tag, als man etwas leicht Ungewöhnliches tat.

What instruments we have agree
The day of his death was a dark cold day.

2

You were silly like us; your gift survived it all:
The parish of rich women, physical decay,
Yourself. Mad Ireland hurt you into poetry.
Now Ireland has her madness and her weather still,
For poetry makes nothing happen: it survives
In the valley of its making where executives
Would never want to tamper, flows on south
From ranches of isolation and the busy griefs,
Raw towns that we believe and die in; it survives,
A way of happening, a mouth.

3

Earth, receive an honoured guest:
William Yeats is laid to rest.
Let the Irish vessel lie
Emptied of its poetry.

In the nightmare of the dark
All the dogs of Europe bark,
And the living nations wait,
Each sequestered in its hate;

Intellectual disgrace
Stares from every human face,
And the seas of pity lie
Locked and frozen in each eye.

Follow, poet, follow right
To the bottom of the night,
With your unconstraining voice
Still persuade us to rejoice;

Was an Instrumenten wir haben, bestätigt es:
Sein Todestag war ein dunkler, kalter Tag.

2

Du warst töricht wie wir; deine Gabe überdauerte alles:
Die Gemeinde reicher Frauen, körperlichen Verfall,
Dich selbst. Narr Irland quälte dich zur Dichtung.
Irlands Narrheit und Wetter bestehen weiter,
Denn Dichtung bewirkt nichts: sie überdauert
Im Tal ihrer Erzeugung, wo die Exekutive
Ihre Finger einzieht, fließt nach Süden weiter
Von Gehöften der Isolation und des emsigen Kummers,
Rauhen Dörfern, wo wir glauben und sterben; sie überdauert,
Eine Art Zufall, ein Mund.

3

Erde, nimm den Ehrengast:
William Yeats sucht hier nach Rast.
Bette friedlich Irlands Kelch,
Der sein Lied nicht mehr enthält.

In der Nächte grauser Mahr
Bellt Europas Hundeschar,
Und die Völker stehn auf Wacht,
Abgetrennt in ihrem Haß.

Menschengeistes Schande spricht
Jedes menschliche Gesicht,
Und in jedem Auge steckt
Meer des Mitleids eisbedeckt.

Folge, Dichter, folg bedacht
Bis zum tiefen Grund der Nacht,
Deine Stimme, unzerstört,
Helfe uns, daß Jubel währt;

With the farming of a verse
Make a vineyard of the curse,
Sing of human unsuccess
In a rapture of distress;

In the deserts of the heart
Let the healing fountain start,
In the prison of his days
Teach the free man how to praise.

Culture

Happy the hare at morning, for she cannot read
The Hunter's waking thoughts, lucky the leaf
Unable to predict the fall, lucky indeed
The rampant suffering suffocating jelly
Burgeoning in pools, lapping the grits of the desert,
But what shall man do, who can whistle tunes by heart,
Knows to the bar when death shall cut him short like the cry of
the shearwater,
What can he do but defend himself from his knowledge?

How comely are his places of refuge and the tabernacles of his peace,
The new books upon the morning table, the lawns and the afternoon
terraces!
Here are the playing-fields where he may forget his ignorance
To operate within a gentleman's agreement: twenty-two sins have
here a certain licence.
Here are the thickets where accosted lovers combatant
May warm each other with their wicked hands,
Here are the avenues for incantation and workshops for the cunning
engravers.
The galleries are full of music, the pianist is storming the keys, the great
cellist is crucified over his instrument,

That none may hear the ejaculations of the sentinels

Mit dem Pfluge im Gedicht
Weinberg mach aus Strafgericht,
Hingerissen von der Not
Sing, was alle uns bedroht;

In des Herzens Wüsten laß
Quellen strömen heilend Naß,
In der Tage Kerker lehr
Freien Mann das Wort: ich ehr.

Kultur

Glücklich in der Morgenfrühe die Häsin, sie kann nicht lesen
in den Gedanken des Jägers, wenn er erwacht, glücklich das Blatt,
das seinen Fall nicht ahnt, wahrhaftig glücklich,
was erstickend wuchert und brütet, quallig
in Tümpeln quellend, zehrend vom Grieß der Wüste:
hingegen der Mensch, imstande, Schlager zu pfeifen, auswendig,
eingedenk bis auf den Takt genau, wann der Tod wie der Schrei
des Sturmtauchers ihm ins Wort fällt,
was soll er tun, wie soll er sich seines Wissens wehren?

Wie anmutig wirkt seine Zuflucht, seines Seelenfriedens Tabernakel,
die neuen Bücher am Frühstückstisch, die Rasen und die Terrassen
am Nachmittag!
Hier, auf den Spielplätzen, wo die Herrn unter sich die Regeln abkarten,
kann er seine Unwissenheit in den Wind schlagen; zweiundzwanzig
Sünden sind hier, bis zu einem gewissen Grade, erlaubt.
Hier, in den Dickichten, dürfen sich anreden, die Liebe suchen,
und wärmen einander, und mit verruchten Händen handgemein werden,
hier hat die Bezauberung ihre Alleen und der listenreiche Graveur
seine Werkstatt.
Musik erfüllt die Galerien, der Pianist bestürmt die Tasten, der große
Cellospieler hängt am Kreuz seines Instruments,

auf daß keiner den Haltruf der Wachtposten höre,

Nor the sigh of the most numerous and the most poor; the thud of their falling bodies
Who with their lives have banished hence the serpent and the faceless insect.

If I Could Tell You

Time will say nothing but I told you so,
Time only knows the price we have to pay;
If I could tell you I would let you know.

If we should weep when clowns put on their show,
If we should stumble when musicians play,
Time will say nothing but I told you so.

There are no fortunes to be told, although,
Because I love you more than I can say,
If I could tell you I would let you know.

The winds must come from somewhere when they blow,
There must be reasons why the leaves decay;
Time will say nothing but I told you so.

Perhaps the roses really want to grow,
The vision seriously intends to stay;
If I could tell you I would let you know.

Suppose the lions all get up and go,
And all the brooks and soldiers run away;
Will Time say nothing but I told you so?
If I could tell you I would let you know.

noch den Seufzer der Vielzahl in ihrem Elend; den dumpfen Sturz der Leiber,
die ihrer Lebtag, daß sie nicht hierbei drängen, der Schlange gewehrt haben und des gesichtslosen Insekts.

Wenn ich es könnte

Die Zeit sagt nur, Ich hab es ja gewußt.
Der Preis, den sie uns abverlangt, das zählt;
wenn ich es könnte, gäb ich dir Bescheid.

Ob uns vor Clowns ein Weinen überkommt,
und ob wir straucheln, von Musik betört,
die Zeit sagt nur, Ich hab es ja gewußt.

Wahrsagen ist nicht mein Geschäft, obwohl
ich dich mehr liebe als ich sagen kann:
wenn ich es könnte, gäb ich dir Bescheid.

Der Wind erhebt sich kaum von ungefähr,
und Gründe gibts, warum das Laub verfällt;
die Zeit sagt nur, Ich hab es ja gewußt.

Vielleicht behauptet sich die Rose doch
und findet Sehnsucht eine Bleibe hier;
wenn ich es könnte, gäb ich dir Bescheid.

Nimm an, die Löwen stünden friedlich auf,
Armeen kehrten um, die Bäche selbst;
ob Zeit dann sagt, Ich hab es ja gewußt?
Wenn ich es könnte, gäb ich dir Bescheid.

August, 1968

The Ogre does what ogres can,
Deeds quite impossible for Man,
But one prize is beyond his reach,
The Ogre cannot master Speech:
About a subjugated plain,
Among its desperate and slain,
The Ogre stalks with hands on hips,
While drivel gushes from his lips.

Moon Landing

It's natural the Boys should whoop it up for
so huge a phallic triumph, an adventure
it would not have occurred to women
to think worth while, made possible only

because we like huddling in gangs and knowing
the exact time: yes, our sex may in fairness
hurrah the deed, although the motives
that primed it were somewhat less than *menschlich.*

A grand gesture. But what does it period?
What does it osse? We were always adroiter
with objects than lives, and more facile
at courage than kindness: from the moment

the first flint was flaked this landing was merely
a matter of time. But our selves, like Adam's,
still don't fit us exactly, modern
only in this – our lack of decorum.

Homer's heroes were certainly no braver
than our Trio, but more fortunate: Hector
was excused the insult of having
his valor covered by television.

August 1968

Der Oger tut, was Oger kann:
Taten, die nie ein Mensch getan;
Nur eines fällt ihm gar zu schwer –
Niemals wird er der Sprache Herr:
Der Oger, im versklavten Land,
Stakt über Leichen, imposant
Die Arme in den Leib gestemmt,
Und geifert Schwachsinn ungehemmt.

Mondlandung

Versteht sich, daß die Boys das hinausjubeln mußten,
ein so riesiger Phallus-Triumph, ein Abenteuer,
an das Frauen freilich nicht im Traum
gedacht hätten, möglich auch nur,

weil wir gerne im Rudel schwärmen und die Zeit
genau messen: gewiß ja, hurra, der Sieg ist unser,
gehört in Schönheit den Männern, wenngleich die Motive,
die uns trieben, ganz so *menschlich* nicht waren.

Eine große Geste. Was endet sie?
Was kündet sie an? Immer ja waren wir schon
geschickter mit Dingen als Menschen, verstanden uns
mehr auf Mut als auf Güte: vom Augenblick an,

da der erste Stein beschabt wurde, war diese Landung
nur eine Frage der Zeit. Unsre Ichs jedoch
passen uns immer noch schlecht, wie Adam das seine; modern
ist daran nur – es fehlt uns der Anstand.

Die Helden Homers waren sicher nicht tapfrer
als unser Trio, glücklicher freilich:
Hektor wurde nicht zugemutet,
auf dem Fernsehschirm tapfer zu sein.

Worth *going* to see? I can well believe it.
Worth *seeing?* Mneh! I once rode through a desert
and was not charmed: give me a watered
lively garden, remote from blatherers

about the New, the von Brauns and their ilk, where
on August mornings I can count the morning
glories, where to die has a meaning,
and no engine can shift my perspective.

Unsmudged, thank God, my Moon still queens the Heavens
as She ebbs and fulls, a Presence to glop at,
Her Old Man, made of grit not protein,
still visits my Austrian several

with His old detachment, and the old warnings
still have power to scare me: Hybris comes to
an ugly finish, Irreverence
is a greater oaf than Superstition.

Our apparatniks will continue making
the usual squalid mess called History:
all we can pray for is that artists,
chefs and saints may still appear to blithe it.

Wert, hinzu*gehen?* Ich will es wohl glauben.
Wert, hinzu*sehen?* Mneh! Ich fuhr einmal durch die Wüste
 und fand sie nicht schön. Gebt mir einen Garten,
 lebendig, bewässert, weit von denen,

die Neues schwätzen, von Braun und Genossen, wo ich
an Sommermorgen die Purpurwinden zähle,
 der Tod noch Sinn hat und keine Maschine
 mir die Perspektive verzerrt.

Unzerrauft, Gott sei Dank, beherrscht meine Mondfrau die Himmel,
nimmt zu und nimmt ab, Erscheinung zum Gaffen,
 Ihr Alter, aus Grobstein, nicht Eiweiß,
 besucht noch meine Domäne in Österreich,

gelassen wie früher; die alten Warnungen
haben noch Macht, mich zu schrecken: Hybris
 nimmt schlechtes Ende; Mangel an Ehrfurcht
 ist dümmer als Aberglauben.

Unsere Apparatniks werden weiter
ihr altes Drecksgeschäft machen, Geschichte genannt;
 alles, worum wir beten können, ist, daß Künstler,
 Meisterköche und Heilige uns lang noch das Leben erheitern.

Louis MacNeice

Bagpipe Music

It's no go the merrygoround, it's no go the rickshaw,
All we want is a limousine and a ticket for the peepshow.
Their knickers are made of crêpe-de-chine, their shoes are made of python,
Their halls are lined with tiger rugs and their walls with heads of bison.

John MacDonald found a corpse, put it under the sofa,
Waited till it came to life and hit it with a poker,
Sold its eyes for souvenirs, sold its blood for whisky,
Kept its bones for dumb-bells to use when he was fifty.

It's no go the Yogi-Man, it's no go Blavatsky,
All we want is a bank balance and a bit of skirt in a taxi.

Annie MacDougall went to milk, caught her foot in the heather,
Woke to hear a dance record playing of Old Vienna.
It's no go your maidenheads, it's no go your culture,
All we want is a Dunlop tyre and the devil mend the puncture.

The Laird o' Phelps spent Hogmanay declaring he was sober,
Counted his feet to prove the fact and found he had one foot over.
Mrs. Carmichael had her fifth, looked at the job with repulsion,
Said to the midwife «Take it away; I'm through with overproduction».
It's no go the gossip column, it's no go the ceilidh,
All we want is a mother's help and a sugar-stick for the baby.

Willie Murray cut his thumb, couldn't count the damage,
Took the hide of an Ayrshire cow and used it for a bandage.
His brother caught three hundred cran when the seas were lavish,
Threw the bleeders back in the sea and went upon the parish.

It's no go the Herring Board, it's no go the Bible,
All we want is a packet of fags when our hands are idle.

Louis MacNeice

Dudelsackmusik

Hier läuft nichts mit'm Karussell, hier läuft nichts mit der Rikscha,
Was wir wolln ist'n Kabrio, und'n Ticket für die Peepshow.
Ihre Höschen sind aus Crepe de Chine, ihre Pumps aus echtem Python,
Auf'm Boden liegt'n Tigerfell, an der Wand'n Kopf vom Bison.

John MacDonald fand ne Leich, legte sie unters Sofa,
Wartete bis sie zu sich kam, und schlug sie mit dem Poker,
Verkaufte die Augen als Souvenirs, und das Blut als Whisky pur,
Nahm die Knochen sich als Hanteln her und stemmte sie mit Bravour.

Hier läuft nichts mit'm Yogamann, hier läuft nichts mit Blavatsky:
Wir wolln bloß'n Konto auf der Bank, und'n bißchen Fleisch im Taxi.

Annie MacDougall wollt melken gehn, und rutscht glatt aus im Grünen,
Wacht auf, und hört ein Grammophon mit Wiener Walzertönen.
Hier läuft nichts mit eurer Kultur, auch nichts mit Jungfernschaften:
Wir wolln bloß nen Dunlop-Pneu, und der Teufel zahlt den Platten.

Er sei stocknüchtern, ruft der Laird lallend beim Hogmanay,
Zählt seine Füße zum Beweis, und kommt am End auf drei.
Frau Carmichael kriegt das fünfte Kind, und ne happige Depression,
Sagt zur Hebamme: «Bring das da weg. Schluß mit Überproduktion!»
Nichts mit'm Klatsch im Morgenblatt, mit'm Ringelpiez beim Ceilidh,
Wir wolln bloß ein Girl *au pair,* und'n Lutscher für das Baby.

Willie Murray ritzt den Daumen sich,und kommt ganz groß in Rage,
Zieht ner Ayrshire-Kuh die Haut vom Leib und nimmt sie als Bandage.
Sein Bruder fing'n Heringsschwarm, als das Meer's gut mit ihm meinte,
Warf die Luder wieder in die See; jetzt nährt ihn die Gemeinde.

Mit Behörde nichts, mit Bibel nichts, nichts mit Geduld und Spucke:
Wir wolln doch bloß ne Schachtel Lullen, wenn uns die Finger jucken.

It's no go the picture palace, it's no go the stadium,
It's no go the country cot with a pot of pink geraniums,
It's no go the Government grants, it's no go the elections,
Sit on your arse for fifty years and hang your hat on a pension.

It's no go my honey love, it's no go my poppet;
Work your hands from day to day, the winds will blow the profit.
The glass is falling hour by hour, the glass will fall for ever,
But if you break the bloody glass you won't hold up the weather.

Thalassa

Run out the boat, my broken comrades;
Let the old seaweed crack, the surge
Burgeon oblivious of the last
Embarkation of feckless men,
Let every adverse force converge –
Here we must needs embark again.

Run up the sail, my heartsick comrades;
Let each horizon tilt and lurch –
You know the worst: your wills are fickle,
Your values blurred, your hearts impure
And your past life a ruined church –
But let your poison be your cure.

Put out to sea, ignoble comrades,
Whose record shall be noble yet;
Butting through scraps of moving marble
The narwhal dares us to be free;
By a high star our course is set.
Our end is Life. Put out to sea.

Hier läuft nichts mit'm Filmpalast, hier läuft nichts mit'm Stadion,
Hier läuft nichts mit'm Sommerhaus mit'm Topf rosa Geranien,
Hier läuft nichts mit nem Staatszuschuß, hier läuft nichts mit den Wahlen:
Hock dich fünfzig Jahre auf den Arsch und laß dir die Rente zahlen.

Hier läuft nichts mit ‹Mein Schätzelchen›, nichts läuft mit meiner Puppe;
Racker dich ab von früh bis spät: der Wind verbläst die Suppe.
Das Wetterglas fällt von Stund zu Stund, fällt wie im Herbst die Blätter,
Auch wenn du das Scheißglas zerschmeißt, du änderst nichts am Wetter.

Thalassa

Legt ab vom Land, meine elenden Kameraden;
Laßt alten Tang zerfallen, und die Gischt
Hoch aufblühn, wenig eingedenk
Der letzten Wellenfahrt mutloser Meeresfahrer,
Sind hier auch alle Kräfte gegen uns gemischt –
Wir müssen dennoch abermals an Bord.

Die Segel hißt, unselige Kameraden;
Laßt alle Horizonte schlingern, kippen, heben –
Ihr wißt das Schlimmste: unstet euer Wollen,
Verschwommen eure Werte, euer Herz unrein,
Ein Tempel in Ruinen euer ganzes Leben –
Doch laßt euch dieses Gift auch Heilung sein.

Stecht jetzt in See, schändliche Kameraden,
Deren die Nachwelt einst wird groß gedenken;
Stoßend durch ein Geröll bewegten Marmors
Fordert der Narwal uns heraus, jetzt frei zu sein;
Ein hoher Stern wird unsre Reise lenken,
Das Ende ist uns Leben. Stecht in See.

Stephen Spender

Your body is stars whose million glitter here:
I am lost among the branches of this sky
Here near my breast, here in my nostrils, here
Where our vast arms like streams of fire lie.

How can this end? My healing fills the night
And hangs its flags in worlds I cannot near.
Our movements range through miles, and when we kiss
The moment widens to enclose the years.

* * *

Beholders of the promised dawn of truth,
The explorers of immense and simple lines,
Here is our goal, men cried, but it was lost
Amongst the mountain mists and mountain pines.

So with this face of love, whose breathings are
A mystery shadowed on the desert floor:
The promise hangs, this swarm of stars and flowers,
And then there comes the shutting of a door.

The Landscape Near an Aerodrome

More beautiful and soft than any moth
With burring furred antennae feeling its huge path
Through dusk, the air liner with shut-off engines
Glides over suburbs and the sleeves set trailing tall
To point the wind. Gently, broadly, she falls,
Scarcely disturbing charted currents of air.

Lulled by descent, the travellers across sea
And across feminine land indulging its easy limbs
In miles of softness, now let their eyes trained by watching
Penetrate through dusk the outskirts of this town

Stephen Spender

Dein Körper ist: Millionen Sterne, welche funkeln.
Ich bin verloren zwischen Zweigen dieses Himmels
Hier nah an meiner Brust, hier in dem Atem, hier
Wo unsere weiten Arme sind wie Feuerströme.

Wie kann das enden? Meine Heilung füllt die Nacht,
Hißt jetzt in Welten Fahnen, die ich nicht erreiche.
Unsere Regungen erweitern sich um Meilen,
Und wenn wir küssen, wird der Augenblick zu Jahren.

* * *

Beschauer der versprochnen Wahrheitsdämmerung,
Erforscher unermeßlicher doch schlichter Bahnen:
Hier unser Ziel, so riefen sie, doch wars verloren
Zwischen den Nebeln und den Wäldern des Gebirges.

So dieses Angesicht der Liebe, dessen Atmen
Als Schatten des Mysteriums sich auf Wüsten legt:
Versprechen schwebt, ein Schwarm von Sternen, Blumen,
Und dann der Augenblick, in dem die Tür sich schließt.

Die Landschaft bei einem Flughafen

Schöner und sanfter als jeder Falter,
der mit surrenden, pelzigen Fühlern seinen gewaltigen Weg
durch die Dämmerung tastet, gleitet das Verkehrsflugzeug mit ab-
gestellten Motoren
über Vororte und die Windsäcke, hoch gesetzt
um den Wind anzuzeigen. Sanft, breit fällt es,
und stört kaum die eingezeichneten Luftströme.

Vom Niedergehen eingelullt, lassen nun die Reisenden über Meer
und feminines Land, das seine leichten Glieder
in meilenweiter Weichheit verwöhnt, ihre beobachtungsgeübten Augen
im Dämmer die Außenbezirke dieser Stadt durchdringen,

Here where industry shows a fraying edge.
Here they may see what is being done.

Beyond the winking masthead light
And the landing ground, they observe the outposts
Of work: chimneys like lank black fingers
Or figures, frightening and mad: and squat buildings
With their strange air behind trees, like women's faces
Shattered by grief. Here where few houses
Moan with faint light behind their blinds,
They remark the unhomely sense of complaint, like a dog
Shut out, and shivering at the foreign moon.

In the last sweep of love, they pass over fields
Behind the aerodrome, where boys play all day
Hacking dead grass: whose cries, like wild birds,
Settle upon the nearest roofs
But soon are hid under the loud city.

Then, as they land, they hear the tolling bell
Reaching across the landscape of hysteria,
To where, louder than all those batteries
And charcoaled towers against that dying sky,
Religion stands, the Church blocking the sun.

From Spiritual Exercises

To Cecil Day Lewis

Beneath their nakedness, they are naked still.
Within the mind, myths and the stars expose
The frailty of their skulls. A new dawn blows
Away huts and papyri of their will.
   The Universe, by inches, minutes, fills
Their tongues and eyes, where name and image show,
With words and pictures. Star and mountain know
That they exist, in these lives which life kills.

hier wo die Industrie einen ausgefransten Rand zeigt.
Hier dürfen sie sehen, was getan wird.

Jenseits des blinkenden Topplichts
und des Landeplatzes sehen sie die Vorposten
der Arbeit: Schornsteine wie schmächtige schwarze Finger
oder Gestalten, angsterregend und wahnsinnig: und geduckte Gebäude
mit ihren seltsamen Mienen hinter Bäumen, wie Gesichter von Frauen,
vom Schmerz zerstört. Hier, wo wenige Häuser
hinter ihren Rollos mit schwachem Licht stöhnen,
bemerken sie das unbehagliche Gefühl der Klage, wie ein Hund,
der ausgesperrt wurde und vor dem fremden Mond zittert.

Im letzten Schwung der Liebe gleiten sie über die Felder
hinter dem Flugplatz, wo Jungen den ganzen Tag spielen
und auf das tote Gras einschlagen: deren Schreie, wie wilde Vögel
sich auf den nächsten Dächern niederlassen,
aber bald unter der lauten Stadt verschwinden.

Dann, als sie landen, hören sie das Glockengeläut,
das über die Landschaft der Hysterie sich ausbreitet
dorthin, wo, lauter als diese Geschützstellungen
und verrußten Türme gegen den sterbenden Himmel,
die Religion steht, die Kirche, die die Sonne verdeckt.

Aus Geistliche Übungen

Cecil Day Lewis gewidmet

Noch unter ihrer Nacktheit sind sie nackt.
In ihrem Geist scheinen Mythen und Sterne
Durch ihre brüchigen Schädel. Dämmer scheucht
Hinweg die Hütten, Hieroglyphen ihres Willens.
Das Weltall füllt in Spannen und Minuten
Ihr Aug und Zung, wo Form und Name war,
Mit Wort und Bildern. Stern und Berge wissen:
Sie sind – in diesem Leben, das verflieht.

Revolving with the earth's rim through the night,
Packed in their separate skins, with pulsing breath,
Divided in their fates, yet all unite
On that one journey to no place or date
Where, naked beneath nakedness, beneath
Life, in one humanity, they wait
The multitudinous loneliness of death.

Ultima Ratio Regum

The guns spell money's ultimate reason
In letters of lead on the Spring hillside.
But the boy lying dead under the olive trees
Was too young and too silly
To have been notable to their important eye.
He was a better target for a kiss.

When he lived, tall factory hooters never summoned him
Nor did restaurant plate glass windows revolve to wave him in
His name never appeared in the papers.
The world maintained its traditional wall
Round the dead with their gold sunk deep as a well
Whilst his life, intangible as a Stock Exchange rumour, drifted outside.

O too lightly he threw down his cap
One day when the breeze threw petals from the trees.
The unflowering wall sprouted with guns
Machine gun anger quickly scythed the grasses;
Flags and leaves fell from hands and branches;
The tweed cap rotted in the nettles.

Consider his life which was valueless
In terms of employment, hotel ledgers, news files.
Consider. One bullet in ten thousand kills a man.
Ask. Was so much expenditure justified
On the death of one so young, and so silly,
Lying under the olive trees, O world, O death?

Sie rollen mit der Erde durch die Nacht,
Getrennt durch ihre Leiber, durch ihr Pulsen,
Gesondert durch ihr Los, doch all vereint
Auf dieser Fahrt zum Nirgends und zum Nie,
Wo sie nackt unter Nacktheit, unterm Leben,
Warten als *eine* Menschheit, eins in Not,
Auf die zahllose Einsamkeit: den Tod.

Ultima Ratio Regum

Kanonen schreiben des Geldes letztes Wort
mit Lettern aus Blei auf den Lenzhügelhang.
Doch der Knabe, der tot unter Ölbäumen liegt,
war zu jung und zu töricht,
als daß sie ihn sahen mit ihren mächtigen Augen.
Er war ein besser Ziel für einen Kuß.

Als er lebte, riefen ihn keine Fabriksirenen,
noch drehten Restaurant-Glastüren sich, ihn weiter zu wogen.
Sein Name erschien nie in den Zeitungen.
Die Welt hielt aufrecht den gewohnten Wall
rund um der Toten Gold, versenkt tief wie ein Quell,
indes sein Leben, ungreifbar wie ein Börsenmunkeln, außen trieb.

O, zu leicht warf er die Mütze zu Boden
eines Tags als die Brise das Blühn von den Bäumen wehte.
Blumenlos sproßte der Wall von Geschützen,
Maschinengewehr-Groll sichelte schnell die Gräser;
Fahnen und Blätter entfielen den Händen und Zweigen;
die Wollmütze moderte im Nesselkraut.

Denkt doch sein Leben, wie wertlos es war
für Arbeitsämter, Hotelbücher, Zeitungsspalten.
Denkt. Eine Kugel von zehntausend tötet einen Menschen.
Fragt. War so viel Aufwand berechtigt
um den Tod von einem, so jung und so töricht
unter den Ölbäumen liegend, o Welt, o Tod?

From Epilogue to a Human Drama

London burned with unsentimental dignity
Of resigned kingship: those stores and Churches
Which had glittered century-long in dusty gold
Stood near the throne of domed St. Paul's
Like courtiers round the Royal sainted martyr.
August shadows of night
And bursting shells of concentrated light
Dropped from the skies to paint a final scene
Illuminated agony of frowning stone.
Who then can wonder that each word
In burning London stepped out of a play?

On the stage, there were heroes, maidens, fools,
Victims, a Chorus. The heroes were brave,
The fools spat jokes into the skull of death,
The victims waited with the humble patience
Of animals trapped behind a wall
For the pickaxes to break, with light and water.
The Chorus assisted, bringing cups of tea,
Praising the heroes, deploring the morals of the wicked,
Underlining punishment, justifying Doom to Truth.

Aus Epilog zu einem menschlichen Drama

London brannte mit der unsentimentalen Würde
Abgedankten Königtums: All die Läden und Kirchen,
Die jahrhundertelang geglitzert hatten in mattiertem Gold,
Standen dicht am Thron des Doms von St. Paul's
Wie Höflinge um den heiliggesprochenen Märtyrerkönig.
Erhabene Schatten der Nacht
Und berstende Granaten konzentrierten Lichts
Fielen vom Himmel, eine Schlußszene zu malen:
Illuminierte Agonie finster blickenden Gesteins.
Wen wird es da wundern, daß jedes Wort
Im brennenden London aus einem Schauspiel heraustrat?

Auf der Bühne gab es Helden, Mädchen, Narren,
Opfer und einen Chor. Die Helden zeigten Mut,
Die Narren spuckten Späße auf den Schädel des Todes,
Die Opfer warteten mit der ergebenen Geduld
Von Tieren, eingeschlossen hinter Mauern,
Auf den Durchbruch der Spitzhacken, samt Licht und Wasser.
Der Chor war teilnahmsvoll, verteilte Tee,
Pries die Helden, beklagte die Sitten der Gottlosen,
Sprach mit Nachdruck von Strafe, rechtfertigte der Wahrheit
das Verhängnis.

Edith Sitwell

From The Shadow of Cain

There were great emerald thunders in the air
In the violent Spring, the thunders of the sap and the blood in the heart
– The Spiritual Light, the physical Revelation.

In the steets of the City of Cain there were great Rainbows
Of emeralds: the young people, crossing and meeting.

And everywhere
The great voice of the Sun in sap and bud
Fed from the heart of Being, the panic Power,
The sacred Fury, shouts of Eternity
To the blind eyes, the heat in the wingèd seed, the fire in the blood.

And through the works of Death,
The dust's aridity, is heard the sound
Of mounting saps like monstrous bull-voices of unseen fearful mimes:
And the great rolling world-wide thunders of that drumming
underground

Proclaim our Christ, and roar ‹Let there be harvest!
Let there be no more Poor –
For the Son of God is sowed in every furrow!›

We did not heed the Cloud in the Heavens shaped like the hand
Of Man. ... But there came a roar as if the Sun and Earth had
come together –
The Sun descending and the Earth ascending
To take its place above ... the Primal Matter
Was broken, the womb from which all life began.
Then to the murdered Sun a totem pole of dust arose in memory
of Man.

The cataclysm of the Sun down-pouring
Seemed the roar

Edith Sitwell

Aus Der Schatten des Kain

Da rollten große smaragdene Donner in der Luft,
Im heftigen Frühling, Donner des Saftes und Blutes im Herzen,
Des inneren Lichtes, der Offenbarung des Fleisches.

In den Straßen der Stadt des Kain ragten große Regenbogen
Aus Smaragden: die jungen Leute, kreuzend und querend.

Und überall
Die große Stimme der Sonne in Saft und Brut,
Genährt vom Herzen des Seins, der panischen Kraft,
Der heiligen Wut; Schreie der Ewigkeit
Zu blinden Augen; Glut im beschwingten Samen; Feuer im Blut.

Und durch des Todes Werke,
Des Staubes Dürre, dröhnt der Ton aus dem Mund
Der Säfte, die steigen wie ungeheure Stierstimmen aus unsichtbar-
furchtbarem Reigen,
Und großrollende, weltweite Donner des Trommelns unter dem Grund

Verkünden unseren Christus und brüllen: ‹Lasset uns ernten!
Lasset keine Armen mehr sein!
Denn Gottes Sohn ist gesäet in jede Furche!›

Wir achteten nicht der Wolke am Himmel, die hatte die Form der Hand
Des Menschen; doch dann kam ein Dröhnen, als hätten sich Sonne
und Erde getroffen,
– Die Sonne niedersteigend, die Erde hinauf,
An ihre Stelle. – Die Ursubstanz klaffte offen,
Zerbrochen der Schoß, der sollte Leben schenken.
Dann stieg zur ermordeten Sonne ein Totempfahl aus Staub auf zu des
Menschen Gedenken.

Der Sintflutregen der niederprasselnden Sonne
Schien wie Gebrüll und Gestampf

Of those vermilion Suns the drops of the blood
That bellowing like Mastodons at war
Rush down the length of the world – away – away –

The violence of torrents, cataracts, maelstroms, rains
That went before the Flood –
These covered the earth from the freshets of our brothers' veins;

And with them, the forked lightnings of the gold
From the split mountains,
Blasting their rivals, the young foolish wheat-ears
Amid those terrible rains.

The gulf that was torn across the world seemed as if the beds of all
the Oceans
Were emptied ... Naked, and gaping at what once had been the Sun,
Like the mouth of the Universal Famine
It stretched its jaws from one end of the Earth to the other.

And in that hollow lay the body of our brother
Lazarus, upheaved from the world's tomb.
He lay in that great Death like the gold in the husk
Of the world ... and round him, like spent lightnings, lay the Ore –
The balm for the world's sore.

Jener hochroten Sonnen, der Tropfen Bluts,
Die trompetend wie Mastodonten im Kampf
Die Welt hinunterrasten – fort – und fort.

Mit der Gewalt von Wildwassern, Katarakten, Wirbeln, Flüssen,
Regen, die fielen vor der Flut –
Bedeckten sie die Erde aus den Quellen der Adern unseres Bruders.

Und mit ihnen kamen die gegabelten Blitze von Gold,
Aus zerspaltenen Bergen gerissen,
Die schlugen ihre jungen, törichten Rivalen, die Weizenähren
Inmitten dieser fürchterlichen Güsse.

Ein Abgrund quer durch die Welt, als ob der Grund aller Meere
Leergeschöpft wäre – nackt und stierend auf das, was einst
Sonne war,
Wie der Rachen der allumfassenden Hungersnot
Ragten seine Kiefer quer durch die Welt in die Luft.

Und in jener Kluft lag der Leichnam unseres Bruders
Lazarus, hochgestemmt aus der Welt Gruft.
Er lag in dem großen Tod wie das Gold in der Schale
Der Erde ... und rings um ihn, wie verschleuderte Blitze, das Erz:
Balsam für der Welt Schmerz.

George Barker

In Memory of David Archer

37

In the evening in the basement my brother and I,
as had become our practice, took out the foils and
after a few flourishes began to fence. He retreated
slowly, smiling, up the three stone steps. I said:
Ah like a character in an opera, and advanced.
He continued to smile. I drove the sword forward and saw
very slowly, as one perceives an enormous natural calamity,
the unguarded point of my foil enter his right eye.
And then all motions ascended into a reality
where they occurred with a kind of paralysed and
yet exaggerated formality, like slow motion automata.
I remember that my right hand lowered the foil
and I saw my brother's right eye hanging out on
the sixteen-year-old bone of his cheek. I heard his
blade rattle on the stone floor of the basement. I saw
the remaining eye of his face stare at me as though
I was not there. He placed his
right hand on the iron railing and raised
his left hand to the gap in his face from which
lachrymal fluid and blood exuded like grape juice.
I think that we stood thus, without speech or movement,
for several years. And as I stood staring
at the half blind person I loved most of all
with his optical nerve hooked out and his young
hand resting on the rail, I felt the gorgon's head
rising within my own so that I could not see.
Upon this motionless scene like a Revenger's play
set upon a staircase, as though she must have known
what it was that she had always been destined
to encounter at this moment, out of her kitchen
my brother's mother then came calling: What is it?

George Barker

In Memory of David Archer

37

Am Abend nahmen mein Bruder und ich wie gewohnt
im Keller die Degen zur Hand und begannen
nach kurzem Vorspiel zu fechten. Langsam wich er
lächelnd zurück, die drei Steinstufen hinauf. Ich sagte:
Ah wie ein Opernheld und trat näher.
Er lächelte weiter. Ich führte das Schwert vorwärts und sah,
ganz langsam, so wie man eine ungeheure Naturkatastrophe beobachtet,
die ungeschützte Spitze meines Floretts in sein rechtes Auge dringen.
Und dann wurden alle Bewegungen auf eine Wirklichkeitsebene gehoben,
auf der sie sich mit einer Art paralysierter und zugleich
übertriebenen Förmlichkeit vollzogen, wie Automaten in Zeitlupe.
Ich erinnere mich, daß meine rechte Hand das Florett senkte,
und ich sah das rechte Auge meines Bruders auf dem
sechzehn Jahre alten Knochen seiner Wange hängen. Ich hörte seine
Klinge auf den Steinboden des Kellers rasseln. Ich sah,
wie das verbliebene Auge seines Gesichts mich anstarrte, als ob
ich nicht da wäre. Er legte seine
rechte Hand auf das Eisengeländer und hob
die Linke zu dem Spalt in seinem Gesicht, aus dem
Tränenflüssigkeit und Blut wie Fruchtsaft drang.
Ich glaube, so standen wir, wort- und regungslos,
mehrere Jahre. Und als ich dastand und auf den
halb-blinden Menschen starrte, den ich am allermeisten liebte,
sein Sehnerv ausgehakt und seine junge
Hand auf dem Geländer ruhend, fühlte ich den Kopf der Gorgo
in meinem sich erheben, so daß ich nicht sehen konnte.
Und auf diese reglose Szene, einem Rachedrama gleich,
mit der Treppe als Schauplatz, kam, als ob sie gewußt hätte,
was es war, was in diesem Augenblick zu begegnen
ihr seit je beschieden gewesen war, aus ihrer Küche
meines Bruders Mutter mit dem Ruf: Was gibt es?

She looked at the apples of her eyes, her no longer
schoolboys of sons, she saw the swords, the stair upon
which her own blood dripped, the hand on the rail,
the dangling eyeball, the lowered head of
the sacrificial offering, the red hand of her eldest
and halved vision of her youngest son,
and she stood still.

TURN ON YOUR SIDE and bear the day to me
Beloved, sceptre-struck, immured
In the glass wall of sleep. Slowly
Uncloud the borealis of your eye
And show your iceberg secrets, your midnight prizes
To the green-eyed world and to me. Sin
Coils upward into thin air when you awaken
And again morning announces amnesty over
The serpent-kingdomed bed. Your mother
Watched with as dove an eye the unforgiveable night
Sigh backward into innocence when you
Set a bright monument in her amorous sea.
Look down, Undine, on the trident that struck
Sons from the rock of vanity. Turn in the world
Sceptrestruck, spellbound, beloved,
Turn in the world and bear the day to me.

Sie sah ihre Augäpfel an, ihre nicht länger
Schuljungen von Söhnen, sie sah die Schwerter, die Treppe, auf
die ihr eigenes Blut tropfte, die Hand auf dem Geländer,
den baumelnden Augapfel, den gesenkten Kopf des
Weihopfers, die rote Hand ihres ältesten
und die halbierte Sicht ihres jüngsten Sohnes,
und sie stand still.

Dreh dich zu mir um, trag den Tag zu mir,
Liebste, szepterberührt, fest eingemauert
In die Glaswand, Schlaf. Ganz sacht
Entwölke deines Auges Borealis,
Zeig deine Eisberg-Rätsel, deine Mitternacht-Schätze
Der grünäugigen Welt und mir. Sünde
Windet hoch in Luft sich, wenn du erwachst,
Und wieder kündet Morgen Amnestie
Dem Schlangen-Königtum des Bettes. Deine Mutter
Sah taubenäugig wie die Nacht, ganz unvergebbar,
Rückseufzte in den Stand der Unschuld, als du
Ein lichtes Denkmal setztest in ihr Liebesmeer.
Undine, schau herab hier auf den Dreizack,
Der Söhne aus dem Fels der Eitelkeit schlug. Dreh
In der Welt, szepterberührt, verwunschen, Liebste,
Dreh dich in dieser Welt und trag den Tag zu mir.

Dylan Thomas

Was There a Time

Was there a time when dancers with their fiddles
In children's circuses could stay their troubles?
There was a time they could cry over books,
But time has set its maggot on their track.
Under the arc of the sky they are unsafe.
What's never known is safest in this life.
Under the skysigns they who have no arms
Have cleanest hands, and, as the heartless ghost
Alone's unhurt, so the blind man sees best.

The Hand that Signed the Paper

The hand that signed the paper felled a city;
Five sovereign fingers taxed the breath,
Doubled the globe of dead and halved a country;
These five kings did a king to death.

The mighty hand leads to a sloping shoulder,
The finger joints are cramped with chalk;
A goose's quill has put an end to murder
That put an end to talk.

The hand that signed the treaty bred a fever,
And famine grew, and locusts came;
Great is the hand that holds dominion over
Man by a scribbled name.

The five kings count the dead but do not soften
The crusted wound nor stroke the brow;
A hand rules pity as a hand rules heaven;
Hands have not tears to flow.

Dylan Thomas

Gabs eine Zeit

Gabs eine Zeit als Tänzer mit den Fiedeln
In Zirkussen die Kinder trösten konnten?
Da gab es eine als sie über Büchern weinen konnten,
Doch Zeit hat ihre Made auf die Spur gesetzt.
Unsicher sind sie unterm Himmelsbogen.
Das Niegewußte ist am sichersten in diesem Leben.
Unter den Himmelszeichen hat der ohne Arm
Die reinste Hand, und wie der Geist ohne Herz
Alleine unverletzt bleibt: so sieht der blinde Mensch am besten.

Die Hand die unterschrieb

Die Hand die unterschrieb hat eine Stadt ruiniert;
Fünf herrschende Finger brachten dem Atem Not,
Haben die Toten des Erdballs verdoppelt, ein Land halbiert;
Diese fünf Könige gaben einem König den Tod.

Zu einer fallenden Schulter führt die mächtige Hand,
Ihre Fingergelenke sind krampfig von Gicht;
Ein Gänsekiel machte dem Mord ein End,
Der hatte dem Gespräch ein End gemacht.

Die Hand die unterschrieb brütete Fieber,
Und Hunger wuchs, Heuschrecken kamen;
Groß ist die Hand die Herrschaft ausübt über
Menschen durch einen Krähenfuß von Namen.

Die fünf Könige zählen die Toten, doch ohne die Stirne
Zu streicheln oder die krustige Wunde zu schließen;
Eine Hand regiert Mitleid wie eine Hand die Sterne;
Hände können keine Tränen vergießen.

Twenty-four years

Twenty-four years remind the tears of my eyes.
(Bury the dead for fear that they walk to the grave in labour.)
In the groin of the natural doorway I crouched like a tailor
Sewing a shroud for a journey
By the light of the meat-eating sun.
Dressed to die, the sensual strut begun,
With my red veins full of money,
In the final direction of the elementary town
I advance for as long as forever is.

To Others Than You

Friend by enemy I call you out.

You with a bad coin in your socket,
You my friend there with a winning air
Who palmed the lie on me when you looked
Brassily at my shyest secret,
Enticed with twinkling bits of the eye
Till the sweet tooth of my love bit dry,
Rasped at last, and I stumbled and sucked,
Whom now I conjure to stand as thief
In the memory worked by mirrors,
With unforgettably smiling act,
Quickness of hand in the velvet glove
And my whole heart under your hammer,
Were once such a creature, so gay and frank
A desireless familiar
I never thought to utter or think
While you displaced a truth in the air,

That though I loved them for their faults
As much as for their good,
My friends were enemies on stilts
With their heads in a cunning cloud.

Vierundzwanzig Jahre

Vierundzwanzig Jahre erinnern die Tränen meiner Augen.
(Begrabt die Toten eh sie schmerzschwanger selbst zum Grab gehn.)
Im Mutterbogen der Natur hockt ich wie ein Schneiderlein,
Nähte ein Leichenhemd für eine Reise
Im Licht der fleischfressenden Sonne.
Zum Sterben ausstaffiert begann das sinnliche Stolzieren,
Mit meinen roten Venen voller Geld,
Endgültig Kurs auf die elementare Stadt,
Komme ich voran für so lang wie für immer ist.

Du nicht, die andern sind gemeint

Freund als ein Feind ruf ich dich aus.

Du mit der falschen Münze in der Augenhöhle
Mein Freund, du mit dem Flair, das so entzückt
Hast mir die Lüge angedreht und ohne Scham
Du gafftest auf mein heimlichstes Geheimnis
Gelinkt hast du, gelockt mit Augenzwinkern
Und meiner Liebe Kuchenzahn biß auf Granit
Verschrammt zuletzt, gestrauchelt, ausgelutscht
Du stehst von mir gebrandmarkt als ein Dieb
Im Angedenken das aus blinden Spiegeln kommt
Und unvergeßlich dieses Lächeln bei der Tat
Die harte schnelle Hand im Samthandschuh
Ach und mein Herz kam unter deinen Hammer
Und warst ja auch mal'n offnes Menschenkind
Warst froh, zufrieden und vertraut mit uns
Ich hätte nie und nicht einmal im Traum gedacht
Daß du mal Wahrheit bläst wie Dreck in alle Winde

Als ich sie noch um ihrer Fehler willen liebte
Wie auch um dessentwillen was an ihnen Gutes war
Warn meine Freunde lang schon Feinde hoch auf Stelzen
Mit ihrem Kopf da oben in der Wolke des Verrats.

Poem in October

It was my thirtieth year to heaven
Woke to my hearing from harbour and neighbour wood
And the mussel pooled and the heron
Priested shore
The morning beckon
With water praying and call of seagull and rook
And the knock of sailing boats on the net webbed wall
Myself to set foot
That second
In the still sleeping town and set forth.

My birthday began with the water-
Birds and the birds of the winged trees flying my name
Above the farms and the white horses
And I rose
In the rainy autumn
And walked abroad in a shower of all my days.
High tide and the heron dived when I took the road
Over the border
And the gates
Of the town closed as the town awoke.

A springful of larks in a rolling
Cloud and the roadside bushes brimming with whistling
Blackbirds and the sun of October
Summery
On the hill's shoulder,
Here were fond climates and sweet singers suddenly
Come in the morning where I wandered and listened
To the rain wringing
Wind blow cold
In the wood faraway under me.

Pale rain over the dwindling harbour
And over the sea wet church the size of a snail
With its horns through mist and the castle

Gedicht im Oktober

Es war mein dreißigstes Jahr gen Himmel
Wachte im Ohr auf vom Hafen und Nachbargehölz
Und der Muscheltümpel- und der Reiher-
Priesterstrand
Das Morgenlocken
Bei betendem Wasser und Ruf von Möwe und Krähe
Und der Schlag von Segelbooten an die netzverwebte Wand
Daß ich ausging
Diese Sekunde
In der noch schlafenden Stadt und brach auf.

Mein Geburtstag begann mit den Wasser-
Vögeln und den Vögeln der Schwingenbäume die meinen Namen
Über die Farmen und weißen Rösser flogen
Und ich stand auf
Im regnichten Herbst
Und schritt aus da im Schauer all meiner Tage.
Hochflut und der Reiher tauchte da ich den Weg nahm
Über die Grenze
Und die Tore
Der Stadt schlossen sich als die Stadt erwachte.

Ein Lenzgesind Lerchen in rollender
Wolke und die Büsche am Weg sprudelnd vor pfeifenden
Amseln und die Oktobersonne
Sommerig
Auf der Hügelkante,
Hier waren linde Wetter und süße Sänger so jäh
Am Morgen gekommen wo ich lief und lauschte
Dem regenwringenden
Windbraus kalt
Im Wald weit weg unter mir.

Fahler Regen über dem schwindenden Hafen
Und über der seenassen Kirche schneckengroß
Mit den Hörnern durch Nebel und das Schloß

Brown as owls
But all the gardens
Of spring and summer were blooming in the tall tales
Beyond the border and under the lark full cloud.
There could I marvel
My birthday
Away but the weather turned around.

It turned away from the blithe country
And down the other air and the blue altered sky
Streamed again a wonder of summer
With apples
Pears and red currants
And I saw in the turning so clearly a child's
Forgotten mornings when he walked with his mother
Through the parables
Of sun light
And the legends of the green chapels

And the twice told fields of infancy
That his tears burned my cheeks and his heart moved in mine.

These were the woods the river and sea
Where a boy
In the listening
Summertime of the dead whispered the truth of his joy
To the trees and the stones and the fish in the tide.
And the mystery
Sang alive
Still in the water and singingbirds.

And there could I marvel my birthday
Away but the weather turned around. And the true
Joy of the long dead child sang burning
In the sun.
It was my thirtieth
Year to heaven stood there then in the summer noon
Though the town below lay leaved with October blood.

Eulenbraun
Doch alle die Gärten
Des Frühlings und Sommers blühten in den hehren Mären
Jenseits der Grenze und unter der lerchenvollen Wolke.
Da konnt ich fort-
Staunen meinen
Geburtstag aber das Wetter drehte.

Es drehte sich weg vom munteren Land
Und hinab die andre Luft und der blau veränderte Himmel
Verströmte wieder ein Sommerwunder
Mit Äpfeln
Birnen Johannisbeeren
Und ich sah im Drehn so klar eines Kindes
Vergessene Morgen als es mit der Mutter ging
Durch die Parabeln
Von Sonnenlicht
Und die Legenden grüner Kapellen

Und die zweifach erzählten Felder der Kindheit
Daß seine Tränen meine Backen brannten, sein Herz in meinem schlug.

Dies waren der Wald und der Fluß und die See
Wo ein Knabe
In der lauschenden
Sommerzeit der Toten die Wahrheit seines Entzückens
Den Bäumen und Steinen und Fischen in der Flut zuflüsterte.
Und das Geheimnis
Sang jauchzend
Im Wasser und in den Singvögeln noch.

Und da konnt ich fortstaunen meinen
Geburtstag aber das Wetter drehte. Und das wahre
Entzücken des lang toten Kinds sang brennend
In der Sonne.
Es war mein dreißigstes
Jahr gen Himmel stand da dann im Sommermittag
Obwohl unten die Stadt belaubt lag vom Oktoberblut.

O may my heart's truth
Still be sung
On this high hill in a year's turning.

A Refusal to Mourn the Death, by Fire, of a Child in London

Never until the mankind making
Bird beast and flower
Fathering and all humbling darkness
Tells with silence the last light breaking
And the still hour
Is come of the sea tumbling in harness

And I must enter again the round
Zion of the water bead
And the synagogue of the ear of corn
Shall I let pray the shadow of a sound
Or sow my salt seed
In the least valley of sackcloth to mourn

The majesty and burning of the child's death.
I shall not murder
The mankind of her going with a grave truth
Nor blaspheme down the stations of the breath
With any further
Elegy of innocence and youth.

Deep with the first dead lies London's daughter,
Robed in the long friends,
The grains beyond age, the dark veins of her mother,
Secret by the unmourning water
Of the riding Thames.
After the first death, there is no other.

O daß meines Herzens Wahrheit
Zu singen noch ist
Auf diesem hohen Hügel im Drehn eines Jahrs.

Weigerung den Feuertod eines Kindes in London zu betrauern

Niemals bevor die Menschheit machende
Vogel Getier und Blume
Zeugende und all-erniedrigende Finsternis
Mit Schweigen ansagt jüngsten Lichtes Brechen
Und die stille Stunde
Kommt des Meers im Harnisch stürzend

Und ich muß wieder eingehn in die runde
Zionsfeste der Wasserperle
Und die Synagoge der Kornähre
Werd ich beten lassen eines Tons Schatten
Noch meine Salzsaat säen
Ins kleinste Tal von Sacktuch zu betrauern

Hoheit und Glühn des Kindes Tods.
Ich werd nicht morden
Die Menschheit seines Hingehns mit grabschwerer Wahrheit
Noch niederlästern ihres Atemwegs Stationen
Mit irgendwelcher
Unschulds- und Jugendelegie.

Tief bei den ersten Toten liegt Londons Tochter,
Gehüllt in die langen Freunde,
Die Körner jenseits des Alterns, die dunklen Adern der Mutter,
Versteckt am trauerlosen Wasser
Der eilenden Themse.
Nach dem ersten Tod gibt es keinen mehr.

Fern Hill

Now as I was young and easy under the apple boughs
About the lilting house and happy as the grass was green,
  The night above the dingle starry,
    Time let me hail and climb
  Golden in the heydays of his eyes,
And honoured among wagons I was prince of the apple towns
And once below a time I lordly had the trees and leaves
    Trail with daisies and barley
  Down the rivers of the windfall light.

And as I was green and carefree, famous among the barns
About the happy yard and singing as the farm was home,
  In the sun that is young once only,
    Time let me play and be
  Golden in the mercy of his means,
And green and golden I was huntsman and herdsman, the calves
Sang to my horn, the foxes on the hills barked clear and cold,
    And the sabbath rang slowly
  In the pebbles of the holy streams.

All the sun long it was running, it was lovely, the hay
Fields high as the house, the tunes from the chimneys, it was air
  And playing, lovely and watery
    And fire green as grass.
  And nightly under the simple stars
As I rode to sleep the owls were bearing the farm away,
All the moon long I heard, blessed among stables, the nightjars
  Flying with the ricks, and the horses
    Flashing into the dark.

And then to awake, and the farm, like a wanderer white
With the dew, come back, the cock on his shoulder: it was all
  Shining, it was Adam and maiden,
    The sky gathered again
  And the sun grew round that very day.
So it must have been after the birth of the simple light

Fern Hill

Als ich jung war und leicht unter den Apfelzweigen
Um das schwingende Haus und fröhlich grün wie das Gras,
  Sternennacht über dem dunklen Grund,
    Ließ rufend aufgehen mich die Zeit
  Golden in brausenden Tagen ihrer Augen,
Und geehrt bei den Karren war Fürst ich der Apfelstädte
Und außerzeiten verfügte ich Gänseblümchen und Gerste
    In die Schleppe von Bäumen und Blättern
  Auf Strömen des windabgeworfenen Lichts.

Und als ich grün und sorgenlos war, berühmt bei den Scheunen
Auf dem frohen Hof und sang wie die Farm mir Zuhause war,
  In der Sonne, die jung nur ein einziges Mal ist,
    Ließ die Zeit mir Spiel und mein Sein,
  Golden im Vermögen ihres Erbarmens
Und grün und golden war ich Jäger und Hirte, die Kälber
Sangen zu meinem Horn, auf den Hügeln kläfften Füchse klar und kalt,
    Und verhalten erklang der Sabbat
  In den Kieseln der heiligen Flüsse.

Die ganze Sonne lang wars Laufen, wars lieblich, die Heu-
Felder hoch wie das Haus, die Weisen aus den Kaminen, es war Luft
  Und Spielen, lieblich und feucht
    Und Feuer so grün wie Gras.
  Und nächtens unter den simplen Sternen,
Da ich zu Schlafe ritt, trugen die Eulen die Farm davon,
Den ganzen Mond lang hörte ich, gesegnet unter den Ställen, Schwalben
  Mit den Heuschobern fliegen, und die Pferde
    Ins Dunkel blitzen.

Und dann zu erwachen, und die Farm, wie ein Wanderer weiß
Vor Tau, wieder zurück, den Hahn auf der Schulter: es war alles
  Glanz, war Adam und Magd,
    Der Himmel fand wieder zusammen,
  Und der Sonne erwuchs ihr Rund an jenem Tag.
So wohl muß es gewesen sein nach der Geburt der schlichten Helle

In the first, spinning place, the spellbound horses walking warm
Out of the whinnying green stable
On to the fields of praise.

And honoured among foxes and pheasants by the gay house
Under the new made clouds and happy as the heart was long,
In the sun born over and over,
I ran my heedless ways,
My wishes raced through the house high hay
And nothing I cared, at my sky blue trades, that time allows
In all his tuneful turning so few and such morning songs
Before the children green and golden
Follow him out of grace,

Nothing I cared, in the lamb white days, that time would take me
Up to the swallow thronged loft by the shadow of my hand,
In the moon that is always rising,
Nor that riding to sleep
I should hear him fly with the high fields
And wake to the farm forever fled from the childless land.
Oh as I was young and easy in the mercy of his means,
Time held me green and dying
Though I sang in my chains like the sea.

In My Craft or Sullen Art

In my craft or sullen art
Exercised in the still night
When only the moon rages
And the lovers lie abed
With all their griefs in their arms,
I labour by singing light
Not for ambition or bread
Or the strut and trade of charms
On the ivory stages
But for the common wages
Of their most secret heart.

Am ersten wirbel-webenden Ort, der Auslaß zauberbefangener Pferde
Aus dem Wiehern des grünen Stalls
Auf die lobpreisenden Weiden.

Und unter Fasanen und Füchsen geehrt beim glänzenden Haus
Unter den frisch gemachten Wolken und herzensfroh wie der lange Tag,
In der neu und immer neu geborenen Sonne
Lief ich meine Wege geratewohl,
Meine Wünsche rannten durchs haushohe Heu
Und es scherte mich nicht beim himmelblauen Windgeschäft, daß die Zeit
In ihrem Stimmungswandel so wenig solcher Morgenlieder gibt,
Bevor in Grün und Gold die Kinder
Mit ihr aus der Gnade gehen.

Nicht scherte es mich in den lammweißen Tagen, daß einmal die Zeit
Hinauf mich am Handschatten nähme zum schwalbenflatternden Erker,
Im immer aufgehenden Mond,
Noch daß ich im Schlafensritt
Sie hören sollte im Fluge mit hohen Feldern
Und erwachen müßte zur Farm, dem kindlosen Land ewig entflohn.
O da ich jung war und leicht im Vermögen ihrer Gnade,
Hielt mich die Zeit grün und sterbend,
Ob ich doch sang wie das Meer in meinen Ketten.

Mein Handwerk meine trotzige Kunst

Mein Handwerk meine trotzige Kunst
Ist in der stillen Nacht mein Treiben;
Bei Mondestoben und einsamem Streiten
Da Verliebte, die Arme voll Not,
Voll Betrübnis im Bett sich halten,
Schuft ich bei singendem Licht
Nicht für Ehrgeiz noch Brot
Oder käuflich stolzierenden Zauber
Auf den Elfenbeinbühnen,
Nur für gewöhnliches Rühmen
Ihres allerinnersten Herzens.

Not for the proud man apart
From the raging moon I write
On these spindrift pages
Nor for the towering dead
With their nightingales and psalms
But for the lovers, their arms
Round the griefs of the ages,
Who pay no praise or wages
Nor heed my craft or art.

Do Not Go Gentle into that Good Night

Do not go gentle into that good night,
Old age should burn and rave at close of day;
Rage, rage against the dying of the light.

Though wise men at their end know dark is right,
Because their words had forked no lightning they
Do not go gentle into that good night.

Good men, the last wave by, crying how bright
Their frail deeds might have danced in a green bay,
Rage, rage against the dying of the light.

Wild men who caught and sang the sun in flight,
And learn, too late, they grieved it on its way,
Do not go gentle into that good night.

Grave men, near death, who see with blinding sight
Blind eyes could blaze like meteors and be gay,
Rage, rage against the dying of the light.

And you, my father, there on the sad height,
Curse, bless, me now with your fierce tears, I pray.
Do not go gentle into that good night.
Rage, rage against the dying of the light.

Nicht dem Mann fern der Gunst
Des tobenden Monds gilt mein Schreiben
Auf diesen Schaumtaumelseiten
Noch denen die ragen im Tod
Mit Nachtigallen und Psalmen,
Doch für der Liebenden Arme,
Sie halten die Trauer der Jahre,
Geben keinen Preis für die Ware,
Und achten nicht mein Handwerk meine Kunst.

Geh nicht als Gentleman in jene gute Nacht

Geh nicht als Gentleman in jene gute Nacht,
Die Alten müssen glühn am Tagesende, toben,
Und rasen, rasen gegen das Krepiern von Licht.

Die weisen Männer wissen kurz vor Schluß: das Dunkle hatte recht.
Sie gehn, weil ihre Worte keine Blitze schlugen,
Sie gehen nicht als Gentlemen in jene gute Nacht.

Die guten Männer nach der letzten Welle heulen,
Wie strahlend hätt ihr zartes Tun in grüner Bucht getanzt,
Und rasen, rasen gegen das Krepiern von Licht.

Die wilden Männer, die im Flug die Sonne fingen und sie sangen,
Und lernen viel zu spät, sie kränkten sie im Lauf,
Sie gehen nicht als Gentlemen in jene gute Nacht.

Die ernsten Männer, todnah und im Blick etwas das blind macht,
Sehn blinde Augen glücklich flammen wie Kometen,
Und rasen, rasen gegen das Krepiern von Licht.

Und du mein Vater, bet ich, dort auf deiner tristen Höhe,
Verfluch mich, segne mich mit deinen finstren Tränen.
Geh nicht als Gentleman in jene gute Nacht.
Und rase, rase gegen das Krepiern von Licht.

R. S. Thomas

Countering

Then there is the clock's
commentary, the continuing
prose that is the under-current
of all poetry. We listen
to it as, on a desert island,
men do to the subdued
music of their blood in a shell.

Then take my hand that is
of the bone the island
is made of, and looking at
me say what time it is
on love's face, for we have
no business here other than
to disprove certainties the clock knows.

A Marriage

We met
        under a shower
of bird-notes.
        Fifty years passed,
love's moment
        in a world in
servitude to time.
        She was young;
I kissed with my eyes
        closed and opened
them on her wrinkles.
        «Come» said death,
choosing her as his
        partner for

R. S. Thomas

Erwiderung

Dann gibt es ja den Kommentar
der Uhr: die anhaltende
Prosa, die bei Gedichten unterschwellig
immer da ist. Wir horchen
darauf, wie auf einer einsamen Insel
Menschen der gedämpften Musik ihres
Blutes in einer Muschel lauschen.

Dann nimm meine Hand, die aus
dem Knochen ist, aus dem
die Insel gemacht ist; schau mir ins
Gesicht und sag mir, wie spät es ist
auf dem Zifferblatt der Liebe, denn wir haben
hier nichts zu suchen, außer
Gewißheiten zu widerlegen, die die Uhr kennt.

Eine Ehe

Wir begegneten uns
        unter einem Schauer
von Vogeltönen.
        Fünfzig Jahre vergingen,
ein Augenblick der Liebe
        in einer Welt, die
Sklave der Zeit ist.
        Sie war jung;
ich küßte mit den Augen
        geschlossen, öffnete
sie wieder und sah ihre Falten.
        «Komm» sagte der Tod
und wählte sie zur
        Partnerin für

the last dance. And she,
    who in life
had done everything
    with a bird's grace,
opened her bill now
    for the shedding
of one sigh no
    heavier than a feather.

In Church

Often I try
To analyse the quality
Of its silences. Is this where God hides
From my searching? I have stopped to listen,
After the few people have gone,
To the air recomposing itself
For vigil. It has waited like this
Since the stones grouped themselves about it.
These are the hard ribs
Of a body that our prayers have failed
To animate. Shadows advance
From their corners to take possession
Of places the light held
For an hour. The bats resume
Their business. The uneasiness of the pews
Ceases. There is no other sound
In the darkness but the sound of a man
Breathing, testing his faith
On emptiness, nailing his questions
One by one to an untenanted cross.

den letzten Tanz. Und sie,
die im Leben
alles getan hatte
mit der Grazie eines Vogels,
öffnete jetzt den Schnabel,
um einen Seufzer
fallen zu lassen, nicht
schwerer als eine Feder.

In der Kirche

Oft müh ich mich
Um auszuloten welche Eigenschaft
Dies Schweigen hier hat. Birgt sich in ihm Gott
Vor meinem Suchen? Ich bin geblieben, lausche
(Wo jetzt die wenigen Leute wieder weg sind)
Wie sich die Luft erneut zusammenfügt
Zum Nachtgebet. So hat sie schon gewartet
Seit sich Gestein um sie herum versammelte.
Dies sind die harten Rippen
Des Leibs, den unser Beten nicht
Beleben konnte. Schatten rücken vor
Aus ihren Ecken, in Besitz zu nehmen
Die Stellen, die das Licht hielt
Für eine Stunde. Fledermäuse werden
Wieder geschäftig. Unrast im Gestühl
Ist jetzt vorbei. Kein andrer Laut
Ist jetzt im Dunkel hörbar, nur ein Mensch
Beim Atmen, seinen Glauben prüfend
Auf Leere, und sein Fragen nagelnd,
Eins um das andere, an ein unbewohntes Kreuz.

D. J. Enright

Am Steinplatz

Benches round a square of grass.
You enter by the stone that asks,
    «Remember those whom Hitlerism killed».
«Remember those whom Stalinism killed»,
Requests the stone by which you leave.

This day, as every other day,
I shuffle through the little park,
    From stone to stone,
From conscience-cancelling stone to stone,
Peering at the fading ribbons on the faded wreaths.

At least the benches bear their load,
Of people reading papers, eating ices,
Watching aeroplanes and flowers,
Sleeping, smoking, counting, cuddling.
    Everything but heed those stony words.
They have forgotten. As they must.
Remember those who live. Yes, they are right.
    They must.

A dog jumps on the bench beside me.
Nice doggie: never killed a single Jew, or Gentile.
Then it jumps on me. Its paws are muddy, muzzle wet.
Gently I push it off. It likes this game of war.

At last a neat stout lady on a nearby bench
Calls tenderly, «Komm, Liebchen, komm!
Der Herr» – this public-park-frau barks –
    «Does not like dogs!»

Shocked papers rustle to the ground;
Ices drip away forgotten; sleepers wake;
The lovers mobilize their distant eyes.

D. J. Enright

Am Steinplatz

Bänke rings um ein Rasenviereck.
Eingangs ein Stein, der fordert
    «Gedenkt der Opfer des Faschismus».
«Gedenkt der Opfer des Stalinismus»
Verlangt der Stein am Ausgang.

An diesem, wie an jedem andern Tag,
Schlurfe ich durch den kleinen Park,
    Von Stein zu Stein,
Von Gewissen-auslöschendem Stein zu Stein,
Blinzle auf verblassende Schleifen an verblaßten Kränzen.

Wenigstens die Bänke tragen ihre Last,
Menschen, die Zeitung lesen, Eiscreme essen,
Flugzeuge und Blumen beobachten,
Schlafen, rauchen, feilschen, schmusen,
    Alles, nur nicht die steinernen Worte befolgen.
Sie haben vergessen. Nur allzu natürlich.
Denken nur an die Lebenden. Recht haben sie.
    Nur allzu natürlich.

Ein Hund springt auf die Bank, neben mich.
Nettes Hundchen: hat keinen einzigen Juden oder Arier umgebracht.
Dann springt er auf meinen Schoß. Pfoten schmutzig, Schnauze naß.
Sanft schieb ich ihn weg. Er mag dieses Kriegsspiel.

Bis eine propere, wohlbeleibte Dame in der Nähe
Liebevoll ruft, «Komm, Schätzchen, komm!
Der Herr» – bellt diese öffentliche Park-Frau –
    «Mag keine Hunde!»

Schockierte Zeitungen rascheln zu Boden;
Eis tropft vergessen vor sich hin; Schläfer erwachen;
Die Liebenden setzen ihre verträumten Augen wieder in Bewegung.

The air strikes cold.
There's no room for a third stone here.
I leave.

No Offence

In no country
Are the disposal services more efficient.

Standardized dustbins
Fit precisely into the mouth of a large cylinder
Slung on a six-wheeled chassis.
Even the dustbin lid is raised mechanically
At the very last moment.
You could dispose of a corpse like this
Without giving the least offence.

In no country
Are the public lavatories more immaculately kept.
As neat as new pins, smelling of pine forests,
With a roar like distant Wagner
Your sins are washed away.

In no country
Do the ambulances arrive more promptly.
You are lying on the stretcher
Before the police, the driver, the bystanders and the neighbouring shopkeepers
Have finished lecturing you.

In no country
Are the burial facilities more foolproof.
A few pfennigs a week, according to age,
Will procure you a very decent funeral.
You merely sign on the dotted line
And keep your payments regular.

Die Luft weht kalt.
Hier ist kein Platz für einen dritten Stein.
Ich gehe.

Nichts für ungut

In keinem Land
Ist die Abfallbeseitigung besser organisiert.

Standard-Mülltonnen
Passen genau ins Maul eines großen Behälters
Verladen auf sechsachsigem Chassis.
Selbst der Mülltonnendeckel wird mechanisch
Erst im letzten Moment aufgeklappt.
Man könnte eine Leiche auf diese Weise
Ohne jedes Aufsehen beseitigen.

In keinem Land
Sind die öffentlichen Bedürfnisanstalten blitzblanker.
Nagelneu, nach Kiefernwäldern duftend,
Mit einem Grollen wie ferner Wagner
Rauschen Deine Sünden in die Spülung.

In keinem Land
Sind Krankenwagen rascher zur Stelle.
Du liegst auf der Bahre
Eh noch die Polizei, der Autofahrer, die Zuschauer und die Ladenbesitzer aus der Umgebung
Mit ihren Vorhaltungen fertig sind.

In keinem Land
Sind die Bestattungsvorkehrungen idiotensicherer.
Für ein paar Groschen die Woche, nach Alter gestaffelt,
Bekommst Du ein sehr anständiges Begräbnis.
Brauchst nur an der vorgesehenen Stelle zu unterschreiben
Und regelmäßig einzuzahlen.

In no country
Are the disposal services more efficient
– I reflect –
As I am sorted out, dressed down, lined up,
Shepherded through the door,
Marshalled across the smooth-faced asphalt,
And fed into the mouth of a large cylinder
Labelled ‹Lufthansa›.

Apocalypse

‹After the New Apocalypse, very few members were still in possession of their instruments. Hardly a musician could call a decent suit his own. Yet, by the early summer of 1945, strains of sweet music floated on the air again. While the town still reeked of smoke, charred buildings and the stench of corpses, the Philharmonic Orchestra bestowed the everlasting and imperishable joy which music never fails to give.›

(from *The Muses on the Banks of the Spree,* a Berlin tourist brochure)

It soothes the savage doubts.
One Bach outweighs ten Belsens. If 200,000 people
Were remaindered at Hiroshima, the sales of So-and-So's
New novel reached a higher figure in as short a time.
So, imperishable paintings reappeared:
Texts were reprinted:
Public buildings reconstructed:
Human beings reproduced.

After the Newer Apocalypse, very few members
Were still in possession of their instruments
(Very few were still in possession of their members),
And their suits were chiefly indecent.
Yet, while the town still reeked of smoke etc.,
The Philharmonic Trio bestowed, etc.

A civilization vindicated,
A race with three legs still to stand on!

In keinem Land
Ist die Abfallbeseitigung besser organisiert
– geht es mir durch den Kopf –
Während ich erfaßt, zurechtgewiesen, eingeordnet,
Durch die Tür geschleust,
Über den glatten Asphalt dirigiert
Und ins Maul eines großen Behälters mit der Aufschrift
«Lufthansa» eingespeist werde.

Apokalypse

«Nach der Neuen Apokalypse waren nur noch wenige Mitglieder im Besitz ihrer Instrumente. Kaum ein Musiker besaß noch einen anständigen Anzug. Und doch war schon im Frühsommer 1945 die Luft wieder von süßen Klängen erfüllt. Während über der Stadt noch der Rauch von verkohlten Gebäuden und der Gestank von Leichen hing, spendete das Philharmonische Orchester jene ewige, unzerstörbare Freude, die nur die Musik uns geben kann.»

(aus *Die Musen am Ufer der Spree,* Berliner Touristenbroschüre)

Es besänftigt die wilden Zweifel.
Ein Bach wiegt zehn Belsen auf. Wenn 200 000 Menschen in
Hiroshima verramscht werden, können die Verkaufszahlen von
Soundsos neuem Roman in der gleichen Zeit noch höher klettern.
So tauchten unzerstörbare Gemälde wieder auf:
Texte wurden nachgedruckt:
Öffentliche Gebäude rekonstruiert:
Menschen reproduziert.

Nach der Neueren Apokalypse waren nur sehr wenige Mitglieder
Noch im Besitz ihrer Instrumente
(Sehr wenige waren noch im Besitz ihrer Glieder),
Und ihre Anzüge waren alles andere als anständig.
Und doch, während die Stadt noch nach Rauch usw.
Spendete das Philharmonische Trio usw.

Eine Zivilisation: gerechtfertigt,
Eine Rasse, die noch auf drei Beinen stehen kann!

True, the violin was shortly silenced by leukaemia,
And the pianoforte crumbled softly into dust.
But the flute was left. And one is enough.
All, in a sense, goes on. All is in order.

And the ten-tongued mammoth larks,
The forty-foot crickets and the elephantine frogs
Decided that the little chap was harmless,
At least he made no noise, on the banks of whatever river it used to be.

One day, a reed-warbler stepped on him by accident.
However, all, in a sense, goes on. Still the everlasting and
imperishable joy
Which music never fails to give is being given.

Midstream

Half-way across the racing river
The big man groans: «So heavy though so small –
You bring my life in danger.»

«Here is no wonder», says the child
Behind his shoulder. «See, you bear the world
And all its sins as well.»

The other halts. «What credit do I gain
By this? How long my fame?
Wiser to drop you where I stand.»

«Go on you must», the child replies.
One thing at least he knows for certain.
«I was not born to drown.»

The other sighs: the world shall have its ride
Then, here's no place to bandy words.
He bends his strength against the flood.

Zwar verstummte die Geige bald darauf an Leukämie,
Und das Klavier zerkrümelte sanft zu Staub.
Aber die Flöte blieb übrig. Und ein Instrument reicht.
Alles geht, irgendwie, weiter. Alles ist in Ordnung.

Und die zehnzüngigen Riesenlerchen,
Die Zwölf-Meter-Grillen und die Elefantenfrösche fanden,
  daß der kleine Kerl harmlos sei,
Wenigstens machte er keinen Krach, an welchem Flußufer auch immer.

Eines Tages zertrat ihn zufällig ein Rohrsänger.
Dennoch geht, irgendwie, alles weiter. Immer noch wird
Jene ewige, unzerstörbare Freude, die nur die Musik geben kann,
  gespendet.

Strommitte

Auf halbem Weg quer durch den wilden Strom.
«So klein und doch so schwer!» so stöhnt der große Mann.
«Du bringst mein Leben in Gefahr.»

«Das ist kein Wunder», sagt das Kind
Auf seinem Rücken. «Sieh, du trägst die Welt
Und alle ihre Sünden noch dazu.»

Der andere bleibt stehn. «Was nützt mir diese Tat?
Wie lange währt mein Ruhm?
Ich setze dich an dieser Stelle besser ab.»

«Du mußt mich weiter tragen», spricht das Kind,
Denn eines weiß es ganz gewiß:
«Nicht zum Ertrinken wurde ich geboren.»

Der andere seufzt; die Welt, sie soll ihn haben, ihren Ritt,
Hier ist kein Ort für Wortgefechte.
Mit aller Kraft stemmt er sich gegen diese Flut.

Philip Larkin

Love, we must part now

Love, we must part now: do not let it be
Calamitous and bitter. In the past
There has been too much moonlight and self-pity:
Let us have done with it: for now at last
Never has sun more boldly paced the sky,
Never were hearts more eager to be free,
To kick down worlds, lash forests; you and I
No longer hold them; we are husks, that see
The grain going forward to a different use.

There is regret. Always, there is regret.
But it is better that our lives unloose,
As two tall ships, wind-mastered, wet with light,
Break from an estuary with their courses set,
And waving part, and waving drop from sight.

Church Going

Once I am sure there's nothing going on
I step inside, letting the door thud shut.
Another church: matting, seats, and stone,
And little books; sprawlings of flowers, cut
For Sunday, brownish now; some brass and stuff
Up at the holy end; the small neat organ;
And a tense, musty, unignorable silence,
Brewed God knows how long. Hatless, I take off
My cycle-clips in awkward reverence,

Move forward, run my hand around the font.
From where I stand, the roof looks almost new –
Cleaned, or restored? Someone would know: I don't.
Mounting the lectern, I peruse a few

Philip Larkin

Nimms nicht so bitter

Nimms nicht so bitter, daß wir scheiden müssen,
Mein Lieb. Es gab in der Vergangenheit
Zu viel an Selbstmitleid und Mondscheinküssen.
Drum Schluß damit gemacht. Gewiß, bis heut
Stieg keine Sonne höher am Azur,
Begehrte nie ein Paar mehr, frei zu sein
Und Welt zu stürzen, Wald zu peitschen. Nur
Wir schaffen es nicht mehr. Wir sind wie Spreu,
Das Korn geht anderer Verwendung zu.

Bedauern, ja. Das wird es immer geben.
Doch besser, daß wir scheiden, ich und du,
Zwei Seglern gleich, vorm Wind, und feucht vom Licht,
Die festen Kurses aus der Mündung streben
Und winkend bald geraten außer Sicht.

Kirchgang

Sobald ich weiß, daß drin nichts los ist, tret ich ein;
Dumpf fällt die Türe hinter mir ins Schloß.
Noch eine Kirche: Matten, Bänke, Stein
Und kleine Bücher. Ein paar Blumen bloß
Vom Sonntag, bräunlich jetzt. Am heiligen Ende
Steht Messingzeug; die Orgel hübsch und klein;
Stille, aufdringlich dicht und modrig fad,
Brütet Gott weiß wie lang. Da hutlos, nehme
Ich die Radklammern in verlegner Andacht ab,

Geh nach vorn, laß die Hand um den Taufstein fahren.
Das Dach, von meinem Platz aus, wirkt wie neu –
Gereinigt, frisch gedeckt? Wie sieht mans? Keine Ahnung.
Ich tret ans Betpult, les ein oder zwei

Hectoring large-scale verses, and pronounce
«Here endeth» much more loudly than I'd meant.
The echoes snigger briefly. Back at the door
I sign the book, donate an Irish sixpence,
Reflect the place was not worth stopping for.

Yet stop I did: in fact I often do,
And always end much at a loss like this,
Wondering what to look for; wondering, too,
When churches fall completely out of use
What we shall turn them into, if we shall keep
A few cathedrals chronically on show,
Their parchment, plate and pyx in locked cases,
And let the rest rent-free to rain and sheep.
Shall we avoid them as unlucky places?

Or, after dark, will dubious women come
To make their children touch a particular stone;
Pick simples for a cancer; or on some
Advised night see walking a dead one?
Power of some sort or other will go on
In games, in riddles, seemingly at random;
But superstition, like belief, must die,
And what remains when disbelief has gone?
Grass, weedy pavement, brambles, buttress, sky,

A shape less recognisable each week,
A purpose more obscure. I wonder who
Will be the last, the very last, to seek
This place for what it was; one of the crew
That tap and jot and know what rood-lofts were?
Some ruin-bibber, randy for antique,
Or Christmas-addict, counting on a whiff
Of gown-and-bands and organ-pipes and myrrh?
Or will he be my representative,

Bored, uninformed, knowing the ghostly silt
Dispersed, yet tending to this cross of ground

Großspurige Verse aus dem Buch – dabei
Hallt lauter als gewollt im Raum das «Amen».
Das Echo kichert kurz. Zur Tür zurückgekehrt
Werf ich noch Sixpence in die Kasse ein
Und sage mir: das war den Halt nicht wert.

Doch ich hielt an: ach ja, so geht es öfter;
Ich finds am Ende immer leicht verwirrend
Und frag mich, was ich denn zu finden hoffte;
Und was wir machen, sind einmal die Kirchen
Ganz aus der Mode. Hält man ein paar Kathedralen
Auf Dauer als Museumsstücke offen?
In Schaukästen das Goldgerät, die Hostienschreine?
Läßt man den Rest mietfrei dem Regen und den Schafen?
Wird man die Plätze abergläubisch meiden?

Oder kommen nach Dämmerung dubiose Fraun,
Daß ihre Kinder an bestimmte Steine greifen,
Pflücken sich Kräuter gegen Krebs, und schaun,
Wie in speziellen Nächten Tote geistern?
Weiter wird irgendeine Macht ihr Wesen treiben,
In Spielen, Rätseln, scheinbar ganz ins Blaue;
Doch Aberglauben muß wie Glauben schwinden,
Und wenn Unglaube starb, was wird dann bleiben?
Gras in den Ritzen, Dornen, Säulen, Himmel,

Und jede Woche mehr verwischt die Form,
Verdunkelt ihren Sinn. Ich frag mich, wer
Als letzter, allerletzter diesen Ort
Als das sieht, was er war; ists einer aus der Schar,
Die hämmert und skizziert und weiß, was Lettner waren?
Treibt einer, altertümergeil, Ruinensport?
Ein Weihnachtsfreak, ganz süchtig nach dem Mief
Von Kerzen, Orgeln, Weihrauch und Talaren?
Oder wird er so ähnlich sein wie ich,

Gelangweilt, ungebildet, wissend, daß das Salz
Des Glaubens taubt, doch hingezogen zu dem Kreuz

Through suburb scrub because it held unspilt
So long and equably what since is found
Only in separation – marriage, and birth,
And death, and thoughts of these – for which was built
This special shell? For, though I've no idea
What this accoutred frowsty barn is worth,
It pleases me to stand in silence here;

A serious house on serious earth it is,
In whose blent air all our compulsions meet,
Are recognised, and robed as destinies.
And that much never can be obsolete,
Since someone will forever be surprising
A hunger in himself to be more serious,
And gravitating with it to this ground,
Which, he once heard, was proper to grow wise in,
If only that so many dead lie round.

High Windows

When I see a couple of kids
And guess he's fucking her and she's
Taking pills or wearing a diaphragm,
I know this is paradise

Everyone old has dreamed of all their lives –
Bonds and gestures pushed to one side
Like an outdated combine harvester,
And everyone young going down the long slide

To happiness, endlessly. I wonder if
Anyone looked at me, forty years back,
And thought, *That'll be the life;*
No God any more, or sweating in the dark

About hell and that, or having to hide
What you think of the priest. He

Auf Grund hinter den Büschen, das im Ebenmaß
Und ungetrennt solang hielt, was sich nur zerstreut
Heut finden läßt – Hochzeiten und Geburt
Und Tod, und ihr Gedenken – einstmals
Dieses Gehäuses Sinn? Wenn ich auch nichts versteh
Von dieser Scheune, muffig opulent, und ihrem Wert,
Es tut mir gut, in Stille hier zu stehn;

Ein ernstes Haus ist es auf ernster Erde:
In seiner Luft wolln unsere Zwänge innehalten,
Wolln anerkannt und schicksalswürdig werden.
Und dieses jedenfalls kann nie veralten,
Denn immer wieder spürt ein Mensch befremdet
Hunger nach größerem Ernst in seinem Herzen,
Und dann zieht es ihn hin zu diesem Grund,
Der, wie man ihm einst sagte, Weisheit spendet,
Und sei's nur, weil drin soviel Tote ruhn.

Hohe Fenster

Wenn ich ein junges Pärchen sehe
Und denke, daß er sie wohl fickt,
sie ein Pessar trägt, die Pille nimmt,
weiß ich, das ist das Paradies,

von dem die Alten ein Leben lang geträumt –
Beziehungen und ihre vorgeschriebnen Gesten weggeschoben
wie eine ausgediente Mähmaschine,
die Jungen sind auf der Rutschbahn

in das Glück ohne Ende. Ob damals
jemand mich so ansah, vor vierzig Jahren,
und dachte, *so soll das Leben sein;*
Kein Gott, kein Angstschweiß mehr im Dunkeln

vor Strafen, Hölle oder so, und nicht mehr hinterm Berg zu halten
mit dem, was man vom Priester hält. Er

And his lot will all go down the long slide
Like free bloody birds. And immediately

Rather than words comes the thought of high windows:
The sun-comprehending glass,
And beyond it, the deep blue air, that shows
Nothing, and is nowhere, and is endless.

Love Songs in Age

She kept her songs, they took so little space,
   The covers pleased her:
One bleached from lying in a sunny place,
One marked in circles by a vase of water,
One mended, when a tidy fit had seized her,
   And coloured, by her daughter –
So they had waited, till in widowhood
She found them, looking for something else, and stood

Relearning how each frank submissive chord
   Had ushered in
Word after sprawling hyphenated word,
And the unfailing sense of being young
Spread out like a spring-woken tree, wherein
   That hidden freshness sung,
That certainty of time laid up in store
As when she played them first. But, even more,

The glare of that much-mentioned brilliance, love,
   Broke out, to show
Its bright incipience sailing above,
Still promising to solve, and satisfy,
And set unchangeably in order. So
   To pile them back, to cry,
Was hard, without lamely admitting how
It had not done so then, and could not now.

und seinesgleichen schlittern auf der langen Bahn hinunter,
frei wie die gottverdammten Vögel. Und wortlos,

unvermittelt, die Vorstellung von hohen Fenstern:
Das sonnenumschließende Glas,
und dahinter das tiefe Blau, endlos, das nichts
zeigt, nirgends ist, und ist endlos.

Liebeslieder im Alter

Die Lieder, die geliebten Hefte hat
  Sie aufgehoben:
Eins ausgebleicht, von Sonne satt und matt,
Eins wasserwellig von drei Vasenringen,
Eins ist geklebt, drauf Zeichenproben
  Der Tochter, bunte Kringel –
So lagen sie, der Zufall half, sie fand
Sie wieder, lang schon Witwe, und sie stand,

Neu lernend, wie sich schmiegsam Klang um Klang
  Zum Ganzen fügt,
Zum Wort, das erst zerstückt vom Notenblatt aufsprang,
Und Jugend sprießte unversiegbar klar
Gleich einem Frühlingsbaum, der blüht,
  Verborgne Kraft, da war
Das ungetrübte Einst und war lang her,
Sie sang wie früher, doch sie fühlte mehr,

Den Glanz der oft beschwornen Helligkeit,
  Die Liebe brach
Hervor, ihr erstes Licht schwamm hoch und weit,
Verhieß noch immer Linderung und Glück,
Auf Dauer Ordnung ihrem Ungemach.
  So rief sie es zurück,
Doch wog das Eingeständnis schwer,
Das einst Versäumte zwang man jetzt nicht mehr.

Aubade

I work all day, and get half-drunk at night.
Waking at four to soundless dark, I stare.
In time the curtain-edges will grow light.
Till then I see what's really always there:
Unresting death, a whole day nearer now,
Making all thought impossible but how
And where and when I shall myself die.
Arid interrogation: yet the dread
Of dying, and being dead,
Flashes afresh to hold and horrify.

The mind blanks at the glare. Not in remorse
– The good not done, the love not given, time
Torn off unused – nor wretchedly because
An only life can take so long to climb
Clear of its wrong beginnings, and may never;
But at the total emptiness for ever,
The sure extinction that we travel to
And shall be lost in always. Not to be here,
Not to be anywhere,
And soon; nothing more terrible, nothing more true.

This is a special way of being afraid
No trick dispels. Religion used to try,
That vast moth-eaten musical brocade
Created to pretend we never die,
And specious stuff that says *No rational being*
Can fear a thing it will not feel, not seeing
That this is what we fear – no sight, no sound,
No touch or taste or smell, nothing to think with,
Nothing to love or link with,
The anaesthetic from which none come round.

And so it stays just on the edge of vision,
A small unfocused blur, a standing chill
That slows each impulse down to indecision.

Aubade

Tagsüber schufte ich und sauf mich voll
am Abend. Wach um vier im stummen Dunkel auf
und starre vor mich hin. Bald wird es an den Rändern
der Gardinen hell. Bis dahin seh ich, was im Grunde
stets da ist. Den Tod, rastlos, nur näher einen ganzen Tag,
der alles Denken ausschließt bis auf dies:
wann, wo und wie ich selber sterben muß.
Schales Verhör: und doch die Angst
zu sterben, tot zu sein
blitzt wieder auf und nimmt mich in Besitz.

Verstand setzt aus bei diesem Blick. Doch nicht aus Reue
– das Gute ungetan, die Liebe nicht geliebt, die Zeit
verschleudert – und auch nicht jammernd, weil
ein einziges Leben soviel Zeit braucht, falsche
Anfänge hinter sich zu lassen (und das eh nicht schafft),
sondern im Anblick ewiger, totaler Leere,
der sicheren Auslöschung, der wir entgegengehn
und darin wir verloren sind, für immer. Nicht hier mehr sein,
nicht irgendwo sein,
das bald; nichts schrecklicher, nichts wahrer.

Dies ist eine besondre Art furchtsam zu sein –
da hilft kein Trick. Auch Religion zieht nicht,
der riesige, mottenzerfressne musikalische Brokat,
erdacht, uns vorzugaukeln, daß wir niemals sterben,
auch nicht der Trug, der meint *Kein Wesen mit Vernunft*
kann etwas fürchten, das es gar nicht fühlt – doch das
genau ist, was wir fürchten – kein Blick, kein Laut,
keine Berührung, kein Geschmack, Geruch, und nichts, damit zu denken,
nichts was man lieben, an sich ziehen kann,
tiefe Narkose, aus der man nicht erwacht.

Und so verharrt es bloß am Rand des Sichtbaren,
ein kleiner Fleck, verschwommen, eine anhaltende Kälte,
die jeglichen Impuls ins Unentschiedne schwächt.

Most things may never happen: this one will,
And realisation of it rages out
In furnace-fear when we are caught without
People or drink. Courage is no good:
It means not scaring others. Being brave
Lets no one off the grave.
Death is no different whined at than withstood.

Slowly light strengthens, and the room takes shape.
It stands plain as a wardrobe, what we know,
Have always known, know that we can't escape,
Yet can't accept. One side will have to go.
Meanwhile telephones crouch, getting ready to ring
In locked-up offices, and all the uncaring
Intricate rented world begins to rouse.
The sky is white as clay, with no sun.
Work has to be done.
Postmen like doctors go from house to house.

Wenn auch das meiste nicht geschieht: dies tuts,
seine Verwirklichung tobt sich
in heißer Angst aus, wenn man uns ertappt
ohne Gesellschaft oder Drinks. Mut hilft da nicht:
Er heißt nicht andere schrecken. Tapfer sein
holt niemand aus dem Grab.
Tod bleibt sich gleich, ob man ihm greint, ob man ihm trotzt.

Sacht nimmt das Licht zu und der Raum gewinnt Gestalt.
Schlicht wie ein Schrank steht, was wir wissen,
stets wußten: daß wir nicht entrinnen können
und es doch nicht akzeptieren. Einer muß schon gehn.
Inzwischen machen sich die Telefone fertig,
in verschlossenen Büros zu klingeln, und die ganze
vernachlässigte, verzwickte Mietwelt steht nun auf.
Der Himmel, weiß wie Ton, bleibt ohne Sonne.
Die Arbeit muß getan sein.
Briefträger gehn wie Ärzte nun von Haus zu Haus.

Michael Hamburger

Lines on Brueghel's ICARUS

The ploughman ploughs, the fisherman dreams of fish;
Aloft, the sailor through a world of ropes
Guides tangled meditations, feverish
With memories of girls forsaken, hopes
Of brief reunions, new discoveries,
Past rum consumed, rum promised, rum potential.
Sheep crop the grass, lift up their heads and gaze
Into a sheepish present: the essential,
Illimitable juiciness of things,
Greens, yellows, browns are what they see.
Churlish and slow, the shepherd, hearing wings –
Perhaps an eagle's – gapes uncertainly;

Too late. The worst had happened: lost to man,
The angel, Icarus, for ever failed,
Fallen with melted wings when, near the sun
He scorned the ordering planet, which prevailed
And jeering, now slinks off, to rise once more.
But he – his damaged purpose drags him down –
Too far from his half-brothers on the shore,
Hardly conceivable, is left to drown.

After a War

The outcome? Conflicting rumours
As to what faction murdered
The one man who, had he survived,
Might have ruled us without corruption.
Not that it matters now:
We're busy collecting the dead,
Counting them, hard though it is
To be sure what side they were on.

Michael Hamburger

Verse auf Breughels ICARUS

Der Pflüger pflügt, der Fischer träumt von Fischen;
hoch oben führt der Seemann durch das Tauwerk
Gefühls-, Gedankensträhnen und entwirrt sie:
Erinnerung an verlassene Mädchen, Hoffnung
auf kurzes Wiedersehn, auf neue Funde,
getrunknen Rum, versprochnen, möglichen.
Die Schafe grasen, ziehn den Kopf hoch, glotzen
in Schafsweltgegenwart: die wesentliche
und grenzenlose Saftigkeit der Dinge
und lauter Grün, Gelb, Braun ist, was sie sehen.
Der schwerfällige Schäfer hörte Schwingen,
vielleicht von einem Adler, und gafft rätselnd;

Zu spät. Das Schlimmste war geschehn: der Engel
dem Menschentum auf immer nun entfallen,
abgestürzt mit geschmolznen Flügeln, als er
den Herrscherstern verhöhnte, der obsiegte
und spottend wegschleicht, wieder aufzugehen.
Doch ihn (sein Fehlschlag zieht ihn roh herunter),
zu fern von den Halbbrüdern an der Küste,
weil nicht ganz vorstellbar, läßt man ersaufen.

Nach einem Krieg

Der Ausgang? Widerstreitende Gerüchte
ob die oder die erschlugen
den einen Mann, der, wenn er leben geblieben wäre,
uns regiert haben könnte ohne Korruption.
Nicht, daß es drauf ankommt, jetzt:
wir haben vollauf zu tun, die Toten zu bergen,
sie zu zählen, wenn es auch schwer ist
sicher zu sein, auf welcher Seite sie waren.

What's left of their bodies and faces
Tells of no need but for burial,
And mutilation was practised
By Right, Left and Centre alike.
As for the children and women
Who knows what they wanted
Apart from the usual things?
Food is scarce now, and men are scarce,
Whole villages burnt to the ground,
New cities in disrepair.

The war is over. Somebody must have won.
Somebody will have won, when peace is declared.

S-Bahn

Berlin, 1965

The gunpowder smell,
The corpses have been disposed of,
The gas rose up, diffused,
Kaiser, President, Führer
Have come and gone,
The housewives in funny hats
Came from the suburbs to shop,
Came from the central flats
To litter the woods and lakes,
Gushing about «Natur».
What remains is the carriage smell,
Tobacco smoke and heaters in stale air,
Indefinable, changeless
Monkey-house odour
Heavy on seats as hard
But emptier,

Was noch da ist von ihren Körpern und Gesichtern,
spricht von keinem Bedarf als dem nach Begräbnis,
und Verstümmelung wurde geübt
von Links und Rechts und Mitte gleichermaßen.
Was die Kinder und Frauen betrifft,
wer weiß, was die wollten,
abgesehen von den üblichen Dingen?
Essen ist knapp nun, und Männer sind knapp,
ganze Dörfer niedergebrannt,
baufällig neue Städte.

Der Krieg ist vorüber. Irgendwer muß gewonnen haben.
Irgendwer wird gewonnen haben, wenn Friede erklärt ist.

S-Bahn

Berlin, 1965

Den Pulvergeruch,
die Leichen hat man weggeschafft,
das Gas stieg auf, verteilt.
Kaiser, Präsident, Führer
waren da und sind gegangen,
die Hausfrauen mit komischen Hüten
kamen zum Einkauf aus den Vororten,
kamen aus der Innenstadt,
die Wälder und Seen zu verdrecken,
und schwärmen von «Natur».
Was bleibt ist der Waggongeruch,
Tabakrauch und Heizung in abgestandener Luft,
unbestimmbarer, unveränderlicher
Affenhausduft
lastend auf Sitzen so hart wie je
aber leerer,

Now that the train connects
One desolation with another,
Punctual as ever, moves through the rubble
Of Kaiser, President, Führer,
Is halted, searched and cleared
Of those it would serve too well
This winter when, signalled on, it crosses
The frontier, no man's land,
Carrying only the smell
Over to neon lights
Past the deeper snow
Around dead financiers' villas
And the pine-woods' darkness
Into the terminus
Where one foreigner stamps cold feet.

Cat, Aging

Her years measure mine.
So finely set in her ways,
She divines, she sniffs out
Every change in the house,
In the weather, and marks it for me
Though with a flick of an ear
Only, a twitch of her tail.
She foretells convolutions,
Departure, thunderstorm,
By not being there – hiding
Behind the heater. At times
She will play yet, kittenish,
Or hunt; but then gathers
All movement, vanity
Into her great stillness
That contains the whole of herself
And more, of her kind. When she stays there,
Dies, it is me she'll prove mortal.

jetzt, da der Zug eine Ödnis
mit der andern verbindet,
pünktlich wie immer durch den Schutt
der Kaiser, Präsidenten, Führer rollt,
angehalten wird, durchsucht, befreit
von solchen, denen er einen zu großen Dienst erwiese
diesen Winter, wenn er, weitergeleitet,
die Grenze kreuzt, Niemandsland,
und nur den Geruch hinüberträgt
zu den Neonlichtern,
vorbei an dem tieferen Schnee
vor den Villen toter Bankiers
und dem Dunkel der Kiefernwälder
in die Endstation,
wo ein Fremder sich die kalten Füße vertritt.

Alternde Katze

Ihre Jahre messen die meinen.
So fest sind ihre Gewohnheiten, daß sie
wittert, vorherweiß, was sich verändert im Haus
oder im Wetter, und es anzeigt für mich,
wenn auch nur mit einem Zucken des Ohrs,
einem Beben des Schwanzes.
Sie prophezeit Verwicklungen,
Abreise, Gewitter
durch ihr Nichtdasein – versteckt
hinter der Heizung. Zuweilen
spielt sie noch, kätzchenhaft,
oder jagt; dann aber sammelt sie
alle Bewegung, Eitelkeit
in ihre große Stille,
die ihr ganzes Sein enthält
und darüber hinaus ihre Gattung. Wenn sie dort
bleibt, stirbt, erweist sie dann mich als sterblich.

Yew

Too slowly for us it amasses
Its dense dark bulk.
Even without our blood
For food, where mature one stands
It's beyond us, putting on
Half-inches towards its millennium,
Reaching down farther
Than our memories, our machines.
Its fertile berries can kill.
Its dead wood even, still harsh,
In gate-post or bedstead
Outlasts many users
Of gates, of beds.
Woodworm, bedbug avoid it,
Those who used it said.

If one tree stands, black,
Where many trees were
And they whose counter-nature
For all things had a use
Till unburied their flesh littered
The used, the flayed earth,
A yew it will be, split,
Thrusting down slow roots,
Millennial, still to where
Soil remains whole.

Eibe

Zu langsam für uns erlangt sie
Ihre dichte, dunkle Fülle.
Selbst ohne unser Blut
Als Nahrung, wo ausgewachsen eine steht,
Geht sie über unseren Verstand, wie sie
Nur Zentimeter zulegt auf dem Weg in ihr Jahrtausend,
Wie sie weiter hinunterreicht
Als unsere Erinnerungen, unsere Maschinen.
Ihre fruchtbaren Beeren können töten.
Selbst ihr totes Holz, noch hart,
Überlebt als Torpfosten oder Bettgestell
Viele Benutzer
Von Toren, von Betten.
Holzwurm, Wanze meiden es,
Sagten jene, die es benutzten.

Wenn ein Baum steht, schwarz,
Wo viele Bäume waren,
Und auch die, deren Widernatur
Für alle Dinge einen Nutzen hatte,
Bis unbegraben ihr Fleisch zum Abfall wurde
Der benutzten, der geschundenen Erde,
Wird es eine Eibe sein, gespalten,
Die ihre langsamen Wurzeln noch hinunterstößt,
Tausendjährig, dorthin, wo
Erde heil bleibt.

Charles Tomlinson

The Art of Poetry

At first, the mind feels bruised.
The light makes white holes through the black foliage
Or mist hides everything that is not itself.

But how shall one say so? –
The fact being, that when the truth is not good enough
We exaggerate. Proportions

Matter. It is difficult to get them right.
There must be nothing
Superfluous, nothing which is not elegant
And nothing which is if it is merely that.

This green twilight has violet borders.

Yellow butterflies
Nervously transferring themselves
From scarlet to bronze flowers
Disappear as the evening appears.

Cézanne at Aix

And the mountain: each day
Immobile like fruit. Unlike, also
– Because irreducible, because
Neither a component of the delicious
And therefore questionable,
Nor distracted (as the sitter)
By his own pose and, therefore,
Doubly to be questioned: it is not
Posed. It is. Untaught
Unalterable, a stone bridgehead

Charles Tomlinson

Ars Poetica

Zuerst fühlt sich der Geist geschunden.
Das Licht treibt weiße Löcher durch das schwarze Laub
Oder Nebel verhüllt all das, was nicht selbst ist.

Aber wie soll man es sagen? –
Tatsache ist: Wenn Wahrheit nicht gut genug ist,
Übertreiben wir. Proportionen

Sind wichtig. Es ist schwer, sie genau zu treffen.
Da darf nichts
Überflüssig sein, nichts was nicht elegant ist,
Nichts was, wenn es das ist, nur das ist.

Dies grüne Zwielicht hat violette Ränder.

Gelbe Schmetterlinge,
Nervös sich transferierend
Von scharlachroten auf bronzene Blumen,
Entschwinden wenn der Abend kommt.

Cézanne in Aix

Und der Berg: an jedem Tag
Unbewegt wie eine Frucht. Unähnlich auch
– Weil nicht zu reduzieren, weil
Weder des Köstlichen Teil
Und fragwürdig deshalb,
Noch abgelenkt (wie das Modell)
Von seiner eignen Pose und deshalb
Doppelt fragwürdig: er
Posiert nicht. Er ist. Unwissend
Unveränderlich, ein Brückenkopf aus Stein

To that which is tangible
Because unfelt before. There
In its weathered weight
Its silence silences, a presence
Which does not present itself.

A Given Grace

Two cups,
a given grace,
afloat and white
on the mahogany pool
of table. They unclench
the mind, filling it
with themselves.
Though common ware,
these rare reflections,
coolness of brown
so strengthens and refines
the burning of their white,
you would not wish
them other than they are –
you, who are challenged
and replenished by
those empty vessels.

Variation on Paz

Hay que . . . soñar hacia dentro y también hacia afuera

We must dream inwards, and we must dream
  Outwards too, until – the dream's ground
Bound no longer by the dream – we feel
  Behind us the sea's force, and the blind
Keel strikes gravel, grinding
  Towards a beach where, eye by eye,

In das, was greifbar ist,
Weil bisher ungefühlt. Dort,
In seiner wetteralten Wucht
Stillt seine Stille, ist Gegenwart,
Die sich nicht gegenwärtigt.

Geschenkte Gnade

Zwei Schalen,
geschenkte Gnade,
schwimmend und weiß
auf dem Mahagoniteich
des Tischs. Sie brechen
den Geist auf, erfüllen ihn
mit sich.
Wenn auch nur schlichte Ware,
diese zarten Spiegelbilder,
läutert und stärkt
die braune Kühle
ihr weißes Brennen so,
daß du sie garnicht anders
willst, als wie sie sind –
du, der du angerufen
und wieder gefüllt wirst
von diesen leeren Gefäßen.

Variation über Paz

Hay que . . . soñar hacia dentro y también hacia afuera

Wir müssen inwärts träumen und müssen träumen
  Nach draußen auch, bis wir – wenn Traumes Grund
Nicht mehr vom Traum gebunden – im Rücken
  Die Gewalt des Meeres fühlen und daß der blinde
Kiel auf Kies läuft, hochschürft
  Auf einen Strand, wo Aug neben Auge,

The incorruptible stones are our witnesses
   And we wake to what is dream and what is real
Judged by the sun and the impartial sky.

Hawks

Hawks hovering, calling to each other
   Across the air, seem swung
Too high on the risen wind
   For the earth-clung contact of our world:
And yet we share with them that sense
   The season is bringing in, of all
The lengthening light is promising to exact
   From the obduracy of March. The pair,
After their kind are lovers and their cries
   Such as lovers alone exchange, and we
Though we cannot tell what it is they say,
   Caught up into their calling, are in their sway,
And ride where we cannot climb the steep
   And altering air, breathing the sweetness
Of our own excess, till we are kinned
   By space we never thought to enter
On capable wings to such reaches of desire.

Etruria Vale

Nineteen-thirty, our window had for view
The biggest gasometer in England.
Time, no doubt, has robbed that record, too.
The waste ground disappeared beneath the houses.
Faced with the scale of all this, I'm as lost
As if I were Josiah Wedgwood's ghost
Compelled to follow out the tow-path through
The place he named Etruria. In the darkness
He might still bark his shins against the rungs
His barges moored beside. His sooted house

Die unbestechlichen Steine unsre Zeugen sind
   Und wir in das erwachen, was Traum ist und was wahr,
Von der Sonne gerichtet und dem gleichgültigen Himmel.

Falken

Falken schwebend, sich rufend
   Durch die Luft, scheinen im
Aufgekommnen Wind zu hoch entschwungen
   Dem erdeschweren Fühlen unsrer Welt:
Und dennoch teilen wir mit ihnen das Gefühl,
   Das jetzt die Jahreszeit hereinträgt,
Für alles, was das längere Licht verspricht,
   Vom widerspenstgen März zu fordern. Das Paar,
Ein liebendes nach seiner Art, und Rufe
   Tauschend wie Liebende allein, und wir,
Die nicht verstehn, was sie sich sagen,
   Von ihren Rufen eingenommen, sind gebannt
Und schweben, wo wir doch nicht die steile Luft
   Erklimmen können, die verwandelnde, die Süße unsrer
Eignen Übersteigung atmend, bis wir verschwistert sind
   Durch Raum, in den wir nie zu treten dachten
Auf tauglichen Schwingen, solchen Weiten der Sehnsucht.

Das Tal von Etruria

Neunzehnhundertdreißig fiel der Blick
Aus unsrem Fenster auf Englands größten Gasometer.
Zweifellos hat auch diesen Rekord die Zeit geraubt.
Die Wüstenei verschwand unter Häusern.
Vor diesem Unmaß bin ich so verwaist,
Als wäre ich Josiah Wedgwoods Geist,
Getrieben, dem Treidelpfad zu folgen durch
Den Ort, den er Etruria nannte. Im Dunkeln könnte er
Sich noch das Schienbein schürfen an den Rungen,
An denen seine Barken täuten. Sein rußgeschwärztes Haus

Flares nightly in the gusty lightnings as
The foundries pour their steel. The plan had been
A factory and model cottages,
A seat and prospect for a gentleman,
But history blackened round him, time drank up
The clear wine of his intention, left the lees
Staining the bottom of the valley's cup.
The gas tank has the air of an antique.
And nineteen-thirty was another century.

The Marl Pits

It was a language of water, light and air
   I sought – to speak myself free of a world
Whose stoic lethargy seemed the one reply
   To horizons and to streets that blocked them back
In a monotone fume, a bloom of grey.
   I found my speech. The years return me
To tell of all that seasoned and imprisoned:
   I breathe familiar, sedimented air
From a landscape of disembowellings, underworlds
   Unearthed among the clay. Digging
The marl, they dug a second nature
   And water, seeping up to fill their pits,
Sheeted them to lakes that wink and shine
   Between tips and steeples, streets and waste
In slow reclaimings, shimmers, balancings,
   As if kindling Eden rescinded its own loss
And words and water came of the same source.

Glüht nächtens in den ungestümen Blitzen auf, wenn
In den Gießereien Stahl gegossen wird. Fabrik
Und Musterhäuser hatte er geplant,
Aussicht und Sitz für einen Gentleman.
Doch rings um ihn schwärzte Geschichte, Zeit leckte auf
Den reinen Wein der Absicht, läßt nur Hefe,
Die des Talbeckens Grund befleckt.
Der Gastank hat antikes Flair.
Und neunzehnhundertdreißig war ein anderes Jahrhundert.

Die Tongruben

Nach einer Sprache aus Wasser, Licht und Luft
    Suchte ich – mich loszusprechen von einer Welt,
Deren stoische Dumpfheit als einzige Antwort erschien
    Auf Horizonte und Straßen, die sie versperrten
In monotonem Dunst, in einem Flor aus Grau.
    Ich fand meine Sprache. Die Jahre geben mir,
Von allem zu sagen, was altern ließ und engte:
    Ich atme vertraute, abgestandne Luft
Von einem Land aus Eingeweiden, Unterwelten,
    Aufgedeckt im Ton. Beim Abbau
Des Mergels schaufelte man eine zweite Natur
    Und Wasser quoll und füllte ihre Gruben,
Bezog sie mit Seen, die blinken und glänzen
    Zwischen Halden und Türmen, Straßen und Abraum
In rückeroberten, schimmernden, wiegenden Flächen
    Als ob ein erglühendes Eden sich sein Verlornes wiedernähme
Und Wörter und Wasser derselben Quelle entströmten.

Thom Gunn

Considering the Snail

The snail pushes through a green
night, for the grass is heavy
with water and meets over
the bright path he makes, where rain
has darkened the earth's dark. He
moves in a wood of desire,

pale antlers barely stirring
as he hunts. I cannot tell
what power is at work, drenched there
with purpose, knowing nothing.
What is a snail's fury? All
I think is that if later

I parted the blades above
the tunnel and saw the thin
trail of broken white across
litter, I would never have
imagined the slow passion
to that deliberate progress.

In Praise of Cities

I

Indifferent to the indifference that conceived her,
Grown buxom in disorder now, she accepts
– Like dirt, strangers, or moss upon her churches –
Your tribute to the wharf of circumstance,
Rejected sidestreet, formal monument . . .
And, irresistible, the thoroughfare.

Thom Gunn

In Betracht der Schnecke

Die Schnecke schiebt durch eine grüne
Nacht; denn dieses Gras ist schwer
von Wasser und beugt sich über
den hellen von ihr gelegten Pfad, wo Regen
verdunkelte der Erde Dunkles. Sie
reist durch einen Wald von Begierde,

die fahlen Geweihsprossen kaum bewegt
im Jagen. Bestimmen kann ich nicht,
welche Gewalt hier wirkt, durchtränkt
von Absicht, die nichts weiß.
Was ist die Heftigkeit der Schnecke? Nur
dieses denk ich: wenn ich später

die Halme überm Tunnel wegbog
und dann die dünne Spur sah,
gebrochenes Weiß quer auf
der Bodenstreu, nie hätte ich mir
das vorgestellt: so sachte Leidenschaft
zu so entschlossenem Fortschritt.

Lob der Städte

I

Gleichgültig, weil der Gleichgültigkeit entsprungen,
Beleibt geworden in dem Chaos, nimmt sie
– Wie Dreck, wie Fremde, Moos auf ihren Kirchen –
Deinen Tribut entgegen an die Werft des Um-Stands:
Verschmähte Nebenstraße, Baukunstdenkmal ...
Unwiderstehlich dort die Magistrale.

You welcome in her what remains of you;
And what is strange and what is incomplete
Compels a passion without understanding,
For all you cannot be.

2

Only at dawn
You might escape, she sleeps then for an hour:
Watch where she hardly breathes, spread out and cool,
Her pavements desolate in the dim dry air.

3

You stay. Yet she is occupied, apart.
Out of a mist the river turns to see
Whether you follow still. You stay. At evening
Your blood gains pace even as her blood does.

4

Casual yet urgent in her lovemaking,
She constantly asserts her independence:
Suddenly turning moist pale walls upon you
– Your own designs, peeling and unachieved –
Or her whole darkness hunching in an alley.
And all at once you enter the embrace
Withheld by day while you solicited.
She wanders lewdly, whispering her given name,
Charing Cross Road, or Forty-second Street:
The longest streets, desire that never ends,
Familiar and inexplicable, wearing
Cosmetic light a fool could penetrate.
She presses you with her hard ornaments,
Arcades, late movie shows, the piled lit windows
Of surplus stores. Here she is loveliest;
Extreme, material, and the work of man.

Du grüßt in ihr, was von dir überdauert;
Und was da fremd, was unvollendet ist,
Erzwingt Passionen, ohne Sinn dafür,
Was du nicht sein kannst.

2

Nur im Morgengrauen
Kannst du entfliehn. Dann schläft sie eine Stunde:
Sieh, wie sie kühl sich streckt, fast ohne Atem,
Ihr Pflaster öde in der trüben Luft.

3

Du bleibst. Sie ist beschäftigt, abgelenkt.
Aus Nebeln wendet sich der Fluß, zu sehn,
Ob du noch folgst. Du bleibst. Am Abend kreist
Dein Blut, wie ihres, schneller durch die Adern.

4

Sie gibt sich dir wie nebenbei, doch dringlich,
Betont stets ihre Unabhängigkeit:
Sie stürzt mit feuchten bleichen Wänden auf dich
– Ein Abbild deines unerfüllten Wollens –,
Taucht dich ins Dunkel, das in den Gassen hockt.
Und plötzlich schlägt sie ihre Arme um dich,
gewährt dir, was sie dir bei Tag versagte.
Sie streift mit dir, sie flüstert ihren Vornamen,
Ob Charing Cross Road oder Forty-Second Street:
Die längsten Straßen, Sehnsucht ohne Ende,
Vertraut und unerklärlich doch, geschminkt
Mit Lichtern, die ein Narr durchschauen könnte.
Sie drückt dich hart an ihre Ornamente,
Arkaden, Nachtprogramme, helle Läden mit
Fenster voll Restkram. Hier ist sie lieblich,
Ist maßlos, dinglich, ist das Werk des Menschen.

Carnal Knowledge

Even in bed I pose: desire may grow
More circumstantial and less circumspect
Each night, but an acute girl would suspect
That my self is not like my body, bare.
I wonder if you know, or, knowing, care?
You know I know you know I know you know.

I am not what I seem, believe me, so
For the magnanimous pagan I pretend
Substitute a forked creature as your friend.
When darkness lies without a roll or stir
Flaccid, you want a competent poseur.
I know you know I know you know I know.

Cackle you hen, and answer when I crow.
No need to grope: I'm still playing the same
Comical act inside the tragic game.
Yet things perhaps are simpler: could it be
A mere tear-jerker void of honesty?
You know I know you know I know you know.

Leave me. Within a minute I will stow
Your greedy mouth, but will not yet to grips.
‹There is a space between the breast and lips.›
Also a space between the thighs and head,
So great, we might as well not be in bed.
I know you know I know you know I know.

I hardly hoped for happy thoughts, although
In a most happy sleeping time I dreamt
We did not hold each other in contempt.
Then lifting from my lids night's penny weights
I saw that lack of love contaminates.
You know I know you know I know you know.

Fleischliche Erkenntnis

Sogar im Bett tu ich als ob: Begierde
Wird vielleicht detaillierter, ungenierter
Mit jeder Nacht; ein cleveres Mädchen freilich ahnt
Wohl, daß mein Ich nicht nackt liegt wie mein Leib.
Ich frag mich: weißt du's, und wenn ja, liegt dir was dran?
Du weißt, ich weiß, du weißt, ich weiß, du weißt.

Glaub mir, ich bin nicht, was ich scheine, darum nimm
Anstatt des edlen Wilden, den ich mim',
Als Freund diese gezinkte Kreatur.
Wenn Dunkelheit starr liegt und schwunglos bleibt
Und schlaff, brauchst du nen tüchtigen Poseur.
Ich weiß, du weißt, ich weiß, du weißt, ich weiß.

Gackre als Henne, wenn ich nach dir kräh.
Kein Dunkel-Munkeln: ich spiel ja wie eh
In der Tragödie nur die komische Partie.
Vielleicht ist es noch einfacher, wer weiß?
Bloß Tränendrüsenwichsen, ungeniert?
Du weißt, ich weiß, du weißt, ich weiß, du weißt.

Verlaß mich. Tust du's, stopf ich dir im Nu
Den gierigen Mund – dann, langsam, lang ich zu.
‹Zwischen Brust und Lippenrand› – schön weit, der Weg.
Und auch vom Kopf zum Schenkel ist es weit,
So weit, daß es sich kaum noch lohnt, das Bett.
Ich weiß, du weißt, ich weiß, du weißt, ich weiß.

Gedankenglück hab ich mir nie erhofft, obgleich
Mir träumte, in beglückter Schlafenszeit,
Daß eins das andere nicht verächtlich fand.
Kaum war die Pfenniglast der Nacht vom Lid gestreift,
Da sah ich ein: Lieblosigkeit steckt an.
Du weißt, ich weiß, du weißt, ich weiß, du weißt.

Abandon me to stammering, and go;
If you have tears, prepare to cry elsewhere –
I know of no emotion we can share.
Your intellectual protests are a bore
And even now I pose, so now go, for
I know you know.

My Sad Captains

One by one they appear in
the darkness: a few friends, and
a few with historical
names. How late they start to shine!
but before they fade they stand
perfectly embodied, all

the past lapping them like a
cloak of chaos. They were men
who, I thought, lived only to
renew the wasteful force they
spent with each hot convulsion.
They remind me, distant now.

True, they are not at rest yet,
but now that they are indeed
apart, winnowed from failures,
they withdraw to an orbit
and turn with disinterested
hard energy, like the stars.

Geh und vergiß mein Stammeln – gib mich auf!
Und hast du Tränen, laß sie sonstwo raus –
Dein Widerspruch vom Kopf her langweilt mich.
Gibts ein Gefühl, das uns gehört zu zweit?
Selbst jetzt tu ich als ob – drum geh, denn ich
Weiß ja, du weißt.

Meine traurigen Hauptleute

Einer nach dem andern tauchen sie auf im
Dunkel: ein paar Freunde und
ein paar mit historischen
Namen. Spät fangen sie an zu leuchten!
doch eh sie verblassen, stehn
sie vollkommen leiblich, und all

die Vergangenheit umhüllt sie wie
ein Mantel aus Chaos. Mir schienen sie
Männer, lebendig nur um
die verschwenderische Kraft zu erneuern, die
sie mit jeder heißen Zuckung verbrauchten.
Sie erinnern mich, jetzt in der Ferne.

Es stimmt, sie sind noch nicht zur Ruhe gekommen,
doch jetzt, da sie wirklich für sich sind,
geschieden vom Scheitern,
ziehn sie sich zurück auf eine Gestirnbahn
und kreisen mit selbstloser
harter Energie, wie die Sterne.

Ted Hughes

The Thought-Fox

I imagine this midnight moment's forest:
Something else is alive
Beside the clock's loneliness
And this blank page where my fingers move.

Through the window I see no star:
Something more near
Though deeper within darkness
Is entering the loneliness:

Cold, delicately as the dark snow
A fox's nose touches twig, leaf;
Two eyes serve a movement, that now
And again now, and now, and now

Sets neat prints into the snow
Between trees, and warily a lame
Shadow lags by stump and in hollow
Of a body that is bold to come

Across clearings, an eye,
A widening deepening greenness,
Brilliantly, concentratedly,
Coming about its own business

Till, with a sudden sharp hot stink of fox
It enters the dark hole of the head.
The window is starless still; the clock ticks,
The page is printed.

Ted Hughes

Gedankenfuchs

Ich bilde mir den Wald ein gegen Mitternacht:
Da rührt sich was
im Jenseits des verlorenen Stundenschlags,
der leeren Seite, wo die Schreibhand huscht.

Im Fensterkreuz zeigt sich kein Stern:
Doch findet sich ein wahlverwandtes Wesen ein,
wenn's auch ganz tief im Dunkel bleibt,
und macht sich auf in die Verlassenheit der Welt.

Kalt, zartbesaitet wie der Schnee bei Nacht
berührt die Nase eines Fuchses Laub und Zweig;
zwei Augen steuern die Umtriebigkeit, die jetzt
und wiederum und noch und noch

druckfrische Spuren zwischen Bäumen hinterläßt im Schnee,
wo voller Argwohn hingeschmiegt an Stümpfe, halb verschluckt,
der lahme Schatten eines kühnen Leibs
auf seine Chance zur Überquerung

einer Lichtung harrt, im Augenblick,
dem immer weiteren, abgetieften Grün,
mit dem er angespannt, hellwach
ganz bei der eignen Sache ist,

bis er, mit scharfem heißem Fuchsgestank,
mir in den düsteren Bau des Schädels fährt.
Sternlos der Ausblick wie zuvor, das Uhrwerk tickt,
die Seite ist gedruckt.

Relic

I found this jawbone at the sea's edge:
There, crabs, dogfish, broken by the breakers or tossed
To flap for half an hour and turn to a crust
Continue the beginning. The deeps are cold:
In that darkness camaraderie does not hold:
Nothing touches but, clutching, devours. And the jaws,
Before they are satisfied or their stretched purpose
Slacken, go down jaws; go gnawn bare. Jaws
Eat and are finished and the jawbone comes to the beach:
This is the sea's achievement; with shells,
Vertebrae, claws, carapaces, skulls.

Time in the sea eats its tail, thrives, casts these
Indigestibles, the spars of purposes
That failed far from the surface. None grow rich
In the sea. This curved jawbone did not laugh
But gripped, gripped and is now a cenotaph.

Her Husband

Comes home dull with coal-dust deliberately
To grime the sink and foul towels and let her
Learn with scrubbing brush and scrubbing board
The stubborn character of money.

And let her learn through what kind of dust
He has earned his thirst and the right to quench it
And what sweat he has exchanged for his money
And the blood-weight of money. He'll humble her

With new light on her obligations.
The fried, woody chips, kept warm two hours in the oven,
Are only part of her answer.
Hearing the rest, he slams them to the fire back

Reliquie

Ich fand den Kieferknochen an dem Strand des Meers:
Wo Krabben, Katzenhaie, in der Brandung aufgeworfen
Zerbrechen, eine halbe Stunde zappelnd, Kruste werdend,
Den Anfang fortsetzen. Kalt sind die Tiefen:
In jenem Dunkel gilt nicht Kameradschaft. Nichts
Berührt, das nicht auch greift, verschlingt. Und Kiefer,
Eh er befriedigt ist, eh seine lange Gier
Erschlafft, nimmt seinen Weg durch Kiefer, abgenagt.
Kiefer verzehrt, geht drauf, und Kieferknochen kommt
Zum Strand: das leistet Meer; mit Schalen,
Und Gräten, Klauen, Schilden, Schädeln.

Die Zeit im Meer frißt ihren Schwanz, gedeiht, verwirft
Das Unverdauliche, die Sparren von Projekten,
Die fern in Tiefen scheiterten. Keiner wird reich
Im Meer. Das Rund des Kiefers dankt sich keinem Lachen;
Er griff und griff, sich selbst zum Kenotaph zu machen.

Ihr Mann

Kommt heim stumpf von Kohlenstaub, absichtlich
Den Spülstein zu beschmutzen und Handtücher zu verdrecken.
Kennenlernen soll sie mit Schrubb-Bürste und Schrubb-Brett
Den unerbittlichen Charakter des Geldes.

Und kennenlernen soll sie, in welchem Staub
Er seinen Durst verdiente und das Recht, ihn zu löschen,
Und welchen Schweiß er eintauschte für sein Geld
Und das Blutgewicht des Geldes. Demütigen wird er sie

Und sie erneut auf ihre Pflichten stoßen.
Die verholzten Bratkartoffeln, zwei Stunden zu lang im Herd,
Sind nur ein Teil ihrer Antwort.
Zuletzt schmeißt er sie aufs Feuer zurück

And is away round the house-end singing
«Come back to Sorrento» in a voice
Of resounding corrugated iron.
Her back has bunched into a hump as an insult.

For they will have their rights.
Their jurors are to be assembled
From the little crumbs of soot. Their brief
Goes straight up to heaven and nothing more is heard of it.

Full Moon and Little Frieda

A cool small evening shrunk to a dog bark and the clank of a bucket –

And you listening.
A spider's web, tense for the dew's touch.
A pail lifted, still and brimming – mirror
To tempt a first star to a tremor.

Cows are going home in the lane there, looping the hedges with their warm wreaths of breath –
A dark river of blood, many boulders,
Balancing unspilled milk.

‹Moon!› you cry suddenly, ‹Moon! Moon!›

The moon has stepped back like an artist gazing amazed at a work

That points at him amazed.

Und ist auf und davon um die Ecke, singt
«Komm zurück nach Sorrento» mit einer Stimme
Wie dröhnendes Wellblech.
Ihr Buckel hat sich geballt wie zum Angriff:

Auf ihrem Recht wollen sie beharren.
Aus jedem Rußkorn werden ihnen
Geschworene erstehen. Ihre Akten
Werden stracks beim Himmel eingereicht und: abgelegt.

Vollmond und Klein-Frieda

Ein Abend, kühl, zu Hundebellen geschrumpft und Eimerscheppern –

Und du beim Horchen.
Ein Spinnennetz, gespannt, weil sich der Tau absetzt.
Ein Eimer hochgehoben, randvoll – Spiegel,
Der einen ersten Stern erzittern macht.

Kühe gehn stallwärts dort, umkränzen die Hecken warm mit
Atemschwaden –
Ein dunkler Blutstrom, viele Felsenblöcke,
Im Schwanken haltend unvergoßne Milch.

«Mond!» rufst du plötzlich, «Mond! Mond!»

Auf einmal tritt der Mond zurück, ein Künstler, der erstaunt ein Werk
anstarrt,
Das auf ihn zeigt, erstaunt.

Epiphany

London. The grimy lilac softness
Of an April evening. Me
Walking over Chalk Farm Bridge
On my way to the tube station.
A new father – slightly light-headed
With the lack of sleep and the novelty.
Next, this young fellow coming towards me.

I glanced at him for the first time as I passed him
Because I noticed (I couldn't believe it)
What I'd been ignoring.

Not the bulge of a small animal
Buttoned into the top of his jacket
The way colliers used to wear their whippets –
But its actual face. Eyes reaching out
Trying to catch my eyes – so familiar!
The huge ears, the pinched, urchin expression –
The wild confronting stare, pushed through fear,
Between the jacket lapels.
«It's a fox-cub!»
I heard my own surprise as I stopped.
He stopped. «Where did you get it? What
Are you going to do with it?»
A fox-cub
On the hump of Chalk Farm Bridge!

«You can have him for a pound.» «But
Where did you find it? What will you do with it?»
«Oh, somebody'll buy him. Cheap enough
At a pound.» And a grin.
What I was thinking
Was – what would you think? How would we fit it
Into our crate of space? With the baby?
What would you make of its old smell
And its mannerless energy?

Epiphanie

London. Der verrußte, fliederne Flaum
Eines Aprilabends. Ich
Ging auf meinem Weg zur U-Bahn
Über die Chalk Farm-Brücke.
Ein frischgebackener Vater – ein bißchen neben mir,
Übermüdet und von der neuen Situation geschafft.
Da kam dieser junge Kerl auf mich zu.

Ich schaute ihn flüchtig an, als ich schon fast an ihm vorbei war,
Weil ich bemerkte (ich konnte es kaum glauben),
Was ich zunächst übersehen hatte.

Nicht die Ausbeulung von dem kleinen Tier,
Das er in seine Jacke geknöpft hatte
Wie Bergmänner ihre Hunde –
Sondern das Gesicht. Die Augen, die sich weiteten,
Meinen Blick suchten – wie vertraut!
Die großen Ohren, die verkniffene, freche Miene –
Der wilde, herausfordernde Blick, der sich durch die Angst zwängte,
Zwischen den Jackenaufschlägen.
«Ein Fuchsjunges!»
Ich hörte selbst meine Überraschung, als ich stehenblieb.
Er blieb stehen. «Wo hast du es her? Was
Hast du mit ihm vor?»
Ein Fuchsjunges
Auf dem Buckel der Chalk Farm-Brücke!

«Für ein Pfund kannst du es haben.» – «Aber
Wo hast du es her? Was hast du mit ihm vor?» –
«Oh, es wird schon irgend jemand kaufen. Billig genug,
Für ein Pfund.» Und ein Grinsen.
Ich dachte –
Was würdest du sagen? Wo würden wir es
In unserem Loch lassen? Mit dem Baby?
Wie würdest du mit seinem beißenden Geruch
Und seiner ungehobelten Umtriebigkeit klarkommen?

And as it grew up and began to enjoy itself
What would we do with an unpredictable,
Powerful, bounding fox?
The long-mouthed, flashing temperament?
That necessary nightly twenty miles
And that vast hunger for everything beyond us?
How would we cope with its cosmic derangements
Whenever we moved?

The little fox peered past me at other folks,
At this one and at that one, then at me.
Good luck was all it needed.
Already past the kittenish
But the eyes still small,
Round, orphaned-looking, woebegone
As if with weeping. Bereft
Of the blue milk, the toys of feather and fur,
The den life's happy dark. And the huge whisper
Of the constellations
Out of which Mother had always returned.
My thoughts felt like big, ignorant hounds
Circling and sniffing around him.
Then I walked on
As if out of my own life.
I let that fox-cub go. I tossed it back
Into the future
Of a fox-cub in London and I hurried
Straight on and dived as if escaping
Into the Underground. If I had paid,
If I had paid that pound and turned back
To you, with that armful of fox –

If I had grasped that whatever comes with a fox
Is what tests a marriage and proves it a marriage –
I would not have failed the test. Would you have failed it?
But I failed. Our marriage had failed.

Und wenn es größer werden und herumspielen würde,
Was täten wir dann mit einem unberechenbaren,
Ausgewachsenen, tollenden Fuchs?
Dem spitzschnauzigen, aufbrausenden Temperament?
Den unabdingbaren zwanzig Meilen pro Nacht
Und der unersättlichen Gier nach allem, was jenseits von uns liegt?
Wie würden wir mit seinem kosmischen Chaos zurechtkommen,
Wenn wir einmal umzögen?

Der kleine Fuchs blickte an mir vorbei auf andere Leute,
Auf diesen und jenen, dann auf mich.
Ihm fehlte nur ein Quentchen Glück.
Schon kein kleiner Welpe mehr,
Aber die Augen noch immer winzig,
Rund, verwaist, jämmerlich,
Als wären sie voll Tränen. Der blauen Milch
Beraubt, seines Spielzeugs, der Federn und Felle,
Des fröhlich-dunklen Lebens im Bau. Und des mächtigen Raunens
Der Sternbilder,
Aus dem die Mutter immer wieder zurückgekehrt war.
Meine Gedanken fühlten sich wie große, einfältige Jagdhunde an,
Die ihn umkreisten und beschnüffelten.
Dann ging ich weiter,
Als ginge ich aus meinem Leben.
Ich ließ den Fuchs Fuchs sein. Ich überließ ihn
Der Zukunft
Eines Fuchsjungen in London und eilte
Weiter und tauchte in den Untergrund ab,
Als würde ich fliehen. Hätte ich bezahlt,
Hätte ich das Pfund bezahlt und wäre zu dir
Mit diesem Armvoll Fuchs zurückgekehrt –

Hätte ich begriffen, daß ein Fuchs für alles steht,
Was eine Ehe auf die Probe stellt und sie als Ehe erweist –,
Ich wäre nicht gescheitert. Wärst du es?
Aber ich versagte. Unsere Ehe hatte versagt.

The Dogs Are Eating Your Mother

That is not your mother but her body.
She leapt from our window
And fell there. Those are not dogs
That seem to be dogs
Pulling at her. Remember the lean hound
Running up the lane holding high
The dangling raw windpipe and lungs
Of a fox? Now see who
Will drop on all fours at the end of the street
And come romping towards your mother,
Pulling her remains, with their lips
Lifted like dog's lips
Into new positions. Protect her
And they will tear you down
As if you were more her.
They will find you every bit
As succulent as she is. Too late
To salvage what she was.
I buried her where she fell.
You played around the grave. We arranged
Sea-shells and big veined pebbles
Carried from Appledore
As if we were herself. But a kind
Of hyena came aching upwind.

They dug her out. Now they batten
On the cornucopia
Of her body. Even
Bite the face off her gravestone,
Gulp down the grave ornaments,
Swallow the very soil.
                So leave her.
Let her be their spoils. Go wrap
Your head in the snowy rivers
Of the Brooks Range. Cover
Your eyes with the writhing airs

Die Hunde fressen eure Mutter

Das ist nicht eure Mutter, sondern ihr Körper.
Sie sprang aus unserem Fenster
Und stürzte dorthin. Das sind keine Hunde,
Die Hunde zu sein scheinen,
Und an ihr zerren. Erinnert ihr euch an den mageren Jagdhund,
Der den Weg entlanglief, stolz
Die baumelnde, blutige Luftröhre und Lunge eines Fuchses
In der hochgereckten Schnauze? Nun seht, wer
Am Ende der Straße auf alle viere fällt
Und auf eure Mutter zuhetzt,
An ihren Überbleibseln mit den Lippen,
Geifernden Lefzen,
Herumzerrt. Versucht doch, sie zu beschützen –
Sie werden euch in Stücke reißen,
Als wärt ihr ein Teil von ihr.
Sie werden jeden Bissen von euch so saftig finden
Wie sie. Zu spät
Zu retten, was sie einmal war.
Ich begrub sie, wo sie hinstürzte.
Ihr spieltet an ihrem Grab. Wir legten Bilder
Aus Seemuscheln und großen geäderten Kieseln,
Die wir aus Appledore mitgebracht hatten,
Als wären wir sie. Aber dann kam eine
Art Hyäne gierig angeschlichen.

Sie buddelten sie aus. Nun weiden sie sich
An der reichen Beute
Ihres Leichnams. Ja,
Zerfleischen das Gesicht auf ihrem Grabstein,
Verschlingen den Grabschmuck.
Fressen selbst die nackte Erde.
Laßt sie zurück.
Überlaßt sie den Leichenfledderern. Geht und verhüllt
Eure Köpfe mit den verschneiten Flüssen
Der Brooks Range. Bedeckt
Eure Augen mit den wirbelnden Winden

Off the Nullarbor Plains. Let them
Jerk their tail-stumps, bristle and vomit
Over their symposia.
                                        Think her better
Spread with holy care on a high grid
For vultures
To take back into the sun. Imagine
These bone-crushing mouths the mouths
That labour for the beetle
Who will roll her back into the sun.

WHEN MEN GOT TO THE SUMMIT
Light words forsook them.
They filled with heavy silence.

Houses came to support them,
But the hard, fourscore scriptures fractured
And the cracks filled with soft rheumatism.

Streets bent to the task
Of holding it all up
Bracing themselves, taking the strain
Till their vertebrae slipped.

The hills went on gently
Shaking their sieve.

Nevertheless, for some giddy moments
A television
Blinked from the wolf's lookout.

Der Nullarbor Plains. Laßt sie
Mit ihren Stummelschwänzen wackeln, das Fell sträuben und
Sich über ihren Symposien erbrechen.
Denkt sie euch lieber
Mit heiliger Sorgfalt auf einem hohen Gerüst aufgebahrt,
Auf daß Geier
Sie zurück in die Sonne tragen. Stellt euch vor,
Diese knochenzermalmenden Mäuler seien Mäuler,
Die die Arbeit des Käfers tun,
Der sie zurück in die Sonne rollen wird.

Als die Menschheit auf dem Gipfel war

verschlug es ihr den lockeren Ton,
und innen kehrte schwer die Stille ein.

Behausungen wollten ihr erste Hilfe sein,
doch taten sich in diesen harten Vierkantschriften Risse auf
Und füllten sich mit sanftem Rheumatismus an.

Auch Straßen hatten sich schon krummgelegt,
um alles weiterhin in Gang zu halten,
ermannten sich, trugen die Last,
doch irgendwann knickte auch hier das Rückgrat ein.

Nur Hügel machten ganz bedächtig weiter
Und schüttelten ihr Sieb.

Trotzdem hat da – dies Schwindelbild währt einen Augenblick –
Der Fernseher
Vom Ausguck eines Wolfs geblinkt.

Geoffrey Hill

Annunciations

I

The Word has been abroad, is back, with a tanned look
From its subsistence in the stiffening-mire.
Cleansing has become killing, the reward
Touchable, overt, clean to the touch.
Now at a distance from the steam of beasts,
The loathly neckings and fat shook spawn
(Each specimen-jar fed with delicate spawn)
The searchers with the curers sit at meat
And are satisfied. Such precious things put down
And the flesh eased through turbulence the soul
Purples itself; each eye squats full and mild
While all who attend to fiddle or to harp
For betterment, flavour their decent mouths
With gobbets of the sweetest sacrifice.

2

O Love, subject of the mere diurnal grind,
Forever being pledged to be redeemed,
Expose yourself for charity; be assured
The body is but husk and excrement.
Enter these deaths according to the law,
O visited women, possessed sons. Foreign lusts
Infringe our restraints; the changeable
Soldiery have their goings-out and comings-in
Dying in abundance. Choicest beasts
Suffuse the gutters with their colourful blood.
Our God scatters corruption. Priests, martyrs,
Parade to this imperious theme: «O Love,
You know what pains succeed; be vigilant; strive
To recognize the damned among your friends.»

Geoffrey Hill

Verkündigungen

I

Das Wort ging hinaus, kam zurück, die Züge gebräunt
Vom Überleben im steifen Schmutz.
Aus Säuberung wurde Tötung, der Lohn
Greifbar, offen, sauber im Griff.
In sicherem Abstand nun vom Dunst der Bestien,
Von ekler Umschlingung, fett aufgeschütteltem Laich
(Jede Probe im Glas genährt mit leckerem Laich)
Sitzen die Prüfer und Konservierer beim Essen
Und sind zufrieden. Soviel kostbares Zeug angeschleppt
Und der Leib durch den Aufruhr erleichtert: da rötet die Seele
Sich purpurn; jedes Auge hockt satt und mild,
Und die auf Fiedel und Harfe lauschen,
Auf Besserung hoffend, würzen die schicklichen Münder
Mit Brocken schmackhaftesten Opferfleischs.

2

O Liebe, bloßem Trott des Tages unterworfen,
Ewig verheißener Erlösung Pfand,
Enthüll dich aus Barmherzigkeit; und sei gewiß,
Der Leib ist Hülse nur und Exkrement.
Geht ein nach dem Gesetz in diese Tode,
O Frauen, heimgesucht, besessene Söhne. Fremde Lüste
Vergreifen sich an unserer Scham; der wankelmütige
Soldatentrupp macht Ausfälle und Rückzüge
Und stirbt nach Kräften. Ausgesuchte Tiere
Fluten mit farbenfrohem Blut die Gossen.
Fäulnis streut unser Gott in alle Winde. Priester, Märtyrer
Schreiten nach dieser strengen Melodie: «O Liebe,
Sei wachsam, Kennerin geglückter Leiden; suche
Unter den Freunden die zu kennen, die verdammt sind.»

History as Poetry

Poetry as salutation; taste
Of Pentecost's ashen feast. Blue wounds.
The tongue's atrocities. Poetry
Unearths from among the speechless dead

Lazarus mystified, common man
Of death. The lily rears its gouged face
From the provided loam. Fortunate
Auguries; whirrings; tarred golden dung:

‹A resurgence› as they say. The old
Laurels wagging with the new: Selah!
Thus laudable the trodden bone thus
Unanswerable the knack of tongues.

From the Latin

There would have been things to say, quietness
That could feed on our lust, refreshed
Trivia, the occurrences of the day;
And at night my tongue in your furrow.

Without you I am mocked by courtesies
And chat, where satisfied women push
Dutifully toward some unneeded guest
Desirable features of conversation.

Ovid in the Third Reich

non peccat, quaecumque potest peccasse negare, solaque famosam culpa professa facit.
(Amores, III, XIV)

I love my work and my children. God
is distant, difficult. Things happen.

Geschichte als Dichtung

Dichtung als Gruß hinüber; der Geschmack
Nach Pfingstens Aschenfest. Die blauen Wunden.
Zungen-Unsäglichkeiten. Dichtung
Holt aus dem Massengrab sprachloser Toten

Einen bestürzten Lazarus ans Licht, gemeinen Mann
Des Todes. Ihr zerquetschtes Antlitz hebt
Die Lilie aus bereitgestelltem Lehm. Günstig
Die Vorzeichen; ein Schwirren; geschwärzt der goldene Kot:

Man nennt das ‹wiederaufgetaucht›. Es schwanken
Die alten Lorbeerzweige mit den neuen: Sela!
Löblich wird so der zertretene Knochen, es wird so
Unanfechtbar der Trick der Zungen.

Aus dem Lateinischen

Es hätte mancherlei Gesprächsstoff geben können, Stille
Von unserer Lust genährt, neu aufgetischte
Trivia, Vorkommnisse des Tages;
Und meine Zunge, nachts, in deiner Furche.

Jetzt ohne dich bin ich verhöhnt von Höflichkeiten
Und small talk, hier wo pflichtgemäß befriedigte
Frauen dem unbegehrten Gast
Reizvolle Happen Plausch zuschieben.

Ovid im Dritten Reich

non peccat, quaecumque potest peccasse negare, solaque famosam culpa professa facit.
(Amores, III, XIV)

Ich liebe meine Arbeit, meine Kinder. Gott
Ist fern und schwierig. Es geschehen Dinge.

Too near the ancient troughs of blood
Innocence is no earthly weapon.

I have learned one thing: not to look down
So much upon the damned. They, in their sphere,
Harmonize strangely with the divine
Love. I, in mine, celebrate the love-choir.

September Song

born 19. 6. 32 – deported 24. 9. 42

Undesirable you may have been, untouchable
you were not. Not forgotten
or passed over at the proper time.

As estimated, you died. Things marched,
sufficient, to that end.
just so much Zyklon and leather, patented
terror, so many routine cries.

(I have made
an elegy for myself it
is true)

September fattens on vines. Roses
flake from the wall. The smoke
of harmless fires drifts to my eyes.

This is plenty. This is more than enough.

‹Christmas Trees›

Bonhoeffer in his skylit cell
bleached by the flares' candescent fall,
pacing out his own citadel,

Zu nahe den uralten Trögen Blut
Findet die Unschuld keine irdische Klinge.

Ich lernte eins: nicht starren wie gebannt
Auf die Verdammten drunten. Ihre Sphäre
Steht mit der Liebe Gottes fremd
In Einklang. Meine tönt vom Sang der Liebes-Chöre.

Septemberlied

geboren 19. 6. 32 – abgeholt 24. 9. 42

Unerwünscht warst du, unberührbar
nicht. Und nicht vergessen,
nicht übergangen zu gegebener Zeit.

Du starbst, kalkülgerecht. Die Dinge liefen,
fast wie von selbst, darauf hinaus.
Soundsoviel Zyklon und Leder, patentierter
Terror, soundsoviel Routineschrei.

(Ich schrieb mir
meine eigene Elegie und
wenn schon)

September mästet sich am Weinlaub, Rosen
flocken von der Mauer. Der Rauch
harmloser Feuer zieht mir in die Augen.

Es reicht. Es ist mehr als genug.

‹Christbäume›

Bonhoeffer in der fahlen Zelle
gleißend gebleicht von Leuchtspurfall,
Vermesser seiner Zitadelle,

restores the broken themes of praise,
encourages our borrowed days,
by logic of his sacrifice.

Against wild reasons of the state
his words are quiet but not too quiet.
We hear too late or not too late.

Dark-Land

Aspiring Grantham
rises above itself.
Tall churches wade the fen
on their stilts of glass.

Crowned Ely stands beset
by winds of straw-burning,
by the crouched run of flame.
Cambridge lies dark, and dead

predestined Elstow
where Bunyan struck his fear –
flint creed, tinder of wrath –
to flagrant mercies.

From The Triumph of Love

Entertainment overkill: that amplifier
acts as the brain of the putsch. The old
elixir-salesmen had no such entourage
though their product was superior; as was
their cunning oratory.
For the essentials of the cadre, Wordsworth's
«savage torpor» can hardly be bettered
or his prescience refuted.
What it is they possess – and, at some mean

fügt neu das brüchige Werk des Rühmens,
macht Mut dem Tag, der uns geliehn,
durch die Logik seines Sühnens.

Planvoller Staatswut widerspricht
sein leises, nicht zu leises Wort.
Wir hörn zu spät oder auch nicht.

Dunkel-Land

Aufstrebend wächst Grantham
über sich selbst.
Ragende Kirchen staken durchs Fenn
auf Stelzen von Glas.

Unter der Krone steht Ely bedrängt
von Strohfeuer-Winden,
von geduckten Flammenzeilen.
Cambridge liegt schwarz, und tot

das auserwählte Elstow,
wo Bunyan aus seiner Angst –
Feuerstein-Credo, Zunder des Zorns –
flagrante Gnaden schlug.

Aus Der Triumph der Liebe

Unterhaltungs-Overkill: der Verstärker
agiert als Gehirn des Putschs. Die alten
Elixier-Feilbieter hatten weniger Anhang,
dabei war ihre Ware von besserer Qualität, wie auch
ihre gerissene Rhetorik.
Für die Grundgegebenheiten ist Wordsworths Diagnose
«Wüster Stumpfsinn» kaum zu übertreffen,
seine Voraussicht nicht zu widerlegen.
Was sie besitzen – und auf der Ebene des Mittel-

level, Europe lies naked to their abuse –
is not immediately
in the grasp of their hand. They are vassal-
lord-puppet-strutters, not great scourges of God.
A simple text would strike them
dumb, and is awaited. Meanwhile
they are undeniable powers of this world,
closely attended in their performance
of sacral baseness, like kings at stool.

* * *

So – Croker, MacSikker, O'Shem – I ask you:
what are poems for? They are to console us
with their own gift, which is like perfect pitch.
Let us commit that to our dust. What
ought a poem to be? Answer, *a sad*
and angry consolation. What is
the poem? What figures? Say,
a sad and angry consolation. That's
beautiful. Once more? *A sad and angry*
consolation.

maßes liegt Europa nackt ihren Übergriffen ausgesetzt –
können sie nicht unmittelbar
mit Händen greifen. Sie sind Großspur-
Vasallen-Herren-Marionetten, nicht große Gottesgeißeln.
Ein einfacher Text, der ihnen die Sprache
verschlüge, wird dringend erwartet. Fürs erste
sind sie unleugbar Mächte dieser Welt,
eifrig umdrängt bei ihren gemeinen
Verrichtungen, wie Könige beim Stuhlgang.

* * *

So – Croker, MacSikker, O'Shem – nun frage ich euch:
wozu sind Gedichte da? Sie sind dazu da, uns zu trösten
mit ihrer eigenen Gabe, der perfekten Tonhöhe gleich.
Das wollen wir unserm Staub einprägen. Was sollte
ein Gedicht sein? Antwort: *eine Tröstung*
aus Trauer und Zorn. Was ist
das Gedicht? Was stellt es dar? Sagt,
eine Tröstung aus Trauer und Zorn. So ist es
schön. Das Ganze nochmal? *Aus Trauer und Zorn*
eine Tröstung.

Fleur Adcock

Miss Hamilton in London

It would not be true to say she was doing nothing:
She visited several bookshops, spent an hour
In the Victoria and Albert Museum (Indian section),
And walked carefully through the streets of Kensington
Carrying five mushrooms in a paper bag,
A tin of black pepper, a literary magazine,
And enough money to pay the rent for two weeks.
The sky was cloudy, leaves lay on the pavements.

Nor did she lack human contacts: she spoke
To three shop-assistants and a newsvendor,
And returned the «Goodnight» of a museum attendant.
Arriving home, she wrote a letter to someone
In Canada, as it might be, or in New Zealand,
Listened to the news as she cooked her meal,
And conversed for five minutes with the landlady.
The air was damp with the mist of late autumn.

A full day, and not unrewarding.
Night fell at the usual seasonal hour.
She drew the curtains, switched on the electric fire,
Washed her hair and read until it was dry,
Then went to bed; where, for the hours of darkness,
She lay pierced by thirty black spears
And felt her limbs numb, her eyes burning,
And dark rust carried along her blood.

Against Coupling

I write in praise of the solitary act:
of not feeling a trespassing tongue
forced into one's mouth, one's breath

Fleur Adcock

Miss Hamilton in London

Es wäre nicht richtig zu sagen sie habe gar nichts getan:
sie besuchte mehrere Buchläden verbrachte eine Stunde
im Victoria und Albert Museum Indische Abteilung
und spazierte langsam durch die Straßen von Kensington
mit fünf Champignons in einem Papierbeutel
einer Büchse schwarzen Pfeffers einer literarischen Zeitschrift
und genug Geld für zwei Wochen Miete
der Himmel war bedeckt Blätter lagen auf der Straße

auch fehlte es ihr nicht an menschlichen Kontakten sie sprach
mit drei Ladenangestellten einem Zeitungsverkäufer
und wünschte dem Wärter am Museumsausgang Gute Nacht
als sie nach Hause kam schrieb sie einen Brief an irgendwen
in Kanada oder vielleicht war es auch in Neuseeland
hörte die Nachrichten während sie etwas kochte
und unterhielt sich ein paar Minuten mit ihrer Wirtin
die Luft war feucht vom Nebel des späten Herbstes

ein voller Tag und nicht unbefriedigend
es wurde früh dunkel entsprechend der Jahreszeit
sie zog die Vorhänge machte das elektrische Feuer an
wusch ihr Haar und las bis es trocken war
dann ging sie zu Bett lag für Stunden im Dunkel
durchschossen von dreißig schwarzen Speeren
ihre Augen brannten ihre Glieder starben ab
ihr Blut schlug hart wie ein Strom von dunklem Rost

Gegen Paarung

Ich schreibe zum Lob des einsamen Akts:
Keine fremde Zunge mehr in den eignen
Mundraum eingezwängt fühlen, den Atem

smothered, nipples crushed against the
ribcage, and that metallic tingling
in the chin set off by a certain odd nerve:

unpleasure. Just to avoid those eyes would help –
such eyes as a young girl draws life from,
listening to the vegetal
rustle within her, as his gaze
stirs polypal fronds in the obscure
sea-bed of her body, and her own eyes blur.

There is much to be said for abandoning
this no longer novel exercise –
for not ‹participating in
a total experience› – when
one feels like the lady in Leeds who
had seen *The Sound of Music* eighty-six times;

or more, perhaps, like the school drama mistress
producing *A Midsummer Night's Dream*
for the seventh year running, with
yet another cast from 5B.
Pyramus and Thisbe are dead, but
the hole in the wall can still be troublesome.

I advise you, then, to embrace it without
encumbrance. No need to set the scene,
dress up (or undress), make speeches.
Five minutes of solitude are
enough – in the bath, or to fill
that gap between the Sunday papers and lunch.

abgeschnürt, Titten gegen die Rippen
gepreßt, und das metallische Prickeln
am Kinn, das ein reizbarer Nerv auslöst:

Ungenuß. Einfach die Augen vergessen, das wärs –
Augen, aus denen ein Mädchen Leben saugt,
während sie auf das pflanzenartige
Rascheln im Innern lauscht, und sein Blick wühlt
polypenarmige Farne auf im dunklen
Seebett ihres Leibes, ihr Auge beschlägt sich.

Manches spräche dafür, diese nicht mehr ganz neue
Betätigung an den Nagel zu hängen –
nicht länger ‹teilzuhaben an einer ganz-
heitlichen Erfahrung› – wenn man sich dabei
fühlt wie die Frau in Leeds, nachdem sie
The Sound of Music 86mal genossen hatte;

oder vielleicht mehr noch wie die Lehrerin,
die den *Sommernachtstraum* sieben Jahre
hintereinander aufführte, immer
wieder mit einer neuen 5b.
Pyramus und Thisbe sind tot, doch
das Loch in der Wand sorgt weiter für Wirbel.

Ich rate euch also, geht ganz unbelastet
die Sache an. Ohne großen Auftritt,
feines An- oder Ausziehn, ohne Palaver.
Fünf Minuten Einsamkeit sind
genug – im Bad, oder um die Lücke zwischen
Sonntagszeitung und Lunch sinnvoll zu füllen.

Tony Harrison

Heredity

How you became a poet's a mystery!
Wherever did you get your talent from?

I say, I had two uncles, Joe and Harry –
one was a stammerer, the other dumb.

Punchline

No! Revolution never crossed your mind!
For the kids who never made it through the schools,
the Northern working class escaped the grind
as boxers or comedians, or won the pools.

Not lucky, no physique, too shy to joke,
you scraped together almost 3 weeks' pay
to buy a cast-off uke that left you broke.
You mastered only two chords, G and A!

That's why when I've heard George Formby that I've wept.
I'd always wondered what that thing was for,
I now know was a plectrum, that you'd kept,
but kept hidden, in your secret condom drawer.

The day of your cremation which I missed
I saw an old man strum a uke he'll never play,
cap spattered with tossed dimes. I made a fist
round my small change, your son, and looked away.

Tony Harrison

Vererbung

Wie du ein Dichter wurdst, ist uns ein Rätsel!
Woher nur dies Talent und überhaupt, warum?

Sag ich: Zwei Onkel hatt ich, Joe und Harry,
Der eine war ein Stotterer, der andre stumm.

Schlag-Zeile

O nein! An Umsturz hast du nie gedacht!
Ein Kind von Arbeitern, das schulisch nicht brillant,
entkam des Nordens Schufterei und ihrer Macht
höchstens als Boxer, Lottokönig, Komödiant.

Kein Glück, keine Statur, für Witze ungeeignet:
holtest drei Wochen Lohn dir aus dem Kasten
für 'ne alte Ukulele und warst pleite.
Nur zwei Akkorde, G und A, konntest du fassen.

Als ich George Formby hörte, mußt ich weinen.
Ich hatte nie verstanden, was das Plättchen war
– ein Plektron, weiß ich jetzt, das im Geheimen
Deiner Kondomschublade ruhte, unsichtbar.

Bei deiner Einäscherung fehlte ich. Der Alte,
den ich auf einer Ukulele klimpern sah,
hatte die Mütze voller Groschen. Ich, dein Sohn, ich ballte
die Faust um meine Münzen und kam ihm nicht nah.

From Illuminations

The family didn't always feel together.
Those silent teas with all of us apart
when no one spoke except about the weather
and not about his football or my art.

And in those silences the grating sound
of father's celery, the clock's loud tick,
the mine subsidence from deep underground,
my mam's loose bottom teeth's relentless click.

And when, I'm told, St James's came to fetch her,
My teeth! were the final words my mother said.
Being without them, even on a stretcher,
was more undignified than being dead.

Ay! I might have said, *and put her in her box*
dressed in that long gown she bought to wear,
not to be outclassed by those posh frocks,
at her son's next New York première!

On Not Being Milton

for Sergio Vieira & Armando Guebuza (Frelimo)

Read and committed to the flames, I call
these sixteen lines that go back to my roots
my *Cahier d'un retour au pays natal,*
my growing black enough to fit my boots.

The stutter of the scold out of the branks
of condescension, class and counter-class
thickens with glottals to a lumpen mass
of Ludding morphemes closing up their ranks.

Aus Erleuchtung

Oft fühlte die Familie nicht gemeinsam.
Schweigsame Tees mit wenig Einvernehmen,
nur wenn man übers Wetter sprach, war man nicht einsam;
weder sein Fußball noch mein Schreiben waren Themen.

Und in das Schweigen ein Geräusch, ein Knacken,
von Vaters Sellerie, und von der Uhr das Ticken,
die Mine ächzt im Erdreich, will absacken,
wie gnadenlos die Zähne meiner Mutter klicken.

Und als man von St. James kam und sie mitnahm,
Die Zähne, war der letzte Satz, den sie uns bot.
Ohne sie, selbst auf einer Bahre, kam
sie sich noch würdeloser vor als tot.

Ja, hätt ich sagen können, *legt sie in den Schragen*
im langen Kleid, gekauft dem Sohn zu Ehren,
um in der feinen Welt auch etwas aufzutragen
bei seiner nächsten New Yorker Premiere!

Kein Milton sein

Für Sergio Vieira & Armando Guebuza (Frelimo)

Gelesen und den Flammen anvertraut, nenn ich
die sechzehn Zeilen, die zu meinen Wurzeln reichen,
mein eigenes *Cahier d'un retour au pays natal*:
mein Schwärzerwerden läßt mich Stiefeln gleichen.

Skaldisches Stottern, aus dem Zaumzeug fließend
beim Schulterklopfen, Klasse gegen Klasse,
verdickt per Knacklaut klumpig sich zur Masse
Ludditischer Morpheme, Reihen schließend.

Each swung cast-iron Enoch of Leeds stress
clangs a forged music on the frames of Art,
the looms of owned language smashed apart!

Three cheers for mute ingloriousness!

Articulation is the tongue-tied's fighting.
In the silence round all poetry we quote
Tidd the Cato Street conspirator who wrote:

Sir. I Ham a very Bad Hand at Righting.

The Bedbug

Comrade, with your finger on the playback switch,
Listen carefully to each love-moan,
And enter in the file which cry is real, and which
A mere performance for your microphone.

Gußeisern hämmert Enochs Rede Streit,
schlägt falsche Töne auf das Webgerät
privatisierter Sprachkunst, das in Stücke geht!

Hoch lebe stumme Namenlosigkeit!

Noch stummgemacht kann Sprechen Kämpfen bleiben.
Schweigend von aller Poesie, laßt uns zitieren
Wie Tidd, der Terrorist, verstand zu formulieren:

Nur schlächterdings, Mein Her! kan ich Recht schreipen.

Die Wanze

Genosse, mit dem Finger auf der Tonbandtaste
hör ganz genau auf jeden Liebeston
und trag dann die Akte ein, ob er real ist
oder Verstellung nur fürs Mikrofon.

Roger McGough

Blazing Fruit
(or The Role of the Poet as Entertainer)

During dinner the table caught fire.
No one alluded to the fact
and we ate on, regardless of
the flames singeing our conversation.

Unaware of the smoke
and the butlers swooning,
topics ranged from Auden
to Zeffirelli. I was losing
concentration however, and being
short on etiquette, became tense
and began to fidget with the melting cutlery.

I was fashioning a spoon
into a question mark
when the Chablis began to steam
and bubble. I stood up,
mumbled something about having left the gas running
and fled blushing
across the plush terrain of the carpet.

The tut-tut-tutting could be heard above
the cra-cra-cracking of the bone china.

Outside, I caught a cab
to the nearest bus stop.
While, back at the table,
they were toying with blazing fruit
and discussing the Role of the Poet as Entertainer,
when the roof fell in.

Roger McGough

Lodernde Früchte
(oder Die Rolle des Dichters als Unterhalter)

Während des Diners fing der Tisch Feuer.
Niemand verlor darüber ein Wort,
und wir aßen weiter, ohne auf die Flammen,
die unser Gespräch ansengten, zu achten.

Ohne den Rauch zu bemerken,
und daß die Butler in Ohnmacht fielen,
erstreckten sich die Themen von Auden
bis Zeffirelli. Ich jedoch,
der ich sowieso keine guten Manieren habe,
verlor die Konzentration, wurde nervös
und begann, an dem schmelzenden Besteck herumzufingern.

Ich modellierte gerade einen Löffel
zu einem Fragezeichen,
als der Chablis zu dampfen
und zu blubbern begann. Ich stand auf,
murmelte, ich hätte das Gas nicht abgedreht
und floh, errötend,
über das plüschige Gelände des Teppichs.

Das mißbilligende Na-Na-Na war noch
über dem Knack-Knack-Knacken des Porzellans zu hören.

Draußen nahm ich mir ein Taxi
bis zur nächsten Bushaltestelle.
Währenddessen knabberten sie am
Tisch noch an lodernden Früchten
und diskutierten über die Rolle des Dichters als Unterhalter,
als das Dach einfiel.

Incident at a Presidential Garden Party

Taking tea in front of the White House.
Uninvited, a forty-ton diesel truck
Bursts through the railings
and skids across the lawn.

Tables are turned. Salads tossed
to the grass, canapés to the wind.
Colonels and creamcakes
squelch in the mad career.

Senators scream, tyres squeal,
underlings crunched underwheel.
Out of control, the juggernaut
surges towards the President.

No one moves. Slow motion now,
as in a dream. Half-smiling
he turns to face it. Smash.
Smithereens.   Then silence.

The Great Man dusts his suit
ensures his tie is straight.
The truck is given the kiss of life.
But too late.

Curse

Cyanide in the forest
Dead fish in the sea
A loaded gun
Where the sun should be

May those who sold us
Down the river
As polluted
As the lies they told

Zwischenfall auf einem präsidialen Gartenfest

Eine Teegesellschaft vor dem Weißen Haus.
Ohne Einladung bricht ein Vierzig-Tonnen-Diesellaster
durch den Gitterzaun
und schlittert über den Rasenplatz.

Tische kippen um. Salate fliegen auf
den Rasen, Häppchen in die Luft.
Oberste und Obsttorten
werden in dem rasenden Lauf zerquetscht.

Senatoren kreischen, Reifen quietschen,
Untergebene kommen unter die Räder.
Außer Kontrolle prescht der Moloch
auf den Präsidenten zu.

Niemand rührt sich. Alles in Zeitlupe,
wie in einem Traum. Milde lächelnd
bietet der ihm die Stirn. Krach.
Splitter.   Dann Stille.

Der Große Mann klopft sich den Staub vom Anzug
ob die Krawatte sitzt, prüft er diskret.
Der Laster bekommt eine Mund-zu-Mund-Beatmung.
Doch zu spät.

Fluch

Zyanid im Wald
Tote Fische im Meer
Wo die Sonne sein sollt
Ein geladnes Gewehr

Sollen die uns verkauften
Den Fluß hinunter
Genau so dreckig
Wie ihr Geflunker.

Find their banknotes
Carcinogenetic
Nuclear active
Their gold.

Survivor

Everyday
I think about Dying.
About disease, starvation,
violence, terrorism, war,
the end of the world.

It helps
keep my mind off things.

Ihre Banknoten finden
Karzinogen.
Und ihr Gold
Radioaktiv.

Der Überlebende

Jeden Tag
Denke ich ans Sterben.
An Krankheit, Hunger,
Gewalt, Terrorismus, Krieg,
den Weltuntergang.

Das hilft,
mich abzulenken.

Les Murray

Poetry and Religion

Religions are poems. They concert
our daylight and dreaming mind, our
emotions, instinct, breath and native gesture

into the only whole thinking: poetry.
Nothing's said till it's dreamed out in words
and nothing's true that figures in words only.

A poem, compared with an arrayed religion,
may be like a soldier's one short marriage night
to die and live by. But that is a small religion.

Full religion is the large poem in loving repetition;
like any poem, it must be inexhaustible and complete
with turns where we ask Now why did the poet do that?

You can't pray a lie, said Huckleberry Finn;
you can't poe one either. It is the same mirror:
mobile, glancing, we call it poetry,

fixed centrally, we call it a religion,
and God is the poetry caught in any religion,
caught, not imprisoned. Caught as in a mirror

that he attracted, being in the world as poetry
is in the poem, a law against its closure.
There'll always be religion around while there is poetry

or a lack of it. Both are given, and intermittent,
as the action of those birds – crested pigeon, rosella parrot –
who fly with wings shut, then beating, and again shut.

Les Murray

Dichtung und Religion

Religionen sind Gedichte. Sie bringen
unseren Tages- und Traumgeist in Einklang,
unsere Gefühle, Instinkte, den Atem und die uns angeborene Gestik

in das einzig vollkommene Denken: Dichtung.
Nichts ist gesagt, bis es in Worten hinausgeträumt ist,
und nichts ist wahr, was nur in Worten wahr ist.

Ein Gedicht kann, verglichen mit einer geordneten Religion,
wie die kurze Hochzeitsnacht eines Soldaten sein,
nach der man sterben und leben kann. Aber das ist eine kleine Religion.

Volle Religion ist das große Gedicht in liebevoller Wiederholung;
wie jedes Gedicht muß sie unerschöpflich und vollkommen sein
mit Wendungen, wo man sich fragt: Warum hat der Dichter das getan?

Man kann eine Lüge nicht beten, hat Huckleberry Finn gesagt;
man kann sie auch nicht poeten. Es ist derselbe Spiegel:
beweglich, aufblitzend nennen wir es Dichtung,

um eine Mitte verankert nennen wir es eine Religion,
und Gott ist die Dichtung, die in jeder Religion gefangen wird,
gefangen, nicht eingesperrt. Gefangen wie in einem Spiegel,

den er anzog, da er in der Welt ist, wie die Poesie
im Gedicht ist, ein Gesetz gegen jeden Abschluß.
Es wird immer Religion geben, solange es Dichtung gibt

oder einen Mangel an ihr. Beide sind gegeben und periodisch,
wie der Flug jener Vögel – Haubentaube, Rosellapapagei –
die so fliegen: die Flügel zu, dann schlagend und wieder zu.

Derek Mahon

A Disused Shed in Co. Wexford

for J. G. Farrell

Let them not forget us, the weak
souls among the asphodels.
(Seferis, Mythistorema)

Even now there are places where a thought might grow –
Peruvian mines, worked out and abandoned
To a slow clock of condensation,
An echo trapped for ever, and a flutter
Of wildflowers in the lift-shaft,
Indian compounds where the wind dances
And a door bangs with diminished confidence,
Lime crevices behind rippling rainbarrels,
Dog corners for bone burials;
And in a disused shed in Co. Wexford,

Deep in the grounds of a burnt-out hotel,
Among the bathtubs and the washbasins
A thousand mushrooms crowd to a keyhole.
This is the one star in their firmament
Or frames a star within a star.
What should they do there but desire?
So many days beyond the rhododendrons
With the world waltzing in its bowl of cloud,
They have learnt patience and silence
Listening to the rooks querulous in the high wood.

They have been waiting for us in a foetor
Of vegetable sweat since civil war days,
Since the gravel-crunching, interminable departure
Of the expropriated mycologist.
He never came back, and light since then
Is a keyhole rusting gently after rain.

Derek Mahon

Ein unbenutzter Schuppen in County Wexford

für J. G. Farrell

Mögen sie unser gedenken, die kraftlosen
Schatten unter den Asphodelen.
(Seferis, Mythistorema)

Es gibt noch Orte, wo ein Gedanke wachsen könnte –
Bergwerke, stillgelegt in Peru, der trägen Uhr
Des Tropfwassers im Stollen überlassen,
Ein Echo, ewig verschüttet, und ein Zittern
Von Wildblumen im Förderschacht,
In Indien Häuser hinter Mauern, wo der Wind tanzt
Und wenig zuversichtlich eine Tür schlägt,
Rissige Kalkflächen hinter vollen Regentonnen,
Hundewinkel für Knochenbegräbnisse,
Und ein unbenutzter Schuppen in County Wexford.

Verloren auf dem Gelände eines ausgebrannten Hotels,
Unter Badewannen und Waschbecken,
Drängen sich tausend Pilze an ein Schlüsselloch.
Es ist an ihrem Firmament der einzige Stern
Oder Rahmen für einen Stern im Stern.
Was bleibt ihnen andres als Verlangen?
In endlosen Tagen seit der Rhododendronblüte,
Als noch die Welt auf Wolken Walzer tanzte,
Lernten sie Schweigen und Geduld, dem Gezänk
Der Krähen in den hohen Bäumen lauschend.

Sie harrten auf uns seit den Tagen
Des Bürgerkriegs in einem Mief aus Pflanzenschweiß,
Seit dem kiesknirschenden, langwierigen Weggang
Des enteigneten Pilzzüchters.
Er kam nie zurück, und seither ist Licht
Ein Schlüsselloch, das sanft nach Regen rostet.

Spiders have spun, flies dusted to mildew,
And once a day, perhaps, they have heard something –
A trickle of masonry, a shout from the blue
Or a lorry changing gear at the end of the lane.

There have been deaths, the pale flesh flaking
Into the earth that nourished it;
And nightmares, born of these and the grim
Dominion of stale air and rank moisture.
Those nearest the door grow strong –
«Elbow room! Elbow room!»
The rest, dim in a twilight of crumbling
Utensils and broken flower-pots, groaning
For their deliverance, have been so long
Expectant that there is left only the posture.

A half century, without visitors, in the dark –
Poor preparation for the cracking lock
And creak of hinges. Magi, moonmen,
Powdery prisoners of the old regime,
Web-throated, stalked like triffids, racked by drought
And insomnia, only the ghost of a scream
At the flash-bulb firing squad we wake them with
Shows there is life yet in their feverish forms.
Grown beyond nature now, soft food for worms,
They lift frail heads in gravity and good faith.

They are begging us, you see, in their wordless way,
To do something, to speak on their behalf
Or at least not to close the door again.
Lost people of Treblinka and Pompeii!
«Save us, save us,» they seem to say,
«Let the god not abandon us
Who have come so far in darkness and in pain.
We too had our lives to live.
You with your light meter and relaxed itinerary,
Let not our naive labours have been in vain!»

Spinnen spannen, Fliegen verstaubten zu Mehltau,
Und einmal am Tag, vielleicht, hörten sie etwas –
Rieseln von Mörtel, einen Ruf aus der Ferne,
Einen Laster, der Gang wechselte am Ende des Wegs.

Es gab Todesfälle: das fahle Fleisch flockte
Auf die einst nährende Erde zurück;
Und Alpträume unter der drückenden Macht
Abgestandener Luft und verrottender Feuchte.
Die der Tür am nächsten sind, werden stark –
«Ellbogenraum! Ellbogenraum!»
Der Rest, trüb im Dämmer unter zerfallnen
Geräten und Blumentopfscherben gierig
Auf Rettung hoffend, war so lang am Warten,
Daß ihm nur die Körperhaltung blieb.

Unbesucht im Dunkeln, ein halbes Jahrhundert –
So wenig bereit für das knirschende Schloß
Und das Quietschen der Angel. Mondmenschen, Magier,
Bestaubte Gefangne des alten Regimes,
Lamellenkehlig, gestielt wie Triffiden, von Dürre
Gequält und Schlaflosigkeit – nur der Geist eines Schreis
Beim Feuer unsres Blitzlichtkommandos
Verrät, daß die Fiebergestalten noch leben.
Unnatürlich im Wuchs, Weichkost für Würmer,
Heben sie ernst die gebrechlichen Häupter.

Sie bitten uns, siehst du, auf wortlose Weise,
Doch etwas zu tun, für sie zu sprechen,
Oder wenigstens nicht die Tür zu schließen.
Die Verlornen von Treblinka und Pompeji!
«Rettet uns, rettet uns», geht ihre Rede,
«Laßt nicht zu, daß der Gott uns verläßt,
Die so weither kamen in Dunkel und Qual.
Auch wir hatten Leben zu leben.
Ihr mit Reisekomfort und Belichtungsmesser,
Laßt unser schlichtes Bemühn nicht vergeblich sein!»

Craig Raine

From A Martian Sends a Postcard Home

Caxtons are mechanical birds with many wings
and some are treasured for their markings –

they cause the eyes to melt
or the body to shriek without pain.

Mist is when the sky is tired of flight
and rests its soft machine on ground:

then the world is dim and bookish
like engravings under tissue paper.

Model T is a room with the lock inside –
a key is turned to free the world

for movement, so quick there is a film
to watch for anything missed.

But time is tied to the wrist
or kept in a box, ticking with impatience.

At night, when all the colours die,
they hide in pairs

and read about themselves –
in colour, with their eyelids shut.

Craig Raine

Aus Ein Marsmensch schickt eine Karte nach Hause

Caxtons sind mechanische Vögel mit vielen Flügeln
und manche werden hochgeschätzt für ihre Zeichnung –

sie machen die Augen flüssig
oder schütteln den Leib ohne Schmerzen.

Nebel ist wenn der Himmel, flugmüde,
seine weiche Maschine auf dem Boden absetzt:

dann ist die Welt verschwommen und buchartig
wie Kupferstiche unter Seidenpapier.

Modell T ist ein Raum mit dem Schloß drinnen –
man dreht einen Schlüssel und setzt die Welt frei

zu so schneller Bewegung, daß es einen eigenen Film gibt,
um darauf zu sehen, was man übersehen hat.

Aber die Zeit wird ans Handgelenk gebunden
oder in einen Kasten gesperrt, wo sie vor Ungeduld tickt.

Nachts, wenn alle Farben sterben,
Verbergen sie sich paarweise

und lesen etwas über sich selber –
in Farbe, bei geschlossenen Lidern.

In the Mortuary

Like soft cheeses they bulge
sideways on the marble slabs,

helpless, waiting to be washed.
Cotton wool clings in wisps

to the orderly's tongs,
its creaking purpose done . . .

He calls the woman ‹Missus›,
an abacus of perspiration

on his brow, despite the cold.
And she is the usual woman –

two terra cotta nipples
like patches from a cycle kit,

puzzled knees, finely
crumpled skin around the eyes,

and her stomach like a watermark
held up to the light.

Distinguishing marks: none.
Colour of eyes: closed.

Somewhere, inside an envelope
inside a drawer, her spectacles . . .

Somewhere else, not here, someone
knows her hair is parted wrongly

and cares about these cobwebs
in the corners of her body.

In der Leichenhalle

Wie weicher Käse quellen sie
zur Seite hin auf den Marmorplatten,

hilflos, darauf wartend, gewaschen zu werden.
Watte hängt in kleinen Fetzen

an der Zange des Leichenwärters,
nachdem ihr knarrender Zweck erfüllt ...

Er nennt die Frau ‹Madame›,
ein Abakus von Schweiß

auf seiner Braue, trotz der Kälte.
Und sie ist die übliche Frau –

zwei Terrakottabrustwarzen
wie Flecken aus einem Fahrradflickzeug,

gerunzelte Knie, fein
zerknüllte Haut um die Augen,

und ihr Bauch wie ein Wasserzeichen
gegen das Licht gehalten.

Besondere Kennzeichen: keine.
Augenfarbe: geschlossen.

Irgendwo, in einem Umschlag
in einer Schublade, ihre Brille ...

Irgendwo anders, nicht hier, weiß jemand,
daß ihr Haar falsch gescheitelt ist,

und liebt jemand diese Spinnweben
in den Winkeln ihres Körpers.

The New Hospital

It might be a space ship
invented for nothing
but the longest journey
to a different world:

luxuriant flowerbeds
of brilliant dials
keep a constant spring
with electrical bees.

Even the lavatories
create a myth of peace –
porcelain pelicans
repeat to infinity,

glittering mermaids sit
side-saddle on basins,
and each urinal calmly
sucks its peppermint . . .

A foetus in free fall
drifts through formaldehyde
forever, as if it was
the slow, golden bubble

in a spirit-level.
It knows neither illness
nor the painful pull
of gravity, the force

in tartan dressing gowns
and slippers like orphans
the patients cannot leave.
But, before they arrive,

death seems old-fashioned,
a drowsiness and dream
of children duelling
with flintlock bananas . . .

Das neue Krankenhaus

Es könnte ein Raumschiff sein
erfunden für nichts
als die längste Reise
in eine andere Welt:

Luxuriöse Blumenbeete
brillanter Zifferblätter
halten den Frühling konstant
mit elektrischen Bienen.

Selbst Toiletten
schaffen hier einen Mythos von Frieden –
porzellanene Pelikane
sich wiederholend bis in die Unendlichkeit,

glitzernde Seejungfern sitzen
im Damensitz auf Bassins,
und jedes Urinbecken nuckelt
friedlich sein Pfefferminz …

Ein Fötus im freien Fall
treibt durch Formaldehyd
für immer, als wär er
die träge, goldene Blase

einer Wasserwaage.
Er kennt weder Krankheit
noch den schmerzlichen Zug
der Schwerkraft, die Kraft

in karierten Schlafröcken
und Pantoffeln wie Waisen,
die Patienten nicht zurücklassen können.
Aber, bevor sie kommen,

scheint der Tod altmodisch,
eine Trägheit, ein Traum
von Kindern beim Duell
mit Bananenpistolen.

Carol Rumens

A Marriage

Mondays, he trails burr-like fragments
of the weekend to London
– a bag of soft, yellow apples from his trees
– a sense of being loved and laundered.

He shows me a picture of marriage
as a whole small civilization,
its parks, rosewood and broadloom;
its religion, the love of children

whose anger it survived
long ago, and who now return like lambs,
disarmed, adoring.
His wife sits by the window,

one hand planting tapestry daisies.
She smiles as he offers her the perfect apple.
On its polished, scented skin
falls a Renaissance gilding.

These two have kept their places,
trusting the old rules
of decorous counterpoint.
Now their lives are rich with echoes.

Later, she'll carry a boxful
of apples to school. Her six year olds
will weigh, then eat them, thrilling
to a flavour sharp as tears.

I listen while he tells me about her sewing,
as if I were the square of dull cloth

Carol Rumens

Eine Ehe

Montags schleppt er Wochenendsplitter
wie Kletten nach London:
eine Tasche voll süßer gelber Äpfel aus seinem Garten,
ein Gefühl, geliebt und bekocht zu werden.

Er malt mir die Ehe
als kleines heiteres Staatswesen
mit den Städten Rosenholz und Stickrahmen
und mit einer Religion: Liebe zu den Kindern,

deren Zorn längst überstanden ist,
die nun heimkommen, wie Lämmer,
waffenlos und voll Hochachtung.
Seine Frau sitzt am Fenster,

ihre Hand pflanzt Gänseblümchen auf Wandbehänge.
Sie lächelt, wenn er ihr den vollkommenen Apfel reicht.
Auf dessen glänzende, duftende Haut
fällt golden ein Schimmer Renaissance.

Diese zwei haben ihre Stellungen gehalten,
weil sie sich stützten auf die alten Regeln
des schicklichen Kontrapunkts. Nun
hallt einer im anderen wider, immerzu.

Später trägt sie dann eine Stiege
Äpfel zur Schule. Die Sechsjährigen
werden sie wiegen und essen und sich durchrieseln lassen
von ihrem Geschmack: scharf wie Tränen.

Er erzählt, wie sie näht. Ich höre ihm zu,
als wäre ich das träge Stück Stoff

and his voice the leaping needle,
chasing its tail in a dazzle of wonderment.

He places an apple in my hand,
then, for a moment, I must become his child.
To look at him as a woman
would turn me cold with shame.

The Freedom Won by War for Women

From hassock, cradle-side and streaming walls
– The fogs of faith and wash-day – thin lives beaten
Blank and hung to weep – the fair are gone.
Raw-fingered saints who've tipped their pedestals

And dried their hands at Father Empire's yell,
They chivvy cautious husbands, rebel sons
With bloodiest white. But they'll take the same poison,
Hands deft among his axle-trees and shells.

True warriors, they were furnace-forged when bombs
Jumped roof-high. From tongue to lung the taste
Of lead rolled death. Massed engines pumped their Somme.

It was a flowering and a laying waste
– Man's skills found shining at the heart of woman,
His vengeance, too, expediently unlaced.

und seine Stimme die tanzende Nadel,
die ihren Schwanz zu fangen sucht, vom eignen Gefunkel geblendet.

Er legt einen Apfel in meine Hand,
und für einen Augenblick muß ich sein Kind sein.
Ihn anzusehn wie eine Frau
ließe mich vor Scham erstarren.

Die Freiheit, die der Krieg den Frauen schenkte

Von Stickkissen, Windeln und triefnassen Wänden
– Glaubens und Waschtags Niederschlag – die Leben dünn
Geschrubbt, zum Heulen aufgehängt – liefen die Schönen davon.
Die Heiligen, fingerwund, kippten die Postamente,

Wischten die Hände ab, als Vater Empire rief;
Hetzen unwillige Söhne, lahme Gatten
Mit blutigem Weiß. Und schlucken selbst das Gift,
Hantieren flink mit Achsen und Granaten.

Echte Kämpfer, mit Feuer getauft, als die Bomben
Haushoch hüpften. Der Bleigeschmack des Todes fährt
Von der Zunge zur Lunge. Maschinen pumpen ihre Somme.

Es war ein Aufblühn, kaum gewährt, verheert
– Hell wuchs in Frauenherzen Mannes Können,
Und seine Rache, fachmännisch entschnürt.

Carol Ann Duffy

Warming Her Pearls

for Judith Radstone

Next to my own skin, her pearls. My mistress
bids me wear them, warm them, until evening
when I'll brush her hair. At six, I place them
round her cool, white throat. All day I think of her,

resting in the Yellow Room, contemplating silk
or taffeta, which gown tonight? She fans herself
whilst I work willingly, my slow heat entering
each pearl. Slack on my neck, her rope.

She's beautiful. I dream about her
in my attic bed; picture her dancing
with tall men, puzzled by my faint, persistent scent
beneath her French perfume, her milky stones.

I dust her shoulders with a rabbit's foot,
watch the soft blush seep through her skin
like an indolent sigh. In her looking-glass
my red lips part as though I want to speak.

Full moon. Her carriage brings her home. I see
her every movement in my head ... Undressing,
taking off her jewels, her slim hand reaching
for the case, slipping naked into bed, the way

she always does ... And I lie here awake,
knowing the pearls are cooling even now
in the room where my mistress sleeps. All night
I feel their absence and I burn.

Carol Ann Duffy

Ihre Perlen wärmen

für Judith Radstone

Neben meiner eignen Haut, die Perlen. Meine Herrin
läßt sie mich tragen, wärmen, bis zum Abend
wenn ich sie frisiere. Sechs Uhr, ich lege sie
um ihren kühlen, weißen Hals. Den ganzen Tag denk ich an sie,

wie sie im gelben Zimmer ruht und denkt an Seide,
oder Taft. Was heute Nacht? Sie fächelt sich
während ich gerne schaffe, und meine Hitze tritt langsam
in jede Perle ein. Locker um meinen Hals, ihr Strick.

Sie ist so schön. Ich träume von ihr
in meinem Bett im Speicher; stell sie mir vor beim Tanzen
mit großen Männern, die mein hartnäckig schwacher Duft verwirrt.
der unter ihrem Duft, den milchigen Steinen liegt.

Mit einem Hasenfuß bestäub ich ihre Schultern,
sehe die sanfte Röte schimmern durch ihre Haut
gleich einem trägen Seufzer. In ihrem Spiegel
öffnen sich meine roten Lippen, als ob ich sprechen wollte.

Vollmond. Die Kutsche bringt sie heim. Ich sehe
jede Bewegung von ihr in meinem Kopf... Sie zieht sich aus,
legt ihre Perlen ab, die schlanke Hand streckt sich
nach der Schatulle, nackt schlüpft sie ins Bett, so

wie sie's immer macht... Und ich, ich liege hier nun wach,
weiß, daß die Perlen eben jetzt sich kühlen
im Zimmer, wo die Herrin schläft. Die ganze Nacht
spüre ich ihre Ferne, und ich brenne.

James Fenton

A German Requiem

It is not what they built. It is what they knocked down.
It is not the houses. It is the spaces between the houses.
It is not the streets that exist. It is the streets that no
longer exist.
It is not your memories which haunt you.
It is not what you have written down.
It is what you have forgotten, what you must forget.
What you must go on forgetting all your life.
And with any luck oblivion should discover a ritual.
You will find out that you are not alone in the enterprise.
Yesterday the very furniture seemed to reproach you.
Today you take your place in the Widow's Shuttle.

⋆

The bus is waiting at the southern gate
To take you to the city of your ancestors
Which stands on the hill opposite, with gleaming
pediments,
As vivid as this charming square, your home.
Are you shy? You should be. It is almost like a wedding,
The way you clasp your flowers and give a little tug at
your veil. Oh,
The hideous bridesmaids, it is natural that you should resent them
Just a little, on this first day.
But that will pass, and the cemetery is not far.
Here comes the driver, flicking a toothpick into the gutter,
His tongue still searching between his teeth.
See, he has not noticed you. No one has noticed you.
It will pass, young lady, it will pass.

⋆

James Fenton

Ein Deutsches Requiem

Es ist nicht das, was sie aufbauten. Es ist das, was sie abgerissen haben.
Es sind nicht die Häuser. Es sind die Räume zwischen den Häusern.
Es sind nicht die Straßen, die da sind. Es sind die Straßen, die nicht mehr da sind.
Es sind nicht deine Erinnerungen, die dich heimsuchen.
Es ist nicht das, was du aufgeschrieben hast.
Es ist das, was du vergessen hast. Was du vergessen mußt.
Was du dein Leben lang wirst weiter vergessen müssen.
Und mit etwas Glück sollte das Vergessen ein Ritual entdecken.
Du wirst herausfinden, daß du nicht allein bist bei dem Unternehmen.
Gestern noch schienen die Möbel dich anzuklagen.
Heute nimmst du schon Platz im Zubringerbus für die Witwen.

⋆

Der Bus wartet am Süd-Eingang,
Um dich in die Stadt deiner Väter zu bringen,
Die auf dem gegenüberliegenden Hügel steht, mit leuchtenden Giebeln,
So lebendig wie dieser entzückende Platz, dein Zuhause.
Bist du befangen? Du solltest es sein. Es erinnert an eine Hochzeit,
Die Art wie du die Blumen festhältst und an deinem Schleier zupfst. Oh,
Diese gräßlichen Brautjungfern, es ist ganz natürlich, daß du sie
Ein wenig abstoßend findest, an diesem ersten Tag.
Aber das geht vorbei, und der Friedhof ist nicht weit.
Da kommt der Fahrer, schnippt einen Zahnstocher in den Rinnstein,
Während seine Zunge weiter zwischen den Zähnen bohrt.
Schau, er hat dich gar nicht bemerkt. Niemand hat dich bemerkt.
Das geht vorbei, junge Frau, das geht vorbei.

⋆

How comforting it is, once or twice a year,
To get together and forget the old times.
As on those special days, ladies and gentlemen,
When the boiled shirts gather at the graveside
And a leering waistcoat approaches the rostrum.
It is like a solemn pact between the survivors.
The mayor has signed it on behalf of the freemasonry.
The priest has sealed it on behalf of all the rest.
Nothing more need be said, and it is better that way –

★

The better for the widow, that she should not live in fear
of surprise,
The better for the young man, that he should move at liberty
between the armchairs,
The better that these bent figures who flutter among
the graves
Tending the nightlights and replacing the chrysanthemums
Are not ghosts,
That they shall go home.
The bus is waiting, and on the upper terraces
The workmen are dismantling the houses of the dead.

★

But when so many had died, so many and at such speed,
There were no cities waiting for the victims.
They unscrewed the name-plates from the shattered doorways
And carried them away with the coffins.
So the squares and parks were filled with the eloquence of young
cemeteries:
The smell of fresh earth, the improvised crosses
And all the impossible directions in brass and enamel.

★

«Doctor Gliedschirm, skin specialist, surgeries 14–16 hours or by
appointment.»
Professor Sargnagel was buried with four degrees, two associate
memberships

Wie tröstlich es ist, ein- oder zweimal im Jahr
Zusammenzukommen und die alten Zeiten zu vergessen.
Wie an diesen ganz besonderen Tagen, meine Damen und Herren,
Wenn die gestärkten Hemden sich an den Gräbern versammeln,
Und ein lüstern schielender Frack sich dem Vortragspult nähert.
Das ist wie ein feierlicher Pakt zwischen den Überlebenden.
Der Bürgermeister unterzeichnete im Namen der Freimaurer.
Der Priester gab Brief und Siegel im Namen der übrigen.
Mehr muß man dazu nicht sagen, und es ist wohl auch besser so –

⋆

Um so besser für die Witwe, denn sie muß sich nicht vor Überraschungen fürchten,
Um so besser für den jungen Mann, denn er kann sich frei bewegen zwischen den Sesseln,
Um so besser, daß diese gebeugten Gestalten, die zwischen den Gräbern umherflattern,
Das Nachtlicht richten und Chrysanthemen erneuern,
Keine Geister sind,
Daß sie nach Hause gehen werden.
Der Bus wartet, und auf den oberen Terrassen reißen
Arbeiter die Häuser der Toten nieder.

⋆

Doch nachdem so viele gestorben waren, so viele und so schnell,
Warteten keine Städte mehr auf die Opfer.
Sie schraubten die Namensschilder von den verwüsteten Toren
Und trugen sie mit den Särgen fort.
So füllten sich die Plätze und Parks mit der Gesprächigkeit junger Friedhöfe:
Dem Geruch frischer Erde, den improvisierten Kreuzen,
Und all den unmöglichen Aufschriften in Messing und Email.

⋆

«Doktor Gliedschirm, Hautspezialist, Sprechstunden 14 bis 16 Uhr oder nach Vereinbarung.»
Professor Sargnagel wurde mit vier Doktortiteln bestattet, zwei ehrenamtlichen Mitgliedschaften

And instructions to tradesmen to use the back entrance.
Your uncle's grave informed you that he lived on the third floor, left.
You were asked please to ring, and he would come down in the lift
To which one needed a key . . .

★

Would come down, would ever come down
With a smile like thin gruel, and never too much to say.
How he shrank through the years.
How you towered over him in the narrow cage.
How he shrinks now . . .

★

But come. Grief must have its term? Guilt too, then.
And it seems there is no limit to the resourcefulness of recollection.
So that a man might say and think:
When the world was at its darkest,
When the black wings passed over the rooftops
(And who can divine His purposes?) even then
There was always, always a fire in this hearth.
You see this cupboard? A priest-hole!
And in that lumber-room whole generations have been housed
and fed.
Oh, if I were to begin, if I were to begin to tell you
The half, the quarter, a mere smattering of what we
went through!

★

His wife nods, and a secret smile,
Like a breeze with enough strength to carry one dry leaf
Over two pavingstones, passes from chair to chair.
Even the enquirer is charmed.
He forgets to pursue the point.
It is not what he wants to know.
It is what he wants not to know.
It is not what they say.
It is what they do not say.

Und Anweisungen für die Lieferanten, die Hintertür zu benutzen.
Das Grab deines Onkels sagte dir, daß er im dritten Stock links wohnte.
Du solltest bitte klingeln, er würde dann mit dem Lift runterkommen,
Für den man einen Schlüssel brauchte ...

⋆

Würde herunterkommen, würde wie üblich herunterkommen
Mit einem Lächeln dünn wie Haferschleim, und immer ohne viel zu sagen.
Wie er in all den Jahren schrumpfte.
Wie du ihn in dem engen Käfig überragt hast.
Und wie er jetzt noch schrumpft ...

⋆

Komm schon. Jede Trauer muß einmal enden? Schuld dann ja wohl auch.
Und es scheint, als ob die Findigkeit der Erinnerung keine Grenzen kennt.
So daß einer sagen und denken könnte:
Selbst als die Welt am dunkelsten war,
Als die schwarzen Schwingen über die Dächer hinwegstrichen
(Und sind Gottes Wege nicht unerforschlich?), brannte
Doch immer, immer ein Feuer in diesem Herd.
Sehen Sie den Schrank dort? Ein Priester-Schlupfloch!
Und in dieser Rumpelkammer wurden Generationen untergebracht
und ernährt.
Oh, wenn ich anfangen wollte, anfangen wollte, Ihnen zu erzählen –
Die Hälfte, ein Viertel, nur einen Bruchteil von dem, was wir
durchgemacht haben!

⋆

Seine Frau nickt, und ein heimliches Lächeln,
Wie eine Brise, stark genug, um ein welkes Blatt
Zwei Pflastersteine weit zu tragen, weht von Stuhl zu Stuhl.
Selbst der Befrager ist davon angetan.
Er vergißt, diesen Punkt weiterzuverfolgen.
Es ist nicht das, was er wissen will.
Es ist das, was er nicht wissen will.
Es ist nicht das, was sie sagen,
Es ist das, was sie nicht sagen.

Seamus Heaney

Digging

Between my finger and my thumb
The squat pen rests; snug as a gun.

Under my window, a clean rasping sound
When the spade sinks into gravelly ground:
My father, digging. I look down

Till his straining rump among the flowerbeds
Bends low, comes up twenty years away
Stooping in rhythm through potato drills
Where he was digging.

The coarse boot nestled on the lug, the shaft
Against the inside knee was levered firmly.
He rooted out tall tops, buried the bright edge deep
To scatter new potatoes that we picked
Loving their cool hardness in our hands.

By God, the old man could handle a spade.
Just like his old man.

My grandfather cut more turf in a day
Than any other man on Toner's bog.
Once I carried him milk in a bottle
Corked sloppily with paper. He straightened up
To drink it, then fell to right away
Nicking and slicing neatly, heaving sods
Over his shoulder, going down and down
For the good turf. Digging.

The cold smell of potato mould, the squelch and slap
Of soggy peat, the curt cuts of an edge
Through living roots awaken in my head.
But I've no spade to follow men like them.

Seamus Heaney

Vom Graben

Zwischen Finger und Daumen
Halte ich die stämmige Feder, sturmklar wie ein Gewehr.

Wenn's unter meinem Fenster sauber und raspelnd klingt,
Als ob ein Spaten in kieseligen Boden dringt,
Ist es mein Vater, der gräbt. Ich schaue hin

Bis sein wehes Kreuz zwischen den Blumenbeeten
Tief sich neigt und zwanzig Jahre entfernt wieder auftaucht,
Rhythmisch sich bückend zwischen Kartoffelfurchen
Wo er damals grub.

Der klobige Stiefel schmiegte sich an den Spatenschaft,
Den nutzte die Innenseite des Knies als sicheren Hebel.
Er entwurzelte hohes Kraut, vergrub die Schneide tief
Um neue Kartoffeln zu verstreuen, wir lasen sie auf
Und liebten ihre kühle Härte in den Händen.

Herrje, der Alte konnte mit dem Spaten umgehn.
Genau wie sein Alter.

Mein Großvater stach mehr Torf an einem Tag
Als irgendein andrer im Toner-Moor.
Einmal brachte ich ihm eine Flasche Milch,
Liederlich mit Papier verkorkt. Er richtete sich auf
Und trank sie, um dann sofort wieder dreinzuhaun,
Aus der Grasnarbe Stücke zu kerben, zu schneiden und über die Schulter
Zu hieven, wieder und wieder sich bückend
Nach dem guten Torf. So grub er.

Der kalte Duft von Kartoffelhumus, das Glucksen und Klatschen
Von sumpfigem Torf, ein Spatenblatt mit seinen kurzen Schlägen
Durch lebendige Wurzeln, das mag in meinem Kopf erwachen,
Doch um ein Mann zu werden, wie sie waren, hab ich keinen Spaten.

Between my finger and my thumb
The squat pen rests.
I'll dig with it.

The Tollund Man

I

Some day I will go to Aarhus
To see his peat-brown head,
The mild pods of his eye-lids,
His pointed skin cap.

In the flat country near by
Where they dug him out,
His last gruel of winter seeds
Caked in his stomach,

Naked except for
The cap, noose and girdle,
I will stand a long time.
Bridegroom to the goddess,

She tightened her torc on him
And opened her fen,
Those dark juices working
Him to a saint's kept body,

Trove of the turfcutters'
Honeycombed workings.
Now his stained face
Reposes at Aarhus.

2

I could risk blasphemy,
Consecrate the cauldron bog
Our holy ground and pray
Him to make germinate

Zwischen Finger und Daumen
Halte ich die stämmige Feder.
Damit werde ich graben.

Der Tollund-Mann

1

Eines Tages werde ich nach Aarhus fahren
Um seinen torfbraunen Kopf zu sehen,
Die sanften Schoten seiner Augenlider,
Seine spitze Lederkappe.

Auf dem flachen Lande in der Nähe
Wo sie ihn ausgegraben haben,
Seine letzte Suppe aus Winterkorn
Im Magen zusammengeklumpt,

Ganz nackt bis auf
Kappe, Schlinge und Gürtel,
Werde ich lange stehen.
Ihm, dem Bräutigam für die Göttin,

Legte sie ihr Halsband an
Und öffnete ihr Fenn,
Jene dunklen Säfte, die ihn verarbeitet haben
Zum wohlerhaltenen Leib eines Heiligen,

Zum Schatzfund
Der wabenstechenden Arbeiter.
Jetzt ruht in Aarhus
Sein gebeiztes Gesicht.

2

Ich könnte es blasphemisch wagen
Und das große Kesselmoor,
Unsern heiligen Boden, ihm weihen, und beten,
Er möge keimen lassen

The scattered, ambushed
Flesh of labourers,
Stockinged corpses
Laid out in the farmyards,

Tell-tale skin and teeth
Flecking the sleepers
Of four young brothers, trailed
For miles along the lines.

3

Something of his sad freedom
As he rode the tumbril
Should come to me, driving,
Saying the names

Tollund, Grauballe, Nebelgard,
Watching the pointing hands
Of country people,
Not knowing their tongue.

Out there in Jutland
In the old man-killing parishes
I will feel lost,
Unhappy and at home.

North

I returned to a long strand,
the hammered curve of a bay,
and found only the secular
powers of the Atlantic thundering.

I faced the unmagical
invitations of Iceland,

Das zerstreute, aus dem Hinterhalt erlegte
Fleisch von Arbeitern,
Leichen in Strümpfen
Vor den Bauernhöfen aufgebahrt,

Die sprechenden Hautfetzen,
Flecken auf Bahnschwellen,
Von vier jungen Brüdern, die man meilenweit
Die Gleise entlang geschleift hat.

3

Ein Stück seiner traurigen Freiheit
Wie er auf dem Schinderkarren fuhr,
Sollte mir zufallen, während ich dort hinfahre
Und die Namen spreche:

Tollund, Grauballe, Nebelgard,
Und die weisenden Finger
Der Leute vom Land sehe,
Deren Sprache ich nicht kenne.

Dort draußen in Jütland
In den alten menschenmordenden Gemeinden
Werd ich mich verloren fühlen,
Unglücklich und daheim.

Norden

Ich kam zurück an einen langen Strand,
das geschmiedete Hufeisen einer Bucht,
und fand nur die ewigen
Kräfte des donnernden Atlantik.

Ich sah Islands
magielose Einladungen,

the pathetic colonies
of Greenland, and suddenly

those fabulous raiders,
those lying in Orkney and Dublin
measured against
their long swords rusting,

those in the solid
belly of stone ships,
those hacked and glinting
in the gravel of thawed streams

were ocean-deafened voices
warning me, lifted again
in violence and epiphany.
The longship's swimming tongue

was buoyant with hindsight –
it said Thor's hammer swung
to geography and trade,
thick-witted couplings and revenges,

the hatreds and behindbacks
of the althing, lies and women,
exhaustions nominated peace,
memory incubating the spilled blood.

It said, «Lie down
in the word-hoard, burrow
the coil and gleam
of your furrowed brain.

Compose in darkness.
Expect aurora borealis
in the long foray
but no cascade of light.

Grönlands erbärmliche
Siedlungen, und plötzlich

jene sagenhaften Räuber,
jene, die in Orkney und Dublin liegen,
ausgestreckt neben ihren
rostigen Langschwertern,

jene im festen Rumpf
steinerner Schiffe,
jene, zerstückelt und glitzernd
im Kies getauter Ströme,

die ozeanbetäubte Stimmen waren
mich zu warnen, erneut erhoben
in Gewalt und Offenbarung.
Des Drachenschiffs schwimmende Zunge

reckte sich, wissend –
sie sprach von Thors Hammer,
geschwungen gegen Länder und Händler,
tumbe Paarungen und Rachezüge,

Haß und Hinterlist
des Althing, Lügen und Weiber,
Frieden genannte Erschöpfung,
Erinnern, Brutkasten vergoßnen Bluts.

Sie sagte: «Leg dich nieder
hinein in den Wort-Hort, erforsche
Windung und Schimmer
deines gefurchten Hirns.

Schreibe im Dunkel.
Rechne mit Nordlicht
beim langen Raubzug
doch nicht mit Lichtkaskaden.

Keep your eye clear
as the bleb of the icicle,
trust the feel of what nubbed treasure
your hands have known.»

The Grauballe Man

As if he had been poured
in tar, he lies
on a pillow of turf
and seems to weep

the black river of himself.
The grain of his wrists
is like bog oak,
the ball of his heel

like a basalt egg.
His instep has shrunk
cold as a swan's foot
or a wet swamp root.

His hips are the ridge
and purse of a mussel,
his spine an eel arrested
under a glisten of mud.

The head lifts,
the chin is a visor
raised above the vent
of his slashed throat

that has tanned and toughened.
The cured wound
opens inwards to a dark
elderberry place.

Halte dein Auge klar
wie die Blase im Eiszapfen,
trau dem Gefühl des knorrigen Schatzes
den deine Hände ertastet haben.»

Der Mann von Grauballe

Als wäre er in Teer
gegossen, so liegt er
auf einem Torfkissen
und weint den schwarzen

Fluß seiner selbst.
Die Narbung seiner Handgelenke
erinnert an Mooreiche,
der Ballen seiner Ferse

an ein basaltenes Ei.
Sein Spann schrumpfte
kalt wie ein Schwanenfuß,
eine nasse Sumpfwurzel.

Seine Hüften sind Kamm
und Gehäuse einer Muschel,
sein Rückgrat ein Aal, der feststeckt
unter schimmerndem Schlick.

Das Haupt hebt sich,
das Kinn ist ein Visier,
geöffnet über dem Luftloch
seiner aufgeschlitzten Kehle,

verledert und vergerbt.
Die geheilte Wunde
öffnet sich einwärts
auf eine dunkle Holunderstelle.

Who will say ‹corpse›
to his vivid cast?
Who will say ‹body›
to his opaque repose?

And his rusted hair,
a mat unlikely
as a foetus's.
I first saw his twisted face

in a photograph,
a head and shoulder
out of the peat,
bruised like a forceps baby,

but now he lies
perfected in my memory,
down to the red horn
of his nails,

hung in the scales
with beauty and atrocity:
with the Dying Gaul
too strictly compassed

on his shield,
with the actual weight
of each hooded victim,
slashed and dumped.

Wer sagte «Leiche»
zu diesem lebendigen Guß?
Wer «Körper»
zu diesem dunklen Ruhn?

Und sein Rosthaar –
ein phänomenaler Filz
wie der eines Fötus.
Zuerst sah ich sein entstelltes

Gesicht auf einem Foto;
ein Kopf, eine Schulter,
ragend auf dem Torf,
gequetscht wie eine Zangengeburt.

Nun aber liegt er
vervollkommnet in meinem Gedächtnis,
hinab bis zum roten
Horn seiner Nägel,

auf die Waage gelegt
mit Schönheit und Schrecken:
mit dem Sterbenden Gallier
zu streng umgrenzt

auf seinem Schild,
mit dem wirklichen Gewicht
jedes vermummten Opfers,
aufgeschlitzt und versenkt.

Summer 1969

While the Constabulary covered the mob
Firing into the Falls, I was suffering
Only the bullying sun of Madrid.
Each afternoon, in the casserole heat
Of the flat, as I sweated my way through
The life of Joyce, stinks from the fishmarket
Rose like the reek off a flax-dam.
At night on the balcony, gules of wine,
A sense of children in their dark corners,
Old women in black shawls near open windows,
The air a canyon rivering in Spanish.
We talked our way home over starlit plains
Where patent leather of the Guardia Civil
Gleamed like fish-bellies in flax-poisoned waters.

«Go back,» one said, «try to touch the people.»
Another conjured Lorca from his hill.
We sat through death counts and bullfight reports
On the television, celebrities
Arrived from where the real thing still happened.

I retreated to the cool of the Prado.
Goya's ‹Shootings of the Third of May›
Covered a wall – the thrown-up arms
And spasm of the rebel, the helmeted
And knapsacked military, the efficient
Rake of the fusillade. In the next room
His nightmares, grafted to the palace wall –
Dark cyclones, hosting, breaking; Saturn
Jewelled in the blood of his own children,
Gigantic Chaos turning his brute hips
Over the world. Also, that holmgang
Where two berserks club each other to death
For honour's sake, greaved in a bog, and sinking.

He painted with his fists and elbows, flourished
The stained cape of his heart as history charged.

Sommer 1969

Während die Polizei den Mob deckte,
Der in die Falls Road feuerte, litt ich
Einzig die tyrannische Sonne Madrids.
Jeder Nachmittag, den ich mich in der Kochtopfhitze
Der Wohnung durch das Leben
Joyces schwitzte, stank vom Fischmarkt
Herauf wie der Geruch eines Flachsweibs.
Abends auf dem Balkon, Röte des Weins,
Ein Hauch von Kindern in ihren dunklen Winkeln;
Greisinnen in schwarzen Tüchern an den offenen Fenstern,
Die Luft ein spanisch durchflossener Cañon.
Wir plauderten beim Heimweg über sternhelle Ebenen,
Wo das Lackleder der Guardia Civil
Gleich Fischbäuchen im flachsvergifteten Wasser glänzte.

«Geh zurück», sagte einer, «such das Volk zu erreichen.»
Ein anderer beschwor Lorca von seinem Hügel.
Vorm Fernseher brütend sahen wir Todeszahlen
Und Stierkampfberichte, Berühmtheiten
Kamen von Orten noch wirklichen Geschehens.

Ich floh in die Kühle des Prados.
Goyas «Erschießungen vom dritten Mai»
Füllten eine Wand – die hochgerissenen Arme
Und die Zuckungen des Aufständischen, das Militär
Mit Helm und Tornister, die scharfe
Sense der Salve. Im nächsten Raum
Seine Alpträume, an die Palastwand verpflanzt –
Finstre Zyklone, nomadisierend, zerstörerisch; Saturn,
Juwelengeschmückt im Blut seiner Kinder;
Chaos als Gigant, der seine rohen Hüften
Auf die Welt wälzt. Desgleichen jenen Holmgang,
Wo zwei Berserker, ehrenhalber, einander mit der Keule
Totprügeln, im Sumpf bis zu den Knien, und versinkend.

Er malte mit Fäusten und Ellbogen, schwenkte die blutige
Capa seines Herzens, während die Geschichte ihn ansprang.

St Kevin and the Blackbird

And then there was St Kevin and the blackbird.
The saint is kneeling, arms stretched out, inside
His cell, but the cell is narrow, so

One turned-up palm is out the window, stiff
As a crossbeam, when a blackbird lands
And lays in it and settles down to nest.

Kevin feels the warm eggs, the small breast, the tucked
Neat head and claws and, finding himself linked
Into the network of eternal life,

Is moved to pity: now he must hold his hand
Like a branch out in the sun and rain for weeks
Until the young are hatched and fledged and flown.

⋆

And since the whole thing's imagined anyhow,
Imagine being Kevin. Which is he?
Self-forgetful or in agony all the time

From the neck on out down through his hurting fore-arms?
Are his fingers sleeping? Does he still feel his knees?
Or has the shut-eyed blank of underearth

Crept up through him? Is there distance in his head?
Alone and mirrored clear in love's deep river,
«To labour and not to seek reward», he prays,

A prayer his body makes entirely
For he has forgotten self, forgotten bird
And on the riverbank forgotten the river's name.

Der heilige Kevin und die Amsel

Und dann gab's noch Sankt Kevin und die Amsel.
Der Heilige kniet, die Arme ausgebreitet,
In seiner Zelle, doch die Zelle ist eng, und so

Ragt eine Hand weit offen aus dem Fenster, kreuz-
balkenstarr, als eine Amsel darauf landet
Und legt und sich zum Brüten niederläßt.

Er spürt die warmen Eier, die kleine Brust, das
Weggesteckte Köpfchen und die Krallen, und
So in das Netz des ewigen Lebens eingebunden,

Fühlt Kevin Mitleid: Jetzt muß er seine Hand
Wie einen Ast in Sonne und Regen halten, wochenlang,
Bis die Vögelchen geschlüpft, flügge und ausgeflogen.

⋆

Und da das Ganze doch nur vorgestellt ist,
Stell dir vor, du seist Kevin. Was ist er?
Selbstvergessen oder ständig schmerzgepeinigt

Vom Nacken abwärts bis in die Unterarme?
Sind seine Finger taub? Spürt er noch seine Knie?
Oder ist das blinde Nichts der Unterwelt

Durch ihn emporgekrochen? Ist Ferne in seinem Kopf?
Allein und klar im tiefen Fluß gespiegelt
Der Liebe, fleht er um «Mühsal ohne Wunsch nach Lohn»:

Gebet, welches sein Leib allein verrichtet,
Denn er weiß nichts von Ich mehr, nichts von Vogel,
Nicht mehr wie der Fluß heißt, an dem er steht.

On a New Work in the English Tongue
After Reading Ted Hughes's *Birthday Letters*

I

Post-this, post-that, post-the-other, yet in the end
Not past a thing. Not mastery or telling
Or understanding.
                    But often past oneself,
Pounded like a shore by the roller griefs
In language that can still knock language sideways.

2

I read it quickly, then stood looking back
As if it were a bridge I had passed under –
So intimate in there, the tremor-drip
And cranial acoustic of the stone
With its arch-ear to the ground, a listening post
Open to the light, to the *limen* world
Of soul on its lonely path, the railway lines
Shining in silence, the railway child in me
Stepped in so deep in unshadowed apprehension
I felt like one come out of an upper room
To fret no more and walk abroad confirmed.

3

Passive suffering: who said it was disallowed
As a theme for poetry? Already in Beowulf
The dumbfounding of woe, the stunt and stress
Of hurt-in-hiding is the best of it –
As when King Hrethel's son accidentally kills
His older brother and snaps the grief-trap shut

And the poet draws from his word-hoard a parallel
Story of balked love which I reword here,
Remembering night-tremors once on Dartmoor
Where three of us walked after dark and heard

Über ein neues Werk in englischer Zunge
Nach der Lektüre von Ted Hughes' *Birthday Letters*

I

Post-Dies, Post-Das, Post-Jenes, und am Ende
Doch über nichts hinaus. Nicht Meisterschaft noch Singen,
Und kein Verstehen.
Doch oft über sich selbst hinaus,
Zerstampft wie eine Küste durch Sturzflut von Schmerz
In einer Sprache die noch immer Sprache umhaut.

2

Ich las es rasch und schaute dann zurück
Als sei es eine Brücke unter der ich durchgegangen war –
So sehr vertraut, vibrierendes Getröpfel,
Und Kranial-Akustik aus dem Stein,
Gewölbe-Ohr zum Boden, Lausch-Anlage
Offen zum Licht, zur Schwellen-Welt
Der Seele auf einsamem Pfad, Eisenbahngeleise
Glänzend in Schweigsamkeit, das Eisenbahnkind in mir
Trat ein tief in entschattetes Begreifen,
Ich fühlte mich wie einer, der aus enger Kammer,
Bestärkt, ledig der Unruhe, ins Freie tritt.

3

Passiv erdulden: Wer sagt denn, das sei unzulässig
Als Thema für die Dichtung? Schon im *Beowulf*
Ist das Im-Schmerz-Verstummen doch das Beste,
Druck und Belastung, Wundsein im Verkriechen –
Wie wenn der Sohn des Königs Hrethel versehentlich
Den ältren Bruder tötet und dann die Leidensfalle zuschnappt

Und der Poet zieht aus dem Wort-Hort eine Parallele
Von Liebe, die durchkreuzt wird, die ich hier erzähle,
Nächtlichen Schauderns einstmals auf Dartmoor gedenkend,
Wo wir, zu dritt im Dunklen wandernd, klagen hörten

The power-station wailing in its pit
Under the heath, as if Lear's breaking heart
And Cordelia's breaking silence called to you,
Chooser of poem light, ploughshare of fields unsunned.

4

«It was like the misery endured by an old man
Who has lived to see the body of his son
Swing on the gallows. He begins to keen
And weep for his boy, watching the black raven
Gloat where he hangs: he can be of no help.
The wisdom of his years is worthless to him.
Morning after morning he wakes to remember
That his child has gone; he has no more interest
In living on until another heir
Is born in the hall, now that his first-born
Has departed through the door of death forever.
He gazes sorrowfully at his son's dwelling,
The banquet hall bereft of all delight,
The windswept hearthstone; the horsemen are sleeping,
The warriors under ground; what was is no more.
No tunes from the harp, no cheering in the yard.
Alone with his longing, he lies down on his bed
And sings a dirge, suddenly without joy
In his steadings and wide fields.
Such were the woes
And pains of loss that the lord of the Geats endured
After Herebeard's death. The king was helpless
To set to right the wrong that had been committed . . .»

5

Soul has its scruples. Things not to be said.
Things for keeping, that can keep the small hours gaze
Open and steady. Things for the *aye* of God
And for poetry. Which is, as Milosz says,
«A dividend from ourselves,» a tribute paid
By what we have been true to. A thing allowed.

Das Umspannwerk in seiner tiefen Grube
Unter der Heide, als ob Lears brechendes Herz
Und das Cordelias, Stille brechend, zu dir riefen,
Sucher des Lichts im Wort, Pflugschar unbesonnter Felder.

4

«Es war wie Elend eines alten Mannes,
Der sehen muß wie seines Sohnes Leib
Am Galgen schwingt. Er hebt zu klagen an,
Zu weinen um den Jungen, während schwarze Raben
In Gier dort warten wo er hängt: Er kann nicht helfen.
Die Weisheit seiner Jahre nützt ihm nichts.
Morgen um Morgen wacht er auf sich zu erinnern,
Daß er sein Kind verlor; er will nicht mehr
Am Leben bleiben bis ein andrer Erbe
Im Haus geboren wird, nun da der Erstgeborne
Für immer durch das Tor des Todes ging.
Sorgenschwer schaut er auf des Sohnes Wohnstatt,
Die Halle jetzt beraubt von aller Festlichkeit,
Den Herdstein, wo der Wind heult. Die Reiter schlafen,
Die Krieger unterm Erdreich. Was war, ist nicht mehr.
Kein Harfenklang, kein Jubel im Gehöft.
Allein mit seinem Sehnen legt er sich aufs Bett
Und singt die Totenklage, plötzlich ohne Freude
An großem Wohnbesitz und weiten Feldern.
Dies war das Leid,
Schmerz des Verlustes, den der Herr der Gauten litt
Nach Herebealds Tod. Machtlos war der König,
Das Unrecht gutzumachen, das geschehen war...»

5

Die Seele hat ihre Skrupel. Was man nicht sagen kann.
Was man behält, was unverwandt in frühen Morgenstunden
In Leere starren läßt. Etwas für Gottes Richtspruch –
Und für die Dichtung. Diese ist, wie Milosz sagt,
Die «Dividende unsrer selbst», Tribut von jenem,
Dem wir die Treue hielten. Etwas, das gewährt wird.

Joseph Brodsky

The Berlin Wall Tune

To Peter Viereck

This is the house destroyed by Jack.
  This is the spot where the rumpled buck
stops, and where Hans gets killed.
  This is the wall that Ivan built.

This is the wall that Ivan built.
  Yet trying to quell his sense of guilt,
he built it with modest gray concrete,
  and the booby traps look discreet.

Under this wall that (a) bores, (b) scares,
  barbed-wire meshes lie flat like skeins
of your granny's darnings (her chair still rocks!).
  But the voltage's too high for socks.

Beyond this wall throbs a local flag
  against whose yellow, red, and black
Compass and Hammer proclaim the true
  Masonic dream's breakthrough.

The border guards patiently in their nest
  through binoculars scan the West
and the East; and they like both views
  devoid, as it were, of Jews.

Those who are seen here, thought of, felt,
  are kept on a leash by the sense of *Geld*
or by a stronger Marxist urge.
  The wall won't let them merge.

Joseph Brodsky

Melodie der Berliner Mauer

Für Peter Viereck

Dies ist das Haus, das hat Jack zerstört,
   Dies ist der Ort, an dem der schwarze Peter
Stehnbleibt, und wo man Hans umbringt.
   Dies ist die Mauer, die Iwan baute.

Dies ist die Mauer, die Iwan baute.
   Doch um sein Schuldgefühl zu dämpfen
Baute er mit Beton, bescheiden, grau,
Und Sprengstoff-Fallen wirken hier diskret.

Am Fuß der Mauer die a) langweilt und b) schreckt,
   Liegt Stacheldraht, engmaschig, flach geflochten
Wie Omas Stopfgarn (ihr Stuhl schaukelt noch!).
   Doch ist die Spannung viel zu hoch für Socken.

Jenseits der Mauer kämpft die Landesfahne
   Gegen ihr eignes Gelb und Rot und Schwarz.
Hammer und Zirkel proklamieren hier mit Kraft:
   Der wahre maurerische Durchbruch ist geschafft.

Die Grenzsoldaten mit Geduld in Nestern,
   Tasten die Sicht per Fernglas ab nach Westen
Und auch nach Ost; sie finden beide Sichten gut
   Wenn sich, gewissermaßen judenfrei, nichts tut.

Wen alles man hier sieht, bedenkt, erspürt,
   Wird an der Leine vom Gefühl für *Geld* geführt
Oder, noch straffer, vom Drang der Marxisten:
   Die Mauer eint sie nicht zu Pazifisten.

Come to this wall if you hate your place
   and face a sample of cosmic space
where no life forms can exist at all
   and objects may only fall.

Come to this scornful of peace and war,
   petrified version of either/or
meandering through these bleak parts which act
   like your mirror, cracked.

Dull is the day here. In the night
   searchlights illuminate the blight
making sure that if someone screams,
   it's not due to bad dreams.

For dreams here aren't bad: just wet with blood
   of one of your like who's left his pad
to ramble at will; and in his head
   dreams are replaced with lead.

Given that, it's only time
   who has guts enough to commit the crime
of passing this place back and forth on foot:
   at pendulums they don't shoot.

That's why this site will see many moons
   while couples lie in their beds like spoons,
while the rich are wondering what they wish
   and single girls eat quiche.

Come to this wall that beats other walls:
   Roman, Chinese, whose worn-down, false
molars envy steel fangs that flash,
   scrubbed of thy neighbor's flesh.

A bird may twitter a better song.
   But should you consider abortion wrong
or that the quacks ask too high a fee,
   come to this wall, and see.

Komm her, wenn dein Zuhaus dir gar nicht paßt,
  Sieh diese Probe unsres Weltraums an:
Wo keine Form von Leben existiert
  Und das, was fällt, nur gravitiert.

Komm her zu dem, was Krieg und Frieden höhnt,
  Was Petrefakt ist vom Entweder/Oder;
Das Schlangenmuster, übers wüste Land gezogen,
  Dient dir als Spiegel, brüchig und verbogen.

Trüb ist der Tag hier. In der Nacht
  Strahlt Flutlicht an was Mehltau brachte;
Zur Sicherheit, daß wenn wer schreit,
  Ihm dies nicht nur ein Albtraum bleibt.

Denn Träume sind nicht schlecht hier, nur naß von Blut
  Von einem deinesgleichen, der sein Polster aufgab,
Das Weite suchte, bis er fand dabei
  Statt seines Traums im Kopf die Ladung Blei.

Weil dies so ist, traut sich allein die Zeit
  (Sie hat Courage) – dies Verbrechen zu:
Zu Fuß hier hin- und herzugehn bei Licht.
  Auf Pendel schießen Mauerschützen nicht.

Deshalb wird dieser Ort noch viele Monde sehn,
  Solang im Bett Pärchen wie Löffel liegen,
Und sich die Reichen fragen, was sie noch entbehren,
  Und Mädchen, die alleinstehn, Quiche verzehren.

Komm her zur Mauer. Sie schlägt alle andern,
  Die alte Roms und die ganz große Chinas,
Deren zerwetzter Mahlzahn dieser neuen neidet
  Wie blitzschnell Stahlgebiß ins Fleisch des Nächsten schneidet.

Mag besser klingen was einst Vöglein sangen:
  Doch glaubst du, Abtreibung sei unrecht irgendwie,
Und daß Quacksalber stets zu viel verlangen,
  Dann komm zur Mauer her, und sieh.

Letter to an Archaeologist

Citizen, enemy, mama's boy, sucker, utter
garbage, panhandler, swine, refujew, *verrucht*;
a scalp so often scalded with boiling water
that the puny brain feels completely cooked.
Yes, we have dwelt here: in this concrete, brick, wooden
rubble which you now arrive to sift.
All our wires were crossed, barbed, tangled, or interwoven.
Also: we didn't love our women, but they conceived.
Sharp is the sound of the pickax that hurts dead iron;
still, it's gentler than what we've been told or have said ourselves.
Stranger! move carefully through our carrion:
what seems carrion to you is freedom to our cells.
Leave our names alone. Don't reconstruct those vowels,
consonants, and so forth: they won't resemble larks
but a demented bloodhound whose maw devours
its own traces, feces, and barks, and barks.

Brief an einen Archäologen

Bürger, Feind, Muttersöhnchen, Blödian, totaler
Auswurf, Straßenbettler, Schwein, Fluchtjud, *verrucht*;
Ein Skalp, so häufig abgebrüht mit Siedewasser,
Daß dieses miese Hirn sich längst schon gar anfühlt.
Jawohl, hier wohnten wir: In Trümmern von Beton, Holz, Ziegeln,
Die du nun hier zu sieben kommst. All unsre Drähte
Sie trugen Kreuze, Stacheln, Knoten, Schlingen.
Und: Unsre Frauen liebten wir nicht, aber sie empfingen.
Schrill klingt die Spitz-Axt, die auf totes Eisen trifft;
Doch sanfter als das, was wir hörten oder selber sagten.
Fremder! Beweg dich vorsichtig durch unser Aas:
Was dir als Aas erscheint, ist Freiheit unsern Zellen.
Laß unsre Namen ruhn. Rekonstruier nicht Konsonanten,
Vokale undsoweiter: Sie sind nicht wie Lerchen,
Eher wie ein irrer Bluthund, dessen Schlund
Die eigne Spur, den eignen Kot verschlingt, und bellt und bellt.

Derek Walcott

A Far Cry from Africa

A wind is ruffling the tawny pelt
Of Africa. Kikuyu, quick as flies,
Batten upon the bloodstreams of the veldt.
Corpses are scattered through a paradise.
Only the worm, colonel of carrion, cries:
«Waste no compassion on these separate dead!»
Statistics justify and scholars seize
The salients of colonial policy.
What is that to the white child hacked in bed?
To savages, expendable as Jews?

Threshed out by beaters, the long rushes break
In a white dust of ibises whose cries
Have wheeled since civilization's dawn
From the parched river or beast-teeming plain.
The violence of beast on beast is read
As natural law, but upright man
Seeks his divinity by inflicting pain.
Delirious as these worried beasts, his wars
Dance to the tightened carcass of a drum,
While he calls courage still that native dread
Of the white peace contracted by the dead.

Again brutish necessity wipes its hands
Upon the napkin of a dirty cause, again
A waste of our compassion, as with Spain,
The gorilla wrestles with the superman.
I who am poisoned with the blood of both,
Where shall I turn, divided to the vein?
I who have cursed
The drunken officer of British rule, how choose
Between this Africa and the English tongue I love?

Derek Walcott

Ein Schrei weit weg von Afrika

Ein Wind zaust den braunen Pelz
Von Afrika. Kikuyu flink wie Fliegen streichen
Gierig übers strömende Blut im Veldt.
Hier und da im Paradies liegen Leichen.
Nur der Wurm, Feldwebel fauligen Fleisches, schreit:
«Kein Mitleid diesen Einzeltoten!»
Statistiken rechtfertigen und Gelehrte fallen
Her über das Hervorstechende an der Kolonialpolitik.
Was hilft das dem zerstückten weißen Kind im Bett?
Den Wilden, überflüssig wie Juden?

Von Treibern gedroschen brechen die langen Binsen aus
In ein weißes Stäuben von Ibissen, deren Schreie
Seit dem Morgen der Zivilisation aus dem durstenden
Fluß oder der vor Tieren wimmelnden Ebene anrollten.
Die Gewalt, die das Tier dem Tiere tut, versteht man
Als Naturgesetz, doch der aufrechte Mann
Sucht im Schmerz, den er gibt, seine Göttlichkeit.
Trunken wie diese unruhigen Tiere so tanzen seine Kriege
Zum gespannten Torso einer Trommel,
Während er noch Mut die eingeborene Furcht nennt
Vorm weißen Frieden, den sich die Toten holten.

Wieder wischt viehische Notdurft sich die Hände
An der Serviette einer dreckigen Sache, erneut
Eine Verschwendung unseres Mitgefühls, wie mit Spanien,
Der Gorilla ringt mit dem Supermann.
Ich, der mit beider Blut vergiftet ist,
Wohin soll ich mich wenden, gespalten bis aufs Blut?
Ich, der den betrunkenen Offizier
Britischer Hoheit verfluchte, wie soll ich wählen
Zwischen diesem Afrika und der geliebten englischen Zunge?

Betray them both, or give back what they give?
How can I face such slaughter and be cool?
How can I turn from Africa and live?

Volcano

Joyce was afraid of thunder,
but lions roared at his funeral
from the Zurich zoo.
Was it Zurich or Trieste?
No matter. These are legends, as much
as the death of Joyce is a legend,
or the strong rumour that Conrad
is dead, and that *Victory* is ironic.
On the edge of the night-horizon
from this beach house on the cliffs
there are now, till dawn,
two glares from the miles-out-
at-sea derricks; they are like
the glow of the cigar
and the glow of the volcano
at *Victory*'s end.

One could abandon writing
for the slow-burning signals
of the great, to be, instead,
their ideal reader, ruminative,
voracious, making the love of masterpieces
superior to attempting
to repeat or outdo them,
and be the greatest reader in the world.
At least it requires awe,
which has been lost to our time;
so many people have seen everything,
so many people can predict,
so many refuse to enter the silence
of victory, the indolence

Soll ich beide verraten oder zurückgeben, was sie geben?
Wie kann ich solches Schlachten sehen und ruhig bleiben?
Wie kann ich mich von Afrika wenden und leben?

Vulkan

Joyce fürchtete sich bei Donner,
Aber Löwen brüllten bei seinem Begräbnis
herüber vom Züricher Zoo.
War es Zürich oder Triest?
Egal. Dies sind ebenso Legenden
wie Joyces Tod Legende ist
oder wie das zähe Gerücht, daß Conrad
tot und *Victory* ironisch sei.
Am Rande des nächtlichen Horizonts sind
von diesem Strandhaus auf den Klippen aus
jetzt bis zum Morgengrauen
zwei Bohrturm-Fackeln sichtbar, meilen-
weit draußen auf dem Meer, sie sind
wie das Glühen der Zigarre
und das Glühen des Vulkans
am Schluß von Conrads *Victory*.

Man könnte es lassen, das Schreiben,
wegen der langsam brennenden Signale
der Großen, könnte ihr idealer Leser
stattdessen sein, nachdenklich,
heißhungrig, der die Liebe zu den Meisterwerken
über die Versuche setzt,
sie zu wiederholen oder zu übertreffen,
und könnte der größte Leser der Welt sein.
Zumindest erforderte dies Ehrfurcht,
die unserer Zeit abhanden gekommen ist;
so viele Leute haben alles gesehen,
so viele Leute können vorhersagen,
so viele weigern sich, das Schweigen des Sieges
zu betreten, die Gleichgültigkeit,

that burns at the core,
so many are no more than
erect ash, like the cigar,
so many take thunder for granted.
How common is the lightning,
how lost the leviathans
we no longer look for!
There were giants in those days.
In those days they made good cigars.
I must read more carefully.

Love after Love

The time will come
when, with elation,
you will greet yourself arriving
at your own door, in your own mirror,
and each will smile at the other's welcome,

and say, sit here. Eat.
You will love again the stranger who was your self.
Give wine. Give bread. Give back your heart
to itself, to the stranger who has loved you

all your life, whom you ignored
for another, who knows you by heart.
Take down the love letters from the bookshelf,

the photographs, the desperate notes,
peel your own image from the mirror.
Sit. Feast on your life.

die im Zentrum brennt,
so viele sind nicht mehr
als aufrechte Asche, wie die Zigarre,
so viele nehmen den Donner so hin.
Wie gewöhnlich ist der Blitz,
wie verloren die Leviathane,
nach denen wir nicht mehr suchen!
Es gab Riesen in jenen Tagen.
In jenen Tagen machte man gute Zigarren.
Ich muß sorgfältiger lesen.

Liebe nach Liebe

Die Zeit wird kommen,
wenn du mit Schwung
dich selbst an deiner eigenen Tür
begrüßen wirst, in deinem eigenen Spiegel,
und jeder wird beim Gruß des anderen lächeln

und sagen, setz dich hier hin. Iß.
Du wirst wieder den Fremden lieben, der du warst.
Gib Wein. Gib Brot. Gib dein Herz sich selbst
zurück, dem Fremden der dich geliebt hat

dein ganzes Leben, den du wegen eines anderen
übersahst, der dich inwendig kennt.
Nimm die Liebesbriefe vom Bücherbord herunter,

die Photographien, die verzweifelten Zeilen,
pelle dein Bild vom Spiegel ab.
Setz dich. Schmause von deinem Leben.

Forest of Europe

for Joseph Brodsky

The last leaves fell like notes from a piano
and left their ovals echoing in the ear;
with gawky music stands, the winter forest
looks like an empty orchestra, its lines
ruled on these scattered manuscripts of snow.

The inlaid copper laurel of an oak
shines through the brown-bricked glass above your head
as bright as whisky, while the wintry breath
of lines from Mandelstam, which you recite,
uncoils as visibly as cigarette smoke.

«The rustling of ruble notes by the lemon Neva.»
Under your exile's tongue, crisp under heel,
the gutturals crackle like decaying leaves,
the phrase from Mandelstam circles with light
in a brown room, in barren Oklahoma.

There is a Gulag Archipelago
under this ice, where the salt, mineral spring
of the long Trail of Tears runnels these plains
as hard and open as a herdsman's face
sun-cracked and stubbled with unshaven snow.

Growing in whispers from the Writers' Congress,
the snow circles like Cossacks round the corpse
of a tired Choctaw till it is a blizzard
of treaties and white papers as we lose
sight of the single human through the cause.

So every spring these branches load their shelves,
like libraries with newly published leaves,
till waste recycles them – paper to snow –
but, at zero of suffering, one mind
lasts like this oak with a few brazen leaves.

Der Forst Europas

Für Joseph Brodsky

Die letzten Blätter fielen wie Noten vom Piano
und ließen zurück ihre Ovale hallend im Ohr;
Der Wald, mit seinen staksigen Notenständern,
sieht wie ein leeres Orchester aus, die Reihen
liniert auf diesen verwehten Schneehandschriften.

Durch braune Glasziegel über deinem Kopf
scheint, Intarsienarbeit, der Kupferlorbeer
einer Eiche, whiskeyhell, da der Winteratem
der Zeilen, die du sprichst, von Mandelstam,
wie Zigarettenrauch sichtbar sich entfaltet.

«Rubelnotenrascheln an der zitronenfarbenen Newa.»
Wie zerfallende Blätter, fest unter dem Stiefel,
knirschen dir, Exilant, Gutturale unter der Zunge,
die Mandelstamzeile kreist mit dem Licht in einem
braunen Raum im kahlen Oklahoma.

Unter diesem Eis, wo des Tränenpfades
Mineralquelle salzig entspringt und Furchen gräbt
in die Ebene, hart und offen, wie das Gesicht
des Herdentreibers, sonnenzerrissen, gestoppelt mit
unrasiertem Schnee, ist ein Gulag-Archipel.

Das wachsende Flüstern vom Schriftstellerkongreß gebiert
umkreisenden Schnee, wie Kosaken, um die Leiche
eines müden Choctaw, bis hin zu einem Sturm
aus Papier und weißen Verträgen, da sich der einzelne
Mensch, der Sache wegen, aus dem Auge verliert.

Jeden Frühling wieder, wie Bibliotheken,
belasten sich die Äste mit neuerschienenen Blättern,
bis, Papier zu Schnee, der Kreislauf des Abfalls
sie aufnimmt, aber am Nullpunkt des Leidens dauert
der Geist, wie diese Eiche, mit tönenden Blättern.

As the train passed the forest's tortured icons,
the floes clanging like freight yards, then the spires
of frozen tears, the station's screeching steam,
he drew them in a single winter's breath
whose freezing consonants turned into stones.

He saw the poetry in forlorn stations
under clouds vast as Asia, through districts
that could gulp Oklahoma like a grape,
not these tree-shaded prairie halts but space
so desolate it mocked destinations.

Who is that dark child on the parapets
of Europe, watching the evening river mint
its sovereigns stamped with power, not with poets,
the Thames and the Neva rustling like banknotes,
then, black on gold, the Hudson's silhouettes?

From frozen Neva to the Hudson pours,
under the airport domes, the echoing stations,
the tributary of emigrants whom exile
has made as classless as the common cold,
citizens of a language that is now yours,

and every February, every «last autumn»,
you write far from the threshing harvesters
folding wheat like a girl plaiting her hair,
far from Russia's canals quivering with sunstroke,
a man living with English in one room.

The tourist archipelagoes of my South
are prisons too, corruptible, and though
there is no harder prison than writing verse,
what's poetry, if it is worth its salt,
but a phrase men can pass from hand to mouth?

From hand to mouth, across the centuries,
the bread that lasts when systems have decayed,

Als der Zug die zerquälten Ikonen im Wald passierte,
der Schollen Klang wie Güterbahnhofsdröhnen,
gefrorener Tränen Turmspitzen, der Bahnhöfe kreischender
Dampf, nahm er einen Winteratemzug, zu Steinen
wurden im Frost die Konsonanten verwandelt.

Er erkannte in einsamen Bahnhöfen die Poesie
unter wie Asien so weiten Wolken, durch Bezirke,
die Oklahoma wie eine Traube verschlängen,
statt dieser baumbeschatteten Präriestationen
Raum so verloren, daß er jeder Ankunft spottet.

Wer ist dies dunkle Kind auf den Brüstungen
Europas im Anblick des Abendflusses, Dukaten
prägend mit Macht, nicht mit Poeten, die Themse
und die Newa rascheln wie Banknoten, am Horizont,
dann, schwarz auf gold, die Silhouetten des Hudson?

Von der gefrorenen Newa zum Hudson ergießt sich
ein Strom, unter den Kuppeln der Flughäfen, den Echos
der hallenden Bahnhöfe, von Emigranten, die das
Exil klassenlos machte, wie den Schnupfen, Bürger
einer Sprache, die jetzt dein eigen ist,

jeden Februar und jeden «letzten Herbst»
schreibst du weit von den Mähdreschern, die Weizen
legen wie Mädchen ihre Haare flechten,
weit von Kanälen in Rußland, die unterm Hitzschlag beben,
du, einer der mit Englisch lebt in einem Raum.

Die Touristenarchipele meines Südens
sind auch verderbliche Gefängnisse, und ob es auch
kein härteres Gefängnis gibt als Verseschreiben,
was denn ist Poesie, die etwas taugt,
als ein von Hand zu Mund gereichtes Wort?

Von der Hand in den Mund gereicht, jahrhundertlang,
dies Brot, es währt, wenn Herrschaftssysteme verfallen,

when, in his forest of barbed-wire branches,
a prisoner circles, chewing the one phrase
whose music will last longer than the leaves,

whose condensation is the marble sweat
of angels' foreheads, which will never dry
till Borealis shuts the peacock lights
of its slow fan from L.A. to Archangel,
and memory needs nothing to repeat.

Frightened and starved, with divine fever
Osip Mandelstam shook, and every
metaphor shuddered him with ague,
each vowel heavier than a boundary stone,
«to the rustling of ruble notes by the lemon Neva»,

but now that fever is a fire whose glow
warms our hands, Joseph, as we grunt like primates
exchanging gutturals in this winter cave
of a brown cottage, while in drifts outside
mastodons force their systems through the snow.

wenn, im Forst verzweigten Stacheldrahts,
ein Gefangener umgeht, im Mund das eine Wort
bewegt, dessen Musik die Blätter überdauert;

es kondensiert von Engelsstirnen den Schweiß
von Marmor, der niemals trocknen wird, bis
die Aurora ihre Pfauenlichter schließt,
von L. A. bis Archangelsk den trägen Fächer,
und die Erinnerung nichts zu wiederholen braucht.

Verängstigt und verhungert schüttelte Osip
Mandelstam das göttliche Fieber, jede
Metapher durchzitterte ihn wie Krämpfe,
schwerer als ein Grenzstein jeder Konsonant zum
«Rubelnotenrascheln an der zitronenfarbenen Newa»,

doch nun, da das Fieber ein Feuer ist, wärmt
seine Glut unsere Hände, Joseph, da wie Primaten
wir in dieser braunen Hütte, Winterhöhle,
Gutturale tauschen, während draußen in Driften
Mastodons ihre Herrschaft dem Schnee aufzwingen.

Nachwort

Unter den vielfältigen Stimmen, mit denen die literarische Moderne eingesetzt hat, wird heute am nachhaltigsten die französische herausgehört: der neue Erfahrungsraum der Großstadt mit ihrer Anonymität und Geschwindigkeit, ihrer lockenden Reizüberflutung und Verlorenheit, den Räuschen, Träumen, auch enthemmten Obsessionen bei Baudelaire; die die Grenzen des Verstehens sprengenden, die Kräfte des Unbewußten freisetzenden, phantastisch-irren Bildergewitter bei Rimbaud und Lautréamont; der Rückzug aus der Abbildlichkeit, die Autonomie und Selbstbezüglichkeit der lyrischen Textur bei Mallarmé. Diesem ‹Modernisierungsschub› in Frankreich hat kein anderes Land Vergleichbares an die Seite zu stellen, wenn wir bedenken, welche Folgen diese Anfänge für die Entwicklung der Lyrik nicht nur in Europa hatten. Für die englische Lyrik lassen sich jedenfalls, von heute aus gesehen, annähernd ähnliche Impulse nicht nachweisen. (Neuengland freilich besitzt in den Natur und Technik, Individuum und Masse verschmelzenden freien Rhythmen Walt Whitmans und in der dunklen Präzision und metaphorischen Gewaltsamkeit Emily Dickinsons zwei dichterische Stimmen von zukunftweisender Sprachkraft – und Amerika wird später der poetischen ‹Modernisierung› des Mutterlandes entscheidende Impulse geben.)

In Frankreich *und* in England hatten sich neben der ‹offiziellen›, konsensfähigen Literatur und Kunst Strömungen herausgebildet, für die die von Gautier 1843 ausgegebene Parole *l'art pour l'art* ein Kürzel ist, das heißt eine Kunst, die in keinem politischen oder sozialen Verwertungszusammenhang nützlich sein will, sondern die allein für sich, für ihre ‹Reinheit›, den Eigensinn und die Eigenmächtigkeit ihrer Form, zu stehen beansprucht (und damit, im Widerstand gegen die entstehende Massenkultur, etwa in Gestalt des Feuilletonromans, selber eminent politisch ist).

Solche Strömungen waren nicht notwendig ‹modern› im Sinne eines Fortschritts der Kunst als der Erweiterung ihrer Möglichkeiten, sondern sie knüpften oft, zumal in England, an Formentwicklungen an, die durch die Herausbildung klassischer, dann klassizistischer, dann akademisch erstarrter Kanons unterbunden oder unterbrochen worden waren. Beispielhaft ist hier, schon in der Namengebung, die Malerschule der Prae-Raphaelite Brotherhood, der auch Doppelbegabungen wie der Maler-Dichter Dante Gabriel Rossetti angehörten – ein Dichter, dessen Ingenium sich am Spender seines Vornamens entzündete, den er auch übersetzte. Und es ist bezeichnend für die zunächst eher rückwärtsgewandte Orientierung der englischen Modernisten, daß Walter Pater, der Wortführer dessen, was in den achtziger Jahren *Aesthetic Movement* hieß, in seinem epochalen, weit über die Grenzen Englands hinaus bekannt gewordenen Buch *Studies in the History of the Renaissance* (1873) gerade in der Malerei und Dichtung einer eben erst wiederentdeckten Epoche den Vorbildcharakter für die eigene Moderne herausarbeitete: im Namen der Schönheit und dessen, was er wohl als erster in England «art for art's sake» nannte. Schönheitskult und Kunstreligion, in einer wieder zu entdeckenden Tradition fundiert und von Pater als Programm vorgetragen, haben in England – im imperialen, respektablen, viktorianischen England – ihre großen Foren gefunden: in Swinburne besonders, in Wilde, Dowson, dem jungen Yeats.

Darin ist kein englischer Sonderweg zu sehen, sondern eine europäische Bewegung, der Symbolismus. So groß die Unterschiede zwischen, sagen wir, Mallarmé und Swinburne auch erscheinen, die Zeitgenossen selber sahen vor allem das Gemeinsame, Verbindende (und Mallarmé hat Swinburne 1875 sogar besucht): Formstrenge, Artistik, ein Schreiben in Andeutungen, Suggestionen, Evokationen, für die nicht das Sujet zählt, sondern eher das Unfaßbare, Unaussprechliche, das es umgibt und das in einer Gewandrüsche, einem Fächer, einer Emotionskurve sichtbar und hörbar werden mag. Dabei ist es dann fast gleichgültig, woher die Sujets genommen sind – ob aus der Mythologie, der Antike, der Bibel, der Renaissance –, sofern sie sich nur dem modernen Verwertungszusammenhang, das heißt jeder Spielart einer ‹Gebrauchslyrik›, verweigern.

In Deutschland arbeitete Stefan George nach ähnlichen Prämissen an einer Erneuerung der Dichtung im europäischen Maßstab – gegen die gängige Goldschnittlyrik à la Geibel und gegen den Naturalismus. In seinen *Blättern für die Kunst* stellte er seit den neunziger Jahren in eigenen Übersetzungen «werke der wichtigsten geister» vor, «denen man das wiedererwachen der dichtung in Europa verdankt.» Als er 1905 die Sammlung seiner Übertragungen unter dem Titel *Zeitgenössische Dichter* in zwei Bänden vorlegte, begann bezeichnenderweise Band 1 mit den Engländern – Rossetti, Swinburne, Dowson. Erst der 2. Band brachte die Franzosen – Verlaine, Mallarmé, Rimbaud (seinen Baudelaire – *Die Blumen des Bösen. Umdichtungen* – hatte er allerdings schon 1901 veröffentlicht). Um die Jahrhundertwende war die Strahlkraft der Engländer auf die Kreise der deutschsprachigen Poesie, die man vage mit dem Jugendstil assoziiert, überwältigend. Das bezeugt am besten der junge Hugo von Hofmannsthal, der als Zwanzigjähriger einen Essay ‹Über moderne englische Malerei› – von Rossetti bis Burne-Jones – veröffentlichte, in dem er Paters berühmte Beschreibung der Mona Lisa als ein Credo des Neuen in der Kunst in eigener Übersetzung zitierte. (Dieses Stück Pater-Hofmannsthalscher Prosa, im Grunde ein Prosagedicht, ist unserer Sammlung, wie schon das Original dem Yeats'schen *Oxford Book of Modern Verse* von 1936, gleichsam als Motto vorangestellt.) Bereits ein Jahr zuvor, 1893, hatte Hofmannsthal Swinburne einen eigenen Essay gewidmet, in dem von «wilder Schönheit» die Rede ist, «von keiner heiligen Scham gebändigt», von «dem prunkenden und glühenden Reichtum seiner Rhetorik, dem rollenden Triumph der strömenden Bilder, deren Duft seltsam und unvergeßlich, deren Musik tief aufregend und deren Glanz fremd und traumhaft ist.» So treffend diese Charakteristik Swinburnes ist, sie könnte genausogut für die eigenen Gedichte und lyrischen Dramen, die in jenen Jahren entstanden, gelten.

Noch ein dritter Dichter hat sich in eigenwilligen sprachmächtigen Übersetzungen um eine Einbürgerung spätviktorianischer Lyrik bemüht, auch er ein konservativer Revolutionär: Rudolf Borchardt. Seine Aufmerksamkeit galt ebenfalls vor allem Swinburne und dann Robert Browning, dessen Unbekanntgebliebensein er den Deutschen zornig vorhielt: «Browning, das Allergrößte was England dichterisch seit Shakespeare hervorgebracht hat, Meredith, mit ihm zusammen einen Zwillingskörper von zugleich erhabenster und subtilster Poesie bildend, wie nie ein Volk außer auf klassisch gewordenen Höhen ihn hervorgebracht hat, völlig unbekannt, geschweige übersetzt...» Diese Sätze stehen im 1926 geschriebenen Nachwortentwurf zur nie erschienenen 2. Auflage von

Borchardts *Swinburne deutsch*. Aber schon als die erste Auflage erschien (1919), war die Zeit des erlesenen Ästhetentums, der zarten Empfindung, des Schönheitsrauschs unwiderruflich vorbei, und die Stimme verhallte ungehört.

Aber die Stahlgewitter des Ersten Weltkriegs kamen nicht aus heiterem Himmel; sie hatten ihren Schatten längst vorausgeworfen. Hellsichtig hatte Hofmannsthal in seinem Swinburne-Essay dem hohen Kunstkult hinter Gobelins das ‹wahre Leben› gegenübergestellt: «In Wirklichkeit aber rollt draußen das rasselnde, gellende, brutale und formlose Leben. An den Scheiben trommelt ein harter Wind, der mit Staub, Rauch und unharmonischem Lärm erfüllt ist, dem aufregenden Geschrei vieler Menschen, die am Leben leiden.» An Stimmen dieser Wirklichkeit hat es in England nicht gefehlt, obwohl sie vereinzelt blieben und sich nicht zu Schulen gruppierten: James Thomson ist zu nennen, der Dichter einer allegorisch überhöhten, aber Baudelaire nicht unähnlichen Großstadterfahrung; Francis Thompson mit seinen fast dostojewskihaften Bilderfluten, die aus einem gottlos gewordenen Himmel mit irrationaler Gewalt hereinbrechen. Direkt sozialkritisch, in der Wortwahl unpoetisch, sogar vulgär, Tendenzen der politischen Lyrik der 30er Jahre vorwegnehmend, sind John Davidson und W. H. Davies. Aber wie gesagt, das sind vereinzelte Stimmen.

Zwei große, in ihren Methoden der Neuerung freilich grundverschiedene Dichter verbinden auf ihre Art das viktorianische Zeitalter mit der Moderne. Der kühnste aller poetischen Neuerer seiner Zeit, ein Sprach-, Laut- und Rhythmusexperimentator, wie es in der neueren englischen Lyrik keinen zweiten gibt, war Gerard Manley Hopkins. Seine Gedichte, der äußeren Form nach meist dem Sonettschema folgend, sind auf ihre Art so dunkel wie die Mallarmés, den er vermutlich nicht kannte. Er entwickelte einen eigenen, oft gegenmetrischen, oft von Zeile zu Zeile wechselnden Rhythmus, wodurch jede einzelne Silbe als gewissermaßen aufgeladener Energieträger wichtig wurde, eine Absicht, die er auch durch ungewöhnliche Silbentrennungen erreichte. Die Sujets, meist aus der Natur, lassen sich unter den auch syntaktisch komplizierten Strukturen oft nur schwer entschlüsseln. Hier ist ein Sprachbewußtsein am Werk, das es mit der Arbeit am Material der experimentellen Dichtung des 20. Jahrhunderts aufnehmen kann. Dabei ist Hopkins keineswegs ein Anhänger der *l'art pour l'art*-Bewegung. Worum es ihm, dem Jesuitenpater, vielleicht ging, war, die dem Schein nach vor Augen liegende Schöpfung wieder als Geheimnis zu sehen und mit den von ihm immer neu entwickelten Mitteln – so kompliziert wie die Mathematik Newtons – wieder zu verschlüsseln. Man mag sich fragen, ob die englische Lyrik eine andere Richtung genommen hätte, wenn seine Gedichte zu seinen Lebzeiten (er starb 1889) erschienen wären. Er hat sie, von wenigen Ausnahmen abgesehen, nie veröffentlicht, teils aus Scheu vor seinen Oberen, teils weil Zeitschriftenherausgeber sie wegen ihrer Dunkelheit ablehnten. Sie erschienen erst 1918, und erzielten in der Nachkriegszeit eine späte, aber umso tiefere Wirkung.

Ganz anders liegt der Fall bei dem zweiten großen Einzelgänger der neuen englischen Poesie, bei Thomas Hardy. Er schrieb sein Leben lang Lyrik, begann sie aber erst um die Jahrhundertwende zu veröffentlichen, als er das Romanschreiben aufgab, und verfaßte dann die restlichen 30 Jahre seines Lebens nur noch Gedichte, insgesamt rund tausend an der Zahl. Da er in den Sammlungen stets Texte aus allen Lebensphasen mischte, merkt man erstaunt, daß es in seiner Lyrik keine Entwicklung gegeben zu haben scheint: der Ton der Jugend- und Altersgedichte ist kaum verschieden, außer daß er im Alter vielleicht noch düsterer wird. Hardys Lyrik steht quer zu allem, was in der viktorianischen, der edwardianischen, der georgianischen Lyrik geschrieben wurde: keine großen Emotionen, kein Schönheitskult, keine rauschende Rhetorik, kein Symbolismus, bei aller klassischen (autodidaktisch erworbenen, geliebten) Bildung keine Götter und Helden. Er hat den Blick des Bauern, der um seine Ernte besorgt ist, für den Himmel, nicht den des Romantikers; er hat den Blick des Steinmetzen und Kirchenbaumeisters, der er war, für den Stein, und ob er paßt oder nicht. (Das heißt, es wird nicht nach dem Metrum komponiert, sondern danach, ob ein Wort ‹sitzt›.) Hardys Lyrik ist provinziell, in dem Sinne wie seine großen Romane provinziell sind. Er richtet den Blick auf das Kleine und Kleinste in der Natur und in den menschlichen Beziehungen, und gibt es wieder, wie er es sieht, registrierend, nicht interpretierend. Dabei ist er kein Naturdichter, wie man es von dem großen Landschaftsschilderer vermuten könnte. Er schaut ebenso wach in die politische Welt, die ihn umgibt, schreibt auch Gedichte zum Ersten Weltkrieg oder zum Untergang der Titanic, aber unaufgeregt, illusionslos, desengagiert, weil die Katastrophen im Grunde nur Bestätigungen seines früh erworbenen tragischen Weltverständnisses sind. Wenn man ein solches Weltbild einmal hat, bleibt Raum für Spiel, Ironie und einen etwas raunzigen Humor, der in der Haltung manchmal an den späten Fontane erinnert. Die scheinbare Mühelosigkeit dieser Verse täuscht über ihr handwerkliches Kalkül. Anders als Hopkins blieb Hardy zu seiner Zeit deshalb wirkungslos, weil er von keiner Richtung vereinnahmt werden konnte. Aber sein Einfluß auf die Dichter diesseits und jenseits des Atlantiks ist im Wachsen, seit sie sich von den Schulen und Ideologen verabschiedet haben. Dylan Thomas hat gesagt, Yeats sei der größte Dichter, aber er *liebe* Hardy.

Auf dem Kontinent bildeten sich nach dem Symbolismus, an dem England einen so entscheidenden Anteil hatte, im Vorfeld und Bannkreis des Weltkriegs einzelne Gruppen, die alles bisherige Dichten (Malen, Komponieren, Philosophieren) in Frage stellten und einen radikalen Neuanfang forderten: der Futurismus in Italien und Rußland, der Expressionismus in Deutschland, der Dadaismus in der Schweiz und in Deutschland, und später der Surrealismus in Frankreich. Der angelsächsische Raum hat auf den ersten Blick nur einen bescheidenen Anteil an diesen kunstkämpferischen Ismen. Aber der erste Blick trügt.

In London begann am Vorabend des großen Krieges der soeben aus den USA eingetroffene junge Ezra Pound (vgl. Bd. 4, S. 152 ff. dieser Anthologie) seine selbstgewählte historische Mission, die englischsprachige Literatur – und dazu sich selbst – zu modernisieren, indem er künstlerische Impulse der Umbruchszeit aufnahm und bahnbrechende Talente, darunter Joyce und Eliot, förderte. Die von ihm ins Leben gerufenen kurzlebigen, aber folgenreichen Bewegungen des Imagismus und Vortizismus verstanden sich als Programm zur Härtung, Verdichtung und Dynamisierung des poetischen Ausdrucks gegenüber der vorherrschenden spätromantischen Idyllik der *Georgian Poets*. Der Vortizismus (aus lat. *vortex*: Strudel) strebt darüber hinaus, wie der von ihm geschmähte und imitierte Futurismus, eine enge Verbindung von Dichtung und bildender Kunst an. Die Radikalität, manifestreiche Durchschlagskraft und optische Präsenz als Bürgerschreck ihrer kontinentalen Vorbilder erreichten diese angloamerikanischen Gruppierungen nicht. Doch als zeitweilige Allianzen einander inspirierender Individuen waren sie bedeutsam, wie nicht zuletzt die Episode zeigt, in der Pound in den Jahren 1913/14 als ‹Sekretär› von Yeats dessen modernistischen Stilwandel nachhaltig beeinflußte. Die menschlichen und ideologischen Verheerungen der Kriegszeit bewirkten, zusammen mit der unheilbaren englischen Neigung zur *gentility* (die A. Alvarez noch ein halbes Jahrhundert später als chronische Krankheit der britischen Kultur bezeichnen sollte), daß Pound schließlich seinen Versuch einer englischen Renaissance der Künste aus dem Geist der Moderne für gescheitert erklärte und sein Tätigkeitsfeld 1921 nach Paris verlegte. Sein Zyklus *Hugh Selwyn Mauberley* (Bd. 4, S. 168 ff.) ist die satirisch-elegische Bilanz dieses Scheiterns.

Während Pound in London Gleichgesinnte um sich scharte, klassisches Epigramm, No-Spiel und chinesische Bildgedichte als Mittel zur Erneuerung der englischen Poesie entdeckte und Eliots frühe Lyrik zum Druck beförderte, taten – unberührt von aller Experimentierfreude der Avantgarde – die *trench poets* oder Dichter der Schützengräben (Wilfred Owen, Siegfried Sassoon, Isaac Rosenberg, Robert Graves – letzterer ein Großneffe des deutschen Historikers von Ranke) auf rein empirischer Basis einen entscheidenden Schritt zur endgültigen Ablösung des mittlerweile blutleeren spätviktorianischen Lyrikstils. Die gemeinsame Teilnahme am organisierten europäischen Massenmord in der Doppelrolle als Täter und Opfer, und der Drang, das Grauen der Front unbeschönigt auszudrücken, um damit den Papierwall chauvinistischer Propaganda (mit dem sich die Heimat vor der Realität des Krieges abzuschirmen suchte, und an dem angesehene Autoren wie Kipling und Wells eifrig mitgebaut hatten) zu durchstoßen, schafft bei den besten dieser Dichter einen expressiven Gruppenstil, der keiner Manifeste und keines Vereinslebens bedarf. Dissonante Reime, brutale Diktion, harte Syntax und schockierende Bilder verbinden sich etwa bei Owen mit einer apokalyptisch gefärbten Tradition der visionären Romantik. Yeats hat diesen Dichter bekanntlich aus seinem *Oxford Book of Modern Verse* mit der Begründung ausgeschlossen, seine Lyrik sei nichts als «Blut, Dreck und abgelutschte Zuckerstangen» («all blood, dirt and sucked sugar stick»). Doch eine Perspektive, die im Ersten Weltkrieg die europäische Schlüsselkatastrophe des Jahrhunderts erkennt, hat dieser Schockdichtung inzwischen Gerechtigkeit widerfahren lassen. (Der deutsche Expressionismus geht in seiner apokalyptischen Radikalität freilich noch weiter als die *trench poets.* Zum Vergleich darf man an so unterschiedliche Dichter wie August Stramm und Georg Trakl erinnern, deren poetische Reaktion auf das Entsetzen des Krieges die Ordnung der Sprache selbst in Frage stellte, oder Bildwelten erfand, die den Surrealismus vorwegnahmen.)

Weniger der Weltkrieg als die verschiedenen Phasen des irischen Freiheits- und Bürgerkrieges markieren bei William Butler Yeats, einem zeitlebens wandlungsfähigen Dichter, dessen Entwicklung von vielen Übergängen und einigen Verwerfungen geprägt ist, den Einbruch harter politischer Realität in den ästhetischen Raum. Yeats begann im Umkreis der Symbolisten, brachte in deren Preziosentum aber einen Schatz ganz eigener Art ein: die keltische Mythenwelt. Das bedeutete nicht einfach die Entdeckung neuer Sujets, neuer Bilder und Tonfarben, sondern stand im Zusammenhang mit der sogenannten irischen Renaissance in der letzten Dekade des 19. Jahrhunderts, war also auch politisch motiviert im Sinne der Selbstbehauptung einer eigenständigen Kultur gegenüber der englischen. Yeats war zu Beginn des neuen Jahrhunderts dann auch maßgeblich an der Gründung eines irischen Nationaltheaters beteiligt. Er ist der seltene Fall eines Dichters, der zunehmend politisch aufmerksam wird, sogar die Tagespolitik poetisch gestaltet, sich darüber jedoch nie zum Doktrinär oder Pamphletisten wandelt, sondern in jeder Zeile Dichter bleibt. So ist das große Gedenkgedicht über den blutig niedergeschlagenen irischen Osteraufstand 1916 mit der dreimal wiederholten Zeile «A terrible beauty is born» eine poetische Absage an den Ästhetizismus des fin-de-siècle und findet gleichzeitig eine neue Form des Totengedächtnisses: statt Verklärung nur noch Nennung der Namen («... our part / To murmur name upon name»). Yeats' politische Wachheit und Aktivität (er stellte sich dem irischen Freistaat als Senator zur Verfügung) hat ihn nicht daran gehindert, seinen viktorianischen Glaubensverlust zu kompensieren, indem er eine Wirklichkeit hinter der Wirklichkeit suchte. Als die Frau, die er 1917 heiratete, sich in der Hochzeitsnacht als Medium entpuppte, nahm er jahrelang teil an einer okkulten Geistwelt, die er zu einem theosophischen System ausbaute. Aber was wie eine private Marotte aussieht, läßt sich in den europäischen

Kontext stellen: auch Kandinsky und Schönberg, um nur diese zu nennen, waren in jenen Jahren vom Okkultismus fasziniert und leiteten zum Teil aus ihm ihre Erfindungen neuer Kompositionstechniken ab. Andere Wirklichkeiten – das konnte auch bedeuten, im Schutt der Geschichte nach verlorengegangenen Traditionen zu graben. Der Freund und – eine Zeitlang – Weggefährte Ezra Pound versuchte eine Erneuerung der Poesie (die ja immer auch Kulturkritik heißt) zunächst aus dem Geist (und den Techniken) der Dichter um Dante, der Provençalen, danach der Römer, der Angelsachsen, der Chinesen. Für Yeats lag die verschüttete Möglichkeit im Byzanz der Ostkirche, die aber nur noch Erinnerung sein konnte, weil der nach seiner Privatmythologie mit Byzanz anhebende Zyklus in der Gegenwart unwiderruflich zu Ende ging. Was jetzt kam, mit der apokalyptisch verheißenen zweiten Wiederkunft (des Messias, den Yeats aber nicht nennt), konnte nur noch die Zerstörung sein: «Mere anarchy is loosed upon the world». Die Zeile aus dem 1919 entstandenen Gedicht «The Second Coming» bringt Theologie, geschichtliche Aktualität (Irland, Weltkrieg, Rußland) und Geschichtsprophetie auf eine Formel. So dicht konnte Yeats schreiben. Und er verband in seinem Werk, einem Triumph stetiger Selbsterneuerung, das Öffentliche mit dem Privaten, das Private mit dem Öffentlichen wie kein zweiter in der Lyrik der englischen Moderne, ausgenommen vielleicht Auden.

Als zweite überragende Gestalt, und als Antipode von Yeats, gilt in der englischen Dichtungsgeschichte der ersten Jahrhunderthälfte T. S. Eliot, ein Amerikaner, den sein Landsmann und poetischer ‹Geburtshelfer› Ezra Pound dazu bewog, sich in London niederzulassen, und der sich nach seinen großen *succès de scandale* weit gründlicher anglisieren sollte als sein nomadischer Freund. Unsere Anthologie sucht seinen amphibischen Status innerhalb der amerikanischen und englischen Dichtung der Moderne dadurch zu akzentuieren, daß sie seine Texte auf zwei verschiedene Bände aufteilt. Eliot begann als radikaler Anti-Illusionist, Anti-Romantiker, Anti-Symbolist; Gefühle und Stimmungen werden, wenn überhaupt, in ironisch-satirischer Brechung oder unter dem klinischen Blick eines Diagnostikers vorgeführt. Eliot hat als einer der ersten, wohl unter dem Einfluß Pounds, Zitat und Montage in die Lyrik eingeführt. Die Gedichte sind ‹gemacht›, sind zusammengestückelt aus Fragmenten der indo-europäischen Kulturen, deren Zusammenhang oder deren Besonderheit verlorengegangen ist. Sterilität und Banalität, modische Sinnkrise und halbgare Heilsversprechungen als Signaturen der Moderne nach dem Ersten Weltkrieg sind in dem vielstimmigen Langgedicht *The Waste Land* (1922) zusammenmontiert, das wie kein zweiter poetischer Text in englischer Sprache die Lyrik der ersten Jahrhunderthälfte mitprägte (seiner partiellen Aufnahme in diese Anthologie stand das ausdrückliche Verbot eines Teilabdrucks durch den Autor entgegen). Bereits 1927 hat Ernst Robert Curtius das Gedicht ins Deutsche übersetzt, ohne daß es allerdings von einer breiten Leserschaft angenommen worden wäre. Eliot ist der Typus des ‹gelehrten Dichters›, der den inspirierten Dichter früherer Generationen ablöste, damit aber an eine Tradition wieder anknüpfte, die etwa mit Milton abbricht und bis in die Antike zurückreicht. Er, der sich selbst als Klassizisten bezeichnete, entwickelte auch als Kritiker eine gewichtige Stimme. So rehabilitierte er die abgewerteten (oder unbekannt gewordenen) Metaphysical Poets und entdeckte in ihren komplizierten, geistreichen, oft aus spielerischen Wortkombinationen und metaphorischen Gewagtheiten bestehenden Gedichten Vorformen des modernen poetischen Kalküls. Als Kritiker und Zeitschriftenherausgeber (*The Criterion*) entdeckte er Lyriker der nächsten Generation (Auden, Stephen Spender, George Barker). Eine Überwindung der durch den Ersten Weltkrieg ausgelösten Desillusionierung und Sinnkrise trat ein, als er in den 20er Jahren zur anglikanischen Hochkirche konvertierte. Ohne die frühen technischen Errungenschaften aufzugeben, führt er den Gedichten dadurch formal neues Material zu: Liturgie und Litanei, Responsorium und Antiphon. Alle Formenvielfalt Eliots kommt zusammen in dem großen, nach musikalischen Wiederholungsstrukturen gebauten Zyklus der *Four Quartets* (1936–42): «time past and time present» ist das verbindende Thema, und Eliot unternimmt es, Jahreszeiten und Elemente, amerikanische und englische Landschaft, religiöse Inspiration in Mittelalter und früher Neuzeit, die eigenen Wurzeln in der jahrhundertealten englischen Vergangenheit und den Bombenkrieg im London seiner Tage («blitz») in polyphoner Simultaneität zu vereinen.

Man sollte in diesem Zusammenhang daran erinnern, daß Eliots formale Kühnheiten aus den zwanziger Jahren eine Parallele in den großen Entwürfen des Bewußtseinsromans seiner Freundin Virginia Woolf hatten und daß im gleichen Jahr 1922 *The Waste Land* erschien und der *Ulysses* des von seinem Freund Pound geförderten James Joyce. In den politisch und wirtschaftlich kritischen dreißiger Jahren erlahmte allmählich der experimentelle Furor, wenn wir von *Finnegans Wake* absehen, das freilich ein Grenzfall zwischen Roman, Prosagedicht und Musik ist. Relativ unbeachtet als Lyriker blieb in jenen Jahren ein Dichter von hoher Originalität, dessen Stil dem Eliots radikal entgegengesetzt ist: D. H. Lawrence. Mit den bisher skizzierten Modernismen hat er nichts zu tun, fügt ihnen aber eine ganz eigene, unüberhörbare Stimme hinzu. Lawrence ist keineswegs das naive Naturkind oder der Erotomane, in welchen Rollen er gern gesehen wird, wenn man an seine skandalumwitterten Romane denkt. Er ist ein außerordentlich belesener Autor, aber er macht nicht Literatur aus Literatur. Auch er versteht sich als Radikalkritiker der zeitgenössischen Zivilisation, wie Eliot, wie Yeats; aber er kritisiert sie nicht nur, sondern er steigt aus ihr aus und sucht nach neuen Lebensformen in den Landschaften Italiens oder in Neumexiko, weit weg von den Metropolen. Nach allem Kalkül in der modernen Lyrik ist bei ihm auf einmal wieder die Stimme der Leidenschaft und des Rauschs zu hören, in langen, ausschwingenden Zeilen, die durch kurze, wie gehechelt wirkende, kontrapunktiert werden. Dabei ist er, Hardy vergleichbar, ein scharfer Beobachter der Natur oder menschlicher Beziehungen, wie sie sich in kleinsten Gesten und Gebärden äußern mögen. Doch sucht auch er, wie Yeats, eine Wirklichkeit hinter den Erscheinungen und findet sie – nicht in einer Geistwelt, sondern – im ewigen Leben des Mythos. Durch seine Gedichte laufen Götter und Göttinnen, Nymphen und Faune. Nur kommen sie nicht aus Büchern, sondern sie sind *da*: in den Bäumen und Sträuchern Siziliens oder im bayrischen Enzian, den er zu einer Totenblume mythisiert.

Die jungen Lyriker der dreißiger Jahre sahen sich freilich anderem verpflichtet als der Natur, der Literatur, der Liebe oder dem Formexperiment. Auden, MacNeice, Spender, auch der Schotte MacDiarmid, schrieben das, was später ‹engagierte Literatur› hieß. Sie wollten politisch wirken angesichts von Weltwirtschaftskrise, Faschismus, Nazismus und spanischem Bürgerkrieg, und setzten, wenigstens eine Zeitlang, auf den Kommunismus. Daß dabei auch ästhetisch überzeugende Gedichte entstanden, zeigt, daß sie ihre zum Teil beträchtliche poetische Begabung nicht verleugnen konnten. Besonders W. H. Auden ist hier hervorzuheben, sicher einer der sprachmächtigsten Lyriker des 20. Jahrhunderts. Auden hat sich fast aller poetischen Formen bedient und sie zu neuer Strahlkraft gebracht. Er beherrschte das politische Gedicht, ohne je dogmatisch platt zu werden, ebenso wie die Elegie, für die er eine zeitgemäße Form fand. Er überraschte immer wieder neu, denn nie war vorherzusehen, welche Wendung sein Dichten nehmen würde. Obwohl schon früh von einem Auden-Ton die Rede war, standen ihm höchst vielfältige Ausdrucksmöglichkeiten zur Verfügung. Privates steht neben historischem Kommentar, glasklare Ferne neben übergroßer Nähe, Banales neben Erhabenem. Darin ist er bei uns Gottfried Benn vergleichbar. Auden hatte ein untrügliches Gespür für Atmosphärisches, für Stimmungen historischer Lagen, für den ‹Geist› eines Zeitalters. Sein einstmals berühmtester Text – eine Mischung aus viergestaltig monologisierendem Poem, Drama und kommentierenden Zwischenberichten – erfaßt die Stimmung im letzten Kriegswinter in einer New Yorker Bar, Verlorenheit, Trostlosigkeit, flüchtige Räusche: *The Age of Anxiety* (1948). Das Poem wurde als Therapeutikum gegen den altersfrommen *grand old man* angelsächsischer Dichtung, T. S. Eliot, empfunden: es war das Gedicht zum Zweiten Weltkrieg, so wie *The Waste Land* das zum Ersten gewesen war. Es erschien als *Das Zeitalter der Angst* im papierknappen Winter 1950/51 auf deutsch. Benn schrieb das Vorwort: Audens Gedicht könnte den Deutschen helfen, sich nichts vorzumachen, die Lage zu erkennen und zu «bestehn», anstatt sich ins Antik-Humanistische oder Christlich-Abendländische zu flüchten: «Auden ist hierzu ein Weg, er wird nicht nur den Blick in eine andere Richtung führen, sondern er wird auch diesen Blick mit einer neuen Schönheit füllen – allerdings einer Schönheit, die immer im Kampf liegt mit dem Tod und der Trauer, ja mit dem Verfall und der Zerstörung, aber dieser Kampf um die Schönheit wird im Augenblick das einzige sein, das, um mit Auden zu schließen, uns geblieben ist, ‹das Schöpfertum in Schmerz und Stille und noch einmal vor der Selbstzerstörung zu bewahren›».

Der Einfluß Audens war im mittleren Drittel des Jahrhunderts der bestimmende in England; ihm gegenüber verblaßten Eliot und

Yeats, und Lawrence und Hardy waren noch nicht entdeckt. Trotzdem meldete sich in den vierziger Jahren eine andere Stimme zu Wort, die wie Blitz und Donner aus heiterem Himmel kam und alles zeitdiagnostische, kluge, formstrenge, approbierte Dichten mit einem Schlag in Frage stellte: Dylan Thomas. Mit ihm erklang noch einmal eine ganz neue, nie gehörte Stimme, die sich abhob vom politisierten Konzert der Kriegs- und Nachkriegsjahre: die ‹reine› Stimme der Dichtung. Unerhörte Bilderfindungen, komplexe Rhythmen und Lautfolgen, syntaktisch fremde Wort- und Satzkaskaden erzeugten akustische und visuelle Räume, die jeden Rahmen bisherigen Dichtens sprengten und die doch aus der alten Schöpfungsmaterie der Dichter geformt waren: Kindheit und Sehnsucht, Liebe und Tod. Es überrascht nicht, daß er in seinem kurzen Leben auf Vortragsreisen und -räuschen gerade in Amerika Triumphe feierte. Denn dort war in den späten vierziger und frühen fünfziger Jahren eine Dichtung im Entstehen, die sich unwiderruflich von den Traditionen der englischen gelöst hatte: die Dichter im Umkreis des Black Mountain College, die New York Poets und die Poeten der Beat Generation, deren gemeinsames Vorbild William Carlos Williams war, nicht Auden, nicht der europäisierte Eliot.

Eher ein Außenseiter, dem eine späte, aber nachhaltige Wirkung zuteil wurde, ist der Poundschüler Basil Bunting. Sein großes autobiographisches Gedicht *Briggflatts* erschien 1966, doch seine Wirkung begann sich erst ein Jahrzehnt später zu entfalten, bezeichnenderweise angeregt durch die amerikanischen Dichter Robert Creeley und Allen Ginsberg. Für Bunting war die Landschaft, Geschichte und Sprache Nordhumbriens bestimmend; hier stammte er her, hierher kehrte er nach langen Jahren in Persien zurück. Die englische Lyrik, fand er, war bestimmt von den ‹Südlern›, den Angelsachsen. Ihnen stellte er sein nördliches Idiom entgegen, in dem viele Spuren der von Skandinavien geprägten Geschichte zu finden sind. Buntings Lyrik ist äußerst dunkel. Das hängt mit seinem poetischen Verfahren zusammen, für das die verschlungenen, sich verzweigenden Linien der Initialen im Evangeliar des Klosters Lindisfarne ebenso Vorbild waren wie die Eigenarten der Skaldendichtung (das Stabreimen, die Kenningar) oder der persischen Dichtung eines Firdusi. Diese Lyrik ist schwer zu entziffern, aber sie wird sofort lebendig, wenn man sie hört, auch wenn man sie nicht immer im lexikalischen Sinn versteht: «Sie handelt von Klängen, langen und kurzen Klängen, schweren und leichten Betonungen, den Tonverhältnissen der Vokale, den Beziehungen der Konsonanten untereinander, die wie Klangfarben in der Musik sind.» (Bunting) Was so entstand, sind allerdings nicht Lautgedichte – es sind Klanggebilde, durch die der Atem einer vergangenen Zeit und Kultur weht, wie er nur als gesprochenes Wort in einer bestimmten Landschaft fortlebte.

Ein anderer Lyriker der älteren Generation, der erst nach dem Krieg zur Geltung kam, obwohl seine bekanntesten Gedichte viel früher geschrieben waren, ist William Empson, der bedeutende Literaturkritiker der Vieldeutigkeit. Auch seine Texte sind extrem komplex; aber anders als die Gedichte Buntings, die in archaische Nebel zurückreichen, lassen sie sich präzis entschlüsseln. Empson ist sicher der zerebralste der englischen Dichter der Moderne. Er schreibt eine ‹Gedankenlyrik›, die intellektuell auf der Höhe der Zeit steht und poetisch auf die großen Herausforderungen durch die Physik, die Mathematik und das Ende der Metaphysik Antwort gibt. Er weiß, wovon er redet, denn er hat die Wissenschaften studiert, denen er das Feld der Erkenntnis nicht überlassen will. Seine Gedichte sind so schwierig – metrisch, syntaktisch, metaphorisch, gedanklich – wie die neuen Wissenschaften auch, aber durch ihre vielfältigen Verstrebungen mit der Tradition – in Mythos und Religion, Poesie und Wissenschaftsgeschichte – versuchen sie (ein letztes Mal?), die Komplexität der vita humana und inhumana, auch in ihrer Geschichtlichkeit, ins Wort zu bannen. Empsons Einfluß auf die englische Lyrik war beträchtlich. Besonders die antiromantische, rationalistische Gruppe *The Movement,* die in den fünfziger Jahren bekanntzuwerden begann (Larkin, Enright, Thom Gunn u. a.), bezog sich gern auf ihn. Diese Lyriker sind nüchtern, manchmal ironisch und witzig und wenden sich mit Vorliebe Alltagsgegenständen zu. Ein wichtiger Antrieb zum Schreiben ist die Auseinandersetzung mit der jüngeren Geschichte, insbesondere auch der deutschen; die Thematik zieht sich seit den fünfziger Jahren bis heute durch die englische Lyrik, von D. J. Enright über Michael Hamburger und Geoffrey Hill bis zu James Fenton. Ein Sonderfall ist Michael Hamburger, der mit neun Jahren aus Berlin nach England emigrieren mußte und der als Lyriker, obwohl er nur englisch schreibt, gewissermaßen zwischen zwei Sprachen steht. Er hat die Dichter des ‹hohen Stils› (Hölderlin, Celan) übersetzt und rettet sich, wie diese, in die Sprache als einen Hohlraum jenseits der tagtäglichen Barbarisierung des Sprachlichen. Seine hohe Sprachbewußtheit, auch die stete Reflexion des poetischen Mediums, verbindet ihn mit Charles Tomlinson. Das Werk beider Lyriker hat darüber hinaus im genauen Hinsehen, Hinhören auf die Natur einen fast hardyhaften gemeinsamen Grund.

Gegenüber dem, was sich nach Kriegsende in den USA an neuen, oft eruptiven Strömungen in der Dichtung zu formieren begann, wirkt die englische ‹Szene›, besonders im Umkreis des *Movement,* eigentümlich gedämpft und insular in ihrem ironischen Understatement und ihrer gepflegten Trauer über den Gang der Dinge im englischen Wohlfahrtsstaat, für die Philip Larkin repräsentativ und stilprägend war. Deshalb stellt A. Alvarez 1962 in seiner einflußreichen Anthologie *The New Poetry* seinen Landsleuten die ‹konfessionellen› amerikanischen Lyriker Lowell, Berryman, Plath und Sexton als Vorbilder voran und fordert in seinem beredten Vorwort das Ende des *gentility principle.* Eine Reihe von wort- und bildmächtigen Autoren seiner Sammlung, darunter der schwierige, anspielungsreiche, europäisch orientierte poeta doctus Geoffrey Hill oder der höchst ungewöhnliche ‹Naturdichter› auf den Spuren von D. H. Lawrence, Ted Hughes, zeigen verheißungsvolle neue Wege. Bei Hughes, dessen Thematik naturhafter Gewalt auf ihre Weise Hitler, Stalin und die Atombombe reflektiert, ist es letztlich das hinter der Natur Liegende, was ihn interessiert: das Heidnisch-Dämonische und die Bedrohung durch archaische Tiere, die sich gegen den Menschen, den Menschen-Gott, und ihre brüchigen Sinnsysteme erheben. Hughes sieht den Dichter als Schamanen, der Zugang zu verschütteten Quellen des Wissens hat und ein animistisches Licht der Natur zu entzünden versteht. Heidnische, genauer gesagt keltische Quellen finden sich auch bei dem nordirischen Lyriker Seamus Heaney, und auch er schreibt auf seine Weise Naturgedichte, schreibt über irische Moore und Äcker. Aber die Landschaften, die er gestaltet, sind keine Idyllen (und sei es durch die Zivilisation bedrohte), es sind geschichtlich gewordene Räume, und das heißt in Irland, daß sich durch jede Furche die Blutspur der Eroberer zieht, von den Zeiten der Wikinger an bis heute. Heaney hat einerseits (wie Hardy) den unromantischen Blick des Bauern für die Stimmigkeit und Brauchbarkeit des einzelnen benannten Gegenstands, andererseits (wie Yeats) den ebenso scharfen Blick für seine historisch belastete, tragische Valenz. Beide werden nun aber nicht in einen ‹symbolischen› Zusammenhang gesetzt: das eine *ist* das andere, das andere das eine, in der Gleichzeitigkeit dessen, was sich ausschließen könnte, würde es nicht von der Politik im Norden tagtäglich vergegenwärtigt.

Je näher eine anthologistische Gedichtauswahl der Gegenwart kommt, desto diffuser muß das Bild, desto ungerechter die Auswahl werden. Die Fülle an poetischen Talenten, sei es in der sogenannten Belfast Group, in den Texten der sprachlich und ständisch unangepaßten Dichter aus dem Arbeitermilieu des Nordens, oder der witzig und selbstbewußt auftretenden *women poets,* (wie sie die repräsentative Sammlung *Contemporary British Poetry* von B. Morrison und A. Motion 1982 und die neueren Anthologien von S. Armitage und S. O'Brien zeigen) läßt sich nur in bescheidener und problematischer Auswahl andeuten. Gleichzeitig sorgt das zu Ende gehende Jahrhundert bei einigen der großen Figuren für abschließende Akzente; so wenn Hughes vor seinem Tod im Vermächtnis seiner *Birthday Letters* die mythisch-tragische angloamerikanische *poetic love affair* mit Sylvia Plath in eindrucksvolle dichterische Form bringt, oder wenn der überragende Status von Seamus Heaney durch den Nobelpreis anerkannt wird. Das Bild, das der vorliegende Band dieser Anthologie von der englischen Dichtung des späteren 19. und 20. Jahrhunderts entwirft, zeigt sie im Prozeß einer ständigen Selbstvergewisserung und Selbsterneuerung aus dem reichen Fundus der einheimischen Tradition und in der vitalen Auseinandersetzung mit den Umwälzungen eines in vieler Hinsicht katastrophalen Jahrhunderts. (Der Dialog mit der kontinentaleuropäischen Dichtung ist dabei in der nach-modernistischen Ära, die keine mit Yeats oder Eliot vergleichbare Dichtergestalt hervorgebracht hat, deutlich schwächer ausgeprägt, obgleich die Übersetzungstätigkeit der Dichter selbst zunimmt.) Im ganzen gesehen wird deutlich, daß entscheidende Modernisierungsschübe aus den – englisch gesehen – Randbereichen kommen: aus den USA, aus Irland, und in geringerem Maße aus Schottland (MacDiarmid), Wales (Dylan Thomas) und ‹Nordhumbrien› (Bunting). Mit der auf höchst knappe Weise irisch-beredten, Jahrhunderte einer Randkultur des Empire zum Klingen bringenden Stimme Heaneys könnte unser Band, der mit den Spätviktorianern begann, enden. Wir haben ihr, außer derjenigen Brodskys (die die Polarität des Kalten Krieges poetisch negiert), aber noch eine andere hinzugefügt: auch Derek Walcott, aus der Karibik, singt mit dem Selbstbewußtsein eines Volkes, das nach Jahrhunderten seine Stimme fand. Walcott kann ein Beispiel dafür sein, daß es vielleicht bald nicht mehr möglich ist, von englischer Lyrik im Rahmen einer Nationalliteratur zu sprechen.

Horst Meller
Klaus Reichert

Anhang

Einführende Bemerkungen

Die Anordnung der Autoren dieser Anthologie folgt in der Regel schwerpunktartig der Chronologie ihrer wesentlichen Veröffentlichungen, doch gelegentlich auch dem Prinzip thematischer Gruppierung. Die Quellen und Textgrundlagen werden im Kommentar nachgewiesen. Die für diesen Band wichtige Literatur ist im nachfolgenden Verzeichnis aufgeführt. Kurztitel im Kommentar beziehen sich auf dieses Verzeichnis oder auf die Literaturhinweise zu den einzelnen Dichtern.

Der Kommentar enthält zu jedem Autor einen biographischen Abriß mit Angaben zu Werk und Wirkung; dazu selektive Hinweise auf zentrale Erstveröffentlichungen, Standardeditionen, kritische Einzelausgaben, Übersetzungen und wichtige Sekundärliteratur.

Die Erläuterungen zu den Gedichten umfassen einen genauen Quellennachweis für Texte und (bereits gedruckte) Übertragungen, sowie vor allem Wort- und Sacherklärungen. Die Zahl vor dem Gedichttitel oder -auftakt bezieht sich jeweils auf die Seite, die vor den einzelnen Anmerkungen auf den Vers des betreffenden Textes oder Textausschnitts.

Die Herausgeber dieses Bandes danken freundlichen Zulieferern beim Kompilieren des Kommentars: Tassia Grochotneva, Micheal Hanke, Hans Käsmann, Joachim Utz, Klaus Weimann. Frau Grochotneva gebührt auch Dank für ihr kompetentes Engagement beim Einrichten der Satzvorlagen. Besondere Dankbarkeit gilt Ernst-Peter Wieckenberg, der die verlegerische Betreuung über Jahre hinweg in beispielhafter Geduld wahrnahm, sowie Werner von Koppenfels, dessen Hirtenkunst beim Vorantreiben einer buntscheckig grasenden Herde nur noch von der Unerschöpflichkeit seiner Hilfsbereitschaft übertroffen wurde.

H. M., K. R.

Bibliographie

I a. Anthologien in englischer Sprache

M. H. Abrams/S. Greenblatt, *The Norton Anthology of English Literature, Seventh Edition*, Bd. 2, New York 1999 [[1]1974].

F. Adcock, *The Faber Book of 20 th Century Women's Poetry*, London 1987.

G. Allnutt, F. d'Aguiar et al., *The New British Poetry 1968–88*, London 1988.

K. Allott, *The Penguin Book of Contemporary Verse*, Harmondsworth 1950; [[2]1962; seit 1987 u. d. T. *English Poetry 1918–1960*.]

A. Alvarez, *The New Poetry*, Harmondsworth 1962.

S. Armitage, *The Penguin Book of Poetry from Britain and Ireland Since 1945*, Harmondsworth 1988.

N. Astley, *Poetry with an Edge*, Newcastle 1988.

K. Baker, *The Faber Book of War Poetry*, London 1996.

T. Blackburn, *45–60: An Anthology of English Poetry 1945–60*, London 1960.

S. Bolt, *Poetry of the 1920s*, London 1967.

A. Bradley, *Contemporary Irish Poetry*, Berkeley 1980.

R. Conquest, *New Lines*, London 1957.

W. Cookson, *Agenda: An Anthology. The First Four Decader 1959–1993*, London 1994.

V. Cunningham, *The Penguin Book of Spanish Civil War Verse*, Harmondsworth 1980.

V. Cunningham, *The Victorians: An Anthology of Poetry and Poetics*, Oxford 2000.

C. Day Lewis/J. Lehmann, *The Chatto Book of Modern Poetry*, London 1956.

J. Dowson, *Women's Poetry of the 1930s: A Critical Anthology*, London 1996.

D. Dunn, *The Faber Book of Twentieth-Century Scottish Poetry*, London 1992.

R. Ellmann/R. O'Clair, *The Norton Anthology of Modern Poetry*, New York 1988 ([1]1973).

D. J. Enright, *The Oxford Book of Contemporary Verse 1945–1980*, Oxford 1980.

D. J. Enright, *Poetry of the 1950s: An Anthology of New English Verse*, Tokyo 1955.

G. S. Fraser, *Poetry Now*, London 1956.

G. Grigson, *New Verse: An Anthology*, London 1939.

G. Grigson, *Poetry of the Present: An Anthology of the Thirties and After*, London 1949.

J. Heath-Stubbs/D. Wright, *The Faber Book of Twentieth Century Verse*, London 1953 [[3]1975].

D. Hibberd/J. Onions, *Poetry of the Great War*, Houndmills 1986.

M. Hulse, *The New Poetry, Third Edition*, Newcastle upon Tyne 1998 [[1]1993].

E. Jennings, *An Anthology of Modern Verse 1940–60*, London 1961.

P. M. Jones, *Modern Verse* 1900–1950, Oxford 1955.

F. Kermode/J. Hollander, *Modern British Literature*, New York 1973.

Ph. Larkin, *The Oxford Book of Twentieth Century English Verse*, Oxford 1973.
E. Lucie-Smith, *British Poetry Since 1945*, Harmondsworth 1970 [^{2}1985].
G. MacBeth, *Poetry 1900 to 1975*, London 1986 [^{1}1979].
D. Mahon/P. Fallon, *Penguin Book of Contemporary Irish Poetry*, Harmondsworth 1990.
H. Meller/R. Sühnel, *British and American Classical Poems*, Heidelberg 1999 [^{1}1966 Braunschweig].
B. Morrison/A. Motion, *The Penguin Book of Contemporary British Poetry*, Harmondsworth 1982 [^{2}1985].
S. O'Brien, *The Firebox. Poetry in Britain and Ireland After 1945*, London 1998.
J. M. Parson, *Men Who March Away: Poems of the First World War*, London 1987.
J. Press, *A Map of Modern English Verse*, London 1969.
J. Reeves, *Georgian Poetry*, Harmondsworth 1962.
J. Reeves, *The Modern Poets' World*, London 1957.
Ch. Ricks, *The Oxford Book of English Verse*, Oxford 1999.
M. Roberts, *The Faber Book of Modern Verse*, London 1936 [^{2}1951 ed. A. Ridler; ^{3}1965 ed. D. Hall; ^{4}1982 ed. P. Porter].
J. K. Robinson/W. B. Rideout, *A College Book of Modern Verse*, Evanston 1958.
S. Rodman, *One Hundred Modern Poems*, New York 1951.
C. Rumens, *New Women Poets*, Newcastle upon Tyne 1990.
G. Summerfield, *The Mid-Century: English Poetry 1940–1960*, Harmondsworth 1965.
G. Summerfield, *Worlds: Seven Modern Poets*, Harmondsworth 1974.
M. Schmidt, *Eleven British Poets. An Anthology*, London 1980.
M. Schmidt, *The Harvill Book of 20th Century Poetry in English*, London 1999.
R. Skelton, *Poetry of the Thirties*, Harmondsworth 1964.
M. Stephen, *Never Such Innocence: A New Anthology of Great War Verse*, London 1991 [^{1}1988].
R. K. R. Thornton, *Poetry of the 1890s*, Harmondsworth 1970, [^{2}1997].
A. Thwaite/J. Mole, *Poetry 1945 to 1980*, London 1983.
J. Wain, *Anthology of Modern Poetry*, London 1963.
O. Williams, *A Pocket Book of Modern Verse: English and American Poetry of the Last 100 Years*, New York 1954.
M. Wollmann, *Ten Contemporary Poets*, London 1963.
D. Wright, *The Mid-Century: English Poetry 1940–1960*, Harmondsworth 1965.
W. B. Yeats, *The Oxford Book of Modern Verse, 1892–1935*, Oxford 1936.

Ib. Anthologien übersetzter Texte

K. Arns, *Britanniens neue Dichtung*, Münster 1923.
K. Arns, *Jüngstes England: Anthologie und Einführung*, Leipzig 1925.
A. v. Bernus, *Das irdische Paradies: Englische Lyrik des 19. Jahrhunderts in Umdichtung*, Nürnberg 1947.

R. Borchardt, *Englische Gedichte,* Wien 1930.
R. Borchardt, *Englische Dichter,* Wien 1936.
G. Britting, *Lyrik des Abendlands*, Bd. 2, München 1967.
M. Butler/I. A. Dielewicz, *Englische Lyrik der Gegenwart* [Prosaübertragungen], München 1981.
A. Calder, *Englische Lyrik 1900–1980*, Leipzig 1983.
U. Clemen/Ch. Enzensberger, *Von Hopkins bis Dylan Thomas* [Prosaübertragungen], Frankfurt/M. 1961.
N. Elias, *Los des Menschen*, Frankfurt/M. 1987.
H. M. Enzensberger, *Museum der modernen Poesie*, München 1964 [¹1960 Frankfurt/M.].
W. Erzgräber/U. Knoedgen, *Moderne englische Lyrik* [Prosaübertragungen], Stuttgart 1984 [¹1981; ³1994].
H. Feist, *Ewiges England: Dichtung aus sieben Jahrhunderten von Chaucer bis Eliot*, Zürich 1945.
R. Flatter, *Die Fähre: Englische Lyrik aus fünf Jahrhunderten,* Wien 1954 [¹1936].
I. Galbraith, *Britische Lyrik der Gegenwart*, Mainz 1984.
M. Geilinger, *Englische Dichtung*, Frauenfeld 1945.
S. George, *Zeitgenössische Dichter: Übertragungen*, 2 Bde, Berlin 1929 [¹1905].
L. Goldscheider, *Die Insel: Englands Lyrik seit Swinburne,* Wien 1930.
H. Hartung, *Luftfracht: Internationale Poesie 1940 bis 1990*, Frankfurt/M. 1991.
H. Hennecke, *Englische Gedichte von Shakespeare bis W. B. Yeats*, Berlin 1938.
H. Hennecke, *Gedichte von Shakespeare bis Ezra Pound,* Wiesbaden 1955.
S. Küchler/D. Scheck, *Vom schwierigen Vergnügen der Poesie*, Straelen 1997.
W. Maschke, *Löwe und Einhorn: Englische Lyrik der Gegenwart*, Göttingen 1959.
D. Mehl, *Englische Gedichte* [Prosaübertragungen] München 1972 [¹1965 Ebenhausen bei München].
W. Schmiele, *Poesie der Welt: England* [Edition Stichnote/Propyläen], Berlin 1981.
L. Schücking, *Englische Gedichte aus sieben Jahrhunderten,* Leipzig 1964.
W. Vordtriede, *Gedichte. Englisch und Deutsch*, Frankfurt/M. 1964.
G. v. d. Vring, *Englisch Horn: Anthologie angelsächsischer Lyrik von den Anfängen bis zur Gegenwart*, Köln 1953.
G. v. d. Vring, *Angelsächsische Lyrik aus sechs Jahrhunderten*, Köln 1962.

II. Literatur

M. H. Abrams, «Coleridge, Baudelaire, and Modernist Poetics», in: *Immanente Ästhetik – ästhetische Reflexion*, ed. W. Iser, München 1966, S. 113–139.
G. Ahrends/H. U. Seeber, ed., *Englische und amerikanische Naturdichtung des 20. Jahrhunderts,* Tübingen 1985.
A. Alvarez, *The Shaping Spirit: Studies in Modern English and American Poets*, London 1958.

I. Amstrong, ed., *The Major Victorian Poets,* London 1969.
I. Amstrong, ed., *Victorian Poetry: Poetry, Poetics and Politics,* London 1993.
C. Bedient, *Eight Contemporary Poets*, London 1974.
C. Bode/U. Broich, ed., *Die Zwanziger Jahre in Großbritannien: Literatur und Gesellschaft einer spannungsreichen Dekade,* Tübingen 1998.
C. Bowra, *The Heritage of Symbolism* London 1962 [^{1}1943]
C. Bowra, *Poetry and Politics, 1900–1960*, Cambridge 1966.
J. Bradley, *The Movement: British Poets of the 1950s*, New York 1993.
C. Brooks, *Modern Poetry and the Tradition*, Chapel Hill 1939.
C. Brooks/R. P. Warren, *Understanding Poetry,* New York 1960 [^{1}1938].
G. Bullough, *The Trend of Modern Poetry,* Edinburgh 1944.
S. K. Coffman, *Imagism: A Chapter for the History of Modern Poetry,* Norman/Oklahoma 1951.
J. M. Cohen, *Poetry of This Age, 1908–1958*, London 1959.
N. Corcoran, *English Poetry Since 1940*, London 1993.
C. B. Cox/E. Dyson, *Modern Poetry: Studies in Practical Criticism*, London 1963.
V. Cunningham, *British Writers of the Thirties*, Oxford 1988.
D. Daiches, *Poetry and the Modern World: A Study of Poetry in England Between 1900 and 1939*, London 1940.
D. Davie, *Purity of Diction in English Verse,* London 1967 [^{1}1952]
D. Davie, *Under Briggflatts: A History of Poetry in Great Britain 1960–1988*, Manchester 1989.
G. Day/B. Docherty, ed., *British Poetry from the 1950s to the 1990s*, Basingstoke 1997.
W. Empson, *Seven Types of Ambiguity,* London 1930.
A. Esch, *Zur Situation der zeitgenössischen englischen Lyrik*, Opladen 1980.
I. Fletcher/M. Bradbury, ed., *Decadence in the 1890s*, London 1979.
G. S. Fraser, «The 1950s: The Movement and The Group», in: *The Modern Writer and His World*, London 1964.
G. S. Fraser, *Vision and Rhetoric: Studies in Modern Poetry,* London 1959.
H. Friedrich, *Die Struktur der modernen Lyrik: Von Baudelaire bis zur Gegenwart*, Reinbeck 1956.
P. Fussell, *The Great War and Modern Memory,* New York 2000 [^{1}1975].
R. F. Garrat, *Modern Irish Poetry: Tradition and Continuity from Yeats to Heaney,* Berkeley 1986.
P. Goetsch/H.-J. Müllenbrock, ed., *Englische Literatur und Politik im 20. Jahrhundert*, Wiesbaden 1981.
K. H. Göller, ed., *Die englische Lyrik: Von der Renaissance bis zur Gegenwart*, Bd. 2, Düsseldorf 1968.
R. Graves, *The Crowning Privilege: The Clark Lectures,* London 1955.
J. M. Gregson, *Poetry of the First World War,* London 1976.
F. Grubb, *A Vision of Reality: A Study of Liberalism in Twentieth-Century Verse,* London 1965.

H. Haberkamm, *Die Bewegung weg vom Movement: Studien zur britischen Gegenwartsdichtung nach 1960*, Heidelberg 1992.
D. Hall/S. Spender, *The Concise Encyclopedia of English and American Poets and Poetry*, London 1970.
M. Hamburger, *The Truth of Poetry*, New York 1969 [dt.: *Die Dialektik der modernen Lyrik: von Baudelaire bis zur Konkreten Poesie*, München 1972].
I. Hamilton, ed., *The Oxford Companion to Twentieth-Century Poetry in English*, Oxford 1994.
R. Hampson/P. Barry, ed., *New British Poetries*, Manchester 1993.
M. Hanke, ed., *Englische Gedichte des 20. Jahrhunderts: Interpretationen*, Stuttgart 1997.
D. Hibberd, ed., *Poetry of the First World War: A Casebook*, Basingstoke 1983.
K. J. Höltgen/L. Hönnighausen/E. Kreutzer/G. Schmitz, ed., *Tradition und Innovation in der englischen und amerikanischen Lyrik des 20. Jahrhunderts: Arno Esch zum 75. Geburtstag*, Tübingen 1986.
L. Hönnighausen, *The Symbolist Tradition in English Literature*, Cambridge 1988.
J. Holden, *Style and Authenticity in Postmodern Poetry*, Columbia/Miss. 1986.
J. Hollander, ed., *Modern Poetry: Essays in Criticism*, London 1968.
P. Hühn, *Geschichte der englischen Lyrik, II: Von der Viktorianischen Epoche bis zur Gegenwart*, Tübingen 1995.
G. Hughes, *Imagism and the Imagists: A Study in Poetry*, Stanford/Cal. 1931.
D. Johnston, *Irish Poetry after Joyce*, Syracuse/N. Y 1997.
J. H. Johnston, *English Poetry of the First World War: A Study in the Evolution of Lyric and Narrative Form*, Princeton 1964.
L. Jordan, *Europäische und nordamerikanische Gegenwartslyrik im deutschen Sprachraum 1920–1970*, Tübingen 1994.
L. Jordan, *Bibliographie zur europäischen und nordamerikanischen Gegenwartslyrik im deutschen Sprachraum: Sekundärliteratur 1945–1988*, Tübingen 1996.
D. Kennedy, *New Relations: The Refashioning of British Poetry 1980–1994*, Bridgend 1996.
F. Kermode, *Romantic Image*, London 1957.
R. Langbaum, *The Poetry of Experience: The Dramatic Monologue in Modern Literary Tradition*, London 1957.
F. R. Leavis, *New Bearings in English Poetry: A Study of the Contemporary Situation*, London 1932.
L. MacNeice, *Modern Poetry: A Personal Essay*, New York 1938.
E. A. Marsland, *The Nation's Cause: French, English and German Poetry of the First World War*, London 1991.
S. Matthews, *Irish Poetry: Politics, History, Negotiation*, London 1997.
G. Melchiori, *The Tightrope Walkers: Studies in Modern Poetry*, London 1956.
H. Meller, ed., *Zeitgenössische englische Dichtung: Lyrik*, Frankfurt/M. 1966.
W. V. O'Connor, *Sense and Sensibility in Modern Poetry*, Chicago 1948.
H. Oppel, ed., *Die moderne englische Lyrik: Interpretationen*, Berlin 1967.
E. Otto, «Tendenzen und Formen zeitgenössischer irischer Lyrik», in: *Ein-*

führung in die zeitgenössische irische Literatur, ed. J. Kornelius/E. Otto/G. Stratmann, Heidelberg 1980.

G. Parfitt, *English Poetry of the First World War: Contexts and Themes*, New York 1990.

A. C. Partridge, *The Language of Modern Poetry*, London 1976.

D. Perkins, *A History of Modern Poetry*, 3 Bde., Cambridge/Mass. 1976, 1977, 1987.

E. Platz-Waury, ed., *Moderne englische Lyrik: Interpretation und Dokumentation*, Heidelberg 1978.

R. Pordzik, *Signaturen der Postmoderne: Lyrik als Paradigma postmoderner Literatur*, Essen 1996.

J. Press, *Rule and Energy: Trends in British Poetry Since the Second World War*, London 1963.

J. Press, *A Map of Modern English Verse*, Oxford 1969.

H. Read, *Form in Modern Poetry*, London 1932.

I. A. Richards, *Practical Criticism*, London 1929.

I. A. Richards, *Poetries and Sciences*, London 1970 [^{1}1926 u. d. T. *Science and Poetry*].

L. Riding/R. Graves, *A Survey of Modernist Poetry*, London 1927.

A. Robinson, *Instabilities in Contemporary British Poetry*, London 1988.

M. L. Rosenthal, *The Modern Poets: A Critical Introduction*, New York 1960.

R. H. Ross, *The Georgian Revolt, 1910–1922: Rise and Fall of a Poetic Ideal*, Carbondale/Ill. 1965.

V. Scannell, *Not Without Glory: Poets of the Second World War*, London 1976.

R. Schiffer/H. J: Weiand, ed., *Insight: Analyses of English and American Poetry*, Frankfurt/M. 1969.

M. Schmidt, *An Introduction to Fifty Modern British Poets*, London 1979.

M. Schmidt/G. Lindop, ed., *British Poetry since 1960: A Critical Survey*, South Hinksey 1972.

J. Scully, ed., *Modern Poets on Modern Poetry*, London 1966.

J. Silkin, *Out of Battle: The Poetry of the Great War*, London 1972.

C. H. Sisson, *English Poetry 1900–1950*, London 1971.

V. de Sola Pinto, *Crisis in English Poetry 1880–1940*, London 1951.

M. K. Spears, *Dionysos and the City: Modernism in Twentieth-Century Poetry*, New York 1970.

S. Spender, *Poetry Since 1939*, London 1946.

C. K. Stead, *The New Poetic*, London 1964.

C. K. Stead, *Pound, Yeats, Eliot and the Modernist Movement*, Basingstoke 1986.

R. Sühnel/D. Riesner, ed., *Englische Dichter der Moderne: Ihr Leben und Werk*, Berlin 1971.

A. Symons, *The Symbolist Movement in Literature*, London 1899, ^{3}1919; ed. R. Ellmann, New York 1958.

W. B. Thesing, *The London Muse: Victorian Responses to the City*, Athens/Georgia 1982.

R. K. R. Thornton, *The Decadent Dilemma*, London 1983.
G. Thurley, *The Ironic Harvest: English Poetry in the Twentieth Century*, London 1974.
A. Thwaite, *Twentieth-Century English Poetry: An Introduction*, London 1978.
A. Thwaite, *A Critical Guide of British Poetry 1960–1984*, London 1985.
W. Y. Tindall, *Forces in Modern British Literature, 1885–1956*, New York 1956.
A. T. Tolley, *The Poetry of the Thirties*, London 1975.
A. T. Tolley, *The Poetry of the Forties*, Manchester 1985.
Ch. Tomlinson, «Poetry Today», in: *The Modern Age: The Pelican Guide to English Literature*, ed. B. Ford, Bd. 7, Harmondsworth 1961, S. 458–472.
J. Wain, ed., *Interpretations: Essays on Twelve English Poems*, London 1955.
E. Werlich, *Poetry Analysis: Great English Poems Interpreted*, Dortmund 1972 [[1]1969].
J. Williams, *Twentieth-Century British Poetry: A Critical Introduction*, London 1967.

Kommentar

Anstelle eines einleitenden Mottos:
Walter Pater

Walter Pater

London 1839 – Oxford 1894

2 La Gioconda (Ausgabe: Studies in the History of the Renaissance, London 1873; Text: Works, London 1925, Bd. 1, S. 123–125; Ü: Hugo von Hofmannsthal, in: Gesammelte Werke in zehn Einzelbänden, ed. B. Schoeller/R. Hirsch, Frankfurt/M. 1979; Reden und Aufsätze I, 1891–1913, «Über moderne englische Malerei: Rückblick auf die Internationale Ausstellung Wien 1894», S. 550) Für den englischen Kunstkritiker und Essayisten Walter Horatio Pater war das verstehende Wahrnehmen von Schönheit so entscheidend für ein Gelingen menschlicher Existenz wie die Einsicht in die Kürze des Lebens. Damit wurde er zum Wortführer des «Aesthetic Movement» seiner Epoche, zum ernsthaftesten Vertreter der «l'art pour l'art»-Bewegung in England. Ein Lyriker war er nicht, aber in seinen epochemachenden Essays *The Renaissance: Studies in Art and Poetry* findet sich im Kapitel «Leonardo da Vinci» (datiert 1869) eine poetisch beschreibende Passage über Leonardos Mona Lisa («La Gioconda»), von der Sir Kenneth Clark sagte: «Even to-day, with access to Leonardo's notebooks and to a vast corpus of scholarship, we cannot improve on Pater's characterisation» (Einleitung zur Fontana Library Edition, London 1961, S. 16). Die Stelle ist von mehr als einem Dichter nicht nur als Credo sondern auch als strahlkräftiges Prosagedicht gelesen worden. Mit zwanzig Jahren stellte Hugo von Hofmannsthal sie in seinem Essay über die moderne englische Malerei in eigener Übertragung vor. (Siehe das Nachwort dieses Bandes.) Mit siebzig Jahren gab der vielleicht größte aller englisch schreibenden Lyriker des 20. Jahrhunderts, William Butler Yeats, ein *Oxford Book of Modern Verse* (1936) heraus und druckte als erstes Gedicht seiner Anthologie dieses ab:

Mona Lisa

She is older than the rocks among which she sits;
Like the Vampire,
She has been dead many times,
And learned the secrets of the grave;

And has been a diver in deep seas,
And keeps their fallen day about her;
And trafficked for strange webs with Eastern merchants;
And, as Leda,
Was the mother of Helen of Troy,
And as St Anne,
Was the mother of Mary;
And all this has been to her but as the sound of lyres and flutes,
And lives
Only in the delicacy
With which it has moulded the changing lineaments,
And tinged the eyelids and the hands.

Nur ein Wort, das Yeats hinzufügte. Man muß es suchen. Was den Effekt des Poetischen bewirkt: exaltierter Sprachton, verrätselnde Ausdrucksweise in ungleichmäßig abgeteilten, emotional gefärbten Wortgruppen, markante Vielfach-Wiederholung des Wortes *and* am Zeilenbeginn, damit verbunden grammatische Parallelismen der stark rhythmisch bestimmten Satzkonstruktionen. In der Bildlichkeit summiert Paters lyrisches Konterfei der Mona Lisa als Urtyp einer Metamorphosengestalt drei Quellströme abendländischer Überlieferung: das Heidnisch-Atavistische (Vampir), die geschichtsbegründende Antike (Leda als Mutter der Helena; vgl. das Sonett von Yeats im vorliegenden Band, S. 166) und die christliche Heilsgeschichte (Anna als Mutter der Jungfrau Maria). Leda und Anna sind Mütter, die Geschichte machten: den Krieg um Troja in Gang setzend, die Einsetzung eines neuen Weltgesetzes vorbereitend. (Vgl. als ein im Effekt analoges «objet trouvé», das zu einem klassischen «Prosagedicht» wurde: Hugh MacDiarmids «Perfect», S. 236, sowie unseren Kommentar dazu auf S. 574)

ROBERT BROWNING

London 1812 – Venedig 1889

Den Zeitgenossen wurde Robert Browning dadurch mit Eklat bekannt, daß er 1846 die berühmte Dichterin Elizabeth Barrett (vgl. Bd. 3. S. 424 ff. dieser Anthologie) heimlich heiratete und nach Italien entführte. Als sie, nach glücklicher Ehe, 1861 in Florenz starb, kehrte er nach London zurück, um dort das poetisch produktive, und gesellschaftlich bewegte, lange letzte Drittel seines Lebens zu verbringen. Seinen besonderen Rang in der englischen Dichtung erwarb er sich durch seine «dramatischen Monologe». In diesen stellte er (nach seinem Scheitern als Theaterautor), in bewußter Abkehr von romantischer Subjektivität und mit brillanter psychologischer Einfühlung, nicht «character in action» sondern «action in character» dar (nicht Figuren in Handlung sondern Handlung in Figuren). Die Tatsache, daß seine durchaus zeitnahen Themen durch die jeweils gewählte kulturgeschichtliche Distanz der *settings* verfremdet erscheinen, und daß er sich im Gegensetz zum viktorianischen Ideal lyrischen Wohlklangs einer harten metrischen Fügung nach dem Vorbild des bewunderten John Donne bedient, machte ihn für seine Zeitgenossen zu einem schwierigen Dichter. Seine Affinität zur Romankunst der Viktorianer zeigt sich am eindrucksvollsten in dem buchlangen Gedicht *The Ring and the Book* (1868/69), das in raffinierter perspektivischer Brechung einen alten römischen Kriminalfall aufrollt und dabei die seelischen Abgründe der Beteiligten ebenso wie die Fragwürdigkeit juristischer Wahrheitsfindung ausleuchtet. Die Modernität seiner Fallstudien über die Beziehungen von Männern und Frauen, über Bedingungen und Konsequenzen schöpferischer Produktivität, über die Gefährdung von Normalität durch das Einbrechen des Irrationalen, sowie schließlich über das Verhältnis von öffentlicher *persona* zur «privaten» Psyche, ist für eine Reihe großer Autoren der Jahrhundertwende und der klassischen Moderne wie Kipling, Hardy, Pound, Henry James, Yeats, Eliot und Joyce einflußreich geworden. «Soundest of all the Victorians» (der gesündeste aller Viktorianer): Dieses war Ezra Pounds Urteil über Browning, von dessen *Sordello* (1840) und dessen subtiler Persona-Technik er sich inhaltlich und formal für seine *Cantos* inspirieren ließ. Die Gedichte in *Men and Women* hielt er für die faszinierendsten der Epoche. Henry James sah in den Beziehungsstudien von Brownings Monologen und in der Perspektivik von *The Ring and the Book* Grundmuster seiner eigenen Romankunst.

Ausgaben: Paracelsus, 1835. – *Sordello*, 1840. – *Dramatic Lyrics*, 1842. – *Bells and Pomegranates Nr. 7: Dramatic Romances and Lyrics, 1845.* – *Men and Women*, 2 Bde., 1855. – *The Poetical Works*, 1868. – *The Ring and the Book*, 4 Bde., 1868–1869. – *Poetical Works*, 1888–1894. – *Asolando*, 1889. – *Poetical Works. 1833–1864*, ed. I. Jack, 1970. – Alle London. – *Robert Browning's Poetry* (Norton Critical Edition), New York 1979. – *Poetical Works*, ed. I. Jack/M. Smith, 4 Bde., Oxford 1983–1991.

Übersetzungen: F. P. Greve, *Paracelsus*, Leipzig 1904. – H. v. Heiseler, *Pippa geht vorüber*, 1903, [2]1914. – C. Gräfin Keyserlingk, *Der Ring und das Buch*, 1927. – Beide Leipzig.

Literatur: H. James, «The Novel in ‹The Ring and the Book›», in: *Notes on Novelists*, New York 1914. – Ezra Pound, ‹T. S. Eliot›, in: T. S. Eliot, ed., *Literary Essays of Ezra Pound*, London 1954. – W. C. de Vane, *A Browning Handbook*, New York 1955, [1]1935. – R. Langbaum, *The Poetry of Experience: The Dramatic Monologue in Modern Literary Tradition*, London 1957. – J. Hillis Miller, *The Disappearance of God: Five Nineteenth-Century Writers*, Cambridge/Mass. 1963. – I. Armstrong, ed., *The Major Victorian Poets: Reconsiderations*, London 1969. – I. Jack, *Browning's Major Poetry*, Oxford 1973. – J. R. Watson, ed., *Browning: A Casebook*, London 1974. – E. Cook, *Browning's Lyrics: An Exploration*, Toronto 1974. – I. Armstrong, ed., *Victorian Poetry: Poetry, Poetics and Politics*, London 1993.

4 SUMMUM BONUM (Ausgabe: Asolando 1889; Text: Poetical Works, 1888–1894, Bd. 17, S. 11; Ü: W. v. Koppenfels) In ironischem Bezug auf das Summum Bonum (das höchste erstrebbare Gute) des Heiligen Augustinus, die Liebe Gottes, feiert Browning in spielerisch leichtem Ton die im Kuß sich bekennende Liebe zwischen Mann und Frau. Der Kuß, als Destillat von ‹sweetness and light› (Süße und Licht), wird im Gedicht, das auf Traditionszusammenhänge der Emblemkunst des 17. Jahrhunderts anspielt, zum Ereignis kosmischer Wahrheit.

4 MEETING AT NIGHT. PARTING AT MORNING (Ausgabe: Bells and Pomegranates Nr. 7: Dramatic Romances and Lyrics 1845; dort als «Night and Morning» erschienen; Text: Poetry, Norton Critical Edition, S. 92 f.; Ü: W. v. Koppenfels) Ein Kabinettstück dramatischer Verknappung, das bis in rhythmische Feinheiten die innere Dynamik und Körperlichkeit der Begegnung der Liebenden abbildet, deren Trennung am Morgen Thema und Aufbau des «Tagelieds» (Alba) variiert. (Diese Gattung des europäischen Minnesangs schildert Abschied und Trennung nach unerlaubter Liebesnacht; vgl. die «Aubade» William Empsons und diejenige Philip Larkins in diesem Band, S. 264 bzw. 350) – (PARTING AT MORNING): Eine Frage nach dem Sprecher beschied der Autor 1889, in beiden Teilgedichten sei es der Mann. Laut C. de Vane (S. 178) ist das Gedicht «his confession of how fleeting is the belief (implied in the first part) that such raptures are self-sufficient and enduring – as for the time they appear». – 3 ... *gold for him*: Das Personalpronomen bezieht sich auf die Sonne, deren grammatisches Geschlecht im Englischen männlich ist.

6 MY LAST DUCHESS (Ausgabe: Bells and Pomegranates Nr. 3: Dramatic Lyrics 1842, unter «Italy and France»: ‹I. Italy «My Last Duchess»›; Text: Poetry, Norton Critical Edition, S. 58 f.; Ü: K. Hofmann/W. v. Koppenfels) Wenngleich in diesem Monolog eine Interaktion zwischen Sprecher und Zuhörer erschlossen werden kann, erscheint dieser Sprecher isoliert. Er gibt seinem Zuhörer in manischer Intensität einen Bericht von seiner Ehe, die im Zeichen seines Strebens nach Macht und Herrschaft über seine Frau stand. Für diese Beziehung zwischen Mann und Frau sind Sprachlosigkeit und Gewalt ebenso wie die räumliche Abgeschlossenheit der Szene typisch. Der Leser ist wie der Zuhörer des Monologsprechers aufgefordert, dessen Rede zu verstehen. Sie ist des Herzogs Versuch einer Interpretation seines Verhältnisses zu seiner «Last Duchess». Die in dieser Rede dargestellte Konfrontation zwischen Herzog und Herzogin ist die zwischen einer nieder-

gehenden Kultur feudaler Gewalt und einer demokratischen, ganzheitlichen, natürlichen Schönheit und Sensibilität des Leibes, die der Herzog erst schätzen kann, wenn sie ästhetisiert ins Kunstwerk gebannt und zum leblosen Objekt verwandelt sind. Dies liest sich wie eine ironische Pointe zu der von Fra Lippo Lippi im gleichnamigen Monolog geäußerten Überzeugung: «we're made so that we love/First when we see them painted, things we have passed/Perhaps a hundred times nor cared to see» (Wir sind so geschaffen, daß wir erst dann etwas lieben, wenn wir gemalt sehen, woran wir unzählige Male vorübergegangen sind, ohne es eines Blickes zu würdigen, 300–302). – *Untertitel*: Für eine historische Identifizierung des Sprechers wird häufig der Renaissance-Fürst Alfonso II. von *Ferrara* (1533–1597) vorgeschlagen, der fünfte und letzte Herrscher aus der Familie d'Este. 1558 vermählte sich der Herzog mit Lucrezia, der 14jährigen Tochter des Fürsten Cosimo I. von Florenz. Diese starb 1561 unter ungeklärten Umständen. – 3 *Fra Pandolf*: ein fiktiver Maler, einem Kloster angehörig, nicht mit dem Vorgänger des Bischofs der Kirche St. Praxed's zu verwechseln. – 33 ... *old name*: Die Medici-Familie Lucrezias war erst vor wenigen Generationen zur Macht gekommen. – 45 *I gave commands*: Der Autor soll gesagt haben: «The commands were that she should be put to death» – um dann nachzuschieben «or he might have had her shut up in a convent» (vgl. Norton Ed. S. 59). – 49 *The Count your master*: Bald nach dem mysteriösen Tod seiner jungen Frau steht der Herzog in Verhandlungen mit dem Grafen von Tirol um die Hand von dessen Tochter. – 56 *Claus of Innsbruck*: Diesen fiktiven Künstler erwähnt der Herzog, weil in Innsbruck sein prospektiver neuer Schwiegervater Hof hält: dessen Botschafter dürfte beeindruckt sein.

8 THE BISHOP ORDERS HIS TOMB AT ST. PRAXED'S (Ausgabe: Hood's Magazine, März 1845; The Poetical Works 1868; Text: Poetical Works, ed. I. Jack/M. Smith, Bd. 4, S. 69–75; Ü: J. UTZ) IM FEBRUAR 1845 entstanden. Dieser Sterbemonolog eines fiktiven römischen Bischofs der Renaissance enttäuscht alle Erwartungen frommer Leser. Die Sorgen des Sterbenden sind völlig diesseitig und gelten einzig der Ausgestaltung seines Grabmals sowie der Artikulation seiner grotesken Geltungs- und Genußsucht. Die Szene im Kreis seiner illegitimen Söhne ist eine Demonstration hohlen Machtanspruchs, ästhetischer Bedürfnisse und sexueller Phantasien ohne das moralische Gegengewicht christlicher Tugenden. Glaube, Demut, Liebe und Barmherzigkeit gegenüber den Armen werden von Santa Prassede repräsentiert, in deren Kirche in Rom Browning den Bischofsmonolog inszeniert. Zu dessen Strukturprinzip macht er die eingeschränkte Wahrnehmungsfähigkeit des Sprechers. Browning nimmt damit implizit Bezug auf die theologischen Diskussionen seiner Zeit, die um die Möglichkeiten der Erneuerung der Kirche im Geist des Urchristentums kreisten als eines Gegenmodells zum profanisierenden Liberalismus Englands. Der Übertritt von John Henry Newman, der treibenden Kraft des Oxford Movement, in die römisch-katholische Kirche im Oktober 1845 markiert den Höhepunkt ei-

ner mit Leidenschaft geführten öffentlichen Auseinandersetzung. Die im Monolog sich äußernde Perversion ethischer Maßstäbe wollte Browning in Parallele gesetzt wissen zu vergleichbaren zeitgenössischen Erscheinungen, wie aus seinem Brief an den Herausgeber von Hood's Magazine hervorgeht. John Ruskin schrieb über das Gedicht im IV. Buch von Modern Painters: «Ich kenne kein anderes Beispiel moderner englischer Prosa oder Dichtung, aus dem wir soviel wie in diesen Zeilen erfahren würden über den Geist der Renaissance: seine Diesseitigkeit, Widersprüchlichkeit, Hoffart, Scheinheiligkeit, Unreflektiertheit, seine Liebe zu Kunst, zu Luxus und zu gutem Latein.» – Der *Titel* des Erstdrucks dieses Totenbett-Monologs lautete «The Tomb at St. Praxed's». Browning hatte die aus dem 5. Jahrhundert stammende, im 9. Jahrhundert umgebaute Kirche Santa Prassede mit Sicherheit bei seiner Romreise besucht; seine Beschreibung der Architektur ist jedoch nicht exakt. – 1 *Vanity.*: vgl. Prediger 1: 2 «Es ist alles ganz eitel . . .» – 3 *Nephews*: der landläufige Euphemismus für die Söhne der Päpste. – 5 *Gandolf*, der fiktive Vorgänger des Bischofs, ist ebenso wie dieser im vorreformatorischen Cinquecento zu lokalisieren. – 26 *tabernacle*: ein ironisches Echo der Bauanleitung, die Jahwe für sein Heiligtum erteilt; vgl. 2. Mose 25: 8 ff. – 42 *lapis lazuli*: leuchtendblauer, harter Ornamentstein. – 46 *Frascati*: Wein- und Erholungsort in den romnahen Bergen. – 49 *Jesu Church*: Diese Hauptkirche des Jesuitenordens besitzt eine Trinitätsgruppe mit einem Erdglobus aus einem großen Lapislazuli-Block. – 51 *Swift as a weaver's shuttle*: vgl. Hiob 7: 6. – 52 *Man goeth to the grave*: Hiob 7: 9 und 14: 10. – 62 *Moses with the tables*: 2. Mose 24: 12. – 64 *Child of my bowels*: vgl. Jesaja 48: 19 und Philemon 12. – 66 *travertine*: in Rom gebräuchlicher Kalkstein. – 68 *jasper*: Der Sterbende verlangt nach dem «alleredelsten Stein, einem hellen Jaspis», wie für den Bau des Himmlischen Jerusalem gemäß der Offenbarung des Johannes, 21: 11, 18 u. 19 verwendet. – 77 *Tully*: familiäre Namensform für Marcus Tullius Cicero. – 79 *Ulpian*: Sein Latein ist weit von der Eleganz Ciceros entfernt. – 82 *God made and eaten*: bezieht sich auf das Dogma der Transsubstantiation. – 95 *his sermon on the mount*: Die wandernden Gedanken des Sterbenden erlauben es der heiligen Jungfrau Santa Prassede (oder Sancta Praxedis), die ihr Martyrium im 2. Jahrhundert erlitt, Christi Rolle bei der Bergpredigt (Matthäus 5) zu übernehmen. – 99 *Elucescebat*: Statt des spätlateinischen Verbums elucescere ‹leuchten› auf Gandolfs Epitaph hätte Cicero vermutlich «lucere» verwendet. – 101 *my Pilgrimage*: Vgl. die Äußerung des 130jährigen Erzvaters Jakob vor Pharao, 1. Mose 47: 9. – 108 *vizor*: eine (meist mit Bacchus assoziierte) Steinmaske. – *Term*: eine (häufig phallische) Säulenbüste. Beides gehört zum klassischen Repertoire der weltlichen Renaissance-Architektur.

16 PORPHYRIA'S LOVER (Ausgabe: Monthly Repository, 10, N. S., 1836, S. 43 f. als «Porphyria»; in Bells and Pomegranates Nr. 3: Dramatic Lyrics 1842, als «Madhouse Cells II»; in Poems 1849 als «Madhouse Cell II. Porphyria's Lover»; Text: Poetical Works, ed. I. Jack/M. Smith, Bd. 3, S. 250 ff.; Ü: R. Borchardt, Englische Dichter, Wien 1936, S. 22 ff.) Diesen möglicherweise

frühesten seiner dramatischen Monologe konstruiert Browning dergestalt, daß nicht erkennbar wird, ob es sich um eine Erinnerung an eine Liebesbeziehung handelt, die in einen Sexualmord mündet, oder um eine Phantasie. Der Sprecher des Gedichts erzählt die Geschichte seiner Besessenheit vom Wunsch nach sexueller Macht. Seine Gier nach Herrschaft ist so grenzenlos, daß er während der gesamten fatalen Begegnung mit Porphyria stumm bleibt, dabei distanziert beobachtet und registriert, in einem Prozeß, auf dessen Höhepunkt er die Frau zu seinem gänzlich verfügbaren Gegenstand macht, indem er sie tötet und damit aus einem «she» ein «it» macht. Die fast wortlose Stille der Szene schließt auch das Schweigen Gottes ein, der im Machtspiel des Sprechers ebenso wie die Geliebte ausgeschaltet wird.

18 Paracelsus (Ausgabe: Paracelsus 1835; Text: Fassung 1888, Poetical Works, ed. I. Jack/M. Smith, Bd. 1, S. 475–479; Teil 5, V. 638–685a, von 703; Ü: M. Geilinger, Englische Dichtung 1945, S. 53 f. u. d. T. «Paracelsus spricht») Der erstmals im August 1835 gedruckte Text wurde 1849 und 1863 stark umgearbeitet. Mit Recht hält Ian Jack Brownings «Paracelsus» für eine Einübung in sein «eigentliches Thema, indem der Dichter die psychologische Studie eines isolierten Individuums schreibt und versucht, einen Typus dramatischer Dichtung zu finden, der sich vom Bühnendrama beträchtlich unterscheidet». Wie in «Sordello» geht es Browning in seinem handlungslosen fünfteiligen poetischen Drama um die Darstellung von «incidents in the development of a soul» (Ereignisse in der Entwicklung einer Seele). Die ausgewählte Passage ist aus Teil 5, wo Paracelsus auf dem Sterbebett sich Rechenschaft ablegt über seine Lebensleistung. Browning stellt Paracelsus und sein Streben nach «Infinite Knowledge» (Wissen grenzlos) in den Kontext der zeitgenössischen Fortschrittsdebatte, ergänzt die Hauptfigur aber durch den Dichter Aprile, der das Streben nach «Infinite Love» (Liebe grenzlos), der höchsten christlichen Tugend, verkörpert. – Die Entstehungszeit von «Paracelsus» fiel mit dem Beginn einer Phase epochaler wissenschaftlicher Entwicklungen und Theorien in England und Europa zusammen: 1833 erschien der dritte und letzte Teil von Charles Lyells «The Principles of Geology», Faraday entdeckte in diesen Jahren die Gesetze der Induktion, Charles Darwin reiste als «naturalist to the expedition» mit der Beagle nach Patagonien, in Frankreich begann Auguste Comte mit der Veröffentlichung seiner «Cours de philosophie positive». In einem Brief an Frederick James Furnivall bestätigte Browning selbst die beabsichtigte Aktualität seines Dramas: «... Alles was in Darwins Theorie bewiesen zu sein scheint, war eine Grundkonzeption, die mir von früh an vertraut war: Beachten Sie nur in Paracelsus die progredierende Entwicklung von toter Materie zu organischer und weiter bis zum Auftreten des Menschen.» (Teil 5). – 1–6 *I knew... what God is, what we are*: Im Ms. findet sich als Randglosse: «Paracelse faisait profession du Pantheisme le plus grossier. – Renauldin» (Paracelsus bekannte sich zum gröbsten Pantheismus). – 14–15 *climbs... for ever*: In der ‹Faustdichtung› des 23jährigen Autors läßt sein Sprecher elisabethanische Töne anklingen: Vgl.

Marlowes «Still climbing after knowledge infinite» (Stets aufsteigend zu grenzenlosem Wissen) in Tamburlaine, Bd 1, S. 140 dieser Anthologie. – 25 *cyclops-like*: weil Zyklopen einäugig sind. – 36 *dorr*: «a kind of flying insect, remarkable for flying» (Dr. Johnson's Dictionary). – 42 *limpet*: eigentlich Napfschnecke. – 44 *he dwells in all*: Vgl. Miltons «Paradise Lost», 3: 341: «God shall be all in all.»

GEORGE MEREDITH

Portsmouth 1828 – Dorking 1909

Der zu den großen viktorianischen Romanciers zählende Autor begann seine literarische Laufbahn, nach einer privaten und wechselhaften schulischen Ausbildung (u. a. bei den Mährischen Brüdern in Neuwied), mit journalistischen Arbeiten und Gedichten; zeitlebens hat er sich primär als Dichter verstanden. 1849 heiratete er die sieben Jahre ältere, verwitwete Mary Ellen Nicholls, eine Tochter des bekannten Autors witziger Konversationsromane Thomas Love Peacock, die ihn nach einer spannungsreichen, wenig glücklichen Ehe eines anderen Mannes wegen verließ und 1861 vereinsamt starb. 1859 erschien sein erster bedeutender Roman *The Ordeal of Richard Feverel*, der die besondere Gabe des Verfassers für die Analyse komplexer Bewußtseinszustände offenbart. 1861-62 wohnte Meredith zusammen mit Swinburne und Dante Gabriel Rossetti in Chelsea, wo in kurzer Zeit die fünfzig Sechzehnzeiler – er selber bezeichnete sie gelegentlich auch als Sonette – seines Zyklus *Modern Love* entstanden: eine von traumatischer Eigenerfahrung geprägte tragisch-ironische Ehegeschichte in Versen, deren Peripetien der Leser aus einzelnen Szenen, Dialogen und Monologen erschließen muß. Dieses in seiner Art einmalige Unternehmen, keine Schuldzuweisung, sondern das Psychogramm eines wechselseitigen Scheiterns, erregte bei den Zeitgenossen moralischen Anstoß und wurde lange in seinem Rang verkannt. Auch in Merediths späterem, umfangreichem Romanwerk bleibt die Eheproblematik und der vor allem auf die Frau ausgeübte Konformitätszwang der Gesellschaft ein zentrales Thema.

Ausgaben: *Poems*, 1851. – *The Ordeal of Richard Feverel*, 1859. – *Modern Love and Poems of the English Roadside*, 1862; ^{2}1892. – *The Egoist*, 1879. – *Poems and Lyrics of the Joy of Earth*, 1883. – *Ballads and Poems of Tragic Life*, 1887. – *A Reading of Life*, 1901. – *Poems*, in *Works: Memorial Edition*, 1896–1912, Bde. 14–16, 1910. – *Selected Poetical Works*, ed. G. M. Trevelyan, 1955. – *Modern Love*, ed. C. D. Lewis, 1959. – Alle London. – *The Poems*, ed. Ph. B. Bartlett, 2 Bde., New Haven 1978.

Literatur: G. M. Trevelyan, *The Poetry and Philosophy of George Meredith*, 1906. – Siegfried Sassoon, *Meredith*, 1948. – J. Lindsay, *George Meredith: His Life and Work*, 1956. – Ph. B. Bartlett, *George Meredith*, 1963. – J. Lucas, «Meredith as Poet», in I. Fletcher, ed., *Meredith Now*, 1971. – Alle London. – P. Singh, *George Meredith the Poet*, New Delhi 1973. – R. Muendel, *George Meredith*, Boston 1986.

22 DIRGE IN WOODS (Ausgabe: Fortnightly Review, 1. August 1870; Text: Bartlett, Bd. 1, S. 427 f.; Ü: W. v. Koppenfels). Dieses Gedicht mit Anklängen an «Wanderers Nachtlied» schrieb Meredith auf den Tod seines (zweiten) Schwiegervaters Justin Vulliamy.

MODERN LOVE

Zum autobiographischen Hintergrund des Zyklus s. o. Er sollte ursprünglich den ironischen Titel «The Love Match» (Liebesheirat/Liebeskampf) tragen. Der Autor hat ihn für die Ausgabe von 1892 erweitert.

22 Nr. 1 (Text: Bartlett, Bd. 1, S. 116 f.; Ü: F. Kemp) – 1 *he*: Das Ehedrama des ‹Romans in Versen› wird meist in der ersten Person aus der Sicht des Mannes beleuchtet; nur Auftakt und Ausklang sind aus der ‹neutralen Perspektive› der dritten Person geschildert. – 14 *effigies*: Das Paar ist in Stille versteint wie die Statuengruppe auf einem Grab. – 15 *the sword between*: In mittelalterlichen Romanzen ist das Schwert, das die Lagerstatt von Liebenden teilt, ein Garant der Keuschheit.

24 Nr. 23 (Text: Bartlett, Bd. 1, S. 130; Ü: F. Kemp) – 3 *crib*: winziges Zimmer/die Krippe der Weihnacht. – 12 *the lambs bleat*: weitere Erinnerung an die Weihnachtsgeschichte.

24 Nr. 43 (Text: Bartlett, Bd. 1, S. 141; Ü: F. Kemp) Der Ozean, der wieder am Ende der Sequenz in Nr. 49 f. Schauplatz und Spiegel der Ehetragödie wird, steht für die Schicksalhaftigkeit des Geschehens, bei dem die Unvereinbarkeit der Charaktere allen Versöhnungswillen zunichte macht.

26 Nr. 49 (Text: Bartlett, Bd. 1, S. 144: Ü: F. Kemp) – 16 *Lethe*: Strom des Vergessens in der Unterwelt.

26 Nr. 50 (Text: Bartlett, Bd. 1, S. 144 f.; Ü: F. Kemp)

JAMES THOMSON

Port Glasgow 1834 – London 1882

James B. V. Thomson wird er oft genannt, um mittels der beiden Initialen seines Pseudonyms einer Verwechslung mit seinem augusteischen Namensvetter vorzubeugen, dem wir das optimistische Lehrgedicht *The Seasons*

(1726–1730) und die Triumph-Hymne «Rule, Britannia» verdanken. (B.V. steht für sein bekenntnishaftes «Bysshe Vanolis», das den Mittelnamen von Shelley mit einem Anagramm auf Novalis kombiniert.) Er bewunderte William Blake, als noch kaum einer dessen Gedichte las. Man hat Thomson romantisierend «The Laureate of Pessimism» genannt. Herman Melville nannte sein Hauptwerk *«the modern Book of Job»,* und seine Kurzvita hat wirklich manches von Hiobs Lebenslauf: Als er fünf war, steckt sich seine jüngere Schwester an seinen Masern an und stirbt; der Vater wird auf hoher See vom Schlag gelähmt, noch ehe James mit acht in ein «Asylum for the Sons of Poor Scottish Soldiers and Sailors» kommt; alsbald stirbt die Mutter; mit sechzehn kommt er in ein anderes Waisenhaus, «The Royal Military Asylum», um Militärschulmeister zu werden; er verliebt sich in ein blutjunges Mädchen, das ihm alsbald wegstirbt, wird Alkoholiker; nach acht Jahren degradiert ihn die Armee und entläßt ihn mittellos; Schlaflosigkeit gesellt sich zu zyklischen Depressionen; mit 47 Jahren stirbt er an inneren Blutungen. Das Honorar für seinen ersten Gedichtband *The City of Dreadful Night* wird für die Bezahlung seines Sargs verwendet.

Ausgaben: The City of Dreadful Night and Other Poems, 1880. – *Poems and Some Letters*, ed. A. Ridler, 1963. – Beide London.

Übersetzung: U. Horstmann, *Nachtstadt und andere lichtscheue Schriften*, Zürich 1992.

Literatur: K. H. Byron, *The Pessimism of James Thomson (B. V.) in Relation to his Times,* London, 1965. – H. Hinterhäuser, «Tote Städte in der Literatur des Fin de Siècle», *Archiv für das Studium der neueren Sprachen und Literaturen,* 206 (1970), 321–344. – R. Williams, *The Country and the City,* London 1973. – B. Pike, *The Image of the City in Modern Literature,* Princeton 1981.

28 THE CITY OF DREADFUL NIGHT (Part 1, V. 36–56 und Part 15, V. 15–21; Text: Poems and Some Letters, S. 179 und S. 197; Ü: U. Horstmann, S. 148 u. 171) Auf diesem Langgedicht, das 1870 begonnen und in wöchentlichen Fortsetzungen 1874 im *National Reformer* veröffentlicht wurde, beruht Thomsons literarischer Nachruhm. Man las es als eines der radikalsten atheistischen Gedichte des 19. Jahrhunderts. Das Gedichtmotto «Per me si va nella città dolente» (Durch mich gelangt man in die Stadt des Schmerzes) stammt aus Dantes Inferno, 3:1. Ein Berichterstatter wandert durch eine sinistre Kapitale nächtlicher Unmenschlichkeit, deren Bewohner weder tot noch lebendig sind. Der Name der verdunkelten Nekropole wird nicht erwähnt, doch glaubt man sich in die Hölle der von der Industrierevolution gezeichneten Slums und Vorstädte von Blakes «London» versetzt, oder man denkt zu Shelleys «Hell is a city much like London» (Peter Bell the Third).

ALGERNON CHARLES SWINBURNE

London 1837 – Putney (London) 1909

Dem Sohn aus aristokratischem und begütertem Hause, der in Eton und Oxford erzogen wurde, blieb zeitlebens die Mühsal und Disziplin des bürgerlichen Brotberufs erspart, so daß er ganz seinen poetischen und anderweitigen Neigungen leben konnte. Als Student kam er in den Bannkreis der Präraffaeliten, deren Kunstreligion, fieberhafte Erotik und Hinwendung zu Mittelalterkult und Mythos ihn stark anzogen. Erstes Aufsehen erregte er mit dem neuartigen Lyrismus und der metrischen Virtuosität seines Lesedramas im griechischen Stil *Atalanta in Calydon* (1865). Ein Jahr später, bei Veröffentlichung seiner ersten *Poems and Ballads*, offenbarte der von französischen Vorbildern wie Baudelaire inspirierte Dichter seine frühe Meisterschaft und schockierte zugleich als offener Rebell gegen das viktorianische Glaubens- und Tugendsystem sein Publikum gewaltig. Was nach den gängigen Begriffen als antireligiöse Blasphemie, flagrante Unmoral, Perversion (Homoerotik, sadomasochistische Phantasie) und dekadente Todessüchtigkeit erschien, wirkte, in betörender Klanggestalt instrumentiert, doppelt gefährlich und verwerflich. Das Mißverhältnis zwischen dem demonstrativen Exzeß der Kunstmittel und den brüchigen Sinnstrukturen, das die Generation T. S. Eliots, der viktorianischen Moral entwachsen, Swinburne anklagend vorhielt, läßt sich bei dem erdrückenden Endzeitbewußtsein seiner Dichtung als programmatisch verstehen. Doch ihr Freiheitsgestus ist – jenseits aller augenfälligen Posen – durchaus radikal; dies zeigen nicht zuletzt die rhapsodischen Hymnen auf das italienische Risorgimento in den *Songs Before Sunrise* von 1871. Auch die zweite Serie der *Poems and Ballads*, entstanden, als Swinburnes Gesundheit durch die Exzesse eines antibürgerlichen Künstlerlebens schwer zerrüttet war, ist insgesamt noch von hoher Qualität. Im Jahr 1879 nahm der Jurist und Literat Theodore Watts, der sich schon um den kranken D. G. Rossetti verdient gemacht hatte, den Dichter in sein Haus auf, versorgte und ‹kurierte› ihn im Prozeß einer bürgerlichen Reintegration, die auch bei diesem späten Romantiker der poetischen Kreativität nicht eben förderlich war. – Swinburne hat auch als Kritiker Bedeutendes geleistet: er öffnete die viktorianische Dichtung für klassische und französische Einflüsse und schuf sich aus ‹abweichenden› Autoren der englischen Tradition (elisabethanischen Dramatikern, Blake), denen er eindringliche Studien widmete, eine eigene Ahnengalerie. Unter seinen deutschen Nachdichtern ragen Stefan George und Rudolf Borchardt hervor.

Ausgaben: *Atalanta in Calydon*, 1865. – *Poems and Ballads*, 1866. – *Songs Before Sunrise*, 1871. – *Poems and Ballads: Second Series*, 1878. – *Tristram of Lyonesse*, 1882. – *A Midsummer Holiday and Other Poems*, 1884. – *Poems and Ballads, Third Series*, 1889. – *The Poems*, 6 Bde., 1905. – *Swinburne's Poems*, 1912. – *The Com-*

plete Works, ed. E. Gosse/T. J. Wise, 20 Bde., 1925–1927, [2]1968. – *Selected Poems*, ed. E. Shanks, 1950. – Alle London. – *Poems*, ed. B. Dobrée, Harmondsworth 1961.

Übersetzungen: A. Graf Wickenburg, *Atalanta in Calydon*, Halle 1877. – W. Unus, ed., *Ausgewählte Gedichte und Balladen*, Berlin 1910. – O. Hauser, *Lieder vor Sonnenaufgang*, Weimar 1912. – R. Borchardt, *Swinburne*, Berlin 1919; dass., ed. F. Apel, München 1990. – Stefan George, *Zeitgenössische Dichter: Übertragungen*, Bd. 1, Berlin 1929 ([1]1905). – R. Borchardt, *Englische Dichter*, Wien 1936. – A. v. Bernus, *Der Garten der Liebe: Englische Lyrik des 19. Jahrhunderts in Umdichtungen*, Heidelberg 1946. – E. Jaime, *Gesänge und Balladen*, Köln 1948. – W. Schmiele, *Englische Dichtung deutsch (Blake bis Yeats)*, Darmstadt 1949. – R. Schillig, *Ein verlassener Garten: Deutsche Gedichte nach A. C. Swinburne*, in ders., *Gesammelte Werke*, III, 1, München 1990.

Literatur: W. M. Rossetti, *Swinburne's Poems and Ballads*, London 1886. – Th. E. Connolly, *Swinburne's Theory of Poetry*, Albany/New York 1964. – J. O. Fuller, *Swinburne: A Critical Biography*, London 1968. – Ch. Enzensberger, *Viktorianische Lyrik: Tennyson und Swinburne in der Geschichte der Entfremdung*, München 1969. – J. J. McGann, *Swinburne: An Experiment in Criticism*, Chicago 1972. – Ph. Henderson, *Swinburne*, London 1974. – D. G. Riede, *Swinburne*, Charlottesville 1978. – M. K. Louis, *Swinburne and his Gods*, Montreal 1990. – R. Rooksby, *A. C. Swinburne: A Poet's Life*, Aldershot 1997.

30 DEDICATION (Ausgabe: Poems and Ballads, 1866; Text: Poems, 1905, Bd. 1, S. 293–296; Ü: Stefan George, Werke, München 1983, Bd. 4, S. 20–23) Diese in Tonlage, Bildlichkeit und Metrum charakteristische Widmung beschließt den Band von 1866, der dem Malerfreund Edward Burne-Jones gewidmet ist. Auch Rudolf Borchardt hat dieses Gedicht übertragen. – 27 f. *Faustine . . . Juliette*: Swinburnesche «femmes fatales», dominante und grausame Frauengestalten, die eine Wollust der Schmerzen spenden.

36 ATALANTA IN CALYDON (Text: Poems, 1905, Bd. 4, S. 258–260; Ü: R. Borchardt, in *Englische Dichter*, Wien 1936, S. 31 f.)

38 A FORSAKEN GARDEN (Ausgabe: Poems and Ballads, 1878; Text: Poems, 1905, Bd. 3, S. 22–25: Ü: R. Borchardt, in *Englische Dichter*, Wien 1936, S. 66–68; die dort fehlende Schlußstrophe ergänzt aus W. Schmiele, 1949) – 1–3 *between lowland and highland . . . inland island*: Seine paradoxe geographische Position verleiht dem Garten ein Element des Irrealen. – 73 ff. *Till the slow sea rise . . .*: Der Garten als Ort der Absenz von Leben und Liebe wird zum Schauplatz einer gott-losen Apokalypse. – 80 *Death lies dead*: Nihilistische Parodie von 1. Korinther 15:55.

44 A BALLAD OF DREAMLAND (Ausgabe: Poems and Ballads, 1878; Text: Poems, 1905, Bd. 2, S. 85 f.; Ü: Stefan George, Werke, München 1983, Bd. 4, S. 29) ‹Französische› Ballade mit Refrain und Geleitstrophe. – 17 *The green*

land's name: Das namenlose Land ist zugleich Traumland der Phantasie und Totenreich der Weltabgeschiedenheit.

46 SONG (Ausgabe: Poems and Ballads, 1878; Text: Poems, 1905, Bd. 2, S. 93; Ü: Stefan George, Werke, München 1983, Bd. 4, S. 30) Ein vollendetes Pastiche von Blakes lyrischem Stil in den «Songs of Innocence and of Experience».

FRANCIS THOMPSON

Preston (Lancashire) 1859 – London 1907

Lebte nach abgebrochenem Studium (zuerst der Theologie, dann der Medizin) in ständiger Kränklichkeit und zeitweilig in extremer Armut. Als er in London in Drogenabhängigkeit gefallen und zum Stadtstreicher, Streichholzverkäufer und Straßenbettler geworden war, wurde er 1888 von Alice Meynell und ihrem Ehemann (die die katholische Zeitschrift *Merry England* herausgaben) gefördert und von den Mönchen der Storrington Priory aufgenommen und ‹gerettet›. Mit achtundvierzig Jahren starb er an Tuberkulose.

Ausgaben: Poems, 1893. – *Sister Songs,* 1895. – *New Poems,* 1897. – The Works, ed. W. Meynell, 3 Bde., 1913. – *Poems,* ed. W. Meynell (Oxford Standard Authors), 1937 und 1955 – *Poetical Works,* 1965. – Alle London.

Übersetzungen: Th. Haecker, *Francis Thompson: Shelley. Ein Koryambos für den Herbst. Der Jagdhund des Himmels,* Innsbruck 1925. – M. Geilinger, *Englische Dichtung,* Frauenfeld 1946.

Literatur: E. Meynell, *The Life of Francis Thompson*, London 1913. – M. H. Abrams, *The Milk of Paradise: The Effect of Opium Visions on the Works of De Quincey, Grabbe, Francis Thompson and Coleridge*, New York 1971. – M. Boardman, *Between Heaven and Charing Cross: The Life of Francis Thompson,* New Haven 1988. – P. N. Parekh, *Response to Failure: Poetry of G. M. Hopkins, Francis Thompson, Lionel Johnson, and Dylan Thomas*, New York 1998.

48 THE HOUND OF HEAVEN (V. 1–51, von 182; Ausgabe: The Works, Bd. 1, S. 107 f.; Text: Poetical Works, 1965, S. 89–90; Ü: M. Geilinger, Englische Dichtung, 1946, S. 113 f.) Entstanden 1890–92 und erstmals veröffentlicht in *Poems* 1893, wurde dieses Gedicht von Coventry Patmore als eine der bedeutendsten Oden der englischen Literatur bezeichnet, als vergleichbar somit den romantischen Oden Shelleys (über den Thompson einen Essay schrieb). Im religiösen Duktus eher in der Nachfolge des katholischen Ba-

rockdichters Richard Crashaw (siehe Band 1, S. 332 ff. in dieser Anthologie) beschreibt diese existentielle Odenmeditation die Flucht der Seele des prophetenhaften Poeten, ihre Verfolgung durch den allmächtigen Jäger und allerhöchsten Menschenfänger, ihren Gott, und ihr Eingeholtwerden vom unerbittlichen «Jagdhund des Himmels». – 1 *Him*: Bei Augustinus fand der Sprecher seinen Anstoß für seine Vision des rächenden und liebenden Gottes: «Und siehe, Du warst dicht auf den Fersen derer, die vor Dir fliehen, Gott der Heimsuchung und Quell der Gnade, beides zugleich, der Du uns zu Dir wendest auf höchst wunderbare Weise.» (Confessiones, IV, 4: 7) – 10–12 *unhurrying chase – unperturbèd pace – Deliberate speed – majestic instancy*: Die hier (und in V. 46–48 ein zweites Mal) gehäuft eingesetzte Stilfigur des Oxymorons (als «sinnreich pointierte Verbindung zweier einander scheinbar widersprechender, sich gegenseitig ausschließender Begriffe» – G. v. Wilpert) ist ein von den «Metaphysical Poets» des 17. Jahrhunderts viel verwendetes Kunstmittel. – 24 *Fear wist not to evade, as Love wist to pursue*: Eine in archaischer Sprachgebung formulierte Schlüsselaussage, die als V. 45 nochmals auftaucht: Die Furcht des Flüchtenden weiß nicht so effektiv zu entkommen wie die Liebe zu verfolgen weiß. – 25 *margent:* obsolete Schreibweise für *margin* ‹Rand› oder ‹Grenze›. – 37 *traitorous trueness*: Wieder ein metaphysisches Oxymoron, diesmal auf die dem himmlischen Verfolger dienenden Instanzen (*Dawn* und *Eve* in V. 30) bezogen.

GERARD MANLEY HOPKINS

Stratford (Essex) 1844 – Dublin 1889

1863 bis 1867 Studium der klassischen Philologie in Oxford; Einfluß von Matthew Arnold und Walter Pater; Freundschaft mit dem Dichter Robert Bridges; eigene Dichtungen, die eine wachsende Spannung zwischen Hopkins' ästhetischen und asketischen Neigungen bezeugen; über die zunächst hochkirchliche Reformbewegung des Oxford Movement Kontakt zu John Henry Newman, unter dessen Einfluß der glänzend begabte Student sich vom Ästhetizismus als Religionsersatz abwendet und 1866 zum Katholizismus konvertiert; 1868 Eintritt in den Jesuitenorden; 1874–1877 Theologiestudium am Jesuitenkolleg St. Beuno's in Nordwales, danach Priesterweihe; seelsorgerliche Tätigkeit unter aufreibenden Bedingungen in London, Chesterfield, Oxford und Liverpool; 1884 Berufung auf den Lehrstuhl für Griechisch am neugegründeten University College in Dublin. – Die meisten der frühen Gedichte hat Hopkins bei seiner Konversion verbrannt; nach dem Ordenseintritt selbstauferlegtes dichterisches Schweigen, bis einer seiner Oberen ihn auffordert, ein Gedicht auf den Untergang der

«Deutschland» 1875 zu schreiben, bei dem fünf durch den preußischen Kulturkampf vertriebene Nonnen ertranken. Der gewaltsame Durchbruch dieses expressiv dunklen, für Ordenspropaganda unbrauchbaren Gedichts, halb Märtyrerpreis, halb geistliche Autobiographie, eröffnet ein lyrisches Werk von großer Originalität, dessen rhythmische, syntaktische und lexikalische Kühnheit höchste Ansprüche an den Leser stellt und das zu Lebzeiten des Autors unpublizierbar blieb. Es feiert in großartigen Sonetten und strophischen Gedichten die unverwechselbare Eigengestalt (*inscape*: Inbild) und die ihr innewohnende Wirkungsmacht (*instress*: Inkraft) der Erscheinungen in einer gottdurchwalteten Welt, hält aber auch – besonders in den späten sogenannten *terrible sonnets* – schwere Krisen seelischer Anfechtung fest. In Anlehnung an Traditionen der altenglischen und walisischen Poesie, und unter Verwendung eines harten Rhythmus mit extremer Spannung zwischen Wort- und Versakzent (*sprung rhythm*), stellt Hopkins der weltmüden, im Wohlklang schwelgenden spätviktorianischen Lyrik im Zeichen der Präraffaeliten, Tennysons und Swinburnes eine kompromißlos spirituelle, dichte, schwierige, bestürzend neuartige Dichtung gegenüber: sie drückt die Freude und die oft unerträgliche Schwere der eigenen, von Isolationsgefühl und Selbstzweifel belasteten Mission gleichzeitig aus. Hopkins starb 45-jährig im ungeliebten Dubliner Exil an Typhus. Als Robert Bridges 1918, am unübersehbaren Ende einer Ära, seine Gedichte veröffentlichte, wurden sie als Neuanfang der englischen Dichtung und Wegweisung in die poetische Moderne begrüßt.

Ausgaben: *The Poems of G. M. Hopkins*, ed. R. Bridges, Oxford 1918. – Dass., rev. ed. W. H. Gardner/N. H. MacKenzie, London 1967. – *Poetical Works*, ed. N. H. Mackenzie, 1990. – *The Journals and Papers*, ed. H. House/G. Storey, 1959. – Beide Oxford.

Übersetzungen: I. E. Behn, *Gedichte*, Hamburg 1948. – U. Clemen/F. Kemp, *Gedichte, Schriften, Briefe*, München 1954. – Dieselben, *Gedichte*, Stuttgart 1973. – W. Kaussen, *Sonnets*, Frankfurt/M. 1995. – S. Döring u. a., *Pied Beauty: Gedichte*, Berlin 1995. – P. Waterhouse, *Journal*, Salzburg 1994.

Literatur: W. H. Gardner, *G. M. Hopkins, 1844–1889*, 2 Bde., London 1944–1949; rev. ed. Oxford ⁴1966. – J. Pick, *A Hopkins Reader*, 1953. – A. Heuser, *The Shaping Vision of G. M. Hopkins*, 1958. – Beide London. – K. Jankowski, *Die Versauffassung bei Gerard Manley Hopkins, den Imagisten und T. S. Eliot: Renaissance altgermanischen Formgestaltens in der Dichtung des 20. Jahrhunderts*, München 1967. – D. McChesney, ed., *A Hopkins Commentary: An Explanatory Commentary on the Main Poems, 1876–1889*, London 1968. – P. Mariani, *Commentary on the Complete Poems of G. M. Hopkins*, Ithaca 1970. – H. W. Ludwig, *Barbarous in Beauty: Studien zum Vers in G. M. Hopkins' Sonetten*, München 1972. – B. Bergonzi, *G. M. Hopkins*, 1977. – G. Storey, *A Preface to Hopkins*, 1981. –

N. H. McKenzie, *A Reader's Guide to G. M. Hopkins*, 1981. – Alle London. – J. Bump, *G. M. Hopkins*, Boston 1982. – D. A. Harris, *Inspiration Unbidden: The «Terrible Sonnets» of G. M. Hopkins*, Berkeley 1982. – R. F. Giles, *Hopkins Among the Poets*, Hamilton 1985. – H. Bloom, ed., *G. M. Hopkins*, New York 1986. – G. Roberts, *G. M. Hopkins: A Literary Life*, Basingstoke 1994.

52 GOD'S GRANDEUR (Text: Poems, 1967, S. 66; Ü: U. Clemen/F. Kemp, 1973, S. 27) Entstanden Februar/März 1877. – 2 *shook foil*: «gerüttelte Goldfolie flammt jäh auf wie ein Wetterleuchten ...» (Hopkins in einem Brief an Bridges vom 4. Januar 1883). – 4 *rod*: Die Rute ist das Attribut des strafenden Gottes im Alten Testament. – 13 *Holy Ghost*: nach dem Schöpfungsbericht 1. Mose 1:2.

52 SPRING (Text: Poems, 1967, S. 67; Ü: U. Clemen/F. Kemp, 1973, S. 29) Entstanden Mai 1877. – 13 *Mayday*: Der Frühlungsmonat ist der Jungfrau Maria zugeordnet («May is Mary's month»: The May Magnificat). – 14 *maid's child*: Christus.

54 THE WINDHOVER (Text: Poems, 1967, S. 69; Ü: K. Reichert). Entstanden in St. Beuno's College, Mai 1877. Für dieses, sein berühmtestes Gedicht («the best thing I ever wrote«) gibt der Dichter dem Turmfalken, englisch «kestrel», der ihm zum Christussymbol wird, den alten sprechenden Namen «windhover», ‹Windschweber›. – 2 *dauphin*: Dieser französische Name für den Kronprinzen leitet die ritterlichen Attribute des Falken ein. – *dapple-dawn-drawn*: der Falke ist ebenso ‹gesprenkelt› wie der Morgenhimmel, in den es ihn hinaufzieht. – 4 *rung upon the rein*: Begriff aus der Reitschule für ein Pferd, das am langen Zügel um seinen Trainer kreist. – 10 *Buckle:* Dieses wohl imperativisch zu lesende Verbum ist von problematischer Vieldeutigkeit (sich zum Kampf bereiten/sich fest zusammenschließen/sich einer höheren Macht beugen); gerade in seiner Ambiguität führt es vom triumphalen Aufschwung der Oktave zur sinkenden Bewegung des Sextetts mit seinen Anklängen an die Passion Christi. – 12 f. *plough ... embers*: Die dienende Kraft, die nach unten gerichtete Bewegung, erzeugt das schönste Feuer, als Anstrengung des Pflügers (die ‹Hand am Pflug› nach Lukas 9:62) und als verglühende Kohle (Todesbildlichkeit). – 14 *gash gold-vermilion*: Bezug auf die Wunden Christi.

54 PIED BEAUTY (Text: Poems, 1967, S. 69 f.; Ü: U. Clemen/F. Kemp, 1973, S. 35) Entstanden im Sommer 1877. Ein sogenanntes «curtal sonnet» (gestutztes Sonett).

56 SPRING AND Fall (Text: Poems, 1967, S. 88 f.; Ü: Clemen/Kemp, 1973, S. 73 f.) Der englische Titel des Gedichts ist vieldeutiger als die Übersetzung wiederzugeben vermag, da *Spring* zugleich Ursprung, Quelle und *Fall* zugleich Sturz, Abfall, (Sünden-)Fall bedeutet. – 8 *wanwood*: Neuschöpfung, die das Adjektiv «wan» (finster/fahl) als Präfix verwendet. – *leafmeal*: Analogiebildung zu «piecemeal» (stückchenweise). – 14 *blight*: wörtlich Meltau, Brandpilz, Rost (am Getreide); auch zerfressender, ätzender Gifthauch,

tödlicher Streich. Der Sündenfall des ersten Menschen hat über die ganze Schöpfung den Fluch des Todes und der Vergänglichkeit als eine fressende Krankheit gebracht. (Anm. der Übersetzer).

56 TO SEEM THE STRANGER (Text: Poems, 1967, S. 101; Ü: U. Clemen/F. Kemp, 1973, S. 99) Entstanden 1885 oder 1886 im Dubliner «Exil». – 3 *in Christ not near*: Die engsten Verwandten stehen seiner Konversion und neuen Religion fern. – 4 *peace . . . sword*: nach Matthäus 10:34 ff. – 8 *wars are rife*: bezieht sich auf die Unabhängigkeitsbestrebungen in Irland; das Scheitern von Gladstones Homerule-Gesetz 1886 (falls das Sonett so zu datieren ist) stärkte die radikale Richtung; Hopkins sympathisierte mit der katholischen Bevölkerungsmehrheit. – 9 f. *at a third Remove*: seinen Lieben (Familie, Vaterland, Gott) dreifach entrückt.

58 CARRION COMFORT (Text: Poems, 1967, S. 99 f.; Ü: U. Clemen/F. Kemp, 1973, S. 95–97) Hopkins' ‹Kampf mit dem Engel› (nach 1. Mose 32: 25 ff.) ist ein Ringen mit der geistlichen Verzweiflung. Dieses Gedicht dürfte das «in Blut geschriebene Sonett» sein, von dem der Autor in einem Brief im Mai 1885 spricht. – 9 *my chaff*: Der Sturm der Vorzeile als Zeichen der Heimsuchung wird an dieser Wende des Sonetts zu einem Erntewind, der die Spreu vom Weizen scheidet (nach Matthäus 3:12), und damit zum Zeichen der Erwählung.

60 SPELT FROM SIBYL'S LEAVES (Text: Poems, 1967, S. 97 f.; Ü: U. Clemen/F. Kemp, 1973, S. 93) Hopkins bezeichnete dieses etwa 1884–1885 entstandene Gedicht in achthebigen Versen als «das längste Sonett, das je geschrieben wurde». – *Titel*: Das «Dies Irae» als Meditation über die Letzten Dinge (Hopkins' Thema) nennt die heidnische Sibylle unter den Propheten des Weltuntergangs; in der Aeneis geleitet die Sibylle von Cumae den Helden auf seiner Unterweltsfahrt (auch Hopkins unternimmt in diesem Nachtgedicht einen Abstieg in die Hölle). Die ‹Blätter der Sibylle› waren geheime Weissagungen der Geschicke Roms. – 3 *hornlight*: nach Hopkins' Definition eine rosa schimmernde Wolke als letzter Abglanz des Sonnenuntergangs. – 6 *throughther*: archaisches und dialektales Wort, aus «through-other». – 7 *round*: (archaisch) ‹raunen›. – 9 *dragonish*: mit Teufelssymbolik des Drachenhaften. – *damask*: (nach Damaszenerart) ein Muster in Metall (einer Schwertklinge) eingravieren. – 11 *part, pen, pack*: nach Matthäus 25:32, wo Christus als Weltenrichter die Schafe von den Böcken scheidet. – 13 *ware*: (be aware/beware) denke daran/hüte dich. – *a rack*: die Bewußtseinsfolter der Verdammnisängste in der Nacht der Seele.

60 NO WORST (Text: Poems, 1967, S. 100; Ü: U. Clemen/F. Kemp, 1973, S. 97–99) Wohl etwa gleichzeitig mit «Carrion Comfort» 1885 entstanden. – 3 *Comforter*: der Heilige Geist. – 5 *herds-long*: nicht einzeln, sondern in hellen Scharen. – 13 *whirlwind*: alttestamentliches Bild für die Heimsuchung Gottes.

62 THOU ART INDEED (Text: Poems, 1967, S. 106 f.; Ü: U. Clemen/F. Kemp, 1973, S. 111–113) Das wohl im März 1889 – kurz vor dem Tod des

Dichters – entstandene Gedicht trug ursprünglich die lateinische Motto-Überschrift *Justus quidem tu es, Domine, si disputem tecum: verumtamen justa loquar ad te: Quare via impiorum prosperatur? Etc.* Die Übersetzung dieser Stelle aus Jeremia 12: 1 lautet in der (anglikanischen) «Authorized Version»: «Righteous art thou, O LORD, when I plead with thee: yet let me talk with thee of thy judgments: Wherefore doth the way of the wicked prosper? Wherefore are all they happy that deal very treacherously?» Diese grundsätzliche Theodizee-Frage, die an Hiobs Streitgespräch mit Jahwe im Orkan (Hiob 30 ff.) erinnert, wird in der Lutherbibel so übersetzt: «Herr, wenn ich gleich mit dir rechten wollte, so behältst du doch recht; dennoch muß ich vom Recht mit dir reden. Warum geht's doch den Gottlosen so wohl; und die Verächter haben alles die Fülle?» – Mit dieser Klage über spirituelle Unfruchtbarkeit vgl. Coleridges «Work Without Hope», in Bd. 2, S. 274 dieser Anthologie.

OSCAR WILDE

Dublin 1854 – Paris 1900

Der Theaterdichter, Erzähler, Essayist und Lyriker Oscar (Fingal O'Flahertie Wills) Wilde, Sohn des Arztes Sir William Wilde, sah sich selber als Spätromantiker und ebenso in der Nachfolge Swinburnes und der «präraffaelitischen» Maler-Dichter um Dante Gabriel Rossetti. Nach Studien in Dublin und Oxford erklärte er sich zum Jünger Walter Paters im Bekenntnis zum Prinzip *L'art pour l'art* und zum «Aesthetic Movement» (siehe oben S. 509). Grundüberzeugung dieser Bewegung war, daß die Rolle der Kunst im Leben um so wichtiger werde, je weitgreifender die Herrschaft des Hochkapitalismus und des ungebremsten Utilitarismus voranschreite. Während seines Parisaufenthalts nahm er an den «Mardis» im Hause Mallarmés teil. In Deutschland war der Kreis um Stefan George Wegbereiter seiner Beliebtheit, die ihren Höhepunkt zwischen Jahrhundertwende und Kriegsbeginn fand. Kaum ein anderer britischer Autor erschien damals häufiger in deutschen Ausgaben, kaum einer war erfolgreicher im deutschsprachigen Lustspieltheater als der Autor von *The Importance of Being Earnest* (1895). Bis zum Ende der Weimarer Republik gab es über ein Dutzend verschiedene Übersetzungen seines Romans *The Picture of Dorian Gray* (1890–91), den Egon Friedell ein wenig paradox als «das Evangelium der Reinheit, ... die moralischste Dichtung nach der Bibel» charakterisierte. Seine skandalumwitterte *Ballad of Reading Gaol* erhielt nach der Erstübertragung durch W. Schölermann (1903) mindestens zehn weitere Verdeutschungen. Wildes Homosexualität und seine Liaison mit Lord Alfred Douglas, lange Zeit ein offenes

Geheimnis, brachte ihm 1895 einen Skandal-Prozeß, die förmliche Bankrotterklärung und zwei Jahre Zuchthaus ein. Nach seiner Entlassung nannte er sich Sebastian Melmoth: Melmoth nach dem romantischen Schauerroman *Melmoth the Wanderer* (1820) von C. R. Maturin, Sebastian in Erinnerung an die Pfeile auf seinem Sträflingsanzug und mit Blick auf den heiligen Märtyrer, dessen Emblem der Pfeil ist. Seine letzten Jahre lebte er, ruiniert und in England gesellschaftlich geächtet, versteckt in der französischen Provinz und in Paris. Kurz bevor er an Meningitis starb, soll er in den Schoß der katholischen Kirche aufgenommen worden sein.

Ausgaben: Poems, 1881. – *The Happy Prince and Other Tales,* 1988. – *The Letters,* ed. R. Hart-Davis, 1962. – *Complete Works,* ed. J. B. Foreman, 1966. – Alle London. – *The Annotated Oscar Wilde: Poems, Fiction, Plays, Lectures, Essays and Letters,* ed. H. M. Hyde, New York 1982.

Übersetzungen: O. Hauser, *Oscar Wilde: Sämtliche Werke in deutscher Sprache,* Bd. 1, *Gedichte,* Wien 1908. – W. Schölermann, *Die Ballade vom Zuchthaus zu Reading,* 1903. – Dass., O. A. Schröder, 1906. – A. Schaeffer, 1929. – Alle Leipzig. – Dass., E. Mund, Frankfurt/M. 1970.

Literatur: K. Beckson, ed., *Oscar Wilde: The Critical Heritage,* 1970. – R. Ellmann, *Oscar Wilde: A Biography,* 1976. – Beide London. – N. Kohl, *Oscar Wilde: Leben und Daten in Werken und Bildern,* Frankfurt/M. 1976.

64 Sonnet: On Hearing the Dies Irae Sung in The Sistine Chapel (Ausgabe: Poems 1881; Text: Complete Works 1966, S. 730; Ü: L. Goldscheider, Die Insel, 1930, S. 47) – Der *Titel* zitiert den Anfang der berühmtesten hochmittelalterlichen Hymne auf das Jüngste Gericht, die Thomas von Celano (*fl.* 1225) zugeschrieben wird. Dem Protestanten ist sie aus Goethes Faust I bekannt (wo in der Szene im Dom, V. 3798 f., Gretchen vom Weltuntergang hören muß und von dem Endgericht, bei dem Gottes Zorn über die zu bestrafenden Sünder ausgeschüttet wird). Der Katholik kennt sie vom Allerseelengottesdienst und aus der Liturgie der Totenmesse: «Dies irae, dies illa/Solvet saeclum in favilla/Teste David cum Sibylla» («Day of wrath and doom impending,/David's word with Sibyl's blending,/Heaven and earth in ashes ending»; Übs. W. J. Irons in «The English Hymnal»).

64 Impression Du Matin (Ausgabe: Poems 1881; Text: Complete Works 1966, S. 745; Ü: O. Hauser, 1908) Eine impressionistische Studie, wie es der französische Titel suggeriert (vgl. Claude Monets Ölbild «The Thames Below Westminster», 1871, in der Londoner National Gallery, oder James McNeill Whistlers «Old Battersea Bridge: Nocturne – Blue and Gold», 1872–1875, in der Tate Gallery.) – 5 *yellow fog*: Ein Spielen changierender, verhüllter Farben beim Erwachen der Großstadt, unter dem entrealisierenden Schleier des gelben englischen Nebels, der auch bei T. S. Eliot symbol-

haft ins Bild kommt (vgl. «The Love Song of J. Alfred Prufrock», 15 f., in Band 4, S. 174 dieser Anthologie). – 13 *one ... woman*: «By devoting the last stanza to the prostitute, Wilde records both his fascination and ambivalence toward a common urban problem.» (W. B. Thesing, The London Muse, 1982, S. 172). – 13 ff.: *pale ... alone ... kissing her wan hair, Loitered*: Das Straßenmädchen unter der Gaslaterne unterstreicht die anhaltende Attraktion der «femme fatale», die als morbide Symbiose von verlockender Schönheit und bedrohender Todesnähe seit John Keats' «La Belle Dame Sans Merci» (1819, siehe S. 304 ff. in Band 2 dieser Anthologie) das Jahrhundert in Bann hielt. In Wildes Text finden sich Wortechos aus jenem Gedicht: «alone and palely loitering ... no birds sing ... Her hair was long... Kisses.»

66 THE BALLAD OF READING GAOL (Text: Complete Works 1966, S. 843; aus Canto 1, V. 1–54, von 96; Ü: L. L. Schücking, in: ders., Englische Gedichte aus sieben Jahrhunderten, 1964, S. 303) Geschrieben in Berneval (Frankreich) nach Wildes Entlassung (am 18. Mai 1897); erstmals gedruckt im Februar 1898 unter dem Pseudonym «C.3.3.», der Zellen-Nummer im Reading Gaol, wohin er am 23. November 1895 von Wandsworth verlegt worden war («Gaol» ist eine ältere Schreibweise von «Jail»). Dieses Langgedicht in sechs Cantos (109 sechszeilige Strophen) im Ton und Metrum von Coleridges «The Rime of the Ancient Mariner» ist das einzige unmittelbar von konkreter Erlebniswirklichkeit inspirierte Werk Wildes und das einzige, das er nach seiner Zuchthäusler-Zeit schrieb. Der Autor kommentiert selbst: «Das Gedicht leidet unter der Schwierigkeit eines zwiespältigen Stils. Zum Teil ist es realistisch, zum Teil romantisch; teils Poesie, teils Propaganda. Ich fühle das genau, aber als Ganzes scheint mir das Werk interessant – daß es in mehr als einer Hinsicht interessant ist, mag man künstlerisch bedauern. («Letzte Briefe», S. 25, 8. Oktober 1897; Übs. L. L. Schücking). – Der Ballade war eine Widmung vorangestellt: «In Memoriam C. T. W., sometime Trooper of the Royal Horse Guards, obiit H. M Prison Reading, Berkshire, July 7th, 1896.» (Zum Gedenken an C. T. W., weiland Kavallerist der Königlichen Garde, im Strafgefängnis Seiner Majestät zu Reading, Berkshire, verstorben am 7. Juli 1896.) Der Widmungsträger, Charles Thomas Wooldridge, war wegen Mordes an seiner Frau verurteilt worden und wurde im Reading Gaol hingerichtet. – 1 *scarlet coat*: In Wirklichkeit war die Uniform der Royal Horse Guards («the Blues») dunkelblau mit rotem Kragen und Ärmel. – 6 *murdered in her bed*: Die 23jährige Frau wurde in Wirklichkeit von ihrem eifersüchtigen Mann auf nächtlicher Straße mit dem Messer umgebracht. – 37 *each man kills the thing he loves*: Vgl. den Wortwechsel zwischen Bassanio und Shylock im «Kaufmann von Venedig», 4: 1, 66–67: «Do all men kill the things they do not love? – Hates any man the things he would not kill?» – 43–48: Die vorletzte Strophe wurde von L. L. Schücking ausgelassen. (Übs.: H. Meller).

John Davidson

Barrhead (Renfrewshire) 1857 – Penzance 1909

«Die Menschheit hat mich verstoßen.» So beginnt *The Testament of a Man Forbid* (1901) von John Davidson, dem Sohn eines Pfarrers der «Evangelical Union» im schottischen Renfrewshire. Er hatte von Jugend auf geschrieben, nie aber schaffte er es, vom Schreiben leben zu können. – Als er 1889 sein exzentrisches Theaterstück *Scaramouche auf Naxos* drucken läßt und den ihm denkbar unkongenialen Beruf eines Schullehrers in Schottland aufgibt, um nach London zu ziehen, wird er einer der «dekadenten» Dichter in der Bohème der viktorianischen neunziger Jahre. Unablässig verfaßt er weitere Theaterstücke, Essays, Kurzgeschichten, Romane. Er besucht die Zusammenkünfte des «Rhymers' Club» im «Old Cheshire Cheese» an der Fleet Street. Er beliefert die von den Skandalen der «Ästhetizisten» umwitterten Bände des *Yellow Book*. Aber der nie endende Kampf mit Armut und Krankheit zermürbt ihn. Dem Eklogendichter gelingt in der Megalopolis des British Empire eine Röntgendiagnostik des Hochkapitalismus, indem er dessen poetologische Konsequenzen auslotet: «Poetry is not always an army on parade: sometimes it is an army coming back from the wars, epaulettes and pipeclay all gone, shoeless, ragged, wounded, starved, but with victory on its brows; for Poetry has been democratized ... It is not now to the light that ‹the passionate heart of the poet› will turn. The poet is in the street, the hospital. He intends the world to know it is out of joint. He will not let it alone. Democracy is here; and we have to go through with it.» (*The Rosary*, 1903) Als anti-evangelikaler und antibürgerlicher *poète maudit* spezialisiert er sich schließlich aufs Abfassen von «Testamenten» im Zeitgeist-Klima des Jahrhundertwechsels: Am Anfang steht *The Testament of a Vivisector* (1901). Dem *Testament of an Empire-Builder* (1902) folgt 1904 *The Testament of a Prime Minister* und schließlich 1908 *The Testament of John Davidson*. Im Jahr darauf ertränkt er sich im Meer vor Penzance.

Ausgaben: Fleet Street Eclogues, Two Series 1893/1896. – *Ballads and Songs*, 1894. – *Fleet Street Eclogues, Second Series*, 1895. – *New Ballads*, 1897. – *The Testament of John Davidson*, 1909. – *John Davidson: A Selection of his Poems*, ed. M. Lindsay, 1961. – Alle London.

Literatur: M. Lindsay, «Introduction», in: *Selection* (1961), S. 1–46. – Hugh MacDiarmid, «John Davidson: Influences and Influence», daselbst, S. 47–54.

70 Thirty Bob a Week (Ausgabe: Ballads and Songs, 1894; Text: Selection, ed. Lindsay, 1961, S. 72 ff.; Ü: L. Rumold, bearb.) Entstanden 1894, das dritte der Gedichte Davidsons im «Yellow Book». Der dramatische Mono-

log eines kleinen Angestellten aus der Vorstadt entwickelt sich im Einklang mit der pessimistischen Gesellschaftsanalyse Henrik Ibsens und der Philosophie Friedrich Nietzsches zu einer Horizontvermessung der *conditio humana*. T. S. Eliot bewunderte den durchgehaltenen Sprechrhythmus und den soziologisch präzisen Kolloquial-Ton der *persona*: «Certainly... Davidson freed himself completely from the poetic diction of English verse of his time... But I am sure that I found inspiration in the content of the poem, and in the complete fitness of content and idiom. Davidson had a great theme, and also found an idiom which elicited the greatness of the theme, which endowed his thirty-bob-a-week clerk with a dignity that would not have appeared if a more conventional poetic diction had been employed. The personage that Davidson created in this poem has haunted me all my life, and the poem is to me a great poem for ever.» (In: Selection, ed. Lindsay, S. XI-XII)

A. E. HOUSMAN

Fockbury (Worcestershire) 1859 – Cambridge 1936

Alfred Edward Housman, Sohn eines Rechtsanwalts, studiert klassische Sprachen am St. John's College, Oxford. Obwohl er nach brillantem Beginn nur ein fast desaströses Abschlußexamen schafft, so daß eine akademische Karriere ausgeschlossen zu sein scheint, setzen seine ehrgeizigen altphilologischen Editionen (z. B. seine definitive Manilius-Ausgabe, 1902–30) einen hohen Standard. Die Rigidität seiner philologischen Tätigkeit balanciert er durch das herbe Pathos seiner bald sehr populär werdenden Gedichte, in denen Liebes-Nostalgie, patriotisch idealisierende Landschaftspoesie und ein stoisch-heroischer Grundton miteinander harmonisieren. Eine erste Sammlung erscheint 1896 unter dem Titel *The Shropshire Lad* und findet beträchtliche Resonanz. Nach zehnjähriger Tätigkeit beim königlichen Patentamt wird er 1911 zum «Kennedy Professor of Latin» in Cambridge berufen. Am dortigen Trinity College wird er Fellow auf Lebenszeit. In seiner «Leslie Stephen Lecture» *The Name and Nature of Poetry* (1933) summiert er sein dichterisches Credo.

Ausgaben: – *A Shropshire Lad,* 1896. – *Last Poems,* 1922. – *More Poems,* 1936. – *Collected Poems,* ed. J. Carter, 1939. – Alle London. – *Complete Poems* (Centennial Edition), New York 1959. – *Collected Poems and Selected Prose*, ed. Ch. Ricks, Harmondsworth 1989.

Literatur: B. J. Leggett, *The Poetic Art of A. E. Housman: Theory and Practice,* Lincoln/Nebraska 1978. – N. Page, *A. E. Housman: A Critical Biography,* 1983. – R. P. Graves, *A. E. Housman: The Scholar Poet,* 1979. – Beide London. – J. Bayley, *Housman's Poems*, Oxford 1992.

A Shrophire Lad

76 When Smoke Stood up from Ludlow (Nr. 7; Text: Centennial Edition, 1959, S. 18; Ü: H. Wipperfürth)
78 If Truth in Hearts that Perish (Nr. 33; Text: Centennial Edition, 1959, S. 50; Ü: H. Wipperfürth)

78 Epitaph on an Army of Mercenaries (Ausgabe: Last Poems, Nr. 37; Text: Collected Poems, 1989, S. 144; Ü: Paul Celan, Gesammelte Werke, Bd. 5, S. 411.) Erstmals gedruckt in «The Times» (31. Oktober 1917), unter einem Leitartikel «The Anniversary of Ypres», der auf die Kriegsgeschehnisse des Jahres 1914 zurückblickte.
80 Diffugere Nives (Text: Centennial Edition, 1959, S. 163; Ü: H. Wipperfürth) – Der *Titel* zitiert nicht nur die Anfangszeile von Horazens Carmen 4: 7, «Diffugere nives, redeunt iam gramina campis» (Geschmolzen ist der Schnee, es sprießen von neuem die Gräser auf den Fluren); vielmehr ist das Ganze eine Übersetzung aus dem Latein, eine ehrgeizige «Imitatio» des großen Vorbilds. – 5 *Graces three*: In der griechischen Mythologie sind die drei Grazien (oder Chariten) Töchter des Zeus: Aglaia (die ‹Leuchtende›), Euphrosyne (die ‹Leichtherzige›) und Thalia (die ‹Blühende›); siehe Hesiod, Theogonie, 909. – 15 *Tullus Hostilius* war der dritte, *Ancus Martius* der vierte der altrömischen Könige. – 16 *Aeneas*: der trojanische Prinz, der in Italien eine Kolonie gründete, welche als Roms Ursprung betrachtet wird. – 17 *Torquatus* ist der Freund, an den diese von Housman nachgedichtete Ode von Horaz gerichtet war. – 25 *Hippolytus* wies die Avancen, die ihm seine Stiefmutter Phaedra (die zweite Frau seines Vaters Theseus) gemacht hatte, zurück. Die Kreterin Phaedra («Alle Kreter lügen») beschuldigte den Stiefsohn fälschlich bei ihrem Ehemann, ihr nachgestellt zu haben. Theseus verfluchte seinen Sohn im Zorn. Auf einer Fahrt von Troizenias (am Steilufer der Peloponnes) wurde Hippolytus daraufhin von seinen Pferden, die ein von Poseidon gesandtes Ungeheuer erschreckte, zu Tode geschleift. – 26 *Diana,* die Göttin der Keuschheit, war nicht in der Lage, Hippolytus zu helfen. – 27: In einer anderen Mythen-Kette dringt *Theseus,* der König von Athen, mit seinem Freund *Pirithous* (griechisch Peirithoos), dem König der Lapithen, lebend in die Unterwelt ein, um für ihn Persephone aus der Totenschar zu entführen. Doch die Freunde werden dort unten als Gefangene festgekettet; als Herakles sie zu befreien versucht, muß der an seinem Felsensitz festgewachsene Peirithoos auf ewig im Hades verbleiben.

ERNEST DOWSON

Belmont Hill (Kent) 1867 – Dieppe 1900

Ernest (Christopher) Dowson war wie Davidson Mitglied des «Rhymers' Club». Er war befreundet mit Aubrey Beardsley, Lionel Johnson und W. B. Yeats. Viele seiner Texte erschienen in den Periodika der «Dekadenzlyrik»: im *Yellow Book* und in *The Savoy*. Bekannt wurde er durch seine formvollendete, an der klassischen Dichtung wie an Verlaine und Rimbaud und den französischen Symbolisten geschulte Lyrik, durch seine «Gedichte in Prosa» und durch seinen Einakter *Pierrot of the Minute* (1897).

Ausgaben: *Poems,* 1896 – *Decorations,* 1899. – *Poems* (With a Memoir of Arthur Symons and Illustrations by Aubrey Beardsley), 1905. – Alle London. – *The Poems of Ernest Dowson*, ed. M. Longaker, Philadelphia 1962. – *Poetical Works,* ed. H. Maas/D. Flower, London 1967

Übersetzungen: Stefan George, *Zeitgenössische Dichter: Übertragungen*, Bd. 1, Berlin 1929.

Literatur: J. J. Chardin, *Ernest Dowson et la crise fin de siècle anglais*, Paris 1995.

82 TO ONE IN BEDLAM (Text: The Poems, 1962, S. 46; Ü: Stefan George, 1929, S. 47)

82 SERAPHITA (Ausgabe: Poems, 1896; Text: The Poems, ed. Longaker 1962, S. 92; Ü: Stefan George, 1929, S. 48)

84 VITAE SUMMA BREVIS SPEM NOS VETAT INCOHARE LONGAM (Text: The Poems, 1962, S. 36; Ü: H. Meller) Erstdruck 1896. – Der *Titel* zitiert Horaz, Carmina, 1: 4, 13–16: «pallida Mors aequo pulsat pede pauperum tabernas/regumque turris. o beate Sesti,/vitae summa brevis spem nos vetat incohare longam;/iam te premet nox, fabulaeque Manes...» (Die bleiche Todesgöttin freilich stößt mit ihrem Fuß ohne Unterschied gegen die Hütten der Armen und die Paläste der Reichen. O glücklicher Sestius, des Lebens kurze Spanne verbietet uns, Pläne für ferne Zeiten anzuzetteln: Bald wird dich die Nacht und das Manenreich der Sage ereilen... – Übs. W. Richter)

84 NON SUM QUALIS ERAM BONAE SUB REGNO CYNARAE (Text: The Poems, 1962, S. 58; Ü: W. Vordtriede aus d. Ms.) Entstanden ca. 1891, Erstdruck 1896. – Der *Titel* zitiert ebenfalls Horaz, Carmina, 4: 1, 3–4. Der Dichter bittet Venus, ihm neuerliche Liebesmüh zu ersparen: «Ich bin nicht mehr derselbe, der ich unter der Herrschaft der lieben Cynara war. Hör auf, du unbarmherzige Mutter süßer Begierden, den schon verhärteten Fünfziger noch am weichen Halfter lenken zu wollen.»

86 DREGS (Text: The Poems, 1962, S. 148; Ü: Stefan George, 1929, S. 49).

LIONEL JOHNSON

Broadstairs (Kent) 1867 – London 1902

«Much falling he/Brooded upon sanctity» (Immer aufs neue fallend grübelte er über Heiligkeit) – so charakterisierte W. B. Yeats im Rückblick den einstigen Dichterfreund Lionel Johnson, einen klassisch gebildeten, zum Katholizismus konvertierten Weggefährten aus der ‹tragischen Generation› der neunziger Jahre, der seinem kurzen und ruhelosen Leben konzentrierte künstlerische Form abgerungen hatte. Ezra Pound pries die sprachliche Helle und Konturenschärfe dieses konservativen Décadent und gab im zweiten Jahr des Ersten Weltkriegs seine Gedichte heraus.

Ausgaben: Poems, 1895. – *Ireland, With Other Poems*, 1897. – *Post Liminium: Essays and Critical Papers*, 1911. – *Poetical Works*, ed. Ezra Pound, 1915. – Alle London. – *The Complete Poems*, ed. I. Fletcher, London 1953, rev. ed. als *Collected Poems*, New York 1982.

Literatur: E. Pound, «Preface», in *Poetical Works of Lionel Johnson*, 1915. – A. W. Patrick, *Lionel Johnson, poète et critique*, Paris 1939. – G. Hough, *The Last Romantics*, London 1949. – B. Charlesworth, *Dark Passages: The Decadent Consciousness in Victorian Literature*, Madison 1965. – G. A. Cevasco, *Three Decadent Poets*, 1990. – P. N. Parekh, *Response to Failure: G. M. Hopkins, Francis Thompson, Lionel Johnson and Dylan Thomas*, 1998. – Beide New York.

88 THE CHURCH OF a DREAM (Ausgabe: Poems, 1895; Text: Collected Poems, S. 65 f.; Ü: W. v. Koppenfels) Entstanden 1890, im Jahr vor dem Übertritt des Dichters zum Katholizismus; gewidmet Bernard Berenson (1865–1959), dem bedeutenden Kunsthistoriker, Essayisten und Sammler italienischer Renaissance-Kunst.

88 THE DESTROYER OF a SOUL (Ausgabe: Poems, 1895; Text: Collected Poems, S. 74; Ü: W. v. Koppenfels) 1892 entstanden; diesem Sonett ist eine Widmung *To–* vorangestellt; Fletcher merkt an, daß als Adressat Wilde und als die unschuldige Seele diejenige von Lord Alfred Douglas (sic) zu sehen seien. (Johnson hatte die beiden miteinander bekannt gemacht.)

90 NIHILISM (Ausgabe: Ireland, 1897; Text: Collected Poems, S. 160 f.; Ü: W. v. Koppenfels) 1898 entstanden; gewidmet Samuel Smith (1867–1938), einem engen Freunde Ernest Dowsons.

RUDYARD KIPLING

Bombay 1865 – London 1936

Der erste englische Nobelpreisträger (1907) und Meistererzähler des britischen Kolonialreichs, der als Journalist in Indien eine neue Form imaginativ und patriotisch effektvoller Kurzgeschichten entwickelte, war zugleich einer der fruchtbarsten und populärsten Dichter seiner Zeit. Viele seiner Erzählungen sind von Gedichten begleitet, die die dort angeschlagenen Themen im poetischen Medium gleichsam kontrapunktisch zum Haupttext behandeln. In seinen *Barrack-Room Ballads* von 1892, Liedern aus der Cockney-Perspektive einfacher Soldaten des Empire, verband er den dramatischen Monolog à la Browning mit der Tradition der Volksballaden und der Music Hall Songs zu einer Textsorte unverkennbar eigener Prägung. Der Erfolg war gewaltig; bei aller virtuosen Form- und Themenvielfalt der späteren Gedichte Kiplings bildet die balladeske Form (deren Einfluß auf die Song-Einlagen in Brechts Dramen prägend war) den Kernbereich seines poetischen Werkes. Der imperiale Gestus läßt die Grenzen zwischen patriotischer und chauvinistischer Haltung in dieser Dichtung schon vor 1914 häufig verschwimmen.

Ausgaben: Departmental Ditties, 1886. – *Barrack-Room Ballads and Other Verses*, 1892. – *The Seven Seas*, 1896. – *Verse: Definitive Edition*, 1940. – *A Choice of Kipling's Verse*, ed. T. S. Eliot, 1941. – *The Complete Barrack-Room Ballads*, ed. C. Carrington, 1974. – Alle London. – *Selected Verse*, ed. J. Cochrane, Harmondsworth 1977. – *The Complete Verse*, London 1990.

Übersetzungen: H. Sachs, *Soldaten-Lieder*, Leipzig 1910. – M. Möller, *Balladen aus dem Biwak*, Berlin 1911. – H. Reisiger, *Balladen aus dem Biwak*, in *Gesammelte Werke*, ed. J. Gottwald, Bd. 3, München 1965. – G. Haefs, *Die Ballade von Ost und West*, Zürich 1992.

Literatur: T. S. Eliot, «Rudyard Kipling» in: ders., *A Choice of Kipling's Verse*, ed. T. S. Eliot, 1941. – C. Carrington, *Rudyard Kipling: His Life and Work*, 1955. – A. Rutherford, *Some Aspects of Kipling's Verse*, 1967. – Alle London. – R. Sühnel, «Kipling», in: *Englische Dichter der Moderne*, ed. R. Sühnel/D. Riesner, Berlin 1971. – J. S. Bratton, *The Victorian Popular Ballad*, 1975. – A. Wilson, *The Strange Ride of Rudyard Kipling*, 1977. – Beide London. – A. Parry, *The Poetry of Rudyard Kipling*, Buckingham 1992.

92 TOMMY (Ausgabe: Barrack-Room Ballads; Text: *Verse*, 1940, S. 398 f.; Ü: A. Zweig, in: Die Insel, ed. L. Goldscheider, Wien 1930. S. 70 f.) – *Titel*: Bezeichnung für den britischen Soldaten, ursprünglich nach Thomas Atkins, dem Standardnamen und Typus des «private soldier» (Gemeinen). – 22

Thin red line...: Die Rotröcke bildeten in der Schlacht von Balaclava am 25. Oktober 1854 im Krimkrieg die legendäre «schmale rote Heldenlinie», die der russischen Artillerie die Stirn bot. (Wenn Arnold Zweig das Gedicht den «Feldgrauen» widmet, tut er zuviel der Eindeutschung). – 36 *The Widow's uniform:* bezieht sich auf Königin Victoria. – 38 *guns*: Die Übersetzung bringt den Text auf einen neueren Stand der Kriegstechnik.

94 THE DEEP-SEA CABLES (Ausgabe: The Seven Seas, 1896; Text: Verse, 1940, S. 174; Ü: W. v. Koppenfels) Das erste Transatlantikkabel Irland-Neufundland wurde bereits 1866 installiert. Allein im Jahre 1889 wurden zehn Kabel verlegt, die Europa mit Amerika verbanden.

W. H. DAVIES

Newport 1871 – Cotswold 1940

Im Autorenkatalog des Britischen Museums wurde William Henry Davies mit dem Namenszusatz «the Tramp poet» aufgeführt. Er beschwerte sich, charakterisierte sich aber selbst in einem Epigramm als *Der philosophische Bettler*: «Will Davies kannt' ich gut: ein Bettler einst,/Bis er verrückt ward und begann zu schreiben...» – Ohne regelmäßigen Schulbesuch in der Kneipe seines walisischen Großvaters aufgewachsen, geht Davies als junger Mann mit zehn Dollar in der Tasche nach Amerika. Als Hobo verliert er beim «train-jumping» ein Bein: auf dem Weg nach Alaska wird er durch den Betriebsunfall von einem athletischen Aussteiger zu einem für professionelle Mitleid-Nutzung optimal ausgerüsteten Schwerversehrten. Nach England zurückgekehrt ernährt sich der Holzbeinige durch Straßenbettelei, Hofsingen und Vagabundentrödel. Seine ersten, im Privatdruck veröffentlichten Gedichte werden von Arnold Bennett den besten der Epoche zugerechnet, und er kommt zusammen mit J. Conrad und W. B. Yeats auf die «Civil List» für den Erhalt eines staatlichen Ehrensolds. Bald zählt er unter den Lyrikern der ab 1912 Jahr für Jahr erscheinenden Bände der *Georgian Poetry* zu den beliebtesten. Seine einfache Sprachgebung erinnert an William Blake und die «Cavalier Poets» des 17. Jahrhunderts. Sogar Ezra Pound, kein Bewunderer des Gefälligen und Epigonalen, räumt ein, daß man «Davies für einen Dichter halten müsse». Dem Geschmack der «Georgians» und «Edwardians» für gekünstelte Simplizität allerdings stehen viele seiner Texte von frappierender Schärfe und Modernität des Anklagetons zuwider. Daß der Supertramp «from the lower depth» über Nacht berühmt wurde, verdankt er G. B. Shaw: Dieser ermutigte ihn, seine *Autobiography* aufzuschreiben, und Mrs. Shaw finanzierte deren Drucklegung mit 60 Pfund.

Ausgaben: The Soul's Destroyer, 1905. – *Nature Poems*, 1908. – *The Autobiography of a Supertramp*, 1908. – *Collected Poems of W. H. Davies*, 1951, [1]1940. – Alle London.

Literatur: R. J. Stonesifer, *W. H. Davies: A Critical Biography*, London 1963.

96 THE LODGING HOUSE FIRE (Text: Collected Poems, 1951; Ü: H. Meller, in W. H. Davies, Supertramp: Autobiographie eines Vagabunden, Zürich 1985, S. 345–349) Wurde erstmals 1905 in «The Soul's Destroyer» gedruckt und der *Autobiography* seit der Neuauflage 1920 als Kostprobe und Dokument beigegeben. – *Titel*: Noch zwischen den Weltkriegen gab es in London mehrere hundert solcher privatwirtschaftlich geführter, lizensierter «common houses» (im Slang auch «doss-houses» genannt). Sie beherbergten Zehntausende, Männer und Frauen in getrennten Häusern, in den Wintermonaten bis zu fünfzigtausend. Als extrem billige Absteigen für die Ärmeren der Armen, geringfügig oberhalb der Ebene des Arbeitshauses, vor dem sich ein «Tramp» ekelte, hoben sie sich von den «casual wards» ab, den kommunalen Obdachlosenasylen. Von karitativ geführten Heimen (z. B. denen der Heilsarmee) unterschieden sie sich durch beträchtlich höhere Verschmutztheit und eine weniger pedantisch gehandhabte Hausordnung. Die von Davies erlebten Ausprägungen dieser Institutionen haben fast 200 Jahre existiert. – 6 *fire below*: Die Männerheime hatten jeweils mehrere Schlafsäle, gelegentlich winzige Einzelzellen, meistens eine im Souterrain gelegene verräucherte Küche als einzigen Aufenthaltsraum. – 14–15: Der Sprecher erlebt in der Penner-Absteige, was Brechts Männer «mitten im Whisky» von Mahagonny feststellen: daß nicht zur Hölle geschickt werden kann, wer immer schon in der Hölle war. – 51 *us, thirty men*: die Schlüsselformel des Sprechers in der Apathie seines Vorsichhinstarrens in der koksbeheizten rauchigen Aufenthaltsküche gilt für alle Mitbewohner. – Das genaue Prosa-Äquivalent der Situation findet sich im 25. Kapitel («Falsche Hoffnungen») der Autobiographie, unmittelbar bevor der Erzähler im Spiegel sein erstes weißes Haar entdeckt. In dieser Sekunde trifft er die Entscheidung seines Lebens und wird dem «Totmannssitz» entgehen, der am Tischende dicht am Feuer demjenigen vorbehalten ist, den man noch vor Frühjahrsbeginn aus dem Haus tragen wird.

THOMAS HARDY

Upper Bockhampton (Dorset) 1840 – Dorchester 1928

Hardy veröffentlichte seinen ersten Gedichtband 1898, als fast schon alter Mann. Sieben weitere Gedichtbände folgten. Nach vierzehn Romanen und über vierzig Erzählungen gab er die Prosa ganz auf, zum einen, weil ihn die fast einhellige Ablehnung seiner letzten großen Romane (*Tess of the d'Urbervilles*; *Jude the Obscure*) verstimmte, zum anderen, weil er ‹eigentlich› immer nur Lyrik hatte schreiben wollen und es sich jetzt – finanziell gesichert und mit der Kompromißlosigkeit des Alters – leisten konnte. – Hardy, der von früh an Gedichte verfaßte, ohne sie zu veröffentlichen, war gelernter Kirchenbaumeister, in der Literatur aber Autodidakt. Der Sinn für das Handwerkliche, das ‹Augenmaß›, prägt seine annähernd tausend Gedichte, in denen er mit vielfältigen Formen experimentiert, die nie klassischen Mustern folgen. In der seiner zweiten Frau diktierten Autobiographie sagt er: «Er wußte, daß in der Architektur listige Unregelmäßigkeit von enormem Wert ist, und es ist offensichtlich, daß er in seine Verse, manchmal vielleicht unbewußt, das gotische Kunstprinzip übertrug – das Prinzip der Spontaneität, wie es sich an Simsen, in Aufrissen und dergleichen findet –, was zu dem ‹unvorhersehbaren› Charakter (wie man das genannt hat) seiner Metren und Strophen führte.» Er vermied also das Glatte, Fließende, Elegante und erreichte durch metrische Pausen, antimetrische Akzente, «this conscious plainness, this beautiful clumsiness» (John Wain). Hardy schreibt nie in einem ‹hohen Ton›, er registriert statt zu deuten, hat den Blick des Bauern für die Natur, den des Handwerkers für das Konkrete, das Detail. Obwohl in der Thematik oft düster, tragisch, katastrophisch (wie in den Romanen), sind die Verse nie sentimental oder ichbezogen verzweifelt, sondern nüchtern-konstatierend, manchmal witzig oder von dem grimmigen Humor, der in der Kehle steckenbleibt. Die Kritik hat ihm Pessimismus und «immorality» vorgeworfen – sich dagegen wehrend sprach er statt dessen von «Anfragen in der Erkundung der Wirklichkeit». «Wirklichkeit» war für ihn allerdings auch, daß der Mensch, schopenhauerisch, der «Spielball des immanenten Willens» ist, einer irrationalen, blinden, plan- und ziellosen Kraft, die «alles bewegt und treibt» und der der Mensch ohnmächtig preisgegeben ist. – Hardy war noch (spät)viktorianisch und schon modern. In der Wahl seiner Wörter wirkt er oft antiquiert bis archaisch oder dialektal, dann wieder antizipiert er mit einem Wort, einer Wendung die kalte Sachlichkeit eines Eliot oder Auden. Die offizielle Kritik mochte ihn nicht, weil er weder ins eine noch ins andere Lager gehörte. Aber sein Einfluß auf die Dichter war beträchtlich. Donald Davie geht sogar so weit zu sagen, nicht Pound oder Eliot, nicht Yeats oder Lawrence seien die treibende Kraft hinter der englischen Lyrik des 20. Jahrhunderts gewesen, sondern eben Hardy. Und dieser Einfluß reicht bis Joseph Brodsky, dem wir den genauesten, vom Handwerklichen aus argumentierenden Aufsatz über Hardy verdanken. In Deutschland ist Hardy als Lyriker noch zu entdecken.

Ausgaben: Wessex Poems, 1898. – *Poems of the Past and Present*, 1901. – *Time's Laughingstocks*, 1909. – *Satires of Circumstance*, 1914. – *Moments of Vision*, 1917. – *Late Lyrics and Earlier*, 1922. – *Human Shows*, 1925. – *Winter Words*, 1928. – *Col-*

lected Poems, 1930. – Alle London. – *Selected Poems,* ed. J. C. Ransom, New York 1960. – *Selected Shorter Poems,* ed. J. Wain, 1966. – *The Complete Poems,* ed. J. Gibson, 1974. – Beide London.

Übersetzungen: M. Grüning in A. Calder, *Englische Lyrik 1900–1980*, Leipzig 1983.

Literatur: Lytton Strachey, «Mr Hardy's New Poems», in *The New Statesman* (19. Dezember 1914). – C. Day Lewis, «The Lyrical Poetry», in *Proceedings of the British Academy,* London 1951 – J. O. Bailey, *The Poetry of Thomas Hardy: A Handbook and a Commentary,* Chapel Hill 1970. – D. Davie, *Thomas Hardy and British Poetry,* 1973. – F. B. Pinion, *A Commentary on the Poems of Thomas Hardy,* 1976. – Beide London. – T. Johnson, *A Critical Introduction to the Poems of Thomas Hardy,* New York 1991. – Joseph Brodsky, «Werbung um Unbelebtes: Vier Gedichte von Thomas Hardy», in: ders., *Von Schmerz und Vernunft: Hardy, Rilke, Frost und andere*, München 1996.

102 NEUTRAL TONES (Ausgabe: Wessex Poems, 1898; Text: Complete Poems, S. 12; Ü: K. Reichert) Eines der frühesten Gedichte. 1867 in London geschrieben, wo Hardy seit fünf Jahren für den Architekten Bloomfield arbeitete.

102 THE DARKLING THRUSH (Ausgabe: Poems of the Past and the Present, 1901; Text: Complete Poems, S. 150; Ü: H. Hennecke, Gedichte von Shakespeare bis Ezra Pound, S. 151) – Titel in der Erstveröffentlichung in *The Graphic*, 29. Dezember 1900: «By the Century's Deathbed». Dort lauten die ersten beiden Verse: «I leant upon a paddock gate/When shades were spectre-gray.» Ein späterer Titel lautete «The Century's End, 1900». – Genaue Interpretation von Brodsky, S. 52–73. – 1 *coppice:* dichtes, zurückgeschnittenes Unterholz, auch niedriges Wäldchen. – 5 *bine-stems*: Geißblattranken.

104 A BROKEN APPOINTMENT (Ausgabe: Poems of the Past and the Present, 1901; Text: Complete Poems, S. 136; Ü: K. Reichert) – In einer früheren Fassung steht in der vorletzten Zeile «a soul-sad man» statt «a time-torn man».

106 THE SCHRECKHORN (Ausgabe: Satires of Circumstance, 1914; Text: Complete Poems, S. 322; Ü: K. Reichert) Geschrieben im Juni 1897 während einer Reise durch die Westschweizer Alpen; das Schreckhorn ist der höchste Gipfel der Berner Alpen. Leslie Stephen (1832–1904), bedeutender Kritiker, Lexikograph, Zeitschriftenherausgeber. Im Cornhill Magazine hatte er zwei Romane Hardys vorabgedruckt. Von seiner agnostischen Philosophie sagte Hardy, sie habe ihn mehr als jede andere beeinflußt. Stephen war begeisterter Bergsteiger. Er war der Vater Virginia Woolfs, die Hardy bereits als Kind im Hause Stephen kennengelernt haben muß.

106 AH, ARE YOU DIGGING ON MY GRAVE? (Ausgabe: Satires of Circumstance, 1914; Text: Complete Poems, S. 330; Ü: K. Reichert) Das balladeske

Gedicht ist typisch für Hardys desillusionierende Ironie. – 12 *Death's gin*: hier im (Jäger)Sinn von ‹Falle›, ‹Schlinge› des Todes.

110 The Convergence of the Twain (Ausgabe: Satires of Circumstance, 1914; Text: Complete Poems, S. 306; Ü: W. v. Koppenfels) Am 15. April 1912 war das modernste, schnellste, luxuriöseste Schiff, die Titanic, mit einem Eisberg zusammengestoßen. Hardys Gedicht ist datiert «24. April 1912»; er trug es am 14. Mai 1912 bei einer Benefizveranstaltung für die Überlebenden in Covent Garden vor; es wurde im Juni 1912 in The Fortnightly Review veröffentlicht. Die von Hardy erfundene Strophenform hat die Gestalt eines Dreiecks: Eisberg und auf den Kopf gestelltes Schiff zugleich. Der Kontrast von Natur und Technik bzw. menschlicher Überheblichkeit ist mit dem Motiv der Vermählung verknüpft. (Siehe dazu Brodsky, a. a. O., S. 73–91). – 6 *thrid*: obsolete (oder noch dialektale) Form für «thread» (auffädeln, sich durchschlängeln). – 15 *vaingloriousness*: Hochmut, mit biblischem Anklang; in der Erstfassung steht dafür «sumptuousness» (Kostspieligkeit, Pracht). – 18 *The Immanent Will*: Hardys blindes Schicksal, dessen Spielball der Mensch ist.

112 The Oxen (Ausgabe: Moments of Vision, 1917; Text: Complete Poems, S. 468; Ü: G. v. d. Vring, Englisch Horn, S. 159) Erstveröffentlichung am 24. Dezember 1915 in The Times; dort in V. 9 «believe» statt «would weave». Dieses Gedicht findet sich am häufigsten in Anthologien.

114 Channel Firing (Ausgabe: Satires of Circumstance, 1914; Text: Complete Poems, S. 305; Ü: W. v. Koppenfels) Das Gedicht über eine Gefechtsübung ist vor dem Ausbruch des Ersten Weltkrieges geschrieben; als es im November 1914 im neuen Gedichtband erschien, war seit drei Monaten Krieg und Hardy sagte, hätte er das geahnt, hätte das Gedicht wahrscheinlich anders geendet. – 3 *chancel*: der der Geistlichkeit vorbehaltene Chorraum. – 9 *glebe*: Scholle, auch Pfarrland. – 14 *Mad as hatters*: sprichwörtlich ‹mad as a hatter›, ‹verrückt wie ein Hutmacher›; dieser Berufsstand galt seit dem 17. Jahrhundert (wegen der Verwendung von Quecksilbernitrat bei der Filzherstellung) als anfällig für Hirnschädigung und Exzentrizität; popularisiert wurde die Wendung durch das Kap. 8 (The Mad Tea-Party) in Lewis Carrolls «Alice in Wonderland» (1865). – 31 *Parson Thirdly*: Spitzname des Pfarrers, in Far from the Madding Crowd, wohl weil er seine Predigt in drei Teilen aufbaute und im dritten zum donnernden Höhepunkt kam. – 35 *Stourton Tower*: der Turm König Alfreds (848–899) auf Kingsettle Hill bei Stourton in Wiltshire; hier soll der Westsachsenkönig die Dänen geschlagen haben. – 36 *Camelot:* Cadbury Castle in Somerset, der Sage nach mit König Artus in Verbindung gebracht. – *Stonehenge*: das prähistorische Heiligtum in der Ebene von Salisbury. Die drei mythischen Namen führen also an der Südküste entlang.

116 In Time of ‹The Breaking of Nations› (Ausgabe: Moments of Vision, 1917; Text: Complete Poems, S. 543; Ü: K. Reichert) 1915 datiert; in einer früheren Fassung steht Zeile 11 «fade» statt «cloud». Die Jeremiasstelle lautet in der King James Bible: «Thou art my battle axe and weapons of

war: for with thee will I break in pieces the nations, and with thee will I destroy kingdoms». Luther: «Du bist mein Hammer, meine Kriegswaffe; durch dich zerschmettere ich die Heiden und zerstöre die Königreiche.» Luther übersetzt meist ‹Heiden›, wo es richtig ‹Völker› oder ‹Nationen› heißen muß.

118 HE NEVER EXPECTED MUCH (Ausgabe: Winter Words; Text: Complete Poems, S. 886; Ü: K. Reichert) – 6 *leaze*: älteres Wort für «Weide» (heute nur noch im Dialekt gebräuchlich). – 19 *neutral-tinted*: Henry James schrieb einmal, Amerikaner liebten das Pittoreske und fänden es selbst dort, wo andere nur «the most neutral tints» sähen.

RUPERT BROOKE

Rugby 1887 – Skyros 1915

Der Sohn eines Lehrers an der Public School von Rugby studierte nach dem Besuch der heimatlichen Eliteschule in Cambridge, unternahm Reisen auf den Kontinent (unter anderem nach München, dessen freie Lebensformen am Vorabend des Ersten Weltkrieges ihn anzogen), nach Amerika und in die Südsee, und experimentierte in seiner Dichtung mit unlyrischen Themen und Stilen. Wie viele Altersgenossen begrüßte er den Kriegsausbruch als Chance der Erneuerung für eine dekadente Welt. Sein früher Tod in der Ägäis ersparte ihm die Desillusion des mörderischen Stellungskrieges und verwandelte ihn für seine Landsleute zur poetischen Lichtgestalt, bis die Zeugnisse der *trench poets* eine weniger positive Sicht des Krieges dichterisch bewußt machten. Die daraus über lange Zeit resultierende Vernachlässigung Brookes tut seiner ursprünglichen innovativen Leistung unrecht.

Ausgaben: ‹1914› and Other Poems, London 1915; rev. ed. 1918. – *The Collected Poems*, New York 1944. – *Poetical Works*, ed. G. Keynes, 1946. – *The Prose*, ed. C. Hassall, 1956. – *The Letters*, ed. G. Keynes, 1968. – *A Reappraisal and a Selection*, ed. T. Rogers, 1971. – *The Collected Poems*, 1987. – Alle London.

Literatur: C. Hassall, *Rupert Brooke: A Biography*, London 1964. – R. B. Pearsall, *Rupert Brooke, The Man and Poet*, Amsterdam 1974. – P. Delany, *The Neo-Pagans: Friendship and Love in the Rupert Brooke Circle*, 1980. – J. Lehmann, *Rupert Brooke: His Life and Legend*, 1987. – Beide London. – A. Caesar, *Taking it Like a Man: Suffering, Sexuality and the War Poets: Brooke, Sassoon, Owen, Graves*, Manchester 1993. – W. E. Laskowski, *Rupert Brooke*, New York 1994.

120 LIBIDO (Text: Collected Poems, 1944, S. 81; Ü: W. v. Koppenfels)

120 A Channel Passage (Text: Collected Poems, 1944, S. 97; Ü: W. v. Koppenfels) Der Gebrauch der Sonettform für dieses liebesblasphemische Gedicht stellt einen charakteristischen Akt auktorialer Ironie dar.

1914

122 Peace (Text: Collected Poems, 1944, S. 111; Ü: W. v. Koppenfels) Geschrieben im November 1914 als erstes Gedicht des knappen Sonettzyklus «1914», in dem Brooke das Aufbruchsgefühl seiner Generation exemplarisch ausdrückt. Der von Kritikern und Lesern begeistert aufgenommene todesbereite Patriotismus dieser Sonette bedingt eine Rückkehr traditioneller Rhetorik.

122 The Soldier (Text: Collected Poems, 1944, S. 115; Ü: J. Utz/H. Meller) Einstmals vielzitierter Abschluß und emotionaler Höhepunkt des Sonettzyklus «1914». Geschrieben in Rubgy (ursprünglich u. d. T. «The Recruit») im November 1914, nach dem Truppenrückzug aus Antwerpen, an dem Brooke teilgenommen hatte. Erstmals veröffentlicht in New Numbers (Dezember 1914). Rezitiert vom Dean of St. Paul's in der Predigt am Ostersonntag 1915. Brooke starb am 23. April (St. George's Day) auf Skyros (der Sage nach Aufenthaltsort des jungen Achilles) in der Folge einer Blutvergiftung, kurz bevor sein Transportschiff die Kampfzone von Gallipoli erreichte. Seinen Nachruf in der «Times» am 26. April 1915, unter der Überschrift «Sunstroke at Lemnos», schrieb der junge Kriegsminister Winston Churchill.

Wilfred Owen

Oswestry (Shropshire) 1893 – Ors bei Landrecies (Frankreich) 1918

Wilfred Owen wurde nicht vom Krieg zum Dichter gemacht. Von 1912 an verlief seine Entwicklung mit einer erstaunlichen, hellsichtigen Konsequenz, als habe er gewußt, daß ihm nur 25 Lebensjahre zugemessen waren. Als Gemeindehelfer in Dunsden distanziert er sich 1912 von der religiösen Erweckungsbewegung der Anglikanischen Kirche und wendet sich den Außenseitern seiner Gemeinde zu; er läßt sich von der verantwortungsethischen Dichtung Shelleys begeistern; wird Sprachlehrer in Frankreich und wandelt sich zum Ästheten; im August 1914 lernt er Laurent Tailhade (1854–1919) kennen, der ihm die Dichtung der französischen Symbolisten sowie die Romane Flauberts nahebringt. Im Verlauf seiner militärischen Ausbildung von 1915 bis 1916 erkennt er, wie verwandt sein in früheren Gedichten artikuliertes Lebensgefühl dem jetzt vom Krieg überschatteten ist. Im Craiglockhart-Hospital bei Edinburgh, wo die Folgen eines schweren

Front-Traumas behandelt werden, gewinnt er die für seine Entwicklung bedeutende Freundschaft Siegfried Sassoons. 1918 wird Owen der Dichter, der seiner Kriegserfahrung die literarische Tradition und sein Erlebnis vor allem der Dichtung von John Keats in künstlerisch originaler Weise einzuschreiben vermag. Owens reife Dichtung vom «Pity of War», dem Elend des Krieges und dem Mitleid mit seinen Opfern, reflektiert in einer außerordentlichen Skala von Tönen den Zusammenbruch der europäischen Zivilisation, der sich im 19. Jahrhundert schon angebahnt hatte. Krieg war schon lange vor dem Ausbruch des Weltkrieges nicht nur atmosphärisch spürbar; für viele, nicht nur in England, war er ein innerer Zustand. Nach dem Zweiten Weltkrieg wurde Owen einem breiteren englischen und kontinentalen Publikum durch Benjamin Brittens *War Requiem* bekannt, in dem mehrere Gedichte Owens vertont sind.

Ausgaben: Poems by Wilfred Owen ed., Siegfried Sassoon, 1920. – *The Poems,* ed. E. Blunden, 1931. – *The Collected Poems,* ed. C. Day Lewis, 1968, [1]1963. – *Wilfred Owen: War Poems and Others,* ed. D. Hibberd, 1973. – *Wilfred Owen: The Complete Poems and Fragments*, ed. J. Stallworthy, 2 Bde., 1983. – *Wilfred Owen: Collected Letters,* ed. H. Owen and J. Bell, 1967. – Alle London.

Übersetzungen: H. Hennecke, «Apologia Pro Poemate Meo» und «Strange Meeting», *Europäische Revue* 1936. – H. Feist, «Strange Meeting» und «Asleep» in: *Ewiges England,* Zürich 1945. – D. Fischer-Dieskau/L. Landgraf, «Anthem for Doomed Youth», «Futility», «The Parable of the Old Man and the Young», «Strange Meeting» u. a. in: Textbeilage zu Benjamin Brittens *War Requiem,* 1980. – G. Böhnke, «Dulce et Decorum Est» u. a. in A. Calder, *Englische Lyrik 1900–1980,* Leipzig 1983. – B. Erenz, «Futility», *Die Zeit,* 19. März 1993. – *Wilfred Owen. War Poems – Gedichte aus dem Krieg.* Deutsch von H. Hennecke,/C. Sundstroem/J. Weiss, Seligenstadt 1993. – J. Utz, *Wilfred Owen. Gedichte, Zweisprachig,* Heidelberg 1993.

Literatur: D. S. R. Welland, *Wilfred Owen: A Critical Study,* 1960. – H. Owen, *Journey from Obscurity,* 3 Bde., 1963–1965. – J. Stallworthy, *Wilfred Owen: A Biography,* 1974. – P. Fussell, *The Great War and Modern Memory,* 1975. – Alle London. – D. Graham, *The Truth of War: Owen, Blunden and Rosenberg,* Manchester 1984. – D. Hibberd, *Owen the Poet,* 1986. – Ders., *Wilfred Owen: The Last Year,* 1992. – Beide London. – D. Kerr, *Wilfred Owen's Voices: Language and Community,* Oxford 1993. – J. Utz, «Einleitung», in: Ders., ed. *Wilfred Owen: Gedichte, Zweisprachig,* Heidelberg 1993, S. 1–43.

124 1914 (Text: Complete Poems 1983, S. 116; Ü: J. Utz, S. 65) Das im Spätjahr 1914 entstandene Sonett ist das einzige Gedicht Owens, in dem Echos der offiziellen Kriegspropaganda zu hören sind. Ansonsten ist es ein Herbstgedicht – mit Zitatanspielungen auf Shelleys «Revolt of Islam» (9:

25) und Shakespeares Sonett 97 – in welchem die Abfolge der Jahreszeiten mit großen historischen Epochen kultureller Blüte, die eigene Zeit mit dem Winter analogisiert wird. Owens Generation wird als Saat metaphorisiert für einen blutigen «sacre du printemps».

124 Anthem For Doomed Youth (Text: Complete Poems 1983, S. 99; Ü: J. Utz, S. 59) Entstanden in Craiglockhart zwischen September und Oktober 1917. Das Sonett, dessen Titel von Sassoon stammt, ist Ausdruck des Zornes über die Rolle von Kirche und Klerus im Krieg. Auch spielt Owen auf ältere Texte an: Die Bestattung der Toten nach der Schlacht in Shakespeares Henry V, 4: 8, das Summen der Mücken in Keats' «Ode to Autumn» V. 27, der Klang der Jagdhörner in Tennysons «Blow Bugles, Blow». Die religiösen und pastoralen Inhalte und Stimmungen dieser Dichtungen sind Kontrastfolie zur Antipastorale des Kriegs. – 9 *speed:* Lebewohl sagen; beistehen. – 14 *drawing-down of blinds:* Noch zu Owens Lebzeiten war es in vielen Gegenden Brauch, bei Todesfällen die Jalousien herunterzulassen oder die Fensterläden zu schließen. Das Sonett ist in Brittens «War Requiem» vertont.

126 Dulce et Decorum Est (Text: Complete Poems 1983, S. 140; Ü: J. Utz, S. 83) Entstanden ist das Gedicht zwischen Oktober 1917 und März 1918. – *Titel*: Horaz, Carmina 3, 2:13: «dulce et decorum est pro patria mori»: süß und ruhmvoll ist es, fürs Vaterland zu sterben; Owen übersetzte das Zitat (das u. a. das Kapellen-Portal des Royal Military College in Sandhurst zierte) in einem Brief im Oktober 1917 («It is sweet and meet to die for one's country») und fügte hinzu: «Sweet! and decorous!» – 9 Kampfgas wurde im 1. Weltkrieg zum erstenmal am 22. April 1915 von deutscher Seite bei Ypern eingesetzt. – 8 *Five-Nines:* 5.9-Kaliber-Geschosse. – 25 *My friend:* Bezieht sich wahrscheinlich auf Jessie Pope, Autorin von Kinderbüchern und propagandistischen Kriegsgedichten, der das Gedicht ursprünglich hatte gewidmet werden sollen.

128 Strange Meeting (Text: Complete Poems 1983, S. 148 f.; Ü: J. Utz, S. 91) Das Gedicht ist zwischen Januar und Mai 1918 in Scarborough oder Ripon entstanden und eine Variation über das Thema der Hadesfahrt. Beim Titel mag Owen an den 1917 erschienenen Gedichtband Strange Meetings von Harold Monro gedacht haben, dessen Titelgedicht das Schreckensbild einer mit Gebeinen gefüllten Unterwelt entwirft, über der gleichgültige Götter wandeln; und an Shelleys Revolt of Islam (V. 1828–32): «And one whose spear had pierced me, leaned beside,/With quivering lips and humid eyes; – and all/Seemed like some brothers on a journey wide/Gone forth, whom now strange meeting did befall/In a strange land» (Und einer, dessen Speer durchbohrt mich hatte, stand gebeugt,/Mit zitternden Lippen, feuchten Augen; alle/Erschienen da wie Brüder, die auf große Wanderschaft/Gegangen, denen jetzt seltsame Begegnung widerfuhr/In einem fremden Land). Diese Unterwelt, mit Echos aus der Bibel, Shakespeare, Barbusse, Dante, Keats, Shelley und Siegfried Sassoon, ist der Ort, an dem der Soldat die verbindende Menschlichkeit des Gegners entdeckt. In diesem Ge-

dicht verwendet Owen den von ihm perfektionierten Parareim, der sich musikalisch genau dem Thema anpaßt in Wortpaarungen mit derselben Abfolge von Konsonanten, aber unterschiedlichen Mittelvokalen wie *groaned/groined; ground/grained.* – 6–11 *Then, as I probed them.:* Vgl. Dante, Divina Commedia, Inferno 15: 22–29: «I was agnized of one, who by the skirt/ Caught me, and cried, ‹What wonder have we here?›/ And I, when he to me outstretch'd his arm/Intently fix'd my ken on his parch'd looks,/That, although smirch'd with fire, they hinder'd not/But I remember'd him...; Übs. Henry Francis Cary, 1805. – 25 *The pity of war:* Vgl. Owens Entwurf zum Vorwort einer geplanten Ausgabe seiner Gedichte: «My subject is War, and the pity of War. The Poetry is in the pity.» – 26 *Now men will go:* In der Vorhersage des Nachkriegs-Chaos hat man den Einfluß von Bertrand Russells «Justice in War-Time» (1916) vermutet. 28 *swiftness of the tigress:* «But when the blast of war blows in our ears,/Then imitate the action of the tiger», Shakespeare, Henry V, III, 1: 5–6. – 39 *Foreheads of men have bled:* vgl. Lukas 22: 44, «... and his sweat was as it were great drops of blood falling to the ground.» – 40 *I am the enemy you killed, my friend:* Vgl. Oscar Wilde, The Ballad of Reading Goal, V. 37, «Yet each man kills the thing he loves» (siehe oben S. 68); Henry Barbusse, «Under Fire», 1917: «When I am sleeping I dream that I'm killing him over again».

130 ASLEEP (Text: Complete Poems 1983, S. 152; Ü: J. Utz, S. 97) Vermutlich am 14. November 1917 in Shrewsbury entstanden. Rimbauds «Le dormeur du val» scheint nicht ohne Einfluß auf Owens Vision gewesen zu sein. Am 16. November schreibt er an seinen Cousin Leslie Gunston: «Gut von Dir, mir das Gedicht vom 14. Nov. zu schicken. Ich kann nur meines selbigen Datums schicken, das mir auf den Winchester Downs kam, nachdem ich Dich verlassen hatte und die langen Hügelrücken überquerte. Es ist geschrieben, als wäre es aus den Gräben. Dort in den Mulden der Downs konnte ich gleichsam die Toten liegen sehen.». – 5 *a quaking:* Archaismus für ‹quaken›; vgl. Ernst Jünger, «In Stahlgewittern»: «Ich beschloß, den Kampfplatz abzugehen. Aus der Wiese stiegen fremdartige Rufe und Schmerzensschreie auf. Die Stimmen erinnerten an die Laute der Frösche, die man nach einem Gewitter in den Wiesen hört.» Das Einswerden der Toten mit der zerstörten Landschaft wurde auch von Otto Dix in der Kreidezeichnung «Grab» (1917) dargestellt («Protokolle der Hölle»).

132 FUTILITY (Text: Complete Poems 1983, S. 158; Ü: J Utz, S. 103) Im Mai 1918 in Ripon entstanden. – *Titel:* Vgl. Alfred Tennyson, «In Memoriam», 56: 25 (siehe Band 2, S. 386 in dieser Anthologie): «O Life as futile, then, as frail!». – 8–9 Vgl. John Davidson, «Thirty Bob a Week», oben auf S. 74, V. 8–9: «A little sleeping seed, I woke – I did, indeed – / A million years before the blooming sun».

132 THE PARABLE OF THE OLD MAN AND THE YOUNG (Text: Complete Poems 1983, S. 174; Ü: J. Utz, S. 123) Entstanden im Juli 1918. Vgl. 1. Mose 22: 1–19.

Siegfried Sassoon

Brenchley (Kent) 1886 – Heytesbury (Wiltshire) 1967

Aufgewachsen ist Siegfried (Lorraine) Sassoon im pastoralen Kent in einer ebenso wohlhabenden wie musisch begabten Familie mit einer Vorliebe für Richard Wagner. Cromwells Standbild vor den Houses of Parliament ist das Werk seines Onkels Hamo Thornycroft. Erzogen wurde er in Marlborough und Cambridge, das er ohne Abschluß verließ. Danach kultivierte er das Leben eines Country-Gentleman: als Sammler kostbarer Bücher, bei Golf, Cricket, Fuchsjagd und Pferderennen. Bis zu seinem 26. Lebensjahr veröffentlichte er im Privatdruck neun Gedichtsammlungen. «No poet of twentieth-century England ... was originally more romantic and floral than young Siegfried Sassoon from Kent», urteilte Edmund Blunden über seinen Offiziers- und Dichterkollegen. Einen Tag nach der Kriegserklärung Großbritanniens an das Deutsche Reich meldete er sich zum Waffendienst. Als Offizier diente er bei den Royal Welch Fusiliers, wo er Robert Graves kennenlernte. Vom Tod eines engen Freunds erschüttert, versuchte Sassoon persönlich Rache am deutschen Gegner zu nehmen. «Mad Jack», wie man ihn daraufhin nannte, wurde schwer verwundet, und begann, desillusioniert über die Rolle von König, Kirche und militärischer Führung, satirisch zugespitzte Gedichte gegen den Krieg zu schreiben. Ermutigt von Bertrand Russell und dem pazifistischen Kreis um Lady Ottoline Morrell veröffentlichte er im Juli 1917 *A Soldier's Declaration*, was einer öffentlichen Befehlsverweigerung und Desertion gleichkam: «Ich betrachte diese Verlautbarung als einen Akt vorsätzlichen Widerstandes gegen militärische Autorität, da ich glaube, daß der Krieg absichtsvoll durch diejenigen Instanzen verlängert wird, in deren Macht es steht, ihn zu beenden.» Aus Vorsicht stellte Sassoon seiner Erklärung nur ein «S.» voran: Siegfried war zu teutonisch. Auf Grund von Interventionen einflußreicher Freunde, vor allem von seiten Robert Graves', wurde Sassoon nicht vor ein Kriegsgericht gestellt, sondern ins Lazarett Craiglockhart geschickt, von wo er nach psychiatrischer Behandlung bei Dr. W. H. R. Rivers aus Pflichtbewußtsein für seine Soldaten an die Front zurückkehrte. (Die Beziehung von Sassoon und Rivers steht im Zentrum von Pat Barkers Romantrilogie *Regeneration*, 1991–1995.) Nach Kriegsende begann Sassoon mit der Niederschrift seiner fiktionalisierten Erinnerungen, mit denen er seinen Ruf als einer der glänzendsten Prosaschriftsteller seines Jahrhunderts begründete.

Ausgaben: The Old Huntsman, 1916. – *Counter-Attack,* 1918. – *War Poems,* 1919. – *Memoirs of a Fox-Hunting Man,* 1928. – *Memoirs of an Infantry Officer,* 1930. – *Sherston's Progress,* 1936. – *The Old Century and Seven More Years,* 1938. – *Siegfried's Journey, 1916–1920,* 1945. – *Collected Poems,* 1961. – *Selected Poems,* 1968. – *Siegfried Sassoon: Diaries 1915–1925,* 3 Bde., ed. R. Hart-Davis, 1981–85. – Alle London.

Literatur: M. Thorpe, *Siegfried Sassoon: A Critical Study*, 1964. – J. Silkin, *Out of Battle. The Poetry of the Great War*, 1972. – Beide London. – A. Caesar, *Taking it Like a Man: Suffering, Sexuality and the War Poets: Brooke, Sassoon, Owen, Graves*, Manchester 1993. – J. M. Wilson, *Siegfried Sassoon. The Making of a War Poet: A Biography (1886–1918)*, 1998. – J. S. Roberts, *Siegfried Sassoon, 1886–1967*, 1999. – Beide London.

134 ‹THEY› (Ausgabe: The Old Huntsman, 1916; Text: Collected Poems 1961, S. 23 f.; Ü: J. Utz) – 4 *Anti-Christ:* Die britische Kriegspropaganda, bedingungslos unterstützt von der Staatskirche, stilisierte das gegnerische Deutschland und die Person des Kaisers als den Anti-Christ, den Krieg selbst als Armageddon. Vgl. Offenbarung 11: 7; 16: 16 und 19: 19–21.

134 GLORY OF WOMEN (Ausgabe: The Old Huntsman, 1916; Text: Selected Poems 1968, S. 28; Ü: J. Utz) Das Gedicht thematisiert einen besonderen Aspekt der Entfremdung zwischen ‹Heimat› und ‹Front›, eine weibliche Neigung zur Heldenverehrung und zu häuslicher Routine als Formen der Verdrängung. Vgl. Carol Rumens' «The Freedom Won by War for Women», oben S. 432, als (eingeschränkte) Gegenrechnung.

ISAAC ROSENBERG

Bristol 1890 – Somme (Frankreich) 1918

Um nicht in die Armee des Zaren eingezogen zu werden, emigrierte Rosenbergs Vater 1887 aus Rußland nach England. Dort mußte der gebildete orthodoxe Jude für seine wachsende Familie den Lebensunterhalt als Hausierer verdienen, da er kein Englisch sprach. Isaac, das zweite von sechs Kindern, wuchs in ärmlichsten Verhältnissen in Bristol und im Londoner East End auf, wo seine Lehrer und Mitglieder der Londoner jüdischen Gemeinde jedoch früh seine außerordentliche Begabung erkannten. Wie William Blake lernte er als Knabe das Handwerk des Kupferstechers und wurde wie dieser und Dante Gabriel Rossetti ein Dichter-Maler. Dank eines großzügigen privaten Stipendiums erhielt er seine künstlerische Ausbildung an der Slade School of Art. Studiengenossen waren David Bomberg, C.W. Nevinson und Mark Gertler, der ihn im November 1913 im Café Royal mit Edward Marsh, dem Herausgeber von *Georgian Poetry*, bekannt machte. Von einem Besuch bei seiner nach Südafrika ausgewanderten Schwester Minnie Horvitch erhoffte er sich Heilung von einer Lungenerkrankung. In Kapstadt erreichte ihn die Nachricht vom Kriegsausbruch in Europa. Bis Oktober 1915, als er sich zum Militärdienst meldete, hatte er ein malerisches und lyrisches Werk ganz eigenen Rangs geschaffen, in dem vor allem die Porträts und

Liebesgedichte genuine Ausdrucksbereiche erschließen. – Rosenberg fiel im Kampf an der Somme. Anders als die Kriegsgedichte Sassoons, Owens oder Graves' sind seine Gedichte vom Krieg vor allem imaginativ verdichtete Seh-Protokolle, in deren Brennpunkt immer der menschliche Körper steht.

Ausgaben: Night and Day, Privately printed, 1912. – *Poems by Isaac Rosenberg,* ed. G. Bottomley, 1922. – *The Collected Poems of Isaac Rosenberg,* ed. G. Bottomley/D. Harding, 1937. – *The Collected Works of Isaac Rosenberg: Poetry, Prose, Letters; Paintings and Drawings,* ed. I. Parsons, 1979. – Alle London.

Übersetzungen: W. Petri, «Grüne Gedanken», «Tagesanbruch in den Schützengräben», «Eines toten Mannes dumpfer Fall», in *Englische Lyrik 1900–1980,* ed. A. Calder, Leipzig 1983.

Literatur: D. W. Harding, «Aspects of the Poetry of Isaac Rosenberg», in *Experience into Words,* Cambridge 1982. – J. Cohen, *Journey to the Trenches: The Life of Isaac Rosenberg 1890–1918,* 1975. – J. Liddiard, *Isaac Rosenberg: The Half Used Life,* 1975. – J. M. Wilson, *Isaac Rosenberg: Poet and Painter,* 1975. – Alle London. – D. Graham, *The Truth of War: Owen, Blunden, Rosenberg,* Manchester 1984.

136 On Receiving News of the War (Ausgabe: Poems, 1922; Text: Collected Works, 1979, S. 75; Ü: J. Utz)

136 August 1914 (Ausgabe: Poems, 1922; Text: Collected Works, 1979, S. 100; Ü: J. Utz) Entstanden im Frühjahr 1916 nach Rosenbergs Eintritt in die Armee.

138 Break of Day in the Trenches (Ausgabe: *Poetry* [Chicago], Dezember 1916; Text: Collected Works, 1979, S. 103 f.; Ü: J. Utz). Entstanden im Juni 1916, in Rosenbergs erstem Monat im Schützengraben, in der relativen Ruhe vor dem Sturm des großen Schlachtgeschehens an der Somme. Wohl mit ironischem Bezug zur Aubade-Tradition geschrieben (vgl. die Anmerkungen zu «Alba» oder «Taglied» im Kommentar zu Robert Brownings «Parting at Morning», S. 4, und zu George Barkers Tagelied «Turn on your side», S. 312 in diesem Band): Für den Soldaten, der schon die Farbe des Kalkbodens an der Somme angenommen hat, gibt es nach einer schrecklichen Nacht am Morgen nicht den Ausgang in die Normalität des Alltags, nicht die ungehinderte Bewegung. Die bleibt der Ratte vorbehalten, die als subtiles Medium der Entmythologisierung des Krieges eingesetzt wird. Mit dem Pflücken des Mohns (der dadurch getötet wird) und der Erwähnung des weißen Kalkstaubs im heißen Sommer 1916 versetzt Rosenberg sein Gedicht darüber hinaus in den Kontext der englischen Pastoraltradition, die er damit auf den Kopf stellt, sowie berühmter Stellen aus der Literatur, in denen auf unsere Herkunft aus Staub angespielt wird: Nashes «Dust hath

closed Helen's eye» oder «Golden lads and girls all must,/As chimney-sweepers, come to dust» aus Shakespeares Cymbeline. (Siehe Band 1, S. 152 und 192 in dieser Anthologie). – Der kühle Ton des Gedichts ist bewußt gegen Brookes Kriegssonette gerichtet: «I did not like Rupert Brooke's begloried sonnets. [War] should be approached in a colder way, more abstract, with less of the million feelings everybody feels; or all these should be concentrated in one distinguished emotion.» (Brief Juni 1916)

140 DEAD MAN'S DUMP (Ausgabe: Poems, 1922; Text: Collected Works, 1979, S. 109 ff.; Ü: J. Utz) Entstanden am 14. Mai 1917 an der Somme. Die mit diesem Datum unterzeichnete Fassung verzichtet auf eine in den maschinen- und handschriftlichen Fassungen vorhandene 9. Strophe, abgedruckt in Collected Works, ed. Parsons, 1979, die wir an dieser Stelle wiedergeben: «Maniac Earth! howling and flying, your bowel/Seared by the jagged fire, the iron love,/The impetuous storm of savage love./Dark Earth! dark Heavens, swinging in chemic smoke,/What dead are born when you kiss each soundless soul/With lightning and thunder from your mined heart,/Which man's self dug, and his blind fingers loosed.» (Wahnsinnige Erde! Heulend und fliegend, dein Eingeweide/Gesengt vom gezackten Feuer, der eisernen Liebe,/Dem entfesselten Sturm wilder Liebe./Dunkle Erde! dunkler Himmel, wabernd in chemischem Rauch,/Welche Toten werden geboren wenn du jede tonlose Seele küsst/Mit Blitzen und Donner aus deinem ausgeschürften Herz,/Ausgegraben von des Menschen Selbst, losgelassen von seinen blinden Fingern). - *Titel: dump:* Abfallkippe. – 1 *limbers:* Geschützkarren, Protzen; hier: mit Stacheldrahtrollen beladene Karren. – 3 *crowns of thorns:* Mit der Anspielung auf die Dornenkrone werden die Leidensgeschichte und der Tod der Soldaten in eine Analogie zu Leiden und Opfertod Jesu gestellt. Ein häufiges Motiv in englischen Gedichten des ersten Weltkriegs. – 24 *soul's sack:* der Körper, den Platon im «Staat» als den Seelensack bezeichnete. – 34 *ichor:* Götterblut.

ROBERT GRAVES

London 1895–1985 Deyá (Mallorca)

Unmittelbar nach dem Ende seiner Schulzeit in Charterhouse meldete sich Graves, Urenkel des deutschen Historikers Leopold von Ranke, im August 1914 freiwillig zur Armee. Er brachte es bei den Royal Welch Fusiliers bis zum Captain und kämpfte in Loos und an der Somme, wo er schwer verwundet wurde. An der Front lernte er im November 1915 Siegfried Sassoon kennen, dem er einige Gedichte zeigte, die später in *Over the Brazier* erschienen. «Er runzelte die Stirn und meinte, daß man nicht so realistisch über den

Krieg schreiben dürfe, und zeigte mir statt dessen einige von seinen Gedichten. Eines begann so: ‹Kehrt wieder, mich zu grüßen, Farben meiner Lust,/ Nicht in dem kummervollen Karmesin erschlagner Männer› Siegfried hatte noch nicht die Schützengräben kennengelernt. Ich sagte ihm in der Art eines alten Soldaten, er werde bald seinen Stil ändern». Graves schrieb brillante ironisch-satirische Gedichte über den Krieg, und Sassoon änderte bald seinen Stil. Nach seiner schweren Verwundung kehrte Graves an die Front zurück, bevor die Wunde ausgeheilt war. Im Zusammenhang mit Sassoons öffentlichem Protest gegen den Krieg im August 1917 war er maßgeblich an der stillen Beilegung des Skandals beteiligt: ein medizinisches Gutachten bescheinigte Sassoon einen Nervenzusammenbruch und führte zur Behandlung im Lazarett Craiglockhart; als ihn Graves dort besuchte, lernte er Wilfred Owen kennen. Graves brauchte zehn Jahre, oft am Rand des völligen Zusammenbruchs, um sein schweres Kriegstrauma zu überwinden. Nach dem Erfolg seiner Autobiographie *Goodbye to All That* zog er sich nach Mallorca zurück, wo er, mit Unterbrechungen, fern vom Literaturbetrieb bis zu seinem Tod als freier Schriftsteller lebte. Mit seiner langjährigen Lebensgefährtin, der amerikanischen Dichterin Laura Riding, verfaßte er das einflußreiche Werk *A Survey of Modernist Poetry* (1927). Von Graves' gekonnt exzentrischem Umgang mit der klassischen Tradition zeugt sowohl sein berühmter historischer Roman *I, Claudius* (1934) als auch sein poetologisch-mythologisches Kompendium *The White Goddess* (1948). Von 1961 bis 1966 war er Professor of Poetry an der Universität Oxford. Sein Leben lang hielt er die Dichtung für seine eigentliche Profession, die er immer kontrovers, lebendig und unfeierlich wahrnahm, wohl auch deshalb, weil sein Vater selbst ein Dichter war «(which), at least, saved me from any false reverence for poets».

Ausgaben: *Over the Brazier*, London 1916. – *Goliath and David*, Chiswick Press, 1916. – *Fairies and Fusiliers*, London 1917; New York 2nd impression, January 1919. – *Goodbye to All That*, 1929. – *Poems 1929*, 1929. – *Collected Poems*, 1948. – *Poems and Satires 1951*, 1951. – *Collected Poems 1965*, 1965. – *Poems about War*, ed. W. Graves, 1988. – *Complete Poems*, 3 Bde., Manchester 1995–1999. – *I, Claudius*, 1934. – *The White Goddess. A Historical Grammar of Poetic Myth*, 1948. – *The Crowning Privilege*, 1955. – *In Broken Images. Selected Letters of Robert Graves 1914–1946*, ed. P. O'Prey, 1982. – Alle London.

Übersetzungen: H. Czechowski, in *Englische Lyrik 1900–1980*, Leipzig 1983. – W. Held, *Robert Graves*, 1990. – Ders., *Der Schrei*, 1998. – Beide Frankfurt.

Literatur: D. Day, *Swifter than Reason: The Poetry and Criticism of Robert Graves*, Chapel Hill/North Carolina 1963. – J. Harris, *The Somme: Death of a Generation*, 1966. – M. Kirkham, *The Poetry of Robert Graves*, 1969. – M. Seymour-Smith, *Robert Graves*, 1982. – Richard Perceval Graves, *Robert Graves: The*

Assault Heroic 1895–1926, 1986; ders., *Robert Graves and The White Goddess 1940–85*, 1986, ^{2}1995; ders., *Robert Graves: The Years with Laura 1926–40*, 1990. – P. J. Quinn, *The Great War and the Missing Muse. Early Writings of Robert Graves and Siegfried Sassoon*, 1994. – Alle London.

146 DEAD BOCHE (Ausgabe und Text: Fairies and Fusiliers, 2nd impression, January 1919, S. 33; Ü: J. Utz) – Zuerst veröffentlicht in Cambridge Magazine (10. Februar 1917), danach in Goliath and David (1917). – *Titel:* Im Soldatenslang ist *boche* der abschätzige Ausdruck für den deutschen Gegner. Graves sah den getöteten Deutschen im Juli 1916 (siehe: Goodbye to All That, 1929, Kap. 20). – 4 *War's Hell:* Echo eines dem amerikanischen Bürgerkriegsgeneral William Tecumseh Sherman (1820–1891) zugeschriebenen Truppenappells: «There is many a boy here today who looks on war as all glory, but, boys, it is all hell». – 5 *Mametz Wood:* Wald in der Nähe von Mametz, einem kleinen Ort östlich von Albert in der Picardie; schwer umkämpftes Labyrinth von Grabenstellungen.

146 WHEN I'M KILLED (Ausgabe und Text: Fairies and Fusiliers, 2nd impression, January 1919, S. 28; Ü: J. Utz/H. Meller) Antwortgedicht auf Brookes berühmtes 5. Sonett *The Soldier:* «If I should die ...» aus dem Zyklus «1914»; siehe oben S. 122. – 2 *Cambrin Wood:* Frontstellung bei Cambrin etwa 13 Kilometer östlich von Béthune in der Picardie. Trost, um den es auch bei Brooke geht, sucht Graves nicht in einer privaten Aneignung des klassischen Mythos, sondern einer sehr persönlichen Variation über Horazens: «Exegi monumentum aere perennius» (Ein Denkmal schuf ich mir beständiger als Erz). Carmina 3, 30: Das Gedicht ist das Denkmal, dessen Wert vom liebenden Gedächtnis der Überlebenden abhängt.

148 ULYSSES (Ausgabe: Poems 1930–1933; Text: Complete Poems, Bd. 2, S. 67 f.; Ü: W. Held, 1990, S. 33, bearb.) Der Dichter psychologisiert in charakteristischer Weise den Mythos der Odyssee zur erotischen Irrfahrt einer ewig unstillbaren Liebessucht und -flucht. – 1 *much-tossed*: der ‹viel Umhergetriebene›; dieses homerische Attribut des Odysseus wird in V. 24 zu «love-tossed». – 7 *Symplegades*: die ‹wandernden Felsen›, die im 12. Buch der Odyssee zusammen mit den Sirenen und Skylla und Charybdis das Schiff des Odysseus in höchste Gefahr bringen. – 16 *bound fast*: Odysseus, der seinen Gefährten auf den Rat der Circe die Ohren mit Wachs verschloß, um sie vor dem lockenden Gesang der Sirenen zu schützen, ließ sich von ihnen an den Mast binden und überstand so unbeschadet und mit offenen Ohren die verderbliche Lockung.

150 THE WHITE GODDESS (Ausgabe: Poems and Satires, 1951; revidierte Fassung des Titelgedichts von «The White Goddess»; Text: Complete Poems, Bd. 2, S. 179; Ü: H. Czechowski, bearb., in: Englische Lyrik 1900–1980, ed. A. Calder, S. 143) Die Weiße Göttin ist die Zentralfigur in Graves' privater künstlerischer und erotischer Mythologie, Muttergottheit, Muse und «femme fatale» zugleich. – 2 *Apollo's golden mean*: die Weiße Göttin als (diony-

sischer) Gegenpol Apollos, des ‹männlichen› Gottes der Vernunft und des Maßes. – 12–14 *high brow … hips*: Im 1. Kapitel von «The White Goddess» wird die Göttin so beschrieben: «Sie ist eine wunderschöne, schlanke Frau mit einer Hakennase, das Gesicht totenblaß, Lippen rot wie Vogelbeeren, erschreckend blauen Augen und langem Blondhaar». Wie die ganze Erscheinung ist auch die Farbe Weiß zutiefst ambivalent: «Auf der einen Seite ist es das anziehende Weiß von Perlgraupen, einem weiblichen Leib, von Milch oder unverschmutztem Schnee; andererseits aber auch die gräßliche Weiße eines Leichnams, eines Geistes oder eines Aussätzigen.» Das ‹Lepraweiß› ist eine Erinnerung an die Alptraumerscheinung «Life-in-Death» aus Coleridges «Ancient Mariner», V. 192.

150 The Cool Web (Text: Complete Poems, Bd 1, S. 323 f.; Ü: E. Fried in The Times Literary Supplement, 13. 10. 1961, S. 695)

152 In Broken Images (Ausgabe: Poems 1929; Text: Complete Poems, Bd. 2, S. 14; Ü: W. v. Koppenfels)

William Butler Yeats

Sandymount (Dublin) 1865 – Roquebrune (Frankreich) 1939

Die Wurzeln der Dichtung von Yeats liegen bei William Blake, den er 1893 herausgab, bei den präraffaelitischen Malerdichtern (Dante Gabriel Rossetti) und im europäischen Symbolismus, den er mitbegründete: das im Gedicht Dargestellte oder Evozierte ist nie «die Sache selbst», sondern verweist auf eine dahinterliegende Wirklichkeit, ist deren «Symbol». Das macht seinen Widerstand gegen den Impressionismus verständlich, seinen Anti-Naturalismus, seine «Ungegenständlichkeit». Die Natur interessiert ihn als «Zeichen» (im Sinne Böhmes), nicht als Objekt der Wahrnehmung. So erklärt sich auch seine lebenslange Beschäftigung mit Magie, Okkultismus, Spiritismus, Theosophie: Das Ziel ist es, Ordnungsmuster hinter den Erscheinungen zu finden. «Ich glaube an drei Doktrinen, die seit Urzeiten überliefert sind und die Quellen fast aller magischen Praktiken waren: 1. Daß die Grenzen unseres Bewußtseins (mind) sich ständig verschieben und daß viele Bewußtseine sozusagen ineinanderfließen und ein einziges Bewußtsein schaffen oder offenbaren könnnen, eine einzige Energie. 2. Daß die Grenzen unserer Gedächtnisse sich ebenfalls verschieben, daß unsere Gedächtnisse Teil eines großen Gedächtnisses sind, des Gedächtnisses der Natur selbst. 3. Daß dieses große Bewußtsein und das große Gedächtnis durch Symbole evoziert werden kann.» («Magic», 1901) Hinter der poetischen Evokation steckt also eine geheime Macht, die sich nicht rational erklären läßt und in das ausgreift, was Yeats unter ‹anima mundi› verstand. Anders als die okkultistischen Bewegungen der Jahrhundertwende, die sich meist aus (pseudo)östlichen Quellen speisten, glaubte Yeats in den noch lebendigen oder in der Irish Renaissance wiederbelebten Mythen, Sagen und Gedichten einen direkten Zugang zu den archaischen Wurzeln der Magie zu haben. Vor allem für sein ‹poetisches Theater› hat Yeats solche Quellen in zahlreichen Stücken fruchtbar werden lassen. – Gerade die Theaterarbeit zeigt, daß Yeats an esoterischem Geheimwissen keineswegs nur aus spekulativen Gründen interessiert war. Die Beschäftigung mit irischer Mythologie und Folklore war immer auch politisch: zurück zu den Wurzeln als (bisweilen nationalistischer) Widerstand gegen die englische und westchristliche Zivilisation. So gründete er 1902 die Irish National Theatre Society, aus der 1904 das Irish National Theatre, das Abbey Theatre hervorging, dessen Direktor er wurde, zusammen mit Lady Augusta Gregory, der Sagensammlerin und Stückeschreiberin, und John Millington Synge, dem von ihm entdeckten Dramatiker. Als dann die Politik freilich praktisch – d. h. blutig im Osteraufstand 1916 – wurde, war er tief erschreckt, sah aber zugleich auf der Basis seines Denkens in okkulten Zyklen, daß eine Epoche zu Ende ging und eine neue unter Schmerzen geboren wurde («A terrible beauty is born»). Als 1922 der irische Freistaat gegründet wurde, stellte er sich einige Jahre lang in seinen Dienst als Senator und hielt bedeutende Reden (z. B. über Ehescheidung). Später sympathisierte er kurze Zeit mit Mussolini, Hitler und Franco. – Yeats' Dichtung ist ohne seine Biographie, seine Freundschaften, seine Lektüren, seine vielfältigen Aktivitäten heute manchmal schwer zugänglich. Alles war für ihn ‹Material›, das er in seine höchst formbewußten Gedichte verwandelte. Eine geradlinige Entwicklung läßt sich bei ihm nicht verfolgen; er entwickelte sich eher in Sprüngen vom Spätromantiker zum Modernisten, obwohl viele Themen und Motive in verwandelter Form immer wiederkehren. T. S. Eliot hat seine Fähigkeit zur steten Selbsterneuerung bewundert. Bekam die erste Hälfte seines Dichterlebens vielleicht ihren wichtigsten Impuls, ihre Energie, aus der unerfüllten Liebe zu Maud Gonne (1866–1953) – was wäre aus seiner Muse geworden, wenn sie ihn erhört hätte? – so änderte sich sein Schreiben nach der Heirat mit Georgie Hyde-Lees (1917), die sich in der Hochzeitsnacht als automatisch schreibendes Medium entpuppte. Durch sie ‹empfing› er das in *A Vision* (1925) beschriebene Symbolsystem, das von da an seiner Lyrik zugrunde liegt. Yeats schrieb bis zuletzt. In seinem reichen Alterswerk finden sich einige seiner besten Gedichte – trocken, spröd, sachlich registrierend. Er erhielt 1923 den Nobelpreis für Literatur.

Ausgaben: The Rose, 1893 (Auswahl aus *The Countess Kathleen and Various Legends and Lyrics*), 1892. – *In the Seven Woods*, 1904. – Beide Dublin. – *The Wild Swans at Coole*, 1919. – *Michael Robartes and the Dancer*, 1921. – *The Tower*, 1928. – *The Winding Stair and Other Poems*, 1933. – Alle London. – *New Poems*, 1938. – *Last Poems*, 1939. – Beide Dublin. – *Collected Poems*, 1950 (ergänzte Ausgabe von 1933). – *Variorum Edition of the Poems*, ed. P. Allt/R. K. Alspach,

1957. – *Poems*, ed. A. N. Jeffares, 1989. -- *A Vision*, 1925, 1937. – *Autobiography*, 1955. – *Essays and Introductions*, 1961. – Alle London.

Übersetzungen: W. Schmiele, *Englische Dichtung deutsch (Blake bis Yeats),* Darmstadt 1949. – H. E. Herlitschka, *W. B. Yeats: Gedichte*, Zürich 1958. – *W. B. Yeats: Werke I: Ausgewählte Gedichte*, ed. W. Vordtriede (versch. Übersetzer: S. Andres, U. Clemen, W. Deinert, R. Exner, H. E. Herlitschka, E. Jandl, G. Jarecki, E. v. Kahler, H. Piontek, S. Schaup, G. v. d. Vring und W. Vordtriede), Berlin 1970.

Literatur: T. S. Eliot, «Yeats» (1940), in *Selected Prose*, ed. F. Kermode, 1975, S. 248–257. – J. Hone, *W. B. Yeats*, 1942 (rev. ed. 1962). – M. Bowra, *The Heritage of Symbolism*, 1943. – R. Ellmann, *Yeats: The Man and the Masks,* 1949. – T. R. Henn, *The Lonely Tower,* 1950, rev. ed. 1965. – A. N. Jeffares, *Yeats, Man and Poet,* 1949. – R. Ellmann, *The Identity of Yeats*, 1954. – Alle London. – J. Press, *The Fire and the Fountain*, Oxford 1955. – F. Kermode, *Romantic Image*, 1957. – J. Unterecker, *A Reader's Guide to W. B. Yeats*, 1959. – G. Melchiori, *The Whole Mystery of Art: Pattern into Poetry in the Work of W. B. Yeats*, 1960. – A. N. Jeffares, *The Poetry of W. B. Yeats*, 1961. – Alle London. – J. Unterecker, ed., *Yeats: a Collection of Critical Essays*, Englewood Cliffs, New Jersey, 1963. – J. Stallworthy, *Between the Lines: W. B. Yeats' Poetry in the Making,* Oxford 1963. – P. Ure, *Yeats*, London 1963. – T. R. Whitaker, *Swan and Shadow: Yeats' Dialogue with History,* Chapel Hill 1964. – A. N. Jeffares / K. G. W. Cross, ed., *In Excited Reverie: A Centenary Tribute,* 1965. – J. Stallworthy, ed., *Yeats: Last Poems, Casebook*, 1968. – A. N. Jeffares, *A New Commentary on the Poems of W. B. Yeats*, 1984, [1]1968. – J. Stallworthy, ed., *Yeats: Last Poems (A Casebook),* 1968. – A. N. Jeffares, ed., *W. B. Yeats: The Critical Heritage*, 1977. – Alle London. – M. C. Flannery, *Yeats and Magic: The Earlier Works*, Gerrards Cross 1977. – E. Cullingford, ed., *Yeats. Poems, 1919–1935* (A Casebook), London 1984. – J. Longenbach, *Stone Cottage: Pound, Yeats and Modernism*, 1988. – R. F. Foster, *W. B. Yeats: A Life, I. The Apprentice Mage, 1865–1914*, 1997. – Beide Oxford.

154 THE LAKE ISLE OF INNISFREE (Ausgabe: The Rose, 1893; Text: Collected Poems 1950, S. 44; Ü: J. Utz) Innisfree (‹Heather Island›) ist eine kleine Insel im Lough Gill, in der Nähe von Sligo, im Westen Irlands. Das Gedicht beschreibt einen Tagtraum, den Yeats als Junge hatte: wie David Henry Thoreau am Walden Pond ein einsames Leben auf dem Inselchen zu führen. Mit der Insel verbanden sich verschiedene Volkssagen (siehe R. K. Alspach, Yeats and Innisfree, 1965). Yeats schrieb das Gedicht 1890, mitten im Treiben der Kapitale des britischen Weltreichs: «When walking through Fleet Street very homesick I heard a little tinkle of water and saw a fountain in a shop-window which balanced a little ball upon its jet, and began to remember lake water. From the sudden remembrance came my poem «Innisfree», my

first lyric with anything in its rhythm of my own music.» (Autobiographies 1955, S. 153). – 1 *I will arise and go:* vgl. die Parabel vom verlorenen Sohn, Lukas 15: 18. – 4 *glade:* Lichtung. – 9 *night and day*: vgl. Markus 5: 5. – 12 *heart's core*: vgl. Shelley, Adonais, V. 192: «thy heart's core».

154 THE PITY OF LOVE (Ausgabe: The Rose, 1893; Text: Collected Poems 1950, S. 45; Ü: S. Schaup in: Werke I, S. 40) Das Gedicht erschien zuerst in *The Countess Kathleen and Various Legends and Lyrics* (1892).

154 WHEN YOU ARE OLD (Ausgabe: The Rose, 1893; Text: Collected Poems 1950, S. 46; Ü: B. Schücking, in: L. L. Schücking, Englische Gedichte, S. 311) Geschrieben am 21. Oktober 1891 und ebenfalls schon in Countess Kathleen erschienen. Es ist an Maud Gonne, die vergeblich geliebte, schöne nationalistische Revolutionärin, gerichtet und basiert auf Ronsards «Quand vous serez bien vieille» (1584, in: Sonnets pour Hélène).

156 THE OLD MEN ADMIRING THEMSELVES (Ausgabe: In the Seven Woods, 1904; Text: Collected Poems 1950, S. 91; Ü: K. Reichert) Das Gedicht wurde 1902 geschrieben und erschien im Januar 1903 im Pall Mall Magazine.

156 AN IRISH AIRMAN FORESEES HIS DEATH (Ausgabe: The Wild Swans at Coole, 1919; Text: Collected Poems 1950, S. 152; Ü: G. Gerstberger) 1918 geschrieben. – 1 *I know*: es spricht Robert Gregory (1881–1918), der Sohn Lady Gregorys, ein Multitalent als Maler, Sportler und Pilot; für seine Kühnheit als Flieger erhielt er viele Auszeichnungen. Er wurde am 23. Januar 1918 an der italienischen Front abgeschossen. Yeats schrieb vier Gedichte zum Gedenken an den toten Freund. – 3 *Those that I fight*: die Deutschen. – 4 *Those that I guard*: die Briten. – 5 *Kiltartan Cross*: in der Nähe von Coole (County Galway), dem Landsitz der Gregorys mit großem Park und See.

158 THE SCHOLARS (Ausgabe: The Wild Swans at Coole, 1919; Text: Collected Poems 1950, S. 158; Ü: K. Reichert) Datiert April 1915. Es existieren zwei andere Fassungen der zweiten Strophe (A. N. Jeffares, A New Commentary on The Poems of W. B. Yeats, 1984, S. 144 f.) Ein alternativer Titel lautet: «At the British Museum». – Vgl. das Gedicht «Homage to the British Museum» von William Empson, S. 258 in diesem Band.

158 EASTER 1916 (Ausgabe: Michael Robartes and the Dancer, 1921; Text: Collected Poems 1950, S. 202–205; Ü: J. Utz) Das Gedicht (datiert «25. September 1916») ist eine Reaktion auf den Dubliner Osteraufstand. Erstveröffentlichung 1916 (in einem Privatdruck in einer Auflage von 25 Exemplaren «for distribution among his friends»), später (am 23. Oktober 1920) im New Statesman. Etwa 700 Freiwillige der Irish Republican Brotherhood hatten am 24. April die Republik ausgerufen und das Zentrum Dublins besetzt. Sie hielten sich bis zum 29. April. Der Aufstand wurde blutig niedergeschlagen. Fünfzehn der Anführer, darunter auch Freunde von Yeats, wurden nach Schnellverfahren in den ersten Maitagen hingerichtet. In einem Brief an Lady Gregory schreibt Yeats: «Ich hatte keine Vorstellung, daß mich ein öffentliches Ereignis derart tief aufwühlen könnte – und was die Zu-

kunft betrifft, bin ich sehr verzweifelt.» – 1 *them*: Die Revolutionäre. – 12 *the club*: wohl der Arts Club, dessen Mitglied Yeats war. – 17 *That woman's days*: Constance Gore-Booth (1868–1927), verheiratete Gräfin Markiewicz, mit der Yeats seit 1894 befreundet war. Das gegen sie, als Teilnehmerin am Aufstand, verhängte Todesurteil wurde in lebenslängliche Zuchthausstrafe verwandelt; später wurde sie begnadigt. – 24 *This man*: Patrick Pearse (1879–1916), Gründer der St. Enda's School for Boys in Rathfarnham, County Dublin, Anwalt, Redner, Lyriker und Prosaautor in gälischer und englischer Sprache. Er kommandierte die Aufständischen und war Präsident der provisorischen Regierung während der Osterwoche. Er ergab sich in der Zentrale, dem Hauptpostamt. – 26 *This other*: Thomas MacDonagh (1878–1916), Lyriker, Dramatiker und angesehener Kritiker, Dozent für englische Literatur am University College, Dublin. – 31 *This other man*: Major John MacBride (1865–1916), einstiger Ehemann von Maud Gonne, der im Burenkrieg gegen England gekämpft hatte. – 33 f. *most bitter wrong/To some who are near my heart*: Anspielung auf die Trennung MacBrides von Maud Gonne und der Tochter Iseult im Jahr 1905. Sowohl Mutter wie Tochter hatte Yeats Heiratsanträge gemacht. – 43 *a stone*: das in einen Stein verwandelte Herz ist Yeats' Symbol für jene, die sich einer (revolutionären, ideologischen, abstrakten) Sache verschrieben haben und Leben und Liebe darüber vergessen. – 68 *For England may keep faith*: Die Bill for Home Rule, die einem Teil Irlands relative Unabhängigkeit zusicherte, wurde vom englischen Parlament 1913 gebilligt, trat aber während des Krieges nicht in Kraft. Obwohl der Osteraufstand vergeblich (*needless*) gewesen zu sein schien, beschleunigte er schließlich doch die Gründung des Irish Free State, 1922. – 76 *Connolly*: James Connolly (1870–1916), Gewerkschaftler, Gründer des «Irish Worker», Organisator der Armee der Aufständischen, Kommandant im Postamt. Er wurde bei der Kapitulation verwundet und am 12. Mai im Rollstuhl zur Exekution gefahren. – 78 *wherever green is worn*: das «Tragen des Grüns», nämlich des Shamrock, des Kleeblatts, ist als ein Signalecho aus den Kampfliedern des Aufstands von 1798 das Zeichen des Irentums (gegenüber England).

164 The Second Coming (Ausgabe: Michael Robartes and the Dancer, 1921; Text: Collected Poems 1950, S. 210 f.; Ü: W. v. Koppenfels) Im Januar 1919 geschrieben, zuerst in The Dial veröffentlicht (November 1920). Das Gedicht bezieht sich auf die Verheißung der Wiederkunft Christi (Matthäus 24) und das ihr vorangehende Chaos mit anschließendem Strafgericht. Yeats verbindet diese Vorstellung mit der ausführlicheren, wie sie in der Offenbarung des Johannes (Kap. 24) entfaltet wird. – 1 *widening gyre*: Yeats selbst hat einen Schlüssel zum Gedicht mit Begriffen seiner spiritistischen Philosophie geliefert. Er sieht die Seele in einer steten Doppelbewegung von sich verjüngenden oder erweiternden Kreisen (*gyres*) nach innen und außen; im Augenblick des Todes ist der Kreis nur noch ein Punkt, der sich unmittelbar darauf wieder ausweitet zur Offenbarung alles Gewesenen. Die gleiche

Doppelbewegung soll für die Geschichte gelten: am kritischen Punkt ihres Endes offenbart sich gleichermaßen das, was war, wie das, was sein wird (vgl. Jeffares, New Commentary, S. 239 ff.). – 2 *falcon*: Nach Jeffares, (S. 242) droht der Mensch, mitsamt der gegenwärtigen Zivilisation der Welt, die Verbindung mit Christus zu verlieren, dessen Geburt die Offenbarung gewesen war, die die zweitausendjährige Geschichte des Christentums in Gang gesetzt hatte. Vgl. die Passage aus der Göttlichen Komödie, in der Dante und Vergil nach ihrer Luftreise auf dem Rücken der Chimäre Geryon im achten Kreis der Hölle landen (Inferno, 17: 128–130): «Gleich wie der Falk, der lange in der Höhe,/Und, da er Lockung nicht und Vogel sieht,/ Den Falkner sagen läßt: ‹Du sinkst, o Wehe ... ›» (Übs. W. G. Hertz, Frankfurt/M. 1955, S. 72). Der Falke in Dantes epischem Bild zieht sich «in hundert Kreisen» nach unten, wo er «des Meisters Nähe dumpf und zornig flieht». – 4 *Mere anarchy*: Nicht nur die irische Revolte, auch die russische Revolution mit dem sich anschließenden Bürgerkrieg ist gemeint. – 7 *the best*: Ein Echo aus P. B. Shelleys Geschichtsdrama Prometheus Unbound (1820): «The good want power, but to weep barren tears,/The powerful goodness want.» (625 f.: Den Guten fehlt die Macht, fruchtlos ihr Weinen./ Die Mächtigen sind nicht gut. – Übs. Rainer Kirsch, Leipzig 1979, S. 31). – 9 *revelation*: Apokalypse, Offenbarung. – 12 *Spiritus Mundi*: «a general storehouse of images which have ceased to be a property of any personality or spirit» (ein allgemeiner Fundus von Bildern, die aufgehört haben, irgendeiner Persönlichkeit oder einem bestimmten Geist anzugehören); so Yeats. – 14 *shape*: Der Zeitanalyse des ersten Teils folgt im zweiten die Evokation des Antichrist. Auch in der Johannes-Apokalypse finden sich die verschiedensten chimärenhaft zusammengesetzten Endzeit-Tiere, obwohl das Tier hier – Löwenleib mit Menschenkopf – auch die Sphinx sein könnte. T. R. Henn (The Lonely Tower, rev. ed 1965, S. 145) verweist u. a. auf die Zeichnung einer menschenköpfigen Sphinx von Sturge Moore für eine Übersetzung von Villiers de L'Isle Adam. Zu denken ist auch an William Blakes Horrorbild des auf allen vieren vorwärts kriechenden Nebukadnezar. – 19 *twenty centuries*: Der Antichrist kommt in Parodie der Weihnacht, um das Bimillennium der christlich-abendländischen Zivilisation abzulösen. – 21 *rough beast*: Das erschreckend Faszinierende dieses entfesselten Ungeheuers ist seine barbarische Fremdheit, die keinerlei Gemeinsamkeiten hat mit den Leitbildern unserer bisherigen eurozentrischen Welt. Was es vielmehr ankündigt, ist – wie Nietzsches «Also sprach Zarathustra» – eine radikale Umwertung aller Werte. (R. Sühnel in M. Hanke, ed., Englische Gedichte des 20. Jahrhunderts, S. 52). Nach Yeats gründet jede Zivilisation in der Zerstörung einer früheren: Perser, Griechen, Römer, Byzantiner. Das folgt dem alten apokalyptischen Schema (David, Henoch, Johannes). Was aber kommt nach dem Christentum?

164 SAILING TO BYZANTIUM (Ausgabe: The Tower, 1928; Text: Collected Poems 1950, S. 217 f.; Ü: J. Utz) Im Herbst 1926 geschrieben, erstmals ge-

druckt in «October Blast» 1927. – *Titel*: Für Yeats bedeutete das heilige Byzantium/Konstantinopel um die Zeit des Kaisers Justinian (im 6. Jh. n. Chr.) die Vision «einer heilen Welt, wo christliche Religion, griechische Kunst und Pax Romana verschmolzen sind zur Totalität einer für Diesseits und Jenseits gleich offenen, ewig zeugenden und verschlingenden Lebensdynamik in Welle auf Welle der anstürmenden ‹dying generations›» (R. Sühnel). Yeats sagt selber (A Vision 1937, S. 279 f.): «Ich glaube, daß im frühen Byzanz, vielleicht niemals zuvor oder seitdem in der Geschichte, religiöses, ästhetisches und alltägliches Leben eines waren ... Byzanz war das Zentrum der europäischen Zivilisation und die Quelle seiner spirituellen Philosophie, deshalb symbolisiere ich die Suche nach diesem spirituellen Leben durch eine Fahrt in jene Stadt.» – 1 *That ... country*: Irland. – 11 *soul clap its hands*: Ein Echo aus der Vision William Blakes, der die Seele seines Bruders, in die Hand klatschend, zum Himmel auffahren sah. – 17 *sages standing in God's holy fire*: die Märtyrer im byzantinischen Fries der Kirche S. Apollinare Nuovo in Ravenna; hier liegt die entscheidende Anregung für Yeats' Byzanzvorstellung. – 19 *perne*: sich in einer kreisförmigen, spiralartigen Bewegung drehen (west-angloirischer Dialekt). – 27 *Grecian goldsmiths*: Yeats annotierte in October Blast: «Ich habe irgendwo gelesen, daß im Kaiserpalast in Byzanz ein Baum aus Gold und Silber stand, mit künstlichen Vögeln, die sangen.» – 32 *past, or passing, or to come*: Dieser Vers antwortet auf die Eingangsstrophe «Whatever is begotten, born, and dies» und könnte ein Echo sein auf William Blakes Zeilen «Hear the voice of the Bard,/Who present, past and future sees».

166 Leda and the Swan (Ausgabe: The Tower, 1928; Text: Collected Poems 1950, S. 241; Ü: P. Gan in der deutschsprachigen Rowohlt-Ausgabe von Philip Roths Roman «Portnoys Beschwerden», Hamburg 1967) Das Gedicht wurde am 18. September 1923 geschrieben und im Juni 1924 in The Dial veröffentlicht. Es war für die politische Zeitschrift kommissioniert worden, als Yeats den Nobelpreis und den Senats-Sitz für Erziehung im ersten irischen Parlament erhalten hatte und nun mit einer wegweisenden Parole in die bürgerkriegsähnlichen Turbulenzen des jungen Freistaats eingreifen sollte. Das Resultat «war ein nahezu vollkommenes Sonett, ein Sprachkunstwerk für ein Kontinuum von Reflexion», wenngleich der Auftraggeber (George Russell) es verständlicherweise als für seine Leserschaft ungeeignet ablehnte. (R. Sühnel). Die überarbeitete Fassung erschien dann im Kontext von Yeats' gnostischem System «A Vision» (1925) als Vorspann zum Kapitel «Taube oder Schwan», Heiliger Geist und Zeus. Gemäß der mittelalterlichen Allegorese «King Abundance (God) begot Wisdom (Christ) on Innocence (Mary)» erfolgte die Ankündigung des christlichen Weltzeitalters durch die Jungfrau Maria. In Analogie dazu sieht Yeats das griechisch-römische Zeitalter angekündigt durch Leda. Diese wurde von Zeus in Gestalt eines Schwans begattet. Aus der Verbindung gingen Helena und Klytaimnestra hervor: die eine war die schönste Frau, und der Grund

für den Trojanischen Krieg, die andere erschlug ihren Gatten Agamemnon nach der siegreichen Heimkehr aus dem Krieg. (Zum Ganzen siehe die klassischen Interpretationen von L. Spitzer, 1954, in: ders., Essays on English and American Literature, ed. A. Hatcher, Princeton 1962, S. 3–13; sowie von R. Sühnel in M. Hanke, ed., Englische Gedichte des 20. Jahrhunderts, 1997, S. 46–53.)

A MAN YOUNG AND OLD

168 FIRST LOVE (Ausgabe: The Tower, 1928; Text: Collected Poems 1950, S. 249 ff.; Ü: G. Gerstberger) Das erste Gedicht des Zyklus, der 1926 bis 1927 entstand, beschreibt die jugendliche und unerwidert gebliebene Liebe zu Maud Gonne in den neunziger Jahren. – 8 *heart of stone*: siehe oben die Anmerkung zu «Easter 1916», V. 43. – 11 *lunatic*: abgeleitet von Luna, Mond.

170 HUMAN DIGNITY (Text: wie das vorige Gedicht; Ü: G. Gerstberger). – 1 *her kindness*: Maud Gonne. – 9 *if I shrieked*: Yeats notiert in einem unveröffentlichten Manuskript über seinen Zustand im Jahre 1897: «I was tortured with sexual desire and disappointed love. Often as I walked in the woods at Coole it would have been a relief to have screamed aloud.»

170 THE MERMAID (Text: wie die vorigen beiden Gedichte; Ü: G. Gerstberger) Bezieht sich auf eine kurze Affäre von Yeats mit Mrs. Olivia Shakespear (1867–1938), die er «Diana Vernon» (nach der Heldin von Scotts Rob Roy) nannte.

170 THE EMPTY CUP (Text: wie die vorigen Gedichte; Ü: G. Gerstberger) Wahrscheinlich im Dezember 1926 geschrieben. Die Geliebte ist wieder «Diana Vernon». – 4 *moon-accursed*: Die Liaison dauerte ein Jahr und scheint durch die mit dem Mond assoziierte unerreichbare Maud Gonne zerstört worden zu sein. – 7 *October last*: Yeats hatte «Diana Vernon» im Oktober 1926 zuletzt wiedergesehen.

172 SUMMER AND SPRING (Text: wie die vorigen Gedichte; Ü: G. Gerstberger) Wohl auch eine Erinnerung an die frühe Jugend des Autors.

172 BYZANTIUM (Ausgabe: The Winding Stair 1933; Text: Collected Poems 1950, S. 280 f.; Ü: W. v. Koppenfels) Im September 1930 geschrieben, Motive von «Sailing to Byzantium» (siehe oben) aufgreifend und erweiternd, so daß sich aus den beiden Pendant-Gedichten eine Topographie des imaginierten Byzanz als reiner Kunstraum und (purgatorialer) Seelenort ergibt: «I think that if I could be given a month of Antiquity and leave to spend it where I chose, I would spend it in Byzantium, a little before Justinian opened St. Sophia and closed the Academy of Plato. I think I could find in some little wine-shop some philosophical worker in mosaic who could answer all my questions, the supernatural descending nearer to him than to Plotinus even.» (A Vision, 1937, S. 279). – 1–8: *The unpurged images* . . . : Die Eingangsstrophe subsumiert die ganze komplizierte, beschwerende, physische Welt des Menschseins; einzelne Echos aus William Blakes «London»

(vgl. Band 2, S. 210 dieser Anthologie). – 5 *dome*: die Hagia Sophia, die Kaiser Justinian I. (483–565) in Byzanz bauen ließ. – 11 *Hades' bobbin*: nach Platon (Republik 617 ff.) dürfen die Seelen im Hades nach ihrem Tod sich die neue Gestalt wählen, in der sie wiedergeboren werden wollen. Ihr neues Los wird dann von den drei Schicksalsgöttinnen auf der Spindel oder Haspel gewebt. – 13 *A mouth that has no moisture and no breath*: die reine Seele beim Übergang in einen anderen Seinszustand. – 16 *death-in-life*: Vgl. das Erscheinen von «Night-mare Life-in-Death» in Coleridges «The Rime of the Ancient Mariner», V. 193. – 17 *bird or golden handiwork*: vgl. oben die Anmerkung zu «Sailing to Byzantium», V. 27. – 26 *flames*: vielleicht die von Yeats anderswo beschriebenen Seelen, die von der Erinnerung auf der Erde festgehalten werden oder die sich durch ihr Leben zurückträumen. – 28 *complexities of fury leave*: nach der Läuterung. – 32 *the dolphin's mire and blood*: der Delphin als Emblem des transitus der Seele.

174 After Long Silence (Ausgabe: The Winding Stair 1933; Text: Collected Poems 1950, S. 301; Ü: K. Reichert) Das Gedicht ist Nr. 17 des Zyklus «Works for Music Perhaps». Es ist im November 1929 geschrieben und an die alte Liebe Olivia Shakespear gerichtet.

176 The Lady's First Song (Ausgabe: New Poems, 1938; Text: Collected Poems 1950, S. 343 f.; Ü: K. Reichert) Das Gedicht (am 20. November 1936 geschrieben) ist das erste von mindestens sechs Gedichten, die im Umkreis der Ballade «The Three Bushes» entstanden und über die er sich mit der den gleichen Balladenstoff bearbeitenden Freundin Dorothy Wellesley brieflich austauscht. Die Lady der Ballade liebt unsterblich einen Mann, will ihm auch ihre Keuschheit opfern, läßt sich aber dann aus Scham im Dunkeln durch das Kammermädchen ‹vertreten›.

176 The Long-legged Fly (Ausgabe: Last Poems, 1938–39; Text: Collected Poems 1950, S. 381; Ü: H. Piontek, in: Werke I, S. 269) Zwischen November 1937 und April 1938 geschrieben, im London Mercury im März erschienen. Die Anordnung der drei Strophen dieses dunklen Gedichts assoziiert das Prekäre an hingebungsvoller Kunst und geschichtsbewegender Kreativität. Sie setzt des Reichsgründers bergeversetzende Machtbesessenheit, die selbstvergessene Ausbildung weiblicher Grazie und Schönheit bei Helena und die grenzensprengende Kühnheit Michelangelos in wechselseitige Bezüge und umspielt damit gedanklich Shelleys Parole «Poets are the unacknowledged legislators of the world». – 9–10 *Like a long-legged fly...*: Der Refrain, der «die Strophen verklammert und ihre strukturelle Analogie bildlich expliziert» (P. Hühn in: Englische Gedichte des 20. Jahrhunderts, ed. M. Hanke 1997, S. 57), spielt an auf die Beschreibung Gottes beim Schöpfungsakt: «And the Spirit of God moved upon the face of the waters» (1. Mose 1:2), um zugleich an die spektakuläre Fähigkeit bestimmter gefährlich lebender Wasserläufer zu erinnern. (Vgl. die heikel situierte Königsspinne in William Empsons «Arachne» S. 260). – 11 *topless towers*: die Türme von Troja; so werden sie von Christopher Marlowe im Dr. Faustus (5, 1:94 f.)

aufgerufen (vgl. Band 1, S. 140 in dieser Anthologie). – 12 *that face*: Helena. – 15 *She thinks*: Die Gestalt der antiken Helena der Ilias evoziert die der irischen Freiheitskämpferin Maud Gonne, deren Schönheit Yeats in «No Second Troy» geschichtsmächtige Kräfte zuschreibt. – 17 *tinker*: Kesselflicker, die in der irischen Folklore und in Tänzen und Liedern des fahrenden Volks eine fast mythische Rolle spielten. – 23 *the Pope's chapel*: die Sixtinische Kapelle im Vatikan, die Michelangelo mit dem Jüngsten Gericht, der Schöpfungsgeschichte, den Sibyllen und Propheten ausmalte.

178 LAPIS LAZULI (Ausgabe: New Poems, 1938; Text: Collected Poems 1950, S. 338–340; Ü: K. Reichert) Geschrieben im Juli 1936, veröffentlicht in London Mercury (März 1938) und New Republic (13. April 1938). Gewidmet Henry (Harry) Clifton (geb. 1908). Dieser hatte Yeats zum siebzigsten Geburtstag im Juli 1935 ein chinesisches Lapislazuli-Schnitzwerk geschenkt, das aus der Zeit des Kaisers Qianlong (Chien Lung) stammte, in dessen langer Regierungszeit (1735–1796) China den Gipfel seiner außenpolitischen Macht erreicht hatte, während sich aber bereits jene Probleme ankündigten, die den Niedergang der Qing-Dynastie herbeiführen sollten. – 5 *if nothing drastic is done*: Anspielung auf die bedrohliche Lage der dreißiger Jahre mit Mussolini und Hitler; Besetzung Abessiniens durch Italien (1935); Besetzung des Rheinlandes (1936). – 6 *Aeroplane and Zeppelin*: Die Bombardierung Londons und Südenglands mit Flugzeugen und Zeppelinen im Ersten Weltkrieg durch die Deutschen war noch im Gedächtnis. – 7 *King Billy*: William III. (William of Orange), der nach der ‹Glorious Revolution› (1688) durch Parlamentsakte König von England geworden war. Gegen ihn erhoben sich die katholischen Iren unter Führung des vertriebenen James Stuart. Dieser wird von William in der Battle of the Boyne (1690) geschlagen. In der berühmten Ballade über diese Schlacht heißt es: «King James he pitched his tents between/The lines for to retire;/But King William threw his bomb-balls in/And set them all on fire.» Mit «King Billy» mag aber auch «Kaiser Willy» assoziiert sein, der aus alliierter Sicht den Ersten Weltkrieg verursacht hatte. – 11 *Ophelia . . . Cordelia*: im Gegensatz zu den hysterischen Frauen der 1. Zeile. – 16 *They know that Hamlet and Lear are gay*: wegen der «plötzlichen Erweiterung ihrer Vision, ihrer Ekstase angesichts des Todes» (so Yeats in «A General Introduction for my Work»). – 24 *It cannot grow:* Das «it» bezieht sich auf *tragedy wrought to its utmost*. – 29 *Callimachus*: griechischer Bildhauer des späten 5. Jahrhunderts v. Chr., der einen Bohrer erfunden haben soll, durch den es ihm gelang, filigrane Skulpturen zu schaffen. Berühmt ist seine goldene Lampe in Form einer Palme mit Bronzezylinder für das Erechtheum in Athen (von Pausanias beschrieben). – 37 *Two Chinamen*: In einem Brief an Dorothy Wellesley über das Schnitzwerk schreibt Yeats am 6. Juli 1935: «Asketiker, Schüler, harter Stein, ewiges Thema des sensuellen Ostens. Der heroische Schrei angesichts der Verzweiflung. Aber nein, das ist falsch, der Osten hat stets seine Lösungen und weiß daher nichts von der Tragödie. Wir sind es, nicht der Osten, die in den heroischen Schrei ausbrechen müssen.»

182 Under Ben Bulben (Ausgabe: Last Poems, 1939; Text: Collected Poems 1950, S. 400 f.; Ü: K. Reichert) Am 4. September 1938 beendet, am 3. Februar 1939, eine Woche nach seinem Tod, in Irish Times, Irish Independent und Irish Press erschienen. Wir bringen nur den sechsten (letzten) Teil des Gedichts. Ben Bulben ist ein Berg bei Sligo, der mit dem Sagenkreis um den Riesen Finn verbunden ist. (Hier wurde der Held Diarmuid von einem Eber getötet.) – 1 *Under bare Ben Bulben's head*: an Ethel Mannin schreibt Yeats am 22. August 1938: «Ich treffe Vorbereitungen für mein Grab. Es wird in einem kleinen, abgelegenen Landfriedhof in Sligo sein, wo mein Urgroßvater vor hundert Jahren Geistlicher war. Nur der Name und die Daten und diese Zeilen [es folgt der Grabspruch].» – 2 *Drumcliffe*: Dorf nördlich von Sligo unter den Hängen des Ben Bulben. Yeats starb in Roquebrune, Frankreich, am 28. Januar 1939. Seine Gebeine wurden im September 1948 nach Drumcliffe überführt.

James Joyce

Dublin 1882 – Zürich 1941

Der große Revolutionär der Prosa der Moderne hat nur wenige Gedichte geschrieben. Gleichwohl begann er als Lyriker und hatte bereits 1904 einen Gedichtzyklus abgeschlossen, der 1907 unter dem Titel *Chamber Music* erschien. Es ist eine Folge von 36 Liebesgedichten, leicht, zart, schwebend, im Ton sowohl an die Elisabethaner wie an Paul Verlaine erinnernd. Es verwundert nicht, daß sie häufig vertont wurden. Neben der Lyrik im engeren Sinn widmete sich Joyce früh Prosagedichtformen, die er ‹Epiphanien› nannte; sie wurden zu Keimzellen seiner Erzählprosa. Nach *Chamber Music* hat Joyce nur noch sporadisch Gedichte geschrieben – auch satirische Gedichte (darunter Limericks) aus gegebenem Anlaß. Die wenige Lyrik (13 Gedichte) publizierte er als *Pomes Penyeach* 1927, um von den Angriffen auf die Vorveröffentlichungen aus *Finnegans Wake* abzulenken. Aber diese Gedichte wurden kaum wahrgenommen, und die Beschäftigung mit dem Lyriker Joyce steht bis heute aus. Das große letzte Werk, eben *Finnegans Wake*, läßt sich vielleicht als eine Synthese aus Lyrik und Prosa bezeichnen. Es ist ein vielsprachiges Gemurmel, jenseits der Schwelle des Verstehens und eher zum Hören bestimmt als zu entzifferndem Lesen. Der Freund Samuel Beckett sagte, hier habe Joyce «die Sprache schlafen gelegt». Insbesondere das ‹Anna-Livia-Plurabelle›-Kapitel (übersetzt von G. Goyert, W. Hildesheimer, H. Wollschläger) und Anna Livias Todesmonolog wurden schon früh als Gipfelwerke musikalischer Prosalyrik angesehen.

Ausgaben: Chamber Music, London 1907; dass., ed. W. J. Tindall, New York 1982. – *Pomes Penyeach,* Paris 1927. – *Finnegans Wake*, London 1939. – *Collected Poems,* New York 1957. – *Poems and Shorter Works*, ed. R. Ellmann/W. Litz/J. Whittier-Ferguson, London 1991.

Übersetzungen: Alastair, aus Chamber Music (Nr, 1, 3, 4, 9, 25, 30, 35), *Frankfurter Zeitung*, 1930. – M. Geilinger, «Alone», «Bahnhofstraße», *Neue Schweizer Rundschau,* Zürich 1942; abgedr. in: ders., *Englische Dichtung,* Frauenfeld 1945, S. 125. – J. U. Saxer, *Chamber Music,* Zürich 1958. – H. Wollschläger, *Gesammelte Gedichte* (Bd. 4.2 der Frankfurter Ausgabe, ed. K. Reichert/F. Senn), 1987, [1]1981. – *Finnegans Wake Deutsch,* ed. K. Reichert/F. Senn, 1989. – Beide Frankfurt/M.

Literatur: J. Slocum/H. Cahoon, *A Bibliography of James Joyce* 1882–1941, London 1953. – M. Magalaner/R. Kain, *Joyce. The Man, the Work, the Reputation,* New York 1956. – W. Y. Tindall, *A Reader's Guide to James Joyce*, London 1959. – R. Ellmann, *James Joyce*, Oxford 1960, New York [2]1982; dt. Zürich 1961, neubearbeitete und ergänzte Ausgabe Frankfurt/M. 1994. – M. Hodgart, *James Joyce: A Student's Guide*, London 1978. – S. Jackson, *The Poems of James Joyce and the Use of Poems in his Novels*, 1978. – A. Gardt, *James Joyce auf deutsch: Möglichkeiten der literarischen Übersetzung*, 1987. – Beide Frankfurt/M.

184 STRINGS IN THE EARTH AND AIR (Ausgabe: Chamber Music, 1907; Text: Collected Poems, S. 9; Ü: H. Wollschläger, Gesammelte Gedichte, 1987, S. 7) Das Gedicht eröffnet den Zyklus *Chamber Music.* Joyce nannte es ein Präludium.

184 ALL DAY I HEAR (Ausgabe: Chamber Music, 1907; Text: Collected Poems, S. 43; Ü: G. v. d. Vring, Englisch Horn, S. 207, bearb.) Nr. 35 des Zyklus. Joyce nannte dieses und das folgende Gedicht eine Coda.

184 I HEAR AN ARMY (Ausgabe: Chamber Music, 1907; Text: Collected Poems, S. 44; Ü: H. Wollschläger, Gesammelte Gedichte, 1987, S. 77) Das Gedicht, Nr. 36, beschließt den Zyklus. Yeats schrieb über dieses Gedicht: «Es ist in der Technik und der Stimmung ein Meisterstück.»

186 ALONE (Ausgabe: Pomes Penyeach, 1927; Text: Collected Poems, S. 56; Ü: H. Broch, in: Das Silberboot, Salzburg 1932) 1916 in Zürich geschrieben; Joyce wohnte damals in der Seefeldstraße, in der Nähe des Zürichsees. – A. Gardt, «Alone und seine Übersetzungen» (in: James Joyce auf deutsch, S. 177–196) erörtert außer der Version Brochs diejenigen von A. Claes und E. Lohner, M. Geilinger und H. Wollschläger. Mit Blick auf den Titel von Yeats' 1899 erschienener (und von Joyce als «poetry of the highest order» gewürdigter) Gedichtsammlung «The Wind among the Reeds» spricht Gardt davon, Joyce habe «sich aus Yeats' poetischem Setzkasten bedient». – 3 *lake*: Nach Aussage von Zeitgenossen, die den Autor aus dieser

Zeit kannten, komponierte Joyce das Gedicht während eines Spaziergangs am Zürichsee. – 4 *Laburnum*: Goldregen. – 4 *swoon*: dumpfe Aufwallung, betäubende Extase; vgl. Tennyson in «The Lotos Eaters»: «all round the coast the languid air did swoon,/Breathing like one that hath a weary dream.»

186 THERE'S AN ANTHROPOID CONSUL (Ausgabe und Text: Gesammelte Gedichte, S. 172; Ü: H. Wollschläger, Gesammelte Gedichte, 1987, S. 173, bearb.) Joyce hatte 1918 in Zürich eine Theatertruppe, ‹The English Players›, gegründet, die ihr Wirken mit einer Inszenierung von Oscar Wildes The Importance of Being Earnest begann. Er geriet darüber in einen Rechtsstreit mit dem Darsteller des Moncrieff, einem Konsulats-Angestellten, den Joyce wegen seines privaten Verkaufs von Eintrittskarten verklagte. Der britische Generalkonsul A. Percy Bennett (der Joyce im übrigen hatte zwingen wollen, sich als Freiwilliger bei der britischen Armee zu melden) stellte sich auf die Seite seines Untergebenen. Den Sieg vor dem Gericht feierte Joyce mit einem Spottlied. Als Joyce Bennetts Verhalten einmal mit einer ironischen Bemerkung quittierte, beugte sich dieser in seiner Verlegenheit über einen Papierkorb, um sich der Suche nach einem weggeworfenen Zettel zu widmen, die ihn einer Antwort enthob. (Vgl. R. Ellmann, S. 654 ff.) – Tom Stoppard hat in seinem Drama «Travesties» (1975) der zeitgleichen Anwesenheits-Konstellation dreier berühmter Exilanten – Joyce, Lenin und Tristan Tzara – im Zürich jener Tage des Konsuls Bennett und seines Botschaftsangehörigen ein ironisches Denkmal gesetzt.

186 FINNEGANS WAKE, IV (Ausgabe und Text: Finnegans Wake, S. 619 f., 626, 627 f., Ü: K. Reichert in: Finnegans Wake Deutsch, S. 271 ff.) Die Auszüge bringen Anfang und Ende des großen Todesmonologs der Anna Livia Plurabelle, mit dem das Buch schließt. Die Heldin läßt noch einmal ihr Leben Revue passieren, Kindheit und Jugend, die Ehe, die Kinder, die Liebschaften ihres Mannes, der jetzt eine Jüngere hat. Zugleich ist Anna Livia der Fluß Liffey, dessen Weg – von der Quelle in den Wicklow-Bergen, in einem Halbkreis durch den Süden Irlands, bis zum Meer, ihrem Vater – sie murmelnd nachspricht.

T. E. HULME

Endon (North Staffordshire) 1883 – Nieuport (Belgien) 1917

Am Anfang des Jahrhunderts versucht Thomas Ernest Hulme mit prophetischem Eifer und in einer philosophischen Inkonsistenz, die manchen Systematiker vergrämt hat, die spätromantische Dichtung aus dem ihr unterstellten vergoldeten Koma epigonaler Dekadenz aufzurütteln: «... after a hundred years of romanticism, we are in for a classical revival, and the particular weapon of this new classical spirit, when it works in verse, will be fancy.» (*Speculations*, 1960, S. 117). Indem er Coleridges berühmte Dichotomie der beiden romantischen Schlüsselbegriffe *fancy* und *imagination* provokativ aufgreift, aber die Rangordnung zuungunsten des letzteren einfach umstülpt, setzt er die Paradoxie in Szene, unter deren Zeichen er mit einem großen Teil der «klassischen Moderne» des 20. Jahrhunderts steht: Die neue Doktrin ist der wegweisenden Ästhetik S.T. Coleridges und anderer romantischer Kritiker insgeheim verpflichtet, und mit den Waffen von deren Theorie geht man der viktorianischen Praxis zu Leibe. Hulme kündigt eine Dichtung des Maßes an, der formalen Präzision, einer Bescheidung in unmittelbarer, lebensnaher Deskription. Die neue Schule dieser «trockenen, harten, klassischen» Dichtung (*Speculations*, S. 133), die er sowohl prophezeit als auch zu begründen hilft, geht von zwei Leitvorstellungen aus: Sprachreinigung (als Sozialfunktion von Dichtung) und Bildhaftigkeit (als Medium dichterischer Perzeption). Jahre bevor Ezra Pound seine neue antiromantische Poetik auf ihren Begriff brachte, schrieb Hulme ein erstes «imagistisches» Gedicht, «Sunset» (1908). Nur sechs seiner Gedichte wurden vor seinem frühen Tod im Weltkrieg publiziert, fünf davon gab Ezra Pound als «The Complete Poetical Works of T. E. Hulme» seinem eigenen Band *Ripostes* (1912) bei (nachgedruckt in: *Personae: Collected Shorter Poems of Ezra Pound,* London 1952, S. 260).

Ausgaben: Speculations: *Essays in Humanism and the Philosophy of Art*, ed. H. Read, London 1924, repr. 1960. – *Further Speculations*, ed. S. Hynes, Minneapolis 1955. – *The Collected Writings of T. E. Hulme*, ed. K. Csengeri, Oxford 1994.

Literatur: M. Roberts, T. E. Hulme, 1938. – A. R. Jones, *The Life and Opinions of T. E. Hulme*, 1960. – Beide London.

192 AUTUMN (Ausgabe: The New Age, 10/1912; Text; Ezra Pound, Personae, 1952, S. 260; Ü: H. Meller)

192 THE EMBANKMENT (Ausgabe: «For Christmas 1909», The Poets' Club, London 1909; Text: Personae, 1952, S. 261; Ü: H. Meller) – Der *Titel* bezieht sich auf das Victoria Embankment, die befestigte Uferstraße der Themse zwischen Westminster und Blackfriars, erbaut 1864–70 von Sir Joseph Bazalgette. Am Steinrelief, das die City-Grenze markiert, wurde am 7. März 1900 Queen Victoria vom Lord Mayor feierlich das Stadtschwert überreicht.

192 ABOVE THE DOCK (Ausgabe: The New Age, 10/1912; Text: Personae, 1952, S. 260; Ü: H. Meller)

D. H. LAWRENCE

Eastwood (Nottinghamshire) 1885 – Vence (Südfrankreich) 1930

D(avid) H(erbert) Lawrence wuchs in ärmlichen Verhältnissen – der Vater Bergarbeiter, die Mutter ehemalige Lehrerin – im nordenglischen Kohlendistrikt auf. Er wurde Lehrer, konnte den Beruf aber aus Krankheitsgründen nur kurz ausüben. Früh begann er Lyrik und Prosa zu schreiben und zu publizieren, und von Anfang an wurde sein Werk heftig kritisiert – wegen zu großer Freizügigkeit, die mit allen spätviktorianischen Tabus brach – vor allem mit den sexuellen und religiösen. Diese Freiheit gegenüber den Konventionen der Zeit gibt diesem Werk bis heute seine Frische und Unmittelbarkeit; nur in den späten Texten wird die Lektüre durch die Penetranz der Körper- und Blutmystik manchmal schwer erträglich. – Lawrence ist einer der großen Dichter der Liebe, nicht nur in der Moderne. Er besingt die Liebe in ihren vielfältigsten Schattierungen und Helligkeiten mit einem scharfen Blick für das Besondere, den jähen Moment, die gegebene Situation. Man weiß aus der Biographie, daß bei ihm, wie bei wenigen, Leben und Werk ineinander fließen. Die früh greifbare Erotik bekommt eine ungeahnte, Energien freisetzende Dynamik, als er 1912 Frieda von Richthofen, verheiratete Weekley, die Frau seines Professors und Mutter dreier Kinder, nach Deutschland entführt, um mit ihr ein unstetes Wander- und Liebesleben zu führen – in Deutschland, Italien, Sizilien, Frankreich, Australien, später in Mexiko und New Mexico. Unterwegs sind alle seine Romane geschrieben, zahllose Kurzgeschichten, Reisebücher, Essaybände, Hunderte von Gedichten, inspiriert von den Anlässen, den Landschaften, der Vegetation, der Geschichte der Orte, aber eben immer auch von der schwierigen, leidenschaftlichen, rasenden, verzweifelten Liebe zu Frieda (und gelegentlich anderen Frauen). Das Neue an den Liebesgedichten ist: Lawrence poetisiert nicht, ‹deutet› nicht, benutzt nicht Bilder: er konstatiert, registriert, wie Hardy, wie Brecht. Erst in der späteren Lyrik wird den Gedichten ein gewissermaßen doppelter Boden eingezogen durch ihre Erweiterung in die Mythologie. Sie ist freilich nicht gebildete Anspielung (wie oft bei Eliot), sondern Transposition des Gelebten in ein Schon-Immer: die ‹andere Seite› der Erotik, ihre Dämonie, läßt sich vielleicht in der Hades-Persephone-Geschichte abgründiger, zeitloser fassen («Bayrischer Enzian») als in den sie verdeckenden Kopulationen von *Lady Chatterley's Lover.*

Ausgaben: Love Poems and Others, 1913. – *Amores*, 1916. – *Look! We Have Come Through!*, 1917. – *New Poems*, 1918. – *Bay*, 1919. – *Birds, Beasts and Flowers*, 1923. – *The Collected Poems*, 2 Bde., 1928. – *Pansies*, 1929. – Alle London. – *Last Poems*, ed. R. Aldington/G. Orioli, Florenz 1932. – Auswahl: *Fire and Other Poems*, ed. Robinson Jeffers, San Francisco 1940. – *The Complete Poems*

(Phoenix Ed.), 3 Bde., 1957. – *The Complete Poems*, ed. V. de Sola Pinto/W. Roberts, 2 Bde., 1964. – Beide London.

Übersetzungen: E. Schönewiese, *Der Atem des Lebens. Späte und letzte Gedichte*, Wiesbaden 1981. – V. Grüner in: A. Calder, ed., *Englische Lyrik 1900–1980*, Leipzig 1983.

Literatur: A. Lawrence/G. S. Gelder, *Young Lorenzo: Early Life of D. H. Lawrence*, Florenz 1932. – E. Brewster, *D. H. Lawrence: Reminiscences and Correspondence*, 1934. – Frieda Lawrence, *«Not I But the Wind»*, 1935. – Richard Aldington, *Portrait of a Genius, But . . .* , 1950. – H. T. Moore, *The Intelligent Heart: The Story of D. H. Lawrence*, 1955. – W. Roberts, *A Bibliography of D. H. Lawrence*, 1963. – J. Press, *A Map of Modern English Verse*, 1969, S. 93–104. – R. P. Draper, ed., *The Critical Heritage*, 1970. – Alle London. – S. M. Gilbert, *Acts of Attention: The Poems of D. H. Lawrence*, Ithaca 1972. – *The Letters of D. H. Lawrence*, ed. J. T. Boulton, 7 Bde., London 1979–94.

194 LIGHTNING (Ausgabe: Love Poems and Others, 1913; Text: Complete Poems 1964, S. 912; Ü: K. Reichert) Das Gedicht wurde am 4. November 1911 in *The Nation* vorabgedruckt. Möglicherweise an die damalige Verlobte Louie Burrows gerichtet, von der er sich zu lösen begann.

196 BEI HENNEF (Ausgabe: Love Poems and Others, 1913; Text: Complete Poems 1964, S. 203; Ü: K. Reichert) Lawrence war im Mai 1912 mit der Frau seines Französischprofessors, Frieda Weekley, geborene von Richthofen, durchgebrannt. Sie fuhren nach Metz, wo Friedas Vater stationiert war. Frieda blieb zunächst dort, Lawrence, der als britischer Spion verhaftet werden sollte, flüchtete nach Trier, von dort in die damalige Rheinprovinz nach Waldbröl, um Verwandte zu besuchen. Auf dem Weg dorthin entstand das Gedicht. «I am sitting like a sad swain beside a nice twittering little river, waiting for the twilight to drop, and my last train to come.» (An Frieda, 11. Mai 1912) Zu den deutschen Anfängen des gemeinsamen Lebens mit Frieda vgl. den autobiographischen zweiten Teil von «Mr. Noon», dessen Manuskript spät entdeckt und erst 1984 veröffentlicht wurde.

196 GREEN (Ausgabe: Look! We Have Come Through!, 1917; Text: Complete Poems 1964, S. 216; Ü: W. v. Koppenfels) Zuerst in Poetry (Januar 1914); im Sommer 1912 in Icking bei München geschrieben. Seit Ende Mai lebten Lawrence und Frieda bei ihrer älteren Schwester Else Jaffé im Haus ihres Liebhabers Alfred Weber, des Kultursoziologen und Bruders von Max Weber, mit dem Else auch ein Verhältnis gehabt hatte. Else war mit dem Ökonomen und Weber-Schüler Edgar Jaffé verheiratet, der ihre Verhältnisse tolerierte.

198 GLOIRE DE DIJON (Ausgabe: Look! We Have Come Through!, 1917; Text: Complete Poems 1964, S. 217; Ü: W. v. Koppenfels) Der gleiche Hintergrund wie im vorigen Gedicht.

198 Song of a Man Who Has Come Through (Ausgabe: Look! We Have Come Through!, 1917; Text: Complete Poems 1964, S. 250; Ü: J. Utz) Der gleiche Hintergrund wie in den beiden vorigen Gedichten. – 17 *the three strange angels*: In Kommentaren wird auf 1. Mose 18 verwiesen: Gott, der mit zwei Engeln Abraham erscheint und dem alten Mann einen Sohn verheißt. Gott kam allerdings nicht in der Nacht, sondern «da der Tag am heißesten war». Andererseits wünschte sich Lawrence ein Kind von Frieda.
200 Piano (Ausgabe: New Poems, 1918; Text: Complete Poems 1964, S. 148; Ü: J. Utz) Datiert 1913. Von dem Gedicht existiert eine um zwei Strophen längere, variantenreiche Manuskriptfassung, die erst in den Complete Poems gedruckt wurde (S. 940).
200 Bare Fig-Trees (Ausgabe: Birds, Beasts and Flowers, 1923; Text: Complete Poems 1964, S. 298; Ü: K. Reichert) Die Lawrences lebten von März 1920 bis Februar 1922 (mit einigen Unterbrechungen) in Taormina. In den Briefen finden sich viele Bemerkungen über die dortige Vegetation (allerdings keine über kahle Feigenbäume). – 46 *Demos*: griech. Gebiet, Volk, dann auch Synonym für Staat. Gelegentlich personifiziert und verbildlicht auf Statuen und Münzen, manchmal vergöttlicht, so daß es auch Priester des Demos gibt. Lawrence spielt natürlich auf die demokratische Gleichheitsidee an, von der er nicht viel hielt.
206 Little Fish (Ausgabe: Pansies, 1929; Text: Complete Poems 1964, S. 466; Ü: J. Utz)
206 Bavarian Gentians (Ausgabe: Appendix in Complete Poems 1964; Text: Complete Poems, S. 955 f.; Ü: K. Reichert) Das Gedicht erschien erstmals im Nachlaßband Last Poems (1932) im Appendix; es ist nicht sicher, ob Lawrence es in dieser Form veröffentlichen wollte. Wir bringen eine frühere (?) Fassung. – 4 *Pluto's gloom*: Pluto, lat. Dis (V. 8), der Beherrscher der Unterwelt, des Hades. – 9 *Demeter*: die Fruchtbarkeitsgöttin, Schwester des Hades (Pluto, Dis), Mutter der Persephone, die von Hades geraubt und in die Unterwelt gebracht wurde. Als die trauernde Demeter sich bei Zeus darüber beklagte, wurde Persephone erlaubt, zwei Drittel des Jahres auf der Erde zu verbringen; ein Drittel mußte sie im Totenreich verbleiben (Winter), weil sie dessen Frucht in Gestalt eines Granatapfels schon gekostet hatte.
208 Only Man (Ausgabe: Last Poems; Text: Complete Poems 1964, S. 701; Ü: J. Utz) Richard Aldington, der Freund und Herausgeber der Last Poems, schreibt, dieses und verwandte Gedicht (neben weiteren späten) sollten im Zusammenhang mit dem letzten abgeschlossenen Werk, Apocalypse (1931), gesehen werden.

T. S. ELIOT

Saint Louis (Missouri) 1888 – London 1965

Zum ‹amerikanischen› Teil der Biographie von Thomas Stearns Eliot vgl. Bd. 4 dieser Anthologie, S. 620 f. Obgleich der Dichter schon seit 1914 in England lebt, dort seinem Mentor Ezra Pound begegnet, heiratet, einem Brotberuf als Bankangestellter nachgeht und seine ersten Triumphe als avantgardistischer Lyriker feiert, die in der Veröffentlichung des *Waste Land* gipfeln, zeichnen sich die Folgen der ‹Anglisierung› Eliots erst allmählich als fundamentaler poetischer und weltanschaulicher Wandel in seinem Werk ab. Es ist ein Wandel, der sich weithin sichtbar Ende der zwanziger Jahre vollzieht, als er englischer Staatsbürger und Mitglied der Staatskirche wird und sich, ein wenig selbstironisch, als «Klassizist in der Literatur, Monarchist in der Politik und Anglokatholik in der Religion» bezeichnet, während seine Dichtung sich unverkennbar religiösen Themen zuwendet. Die seelische Wüste des *Waste Land* (1922) und der *Hollow Men* (1925), wo jeder Ansatz zum rituellen Sprechen zerfällt und die Apokalypse zum Gewimmer verkommt, enthält die neue Theologie gleichsam ex negativo in der verzweifelten Erlösungsbedürftigkeit dieser innerlich verödeten Nachkriegswelt. Zeugnisse einer neuen Sinnsuche sind die *Ariel Poems* (1927–1930), ein Zyklus von vier Weihnachtsgedichten, die um das Mysterium von Geburt, Sterben und Wiedergeburt kreisen, und die gleichzeitig entstandene Sequenz *Ash-Wednesday* (1930), ein purgatorialer Aufstieg der Seele, in dessen Verlauf sie sich von der Welt löst und zur jenseitigen Vision läutert. In diesen Texten entfernt sich Eliot von seinem früheren, unpersönlichen und montagehaften Dichtungsstil und bedient sich einer lyrischen Sprecherstimme und durchsichtigerer, stärker rituell-symmetrischer und geschlossener Formen der Komposition. Ihren Höhepunkt findet diese Entwicklung in der Musik-analogen Anlage der *Four Quartets* von 1943, ohne Zweifel eine der großen geistlichen Dichtungen englischer Sprache. – Neben dieser poetischen Produktion, und in engem Zusammenhang mit ihr, steht Eliots Tätigkeit als Verlagsdirektor von Faber and Faber (lange Zeit die erste Adresse für die Publikation zeitgenössischer Lyrik in England), als Verfasser bedeutender literar- und kulturkritischer Essays und Herausgeber der einflußreichen Zeitschrift *The Criterion* (1922–1939), sowie als Theaterautor, dessen Erneuerung des Versdramas zum Ritual- und Salontheater beachtliche Breitenwirkung zeigte (*The Rock*, 1934; *Murder in the Cathedral*, 1935; *The Cocktail Party*, 1950). – Anders als Pound, der zeitlebens Exilant in den Ländern seiner Wahlheimat Europa blieb, wurde der Amerikaner Eliot zur Zentralfigur im literarischen Leben Englands, gegen deren konservative und pontifikale Präsenz jüngere Dichter zu rebellieren begannen. 1948 erhielt er den Nobelpreis. Sein Epochengedicht war zwar schon 1927 von E. R. Curtius übertragen worden, doch erst der ‹christlich-abendländische› Kulturhorizont der jungen Bundesrepublik bot die Voraussetzung einer Rezeption in größerer Breite, die sogar sein nonsenshaltiges *light verse*-Opus *Old Possum's Book of Practical Cats* in einer brillanten Sammelübersetzung einschloß. – Ungeachtet aller weltanschaulichen Kontroversen und einer eher antimodernistischen Wendung der neueren englischen Dichtung wäre es schwer, eine angelsächsische Dichterpersönlichkeit des 20. Jahrhunderts zu nennen, die T. S. Eliot an poetischer Größe und kritischer Wirkung überragt.

Ausgaben: [Vgl. auch die Literaturangaben zu T. S. Eliot im Band 4 dieser Anthologie.] – *Poems 1905–1925*, 1925. – *For Lancelot Andrewes*, 1928. – *Ash-Wednesday*, 1930. – *Sweeney Agonistes*, 1932. – *The Use of Poetry and the Use of Criticism*, 1933. – *After Strange Gods*, 1934. – *Collected Poems 1909–1935*, 1936. – *Old Possum's Book of Practical Cats*, 1937. – *The Family Reunion*, 1939. – *Burnt Norton*, 1936. – *East Coker*, 1940. – *The Dry Salvages*, 1941. – *Little Gidding*, 1942. – *Four Quartets*, 1943. – *Notes Towards the Definition of Culture*, 1948. – *The Cocktail Party*, 1950. – *The Confidential Clerk*, 1954. – *The Elder Statesman*, 1959. – Alle London. – *The Complete Poems and Plays*, New York 1959. – *Collected Plays*, 1962. – *Collected Poems 1909–1962*, 1963. – *The Letters*, ed. V. Eliot, 1988. – *Inventions of the March Hare: Poems 1909–1917*, ed. Ch. Ricks, 1996. – Alle London.

Übersetzungen: E. R. Curtius, *Das Wüste Land*, 1927, ²Wiesbaden 1957. – Dass., E. Hesse, 1973. – E. Hesse/E. Kästner/D. Sternberger, in W. Schmiele, ed., *Poesie der Welt: England*, Berlin 1981. – E. Hesse u. a., *Gesammelte Gedichte, 1902–1962*, Frankfurt/M. 1972, ²1988.

Literatur: F. O. Matthiessen, *The Achievement of T. S. Eliot: An Essay on the Nature of Poetry*, 1935, ³1959. – R. Preston, *‹Four Quartets› Rehearsed: A Commentary on T. S. Eliot's Cycle of Poems*, 1949. – Beide New York. – H. Gardner, *The Art of T. S. Eliot*, 1949. – E. Drew, *T. S. Eliot: The Design of His Poetry*, 1949. – G. Williamson, *A Reader's Guide to T. S. Eliot: A Poem-by-Poem Analysis*, 1955. – Alle London. – H. Kenner, *The Invisible Poet: T. S. Eliot*, New York 1959. – J. Kleinstück, *T. S. Eliot in Selbstzeugnissen und Bilddokumenten*, Reinbek 1966. – A. Austin, *T. S. Eliot: The Literary and Social Criticism*, Bloomington 1971. – B. Bergonzi, *T. S. Eliot*, London 1972. – A. P. Frank, *Die Sehnsucht nach dem unteilbaren Sein*, München 1973. – H. Viebrock/A. P. Frank, ed., *Zur Aktualität T. S. Eliots*, Frankfurt/M. 1975. – A. D. Moody, *T. S. Eliot, Poet*, Cambridge 1979. – W. Riehle, ed., *T. S. Eliot*, Darmstadt 1979. – M. Scofield, *T. S. Eliot: The Poems*, Cambridge 1980. – P. Ackroyd, *T. S. Eliot*, New York 1984. - B. Bergonzi, ed., *T. S. Eliot: Four Quartets*, London 1987. – L. Menand, *Discovering Modernism: T. S. Eliot and His Context*, New York 1987. – J. H. Timmerman, *T. S. Eliot's Ariel Poems*, Lewisburg 1995. – J. P. Riquelme, *Harmony and Dissonances: T. S. Eliot, Romanticism and Imagination*, Baltimore 1990. – J. Harwood, *Eliot to Derrida: The Poverty of Interpretation*, London 1995.

210 THE HOLLOW MEN (Ausgabe: Poems, 1925; Text: Collected Poems, 1963, S. 89–92; Ü: H. M. Enzensberger, in Gesammelte Gedichte, 1988, S. 131–137) Der Zyklus bildet eine Art Coda zum «Waste Land» in stärker konzentrierter, lyrisierter und ritualisierter Form. Zu seinem literarischen Anspielungshorizont gehören die Jenseitsvisionen der Göttlichen Komödie ebenso wie die symbolische Höllenfahrt in Joseph Conrads Kongo-Novelle «Heart of Darkness» von 1899. – *Titel*: Der Begriff «hollow men» stammt aus Brutus' schneidender Kritik an der angeblichen Unzuverlässigkeit seines Mitverschworenen Cassius in Shakespeares Julius Caesar, IV, 2, 23. – *Mistah Kurtz...*: So verkündet in «Heart of Darkness» ein Diener den Tod des dämonischen, der Wildnis verfallenen Elfenbeinjägers Kurtz. – *A penny for the Old Guy*: Mit diesen Worten betteln englische Kinder um eine Gabe für die ausgelassene Feier und das Feuerwerk der Guy Fawkes Night am 5. November, wo zur Erinnerung an das Scheitern der Pulververschwörung von 1605 Strohpuppen (die den Verschwörer Guy Fawkes darstellen) verbrannt werden. – 14 *death's other kingdom*: im Gegensatz zu «death's dream kingdom» (V. 20), dem Zustand der Willenlosigkeit und Unrealität der ‹hohlen Männer›, die höhere Existenzstufe derer, die ‹geraden Auges› zu sehen vermögen. – 22 *There*: scheint sich auf die Erscheinung der Augen im ›anderen Reich› zu beziehen (mit möglichen Anklängen an Dantes Vision des Irdischen Paradieses in Purgatorio 28 f.). – 33 *Rat's coat ... staves*: Bilder von Vogelscheuchen. – 41 *stone images*: Götzenbilder. – 60 *tumid river*: Dantes Acheron und Conrads Kongofluß. – 64 *Multifoliate rose*: aus Dantes Vision der Jungfrau Maria und der Heiligen im Himmel (Paradiso 32). – 65 *death's twilight kingdom*: als Status spiritueller Erneuerungsmöglichkeit dem ‹anderen Reich› des Todes entsprechend, und dem ‹Traumreich› entgegengesetzt. – 68 *Here we go round*: Parodie des Kinderreigens «Here we go round the mulberry bush»; *prickly pear*: Kaktusfrucht oder Opuntie. – 89 *descent*: vielleicht im Sinne einer platonisch-christlichen Inkarnation der Idee als Abstieg in die irdische Existenz. – 95 *This is the way...*: Parodie der Zeile «This is the way we clap our hands» etc. aus dem zitierten Kinderreigen.

216 A SONG FOR SIMEON (Ausgabe: Criterion 1928; Text: Collected Poems, 1963, S. 111 f.; Ü: E. Hesse, in Gesammelte Gedichte, 1988, S. 161–163) Zweites Gedicht aus der Serie der vier «Ariel Poems». – Lukas 2: 25–35 berichtet von dem frommen alten Juden Simeon, dem verheißen wurde, er solle nicht sterben, ehe er den Messias gesehen habe; in Jesus, der zur Beschneidung in den Tempel gebracht wird, erkennt er den Heiland und erahnt seine Passion. – 1 *Roman hyacinths*: Judäa im Zeichen der römischen Herrschaft. – 17 *cords and scourges*: Verweis auf die Passion. – 19 *Stations*: Stationen des Kreuzwegs; *mountain of desolation*: der Kalvarienberg. – 22 *unspeaking ... Word*: nach einem Wortspiel des Bischofs Lancelot Andrewes aus dem 17. Jahrhundert «verbum infans», das Jesuskind als ‹sprach-loses Wort›. – 23 *a sword shall pierce*: Worte Simeons in Lukas 2:35. – 36 *Let thy servant*: nach Lukas 2:29.

218 CHORUSES FROM THE ROCK (Ausgabe: The Rock: Chorus IX; Text: Collected Poems, 1963, S. 181 f.; Ü: E. Hesse, in Gesammelte Gedichte, 1988, S. 269) Der ‹Fels› des Ritualdramas von 1934, dem unser kurzes Exzerpt entstammt, ist die Kirche: ihre hieratisch-rituelle Sprache weist (der Dichtung) einen rettenden Weg aus dem Morast des modernen Sprachverfalls zur geistigen, da geistlichen, Präzision.

FOUR QUARTETS

Die vier zwischen 1935 und 1942 entstandenen, ‹kammermusikalisch› gegliederten Sequenzen bezeichnen Orte der realen und geistigen Biographie Eliots: so ist East Coker das Dorf in Somerset, aus dem die Vorfahren des Dichters nach Amerika aufbrachen, und Little Gidding ein Ort spiritueller Energie in Huntingdonshire, wo Nicholas Ferrar 1625 eine anglikanische Religionsgemeinschaft gründete, deren Ausstrahlung nicht durch ihre Zerstörung im Bürgerkrieg beendet wurde. Jeder dieser Schauplätze ist einem der Elemente zugeordnet: East Coker der Erde, Little Gidding dem Feuer. Gemeinsames Thema ist die Suche nach der erlösten Zeit in der zeitlichen Existenz.

220 EAST COKER (Ausgabe: 1940; Text: Collected Poems, 1963, S. 199–204; Ü: D. Sternberger, in: W. Schmiele, ed., *Poesie der Welt: England,* Berlin 1981, S. 279–289; zuerst veröffentlicht in: *Die Wandlung,* 1. Jg., 1945/1946, 1. Heft, Heidelberg 1945; Teil 4, übs. von H. Meller) Die letzten drei «Sätze» des zweiten der vier Quartette. – 1 *O dark dark dark*: Aufschrei des geblendeten Samson aus Miltons Samson Agonistes, V. 80: «O dark, dark, dark amid the blaze of noon». – 7 *Almanach de Gotha*: genealogisches Handbuch der Adelsgeschlechter. – 12 *let the dark come*: die Nacht der Seele des Hl. Johannes vom Kreuz; als Entleerung der Seele von allem Irdischen eine todesähnliche Voraussetzung der Erleuchtung; vgl. die Schlußzeilen von Teil 3. – 31 *laughter in the garden*: Wiederaufnahme eines Motivs aus dem 1. «Satz» des 1. Quartetts «Burnt Norton»: der Vision von Wasser, Blühen und Kinderlachen mitten in einem winterlichen Rosengarten. – 48 *wounded surgeon*: Dieses und die folgenden Paradoxe beziehen sich auf die christliche Heilsgeschichte; der verwundete Wundarzt ist Christus. – 54 *dying nurse*: Maria, wohl nicht als ‹sterbende Amme› (nach Sternbergers Lesung), sondern als des Christenmenschen pflegsame ‹Sterbehilfe›. – 59 *ruined millionaire*: Entweder Adam, der durch seinen ‹Bankrott›, den Sündenfall, den Tod in die Welt gebracht und die Welt zu einem Krankenhaus gemacht hat; oder der Schöpfer, der ‹ruinierte› Stifter der zu einem universalen ‹Lazarett› gewordenen Welt; man vergleiche das ‹Lazar House› in John Miltons Paradise Losr, 11: 479 ff. – 62 *prevent:* hier wohl nicht nur ‹verhindern›, sondern auch ‹zuvorkommen› (praevenire), ein Latinismus nach dem Vorbild von Miltons Blindheitssonett, V. 9 (vgl. Bd 1, S. 438, dieser Anthologie). – 68 f. *dripping blood ... bloody flesh*: Abendmahlsmetaphorik. – 72: *we call this Friday good*: Der Karfreitag heißt auf Englisch: Good Friday.

226 LITTLE GIDDING (Ausgabe: 1942; Text: Collected Poems, 1963, S. 216; Ü: N. Elias, Los des Menschen, Frankfurt/M. 1987, S. 28) Aus dem zweiten «Satz» des letzten der Quartette: lyrische Rekapitulation der vier Elemente unter dem Aspekt des Todes. – 4 *The place where a story ended*: meint hier auch (und primär) den Ort, wo ein Stockwerk endete; der Tod in der Luft bezieht sich auf die Bombardierung Londons im 2. Weltkrieg. – 19 *water and fire*: als Taufwasser und pfingstliche (oder purgatoriale) Feuerzunge Symbole der Läuterung.

228 THE NAMING OF CATS (Ausgabe: Old Possum's Book, 1937; Text: Complete Poems and Plays, S. 149; Ü: E. Kästner, in Gesammelte Gedichte, 1988, S. 345). Erich Kästners Version erschien erstmals in Band 10 der Bibliothek Suhrkamp: *Old Possums Katzenbuch: Englisch und Deutsch*, illustriert von Nicolas Bentley (Übs. Von Erich Kästner, Annemarie Seidel, Rudolf Alexander Schröder, Nora Wydenbruck, Friedrich Podzus, Peter Suhrkamp, Carl Zuckmayer und Werner Peterich), Frankfurt/M., 1952. Das Boulevard-Musical *Cats* von Andrew Lloyd Webber, das auf ausgewählte Repräsentanten und Motive des «Old Possum's Book of Practical Cats» zurückgreift, wurde erstmals am New London Theatre (West End) am 11. Mai 1981 aufgeführt. Es ist eines der erfolgreichsten Musicals der Welt.

ALDOUS HUXLEY

Godalming 1894 – Hollywood 1963

Der brillante Romancier und Essayist trat in seinen literarischen Anfängen auch als poetischer Vertreter jener ironisch-zynischen Stimmlage hervor, die ein Kennzeichen seiner Konversations-Romane aus der Zeit nach dem Ersten Weltkrieg ist.

Ausgaben: The Burning Wheel, 1916. – *Leda*, 1920. – *Limbo*, 1920. – *Selected Poems*, 1925. – *The Cicadas and Other Poems*, 1931. – *The Collected Poetry*, ed. D. Watt, 1971. – Alle London.

Literatur: P. Firchow, «Huxley, Eliot and the Origins of Poetic Modernism», in B. Nugel, ed., *Now More Than Ever: The Aldous Huxley Centenary Symposion*, Frankfurt/M. 1995, S. 107–121.

232 FIRST PHILOSOPHER'S SONG (Ausgabe: Leda, 1920; Text: Collected Poetry, S. 105; Ü: W. v. Koppenfels, in A. Huxley, Seele und Gesellschaft, München 1994, S. 133)

232 FIFTH PHILOSOPHER'S SONG (Ausgabe: Leda, 1920; Text: Collected Poetry, S. 106; Ü: W. v. Koppenfels, in A. Huxley, Seele und Gesellschaft, München 1994, S. 135)

234 MORNING SCENE (Ausgabe: Limbo; 1920; Text: Collected Poems; Ü: W. v. Koppenfels, in Aldous Huxley, Form in der Zeit, München 1994, S. 259) Die Szene ist im Geiste Goyas, doch nicht als Beschreibung einer konkreten Kopulationsdarstellung aus seinem Werk (die in dieser Form darin nicht vorkommt) zu verstehen; dagegen gibt es dort viele Darstellungen sexueller Gewalt gegen Frauen.

HUGH MACDIARMID

Langholm (Dumfriesshire) 1892 – Edinburgh 1978

Der umstrittene Kaledonier, der eigentlich Christopher Murray Grieve hieß, wurde als Sohn eines Postangestellten im Grenzland zwischen England und Schottland geboren. Nach dem Tod seines Vaters 1911 brach er seine angefangene Lehrerausbildung in Edinburgh ab und wurde Journalist. 1915 trat er ins Royal Army Medical Corps ein. In journalistischen Arbeiten vor und nach seinem Kriegsdienst auf dem Balkan und in Frankreich artikulierte sich sein Sozialismus ebenso widerspruchsreich wie sein separatistischer Nationalismus. Obwohl er zu den Gründern der National Party of Scotland zählte, wurde er aus dieser 1933 ausgeschlossen, wie ihn dann 1938 auch die Kommunisten aus ihrer Partei warfen. Auf seinem Lyrikband *A Drunk Man Looks at the Thistle* (1926) gründet sein poetisches Prestige; in der Sammlung *First Hymn to Lenin and Other Poems* (1931) spricht sich sein politisches Pathos aus. Seine Gedichte schreibt er sowohl in seinem eigenen «Synthetic Scots» – einer eklektischen Kunstsprache, die das Tiefland-Schottisch («Lallans») in Verschmelzung mit unterschiedlichen Dialekten und archaischen Sprachelementen aus Wörterbuch und Tradition synthetisiert – als auch in hochsprachlichem Englisch. Ungeachtet seines gelegentlich fast religiös überhöhten kommunistischen Engagements wird er nach Meinung vieler Kritiker (nicht nur von separatistischen Nationalisten) als wichtigster schottischer Lyriker des 20. Jahrhunderts betrachtet, ja als der bedeutendste schottische Autor seit Robert Burns.

Ausgaben: A Drunk Man Looks at the Thistle, Edinburgh 1926; (annotated) ed. K. Buthlay, Edinburgh 1987. – *In Memoriam James Joyce,* Glasgow 1955. – *The Kind of Poetry I Want*, Edinburgh 1961. – *Selected Essays,* ed. D. Glen, 1969. – *The Hugh MacDiarmid Anthology,* ed. M. Grieve/A. Scott, 1972. – *The Complete Poems 1920–1976*, ed. M. Grieve/W. R. Aitken, 2 Bde., 1978. – Alle London.

Übersetzungen: J. Mitchell/A. Reinfrank in A. Calder, ed., *Englische Lyrik 1900–1980*, Leipzig 1983.

Literatur: H. Oxenhorn, *Elemental Things: The Poetry of Hugh MacDiarmid*, Edinburgh 1984.

236 EMPTY VESSEL (Text: Complete Poems, 1978, Bd. 1, S. 66; Ü: J. Mitchell, in A. Calder, 1983, S. 111, bearb.)
236 AT MY FATHER'S GRAVE (Text: Collected Poems, 1978, Bd. 1, S. 299; Ü: J. Mitchell, in A. Calder, 1983, S. 111)
236 PERFECT (Complete Poems, 1978, Bd. 1, S. 573; Ü: H. Meller) In manchen Ausgaben sind vom Dichter zwei englisch-spanische Zeilen als Motto vorangestellt: «On the Western Seaboard of South Uist/Los muertos abren los ojos a los que viven». (Die Toten öffnen denen die Augen, die leben). – 1 *machair*: (schottisch) Meeresstrand. – 3 *perfect*: Das Titelwort und seine Implikationen – der gebleichte Vogelschädel als Repräsentant des zweckfrei Vollkommenen, die Paradoxie des Schönen usw. – wurde zur kontroversen Bewertungsformel für das kleine Gedicht selbst, als der walisische Prosaschriftsteller Glyn Jones im Times Literary Supplement (21. 1. 1965, S. 47) schrieb, alle Wörter des Gedichts mit Ausnahme der Anfangszeile seien von ihm in seiner Kurzgeschichte «Porth-y-rhyd» (in: The Blue Bed and Other Stories, London 1937) enthalten, und zwar in genau derselben Abfolge, nur handle es sich dort um eine Seemöwe: «This is not a question of similarity or echoes; the words are identical – apart ... from the first line – and describe in my story the skull of a seagull found on the shore. What Hugh MacDdiarmid has done, no doubt through some inadvertence or forgetfulness, is to arrange my prose in the form of the poem. I ought to add that I have no personal quarrel with Hugh MacDiarmid at all and that I have long been an admirer of his poetry.» Eine lebhafte Leserbrief-Debatte war die Folge. – Man vergleiche den oben, S. 2, anstelle eines Mottos gegebenen Prosatext von Walter Pater, den W. B. Yeats ebenfalls als ‹objet trouvé› zum Gedicht erklärte, sowie die Kommentar-Notiz.

I. A. RICHARDS

Sandbach (Cheshire) 1893 – Cambridge 1979

Im Jahre 1926 rief die manifestartige Schrift *Science and Poetry* eines jungen Dozenten der «Cambridge English School» in studentischen Kreisen leidenschaftliche Diskussionen hervor. Ivor Armstrong Richards hatte nach einem glanzvollen Studienabschluß in den «Moralwissenschaften» seit 1919 Vorlesungen über Theorien der Literaturkritik gehalten und 1924 ein gewichtiges Werk *Principles of Literary Criticism* veröffentlicht, das zum epochemachenden Grundbuch für die Schule des angloamerikanischen «New Criticism» wurde. In seinen «experimentellen» Literaturseminaren, deren Ergebnisprotokoll *Practical Criticism* (1929) von John Crowe Ransom «one of the documents of major influence upon the thinking of our age» genannt wurde, praktizierte er das Prinzip der *multiple definition* als humanisierende Hermeneutik und das *«close reading»* poetischer Texte als befreiende Disziplin. Seit 1929, als Richards eine Gastdozentur an der Tsing-Hua-Universität in Peking für Literaturwissenschaft und Basic English aufnahm, vertiefte er die Wahlverwandtschaft seiner Auffassung von Equilibrium und Seelenharmonie mit altchinesischen Vorstellungen von Konfuzius und Mencius. Seine eigenen Gedichte sind vielfach Anspielungs-Diaphanien sprachethischer und poetologischer Meditation, die einen späten aber fruchtbaren Einfluß William Empsons erkennen lassen, des begabtesten seiner Schüler.

Ausgaben: Principles of Literary Criticism, 1924. – *Science and Poetry,* 1926 (^{2}1935; rev. u. d. T. *Poetries and Sciences*, 1970). – *Practical Criticism: A Study of Literary Judgment*, 1929. – *Mencius on the Mind: Experiments in Multiple Definition,* 1932. – *Coleridge on Imagination,* 1934. – Alle London. – *The Philosophy of Rhetoric,* 1936. – *Goodbye Earth and Other Poems*, 1958. – *The Screens and Other Poems*, 1960. – *Internal Colloquies: Poems and Plays*, 1971. – Alle New York.

Literatur: W. H. N. Hotopf, *Language, Thought and Comprehension: A Case Study of the Writings of I. A. Richards*, London 1965. – J. P. Schiller, *I. A. Richards' Theory of Literature*, New Haven 1969. – *I. A. Richards: Essays in His Honor*, ed. R. Brower/H. Vendler/J. Hollander, New York 1973.

238 RETORT (Ausgabe: Goodbye Earth 1958; Text: Internal Colloquies 1971, S. 98; Ü: H. Meller) Dem Gedicht ist ein Motto aus den «Höllischen Sprichwörtern» in William Blakes The Marriage of Heaven and Hell vorangestellt: «Eternity is in love with the productions of Time.» – Der poetische Text, der sich jeder auch nur mäßig hieb- und stichfesten «ontologischen» Bestimmung entzieht, nimmt für Richards teil an dem, was für Wilhelm von Humboldt der Sprache selbst zugesprochen wird: Nicht «ergon» sondern «energeia» zu sein. ‹Wirklichkeit› läßt sich ihm nur im etymologischen Sinne des Worts zusprechen: als Ins-Werk-Setzung dank der Beobachtbarkeit und Erlebbarkeit seines Bewegtseins im Einsatz. – Der *Titel* spielt mit seinem Doppelsinn: ‹Antwort› und ‹Retorte›.

BASIL BUNTING

Scotswood-on-Tyne (Northumberland) 1900 – Northumberland 1985

Erst spät im Leben erhielt der bedeutendste britische Schüler Ezra Pounds die Anerkennung seines Ranges als moderner Dichter. Hinter Turbulenzen des exotischen Lebenslaufs und Widersprüchlichkeiten des Charakterbilds blieb die Exzellenz seines Metiers als Lyriker und Lyriküberseter (aus dem Lateinischen, Persischen, Chinesischen und Japanischen) lange verkannt. Der Vater, ein Forscher und Arzt und einer der Mitbegründer der «Fabian Society» (die seit 1900 Teil der neugegründeten Labour Party war), stammte aus den Midlands. Der Sohn blieb trotz all seiner abenteurerhaften Weltläufigkeit lebenslang in seiner Heimatregion Northumberland verwurzelt. Seine Schulzeit endete glanzlos. Einberufen, als der 1. Weltkrieg so gut wie vorbei war, verweigerte er sich mit dem störrischen Pazifismus des anarchischen Quäkers jedem Militäreinsatz. Als «conchy» (Wehrdienstverweigerer, conscious objector) ließ er sich zu 112 Tagen in Wormwood Scrubs verurteilen und kam wegen Renitenz noch für ein Jahr ins Zuchthaus. Auf Jahre in der Bohème von Bloomsbury und Fitzrovia folgten solche in Paris (als Bartender im «Jockey Club» bei Tristan Tzara, Cocteau und Man Ray und als Mitarbeiter bei Ford Madox Fords Transatlantic Review), in Italien (inmitten der Pound-Gemeinde zwischen Rapallo und Venedig) sowie auf den Kanarischen Inseln. Diverse Familiengründungsversuche gerieten ihm chaotisch. Jahrelang segelte er im eigenen Boot durch Küstenmeere, dann meldete er sich freiwillig bei Kriegsbeginn und wurde Offizier und Diplomat im britischen Geheimdienst in Persien, dem Drehpunkt des nahöstlichen Kriegstheaters. (Von Pound angeregt, hatte er rechtzeitig persische Dichtung und Kultur studiert.) In den Nachkriegswirren war er Auslandskorrespondent der Times in Italien und Vizekonsul in Isfahan; 1952 wurde er vom Mossadeq-Regime des Landes verwiesen. Sein Lebensabend im heimatlichen Nordengland schien in Mittellosigkeit, Obskurität und Provinzjournalismus versanden zu wollen – bis ihn 1966 die triumphale Resonanz seines späten Hauptwerks *Briggflatts* (fertiggestellt 1965) als einen der meisterlichsten britischen Dichter des 20. Jahrhunderts erkennbar machte.

Ausgaben: Redimiculum Matellarum, Mailand 1930. – *Poems*, Galveston, Texas 1950. – *Loquitur*, 1965. – *The First Book of Odes*, 1965. – *Briggflatts*, 1966. – Alle London. – *Collected Poems*, 1968, rev. ed. Oxford 1987. – *Second Book of Odes*, London 1980. – *The Complete Poems*, Oxford 1994.

Übersetzungen: C. Schuenke in A. Calder, ed., *Englische Lyrik 1900–1980*, Leipzig 1983. – E. Schenkel, *Briggflatts und andere Gedichte*, Graz 1990.

Literatur: K. Müller, *Die Lyrik Basil Buntings*, Diss. Freiburg 1975. – C. F. Terrell, ed., *Basil Bunting: Man and Poet* (National Poetry Foundation), Orono / Maine 1981. – D. Davie, *Under Briggflatts: A History of Poetry in Great Britain 1960–1988*, Manchester 1989. – V. Forde, *The Poetry of Basil Bunting*, Newcastle 1991. – H. Haberkamm, *Die Bewegung weg vom Movement*, 1992, S. 94–116. – P. Makin, *Bunting: The Shaping of his Verse*, Oxford 1992. – K. Alldritt, *The Poet as Spy: The Life and Wild Times of Basil Bunting*, London 1998.

Briggflatts

Der Untertitel der vielschichtigen summa poetica Buntings, die dieses im Geiste von Wordsworths «Prelude: or the Growth of the Poet's Mind» geschriebene Langgedicht darstellt, lautet An Autobiography; die Widmung: «For Peggy». Die vier äußeren der fünf «movements» stehen unter dem Zeichen der Abfolge der Jahreszeiten; das mittlere ist eine traumähnliche Überblendung von Autobiographie und mystischer Kosmogonie. Insgesamt sind sie durch ein hochkomplexes musikalisches Verweisungsgewebe strukturiert.

240 Brag, Sweet Tenor Bull (Part I, V. 1–65, von 156; Text: The Complete Poems 1994, S. 43 f.; Ü: E. Schenkel 1990, S. 11–15) Dem Gedichtanfang ist ein spanisches Motto vorangesetzt: «*Son los pasariellos del mal pelo exidos* – The spuggies are fledged». – *spuggies* ‹kleine Spatzen› ist eines der zahlreichen nordenglischen Dialektwörter dieses Langgedichts und sollte mit hartem *g* (wie «buggies«) ausgesprochen werden. Das spanische Zitat stammt aus einer Frühlingsbeschreibung im «Libro de Alexandre» des 13. Jahrhunderts (siehe V. Forde, 1991, Kap. 8, S. 214). – «The first movement is no more a chronicle than the third. The truth of the poem is of another kind.» (Anm. B. B.) – Der Dichter/Sprecher kam mit 12 Jahren in die Quäker-Internatsschule Ackworth im West Riding von York, 150 km vom Elternhaus entfernt. Fortan verbrachte er den überwiegenden Teil seiner Sommerferien bei der Familie seines Schulkameraden J. A. Greenbank in der Nähe, dessen Vater ein Steinmetzgeschäft am Friedhof eines Dorfes am Versammlungshaus der einstigen Quäkergemeinde Briggflatts betrieb. Dort lernte er Peggy, die achtjährige Schwester des Schulfreunds kennen, mit der er über sechs Jahre hinweg befreundet blieb. Als Basil 17 war und Peggy 13, schlichen die beiden nachts auf den Friedhof und in den verlassenen Gemeindesaal der «Society of Friends», um unter der alten Holzgalerie gemäß dem Ritual des Quäkertums ihre Ehezeremonie zu vollziehen. – 2 *Rawthey*: Das Dorf Briggflatts (nahe Sedbergh, in West-Yorkshire) liegt im Tal des Flusses Rawthey. – 7 *may*: Weißdornblüte. – 13 *slowworm*: Blindschleiche. – 14 *mallet*: der im Takt der Lerche arbeitende Steinmetz-Schlegel. – 65 *Bloodaxe*: «Es sind Äxte der Angelsachsen, die im Jahre 954 in der Schlacht von Stainmore Eric Bloodaxe töten, den norwegischen Herrscher über Northumberland. Einschlüsse aus heroischer Zeit...» (E. Schenkel, S. 127). «Northumbrians should know Eric Bloodaxe but seldom do, because all the school histories

are written for southrons. Piece this story together from the Anglo-Saxon Chronicle, the Orkneyinga Saga, and Heimskringla, as you fancy.» (Anm. Basil Bunting)

244 FURTHEST, FAIREST THINGS, STARS (part V, V. 86–121, von 121; Text: The Complete Poems 1994, S. 62; Ü: E. Schenkel 1990, S. 63; erstmals in «Schreibheft» 27/1986) – 10 *the slowworm lay in her lap*: Vergegenwärtigung des Ausgangspunktes des erzählten Lebens: die Jugendliebe im nächtlichen Meeting-House in Briggflatts, die «Blindschleiche in ihrem Schoß», vgl. oben V. 13 im Eröffnungspassus des Gedichts. – 11 *fifty years ago*: Fünfzig Jahre nach den erinnerten Ereignissen des Gedichtbeginns – nachdem der Kontakt zwischen den beiden gänzlich abgebrochen war – traf sich Bunting noch einmal mit seiner Peggy. – 19 *Sirius* «is too young to remember because the light we call by his name left its star only eight years ago» (Anm. Basil Bunting) – 26 *uninterrupted night*: Das Echo aus Catulls «Vivamus, mea Lesbia» (Carmen 5) verbindet die Paradoxie des für das Erinnern zu jungen Sirius-Lichts astronomisch mit der Situation des Gedichtsprechers: «soles occidere et redire possunt:/nobis, cum semel occidit brevis lux,/nox est perpetua una dormienda.» (Sonne sinkt und erhebt sich alle Tage./Aber sinket hin unser kurzes Leben, ach, ewig/schlafen dann wir die schwarze Nacht ohne Ende. – Übs. G. Dorminger). – Die handschriftliche Zeile «nox est perpetua una dormienda» findet sich auf einer der frühesten Kompositionsskizzen Buntings für seine poetische Autobiographie (abgebildet bei E. Schenkel 1990, S. 135, und V. Forde, 1991, S. 209).

STEVIE SMITH

Hull 1902 – London 1971

Eigentlich hieß sie Florence Margaret Smith, doch sie erhielt früh den Spitznamen «Stevie» (nach einem bekannten Jockey von auffallend kleinem Wuchs). Im Alter von drei Jahren zog sie mit Mutter und Schwester zu ihrer Tante nach Palmer's Green, einem unmodischen Vorort von London, wo sie zeitlebens wohnte. Die Erfahrung der Vaterlosigkeit prägte ihre skeptische Einstellung zum Leben. Sie besaß eine gute Schulbildung, ging nicht auf die Universität und verdiente sich bis 1953 ihren Lebensunterhalt als Sekretärin in einem Verlagshaus, um danach ihre geliebte Tante zu pflegen, und als freie Mitarbeiterin bei der BBC zu arbeiten. Das erste Buch, das sie (1936) veröffentlichte, war ein Roman; ein Jahr darauf erschien ihr erster Gedichtband, wie alle folgenden mit eigenen Illustrationen versehen, die sie selbst als eine Art von «Männchenmalen» (*doodling*) charakterisiert. Die Dichterin, die trotz prekärer Gesundheit ein reges gesellschaftliches Leben führte und die Menschen durch ihre Konversationsgabe anzog, hat einen eigenen Ton in die englische Dichtung eingeführt, der der heimischen Tradition des *light verse* paradoxe Tiefe gibt. Seit den sechziger Jahren gewann ihre nur scheinbar kunstarme, in Wirklichkeit jedoch subtil psychologisierende Lyrik beträchtliche Publikumsresonanz. 1969 erhielt Stevie Smith «The Queen's Gold Medal for Poetry». Nicht zuletzt wegen des starken Interesses an ‹weiblichem Schreiben› ist ihr Ruhm seit dem Erscheinen ihrer *Collected Poems* stetig gewachsen.

Ausgaben: Novel on Yellow Paper, 1936, ²1980. – *A Good Time Was Had By All*, 1937. – *Tender Only to One*, 1938. – *Mother, What Is Man*, 1942. – *Harold's Leap*, 1950. – *Not Waving But Drowning*, 1957. – *Poems*, 1962. – *Scorpion and Other Poems*, 1966. – *The Collected Poems*, ed. J. MacGibbon, 1975 (dass., Harmondsworth ²1985). – *Me Again: Uncollected Writings*, ed. J. Barbera, 1981. – *A Selection*, ed. H. Lee, 1983. – Alle London.

Übersetzung: G. Böhnke, in *Englische Lyrik 1900–1980*, ed. A. Calder, Leipzig 1983, S. 159–166.

Literatur: A. C. Rankin, *The Poetry of Stevie Smith*, Gerrards Cross 1985. – J. Barbera/W. McBrien, *Stevie: A Biography*, New York 1987. – F. Spalding, *Stevie Smith: A Critical Biography*, London 1990. – G. Sternlicht, ed., *In Search of Stevie Smith*, Syracuse/New York 1991. – L. Severin, *Stevie Smith's Resistant Antics*, Madison 1997.

246 Not Waving but Drowning (Ausgabe: 1957; Text: Collected Poems, 1985, S. 303; Ü: E. Jandl, in: Akzente, 1969, S. 505) Stevie Smiths berühmtestes Gedicht, das perfekte Markenzeichen ihres Stils.
246 Infelice (Ausgabe: 1938; Text: Collected Poems, 1985, S. 107; Ü: G. Böhnke, S. 159–161; bearb.)
248 God The Eater (Ausgabe: 1957; Text: Collected Poems, 1985, S. 339; Ü: W. v. Koppenfels)

John Betjeman

Highgate, London 1906 – Trebetherick 1984

Der Sohn eines Herstellers von Gebrauchsartikeln für gehobene Haushalte, der um keinen Preis ins väterliche Geschäft einzutreten bereit war, erreichte den Gipfel seiner außerordentlichen Popularität über den britischen Königsweg. In seiner Versautobiographie *Summoned by Bells* (1960) schildert er seinen Werdegang von der piekfeinen Highgate Junior School (wo ihm unter seinen Lehrern T. S. Eliot begegnete) über die als quälend empfundenen Public School-Jahre (in Marlborough) und das Magdalen College, Oxford (wo er zum Kreis um C. M. Bowra gehörte und sich mit Auden und MacNeice anfreundete) bis zur frühesten Gedichtveröffentlichung in John Squires *London Mercury* 1930. Die berufliche Schriftstellerei begann 1931 im Journalismus bei der *Architectural Review.* Sein geschmacksgeschichtlicher Essay *Ghastly Good Taste* (1933) begründete sein Prestige als Experte des Viktorianismus. Der Durchbruch kam mit der vom Earl of Birkenhead besorgten Edition der *Collected Poems* 1958 (von der mittlerweile mehr als eine Million Exemplare verkauft worden sind; man muß auf Tennysons Publikumserfolg in den sechziger Jahren des 19. Jahrhunderts zurückgehen, um Vergleichbarem zu begegnen). Nachdem ihn die Königin 1969 zum Ritter geschlagen hatte, wählte sie ihn 1972 zum «Poet Laureate to the Queen». – Betjemans topographische Vignetten kleiner Lebenswelten aus der Mittelschicht, seine komisch-idyllischen oder satirischen Charakterkizzen von Zeitgenossen sind Soziogramme der «Britishness». Ihre naturwüchsig scheinende Leichtigkeit verbindet nostalgischen Charme mit urbaner Selbstironie und einer souveränen Handhabung des Metiers. Unter den späteren Dichtern gehört vor allem Philip Larkin zu Betjemans erklärten Bewunderern.

Ausgaben: Mount Zion, 1931. – *Old Lights for New Chancels*, 1940. – *New Bats in Old Belfries*, 1945. – *Slick but not Streamlined* (Einleitung W. H. Auden), 1947. – *Selected Poems* (Vorwort J. Sparrow), 1948. – *A Few Late Chrysanthemums*, 1954. – *Summoned by Bells*, 1960. – *Collected Poems*, 1958 (^{2}1966, ^{3}1971; mit Vorwort von Philip Larkin, ^{4}1979). – Alle London.

Literatur: D. Stanford, *John Betjeman: A Study,* London 1961. – R. Schröder, *Die Lyrik John Betjemans*, Hamburg 1973. – P. Taylor-Martin, *John Betjeman: His Life and Work*, 1983. – B. Hillier, *John Betjeman: A Life in Pictures*, 1984. – F. Delaney, *Betjeman Country*, 1984. – B. Hillier, *Young Betjeman,* 1988. – Alle London.

250 IN WESTMINSTER ABBEY (Text: Collected Poems, 1971, S. 91 f.; Ü: H. Meller) Entstanden 1940, als England sich im zweiten Jahr des Kriegs gegen das nationalsozialistische Deutschland befand. – *Titel*: Die Lokalisierung dieser Gebetsmeditation in der Hauptkirche des Anglikanismus läßt an die Gattungstradition des dramatischen Monologs allgemein und insbesondere an Robert Burns' «Holy Willie's Prayer» denken (siehe in Bd. 2 dieser Anthologie, S. 192ff.) – 5 *England's statesmen*: In der Westminster-Abtei haben so viele Mitglieder der königlichen Familie ihre letzte Ruhestätte gefunden, daß man sie «das königliche Mausoleum» nennt. Schon Francis Beaumont reimte: «Think how many royal bones/Sleep within these heaps of stones.» Vgl. Bd. 1, S. 306 dieser Anthologie. – 20 *Boot's*: Firmenname der marktbe-

herrschenden Drogerien- und Apothekenkette; heute Supermärkte, damals jeweils u. a. mit einer Leihbücherei ausgestattet. – 24 *Cadogan Square*: Die Wohnadresse der begüterten Christin ist nobel: sie weist auf das fashionable Wohnviertel Belgravia. – 29 *reserve me for a crown*: Der Reservierungsantrag an den Allerhöchsten erinnert diesen an eine biblische Zusage (Offenbarung, 2: 10): «Be thou faithful unto death, and I will give thee a crown of life.» Solche reservierten Kronen sind (gemäß 1. Korinther 9: 25) «incorruptible». – 33 *send white feathers:* ein Ausdruck aus dem Vokabular des Hahnenkampfes, eines bis in die frühviktorianische Zeit hinein beliebten Oberklassensports. Mit dem Hochheben einer weißen Feder signalisierte der Kampfhahnbesitzer, daß er sein Tier zurückziehen will. Die fromme Patriotin schickt offenbar – vermutlich per Post – weiße Federn an Personen, denen es derart an Mut gebricht, daß sie sich nicht freiwillig zum Kriegdienst melden (vgl. die «husbands, rebel sons / With bloodiest white» in V. 6–7 des Gedichts «The Freedom Won by War for Women» von Carol Rumens in diesem Band auf S. 432). – 40 *often been interred*: Ist es schon ehrenvoll, überhaupt in der Abtei beigesetzt zu werden, so kommt die Ehre, mehrfach beigesetzt zu werden, nur einer verschwindenden Menge von «royal bones» zu: die Kinder Eduards IV., die «Princes in the Tower», wurden z. B hier bestattet, ausgegraben und 1674 abermals beigesetzt; und dem König Richard II. entwendete 1776 ein Zögling der renommierten Westminster School einen Kieferknochen, welcher der Majestät 1916 erst feierlich zurückerstattet wurde. Oder hat die vornehme Beterin, die dem Weltenlenker in V. 37–8 rasch noch ein Kompliment gemacht hat und sich nun besorgt zeigt, sie könnte sich zum *luncheon date* (V. 42) verspäten, einfach nur ausdrücken wollen, daß oft auch Würdenträger verschiedener Provenienz im Mausoleum der Nation zur Ruhe gelegt werden?

Samuel Beckett

Foxrock bei Dublin 1906 – Paris 1989

Der große zweisprachige Romancier und Dramatiker des Absurden begann seine literarische Laufbahn als Lyriker in der Nachfolge Eliots: 1930 veröffentlichte Nancy Cunard in der Pariser Hours Press sein *Whoroscope*, das bei einem Wettbewerb um das beste Gedicht zum Thema ‹Zeit› den Preis erhalten hatte: eine komplexe und sarkastische Meditation voller Joycescher Wortspiele und Bezüge auf Leben und Philosophie von Descartes; verfaßt während Beckett sich als Lektor an der Ecole Normale auf eine romanistische Universitätslaufbahn vorbereitete. Die vielversprechende Karriere am Trinity College Dublin gab er freilich nach kurzer Zeit auf und schrieb dazu das folgende, syntaktisch zweideutige Epigramm mit dem Titel «Gnome» (Zwerg / Sinnspruch / Erkenntnis):

Spend the years of learning squandering	Sollst ruhig die Lehrjahre verschwenden
Courage for the years of wandering	Mut für Wanderjahre lernen
Through the world politely turning	Durch die Welt dich höflich wenden
From the loutishness of learning.	Ab vom Stumpfsinn der Gelehrten.

Eine zweite Gedichtpublikation *Echo's Bones and Other Precipitates* (Echos Gebein und andere Ablagerungen) spiegelt – mit vielen obskuren autobiographischen Anspielungen – Becketts unstete, perspektiven- und mittellose Wanderjahre in Deutschland, Frankreich, England und Irland, ehe er sich in Paris niederließ. Zwischen 1937 und 1940 (als ihn die deutsche Invasion vertrieb) und dann wieder vor allem in den ersten Nachkriegsjahren, entstand in Paris ein schmales Oeuvre französischer Gedichte, die der Autor zum Teil ins Englische übertrug. Es sind Wortgebilde, in denen die frühere unruhige Bewegung einer depressiven Stasis weicht; in ihrer äußersten sprachlichen und bildlichen Verknappung sind diese von der Kritik unterschätzten Kerntexte ihres Autors der reine Lyrismus des Nichtigen.

Ausgaben: Whoroscope, Paris 1930. – *Echo's Bones and Other Precipitates*, Paris 1935. – *Poems in English*, New York 1961. – *Collected Poems 1930–1978*, London 1984 [auch mit den französischen Texten].

Übersetzung: E. Hesse/E. Tophoven, *Gedichte*, Wiesbaden 1959; München ²1976 [ohne *Whoroscope*].

Literatur: H. Kenner, *A Reader's Guide to Samuel Beckett*, London 1973. – L. E. Harvey, *Samuel Beckett Poet & Critic*, Princeton 1970. – D. Bair, *Samuel Beckett: A Biography*, London 1978. – L. Ben-Zvi, *Samuel Beckett*, Boston 1986. – J. Knowlson, *Damned to Fame: The Life of Samuel Beckett*, New York 1996.

254 DORTMUNDER (Ausgabe: 1935; Text: Collected Poems, S. 16; Ü: E. Hesse, Gedichte, 1976, S. 23) Fünftes Gedicht der Folge «Echo's Bones»; dieses Nachtstück – vgl. die Bordellszene in James Joyces ‹Ulysses› – entstand in Kassel, unter dem Einfluß von ‹Dortmunder›-Bier, wie der Autor dem Kritiker L. E. Harvey verriet. – 1 *Homer dusk*: mögliche Anspielung auf die Hadesfahrt des Odysseus/die Bordellepisode in Joyces «Ulysses». – 4 *K'in music*: chinesische Lautenmusik. – 8 *plagal*: die harmonische Tonfolge unterbrechend/(griech.) wundenähnlich. – 12 *Habbakuk*: Untergangsprophet, der die «Glorie der Verkommenheit» visionär erhöht hat. – *mard*: archaisierende Variante zu «merd», Kot. – 13 *Schopenhauer*: Seine Philosophie sieht in der betrachtenden Stasis der Kunst, besonders der Musik, die Erlösung von der Versklavung an den Lebenswillen; mit dem Morgen bricht die Tagwelt des ‹Willens› erneut an und die Musik (ironischerweise das Werk einer Dirne) verstummt.

254 ECHO'S BONES (Ausgabe: 1935; Text: Collected Poems, S. 28; Ü: E. Hesse, Gedichte, 1976, S. 47) Schlußgedicht der gleichnamigen Sequenz. – *Titel*: Die Nymphe Echo liebte vergeblich den schönen Narcissus und siechte dahin, bis nur ihr Gebein als letzte ‹Ablagerung› übrigblieb – und ihre Stimme als Widerhall fremder Rede: Symbole gescheiterter Kommunikation und eines lieblosen Lebens. – 1 *asylum*: die Erde/das Grab als Zuflucht. – 2 *their*: auf die Maden der Schlußzeile bezogen. – 3 *breaking... wind*: der organische Zerfall als Befreiung von der Etikette der Lebenden.
254 DIEPPE (Text: Collected Poems, S. 51; franz. Fassung S. 50; Ü: E. Tophoven, Gedichte, 1976, S. 71) In der Ausgabe Poems in English, 1961, S. 47, lautete die Zeile 4: «towards the lighted town.» Die ursprüngliche Fassung: «encore le dernier reflux / le galet mort / le demi-tour puis les pas / vers les vieilles lumières». Datiert 1937. Der Sprecher wendet sich vom Anblick des nächtlichen Meeres als Zone des Todes widerwillig zurück zu den Lichtern der Stadt. Dieses und die folgenden drei unbetitelten Gedichte werden oft als eine (wohl insgesamt französisch konzipierte) Gruppe u. d.T. «Four Poems» gedruckt.
256 MY WAY IS IN THE SAND (Text: Collected Poems, S. 59; franz. Fassung S. 58; Ü: E. Tophoven, Gedichte, 1976, S. 87) Französische Version: «je suis ce cours de sable qui glisse/entre le galet et la dune/la pluie d'été pleut sur ma vie/sur moi ma vie qui me fuit me poursuit/et finira le jour de son commencement // cher instant je te vois/dans ce rideau de brume qui recule/ où je n'aurai plus à fouler ces longs seuils mouvants/et vivrai le temps d'une porte/qui s'ouvre et se referme»; gedruckt in «Transition» 1948; entstanden in Killiney bei Dublin, wo Beckett mit seiner Mutter und seinem Bruder die Sommer 1946–1950 verbrachte. Das Wandern im Nebel ist hier – weniger romantisch als bei Hermann Hesse («Seltsam im Nebel zu wandern») – Chriffre einsamer Existenz; die Nebelwand wandert mit, und erst der Tod fixiert die Schwelle und öffnet die Tür. – 6–7: Die Übersetzung Tophovens folgt der französischen Version.
256 WHAT WOULD I DO (Text: Collected Poems, S. 61; franz. Fassung S. 60; Ü: E. Tophoven, in Gedichte, 1976, S. 89) Französische Version: «que ferais-je sans ce monde sans visage sans questions/où être ne dure qu'un instant où chaque instant / verse dans le vide dans l'oubli d'avoir été / sans cette onde où à la fin / corps et ombre ensemble s'engloutissent / que ferais-je sans ce silence gouffre des murmures / haletant furieux vers le secours vers l'amour / sans ce ciel qui s'élève / sur la poussière de ses lests // que ferais-je je ferais comme hier comme aujourd'hui / regardant par mon hublot si je ne suis pas seul / à errer et à virer loin de toute vie / dans un espace pantin / sans voix parmi les voix / enfermées avec moi»; gedruckt in «Transition» 1948; fast ein Sonett. – 11 *deadlight:* Totenlicht/Bullauge.
256 I WOULD LIKE MY LOVE TO DIE (Text: Collected Poems, S. 63, franz. Version S. 62; Ü: E. Tophoven, Gedichte, 1976, S. 91) In der Ausgabe Poems in English, 1961, S. 53, lautet die Zeile 4: «mourning the first and last

to love me». Französische Fassung: «je voudrais que mon amour meure/qu'il pleuve sur le cimetière/et les ruelles où je vais/pleurant celle qui crut m'aimer»; gedruckt in «Transition» 1948; das Wortspiel mit «pleuvoir»/«pleurer» nach Verlaines «Il pleure dans mon cœur, comme il pleut sur la ville ...» Der Todeswunsch ist bei Beckett immer Verheißung einer Wohltat.

WILLIAM EMPSON

Yokefleet Hall (Yorkshire) 1906 – London 1984

Die Seminararbeit des knapp 22jährigen Mathematikstudenten über Sieben Arten von Mehrdeutigkeit wurde zum Grundbuch des *close reading* für die im mittleren Drittel des 20. Jahrhunderts tonangebende Generation einer neuen Dichtungshermeneutik kanonisiert, die unter dem Schlagwort «New Criticism» bekanntgeworden ist (R. Wellek, R. P. Warren, C. Brooks, S. Hyman u. a.). Empsons früheste Texte wurden als Musterbeispiele guter Gegenwartspoesie in den Kursen von I. A. Richards in Cambridge bereits zu einem Zeitpunkt *ex cathedra* analysiert, als erst eine Handvoll von ihnen in avantgardistischen Zeitschriften vorlag. Die Lyriker des «Movement» der fünfziger Jahre – etwa Larkin, Enright und Gunn – profitierten eingestandenermaßen von Empsons Poetologie einer extrem komplexen Vieldeutigkeit. Und bis heute hat die «empsonische» Welle der zeitgenössischen Lyrik ihre Kraft nicht ganz eingebüßt. Als Literaturprofessor lehrte Empson außer in den angelsächsischen Ländern lange im fernen Osten, wo der *poeta doctus* als Mitglied des Professorenkollegiums der vereinigten chinesischen Staatsuniversitäten des Südwestens an dem großen Flüchtlingstrek vor den einmarschierenden Japanern durch die Provinzen Hunan und Yünnan teilnahm. Als der Weltkrieg auch in Europa auszubrechen drohte, reiste er über die USA nach England zurück und arbeitete seit 1940 für die BBC bei der «psychologischen Kriegführung» mit, wie das seine Kollegen T. S. Eliot, George Orwell, Louis MacNeice und Dylan Thomas auch taten. Seine Wirksamkeit bei der Bekämpfung der Nazi-Propaganda trug ihm die Ehre ein, von Goebbels' Chef-Kommentator Hans Fritzsche als «curly-headed Jew» beschimpft zu werden. Empson organisierte die Kurzwellensendungen für China, und ab 1947 lehrte er wieder an der Universität Peking, bis dann der Ausbruch des Koreakrieges 1952 seine Heimkehr erzwang. Bis 1971 war er Literaturprofessor in Sheffield. Robert Lowell nannte ihn «the most intelligent poet writing in the English language».

Ausgaben: Seven Types of Ambiguity, 1930. – *Poems,* 1935. – *Some Versions of Pastoral,* 1935. – *The Gathering Storm,* 1940. – Alle London. – *Collected Poems,*

New York 1949. – *The Structure of Complex Words*, 1951. – *Collected Poems*, 1956, [1]1955. – *Milton's God*, 1961. – *The Royal Beasts and Other Works*, ed. J. Haffenden, 1986. – Alle London.

Literatur: S. E. Hyman, *The Armed Vision: A Study in the Methods of Modern Literary Criticism*, New York 1948. – A. Morelli, *La Poesia di William Empson*, Catania 1959. – J. H. Willis, Jr., *William Empson*, New York 1969. – H. Meller, *Das Gedicht als Einübung: Zum Dichtungsverständnis William Empsons*, Heidelberg 1974. – R. Gill, ed., *William Empson: The Man and His Work*, 1974. – P./A. Gardner, *The God Approached: A Commentary on the Poems of William Empson*, 1978. – C. Norris, *William Empson and the Philosophy of Literary Criticism*, 1978. – P. H. Fry, *William Empson: Prophet Against Sacrifice*, 1991. – Alle London.

258 DISSATISFACTION WITH METAPHYSICS (Ausgabe: Experiment, 1/1928 u. d. T. «Disillusion with Metaphysics»; Text: Collected Poems 1956, S. 9; Ü: H. Meller in: Englische Dichter der Moderne, ed. R. Sühnel/D. Riesner, Berlin 1971, S. 480) Der Text läßt in manieristischer Gedankenverschachtelung die traditionellen Hauptzeitalter der Menschheitsgeschichte miteinander spielen: das Äon vor dem Fall (Adam und Eva) und das unter dem Gesetz des Alten Bundes (Noah); die Ära des spätantiken Christus und die des Gesalbten von Mekka; das Zeitalter Shakespeares und dasjenige Albert Einsteins. Das Spiel ist eine Abrechnung mit der Metaphysik. «A metaphysician» (so erinnert uns Empson) «is like a blind man looking for a black cat in the dark which isn't there» (Collected Poems 1956, S. 112). – 1 *prophet's corpse*: Der Überlieferung zufolge haben sich alle Elemente aus lauter Ehrfurcht geweigert, den Leichnam Mohammeds in sich aufzunehmen. So sei er freischwebend zwischen allen zum Verharren gekommen, um als neuer Mittelpunkt des Universums verehrt zu werden. – 2 *empty focus*: Das Lokal, das der Wundererscheinung zukäme, wäre der noch zu vergebende der beiden Brennpunkte der Erdbahn-Ellipse; der andere gebührt der Sonne. – 4 *epicycles*: jene Hilfsschnörkel der vorkopernikanischen Himmelslehre, mit denen die alte Meta-Physik so überaus freigebig umging, um die ‹Erscheinungen zu retten›. – 6 *Two mirrors*: Die moslemische Sorgfalt, die für den Propheten Allahs im heliozentrischen System einen standesgerechten Ruheort ermittelt, setzt mit dem Unendlichkeitsmodell zweier parallel gegeneinander aufgestellter Spiegel den Motor der Ironie in Bewegung: wechselseitige Infragestellung verschiedener Biotope ethischer Denkbemühungen. Wer sich in diesem Spiegelsystem beschaut, wird trunken durch die trügerische Potenzierung. – 8 *dotted line*: «used for ‹and so on›» (Empsons Anm.). Das Individuum mag sich «on the dot», exakt lokalisiert, finden, oder aber mehr oder weniger «off one's dot» (als «dotty heredity»); im Rillensystem des Vorgegebenen oder blindlings unterschriftswillig. – 10 *their trick*: bezieht sich aufs Spiegelpaar wie aufs Menschengeschlecht. – 11

New... lines: Ein Parade-Paradox der Einsteinischen Astronomie: Da deren Weltraum in sich gekrümmt gedacht werden soll, muß auch eine unbegrenzte Gerade endlich sein; der Krümmung folgend kehrt sie in sich selbst zurück. – 13 *deeper than... plummet*: Prospero versenkt sein Zauberbuch tiefer als ein Bleilot ermessen kann (The Tempest, 5, 1: 54–57). – 15 *He promised Noah*: Vgl. 1. Mose 9:11.

258 HOMAGE TO THE BRITISH MUSEUM (Ausgabe: «Poetica»/Japan, Jan. 1932; Text: Collected Poems 1956, S. 35; Ü: H. Meller) – 1 *Supreme God*: Im alten Britischen Museum in Bloomsbury, wo das Lesesaal-Studium zu Pausen, und auch zum Spazieren durch die Völkerkunde-Abteilungen verlockte, stieß Empson auf ein Bildnis der polynesischen Meergottheit Tangaroa Upao Vahu. Durch eine Öffnung im Rücken der hohlen Holzfigur wurden vormals Kleinidole eingeführt, um dadurch geweiht zu werden.

260 ARACHNE (Ausgabe: The Cambridge Review, 49, 1928; Text: Collected Poems 1956, S. 23; Ü: H. Meller) – *Titel*: Ovid berichtet in seinen «Metamorphosen» (6: 5–151): So berühmt war die Kunstfertigkeit der Weberin Arachne, der Tochter eines Purpurfärbers in Lydien, daß sie Pallas Athene zum Wettstreit provozierte. Diese webte ein Prachtgemälde, das ihren Streit mit Poseidon vor dem Zwölfgöttergericht darstellte. Arachnes Webteppich enthüllt die Schandtaten der Olympier, Frevler an Gesetzen, die sie selber erließen. Die erboste Göttin zerriß das Gemälde der unbequemen Anklägerin und verwandelte sie in eine Spinne. – 4 *King spider*: Als Königsspinne auf dem Flußteppich muß sich Arachne vor Fischen und Vögeln in acht nehmen, als Person vor dem Gott, der sie peinigt, und dem Tier, in das er sich verwandelt. – 6 *nine angels*: Scholastiker sollen sich darüber den Kopf zerbrochen haben, wieviele Himmelsbewohner auf einer Nadelspitze Platz finden. – 7 *his*: kann sich auf den Menschen wie auf die Königsspinne beziehen. – *bubble*: Das Bild der Blase suggeriert den Weltglobus der barocken Emblematik und die noch im 18. Jahrhundert gängige Bedeutung ‹Betrug›. Der Oberflächenfilm, Stammes-Membran der Spinne, hält sich stabil durch die Leere oben und unten. – 12 *Two molecules*: In J. B. S. Haldanes Aufsatzsammlung «Possible Worlds» hatte Empson lesen können «that the oily film surrounding a red blood corpuscle is just two molecules thick.» (Empson übertrug selber eine Reihe von Aufsätzen des radikalsozialistischen Cambridger Biologen ins Basic English.) – 14 *hydroptic soap*: Seife ist Objekt, Wasser Subjekt des Nebensatzes: das Wasser «rettet» Seife, weil sie allein keine Blase hervorbringen kann; Seife ist somit «wassersüchtig» – und das Miteinandersein des «Pärchens» ist eine Not-Lösung. – *saves*: Mit dem Mittelreimwort nimmt die letzte Terzine den Reim der ersten kunstvoll wieder auf.

260 THIS LAST PAIN (Ausgabe: New Signatures, ed. M. Roberts, London 1932; Text: Collected Poems 1956, S. 32–33; Ü: H. Meller) – 1 *This last pain...* : Gemäß der patristischen Auslegung der Parabel von Lazarus und

dem reichen Mann (Lukas 16) besteht die letzte Steigerung der Höllenpein für die Verdammten darin, daß diese von einer Glückseligkeit lebhafte Kenntnis zu haben verurteilt sind, die ihnen mit Gewißheit auf ewig verschlossen bleibt (vgl. Petrus Chrysologus, Patrologia Latina, Bd. 52, Sp. 534 f.). Thomas von Aquino spricht in seiner Bestrafungstheologie den Verdammten die «visio beatorum» nur bis zum Jüngsten Gericht zu; ab dann sei die Strafe noch unerträglicher, je tiefer sich der Anblick der Erlösten ins Gedächtnis eingegraben habe («Summa Theologica», Suppl. pt. III, quaest. 98 art. 9; Patrologia Latina, Bd. 4*, Sp. 1436). – 6–7 Empson annotiert selber «*Her*: the soul, the mistress; *he*: man, the housemaid». – 10 *said Wittgenstein*: Der in Anführungszeichen gesetzte Satz ist kein Originalzitat. Ausgangspunkt war vermutlich der folgende Passus in dem von dem Sprachwissenschaftler C. K. Ogden ins Basic English übersetzten Text des «Tractatus Logico-Philosophicus» (1921) von Ludwig von Wittgenstein, an dessen Seminaren Empson in Cambridge teilnahm: «Der Gedanke enthält die Möglichkeit der Sachlage die er denkt. Was denkbar ist, ist auch möglich.» (3.02) – 11 *But wisely*: «it is good practical advice, because though not every ideal that can be imagined can be achieved, man can satisfy himself by pretending that he has achieved it and forgetting that he hasn't» (Anm. Empsons). – 13 *knots*: Vgl. die Redewendung «to seek for a knot in a rush» (i. e. «to seek for something that does not exist»). – 14 *fool's pots*: Vgl. Prediger, 7:6: «For as the crackling of thorns under a pot, so is the laughter of the fool.» – 15 *watching*: Das Sprichwort sagt: «A watched pot never boils.» – 17–20 In der Erstfassung hatte die Strophe 5 gefehlt. – *this brave opposite admire*: Hier wird nicht zum Sprung in eine Transzendenz animiert; vielmehr wird eine «wackere» humanistische Alternative gefordert zum kopflosen Springen in irgendwelche Metaphysik. *Opposite* kann im Sinne der klassischen Logik auch als «Gegenargument» verstanden werden, *admire* im Sinne des lateinischen «admirari» (‹erstaunen›) verwendet sein. – 22 *magic-lanterned*: Das Bild der Laterna Magica, mit deren Hilfe der Mensch farbige Transparenzen auf einen wirbelnden Hintergrund projiziert, travestiert das Höhlengleichnis in Platons «Staat» (7:514). – 23 *This then is real*: Das Schauspiel flüchtiger Schatten ist hier nicht Widerschein unerreichbarer Realität. Man handhabt die Diaphanien selber. Vgl. Wittgenstein: «Wir machen uns Bilder der Tatsachen» (2.1). «Das Bild ist eine Tatsache» (2.141). «Wenn sich alles so verhält als hätte ein Zeichen Bedeutung, dann hat es auch Bedeutung (3.328). – 26 *most emporia*: Statt seine Projektionsbildchen eigenhändig anzufertigen, kann der Mensch sie in den gewünschten Größen bei einschlägigen Einkaufszentren beziehen. (Im Text von 1932 stand: «all emporia»). – 27 *dappled shade*: Bauelemente des Bildentwurfs in Edward Fitzgeralds Version der «Rubáiyát» von Omar Khayyám scheinen hier umarrangiert worden zu sein. Beim Dichter-Astronomen aus Nishapur hatte es geheißen: «We are no other than a moving row/Of Magic Shadow-shapes that come and go/Round with the Sun-illumined Lantern held/In Midnight by the

Master of the Show.» (Vgl. Bd. 2, S. 402 dieser Anthologie) Bei Empson ist der Mensch zum alleinigen Spielleiter der Schattenphantasmagorie avanciert. – 29 *Feign* ...: In dieser Aufforderung zum «als ob» wird mit dem Gedankenweg zwischen Anfang (*last pain*) und Ende (*despair*) das Existenzdenken des «Sisyphus» von A. Camus vorweggenommen: «it is... essential to believe that the universe is deterministic; essential to act as if it were not» (Empson in «Oxford Outlook», 11/1931). – 30 *act*... : entweder «inszeniere denjenigen Zustand, welchen man sich nur so vorstellt» oder «handle so, als ob Status (i. e. Würde des Menschen) nur auf diese Weise denkbar ist.» – 31 *edifice of form*: vgl. Wittgenstein: «Die Form ist die Möglichkeit der Struktur» (2.033). – 33 *Imagine... with me*: signalisiert die Hereinnahme des vom Formgehäuse der Kunst angesprochenen Gegenübers in den Solidarisierungsraum der Einbildungskraft. Das Gedicht selbst ist das «edifice of form», von dem es spricht.

264 AUBADE (Ausgabe: The Gathering Storm, 1940; Text: Collected Poems 1956, S. 48; Ü: T. Rosenlöcher, in Englische Lyrik 1900–1983, ed. A. Calder, 1983, S. 175–177) Erstmals gedruckt in Life and Letters Today, Bd. 17, Nr. 10 (Winter 1937), S. 68–69. Das Gedicht erinnert durch die in unablässiger Wiederkehr vielfach modulierende Suggestivität zweier verrätselter Refrainzeilen an die Technik der Villanelle (vgl. Audens Gedicht «If I Could Tell You» auf S. 288 dieses Bandes). Weltgeschichtliche Erschütterungen spiegeln sich im sehr Persönlichen. – Nach Auskunft des Autors entstand das Gedicht in Japan, wahrscheinlich im Jahr 1933, im Kontext des «Mandschurischen Zwischenfalls» (vgl. P. und A. Gardner, The God Approached, S. 164). Durch den «Manchurian Incident», genauer: durch den bewaffneten Überfall und die Besetzung der Mandschurei durch Japan, war der Beginn des sich zum Weltkriegsgeschehen ausweitenden Waffengangs zwischen Japan und China vorgezeichnet worden, der dann 1937 ausbrach. – Der *Titel* verweist auf die Gattungskonvention des «Taglieds» (auch «Alba» oder «Morgenlied» genannt), die hier zum ironischen Hintergrund des Geschehens zwischen den Liebenden in Tokio wird. (Vgl. die «Taglieder» in diesem Bande: Brownings «Parting at Morning» auf S. 4, Barkers «Turn on your side» auf Seite 312 und die unterschiedlichen Brechungen dieser europäischen Tradition in Rosenbergs «Break of Day in the Trenches» auf S. 138 und Larkins «Aubade» auf S. 350). – 2 *my house was on a cliff*: Der Sprecher, den nicht der Sonnenaufgang sondern ein kleineres (ihn als Fremden allerdings einigermaßen beunruhigendes) Erdbeben oder Vorausbeben zur Unzeit aufweckt, bewohnt (wie Empson damals seine gemietete Villa am Westrand von Tokio) ein Haus an der Steilküste. – 9–12: Der Liebende, zu jener Zeit weder sprachkundig noch landeskundig, versteht erst nach und nach, wieso die Geliebte ihn per Taxi verlassen zu müssen glaubt. – Nach der achten Strophe enthielt die Erstfassung die folgenden – 1940 gestrichenen – acht Zeilen:

This is unjust to her without a prose book.
A lyric from a fact is bound to cook.
It was more grinding; it was much more slow,
But still the point's not how much time it took,
It seemed the best thing to be up and go.

I do not know what forces made it die.
With what black life it may yet work below.
The heart of standing is you cannot fly

– Beim Abdruck von Rosenlöchers Übersetzung in H. Hartungs *Luftfracht*, 1991, S. 49, steht in der zweiten Zeile der Schlußstrophe statt «läßt sie» die Pluralform «lassen sie».

266 LET IT GO (Text: Collected Poems 1956, S. 81; Ü: H. Meller) entstanden zwischen 1940 und 1945. Seinen Festvortrag vor der British Society of Aesthetics ließ Empson im Jahre 1961 mit diesem Bekenntnis ausklingen: «I think our only remaining hope lies in getting the poor old mind to do its work just well enough». Seine lakonische Meditation über das Altwerden (in der ungewöhnlichen Form zweier Terzette mit Reimschema a-b-c) setzt sich in Bezug zu König Lears frühester Selbstprophezeiung, «Oh, let me not be mad, not mad, sweet heaven! Keep me in temper; I would not be mad ...» (I, 5:47 f.) sowie zu der Schlußzeile von Emily Dickinsons «After Great Pain a Formal Feeling Comes» (siehe Band 4, S. 86 dieser Anthologie): «First – Chill – then Stupor – then the letting go».

W. H. AUDEN

York 1907 – Wien 1973

Das Werk Wystan Hugh Audens spiegelt getreulich die Bewegungen des 20. Jahrhunderts. Als Student am Christ Church College in Oxford wandte sich der Sohn eines Arztes zuerst dem Studium der Biologie zu, ehe er sich für Politik, Philosophie und Englisch entschied. Bereits in den Oxforder Jahren (1925 bis 1928) entwickelte sich um den von Freud und Marx faszinierten jungen Poeten ein Freundeskreis von schreibenden Talenten, die unter dem Eindruck der sozialen und politischen Probleme der Zeit die Verpflichtung zu einem gesellschaftlichen Engagement fühlten. Louis Mac Neice, Stephen Spender, W. H. Auden und Cecil Day Lewis bildeten die politisch links orientierte «MacSpaunday»-Gruppe (wie diese ‹Schule› von ihrem Verächter Roy Campbell getauft wurde). Nach seinem Examen lebte Auden ein Jahr in Berlin, wo er den Aufstieg der Nationalsozialisten verfolgte und seine Kenntnis der deutschen Literatur vertiefte. Bis 1935 arbeitete er als Lehrer. Mit der Veröffentlichung von *Poems* (1930; Christopher Isherwood gewidmet) und *The Orators* (1932) etablierte Auden seinen Ruhm mit einem unverwechselbaren Ton, dem *‹Audenesque›*, den er aus der präzisen Sprache der modernen Naturwissenschaft, journalistisch salopper Verknappung, mittelalterlicher Alliterationstechnik, der Bildphantasie und Wortmagie William Blakes und Gerard Manley Hopkins', der urbanen semantischen Geschliffenheit Alexander Popes und den Parareimen Wilfred Owens in Gedichten entwickelte. Von Anfang an beeindruckte er durch ironische Eleganz, Lakonizität und psychologische Schärfe sowie durch seinen breiten Themen- und Bildungshorizont. Wie Spender, Lewis, Isherwood und andere Intellektuelle aus dem linken Milieu engagierte sich Auden im Spanischen Bürgerkrieg (1936–1938), jedoch nicht mit der Waffe, sondern als Ambulanzfahrer. Die spanischen Erfahrungen führten zu einer Distanzierung von linken Ideologien, seiner Emigration in die USA im Jahre 1939 und einer gewissen Annäherung an christliche Überzeugungen – eingefärbt ein wenig von jener «atheistischen Melancholie», die ihm Gottfried Benn später attestierte. Unter dem Eindruck Reinhold Niebuhrs widmete er seiner Mutter, die 1941 starb, als «Weihnachts-Oratorium» das Langgedicht *For the Time Being*, das er zusammen mit *The Sea and the Mirror* (einer Art Verskommentar zu Shakespeares *Sturm*, und Summierung seiner «Ars Poetica») 1944 drucken ließ. Als Analyse der Stimmung der Epoche schrieb er sein letztes Langgedicht *The Age of Anxiety* (1947), eine «Barock-Ekloge» und Röntgenaufnahme des Zeitgeists in Manhattan am letzten Allerseelen-Abend des Weltkriegs. – Von 1956 bis 1958 hatte Auden den Lehrstuhl für Dichtung in Oxford inne. Seitdem verbrachte er fast jeden Sommer in seinem Bauernhaus in Kirchstetten bei Wien. Er edierte zahlreiche Anthologien und veröffentlichte mehrere Bände seiner Vorlesungen: *The Enchafèd Flood* (Vorträge zur Romantik) 1950; *The Dyer's Hand* (seine Oxforder Vorlesungen u. a.) 1962 und *Secondary World* (seine T. S. Eliot Memorial Lectures) 1968. – Er trat auch als Dramatiker und Librettist hervor. Zusammen mit Isherwood hatte er 1935 *The Dog Beneath the Skin* verfaßt sowie *The Ascent of F 6* (1936) und *On the Frontier* (1938). Mit Louis MacNeice schrieb er als Reisejournal die *Letters from Iceland* (1937), mit Isherwood nach ihrer Chinareise das *Journey to a War* (1939). Mit Benjamin Britten arbeitete er an den Filmen *Coal Face* und *Night Mail* (1935), und 1941 lieferte er ihm das Operetten-Libretto für *Paul Bunyan*. In Zusammenarbeit mit seinem Lebensgefährten Chester Kallman adaptierte Auden u. a. Brechts «Ballettkantate» *The Seven Deadly Sins* (1959) für die Musik Kurt Weills und die Libretti zu Strawinskys *The Rake's Progress* (1948, uraufgeführt in Venedig 1951) sowie zu Hans Werner Henzes *Elegie für junge Liebende* (1961 in Schwetzingen uraufgeführt). Neben Vielseitigkeit und kosmopolitischer Brillanz zeichnete den Poeten eine warmherzige Hilfsbereitschaft aus, die in einer Erinnerung von Golo Mann überliefert worden ist: «Seinen Namen hörte ich zuerst 1935, als er meine

Schwester Erika heiratete, ohne sie vor der Trauung je gesehen zu haben. Ein generöser Akt von seiner Seite, um der Emigrantin zu einem englischen Paß zu verhelfen; Audens bejahendes Telegramm enthielt nur ein Wort, ‹delighted›». (Süddeutsche Zeitung am Wochenende, 6./ 7. Oktober 1973, S. 111).

Ausgaben: Poems, 1930. – *The Orators*, 1932. – *The Dance of Death*, 1933. – *Look, Stranger!* 1936. – *Spain,* 1937. – Alle London. – *Another Time*, 1940. – *The Double Man* (engl. Ausg. u. d. T. *New Year Letter*), 1941. – *For the Time Being*, 1944. – *The Age of Anxiety: A Baroque Eclogue,* 1947. – *Nones,* 1952. – *The Shield of Achilles*, 1955. – *Homage to Clio*, 1960. – *About the House*, 1965. – Alle New York. – *City Without Walls*, 1969. - *Epistle to a Godson*, 1972. – *Thank You, Fog*, 1974. – *Collected Shorter Poems 1930–1944*, 1950. – *Collected Shorter Poems 1927–1957*, 1966. – *Collected Longer Poems*, 1968. – *Selected Poems*, 1968. – *Secondary Worlds*, 1968. – *Thank You, Fog: Last Poems*, 1974. – *The English Auden: Poems, Essays and Dramatic Writings 1927–1939*, ed. E. Mendelson, 1977. – *Collected Poems*, ed. E. Mendelson, 1976. – *As I Walked Out One Evening. Light Verse*, 1995. – Alle London.

Übersetzungen: K. H. Hansen, *Das Zeitalter der Angst: Ein barockes Hirtengedicht*, Einleitung Gottfried Benn, Wiesbaden 1947. – A. Claes/E. Lohner, *Der Wanderer*, Wiesbaden 1955. – G. Fritsch, *Hier und jetzt: Ein Weihnachtsoratorium*, Salzburg 1961. – *Gedichte/Poems*, ed. W. Kraus (Übs. von E. Fried, H. Heckmann, F. Mayröcker, H. Spiel u. a.), Wien 1973. – R. Pietraß, K. H. Hansen, E. Jandl in: A. Calder, ed., *Englische Lyrik 1900–1980*, Leipzig 1983. – *Sag mir die Wahrheit über die Liebe*: *Zehn Gedichte von W. H. Auden*, ed. S. Nonhoff, München 1994.

Literatur: D. Daiches, *Poetry and the Modern World*, 1940, S. 214–239. – J. W. Beach, *The Making of the Auden Canon*, Minneapolis 1957. – M. L. Rosenthal, *Modern Poets*, 1960, S. 182–202. – M. K. Spears, *The Poetry of W. H. Auden: The Disenchanted Island*, New York 1963. – B. Everett, *Auden*, London 1964. – J. Kleinstück, *Mythos und Symbol in englischer Dichtung*, Stuttgart 1964. – J. G. Blair, *The Poetic Art of W. H. Auden*, Princeton 1965. – F. Grubb, *A Vision of Reality*, 1965, S. 137–157. – B. C. Bloomfield/E. Mendelson, *W. H. Auden: A Bibliography 1924–1969*, Charlottesville, Virginia ²1972. - J. Fuller, *A Reader's Guide to W. H. Auden*, London 1970. – R. Johnson, *Man's Place: An Essay on Auden*, Ithaca 1973. – S. Spender, ed., *W. H. Auden: A Tribute*, 1975. – S. Hynes, *The Auden Generation*, 1976. – H. Carpenter, *W. H. Auden: A Biography*, 1981. – E. Mendelson, *Early Auden*, 1981. – Alle London. – E. Callan, *Auden: A Carnival of Intellect*, New York 1983. – L. McDiarmid, *Saving Civilization: Yeats, Eliot and Auden Between the Wars*, Cambridge 1984. – G. Jarfe, *Der junge Auden: Dichterische Verfahrensweisen und ihre Bedeutung in W. H. Audens Frühwerk*, Heidelberg 1985. – S. Smith, *W. H. Auden*, Oxford 1985. – Joseph Brodsky, «Begegnung mit Auden: Oxford Sprache und Ozean», in:

ders., *Flucht aus Byzanz. Essays*, München 1988. – A. Hecht, *The Hidden Law: The Poetry of W. H. Auden*, Cambridge/Mass. 1993. – P. Hühn, *Geschichte der englischen Lyrik*, Bd. 2 (1995), S. 231–244. – E. Mendelson, *Later Auden*, London 1999.

268 PAYSAGE MORALISÉ (Text: Collected Shorter Poems 1927–1957, 1966, S. 71 f.; Ü: H. Hennecke 1955, S. 221, bearb.) Erstdruck in Criterion, Juli 1933. Von der britischen Ausgabe Collected Shorter Poems 1930–1944, 1950, S. 63 f., ebenso wie von der amerikanischen Erstausgabe (The Collected Poetry, New York 1945) weichen die diversen späteren, immer wieder vom Autor revidierten und umarrangierten Sammelausgaben in vielen Punkten ab. Im vorliegenden Gedicht jedoch änderte sich nur ein Detail: 1950 fehlte das Komma am Ende der ersten Zeile. – *Titel*: Moralisierte Landschaft; Moralisierung der Landschaft ist das komplementäre Gegenstück zum (von Ruskin in «Modern Painters» 1843 eingeführten) Begriff – «pathetic fallacy», die in dem logischen «Fehler» besteht, der Natur menschliche Gefühle zuzusprechen. Auden humanisiert nicht die Natur, sondern ähnlich wie in Bunyans Moralgeographie (in Pilgrim's Progress 1678) sind seine Landschaften kryptische Gleichungen für psychische und gesellschaftliche Bezüge. Erst 1945 wurde dieser Titel verwendet; 1933, 1936 und 1937 diente noch die Anfangszeile als Überschrift. – Das Gedicht ist eine Sestine in ihrer strengsten Ausprägung, wie sie gegen Ende des 12. Jahrhunderts entwickelt wurde. Ihre sechs sechszeiligen Strophen haben die Eigenart, daß in ihnen stets dieselben sechs zeilenschließenden Substantive nach einem starren Reimschema verwendet werden. Diese Schlüsselwörter jeder Strophe kehren in der folgenden nach der Formel 6–1-5–2-4–3 wieder, d. h. das letzte Hauptwort wird jeweils zum ersten der Folgestrophe, das erste zum zweiten, usw. In einem abschließenden Terzett als ‹Geleit› tauchen dann drei Reimwörter am Ende und drei im Innern der Verse auf. In der Form dieses subtilen Kunst-Stücks (in der sich Dante und Petrarca übten) brillierte der junge Pound mit «Altaforte». – 24 *Some waving pilgrims*: Sie verkünden wie der Rabe Moses (in Orwells «Animal Farm», entstanden 1943) in seinen Hymnen auf den «Sugarcandy Mountain» eine suspekte Botschaft. – 25 *The gods*: «Zu meiner unaussprechlichen Freude erfahre ich», sagt der Wasserverkäufer Wang (in Brechts «Der gute Mensch von Sezuan», entstanden 1940–42), «... daß einige der höchsten Götter schon unterwegs sind und ... auch hier in Sezuan erwartet werden dürfen.» – 37–39: Audens sozialkritische Landschafts-Parabel endet wie Valérys «Cimetière marin» (1920) mit einer Aufforderung zur Aktivität: «Le vent se lève ... Il faut tenter de vivre!» (Der Wind erhebt sich ... So versucht zu leben!). Die politische Maxime «Il faut agir» wird André Malraux dem in Madrid tagenden Kongreß der linksgerichteten Schriftsteller zurufen.

270 FUNERAL BLUES (Text: Collected Shorter Poems 1930–1944, 1950, S. 258; Ü: K. Lübke in Nonhoff, ed., 1994, S. 41 f., bearb.) Entstanden April

1936; erstmals veröffentlicht in The Ascent of F 6, 1936; in Another Time, 1940, ist es das dritte der «Four Cabaret Songs for Miss Hedli Anderson». – Zitiert in dem vielbeachteten Film «Four Weddings and a Funeral» von 1995; dadurch stieg die Nachfrage nach der Poesie Audens in England und anderswo sprunghaft. «Sales went into orbit; ordinary people were to be seen spilling out onto the high street with a video in one hand and, unthinkably, a slim volume in the other.» (The Observer, 8. Oktober 1995).

272 ROMAN WALL BLUES (Text: Collected Shorter Poems 1927–1957, 1966, S. 93 f.; Ü: E. Jandl in Gedichte, ed. – Kraus, 1973, S. 25) Erstmals in Another Time, 1940. – 6 *Tungria*: Die Tungri sind ein anläßlich der Neuordnung Galliens unter Kaiser Augustus erstmals erwähnter Stamm in Gallia Belgica (ihr Hauptort heißt heute Tongern). Der sorgengeplagte Mauer-Soldat versieht seinen Dienst vermutlich am Hadrianswall, der Nordgrenze der römischen Provinz Britannia, in größter Entfernung von seiner Liebsten.

274 AS I WALKED OUT ONE EVENING (Text: Collected Shorter Poems 1930–1944, 1950, S. 227–229; Ü: E. Jandl in Nonhoff, ed., 1994, S. 21–25, bearb.; zuvor in Gedichte, ed. W. Kraus, 1973, S. 27–29) Das Gedicht entstand im November 1937 und erschien erstmals am 15. Januar 1938 im New Statesman u. d. T. «Song». Es ist das Eröffnungsgedicht der Sektion «Songs and Other Musical Pieces» in der Sammlung von 1950. Vertonung 1954 durch Elizabeth Lutyens. – *Titel*: Im Oxford Dictionary of Nursery Rhymes (1951) finden sich 24 Gedichte, die mit «As I walked...», «As I was going...», «As I went...» usw. eingeleitet werden. Sie berichten von Erlebnissen, die oft nicht weniger rätselhaft sind als der Dialog zwischen dem Liebenden und den Stadtuhren. Von De la Mares Anthologie «Come Hither», 1923 (er sagte, sie habe ihn wie kein anderes Buch vorher oder seither gelehrt, was Dichtung sei) übernahm Auden für sein «Oxford Book of Light Verse» (1938) u. a. eines, das begann: «As I walked out one night, it being dark all over,/The moon did show no light I could discover,/Down by a river side ...» (S. 378). – 8–20: Der Liebende bemüht zur Bekräftigung seines Treue-Eids mittels des Adynata-Katalogs noch unmöglichere Unmöglichkeiten als die üblichen Rückgriffe aufs bloße Schneien roter Rosen oder aufs Regnen kühlen Weins. (Zur literarischen Geschichte des Topos der «verkehrten Welt» siehe E. R. Curtius, Europäische Literatur und lateinisches Mittelalter, Bern 1948). – 15–16 *the seven stars*: einstmals die sieben Töchter des Atlas, die in sieben Tauben verwandelt und dann zur Plejaden-Konstellation des Himmels erhoben wurden. – 23–56: Was die der großen Stadtuhren sagen, folgt dem Schema des Predigens: 1. Ermahnung, sich über die Unbesiegbarkeit der Zeit nicht zu irren; 2. Reihung von Exempla (25–48); 3. Abfolge eindringlicher Lebensvorschriften (49–56). – 34 *appalling*: in ähnlicher Ambivalenz wie Blake das Wort «appals» in «London» verwendet: (als Partizip) ‹weiß übertünchend, bleich machend› und (als Adjektiv) ‹ungeheuerlich, schreckeinflößend› (siehe in Bd. 2, S. 210 dieser Anthologie). – 46 *the*

Giant: der böse Riese aus dem Volksmärchen «Jack the Giant-Killer», auf einmal von weltmännischer Verbindlichkeit. – 47 *the Lily-white boy*: aus dem Volkslied «Green Grow the Rushes O». – *a Roarer*: eigentlich ein «bully». – 48 *Jill*: das Mädchen, ganz im Gegensatz zum Sprichwort «Jack shall have Jill, naught shall be ill» (das im «Sommernachtstraum», 3: 2, eher tröstliche Perspektiven evoziert), plötzlich von der Promiskuität einer Gangsterbraut. – 55–56: «Thou shalt love thy neighbour as thyself» (Matthäus 19: 19) kombiniert mit dem bekannten Kinderreim «There was a crooked man, and he walked a crooked mile».

278 LULLABY (Text: Collected Shorter Poems 1930–1944, 1950, S. 238 f.; Ü: R. Pietraß in: Englische Lyrik 1900–1980, ed. A. Calder, Leipzig 1983, S. 179–181 f., bearb.) Datiert im Januar 1937, Erstdruck in New Writing, Spring 1937, u. d. T. «Song». – 1–2: «The beauty of these lines is inseparable from their hint of an eagerness to betray, their delicate pride in the freedom of faithlessness. And, of course, inseparable from the tenderness these very feelings provoke.» (M. Wood «What Kind of Guy», London Review of Books, 10. Juni 1999, S. 6) Das Gedicht ist datiert auf Januar 1937. Im Januar 1965 erinnern (laut E. Mendelson, 1999) die folgenden Verse Audens an die Person, die einst «Lullaby» inspirierte: «Since then, other enchantments/have blazed and faded,/enemies changed their address,/and War made ugly/an uncountable number/of unknown neighbours,/precious to us themselves:/but round your image there is no fog,/and the Earth can still astonish.»

280 MUSÉE DES BEAUX ARTS (Text: Collected Shorter Poems, 1927–1957, 1966, S. 123 f.; Ü: W. v Koppenfels) Das Eröffnungsgedicht des Bandes Collected Shorter Poems, 1930–1944, 1950, S. 19. Erschien in New Writing, Spring 1939 u. d. T. «Palais des Beaux Arts». Vgl. die Übersetzungen von K. H. Hansen in: Museum der modernen Poesie, ed. H. M. Enzensberger, München 1964, S. 74; von A. Claes und E. Lohner in Gedichte, ed. W. Kraus, 1973, S. 13); ferner Michael Hamburgers Gedicht «Lines on Brueghel's ICARUS» in diesem Band (S. 354) und den Kommentar. – *Titel*: Gemeint sind die Musées des Beaux-Arts, das Königliche Kunstmuseum in Brüssel, in dem zwei der drei bedachten Gemälde hängen. – 4–8: Diese Zeilen sollen vermutlich «Die Volkszählung in Bethlehem» des Flamen Pieter Brueghel d. Ä. (ca 1528–1569) in Erinnerung rufen (vgl. Lucas 2: 1–5), das etwa 1566 entstand und heute dem genannten Museum gehört. – 9–13: Hierbei handelt es sich wohl um Breughels Bild «Der Bethlehemitische Kindermord» (vgl. Matthäus 2:16), das zwischen 1565 und 1567 gemalt wurde und sich heute in der Königlichen Sammlung in Hampton Court befindet; eine zweite Version ist in Wien. – 14 *Icarus*: Brueghels Bild «Der Sturz des Ikarus» entstand etwa 1555 und ist ebenfalls im Brüsseler Museum. Die Geschichte des Ikarus, des Sohnes des erfinderischen Labyrinth-Erbauers Dädalus, wird von Ovid in den «Metamorphosen» erzählt. (8: 178 ff.) Vater und Sohn flogen mittels kunstvoll konstruierter Flügel aus Kreta, um der Verfolgung durch den

grausamen König Minos zu entfliehen. Ikarus flog zu hoch, so daß die Hitze der Sonne das Wachs seiner Flügel schmolz und er in das dann nach ihm benannte Ikarische Meer abstürzte.

282 IN MEMORY OF W. B. YEATS (Text: Collected Shorter Poems, 1927–1957, 1966, S. 141–143; Ü: R. Jandl in S. Küchler/D. Scheck, ed., *Vom schwierigen Vergnügen der Poesie,* 1997, S. 81 f., bearb.; zuvor in: Gedichte, ed. W. Kraus, 1973, S. 35–39) Erstmals gedruckt in Amerika in New Republic, 8. März 1939, dann im London Mercury, April 1939. H. M. Enzensberger übersetzte lediglich Teil 1 in: Museum der modernen Poesie, München 1964, S. 159 f.; H. Hartung gibt Jandls Übersetzung in Luftfracht, S. 40–46, aufschlußreiche Zitate bei aus Joseph Brodskys Aufsatz «Begegnung mit Auden: Sprache und Ozean» (1988). – Auden und Isherwood verließen England am 18. Januar 1939, um sich in Amerika niederzulassen. Yeats starb am 28. Januar 1939 in Roquebrune an der französischen Côte d'Azur. In einer liturgisch und rituell zu verstehenden dreiteiligen Elegie parallelisiert Auden den Tod des Dichters mit der Nacht der Geschichte am Vorabend des Zweiten Weltkriegs. – 1. Teil: – 8 *The wolves ran on ...:* Vgl. «Safe from the wolves' black jaw, and the dull asses' hoof» (Ben Jonson; vgl. Bd. 1, S. 272 dieser Anthologie). – 5: Die Zeile lautet in der Ausgabe Collected Shorter Poems 1930–1944, 1950 «O all the instruments agree». – 2. Teil: Weist auf die scheinbare gesellschaftliche und politische Folgenlosigkeit des dichterischen Wortes hin. – In 1–2 spielt Auden vielleicht auf Yeats' Gedicht «Easter 1916» an, insbesondere auf die dortigen Verse 13/14 «... Being certain that they and I/But lived where motley is worn» (siehe S. 158–160 in diesem Band). – 3. Teil: Adaptiert Form, Metrum und Bildlichkeit von Blakes signalhaftem Gedicht «Tyger, tyger, burning bright/In the forests of the night» (vgl. S. 208 in Band 2 dieser Anthologie). – Zwischen der ersten und der zweiten Strophe finden sich noch in der Ausgabe Collected Shorter Poems 1930–1944, 1950, auf S. 66, drei Strophen, in denen die Zeit angerufen wird als die über das Bleiben von Dichtung urteilende, über den Nachruhm der Dichter souverän und kunstfreundlich richtende Instanz. Sie möge dem «honoured guest» wegen der Vorzüglichkeit seines Schreibens «Pardon» gewähren, obzwar Yeats' politische Einstellung zuweilen antidemokratisch anmutete und die Diktatur der Eliten zu favorisieren schien. Was bleibt, das läßt also auch dieser politisch denkende Lyriker vorsichtig anklingen, stiften die Dichter: «Time that is intolerant/Of the brave and innocent,/And indifferent in a week/To a beautiful physique, // Worships language and forgives/Everyone by whom it lives;/Pardons cowardice, conceit,/Lays its honours at their feet. // Time that with this strange excuse/Pardoned Kipling and his views,/And will pardon Paul Claudel,/Pardons him for writing well.» – Kiplings Einstellung wird hier als imperialistisch und «jingoistisch» gegeißelt, die politische Einstellung des französischen Dramatikers, Lyrikers und Diplomaten Paul Claudel (1868–1955) als ‹klerikalistisch› unterstellt. – Am Schluß seines Nekrologs (in der ursprünglich sechsten Strophe des 3. Teils)

spielt Auden auf eins der späten Gedichte Yeats' an, «The Circus Animals' Desertion», dessen letzte Verse lauten: «... Now that my ladder's gone, / I must lie down where all the ladders start, / In the foul rag-and-bone shop of the heart». Das zur Wüste werdende «Heart of Darkness» ist nicht das letzte Wort: Das Herz als Entstehungsort und heilkräftiger Springquell der Poesie wird in Analogie zum Rettenden in der Nacht Europas gestellt.

286 CULTURE (Text: Collected Shorter Poems 1930–1944, 1950, S. 62; Ü: H. M. Enzensberger in: ders., ed., Museum der modernen Poesie, München 1964, S. 321) Erstmals veröffentlicht in: The Dog Beneath the Skin, New York 1935, S. 21; in: Collected Poetry, New York 1945, S. 46, u. d. T. «The Cultural Presupposition».

288 IF I COULD TELL YOU (Text: Collected Shorter Poems 1927–1957, 1966, S. 201; Ü: L. Greve in: Neue Züricher Zeitung, 1. Juli 1988) Entstehungsdatum nicht geklärt (siehe M. K. Spears, 1963, S. 368); erstmals gedruckt in L. Untermeyer, ed., Modern British Poetry, 1942 ed., u. d. T. «Villanelle»; in: Collected Poetry, New York 1945, S. 135, u. d. T. «But I Can't». – Das Gedicht ist eine Villanelle: traditionsgemäß ein raffiniert-eleganter «Schäfergesang», dessen akzeptiertes Muster das grazil-melancholische Gedicht «J'ai perdu ma tourterelle» von Jean Passerat (1534–1602) war und für dessen gedanklichen Gehalt man pastorale oder idyllische Sujets zu wählen pflegte. Solche hauchzarten lyrischen Miniaturen waren im viktorianischen Rokoko als «Poems in Porcelain» beliebt und paßten zum arkadisch stilisierten Leid des verträumten Fin de siècle (man denke an Dowsons «Villanelle of the Poet's Road», an seine «Villanelle of Marguerites» oder an seine «Villanelle of His Lady's Treasures»). In sechs Strophen (die mit Ausnahme der letzten dreizeilig sind) dürfen insgesamt nur zwei Reimklänge verwendet werden, die als Einfassung der ersten eingeführt werden und abwechselnd den Abschluß der vier mittleren bilden, um sich in der letzten Strophe zu einem Couplet-Refrain zu vereinigen. Drei Versuche, das anmutige Kabinettstück Audens zu übersetzen – von H. E. Holthusen, K. Hoffman und G. v. d. Vring – sind versammelt in: Gedichte, ed. W. Kraus, 1973, S. 32–33. Die Starrheit des Bauplans und die Bürde des Refrainschemas schienen lange den Charakter der Gattung als einer limitierten akademischen Spielform festgelegt zu haben. Dem widerspricht außer der Resonanz von Audens und Empsons Villanellen auch das Gedicht von Dylan Thomas, «Do Not Go Gentle into that Good Night» (auf S. 328 in diesem Band).

290 AUGUST, 1968 (Ausgabe und Text: City Without Walls, 1969, S. 90; Ü: W. v. Koppenfels) – Der *Titel* nennt den Monat, in dem die Truppen des Warschauer Pakts in die Tschechoslowakei einmarschierten, um die Regierung des liberalen Reformkommunisten Dubček abzusetzen und den «Prager Frühling» zu beenden.

290 MOON LANDING (Ausgabe und Text: Epistle to a Godson, 1972, S. 26 f.; Ü: H. Zand in: Gedichte, ed. W. Kraus, 1973, S. 217–219) - *Titel*: Am 16. Juli 1969 startete die Rakete Apollo 11 zum Mond. Am 20. Juli setzte das

Mondlandungsvehikel «Eagle» um 4:18 p.m. Eastern Daylight Time am Südwestrand des Mare Tranquillitatis auf. – 9 *A grand gesture;* um 10:56 p.m. betrat Neil Armstrong als erster Mensch den Mond mit den Worten: «That's one small step for a man, one giant leap for mankind.» – 10 *osse*: (Dialektwort) prophezeien; der horazisch aus der Muße seiner hortensischen Zurückgezogenheit in Kirchstetten dichtende Weise fragt nach Omina, Auspizien, die die neue Ära ankündigen. – 18 *our Trio*: das Kosmonautenteam Neil Armstrong, Edwin Aldrin und Michael Collins. – 25 *the von Brauns and their ilk*: Wernher von Braun war nicht der einzige ehemalige Raketenbauer des Hitlerreichs, der zur NASA wechselte; ‹people of that ilk›: (abschätzig) «solche Leute». – 29 *my moon*: der (im Englischen weibliche) Erdtrabant in Gestalt von Robert Graves' wahrer Muse, der «White Goddess» (vgl. das Gedicht oben auf S. 150). Auden erwähnt 1961, daß er mit Graves' Dichtung seit seiner Schulzeit in Norfolk vertraut gewesen sei: «... and ever since he has been one of the very few poets whose volumes I have always bought the moment they appeared» (M. K. Spears 1963, S. 67 f.). – 32 *several*: (als Nomen) Land in Privatbesitz.

LOUIS MACNEICE

Belfast 1907 – London 1963

»When I was five the black dreams came;/Nothing after was quite the same.» (Die schwarzen Träume kamen in meinem fünften Jahr;/Nichts war danach so wie es vorher war). Mit fünf verlor MacNeice seine Mutter, die nach der Geburt ihres behinderten dritten Kindes in eine Nervenheilanstalt verbracht wurde, wo sie zwei Jahre später starb. Mit seinem Vater, einem puritanisch strengen anglikanischen Pfarrer in Belfast (der später Bischof wurde) verband ihn ein gespanntes Verhältnis. Zu Irland und seinen irischen Wurzeln bewahrte er sein Leben lang eine tiefe innere Bindung. Von 1926 bis 1930 studierte er klassische Sprachen und Philosophie in Oxford. Dort schloß er sich dem Freundeskreis um Auden, Spender und Day Lewis an, doch ohne sich deren kommunistische Überzeugungen zu eigen zu machen. Was er sein wollte, formulierte er selbst so: «Für mich muß ein Dichter einen leistungsfähigen Körper haben, Freude am Gespräch, er muß Zeitungsleser sein, er muß mitleiden und -lachen können, etwas von Ökonomie verstehen und Frauen schätzen, er muß eingebunden sein in persönliche Beziehungen, ein aktives Interesse an Politik haben und empfänglich für körperliche Eindrücke sein.» – Mit seinen *Poems* von 1935 gewann er den Beifall der Kritik und den Ruf, das industriestädtische Milieu in seiner ‹unlyrischen Lyrik› ebenso konkret wie kritisch darzustellen. Nach glanzvollem

Examen war er Dozent für Klassische Studien in Birmingham und an der Universität London. Ein kurzes Zwischenspiel in den USA folgte. Ab 1941 arbeitete er als Schriftsteller und Produzent für die BBC und entwickelte sich zu einem Pionier in der neuen Gattung Hörspiel. 1946 wurde sein von Robert Browning inspiriertes Hörspiel *The Dark Tower* mit Musik von Benjamin Britten gesendet. Der liberale und undogmatische ‹Sozialist› veröffentlichte noch zahlreiche Gedichtbände, die den Erfolg seiner ersten Publikationen nicht mehr erreichten. Er übersetzte Goethes *Faust* und den *Agamemnon* des Aischylos. – In seinem ‹persönlichen› Essay *Modern Poetry* von 1938 entwirft er, den seine Zeitgenossen als Vertreter der politisch engagierten Lyrik der Gruppe «MacSpaunday» verstanden, das Programm einer ‹unreinen Dichtung›: Die großen modernistischen Neuerer wie Yeats und Eliot hätten sich von den Leidenschaften der Zeit zu sehr abgewandt. Die Dichter der Gegenwart müßten sich ihrerseits dieser olympischen Abkehr von Begehren und Haß verweigern, weil es poetische Pflicht sei, in Krisenzeiten das Wünschens- und Hassenswerte zu benennen.

Ausgaben: Blind Fireworks, 1929. – *Poems,* 1935. – *The Agamemnon of Aeschylus,* 1936. – *Out of the Picture,* 1937. – (mit W. H. Auden) *Letters from Iceland*, 1937. – *The Earth Compels,* 1938. – *I Crossed the Minch,* 1938. – *Modern Poetry: A Personal Essay,* 1938 – *Autumn Journal*, 1939. – *The Poetry of W. B. Yeats,* 1941. – *The Dark Tower and Other Radio Scripts,* 1947. – *Collected Poems 1925–1948,* 1949. – *Visitations,* 1957. – *Solstices,* 1961. – *The Burning Perch,* 1963. – *Collected Poems,* ed. E. R. Dodds, 1966. – Alle London. – *Selected Literary Criticism,* ed. A. Heuser, 1987. – *Selected Prose,* ed. A. Heuser, 1990. – *Selected Plays,* ed. A. Heuser/P. McDonald, 1993. – Alle Oxford.

Übersetzungen: Wolfgang Hilbig, «Dudelsackmusik» u. a., in A. Calder, ed., *Englische Lyrik 1900–1980*, Leipzig 1983. – U./W. Knoedgen, «Dudelsackmusik» u. a., in W. Erzgräber/U. Knoedgen, ed., *Moderne englische Lyrik.*

Literatur: W. H. Auden, *Louis MacNeice,* 1963. – W. T. McKinnon, *Apollo's Blended Dream,* 1970. – Beide London. – E. E. Smith, *Louis MacNeice,* New York 1970. – D. B. Moore, *The Poetry of Louis MacNeice,* Leicester 1972. – T. Brown/A. Reid, ed., *Time Was Away: The World of Louis MacNeice,* 1974. – T. Brown: *Louis MacNeice: A Sceptical Vision,* 1975. – Beide Dublin. – Stephen Spender, *The Thirties and After: Poetry, Politics, People 1933–1975*, 1978. – B. Coulton, *Louis MacNeice in the BBC,* 1980. – Beide London. – T. Paulin, «The Man from No Part: Louis MacNeice» and «In the Salt Mines», in *Ireland and the English Crisis,* Newcastle upon Tyne 1984. – A. Haberer, *Louis Mac Neice: L'homme et la poésie*, Paris 1986. – V. Cunningham, *British Writers of the Thirties,* 1988. – P. McDonald, *Louis MacNeice: The Poet in his Contexts*, 1991. – Beide Oxford. – J. Stallworthy, *Louis MacNeice*, London 1995. – K. Devine, ed., *Louis MacNeice and His Influence,* Gerrards Cross 1998.

294 BAGPIPE MUSIC (Ausgabe: Out of the Picture 1937; Text: Collected Poems, 1966, S. 96 f.; Ü: J. Utz/W. v. Koppenfels) MacNeice bezeichnete das Gedicht als «Eine satirische Elegie auf die gälischen Regionen Schottlands und eigentlich auf die ganze traditionelle Kultur...; die schlechten weiblichen Reime sollen das Schnaufen der Pfeifen suggerieren.» Die Gesamtwetterlage, in die das Gedicht gestellt ist und die es thematisiert, ist der Niedergang des Westens, und insbesondere die wirtschaftliche Depression der 30er Jahre. Stallworthy versteht es als «the quintessential expression of Thirties' despair». – 9 *It's no go the Yogi-Man, it's no go Blavatsky:* Madame Elena Petrowna Blavatskaja (1831–1891), die russische Esoterikerin, die 1873 in New York die Theosophische Gesellschaft mitbegründete und die den jungen W. B. Yeats in London ebenso beeinflußte wie in Deutschland Rudolf Steiner. – 15 *Hogmanay:* feuchtfröhliche Silvesterfeier in Schottland. – 19 *ceilidh* (gesprochen keili): gesellige abendliche Zusammenkunft mit Gesang und Geschichtenerzählen. – 23 *cran:* Maßeinheit für den Heringsfang: etwa 750 Fische. – 25 *Herring Board:* Regierungsbehörde, die in den dreißiger Jahren erfolglos versuchte, der britischen Fischereiwirtschaft aus der Krise zu helfen.

296 THALASSA (Ausgabe: The Burning Perch, 1963; Text: *Collected Poems,* 1966, S. 546; Ü: H. Meller) Zuerst gedruckt im London Magazine. – *Titel:* (griech.) das Meer; in Xenophons «Anabasis» der Ruf der aus Persien zurückkehrenden griechischen Truppen beim ersten Anblick des ‹heimatlichen› Schwarzen Meeres. Das Gedicht hat die innere Form eines dramatischen Monologs, dessen Aufbruchsethos Anklänge an Tennysons «Ulysses» aufweist; vgl. Bd. 2, S. 378 ff. Es wird gesprochen unmittelbar vor der Ausfahrt aufs Meer, die als Passage vom Leben zum Tod verstanden werden kann.

STEPHEN SPENDER

London 1909 – London 1995

Man sah ihn in den dreißiger Jahren als seinen Freunden gleichrangigen Dichter in der kämpferisch sozial engagierten und der männlichen Liebe zugeneigten Gruppe «MacSpaunday» an (zu der man MacNeice, Spender, Auden und Cecil Day Lewis zählte). Das für Spender charakteristische Motiv- und Bildrepertoire – unerwiderte Liebe, Bedürfnis nach Überwindung von Leiblichkeit und Sterblichkeit – scheint heutigen Lesern oft nicht so sehr den Modernisten als vielmehr den Romantikern (insbesondere Shelley und Keats) verpflichtet zu sein. Die meisten Kritiker seiner Begabung sind sich darüber einig, daß seine Nachkriegsproduktion die Intensität seines Frühwerks nicht mehr erreicht, das seinerseits über weite Strecken als lyrischer Seismograph des Denkens und Fühlens englischer Linksintellektueller der Spanienkriegszeit gelten kann.

Ausgaben: Poems, 1933. – *The Still Centre*, 1939. – *Ruins and Visions*, 1942. – *Poems of Dedication*, 1947. – *World within World* [Autobiographie], 1951. – *Collected Poems 1928–1953*, 1955. – *The Generous Days*, 1969. – *Collected Poems 1928–1985*, 1985. – *Dolphins*, 1994. – Alle London.

Übersetzungen: U./W. Knoedgen, «The Pylons» u. a. in W. Erzgräber/U. Knoedgen, ed., *Moderne Englische Lyrik*, ²1984.

Literatur: H. B. Kulkarni, *Stephen Spender: Poet in Crisis*, Glasgow 1970. – S. N. Pandey, *Stephen Spender: A Study in Poetic Growth*, Salzburg 1982. – H. David, *Stephen Spender: A Portrait with a Background*, London 1985. – S. Sternlicht, *Stephen Spender*, New York 1992. – Joseph Brodsky, *Von Schmerz und Vernunft*, München 1996, S. 233–263.

298 YOUR BODY IS STARS WHOSE MILLION GLITTER HERE (Ausgabe: 1933; revidierter Text: Collected Poems, 1955, S. 48; Ü: M. Hanke) Entstanden 1931 und von Eliot im gleichen Jahr im «Criterion» gedruckt. Nach der letzten Revision 1955 nahm Spender das Gedicht in keine Sammelausgabe mehr auf. Die bruchlos miteinander verbundenen Einzelbilder, die Eleganz der Phrasierung und die unauffällig, aber sicher gehandhabte Reimtechnik sind einmalig in Spenders Werk. Die Metapher der Bergbesteigung ist in zahlreichen Gedichten und Versdramen der Auden-Gruppe anzutreffen.

298 THE LANDSCAPE NEAR AN AERODROME: (Ausgabe: 1933; revidierter Text: Collected Poems, 1955, S. 56 f.; Ü: H. U. Seeber) Ein typisches Beispiel für das Interesse der «Thirties Poets» (und zahlreicher europäischer Literaten, Komponisten und Maler der damaligen Zeit) an der modernen Technik. Spender scheint das 1932 entstandene Gedicht als Teil eines Triptychons betrachtet zu haben; denn er hat es in zahlreichen Bänden immer zwischen die gleichzeitig entstandenen Gedichte «The Express» (Der Schnellzug) und «The Pylons» (Die Strommasten) abgedruckt. (Unter Berufung auf das letztgenannte Gedicht wurde die Auden-Gruppe zeitweilig als «Pylon Poets» etikettiert: «an embarrassment to my friends' luggage more even than to my own», wie Spender später schrieb.)

300 SPIRITUAL EXERCISES: TO CECIL DAY LEWIS I (Text: Neue Schweizer Rundschau, N. F. 13/1945–1946, S. 548 f.; Ü: E. R. Curtius, daselbst) Weihnachten 1944 als Privatdruck erschienen. Der Zyklus von acht Gedichten wurde seit 1947 mehrfach verändert. – Der *Titel* (wahrscheinlich von Mallarmé entlehnt) wechselte zu «Spiritual Explorations» (Poems of Dedication, 1947), «Explorations» (1955) und zurück zu «Spiritual Explorations» (1985). Die Textrevisionen waren beträchtlich. – Als 19jähriger Oxford-Stu-

dent hatte der Dichter, der seine Sommerferien in Deutschland verbrachte, Curtius kennengelernt. Bei einem Besuch in Baden-Baden 1929 las er dem Gelehrten aus seiner damals noch unveröffentlichten Lyrik vor. Im Juli 1945 kam es erneut zu einer persönlichen Begegnung. Spender erkundete im Auftrag des Alliierten Kontrollrats die Haltung deutscher Hochschul- und Intellektuellenkreise in der Britischen Zone im Blick auf die «Re-education». (Sein Bericht aus dem Trümmerdeutschland erschien 1946 u. d. T. «European Witness», dt. Übs. J. Utz u. d. T. «Deutschland in Ruinen: Ein Bericht», Heidelberg 1995). Zum Verhältnis von Spender und Curtius vgl. G. Schmitz, «Deepest Friendship – Ernst Robert Curtius und Stephen Spender: Zur Entwicklung einer Intellektuellenfreundschaft in den dreißiger und vierziger Jahren», in der Gedenkschrift «In Ihnen begegnet sich das Abendland»: Bonner Vorträge zur Erinnerung an E. R. Curtius», ed. W.-D. Lange, Bonn 1990, S. 257–278.

302 ULTIMA RATIO REGUM (Text: Collected Poems, 1985, S. 69; Ü: H. Feist 1945, S. 550 ff., bearb.)

304 EPILOGUE TO A HUMAN DRAMA (Die beiden Schlußstrophen; Text: Collected Poems, 1955, S. 145 f.; Ü: H. Raykowski in: Reise Text Buch London: Ein literarischer Begleiter auf dem Wege durch die Stadt, München 1986, S. 227; 2. Strophe W. v. Koppenfels) Im «Blitz» des Jahres 1940 erreichten Hitlers «Wunderwaffen» (V 1 und V 2) große Teile der Londoner City. Der erste schwere Luftangriff erfolgte am 29. Dezember 1940 und zerstörte den Bezirk nördlich der St. Paul's Kathedrale; diese selbst blieb weitgehend unbeschädigt.

EDITH SITWELL

Scarborough (Yorkshire) 1887 – London 1964

Die lebenslang theatralisch einzelgängerische Dame Edith (Louisa) Sitwell demonstrierte ihre Emanzipation von einer unglücklichen Kindheit auf dem noblen Familiensitz Renishaw Hall bei Scarborough, als sie sich 1914 zusammen mit ihrer für Rimbaud begeisterten Gouvernante in das Literatenmilieu der Londoner «Georgians» flüchtete. Zu deren Aufschreckung trug sie mit ihrer publizitätsbewußten Exzentrizität bei, die zum Markenzeichen ihrer Selbstdarstellung wurde. Das Jahrhundertjahr 1922, in dem Joyces *Ulysses* und Eliots *Waste Land* erschienen, markierte sie durch den Skandal-Erfolg ihres sprachakrobatischen Nonsense-Musicals *Façade*, für das William Walton die Musik lieferte. Sie veröffentlichte viel: neben Gedichten u. a. kulturgeschichtliche Essays (*Pope* 1930, *English Eccentrics* 1933), Biographien (z. B. von Elizabeth I. und Victoria) und eine Untersuchung *Aspects of*

Modern Poetry (1934), in der es um Hopkins, Yeats, Pound, Eliot und Joyce geht. Selbstlos setzte sie sich für junge Modernisten ein (den Exilrussen Pavel Čeličew, den Waliser Dylan Thomas). 1954 wurde sie in den Rang einer «Dame of the British Empire» erhoben. Im gleichen Jahr trat sie in die katholische Kirche ein.

Ausgaben: Façade, 1922. – *Bucolic Comedies,* 1923. – *Troy Park,* 1925. – *Gold Coast Customs,* 1929. – *Street Songs,* 1942. – *The Song of the Cold,* 1945. – *The Shadow of Cain,* 1947. – *Façade and Other Poems, 1920–1935,* 1950. – *Collected Poems,* 1957. – *Taken Care Of* [Autobiographie], 1965 (deutsch u. d. T. *Mein exzentrisches Leben,* übs. K. A. Klewer, Frankfurt/M. 1989.) – Alle London.

Übersetzungen: Dame Edith Sitwell: Gedichte: Englisch und deutsch, ed. W. Vordtriede (Übs. von Ch. Enzensberger, E. Fried u. W. Vordtriede), Frankfurt/M. 1964.

Literatur: C. M. Bowra, *Edith Sitwell,* Monaco 1947. – G. Singleton, *Edith Sitwell: The Hymn to Life,* London 1960. – R. J. Mills, *Edith Sitwell: A Critical Essay,* Grand Rapids, Michigan 1966. – E. Salter, *The Last Years of a Rebel: A Memoir of Edith Sitwell,* Boston 1967 – V. Glendinning, *Edith Sitwell: A Unicorn Among Lions,* London 1981.

306 THE SHADOW OF CAIN (v. 61–104, von 171; Ausgabe: The Shadow of Cain, 1947; Text: Collected Poems, S. 372 ff.; Ü: E. Fried, in Gedichte, ed. W. Vordtriede, 1964, S. 85–87, bearb.) Entstanden 1945 aus dem Entsetzen über zwei Bomben neuer Art, die je eine japanische Stadt auslöschten. – Edith Sitwells spätere Lyrik seit den Street Songs (1942) steht unter dem Zeichen von Kriegsterror und Leiderfahrung (erwähnenswert etwa «Still Falls the Rain», das Gedicht über die Bombardierung Londons im «Blitz» durch die Deutsche Luftwaffe; vgl. Spenders Gedicht «Epilogue to a Human Drama», oben S. 304). Die Autorin hatte sich selber zum Sprachrohr der von Henry Treece 1938 ausgerufenen Schule der «New Apocalypse» gemacht. Ihr Langgedicht über den langen «Schatten Kains» in Buchform erschien zwei Jahre nach dem Abwurf der amerikanischen Atombombe auf Hiroshima am 6. August 1945; siehe Enrights Gedicht «Apocalypse» aus dem Jahr 1962 (im vorliegenden Band auf S. 338) – *Titel:* Vgl. 1. Mose 4. – 3 *physical Revelation*: auch: der physischen (d. h. Wirklichkeit gewordenen) Apokalypse. – 4 *City of Cain*: Nach 1. Mose 4:17 gründete Kain die erste Stadt: «God the first garden made, and the first city Cain» (Abraham Cowley, 1618–1667, The Garden). – 4 *Rainbows*: Vgl. 1. Mose 9:14. – 10: *wingèd seed* vgl. Shelleys «Westwind-Ode», V. 7 (Bd. 2, S. 280 in dieser Anthologie). – 13 *monstrous bull-voices of unseen fearful mimes*: Ein Fragment-Zitat aus dem verlorengegangenen Schauspiel des Aischylos, «Die Edonier». (Anm. E. Sitwell) – 17 *The Son of God is sowed in every furrow*: Die Autorin merkte an: «Irenäus drückte es so

elegant aus, daß es fast schade ist, wenn es nicht wahr wäre: ‹Inseminatus est ubique in Scripturis, Filius Dei›, sagt er. ‹Denn Gottes Sohn ist gesäet in jede Furche [der Schrift]› (John Donne, Predigt xi).» – 18–19 *the Cloud... shaped like the hand of Man*: 1. Könige 18: 44: «Behold, there ariseth a little cloud out of the sea, like a man's hand.» (Luther: Siehe, es geht eine kleine Wolke auf aus dem Meer wie eines Mannes Hand.) – 23 *Then to the murdered Sun . . . arose*: Folgt einem wirklichen Augenzeugenbericht über die Bombe, die auf Hiroshima fiel. «The Times», 10. September 1945. – 36–37 *The gulf that was torn across the world... what once had been the Sun*: Die Autorin verweist auf eine (von ihr nicht lokalisierte) Stelle in Thomas Burnets imaginativer und spekulativer Kosmogonie «The Sacred Theory of the Earth» (1684–90). – 44 *balm for the world's sore*: Im Blick auf eine spätere Lazarus-Stelle in ihrem Gedicht (S. 374) erinnert Edith Sitwell nicht ohne kaustische Ironie an zwei Stellen aus den Schriften des Paracelsus: «Wir müssen auch sagen, daß dieses oder jenes eine Krankheit des Goldes ist, und nicht, daß es Aussatz ist.» – «Gold ist von allen das edelste, das kostbarste und ursprünglichste Metall... Und wir sind nicht geneigt zu bestreiten, daß der Aussatz in allen seinen Formen durch Gold von der menschlichen Gestalt entfernt werden kann.»

George Barker

Loughton (Essex) 1913 – Itteringham bei Aylsham 1991

George Barker war 22 Jahre alt, als sein zweiter Lyrikband von T. S. Eliot für den Faber-Verlag angenommen wurde, und ein Jahr älter, als Yeats ihn als jüngsten Dichter in seinem *Oxford Book of Modern Verse* (1936) vorstellte. Dennoch hat seine Lyrik – von Edwin Muir schon 1937 als ebenso genial wie unreif charakterisiert – nie das ihr zustehende Ansehen erlangt, weil Barker das von der Kritik geforderte Perfektionsstreben spöttisch zurückgewiesen hat: Ein perfektes Gedicht sei ebensowenig möglich wie ein perfekter Mensch. Und was seine zahlreichen, immer wieder gerügten ‹schlechten Wortspiele› (*bad puns*) betrifft, so erklärte er ungerührt: «I *love* bad puns». Seine wichtigsten Vorbilder sind die Dichter des Mittelalters, des weiteren Donne, Blake, Byron und Hopkins. Sein zentrales Thema ist der Mythos vom Sündenfall, den er in einer Fülle faszinierender Variationen durchgespielt hat. Es waren Bemerkungen Kardinal Newmans in dessen *Apologia pro vita sua* (1864), die den katholisch erzogenen Dichter schon während der Schulzeit zur Auseinandersetzung mit dem Buch Genesis angeregt haben. Sein zu gleichen Teilen von Byron und Villon beeinflußtes brillantes Hauptwerk, in das seine sämtlichen Themen, Metaphern und Stilzüge eingeschmolzen sind, ist das 1950 (und 1957) von seinem renommierten Verlag als obszön abgelehnte Langgedicht *The True Confession of George Barker*, das 1965 durch einen zweiten, nicht weniger virtuosen Fortsetzungsteil ergänzt wurde.

Ausgaben: Poems, 1935. – *Lament and Triumph*, 1940. – *Eros in Dogma*, 1944. – *The True Confession of George Barker* [Teil 1], 1950. – *News of the World*, 1950. – *A Vision of Beasts and Gods*, 1954. – *Collected Poems 1930–1955*, 1957. – *The View from a Blind I*, 1962. – *The Confession of George Barker* [mit Teil 2], 1965. – *Dreams of a Summer Night*, 1966. – *In Memory of David Archer*, 1973. – *Dialogues etc.*, 1976. – *Villa Stellar*, 1983. – *Anno Domini*, 1983. – *Collected Poems*, ed. R. Fraser, 1987. – Alle London.

Literatur: J. Press, *Rule and Energy*, 1963, S. 69–82. – M. Fodaski, *George Barker*, New York 1969. – J. Heath-Stubbs/M. Green, *Homage to George Barker on his Sixtieth Birthday*, London 1973. – M. Schmidt, *An Introduction to Fifty Modern British Poets*, 1979, S. 251–259. – A. T. Tolley, *The Poetry of the Forties*, Manchester 1985, S. 66–77. – M. Hanke, «George Barker: Summer Song I»; D. Gohrbrandt, «George Barker: Turn on your side», in M. Hanke, ed., *Interpretationen. Englische Gedichte des 20. Jahrhunderts*, Stuttgart 1997, S. 227-240.

310 IN MEMORY OF DAVID ARCHER XXXVII (Ausgabe: In Memory of David Archer, 1973; Text: Collected Poems, 1987, S. 611 f.; Ü: M. Hanke) Teil eines Zyklus, den Barker dem Andenken eines Londoner Kleinverlegers gewidmet hat, dem Dylan Thomas, David Gascoyne und Barker selbst ihr Buchdebüt verdanken. – Das hier vorgestellte Gedicht behandelt erstmals in voller Klarheit ein autobiographisch fundiertes Motiv, das Barker vorher mehrfach angesprochen hat: einen Sportunfall im Jahre 1930, bei dem er seinen jüngeren Bruder Kit, der sich später als Maler einen Namen machte, blendete. Der Sprecher nimmt den Charakter des ersten Brudermörders an. (Vgl. Barkers Widmungsgedicht zu Calamiterror, 1937, sowie sein Sonett «To My Brother» in Eros in Dogma, 1944.)
312 TURN ON YOUR SIDE AND BEAR THE DAY TO ME (Ausgabe: News of the World, 1950; Text: Collected Poems, 1987, S. 230: Ü: H. Meller) Der Titel des Lyrikbandes spielte auf eine gleichnamige, mehr als hundert Jahre zuvor gegründete Sonntagszeitung an, die in den prüden frühen Nachkriegsjahren sehr erfolgreich das Rezept der reißerischen Mischung von Sex und Crime, Sport, Glamour und Skandal anwandte. Der den Surrealisten und Apokalyptikern zugerechnete Autor selbst wußte sich wegen seines regelwidrigen Sexuallebens zum schwarzen Schaf erklärt. Sohn einer katholischen Mutter aus einem Londoner Arbeiterviertel, unterwiesen von den Patres des Brompton Oratory in Kensington, war er ein renitentes Mitglied seiner Kirche, heiratete mehrfach und wurde Vater von etwa zwanzig Kindern. – 2 *Beloved*: Der Sprecher entwickelt seine Apotheose der noch schlafenden Geliebten als «Tagelied», in einer europäischen Tradition, die sich seit

dem Minnesang als eigenständig-traditionelle Lyrikgattung entwickelte und die sich immer wieder gegen konventionelle Moral zur Wehr setzte. Geschildert wird in dieser Gattung das Erleben von Aufwachen und Abschied der Liebenden nach einer unerlaubten Liebesnacht (vgl. die «Tagelieder» in diesem Band: Brownings «Parting at Morning» (S. 4) und die höchst unterschiedlichen Variationen der «Aubade»: von Empson (S. 264) und Larkin (S. 350), sowie das ironische Fernecho der «Alba»-Gattung in Rosenbergs «Break of Day in the Trenches» (S. 138). – 4 *borealis of your eye*: Boreas, der Nordwind, wird von den Alten als Sohn der Aurora mythologisiert, und die Aurora Borealis im noch umwölkten Augapfel der Geliebten ist eines der großen Wunder der Natur. «Was man liebt, findet man überall, und sieht überall Ähnlichkeiten. Je größer die Liebe, desto weiter und mannichfaltiger diese ähnliche Welt. Meine Geliebte ist die Abbreviatur des Universums, das Universum die Elongatur meiner Geliebten.» (Novalis). – 9 *Your mother with as dove an eye . . .*: «Während manche im Liebeslager die Schlangen der unverzeihlichen Sünde sehen, ist der Blick der Mutter ein Taubenblick» (D. Gohrbandt, S. 238). Das Bett wird zum Meer der schaumgeborenen Venus, deren Wagen neben Sperlingen auch Tauben ziehen, «weil sich diese Vögel gern paaren» (B. Hederich, Gründliches mythologisches Lexikon). – 12 *monument*: «Exegi monumentum» (Ein Denkmal habe ich aufgerichtet; Horaz, Carmina, 3:30) – «Der Liebende zeugt Söhne, der Dichter schafft Gedichte zur Feier der imaginativen und sexuellen Schöpfung.» (Gohrbandt). – 13 *Undine*: So wie die Geliebte Undine wird, nimmt der Sprecher durch den Dreizack den Status des Poseidon an, «er wird zum Herrscher über das Meer und über sie.» (Gohrbandt, S. 239). – 14 *Sons from the rock*: Er ist liebender Gott – und ein Prophet, der mit seinem Stab aus dem Felsen Wasser schlägt (4. Mose 20: 11). – 16 *Turn in the world*: Der «private» Imperativ des Anfangs wird zum Weltauftrag. «Die Versuchung, die eine Frau auf den Mann ausübt, und vice versa, ist immer die, ob nicht bei dieser Umarmung die Welt sich verwandelt und das Absolute verwirklicht wird. Man weiß nie, ob bei dieser Vereinigung nicht das völlig Neue sich ereignet. So ist die Liebe immer – das Sakrileg.» (M. Horkheimer, Notizen, 1974)

Dylan Thomas

Swansea 1914 – New York 1953

Thomas brach wie ein Sturmwind über die englische Lyrik herein. Fast noch ein Kind, begann er zu schreiben, in vielem dem bewunderten Rimbaud verwandt, und war mit fünfundzwanzig schon berühmt. Seine Stimme – oder genauer: die vielen Register seiner Stimmen – klangen wie nie gehört und als strömten sie aus ihm, der einzigen Inspirationsquelle (außer dem Alkohol), unablässig heraus: ein Rausch und Furor von mythischen Graden; ein einziger Widerspruch gegen die distanzierte, intellektualistische Poesie Eliots oder die politisch engagierte der sogenannten Poets of the Thirties, die damals zählten. Dabei fiel natürlich auch Thomas keineswegs vom Himmel, war alles andere als naiv und vertraute durchaus nicht nur dem inspirierten Wurf. Er war ein unermüdlicher Arbeiter, erarbeitete sich die Gedichte aus den Materialien von Fassung zu Fassung, bis er sie aus der Hand gab, wobei viele Texte seine strenge Zensur nicht passierten und erst aus dem Nachlaß veröffentlicht wurden. – So eigen Thomas' Verse klingen, auch sie sind ohne literarische Vorbilder schwer zu denken. Er verehrte Yeats, den Schöpfer eines poetischen Universums, als den größten Dichter seiner Zeit; er liebte Hardy, diesen *poets' poet*, mit seinen aufgerauhten Zeilen, dem Blick für das unauffällige Detail in der Natur; er lernte von Hopkins, neue Betonungsmöglichkeiten im Vers auszuprobieren, Wörter am Zeilenende zu brechen; bei Lawrence begeisterte ihn die durchgehaltene erotische Dynamik. Von den älteren sind es die Metaphysical Poets, besonders George Herbert, deren Formexperimente (extrem lange und extrem kurze Zeilen, Figurengedichte) ihn interessierten. In dem walisischen Lyriker Vernon Watkins hatte er einen kritischen Freund, mit dem er in regelmäßigem Briefaustausch über die Probleme seines Schreibens stand. – Landschaft, Natur, Meer, die Evokation von Kindheit und Jugend, Träume und Obsessionen, die eigenen Geburtstage sind die ‹Themen› dieser Lyrik. Doch sie werden nie ‹beschrieben›, ‹besungen›, denn sie lassen sich von der Form, in der sie Gestalt annehmen, nicht trennen. Sie werden im Gedicht überhaupt erst erschaffen, haben nur in ihm ihre Wirklichkeit. Diese *alchimie du verbe* wird erzeugt durch eine außergewöhnliche, nie versiegende Bilderflut, die gleichsam von Kaskade zu Kaskade springt, in Verbindung mit einer Orchestrierung der Stimmen und Töne, die den Wohlklang neben dem Mißklang hören läßt, als schnatterten die Gänse selber, als stürzten die Wellen ans Ufer, als rülpste der Leib. Das ist, wie angedeutet, nicht bardischer Urton, sondern genaues Kalkül: auf semantischer Ebene durch immer neue Komposita, kühne Metaphern, Oxymora, auf rhythmisch-lautlicher durch Alliterationen, Assonanzen, Halbreime, abrupte Zeilenbrüche, unregelmäßige Betonungen. Die Klangkörper dieser Gedichte sind von Thomas selbst in rhapsodischem Gesang in berühmten Lesungen zum Ausdruck gebracht worden. Er unternahm mehrere umjubelte, von Trinkexzessen begleitete Lesereisen durch Amerika. Auf der letzten ist er, kaum neununddreißig, in New York gestorben.

Ausgaben: Eighteen Poems, 1934. – *Twenty-Five Poems*, 1936. – *The Map of Love*, 1939. – Alle London. – *The World I Breathe* [Auswahl aus Lyrik und Prosa], Norfolk/Conn. 1939. – *Portrait of the Artist as a Young Dog*, London 1940. – *New Poems*, Norfolk 1943. – *Deaths and Entrances*, London 1946. – *In Country*

Sleep, New York 1952. – *Collected Poems 1934–1952*, 1952. – *Under Milk Wood*, 1954. – *Letters to Vernon Watkins*, ed. V. Watkins, 1957. – *Notebooks*, ed. R. Maud, 1968. – *The Poems*, ed. D. Jones, 1971. – *The Collected Letters*, ed. P. Ferris, 1985. – *Collected Poems*, ed. W. Davies/R. Maud, 1988. – Alle London.

Übersetzungen: K. R. Hansen, «Poem in October» und «Fern Hill», in Merkur, Nr. 2, 1948, S. 188–193. – R. P Becker, *Tode und Tore*, Heidelberg 1952. – E. Fried, *Unter dem Milchwald*, Heidelberg 1954. – Ders., *Unter dem Milchwald: Dramatisches, Erzählendes, Lyrisches* [Eine Auswahl: mit R. P. Becker], Reinbek 1958. – Ders., *Ausgewählte Gedichte*, München 1967. – R. P. Becker u. a., *Windabgeworfenes Licht*, München 1992, ^{2}Frankfurt 1995.

Literatur: H. Treece, *Dylan Thomas: Dog Among the Fairies*, London 1949. – E. Olson, *The Poetry of Dylan Thomas*, Chicago 1954. – J. M. Brinnin, *Dylan Thomas in America*, Boston 1955; dt. Übs. H. Krämer, Bremen 1962. – C. Thomas, *Leftover Life to Kill*, New York 1957. – J. A. Rolph, *Dylan Thomas: A Bibliography*, London 1956. – J. M. Brinnin, ed., *A Casebook on Dylan Thomas*, New York 1960. – E. W. Tedlock, ed., *Dylan Thomas: The Legend and the Poet*, London 1960. – W. Y. Tindall, *A Reader's Guide to Dylan Thomas*, 1962. – R. Maud, *Entrances to Thomas's Poetry*, 1963. – Beide New York. – J. Ackerman, *Dylan Thomas: His Life and Work*, London 1964. – C. Fitzgibbon, *The Life of Dylan Thomas*, London 1965. – C. B. Cox, ed., *Dylan Thomas: A Collection of Critical Essays*, Englewood Cliffs 1966 – W. Davies, ed., *Dylan Thomas:* New Critical Essays, 1972. – P. Ferris, *Dylan Thomas*, 1977. – O. Watkins, *Portrait of a Friend*, 1983. – Alle London. – C. Thomas/G. Tremlett, *Caitlin: Life with Dylan Thomas*, New York 1987. – J. Fryer, *Dylan: The Nine Lives of Dylan Thomas*, London 1993.

314 WAS THERE A TIME (Ausgabe: Twenty-Five Poems, 1936: Text Collected Poems, 1952, S. 44; Ü: P. Marius) Vom Autor datiert auf den 8. Februar 1933 im «Buffalo Notebook» in der Lockwood Memorial Library in Buffalo, New York; erstmals veröffentlicht (u. d. T. «Poem» in The New English Weekly, Bd. 9, Nr. 16, 30. Juli 1946, S. 310).

314 THE HAND THAT SIGNED THE PAPER (Ausgabe: Twenty-Five Poems, 1936; Text: Collected Poems, 1952, S. 51; Ü: E. Fried, Ausgewählte Gedichte, S. 13) Vom Autor datiert auf den 17. August 1933. ‹A. E. T.› gewidmet (Bert Trick, seinem Freund von der Labour Party); fast das einzige Beispiel in den «Collected Poems» für eine auf politische Gesellschaftsverhältnisse explizit gerichtete Lyrik. Zuerst veröffentlicht im Dezember 1935 in New Verse, Nr. 18 (ohne die letzte Strophe). – 2 *sovereign fingers taxed*: Suggeriert werden sowohl königliche Machtfülle als auch der Aspekt des Monetären. – 4 *a king* mag mancherlei Amtsenthebung, auch wohl die Hinrichtung des Judenkönigs Jesus, mit meinen. – 5–6: Trotz ihrer Mächtigkeit leidet die ver-

krampfte Tyrannenhand unter arthritischer Verkrümmung ihres kreidig-verlogenen, verkalkten Bewegungsapparats. (Vgl. Audens Gedicht «August 1968» auf S. 290 dieses Bandes.) – 7–8 *put an end to* in den beiden Fällen wohl mit unterschiedlicher Bedeutung: Mit dem Unterschreiben des Urteils ist ein Mord bereits so gut (bzw. so schlecht) wie vollzogen, somit mit Widerrede, Protest, auf der Stelle Schluß gemacht.

316 Twenty-four Years (Ausgabe: The Map of Love, 1939; Text: Collected Poems, 1952, S. 81; Ü: P. Marius) Geschickt auf einer Postkarte an den Freund Vernon Watkins (datiert 24. Oktober 1938), mit diesen Worten: «This very short poem is for my birthday just arriving. I know you'll hate the use of the ‹Forever› line, but there it is. I scrapped the poem beginning with that line long ago, and at last – I think – I've found the inevitable place for it: it was a time finding that place. I'm pleased, terribly, with this – so far.» (Letters, 1957, S. 48). Der Geburtstag war am 27. Oktober. Erstmals gedruckt wurde das Gedicht in Life and Letters To-day, Bd. 20, Nr. 16 (Dezember 1938), S. 42, u. d. T. «Birthday Poem».

316 To Others Than You (Ausgabe: Deaths and Entrances, 1946; Text: Collected Poems, 1952, S. 89; Ü: W. Biermann in: Frankfurter Allgemeine Zeitung, 14. Dezember 1990) Geschrieben Mai oder Juni 1939, einem Brief an Vernon Watkins (S. 66–69) beigelegt. Erstmals gedruckt in «Seven», Nr. 6 (Autumn 1939). – 8 *sucked*: Der Autor kommentiert: «The word I used too much – ‹sucked› – is here bound, I think, to be.» – 15 *desireless familiar*: «is a phrase in my ‹Orchards› and what caused me to write the poem» (so der Autor ein wenig verrätselt a. a. O., S. 68, mit Bezug auf die Kurzgeschichte «The Orchards» in dem 1939 veröffentlichten Band The Map of Love); – ‹familiar› bedeutete im elisabethanischen Englisch – das Thomas vertraut war – einen engen Freund, oder den Geist, der einem Magier zu Diensten steht; konnte jedoch auch einen Geheimagenten bezeichnen, der mit Bespitzeln und Verhaftungsvorbereitung betraut war, «an officer of the Inquisition, chiefly employed in arresting and imprisoning the accused» (OED). – Der Übersetzer hatte, kurz bevor er seine Version dieses doppelbödigen Textes in einer Zeitung für Deutschland drucken ließ, in seiner Rede bei Entgegennahme des Büchnerpreises in Darmstadt den Freundesverrat eines «Informellen Mitarbeiters» des ostdeutschen Stasi-Spitzelapparats öffentlich namhaft gemacht.

318 Poem in October (Ausgabe: Deaths and Entrances, 1946; Text: Collected Poems, 1952, S. 86 ff.; Ü: K. Reichert) Am 30. August 1944 – nach wohl dreijähriger Arbeit – beendet und mit diesen Worten an Vernon Watkins geschickt: «Here is a new poem. It's a month & a bit premature. I do hope you like it, & wd like very much to read it aloud to you. Will you read it aloud too? It's got, I think, a lovely slow lyrical movement.» (a. a. O., S. 115 f.). Erstmals gedruckt in Horizon, Bd. 11, Nr. 62 (Februar 1945), S. 82–83. Der Autor zählte das Gedicht zur Favoritengruppe von Texten bei seinen Lesungen. Die im Gedicht visualisierte Landschaft ist die

bei Laugharne (ausgesprochen wie «barn») in der Grafschaft Carmarthenshire in Wales, ab der dritten Strophe gesehen von einem Standort auf der Anhöhe Sir John's Hill aus.

322 A REFUSAL TO MOURN THE DEATH (Ausgabe: Deaths and Entrances, 1946; Text: Collected Poems, 1952, S. 85; Ü: H. Meller) Am 28. März 1945 schickte Thomas eine Abschrift an Watkins (a. a. O., S. 126); erstmals publiziert in New Republic, Bd. 112, Nr. 20 (14. Mai 1945); ein zweiter Abdruck erschien in C. Connollys Horizon, 12 (Oktober 1945); erstmals in Buchform in: *War and the Poet*, New York 1945, 200 f. – Die Bibelanspielungen lassen sich nicht genau nachweisen: – 2 *Bird beast and flower* spielt sicher auf 1. Mose 1 an. – 9 *ear of corn* könnte sich auf Ruth 2: 2 beziehen. – 12 *sackcloth* suggeriert biblische Buß-Rituale – 22 *unmourning water*: Echo der «rivers of Babylon», Psalm 137: 1. – 24 *no other*: Man vergleiche den triumphierenden Sonettschluß John Donnes «One short sleep past, we wake eternally,/And death shall be no more» (siehe Band 1, S. 248 dieser Anthologie). – Elder Olson betonte 1954, daß diese Elegie, die ja die Totenklage zu verweigern behauptet, eben kein Gedicht über ein totes Kind sei, sondern ein Gedicht über einen Menschen, der mit einem Kindestod konfrontiert worden ist. (S. 23). Im gleichen Jahr schrieb Edith Sitwell: «In that great poem ... with its dark, magnificent, proud movement, we see Death in its reality – as a return to the beginning of things, as a robing, a sacred investiture in those who have been our friends since the beginning of Time: ‹The grains beyond age, the dark veins of her mother›.» («Dylan Thomas» in: The Atlantic, 193/Februar 1954, S. 45) – Zum Ganzen siehe die klassische Exegese dieses Gedichts: W. Empson, «How to Understand a Modern Poem», The Strand Magazine, Bd. 112, Nr. 675, März 1947, S. 60–64.

324 FERN HILL (Ausgabe: Deaths and Entrances, 1946; Text: Collected Poems, 1952, S. 134; Ü: K. Martens aus: Windabgeworfenes Licht, 1995, S. 337 f., bearb.) Erstmals gedruckt in Horizon, Bd. 22, Nr. 70 (Oktober 1945). Eine der bleibenden Kindheitsvisionen der englischen Literaturtradition, vergleichbar mit Henry Vaughans «The Retreat» (siehe Band 1, S. 340 dieser Anthologie) oder Wordsworths «Ode: Intimations of Immortality». – *Titel*: *Fern Hill*, eigentlich Fernhill, ist ein Bauernhof auf einem Hügel über einem bewaldeten Tal in Carmarthenshire, auf dem Thomas oft als Kind bei Ann Jones die Ferien verbrachte, der Tante, die im Gedicht «After the Funeral» verewigt ist. – 3 *dingle*: enges Tal, Schlucht. – 4 *hail and climb* suggeriert, daß man vorbeifahrende Heuwagen anhielt, um hinaufzuklettern. – 5 *his eyes*: bezogen auf Time, im Englischen männlich vorgestellt. Erich Fried übersetzt daher ‹Schwager Zeit‹. – 6 *wagons*: Variante für ‹waggons›, Frachtwagen. – 7 *once below a time*: Zugrunde liegt ‹once upon a time›, der übliche Märchenanfang (dt. ‹Es war einmal›). Diese Wendung gebrauchte Thomas bereits 1940 als Titel- und Anfangszeile für ein Gedicht. – 25 *night jars*: eigentlich Ziegenmelker, eine besondere Art von Nachtschwalben. – 30 *Adam and maiden*: Eva wurde für Adam als ‹helpmaid› (Gehilfin) geschaffen.

– 45 *Follow him*: auf ‹time› oder ‹sun› bezogen; auch ‹Sonne› ist im Englischen männlich.

326 IN MY CRAFT OR SULLEN ART (Ausgabe: Deaths and Entrances, 1946; Text: Collected Poems, 1952, S. 106; Ü: E. Fried, 1967) Erstmals gedruckt in: Life and Letters To-day, Bd. 47, Nr. 98, S. 31 (Oktober 1945). Im September 1945 in die Fahnen des Gedichtbandes eingefügt. – 1 *Sullen*: von lat. ‹solus›, allein, einsam; wohl nicht nur im heutigen Sinn (mürrisch, finster, traurig) zu verstehen.

328 DO NOT GO GENTLE (Ausgabe: In Country Sleep, 1952; Text: Collected Poems, 1952, S. 148; Ü: P. Marius) Erstmals veröffentlicht in Botteghe Oscure (Rom), Nr. 8, November 1951, S. 208. In seinem Begleitbrief an die Herausgeberin, die Prinzessin Caetani, schrieb Dylan Thomas am 28. Mai 1951: «The only person I can't show the little enclosed poem to is, of course, my father, who doesn't know he's dying.» Die Arbeit an diesem Gedicht hatte wohl schon im Frühjahr 1945 begonnen, als sich die Krankheit des Vaters so stark verschlimmert hatte, daß der Dichter den Zeitpunkt des Abschieds für gekommen hielt. D. J. Thomas hatte seit 1934 an Kehlkopfkrebs gelitten. Ein Herzleiden und eine fortschreitende Erblindung waren hinzugekommen. Der Vater starb am 15. Dezember 1952, der Sohn im Jahr darauf. Igor Strawinsky legte den Text seiner Requiem-Komposition In Memoriam Dylan Thomas: Dirge, Canons and Song (1954) zugrunde. – Thomas benutzt die seltene Form der Villanelle mit dem Reimschema a-b-b-a in den Terzetten und a-b-a-a im Quartett sowie mit festgelegten Wiederholungen zweier Zeilen (siehe Audens Villanelle «If I Could Tell You», S. 288 in diesem Band, und den Kommentar dazu, oben S. 596). Die Villanelle galt als Form für leichtgewichtige Bukolik und verspielte Vers-Eleganz. William Empson und Dylan Thomas gaben der Gedichtgattung ihren ernsten, schweren Ton.

R. S. THOMAS

Cardiff 1913

Ronald Stuart Thomas wurde nach dem Studium der Theologie und der klassischen Philologie 1937 zum Priester der anglikanischen Kirche geweiht. Von 1942 bis 1978 wirkte er in seiner walisischen Heimat, deren Sprache er sich allerdings erst im Erwachsenenalter aneignete. Als Dichter hat ihn seine Berufung ebenso geprägt wie sein Umgang mit der einfachen Landbevölkerung. Seine Hauptthemen sind, seinen eigenen Worten zufolge, die Natur und Kultur von Wales, und er hätte hinzufügen können: die Suche nach Gott, der in seiner Lyrik oft als ungreifbare Präsenz figuriert. Thomas erhielt zahlreiche Preise und Auszeichnungen, darunter 1964 die «Queen's Gold Medal for Poetry». In den Jahren 1946 bis 1995 veröffentlichte er 25 Bände eigener Gedichte und mehrere Lyrikanthologien.

Ausgaben: Song at the Year's Turning, 1955. – *Poetry for Supper*, 1958. – *The Bread of Truth*, 1963. – *Pietà*, 1967. – *Selected Poems 1946–1968*, 1974. – *Laboratories of the Spirit*, 1975. – *Later Poems 1972–1982*, 1983. – Alle London. – *Ingrowing Thoughts*, Bridgend 1985. – *Experimenting with an Amen*, London 1986. – *Welsh Airs*, Bridgend 1987. – *Collected Poems 1945–1990*, 1993. – *No Truce with the Furies*, 1995. – Beide London.

Übersetzungen: K. Perryman, *Deciduous Language/Laubbaum Sprache: Gedichte. Englisch/Deutsch*, Denklingen 1998.

Literatur: S. Anstey, ed., *Critical Writings on R. S. Thomas*, Bridgend 1982, ^{2}1992. – S. Volk, *Grenzpfähle der Wirklichkeit: Approaches to the Poetry of R. S. Thomas*, Frankfurt/M. 1985. – D. Z. Phillips, *R. S. Thomas: Poet of the Hidden God*, London 1986. – J. P. Ward, *The Poetry of R. S. Thomas*, Bridgend 1987. – A. E. Dyson, ed., *Three Contemporary Poets: Thom Gunn, Ted Hughes and R. S. Thomas*, London 1990. – W. V. Davis, ed., *Miraculous Simplicity: Essays on R. S. Thomas*, Fayetteville 1993.

330 Countering (Text und Ü: K. Perryman, 1998, S. 14–15)
330 A Marriage (Text und Ü: K. Perryman, 1998, S. 12–13)
332 In Church (Text: Collected Poems 1945–1990, S. 180; Ü: H. Meller) Erstmals gedruckt in Pietà, 1967, dem Band, der einen Wendepunkt im lyrischen Schaffen des Autors markiert: Im Gebäude der versteinerten Kirche begreift sich der Sprecher mitbelastet als Teil der Gemeinschaft, der die lebendige Hinwendung zu Gott nicht gelingen will.

D. J. Enright

Leamington (Warwickshire) 1920

Dennis Joseph Enright war Anglistikprofessor am Downing College, Cambridge, bevor er Mitherausgeber der Zeitschrift *Encounter* und später Direktor des renommierten Verlagshauses Chatto and Windus in London wurde. Den kosmopolitischen Horizont seiner Weltkenntnis vermaß er als Auslandslektor für Englisch an diversen Universitäten: in Ägypten, Japan, Deutschland, Thailand und Singapur. Seine Erfahrungen schlugen sich ebenso in Romanen nieder – z. B. diejenigen in Ägypten in *Academic Year,*

1955 – wie auch in den schmalen Gedichtbänden, die zu wiederholten Malen jeweils kurz nach dem Verlassen einer der Gastuniversitäten erschienen: z. B. *The Laughing Hyena* 1953 (nach den Jahren 1947–50 in Alexandria), *Bread Rather than Blossoms* 1956 (nach den Jahren 1953–56 in Japan), *Some Men Are Brothers* 1960 (nach dem Aufenthalt an der Freien Universität Berlin 1956–57), *Addictions* 1962 und *The Old Adam* 1965 sowie *Unlawful Assembly* 1968 (nach Jahren an der University of Singapore). Mit der sarkastischen Beobachtungsschärfe des Außenseiterblicks pflegt Enright den Nerv gesellschaftlicher Verletztheiten bloßzulegen, während er im konkreten Lokalkolorit des Fremden die Grundzüge der conditio humana erkennbar werden läßt. Nicht selten gab es erhebliche Verärgerungen der Behörden, hartnäckige Pressekampagnen oder sogar Deportationsdrohungen. Der Autor berichtet darüber in seiner Autobiographie *Memoirs of a Mendicant Professor*, London 1969. Enright hat in Japan und England zahlreiche Anthologien herausgegeben, darunter das *Oxford Book of Contemporary Verse 1945–1980* (1980).

Ausgaben: The Laughing Hyena and Other Poems, 1953. – *The Apothecary's Shop: Essays on Literature*, London 1957. – *Bread Rather than Blossoms*, 1956. – *Some Men Are Brothers*, 1960. – *Addictions*, 1962. – *Unlawful Assembly*, 1968. – Alle London. – *Collected Poems*, 1981. – *Instant Chronicles: A Life*, 1985 - *Collected Poems 1987*, 1987. – *Selected Poems 1990*, 1990. – *Under the Circumstances*, 1991. – *Old Men and Comets*, 1993. – Alle Oxford.

Übersetzungen: E. Bornemann, *Jasmin Opium Benzin: Gedichte*, Darmstadt 1968. – H. Winter, *Gedichte: Zweisprachig*, Heidelberg 1996.

Literatur: J. Press, *Rule and Energy* (1963), S. 220–228. – W. Van O'Connor, *The New University Wits and the End of Modernism*, Carbondale/Illinois 1963. – Walsh, *D. J. Enright: Poet of Humanism*, Cambridge 1974. – J. Simms, ed., *Life by Other Means: Essays on D. J. Enright*, Oxford 1990. – J. Bradley, *The Movement: British Poets of the* 1950s, Berkeley 1993.

334 AM STEINPLATZ (Ausgabe: Some Men Are Brothers 1960; Text: H. Winter, 1996, S. 32; Ü: H. Winter, 1996, S. 33) Ebenso wie «No Offence» und «Apocalypse» während des Berlin-Aufenthaltes 1956–57 entstanden; die Enrights wohnten im damaligen Westberlin in der Goethestraße, unweit des Steinplatzes. (Anm. H. W.)

336 NO OFFENCE (Ausgabe: Some Men Are Brothers, 1960; Text: H. Winter, 1996, S. 30; Ü: H. Winter, 1996, S. 31)

338 APOCALYPSE (Ausgabe: Addictions, 1962; Text: H. Winter, 1996, S. 50; Ü: H. Winter, 1996, S. 51) Zuerst im «Observer» erschienen – nachdem Enright den zuständigen Literaturredakteur der Londoner Wochenzeitschrift durch Übersendung der denkwürdigen Berliner Touristenbroschüre «Die Musen am Ufer der Spree» von der Authentizität des Textzitats über-

zeugt hatte, das der Autor zum Motto für sein Gedicht gewählt hatte. – *Titel*: *Apocalypse* (griechisch: ‹Enthüllung›, ‹Offenbarung›) ist das abschließende Buch des Neuen Testaments mit seiner Vision des Weltuntergangs und des anbrechenden Gottesreiches. – 3 – *Hiroshima*: Die japanische Stadt war Opfer des ersten Atombombenabwurfs im Kriege. Am 6. August 1945 wurde fast die ganze Stadt vernichtet. 60 000 Personen wurden auf der Stelle getötet, 100 000 verletzt, 200 000 verblieben obdachlos und erlitten Spätschäden.

340 MIDSTREAM (Ausgabe und Text: Collected Poems, 1981, S. 243 f.; Ü: H. Winter, 1996, S. 127) «Geschrieben unmittelbar nachdem Christophorus offiziell aus der Gemeinschaft der Heiligen ausgeschlossen wurde, weil seine Geschichte nur eine Legende ist.» (Kommentar des Autors, zitiert bei Winter, 1996, S. 183.) – Der Ausschluß gilt natürlich nur für den vatikanischen Katechismus. Christophorus (griechisch: ‹einer, der Christus trägt›) war nach der im Westen verbreiteten Version der Legende ein Riese, der nur dem mächtigsten Meister dienstbar sein wollte. Nachdem ein König und der Teufel selbst ihn enttäuscht hatten, fragte er nach Jesus und diente als Einsiedler an einer von vielen Reisenden genutzten Flußfurt. Als er dort einmal ein Kind geschultert hatte, wurde dieses so schwer, daß er die Überquerung kaum schaffte. «Kein Wunder», sagte das Kind, «du hast die ganze Welt getragen. Ich bin der, den du suchst.» – «In due course Christopher was put to death for his faith.» (D. Attwater, *The Penguin Dictionary of Saints*, 1965)

PHILIP LARKIN

Coventry 1922 – Hull 1985

Das äußerlich ereignisarme Leben des öffentlichkeitsscheuen Bibliothekars in Hull steht in Einklang mit den alltäglichen Themen und dem unprätentiösen Stil seines schmalen Werkes, dem freilich eine außerordentliche Wirkung beschieden war. Für viele Leser und Kritiker ist Philip (Arthur) Larkin die zentrale Figur der britischen Nachkriegslyrik, die das authentische Lebensgefühl einer ernüchterten Generation ausdrückt; für andere der große poetische Reaktionär, der die englische Dichtung, nach ihrer Öffnung auf die Moderne hin, in die Insularität zurückgeführt hat. Als Anglistikstudent in Oxford stand er einer Dichtergruppe nahe, die unter dem Namen *The Movement* bekannt wurde. Sie pflegte – in Abkehr von Elitismus und weltanschaulicher Emphase eines Ezra Pound und T. S. Eliot, und von der hohen Rhetorik eines Dylan Thomas – die Tonart des ironischen Understatement, wie sie für Larkin charakteristisch ist. Er führte die kolloquiale Diktion der Zeit in die Lyrik ein und bevorzugte im übrigen für die Wiedergabe seiner umfassenden, wenn auch temperierten, Desillusionserfahrung die traditionelle Metrik und die lyrischen Grautöne seines Vorbilds Thomas Hardy, dem er sich nach anfänglicher Begeisterung für Yeats bald zuwandte. Seine frühen, autobiographisch gefärbten Romane *Jill* und *A Girl in Winter* blieben ohne Nachfolger. Trotz aller Erfolge und Ehrungen verstand Larkin sich immer als Außenseiter. Die wahre Leidenschaft seines Lebens war, nach eigenem Bekunden, der Jazz – im Hinblick auf seine Dichtung wohl doch ein weiteres Understatement.

Ausgaben: The North Ship, 1945. – *Jill,* 1946. – *A Girl in Winter,* 1947. – Alle London. – *The Less Deceived,* Hessle 1955. – *The Whitsun Weddings,* 1964. – *All What Jazz,* 1970. – *High Windows* 1974. – *Required Writing,* 1983. – *Collected Poems,* ed. A. Thwaite, 1988. – Alle London.

Übersetzungen: R. Welland-Freeman, *Ein Mädchen im Winter,* 1948. – *Philip Larkin, Thom Gunn, Ted Hughes: Gedichte,* ed. K. H. Berger, 1974 (Übersetzungen von K. H. Berger, E. Faas, H. Heinrich, M. Seletzki, K.-D. Sommer). – K.-D. Sommer in: W. Schmiele, ed., *Poesie der Welt: England,* 1981. – Alle Berlin. – U. Kolbe in A. Calder, ed., *Englische Lyrik 1900–1980,* Leipzig 1983. – W. A. Mitgutsch, *Gedichte,* Stuttgart 1988.

Literatur: D. Davie, *Thomas Hardy and British Poetry,* London 1972. – D. Timms, *Philip Larkin,* Edinburgh 1973. – L. Kuby, *An Uncommon Poet for the Common Man,* Den Haag 1974. – B. K. Martin, *Philip Larkin,* Boston 1978. – S. Petch, *The Art of Philip Larkin,* Sydney 1981. – I. Rückert, *The Touch of Sympathy: Philip Larkin und Thom Gunn,* Heidelberg 1982. – A. Motion, *Philip Larkin,* 1982. – A. Thwaite, ed., *Larkin at Sixty,* 1982. – Beide London. – T. Whalen, *Philip Larkin and English Poetry,* Vancouver 1986. – D. Salwak, ed., *Philip Larkin: The Man and His Work,* London 1988. – James Booth, *Philip Larkin, Writer,* Hemel Hempstead 1992. – A. Swarbrick, *The Poetry of Philip Larkin,* London 1995.

342 LOVE, WE MUST PART (Ausgabe: The North Ship 1945; Text: Collected Poems, S. 280; Ü: H. Heinrich, 1974, S. 27; bearb.)

342 CHURCH GOING (Ausgabe: The Less Deceived 1955; Text: Collected Poems, S. 97 f.; Ü: W. v. Koppenfels) Dieses wohl bekannteste Gedicht Larkins vollzieht beispielhaft eine für den Autor charakteristische Bewegung vom Banalen ins Bedeutungsvolle. J. Press nennt es «Wordsworthian in its brooding meditation, its slow amplitude, its tentative honesty as it explores a puzzling theme and gropes toward its weighty conclusion.» (Rule and Energy, S. 102). Der Autor interpretierte sich selber so: «I was a bit irritated by an American who insisted to me it was a religious poem . . . Of course the poem is about going to church, not religion – I tried to suggest this by the title – and the union of the important stages of human life – birth, marriage

and death – that going to church represents; and my own feeling that when they are dispersed into the registry office and the crematorium chapel life will become thinner in consequence. The poem starts by saying, you don't really know about all this, you don't believe in it, you don't know what a rood-loft is – Why do you come here, why do you come here, why do you bother to stop and look round? The poem is seeking an answer.» (London Magazine, 4, November 1964, S. 73 f. – Vgl. die Kirchgang-Gedichte von Oscar Wilde (S. 64), Lionel Johnson (S. 88) und R. S. Thomas (S. 332) in diesem Band. – 8 *God knows how*: Die Kirche wird nicht als Haus des lebendigen Gottes erlebt. Dieser erscheint nur einmal im Gedicht: nämlich in dieser Nichts und Viel sagenden Floskel. – 14 *hectoring*: im Sinne von ‹aufschneiden› vieldeutig, nicht nur auf die Größe der Buchstaben zu beziehen. – 15 *Here endeth*: Nach der Schriftlesung wird im anglikanischen Gottesdienst die Formel «Here endeth the Lesson» gesprochen. – 17 *Irish sixpence*: Der Autor arbeitete lange als Bibliothekar an der Queen's University im nordirischen Belfast; im United Kingdom war seine Kleingeld-Spende somit nicht nur gering sondern auch ungültig. – 30 *simples*: Kräuter (eigentlich «simple herbs»); Heilpflanzen, die unzerstoßen verwandt werden. – 41 *rood-lofts*: eigentlich Lettner-Emporen, oberhalb des Lettners (der Trennwand zwischen Chor und Kirchenraum). – 47 *cross of ground*: der Grundriß der Kirche.

346 HIGH WINDOWS (Ausgabe: High Windows 1974; Text: Collected Poems, S. 165; Ü: W. A. Mitgutsch, 1988, S. 159) – 2 *he's fucking her*: Den historischen Umbruch der Sexualsitten in England hat Larkin im – unübersetzbaren – Auftakt zu seinem Gedicht «Annus Mirabilis» einprägsam festgehalten: «Sexual intercourse began/In nineteen sixty-three,/(which was rather late for me)/Between the end of the Chatterley ban/And the Beatles' first LP...»

348 LOVE SONGS IN AGE (Ausgabe: The Whitsun Weddings 1983; Text: Collected Poems, S. 113; Ü: K. D. Sommer 1981, S. 327–329, bearb.)

350 AUBADE (Ausgabe: Times Literary Supplement, 23. 12. 1977; Text: Collected Poems, S. 208 f.; Ü: H. Hartung, in Luftfracht, S. 305 f.) – Der *Titel* verweist ironisch auf die europäische Lyrik des Tagelieds (Alba, *aube*), in der es um das Erleben von Abschied und Trennung zweier Liebender im Morgengrauen nach unerlaubter Liebesnacht geht. Vgl. Brownings «Parting at Morning» (S. 4), Empsons «Aubade» (S. 264), Barkers «Turn on Your Side» (S. 312) und Rosenbergs «Break of Day in the Trenches» (S. 138) in diesem Band mitsamt den Anmerkungen im Kommentar.

MICHAEL HAMBURGER

Berlin 1924

Knapp neun Jahre war Michael Hamburger alt, als seine Familie im Jahr 1933 nach England emigrieren mußte, um dem Nationalsozialismus zu entgehen. Der Vater war Professor der Medizin in Berlin. Der Sohn wird zuerst in Edinburgh eingeschult – der Vater muß dort als praktizierender Arzt ein zweites Mal approbiert werden. Nach einem Jahr siedelt man um nach London, und Michael kommt in die vornehme Londoner Westminster School. 1943 bis 1947 ist er Infanterist, Unteroffizier und Leutnant beim Royal Education Corps. Danach studiert er moderne Sprachen am Christ Church College in Oxford; seit 1952 unterrichtet er an englischen und amerikanischen Universitäten und veröffentlicht literaturkritische und theoretische Arbeiten von beträchtlicher Ausstrahlung (von seinem wissenschaftlichen Hauptwerk *The Truth of Poetry* bis zu seinem jüngsten Essay *Das Überleben der Erde*). – Mit vierzehn Jahren fängt er an, Gedichte in englischer Sprache zu schreiben, und Hölderlin übersetzt er schon als Schüler in die Sprache Eliots. 1943 erscheinen seine ersten Hölderlin-Übertragungen *Poems of Hölderlin*. Bald hat er durch seine mittlerweile klassisch gewordenen Übersetzungen eine beeindruckende Zahl von deutschsprachigen Dichtern im angelsächsischen Kulturraum heimisch gemacht (Goethe, Hölderlin, Büchner, Hofmannsthal, Trakl, Rilke, Nelly Sachs, Celan, Brecht, Jandl, Eich, Huchel, Enzensberger, Grass). Nach und nach hat er ein stabiles Prestige auch als englischer Dichter erworben. In Deutschland ist er mittlerweile der meistübersetzte britische Gegenwartslyriker geworden. Wie kein anderer scheint er durch Herkunft und Neigung in der Lage zu sein, bleibende Brücken zwischen deutschen und angelsächsischen Dichtungstraditionen zu bauen.

Ausgaben: Flowering Cactus: Poems 1942–1949, 1950. – *Poems 1950–1951*, 1952. – Beide Aldington. – *The Dual Site: Poems*, 1958. - *Weather/Season: New Poems*, 1963. – *Feeding the Chickadees*, 1968. – *Travelling: Poems 1963–1968*, 1969. – Alle London. – *The Truth of Poetry*, London 1969, New York 1970; deutsch u. d. T. *Die Dialektik der Modernen Lyrik: Von Baudelaire bis zur Konkreten Poesie*, München 1972; u. d. T. *Wahrheit und Poesie: Spannungen in der modernen Lyrik von Baudelaire bis zur Gegenwart*, Wien 1995. – *A Mug's Game: Intermittent Memoirs, 1924–1954*, Cheadle 1973; repr. 1991 u. d. T. *Spring of Beginnings*; dt. Übs. u. d. T. *Verlorener Einsatz: Erinnerungen*, Stuttgart 1987. – *Ownerless Earth: New and Selected Poems*, Cheadle 1973. – *Collected Poems 1941–1983*, Manchester 1984. – *Roots in the Air*, 1991. – *Collected Poems 1941–1994*, 1995, ²1998. – Beide London.

Übersetzungen: *Gedichte: Englisch und Deutsch* (Literarisches Colloquium) (Übs. A. Andersch, E. Fried, R. Kunze u. a.), Berlin 1976. – *Heimgekommen:*

Ausgewählte Gedichte 1951–1982 (Übs. R. Anders, H. M. Enzensberger, R. Hartung u. a.), München 1984. – *Unteilbar: Gedichte aus sechs Jahrzehnten*, ed. R. Dove, München 1997. – *The Glade and Other Poems* (Englisch/Deutsch) (Übs. W. Astelbauer, E. Schenkel u. a.), Wien 1987. – *Witterungen* (Übs. G. Hasenkamp u. D. E. Sattler), Bremen 1989. – In der Reihe *Transfer Europa* (Folio Wien): Nr. 8: *Traumgedichte*, 1996. – Nr. 13: *Baumgedichte*, 1997. – Nr. 17: *Todesgedichte*, 1998. – Nr. 23: *Das Überleben der Erde* (Übs. P. Waterhouse).

Literatur: L. Forster, «Rede auf den Preisträger» [Übersetzerpreis der Akademie für Michael Hamburger] in: *Jahrbuch der Deutschen Akademie für Sprache und Dichtung*, Darmstadt 1964, S. 72–92. – M. Schmidt, *Fifty Modern British Poets*, London 1979, S. 339–345. – D. Davie, *Under Briggflatts*, Manchester 1989, S. 222–228. – I. Galbraith, «Michael Hamburger – Ein Interview», in: ders., *Britische Lyrik der Gegenwart*, Mainz 1984, S. 52–57. – D. Constantine, «Man of Letters: An Introduction to a Bibliography of Michael Hamburger's Publications», in: E. S. Shaffer, ed., *Comparative Criticism*, Bd. 10, Cambridge, S. 339–345. – W. Eckel/J. J. Köllhofer, ed., *Michael Hamburger: Dichter und Übersetzer* (Beiträge des Michael Hamburger-Symposiums am Deutsch-Amerikanischen Institut Heidelberg 1987), Frankfurt/M. 1989. – W. Eckel, *Von Berlin nach Suffolk: Zur Lyrik Michael Hamburgers*, Würzburg 1991.

354 LINES ON BRUEGHEL'S ICARUS (Ausgabe: Poems, 1952; Text: Ownerless Earth, 1973, S. 19; Ü: G. Kranz, Heimgekommen, 1984, S. 7, bearb.) Entstanden 1951; eines der «Two Early Poems», mit der die Auswahl-Ausgabe des Literarischen Colloquiums 1976 eröffnet wurde. Die Version in dem Band von Gisbert Kranz, Gedichte auf Bilder: Anthologie und Galerie, München 1975, S. 83, wurde vom Übersetzer erheblich revidiert. – 20 *hardly conceivable*: In einer brieflichen Mitteilung an den Übersetzer merkt der Autor an: «Icarus läßt man ertrinken, weil er nicht in die Wirklichkeiten paßt» (zitiert bei Kranz, S. 274). – Siehe das Gedicht von W. H. Auden über das Breughel-Gemälde in diesem Band (S. 280) und den Kommentar. Eine ansehnliche internationale Kollektion von lyrischen Meditationen über Breughels Ikarus hat G. Kranz in seiner Anthologie zum Vergleichen versammelt.
354 AFTER A WAR (Text: Collected Poems, 1984, S. 199 f.; Ü: E. Fried, Literarisches Colloquium, 1976, S. 39) Entstanden 1967.
356 S-BAHN (Ausgabe: Travelling, 1969; Text: Ownerless Earth, 1973, S. 111; Ü: M. Hamburger/G. Kunert, in: Heimgekommen, 1984, S. 11, bearb.) Entstanden 1965 nach einem Besuch bei Bobrowski im Dezember 1964, als sich die Machtblöcke noch unversöhnlich gegenüberstanden. (Vgl. W. Eckel, 1991, S. 52 und 200.) Eine weitere Verdeutschung bietet Harald Hartung an in seiner «Luftfracht», 1991, S. 179–180. – *Titel*: Die Berliner Stadtbahn wurde als erste Viaduktbahn Europas 1882 begonnen. – 4 *Kaiser, President...*: Die S-Bahn hatte das Kaiserreich, die Republik und das Füh-

rerreich überlebt, als der Autor seine Geburtsstadt – 1947 zum ersten Male – wieder besuchte. – 17–18 ... *the train connects*: «Das Abkommen der Siegermächte hatte auch gemeinsame Einrichtungen der Sektoren geteilt: so war der Betrieb der Stadtbahn der Ostberliner Reichsbahndirektion überantwortet, ihr Gebiet in Westberlin dem Hoheitsrecht der Stadtkommandanten unterstellt.» (Uwe Johnson, «Boykott der Berliner Stadtbahn», in: ders., «Berliner Sachen», Frankfurt/M. 1975, S. 22). – 20 ... *halted, searched...*: Die Züge wurden an den Sektoren- und Zonengrenzen angehalten und durchsucht, um diejenigen herauszuholen, die verdächtigt werden konnten, auf der Flucht in den Westen zu sein. (Vgl. G. Kunert, «Heimgekommen», in: Flugasche Nr. 19, Stuttgart 1986, S. 50). – 28 *dead financiers' villas*: unbewohnte (besonders tief verschneite) ehemalige Domizile toter Bankiers im Grunewald, wo u. a. des Autors Großonkel Paul eine Villa besessen hatte, um deren Rückgabe er noch 1947 vergeblich kämpfte. (Vgl. A Mug's Game, S. 147).

358 CAT, AGING (Text: Collected Poems, 1984, S. 172; Ü: E. Fried, in: Heimgekommen, 1984, S. 27) Entstanden 1974.

360 YEW (Text: Collected Poems, 1984, S. 303; Ü: W. Eckel) Entstanden 1983. Zwei Varianten einer Übertragung gibt Michael Donhauser in: *The Glade*, 1988 (Erstausgabe aus Anlaß der Verleihung des Österreichischen Staatspreises für literarische Übersetzung an Michael Hamburger 1987), auf S. 37 und 39; eine weitere Übersetzung (von Richard Anders) findet sich in: Heimgekommen, 1984, S. 33.

CHARLES TOMLINSON

Stoke-on-Trent 1927

Wie kaum ein anderer englischer Dichter des 20. Jahrhunderts hat Tomlinson, der auch als Maler hervorgetreten ist, die Wahrnehmung der Welt zu seinem zentralen Thema gemacht. Von Ruskin lernte er, Distanz zum Gesehenen zu wahren, es in seiner Wahrheit darzustellen, indem er auf Mythologisierung oder Symbolisierung verzichtet. Das Wahrgenommene wird nicht als Medium der Selbstprojektion benützt, sondern in seiner Objektivität respektiert. «Let be its being» (Belaß es in seinem Sein) ist das Zugeständnis des Künstlers: die Welt anders sein zu lassen, doch sich wie Wordsworth von ihr entzücken zu lassen und sie sich im künstlerischen Akt in ein immer subjektives Gebilde anzuverwandeln. Als Schüler in Stoke und Student in Cambridge kam Tomlinson früh in Berührung mit deutscher und französischer Literatur und mit der anglo-amerikanischen klassischen Moderne, vor allem mit Ezra Pound und T. S. Eliot, später mit der Dichtung von Wallace

Stevens, Marianne Moore und William Carlos Williams. Tomlinson, der, nach einigen Jahren als Lehrer und Privatsekretär (von Percy Lubbock), von 1957 bis 1992 englische Literatur an der Universität Bristol lehrte, verfügt auch in anderen Künsten wie Film, Musik und Malerei über einen stupenden Kenntnisreichtum. Sein abgelegener Wohnsitz in einem kleinen Weiler in den Cotswolds, ohne Telefon und Fernsehen, ist Ausgangs- und Endpunkt ausgedehnter Reisen in Europa, Amerika und Asien, die er zusammen mit seiner Frau unternimmt. Er hat aus dem Italienischen, Spanischen und Russischen übersetzt und ist Herausgeber des *Oxford Book of Verse in English Translation.* Seine kosmopolitische Offenheit hat seiner Dichtung einen unverwechselbaren und unvergleichlichen Ton vermittelt. Für Hugh Kenner ist er «Der erste Dichter, der gelernt hat, ausgeprägt englisch zu sein durch die Beherrschung eines ausgesprochen internationalen Idioms. Infolgedessen schreibt er ein Englisch, als sei es eine fremde Sprache voll überraschender Reichtümer.»

Ausgaben: *Relations and Contraries,* Aldington 1951. – *The Necklace,* Oxford 1955; repr. with intr. by D. Davie, London 1966. – *Seeing is Believing,* New York 1958; repr. London 1960. – *A Peopled Landscape,* 1963. – *American Scenes and Other Poems,* 1966. – *The Way of a World,* 1969. – Alle London. – *Renga: A Chain of Poems* (mit Octavio Paz, Jacques Roubaud, and Edoardo Sanguineti), Paris 1971; Mexico 1972; New York 1972; Harmondsworth 1979. – *Written on Water,* 1972. – *The Way In and Other Poems,* 1974. – *The Shaft,* 1978. – Alle London. – *Airborn/Hijos del Aire* (mit Octavio Paz), Mexico 1979; London 1981. – *The Flood,* 1981. – *Translations,* 1983. – *Notes from New York and Other Poems,* 1984. – *Collected Poems,* 1985; ^{2}1987. – *The Return,* 1987. – *Annunciations,* 1989. – *The Door in the Wall,* 1992. – *Jubilation,* 1995. – Alle London. – *Selected Poems,* New York 1997. – *The Vineyard Above the Sea,* London 1999.

Graphik: *Words and Images,* London 1972. – *In Black and White: The Graphics of Charles Tomlinson,* introductory essay by Octavio Paz, Cheadle 1976. – *Eden: Graphics and Poetry,* Bristol 1985.

Übersetzungen: K. H. Darenberg, *The Necklace/Die Halskette*, Zweisprachig, Marburg 1968. – U./W. Knoedgen in: *Moderne englische Lyrik*, ed. W. Erzgräber/U. Knoedgen, 1976. – O. Quast in: A. Calder, ed., *Englische Lyrik 1900–1980,* Leipzig 1983. – J. Utz, *Charles Tomlinson. Gedichte,* Zweisprachig, Heidelberg 1994.

Literatur: M. Edwards, «Charles Tomlinson» in: *Twentieth Century Poetry: Third Level Course, Unit* 31: *Donald Davie, Charles Tomlinson, Geoffrey Hill,* Milton Keynes 1976. – H. Weber, *Wahrnehmung und Realisation: Untersuchungen zu Gedichten von Charles Tomlinson*, Heidelberg 1983. – B. John, *The World as Event: The Poetry of Charles Tomlinson,* Montreal 1989. – M. Kirkham, «Charles Tomlinson» in: *British Poetry since 1970*, ed. M. Schmidt/P. Jones, Manchester 1980. – K. O'Gorman, ed., *Charles Tomlinson: Man and Artist,* Columbia 1988. – H. Kenner, *A Sinking Island: The Modern English Writers,* Baltimore 1988. – M. Meyer, *Struktur, Funktion und Vermittlung der Wahrnehmung in Charles Tomlinsons Lyrik*, Frankfurt/M. 1990. – R. Swigg, *Charles Tomlinson and the Objective Tradition,* Lewisburg 1994. – J. Utz, «Einleitung», *Charles Tomlinson*, Heidelberg 1994, S. 1–31.

362 THE ART OF POETRY (Ausgabe: The Necklace, 1955; Text: Collected Poems, S. 10; Ü: J. Utz, S. 49) Entstanden: September/November 1951. Das Gedicht ist kritische poetologische Dichtung: Tomlinsons Antwort auf Wallace Stevens' «Six Significant Landscapes». Es stellt den Verlauf dar, in dem der Dichter Schritt für Schritt sich in meditativer Gelassenheit in Beziehung zu den Elementen, dem Inventar der Welt, setzt.

362 CÉZANNE AT AIX (Ausgabe: Seeing is Believing, 1958; Text: Collected Poems, 1985, S. 37; Ü: J. Utz, S. 71) Entstanden: 14. August 1956; Erstveröffentlichung: Hudson Review, Winter 1956/57. – Das Gedicht parallelisiert im sprachlichen Vorgang den malerischen Prozeß von Paul Cézannes (1839–1906) Erkundung des Mont Ste Victoire unweit von Aix-en-Provence, wo es ihm in mehreren Versuchen darum ging, die der Wirklichkeit inhärenten Strukturen malerisch nachzuschaffen.

364 A GIVEN GRACE (Ausgabe: American Scenes, 1966; Text: Collected Poems, S. 115; Ü: J. Utz, S. 139) Erstveröffentlichung: The Resuscitator, 1, 1 (Autumn 1963) – Ein radikales Gedicht, das die Herstellung einer Beziehung mit der Welt der Dinge im Vergegenwärtigungsakt des Gedichts als religiöse Erfahrung kennzeichnet. Deren Kern erfüllt nicht ein christlicher Gott, sondern die epiphanische Erkenntnis des Verankertseins in der Welt als Gnade.

364 VARIATION ON PAZ (Ausgabe: Written on Water, 1972; Text: Colleced Poems, S. 206; Ü: J. Utz, S. 195) Entstanden am 4. April 1970; Erstveröffentlichung: Agenda, 9, 2–3 (1971) – *Titel:* Octavio Paz (1914–1998) ist einer der bedeutendsten lateinamerikanischen Dichter und Essayisten des 20. Jahrhunderts. Paz, der Botschafter Mexicos in Indien war, zog sich aus Protest gegen die Haltung der Regierung gegenüber den revoltierenden Studenten des Jahres 1968 aus der Politik zurück. – *Motto:* Aus «El Cántaro Roto», Poemas (1935–1975), 1979, S. 259: ‹hay que desenterrar la palabra perdida, soñar hacia dentro y también hacia afuera . . .› (wir müssen das verlorene Wort ausgraben, nach innen träumen und auch nach draußen . . .). Die Dichtung von Paz lernte Tomlinson auf seiner ersten Mexico-Reise im Jahr 1963 kennen; er hat Paz übersetzt und mit Paz, Sanguineti und Roubaud ein Renga-Gedicht geschrieben. – 7 *incorruptible:* unbestechlich, unverführbar; unverweslich, unvergänglich. Dem Ganzheitstraum von Paz stellt Tomlinson skeptisch den Akt des Träumens selbst gegenüber und dessen Kraft, wie in «A Given Grace», den Geist aufzuschließen. (R. Swigg, S. 188).

366 Hawks (Ausgabe: Written on Water, 1972; Text: Collected Poems, S. 215; Ü: J. Utz, S. 201) Entstanden März-Juni 1971; Erstveröffentlichung: Hudson Review, 25, 2 (Summer 1972) Eine Variation über das Thema der Beziehung zwischen Mensch und Natur: das was den beobachtenden Menschen vom Vogel trennt wird gleichzeitig zum Medium kreatürlichen Verstehens, ähnlich wie in «Swimming Chenango Lake», «How Still the Hawk» oder «Cochiti». Thematisch verwandt ist das Gedicht mit D. H. Lawrences «Song of a Man Who has Come Through» (siehe oben S. 198), wo ebenfalls das Grenzgefühl des Getrenntseins insofern transzendental wird, als es Bewußtsein von Beziehung stiftet.
366 Etruria Vale (Ausgabe: The Way In, 1974; Text: Collected Poems, S. 243; Ü: J. Utz, S. 223) Entstanden: 25.–27. Dezember 1972; Erstveröffentlichung: London Magazine, 13, 3 (September 1973) – *Titel*: Am Ufer des Trent- und Mersey-Kanals bei Stoke-on-Trent gründete Josiah Wedgwood (1730–1795) im Jahre 1769 seine neue Keramikfabrik, in der er zum erstenmal in Europa keramische Ware industriell herstellte unter Einsatz dampfbetriebener Maschinen und des von ihm erfundenen Pyrometers, mit dem eine verläßliche Messung hoher Ofentemperaturen möglich wurde. Seine Fabrik nannte Wedgwood Etruria, weil er glaubte, die Vorbilder seiner klassizistischen Produkte (wie die heute noch hergestellte Jasper-Ware mit Dekorationen von John Flaxman) stammten aus dem alten Etrurien. Von der alten Fabrik ist heute nur noch wenig zu sehen: eine Reihe von Cottages, die Wedgwood für seine Arbeiter errichten ließ, und das kleine Rundhaus, in welchem modelliert wurde.
368 The Marl Pits (Ausgabe: The Way In, 1974; Text: Collected Poems, S. 248; Ü: J. Utz, S. 227) Entstanden am 16. Februar 1973; Erstveröffentlichung: London Magazine, 13, 3 (September 1973) – *Titel*: *Marl* ist die Bezeichnung für einen stark kalkhaltigen Ton (Mergel). Der Etruria Marl jedoch ist kalkfrei und wird in großen Gruben abgebaut. Er wird für die Herstellung hitzebeständiger Massen und Brennmittel verwendet. Das Gedicht ist wie eine Momentaufnahme aus der Geschichte des Niedergangs der klassischen Industrien Englands und ihrer Hinterlassenschaft zerstörter Landschaften. Diese aber, buchstäblich Schnittpunkte von Stadt und Land, Industrie und Natur, wurden zur Sehschule für Tomlinson: «Man darf nicht die großen Teiche vergessen, die sich in den Gruben bildeten, wo Marl für Fliesen gefördert wurde; als man die Gruben immer mehr sich selbst überließ, kam die Natur zurück, Grün erschien am Rand des Wassers und darin Fische. Fische! Ihr Vorhandensein, nicht nur in den Marlteichen, sondern in den Kanälen, half, Besinnlichkeit ins Leben zu bringen, die im Lärm der Minen und Fabriken gelebt wurden ... Und welche Rolle spielten in dieser Kindheit in den Midlands Erde und Feuer? ... Die Erfahrung mit der Poesie des Feuers, an die ich mich besonders deutlich und gerne erinnere, verbindet sich mehr mit der Herstellung von Stahl als mit der Herstellung von Keramik. Vor allem aber bedeutete es das Erlebnis von Feuer in der Nacht. Wenn

nachts die Hochöfen angestochen wurden oder wenn geschmolzenes Metall in die großen offenen Schuppen der Stahlwerke gegossen wurde, schossen ungeheure blendende Feuersäulen ins Freie und spiegelten sich im nahen Kanal. Insofern wurde dies in der Erinnerung zum Erlebnis von Feuer, das sich mit Wasser verband, Feuer jedoch nicht als das Gegenteil von Wasser, sondern Feuer, das sich mit ihm verband, das im anderen Element und im Betrachter Spiegelbilder entzündete. Sehen hieß auch das ‹Innere› sehen.» (Eden, 1985, S. 10 f.; Übs. J. Utz)

THOM GUNN

Gravesend (Kent) 1929

Thom(son) (William) Gunn gehört zu den *New University Wits* im Umkreis des *Movement* (mit Donald Davie, D. J. Enright und anderen, vgl. die Kurzbiographien zu William Empson und Philip Larkin). Das Markenzeichen seiner frühen Dichtung, die die Kritik aufhorchen ließ, ist ein antiidealistischer Ton, der in harten Rhythmen und dichter Fügung das Lebensgefühl der Beat Generation ausdrückt. Ein Jahr nach seinem Englischstudium in Cambridge erschien sein erster Gedichtband *Fighting Terms* (1954), und er ging als akademischer Lehrer nach Texas und Kalifornien, wo er durch den Dichter und Kritiker Yvor Winters gefördert wurde. Eine zweite Gedichtsammlung *The Sense of Movement* (1957) wurde mit dem Somerset Maugham-Preis ausgezeichnet. Die programmatische Gefühlskälte seiner ‹Liebesgedichte› ist ebenso bemerkenswert wie seine Zelebration der Rocker- und Drogenszene, die freilich auch die destruktiven Seiten des Freiheits- und LSD-Rausches nicht ausspart. Die späteren Gedichtbände wie *The Passages of Joy* (1982) und *The Man with Night Sweats* (1992) – der ihm den ersten «Forward Prize for Poetry» einbrachte – mit ihren Darstellungen des Homosexuellen-Milieus und der Aids-Problematik versuchen, die poetischen Ausdrucksmittel weiter zu elementarisieren.

Ausgaben: Fighting Terms, 1954. – *The Sense of Movement*, 1957. – *My Sad Captains and Other Poems*, 1961. – *Touch*, 1967. – *The Garden of the Gods*, 1968. – *The Explorers*, 1969. – *Moly*, 1971. – *Mandrakes*, 1974. – *Jack Straw's Castle*, 1976. – *The Missed Beat*, 1976. – *Selected Poems 1950–1975*, 1979. – Alle London. – *The Occasions of Poetry: Essays in Criticism and Autobiography*, 1982. – *The Passages of Joy*, 1982. – *The Man With Night Sweats*, 1992. – Alle New York. – *Shelf Life* [Essays], Ann Arbor 1992. – *Collected Poems*, 1994, [1]1993. – *Boss Cupid*, 2000. – Beide London.

Übersetzungen: Philip Larkin, Thom Gunn, Ted Hughes: Gedichte, ed. K. H. Berger, 1974. – K.-D. Sommer/K. H. Berger in: W. Schmiele, ed., *Poesie der Welt: England,* 1981. – Beide Berlin. – K.-D. Sommer/R. Pietraß in: A. Calder, ed., *Englische Lyrik 1900–1980,* Leipzig 1983.

Literatur: G. Summerfield, *Worlds: Seven Modern Poets*, Harmondsworth 1974. – A. Bold, *Thom Gunn and Ted Hughes*, Edinburgh 1976. – P. R. King, *Nine Contemporary Poets: A Critical Introduction,* 1979. – C. Wilmer, ed., *The Occasions of Poetry,* 1982. – Beide London. – I. Rückert, *A Touch of Sympathy: Philip Larkin und Thom Gunn,* Heidelberg 1982. – A. E. Dyson, ed., *Three Contemporary Poets: Thom Gunn, Ted Hughes and R. S. Thomas*, Basingstoke 1990.

370 CONSIDERING THE SNAIL (Ausgabe: My Sad Captains, 1961; Text: Collected Poems, 1994, S. 117; Ü: H. Meller)
370 IN PRAISE OF CITIES (Ausgabe: The Sense of Movement, 1957; Text: Collected Poems, 1994, S. 59 f.; Ü: K.-H. Berger, in W. Schmiele, ed., Poesie der Welt: England, 1981, S. 347–349, bearb.)
374 CARNAL KNOWLEDGE (Ausgabe: Fighting Terms, 1954; Text: Collected Poems, 1994, S. 15 f; Ü: W. v. Koppenfels) – 32 *If you have tears*: Parodie der Pathosrede des Antonius aus Julius Caesar, III, 2:171 («If you have tears, prepare to shed them now...»)
376 MY SAD CAPTAINS (Ausgabe: My Sad Captains, 1961; Text: Collected Poems, 1994, S. 129; Ü: W. v. Koppenfels) – *Titel*: Vgl. Shakespeares *Antony and Cleopatra*, III, 13:182–5: «Come,/Let's have one other gaudy night: call to me/All my sad captains, fill our bowls once more;/Let's mock the midnight bell» – *sad*: kann außer ‹traurig› auch ‹ernst und entschlossen› heißen. – 2–4 *a few friends, and/a few with historical names*: Zu den Freunden zählen wohl auch «those who have informed his life through the word on the page» (G. Summerfield, Worlds, 1974, S. 13); zu des Autors Helden der Geschichte darf man aufgrund seiner Lyrik (vgl. W. Erzgräber, 1984, S. 518) u. a. Alexander, Marcus Antonius, Coriolan, Sokrates, Brutus und Claus von Stauffenberg rechnen. – Vgl. Wordsworths «Prelude», 3: 608 ff.: «And oftentimes do flit/Remembrances before me of old men –/Old humorists, who have been long in their graves,/And having almost in my mind put off/Their human names, have into phantoms passed/Of texture midway between life and books.»

TED HUGHES

Mytholmroyd (West Yorkshire) 1930 – Devon 1998

»I think of poems as a sort of animal» – so metaphorisierte Ted (Edward James) Hughes die Produkte des Lyrikers in einem seiner populären Radiovorträge für jugendliche Leser, und auf seine Weise nahm er die selbstgemachte hermeneutische Metapher so ernst und beim Worte wie I. A. Richards die seinige in der poetologischen Meditation «Retort» (in diesem Band S. 238): «Wie Tiere haben sie ihr eigenes Leben, womit ich sagen will, daß sie ganz unabhängig von irgendwelchen Personen, sogar von ihrem Autor, zu existieren scheinen und nichts hinzugefügt oder weggenommen werden kann, ohne sie zu verstümmeln oder vielleicht sogar umzubringen. Auch besitzen sie eine gewisse Weisheit. Sie wissen etwas Besonderes, etwas, das wir möglicherweise liebend gern von ihnen lernten». (*Poetry in the Making*, S. 15; Übs. U. Horstmann, 1995, S. 4) Hughes verknüpft sogar die Geschichte seiner dichterischen Berufung mit der Geschichte seiner Einstellung zur Tierwelt: «Mit etwa fünfzehn wurde mein Leben komplizierter, und meine Haltung zu Tieren änderte sich. Ich warf mir vor, ihre Existenz zu stören. Ich begann sie nämlich aus ihrem eigenen Blickwinkel heraus zu betrachten. Und ungefähr zur selben Zeit fing ich an, Gedichte zu schreiben». (a. a. O., S. 17; Übs. Horstmann, 1995, S. 8) Sein erstes Gedicht veröffentlichte Hughes 1954 unter dem Pseudonym «Daniel Hearing». Das Anspielen auf die Feuerofen-Nähe eines hörenden und sprechenden Sehers erwies sich als triftige Prophezeiung. – Der Tischlersohn aus Yorkshire studierte in Cambridge Anglistik, Ethnologie und Anthropologie. Er lernte nach dem Examen 1956 die amerikanische Forschungsstipendiatin Sylvia Plath kennen und lieben, lebte mit ihr ab 1957 in kurzer, krisengeschüttelter Ehe in London, Amerika und Devonshire, bis ihr umrätselter Selbstmord ihn für drei Jahre als Lyriker zuerst verstummen, dann für ein Dritteljahrhundert in den Schatten des Vorwurfs geraten ließ, er vor allem habe den Freitod seiner Frau verschuldet. Sie hatte am 11. Februar 1963 den Gashahn in ihrer Londoner Wohnung aufgedreht, in die sie nach dem Scheitern ihrer Ehe mit den beiden Kindern gezogen war. Feministische Militanz stilisierte die seit Jahren suizidgefährdete junge Frau zu einem Machismo-Opfer. Ihr Roman *The Bell Jar* (1963) wurde zum Kultbuch, ihre posthum vom Ehemann edierte Gedichtsammlung *Ariel* (1965) zur Basis ihres legendären Nachruhms (vgl. Bd. 4, S. 420 ff. dieser Anthologie). Hughes' eigener erster Lyrikband *The Hawk in the Rain* (1957), in Amerika preisgekrönt, brachte ihn in den Ruch der Gewalttätigkeitsverherrlichung und des Immoralismus. Seine zahlreichen weiteren Gedichtbände fanden eine Resonanz, die an die Begeisterungswelle für Dylan Thomas in den fünfziger Jahren erinnert. Man bemerkte, daß diese Lyrik vom blutvoll antirationalistischen Animalismus D. H. Lawrences ebenso wie von der akribischen Naturbeobachtung G. M.

Hopkins' beeinflußt worden war – allerdings nicht von der Religiosität des Jesuiten. Man entdeckte Affinitäten zu W. B. Yeats und Robert Graves, und, über Gräben hinweg, die ihre Weltanschauungen voneinander trennen, sogar zum Romantiker Shelley in seinem Abscheu vor der fortschreitenden Veräußerlichung aller Werte im Klima künstlicher Paradiese, seelen- und gnadenloser Industrialisierung und kommerzialisierter Fortschrittsgläubigkeiten. Selbst an William Blake fühlte sich manch einer erinnert durch Hughes' gnostische Parteinahme für den ewigen Aufrührer, der sich listig chaotisierend und heiter umsturzversessen gegen den uralten bösen Täuschergott erklärt wie der Mythenheld in seinem von kaustisch schwarzem Humor durchtränkten Gedichtband *Crow: From the Life and Songs of the Crow* (1970). Dort ist in einer antitheologischen *grand guignol*-Burleske der schadenfroh unheilstiftende Sondergott «Crow» als ewiger Trickster bemüht, die Episoden um Genesis und Sündenfall herum sehr auf Kosten des biblischen Schöpfergotts in Unordnung und Mißkredit zu bringen. Als Hughes' zweite Frau, seine Lebensgefährtin Assia Wevil, im März 1969 sich und ihre Tochter ebenfalls durch Gas tötete, ließ er die Serie seiner *Crow*-Gedichte abrupt zu Ende gehen. – 1974 erhielt Hughes «The Queen's Medal for Poetry», 1984 wurde er zum britischen Poeta Laureatus in der Nachfolge von Sir John Betjeman ernannt. Weiteren Ruhm erwarb sich Hughes als Anthologist, Kinderbuchautor sowie als sprachmächtiger Übersetzer der *Tales from Ovid*, die als «the greatest poem of Classical inspiration probably since the *Cantos*» (*The Times*) gewürdigt wurden. Sein letzter Gedichtband *Birthday Letters* (1998) wurde von Seamus Heaney, als «A New Work in the English Tongue» gefeiert (siehe S. 458 in diesem Band). Er erhielt posthum den T. S. Eliot-Preis, nachdem ihm bereits der Forward-Preis für Lyrik zuerkannt worden war. Posthum auch erschien seine Übersetzung des *Alcestis*-Dramas des Euripides, in dem die Ehefrau sich anstelle ihres Mannes dem Todesgott opfert. Die Geburtstagsgedichte an die tote Sylvia Plath waren über einen Zeitraum von über 25 Jahren hinweg geschrieben worden, beginnend kurz nach dem Suizid. Hughes hat mit diesem sehr privaten Nachlaß nicht nur das Schweigen über seinen Schmerz beim Freitod der Ehefrau gebrochen, sondern auch das Schweigen über sein Gefühl, von ihr in den Bann des Todes hineingezogen worden zu sein.

Ausgaben: The Hawk in the Rain, 1957. – *Lupercal*, 1960. – *Wodwo*, 1967. – *Poetry in the Making*, 1969. – *Crow: From the Life and Songs of the Crow*, 1970. – *Gaudete*, 1977. – *Cave Birds*, 1978. – *Moortown*, 1979. – *Remains of Elmet: A Pennine Sequence*, 1979. - *Selected Poems 1957–1981*, 1982. – *Flowers and Insects*, 1986. – Alle London. – *Collected Poems*, Oxford 1987. – *Shakespeare and the Goddess of Complete Being*, 1992. – *Rain Charm for the Duchy*, 1992. – *Winter Pollen: Occasional Prose*, ed. W. Scammell, 1994. – *New Selected Poems 1957–1994*, 1995. – *Tales from Ovid*, 1997. – *Birthday Letters*, 1998. – *Phèdre by Jean Racine*, 1998. – *Alcestis by Euripides*, 1999. – Alle London.

Übersetzungen: E. Faas/M. Seletzki, *Gedanken-Fuchs: Gedichte* (Literarisches Colloquium), 1971. – *Philip Larkin, Thom Gunn, Ted Hughes: Gedichte*, ed. K. H. Berger, 1974 (Übs. K. H. Berger, K.-D. Sommer, E. Faas, M. Seletzki). – Beide Berlin. – E. Schenkel, *Krähe: Aus dem Leben und Gesängen der Krähe,* Stuttgart 1986. – U. Horstmann, *Gedichte: Zweisprachig*, Heidelberg 1995. – A. Paluch/R. Habeck, *Birthday Letters*, Frankfurt/M. 1998.

Literatur: G. Summerfield, ed., *Worlds: Seven Modern Poets* [Thom Gunn, Seamus Heaney, Ted Hughes u.a.], Harmondsworth 1974. – W. Mitgutsch, *Zur Lyrik von Ted Hughes: Eine Interpretation nach Leitmotiven,* Salzburg 1974. – E. Faas, *Ted Hughes: The Unaccommodated Universe*, Santa Barbara 1980. – T. Gifford/N. Roberts, *Ted Hughes: A Critical Study*, London 1981. – S. Hirschberg, *Myth in the Poetry of Ted Hughes: A Guide to the Poems*, Portmarnock 1981. – Seamus Heaney, «Hughes and England» in K. Sagar, ed., *The Achievement of Ted Hughes*, Manchester 1983, S. 14–21. – T. West, *Ted Hughes*, London 1985. – A. D. Moody, *The Poetry of Ted Hughes: Form and Imagination*, Iowa City 1986. – D. Walder, *Ted Hughes* (Open University), Milton Keynes 1987. – C. Robinson, *Ted Hughes as Shepherd of Being*, 1989. – A. E. Dyson, ed., *Three Contemporary Poets: Thom Gunn, Ted Hughes and R. S. Thomas*, 1990. – Beide London. – N. Bishop, *Re-Making Poetry: Ted Hughes and a New Critical Psychology*, Hemel Hempstead 1991. – Seamus Heaney, «The New Poet Laureate», und Derek Walcott, «Medusa Face» in L. M. Scigaj, ed., *Critical Essays on Ted Hughes*, New York 1992. – P. Hühn, *Geschichte der englischen Lyrik*, Bd. 2 (1995). – P. Bentley, *The Poetry of Ted Hughes*, 1998. – E. Wagner, *Ariel's Gift: A Commentary on «Birthday Letters»*, 2000. – Beide London.

378 THE THOUGHT-FOX (Ausgabe: The Hawk in the Rain 1957; Text: Selected Poems 1957–1981, S. 13; Ü: U. Horstmann, S. 15, bearb.) Erstveröffentlichung: New Yorker, 31. 9. 1957. Der Übersetzer kommentiert: «Als Initiationsgedicht eine poetische (Wieder-)Geburtsurkunde und zugleich Veranschaulichung der medialen Dichtungstheorie Hughes', die den Eigensinn und das Eigenleben dessen betont, was dem Künstler ‹in den Kopf kommt›». (S. 189) Hughes selber hat sich mehrfach geäußert über die komplexen Bezüge zwischen den in seinem Werk wiederholt sich ereignenden Fuchs-Epiphanien und den Entstehungsbedingungen von Poesie. So erinnert er sich des Moments, in dem sein Gedicht «zum Leben» kam: «Eines Nachts saß ich in einer schäbigen Wohnung in London. Draußen schneite es, und ich hatte schon seit ungefähr einem Jahr nichts mehr geschrieben. Aber in jener Nacht kam es mir so vor, als könnte ich etwas zu Papier bringen, und in ein paar Minuten entstand das erste ‹Tiergedicht›, das ich je verfaßt habe.» (Poetry in the Making, S. 19) Dies bezieht sich auf den «Gedanken-Fuchs», von dessen «Bedeutung» der Autor a. a. O. sagt: «Dies Gedicht hat nichts von dem, was man einfach Bedeutung nennen könnte. Es handelt ganz offenkundig von einem Fuchs, aber der Fuchs ist sowohl Fuchs als auch

nicht Fuchs. Was für ein Fuchs ist das, der einfach in meinen Kopf schlüpft, wo er vermutlich noch immer sitzt..., in sich hineingrinsend, wenn die Hunde bellen? Es ist sowohl ein Fuchs als auch ein Geist. Es ist ein wirklicher Fuchs; wenn ich das Gedicht lese, sehe ich ihn sich bewegen, sehe ihn seine Spuren setzen...» (Übs. W. Erzgräber und U. Knoedgen, in: Moderne englische Lyrik, 1984, S. 518 f.). Damit proklamiert der Autor seinen horazischen Anspruch auf Dauer: «Selbst wenn ich schon lange tot bin, wird der Fuchs, solange der Text noch greifbar ist, da draußen in der Dunkelheit auf die Beine kommen, wird er sich, sobald sich ein Leser findet, zu ihm aufmachen» (a. a. O., S. 20; Übs. Horstmann, S. 190). – Zum Ganzen siehe Seamus Heaney, 1983, S. 17 f. Vgl. Hughes' 41 Jahre später veröffentlichtes Gedicht «Epiphany» aus den «Birthday Letters» S. 382 in diesem Band, in dem einem Fuchs abermals eine schicksalhafte Rolle zugesprochen wird.

380 Relic (Ausgabe: Lupercal, 1960; Text: New Selected Poems 1957–1994, S. 29; Ü: H. Meller) Erstveröffentlichung: Harper's Magazine, November 1958. – *Titel*: «Relic» kann Überbleibsel, aber auch Reliquie bedeuten. Das Fundstück versinnbildlicht entsprechend den grauenvollen Lebensverschleiß der Natur und ihr aufopferungsvolles, unverwüstliches Immerdar: «den lebensprallen, aber auch schrecklichen Geist der Natur, der sich in jeder Sekunde erneuert» (Ted Hughes, zitiert bei U. Horstmann, S. 194). Summerfield (S. 269) verweist auf T. S. Eliots «Four Quartets: The Dry Salvages»; sowie auf John Keats' «Epistle to Reynolds« (1818): «I saw / Too far into the sea: where every maw / The greater on the lesser feeds evermore: / But I saw too distinct into the core / Of an eternal fierce destruction». – Man vergleiche den Reliquienfund Hughes' mit Hugh MacDiarmids Gedicht «Perfect» über die Auffindung eines Taubenschädels auf S. 236 dieses Bandes.

380 Her Husband (Ausgabe: Wodwo, 1967; Text: New Selected Poems 1957–1994, S. 56 f.; Ü: E. Faas/M. Seletzki, 1971, in W. Schmiele, ed., Poesie der Welt, 1981, S. 351) Erstveröffentlichung: Spectator, 24. 3. 1961. Der Autor, der im Bergarbeitermilieu von Mexborough einen Teil seiner Jugend verbracht hatte, kommentiert den Prozeß der textuellen Verdichtung selber: «Ursprünglich hatte ich ein langes Gedicht im Kopf, das die Lebensgeschichte dieses Ehepaars zum Gegenstand haben sollte. Aber nach etlichem Herumprobieren konzentrierte sich alles auf die eine Schlüsselsituation, aus der die übrigen Eigenheiten, alle anderen Ereignisse ihrer Beziehung hervorzugehen schienen.» (Ted Hughes, Poetry in the Making, S. 49, übersetzt bei U. Horstmann, 1995, S. 195 f.).

382 Full Moon and Little Frieda (Ausgabe: Wodwo, 1967; Text: New Selected Poems 1957–1994, S. 87; Ü: H. Meller) Erstveröffentlichung: Observer, 27. 1. 1963. Ted Hughes' und Sylvia Plaths Tochter Frieda kam am 1. April 1960 auf die Welt; der Sohn Nicholas wurde 1962 geboren.

384 Epiphany (Ausgabe: Birthday Letters, 1998, S. 113 ff.; Ü: A. Paluch/R. Habeck, 1998, S. 121, bearb.) Die poetische Begegnung mit dem

mehrdeutigen Totem-Tier Fuchs, die den Autor des «Thought-Fox» (siehe oben S. 378) zum Dichter machte, hatte eine dramatische biographische Vorgeschichte, die Hughes als eine ominöse Episode aus der Zeit seines Studiums stilisiert: «At Cambridge University in my third and final year I read Archaeology and Anthropology. But for my first two years, from 1951 to 1953, I read English. Like plenty of others, I had assumed that the course in English would help my own writing. Students of English were expected to produce a weekly essay ... Once again I had finished up at two a. m., exhausted ... At last I had to give up and go to bed. I began to dream ... I saw the door was opening slowly. Then a head came around the edge of the door ... It was a fox, but the size of a wolf. As it approached and came into the light I saw its body and limbs had just now stepped out of a furnace. Every inch was roasted, smouldering, black-charred, split and bleeding ... Then it spread its hand – a human hand as I now saw, but burnt and bleeding like the rest of him – flat palm down on the blank space of my page. At the same time it said: ‹Stop this – you are destroying us.› Then as it lifted its hand away I saw the blood-print, like a palmist's specimen, with all the lines and creases, in wet, glistening blood on the page.» (Ted Hughes, Winter Pollen, 1994, S. 8 f.) Es bedarf fast eines halben Jahrhunderts, bis der Dichter seine private Mythologie durch «die Hermeneutik der Geburtstagsbriefe» (I. Harms) vervollständigt hat. Dem frischgebackenen Vater wird zehn Jahre nach dieser Vision auf seinem Wege über die Londoner Chalk-Farm-Brücke zur U-Bahn inmitten der Menschenmenge von einem unbekannten Fremden ein Fuchsjunges angeboten. Die Offerte der großen Wildheit verlockt den Dichter, aber er lehnt ab. Er will seiner jungen Familie die Zumutung des Risikos ersparen. Er geht weiter – «as if out of my own life». In diesem Moment der ‹Epiphanie› erkennt er, daß seine Ehe gescheitert ist.

388 THE DOGS ARE EATING YOUR MOTHER (Ausgabe: Birthday Letters, 1998, S. 195 f.; Ü: A. Paluch/G. Habeck, 1998, S. 203 f.) Zu Beginn dieser Horrorvision werden die Kinder nach dem Suizid ihrer Mutter an eine andere Szene erinnert, die Hughes' Gedicht «Fuchsjagd» beschwört: «Der Fuchs/hängt seine silberne Zunge in die lärmige Welt/über den spritzenden Pfoten. Wird er flüchten,/bis seine Muskeln plötzlich Eisen werden,/bis Blut den Mund umschäumt, die Lungen reißen,/bis seine Füße rohe blutige Strünke sind . . .» (Übs. H. Hartung in: ders., ed., Luftfracht, 1991, S. 206 f.) – Sylvia Plath, die Hughes in Cambridge 1956 kennengelernt und im gleichen Jahr geheiratet hatte, beging 1963 Selbstmord durch Gasvergiftung kurz nachdem sie sich von ihrem Mann im Streit getrennt hatte, um alleine mit ihren beiden Kindern zu leben. Diesen widmete Hughes den Band Birthday Letters. – Es fällt schwer, in diesem krassen Text nicht die Spuren der Empörung Hughes' über die Kampagne, die im Namen Sylvia Plaths gegen ihn geführt worden war, zu entdecken.

390 WHEN MEN GOT TO THE SUMMIT (Ausgabe: Remains of Elmet: A Pennine Sequence, 1979; Text: Selected Poems 1957–1981, S. 173; Ü:

U. Horstmann, 1995, S. 133) In vierzehn Zeilen entwirft Hughes sein Szenario vom Höhepunkt und Ende der Zivilisation. Die Bürde wird unerträglich, die Infrastruktur rutscht weg, und von der Überanstrengung vieler Generationen bleibt das Aufflackern einer Bildröhre und das wehmütige «Nevertheless». (Anm. d. Übs.) Hughes bilanziert selber so: «Die gesamte innere Welt ist rudimentär und chaotisch geworden, zunehmend primitiv und unserer Kontrolle entzogen. Sie hat sich in einen Aufenthaltsort für Dämonen verwandelt. Wir spüren noch die immense Abwesenheit, Leere, Sterilität, Sinnlosigkeit und Verlorenheit. Wenn wir durch irgendeinen Spiegelungsmechanismus ein Abbild unseres innersten Selbst erhaschen, erkennen wir es mit Schaudern wieder – es ist ein Tier, das in einer Hölle herumkriecht und verludert. Wir wollen nichts damit zu tun haben.» (Ted Hughes, Winter Pollen, S. 149; Übs. U. Horstmann, S. 2) – Vgl. drei weitere Epochen-Bilanzen in diesem Band: Hardys «Channel Firing» (S. 114 ff.) und W. B. Yeats' «The Second Coming» (S. 164) in den frühen Dekaden des Jahrhunderts, und Joseph Brodskys «Letter to an Archaeologist» (S. 466) gegen Ende eines Jahrtausends.

GEOFFREY HILL

Bromsgrove (Worcestershire) 1932

Geoffrey Hill gilt unter den bedeutenden britischen Dichtern der Gegenwart als besonders anspielungsreicher, schwieriger und elitärer Lyriker. Sein Werk versteht sich als ein einziger dringlicher Dialog mit der Geschichte – und hier vor allem mit der Katastrophengeschichte Europas. Der Sohn eines Polizeibeamten aus Worcestershire (das er als die alte Grenzregion «Mercien» in seinen *Mercian Hymns* prosaisch besingt) studierte in Oxford Literatur und trat gleichzeitig mit ersten Gedichten hervor. Als *poeta doctus* angelsächsischer Prägung unterrichtete er an den Universitäten von Leeds und Cambridge; seit 1988 lehrte er als «Professor für Literatur und Religion» an der Universität Boston. George Steiner nennt ihn im Hinblick auf seine ‹lateinische› Kultur, seine politische Leidenschaft und seine Dramatisierung der *conditio christiana* «among our finest poets ... the most European».

Ausgaben: For the Unfallen, 1959. – *King Log*, 1968. – *Mercian Hymns*, 1971. – *Tenebrae*, 1978. – *The Mystery of the Charity of Charles Péguy*, 1983. – *The Lords of Limit. Essays on Literature and Ideas*, 1984. – Alle London. - *Collected Poems*, Harmondsworth 1985. – *The Enemy's Country*, Oxford 1991. – *Canaan*, 1996. – *The Triumph of Love*, 1998. – Beide Harmondsworth.

Übersetzungen: U. Kolbe, «Hymnen auf Mercia», in A. Calder, ed., *Englische Lyrik 1900–1980*, Leipzig 1983. – K. Perryman, «Sieben Gedichte», *Babel* 8, 1994. – W. v. Koppenfels, «Eine Tröstung aus Trauer und Zorn: Die schwierige Gedächtniskunst des G. Hill», in *Akzente* Jg. 47, 2000.

Literatur: P. Robinson, ed., *G. Hill*, Milton Keynes 1985. – H. Hart, *The Poetry of G. Hill*, Carbondale 1986. – H. Bloom, ed., *Modern Critical Views: G. Hill*, New York 1986. – V. B. Sherry, *The Uncommon Tongue*, Ann Arbor 1987. – E. M. Knottenbelt, *Passionate Intelligence*, Amsterdam 1990. – R. Pordzik, *History as Poetry: Dichtung und Geschichte im Werk von G. Hill*, Essen 1994. – Ders., *Signaturen der Postmoderne*, Essen 1996.

392 ANNUNCIATIONS (Ausgabe: King Log; Text: Collected Poems, S. 62 f.; Ü: W. v. Koppenfels) Reimloses Doppelsonett zur Hillschen Zentralfrage nach der Möglichkeit einer zeitgenössischen Poetik, formuliert in der biblischen Symbolsprache von Verkündigung, Geburt des ‹Wortes›, Abendmahl und Passion opferbereiter Liebe. – 8 *The searchers with the curers*: Gemeint sind wohl Kritiker und Leser, die die ‹Beute› vom Aufbruch des ‹Wortes› in den Sumpf der Welt klassifizieren und goutieren.

394 HISTORY AS POETRY (Ausgabe: King Log; Text: Collected Poems, S. 84; Ü: W. v. Koppenfels) Das Pfingstwunder der Ausgießung des Geistes und der Ausbreitung des Wortes im Zeichen der Feuerzungen verkehrt sich in der Konfrontation des Dichterwortes mit der Geschichte zur Erfahrung von Asche, Wunden und Greueln, die die Zunge berichtet und anrichtet. – 5 *Lazarus*: Der Auferstandene aus Johannes 11, hier als exhumierter Leichnam. – 10 *Selah*: häufig in den Psalmen auftauchendes hebräisches Wort, das meist im Sinne von ‹Schluß›/‹abgemacht› verstanden wird.

394 FROM THE LATIN (Ausgabe: King Log; Text: Collected Poems, S. 98; Ü: W. v. Koppenfels) Siebtes Stück aus dem «Songbook» des spanischen Dichters Sebastian Arrurruz, den Hill als Elegiker des Liebesverlustes zu seiner poetischen Persona macht. Arrurruz ist die Erfindung seines englischen ‹Übersetzers›, apokryph wie die Dichter-Masken eines Machado oder Pessoa; und auch das lateinische ‹Original› dürfte – im Stil der antiken erotischen Elegie und Epigrammatik – selbsterzeugt sein. Die dreifache Brechung des emotionalen Geschehens ist also illusorisch: eine ironische Betrachtung über Dichtung als europäisches Palimpsest.

394 OVID IN THE THIRD REICH (Ausgabe: King Log; Text: Collected Poems, S. 61; Ü: W. v. Koppenfels) Auftaktgedicht von Hills wohl bedeutendster Sammlung. *Motto*: ‹Nicht sündigt, wer bestreiten kann, gesündigt zu haben. Schmachvoll ist nur das Eingeständnis der Schuld.› Diese Verse, bei Ovid auf den (weiblichen) sexuellen ‹Fehltritt› bezogen, wählt Hill als Metapher für die Thematik des ‹inneren Exils› unter der Naziherrschaft. – 6 *sphere:* Lebenskreis / Kreis innerhalb des Danteschen Himmels- und Höllenkosmos. – 8 *Love:* Dante nennt die ‹höchste Liebe› zusammen mit gött-

licher Allmacht und Weisheit unter den Baumeistern der Hölle (Inferno, III, 5 f.).

396 September Song (Ausgabe: King Log; Text: Collected Poems, S. 67; Ü: W. v. Koppenfels) September als der Monat der Deportation von Hills namenlosem alter ego, dessen Geburtsjahr auch das seine ist, verbindet die herbstliche Gartenidylle des Sprechers mit der Welt der Gaskammern und Krematorien. – 14 *enough*: aus der jüdischen Danklitanei des Passahfestes, das mit der Schlachtung eines Opferlamms gefeiert wurde.

396 ‹Christmas Trees› (Ausgabe: Tenebrae; Text: Collected Poems, S. 171; Ü: W. v. Koppenfels) *Titel:* ‹Christbäume› sind Leuchtgeschosse, die ein zur Bombardierung vorgesehenes Areal erhellen. – 1 *Bonhoeffer:* deutscher evangelischer Theologe und führender Vertreter der Bekennenden Kirche; wegen seiner Teilnahme am Widerstand gegen Hitler noch in den letzten Kriegstagen hingerichtet.

398 Dark-Land (Text: Canaan, S. 13; Ü: W. v. Koppenfels) – *Titel*: Im 2. Teil von Bunyans Volksbuch «The Pilgrim's Progress» (1678) heißt die ihrer Umnachtung wegen von dem Pilger Valiant-for-truth verlassene Heimat «Dark-land»: Unser Text ist das erste von drei Gedichten gleichen Titels, die die spirituellen Geschichtslandschaften Englands aus dem Bewußtsein der Gegenwart betrachten – hier einige markante Orte im weiteren Umkreis von Cambridge. – 1 *Grantham*: Stadt in Lincolnshire mit 80 Meter hohem Kirchturm, einstiges Hauptquartier Cromwells, und Heimat von Margaret Thatcher. – 3 *fen*: früheres Marschland; Niederungen von East Anglia. – 5 *Ely*: alte Hauptstadt des Fennlandes, gekrönt von seinem Wahrzeichen, dem achteckigen Vierungsturm der Kathedrale. – 9 *Elstow*: Marktort in Bedfordshire, Schauplatz der Verdammungsfurcht, Prädestinationserfahrung, Predigertätigkeit und Verfolgung des puritanischen Wanderpredigers und Autors John Bunyan (1628–1688).

398 The Triumph of Love (Text: The Triumph of Love, liv; cxlviii, V. 15–24, von 24; S. 27; 82; Ü: W. v. Koppenfels) – 7 *‹savage torpor›*: aus Wordsworths Vorrede zur Gedichtsammlung «Lyrical Ballads» von 1800, die die (romantische) Dichtung als Heilmittel gegen den «degrading thirst after outrageous stimulation» der Gegenwart empfiehlt. – 19 *Croker. . .*: sprechende Namen einer periodisch auftretenden Gruppe von Kritikern des Dichter-Ichs – die ‹vox populi› der Gegenwart («croker» vermutlich zu «croaker»: Krächzer/Miesmacher; «sikker»: zu «sick», krank, und «siccus», trocken; «shem» zu «sham», Schwindler, und «shame», Schande). Der Dichter als ‹Lehrer› trichtert seine Definition von Dichtung unaufmerksamen und für die Botschaft wenig empfänglichen ‹Schülern› ein.

Fleur Adcock

Papakura 1934

Die gebürtige Neuseeländerin wanderte 1963 nach England aus. Emigration wurde ihr, die sich als «exile in Thatcherland» fühlte, zu einer Metapher für Entfremdung und Heimatlosigkeit, nicht zuletzt auch im Hinblick auf die Marginalisierung der Frau in der Gesellschaft. Ihre poetische Reaktion auf den Stand der Dinge verbindet ironische Bildkunst mit Kolloquialität und realistische Beobachtung mit schneidender Satire. Sie ist Herausgeberin des *Faber Book of 20th Century Women's Poetry* (1987).

Ausgaben: Tigers, 1967. – *High Tide in the Garden*, 1971. – *The Scenic Route*, 1974. – *The Inner Harbour*, 1979. – *Selected Poems*, 1983, rev. ed. 1991. – *The Incident Book*, 1986. – *Time Zones*, 1991. – *Looking Back*, 1997. – Alle Oxford.

Literatur: J. Stannard, *F. Adcock in Context*, Lewiston 1997.

402 MISS HAMILTON IN LONDON (Ausgabe: Tigers; Text: Selected Poems, 1983, S. 9; Ü: N. Elias, in: Los des Menschen, Frankfurt/M. 1987, S. 31; bearb.)

402 AGAINST COUPLING (Ausgabe: High Tide in the Garden; Text: Selected Poems, 1983, S. 33 f.; Ü: W. v. Koppenfels) – 8 *The Sound of Music*: Populäres Musical von R. Rodgers und O. Hammerstein über die Trapp-Familie, 1959; hier ist vermutlich die ebenfalls sehr erfolgreiche Verfilmung gemeint. – 23 *Pyramus and Thisbe*: tragisches Liebespaar der Mythologie, das seine Zuneigung vor den verfeindeten Eltern verbergen mußte; nur durch einen Spalt in der Wand zwischen den Häusern beider Familien konnten die Liebenden miteinander reden.

Tony Harrison

Leeds 1937

Der in einer Arbeiterfamilie in Leeds aufgewachsene Tony Harrison hatte mit elf Jahren ein Stipendium für die prestigeträchtige Leeds Grammar School gewonnen und kam so dazu, Latein und Griechisch zu lernen. Nach einem Studium der klassischen Philologie an der Leeds University (1955–1960) unterrichtete er an der Ahmadu Bello University in Nigeria (1962–1966), später an der Karlsuniversität in Prag, und unternahm ausgedehnte

Reisen. Harrison ist nicht nur als Lyriker bekanntgeworden, sondern auch als Übersetzer und erfolgreicher Bühnenautor, vor allem durch seine Adaptation der *Oresteia* (1981). Er arbeitete als Opernlibrettist und war «Resident Dramatist» am National Theatre (1977–1978). 1987 fand eine Fernsehversion seines umstrittenen Stücks *V* (1985) über die Schändung des Grabes seiner Eltern durch Vandalisierer eine ungewöhnlich starke Resonanz. Seit Beginn der neunziger Jahre wendet sich Harrison verstärkt politischen Stoffen zu: so dem Golfkrieg und dem Krieg auf dem Balkan. – Als Lyriker, vor allem in dem Band *From ‹The School of Eloquence› and Other Poems* (1978), thematisiert er häufig den Kontrast zwischen seiner Herkunft und seiner klassischen Bildung, die in Großbritannien überwiegend Angehörigen der Mittel- und Oberschichten zuteil zu werden pflegt. Er betont die Rolle der Sprachverwendung als eines Ausgrenzungsmechanismus, aber auch als Möglichkeit, Unterdrückung zu artikulieren. «Durch Schreiben konstituiert und rechtfertigt Harrison somit seine auf Widersprüchen basierende Identität.» (P. Hühn in *Englische Gedichte des 20. Jahrhunderts*, ed. M. Hanke, S. 356).

Ausgaben: The Loiners (London Magazine Editions), 1970. – *Palladas: Poems,* 1975. – *From ‹The School of Eloquence› and Other Poems*, 1978. – Alle London. – *A Kumquat for John Keats*, 1981. – *U. S. Martial,* 1981. – Beide Newcastle upon Tyne. – *Selected Poems*, Harmondsworth 1984; rev. Harmondsworth und New York 1987. – *Theatre Works, 1973–1985*, Harmondsworth, 1986. – *V and Other Poems,* New York 1990. – *A Cold Coming: Gulf War Poems,* 1991. – *The Gaze of the Gorgon,* 1992. – Beide Newcastle.

Literatur: N. Astley, ed., *Tony Harrison: Bloodaxe Critical Anthologies,* 1, Newcastle 1991. – L. Spencer, *The Poetry of Tony Harrison*, Hemel Hempstead 1994.

406 Heredity (Ausgabe und Text: The School of Eloquence, 1978, S. 7; Ü: E. Schenkel in: Der Literat, Oktober 1990, S. 306)
406 Punchline (Text: Selected Poems, 1984, S. 150; Ü: S. Schmid) – *Titel*: Pointe; Wortspiel mit «to punch» ‹schlagen‹. – 7 *uke*: Ukulele, eine kleine vierseitige Gitarre. – *broke*: pleite, Spiel mit «broken» ‹gebrochen›. – 9 *George Formby*: populärer Unterhalter. Sowohl die billige Ukulele als auch der Musiker Formby gehörten zur Kultur der Arbeiterklasse.
408 Illuminations (Nr. III; Text: Selected Poems, 1984, S. 148; Ü: S. Schmid) – *Titel*: In den vier «Illuminations»-Sonetten beschreibt Harrison, wie seine Familie am Meer Urlaub machte. «Illuminations» (wie man sie z. B. in Blackpool, dem beliebten Ferienort der Mittel- und Unterschichten, erleben kann, sind festliche Beleuchtung der Flanierbezirke; hier ein Spiel mit der religiösen Bedeutung des Terminus. Harrison thematisiert die Spannung zwischen seinen Eltern, die ihr Leben lang der Arbeiterklasse verhaftet blieben, und seiner Situation als Dichter und distanzierter Beobachter. (Vgl.

die Meditation «Digging» von Seamus Heaney über den schreibenden Autor und seine proletarischen Eltern, in diesem Band S. 442)
408 ON NOT BEING MILTON (Text: Selected Poems, 1987, S. 112; Ü: H. Meller) Die *Widmung* gilt zwei führenden Mitgliedern der Befreiungsbewegung Frelimo in Mozambique, die später zur regierenden Partei wurde. Beide waren auch Dichter. – 2 *these sixteen lines*: Harrison verwendet – wie fast durchweg in «From ‹The School of Eloquence›» – das 16zeilige «Sonett», das er George Merediths «Modern Love» (1862) entlehnt. (Vgl. P. Hühn in: Englische Gedichte des 20. Jahrhunderts, ed. M. Hanke, S. 357, und die in diesem Band auf S. 22–26 enthaltenen Meredith-Gedichte). – 3 *Cahier d'un retour au pays natal*: der Titel des Buchs, das Aimé Césaire 1938 über seine Rückkehr nach Martinique veröffentlichte, das Land seiner Geburt. Césaire feiert in seinem Bericht die «négritude», den Stolz auf das Schwarzsein. – 4 *growing black* bezieht sich sowohl auf die afrikanischen Frelimo-Aktivisten als auch auf den Kohlenstaub, der die Gesichter der nordenglischen Bergarbeiter schwarz werden läßt. – 5 *scold*: einerseits eine zänkische Lästerzunge, ein Schandmaul; andererseits das altnordische Wort für den Dichter, den Skalden. – *branks*: (Pluralwort) metallischer Zaumzeug-Knebel oder maulkorbähnliche Foltermaske zur Bestrafung von Lästermäulern am mittelalterlichen Pranger; als Verb bedeutet *to brank* ‹stolzieren, sich spreizen›. – 8 *Ludding*: Das Partizip bezieht sich auf die Ludditen (Maschinenstürmer), eine Gruppe radikaler Textilarbeiter, die zwischen 1811 und 1816 gegen die im 18. Jahrhundert in England erfundenen mechanischen Webstühle und Spinnmaschinen ankämpften, die ihre Arbeitsplätze zerstörten. Die Bewegung berief sich auf einen Ned Lud aus Leicestershire, der in ein Haus einbrach, um Strumpfwirk-Rahmen zu zerbrechen, worauf der Anführer der rabiaten Demonstranten «General Lud» genannt wurde. – 9 *Enoch*: Hierzu merkt der Autor an: «Ein ‹Enoch› ist ein eiserner Vorschlaghammer, den die Ludditen verwendeten, um die Webstühle zu zerschlagen, die von eben diesem Enoch Taylor aus Marsden hergestellt wurden. Ihr Ruf war: ‹Enoch hat sie gemacht. Enoch wird sie zerstören!›» – Ein jedes Ausholen des selbstbewußten «Vorschlaghammers» der Aussprache und Betonung nach Art der Proletarier von Leeds schlägt also einen falschen Ton an auf dem als eine Art von Klaviatur gedachten Wirkrahmen oder Webstuhl der Kunst. – 10 *forged*: geschmiedet oder gefälscht. – *frames* Webstühle oder Rahmen. – 12 *mute ingloriousness*: In Thomas Grays «Elegy Written in a Country Churchyard» (1751) taucht in der Vorstellung des soziologisch nachdenkenden Friedhofsbesuchers «some mute inglorious Milton» auf, der sein dichterisches Potential nicht hatte verwirklichen können (siehe Bd. 2, S. 144 in dieser Anthologie). - 15 *Tidd the Cato Street conspirator*: Die «Verschwörung der Cato Streeet» hatte die Ermordung der meistverhaßten Kabinettsmitglieder, der Lords Sidmouth und Castlereagh, zum Ziel. Am 23. Februar 1820 sollten ihnen bei einem Arbeitsessen am Grosvenor die Köpfe abgeschnitten werden. Der Plan dieser Schlächterei mißlang; die Anstifter des Komplotts, darunter

Richard Tidd, wurden in Newgate gehängt, andere kamen als Sträflinge nach Australien.
410 The Bedbug (Ausgabe und Text: The Loiners, 1970, S. 68; Ü: S. Schmid) Harrison hatte im akademischen Jahr 1966/1967 an der Prager Karlsuniversität unterrichtet. Hier beschreibt er ironisch das Klima des Kalten Kriegs und die Überwachung durch den Staat am Vorabend der gewaltsamen Unterdrückung des «Prager Frühlings» durch die Truppen des Warschauer Pakts. (Vgl. das Gedicht «August 1968» von W. H. Auden in diesem Band, S. 290)

Roger McGough

Liverpool 1937

Unter den in den sechziger Jahren im Fahrwasser der Beatles auf Popmusik-Vertonung hin populäre Lyrik schreibenden Vertretern der «Liverpool Poets», zu denen neben John Lennon als dem wohl begabtesten der Gruppe auch Adrian Henri und Brian Patten gerechnet werden, erfreut sich der quicklebendige Roger McGough noch immer beträchtlicher Beliebtheit.

Ausgaben: *The Mersey Sound* [Anthologie], Harmondsworth 1967. – *The Liverpool Scene* [Anthologie], 1967. - *Holiday on Death Row*, 1979. – *Selected Poems 1967–1987*, 1989. – *Blazing Fruit*, 1990. – *Defying Gravity*, 1993. – Alle London.

Übersetzungen: A. Paluch/R. Habeck, *Tigerträume: Gedichte – Zweisprachig*, Heidelberg 1997.

412 Blazing Fruit (Text: Blazing Fruit, 1990, S, 128: Ü: A. Paluch/R. Habeck)
414 Incident at a Presidential Garden Party (Text: Blazing Fruit, 1990, S. 137; Ü: A. Paluch/R. Habeck)
414 Curse (Text: Defying Gravity, 1993, S. 43; Ü: A. Paluch/R. Habeck; bearb.)
416 Survivor (Text: Blazing Fruit, 1990, S. 136; Ü: A. Paluch/R. Habeck)

LES MURRAY

Nabiac (Australien) 1938

Leslie Allan Murray, der auf einer Rinderfarm in Bunyah an der Nordküste von New South Wales aufwuchs, genießt nicht nur auf seinem Kontinent hohes Ansehen. Einer seiner Landsleute, David Malouf, bezeichnet ihn als «perhaps the most naturally gifted poet of his generation», und ein anderer, Peter Porter, nennt ihn «the true spokesman of the whole nation». Europa beginnt ihn seit einiger Zeit zu entdecken.

Ausgaben: The Vernacular Republic: Poems 1961–1981, 1982. – *The Boys who Stole the Funeral* [Novel-in-Verse], 1980. – *The Daylight Moon,* 1987. – *Dog Fox Field,* 1990. – Alle Sydney. – *Collected Poems*, Manchester 1991.

Übersetzungen: M. Lehbert, *Ein ganz gewöhnlicher Regenbogen. Gedichte*, München 1996.

418 POETRY AND RELIGION (Ausgabe: The Daylight Moon, Text: Collected Poems, 1991, S. 272; Ü: M. Lehbert, aus: S. Küchler/D. Scheck, ed., Vom schwierigen Vergnügen der Poesie, Straelen 1997, S. 131)

DEREK MAHON

Belfast 1941

Mahon, einer der eigenwilligsten Dichter aus dem Kreise der sogenannten *Ulster Poets*, studierte am Trinity College Dublin und arbeitete als Journalist, akademischer Lehrer und freier Autor in Irland, Kanada, den USA und England. Das irische Thema und das damit verbundene Exilgefühl prägt seine Dichtung ebenso wie ein elegisch-metamorphotisches Bewußtsein, das auf den Abfallplätzen der Gegenwart dem Numinösen nachspürt. Er übersetzte die Gedichte von Philippe Jacottet und die *Bakchen* des Euripides und gab (mit Peter Fallon) 1990 das *Penguin Book of Contemporary Irish Poetry* heraus.

Ausgaben: Night-Crossing, 1968. – *Lives*, 1972. – *The Snow Party*, 1975. – *Poems 1962–1978*, 1979. – Alle Oxford. – *High Time*, Loughcrew 1985. – *The Hunt by Night*, Oxford 1986. – *Selected Poems*, Harmondsworth 1993. – *The Hudson Letter*, 1995. – *The Yellow Book*, 1997. – Beide Loughcrew.

Übersetzungen: P. Gosse, in A. Calder, ed., *Englische Lyrik 1900–1980*, Leipzig 1983.

Literatur: B. Donelly, *D. Mahon*, Dublin 1994. – D. Johnston, *Irish Poetry After Joyce*, rev. ed. Syracuse, New York 1997. – P. McDonald, *Mistaken Identities: Poetry and Northern Ireland*, Oxford 1997.

420 A DISUSED SHED IN CO. WEXFORD (Ausgabe: The Snow Party; Text: Poems 1962–1978, S. 79–81; Ü: W. v. Koppenfels) – *Motto*: Ü: Ch. Enzensberger, in G. Seferis, Poesie, Frankfurt/M. 1962, S. 59; der Vers von Seferis beschwört seinerseits über Wortechos die Erinnerung an den Hadesgang des Odysseus aus dem 11. Gesang der Odyssee. – 6 *Indian compounds*: die Einfriedung (und der gesamte Komplex) einer europäischen Wohnanlage oder Fabrik im Indien der Kolonialzeit. – 45 *triffids*: (‹drei-geteilt›) in John Wyndhams Fantasy-Roman «The Day of the Triffids» von 1951 eine aggressive, mobile und giftige Pflanzenart, die die Erde zu überwuchern droht. – 50 *frail heads*: Echo der «schwankenden Häupter der Toten» aus Odyssee XI. – 54 *Pompei*: Die Agonie der Sterbenden von Pompeji kam durch Gipsabgüsse der Hohlformen, die ihre Körper in der erstarrten Lava hinterließen, nach Jahrhunderten ‹ans Licht›.

CRAIG RAINE

Shildon bei Durham 1944

Sohn eines Tapezierers, Elektrikers, Malers, Gastwirtes und Boxers, von dem der Dichter einen geschärften Sinn für die bunte Fremdartigkeit des Lebens geerbt hat; Studium in Oxford; von 1981–1991 «poetry editor» des bedeutenden Verlags Faber and Faber; danach Fellow am New College, Oxford; verheiratet mit einer Nichte von Boris Pasternak. Ein Dichter kräftiger Stilfarben, der seinen Witz dazu gebraucht, die Dinglichkeit der Welt überraschend neu erfahrbar zu machen.

Ausgaben: The Onion Memory, 1978. – *A Martian Sends a Postcard Home*, 1979. – Beide Oxford. – *A Free Translation*, Edinburgh 1981. – *Rich*, 1984. – *Haydn and the Valve Trumpet* [Essays], 1990. – *History: The Home Movie*, 1994. – Alle London.

424 A MARTIAN SENDS A POSTCARD (V. 1–4, 7–10, 13–18, 31–34, von 34; Text: A Martian, S. 1 f.; Ü: W. v. Koppenfels) Raines bekanntestes Gedicht gewinnt einem alten, schon in der Aufklärung hochgeschätzten Verfahren satirischer Relativierung (vgl. Montesquieus Persische Briefe, 1721, oder Voltaires Micromegas, 1752) neue frappante Wirkungen ab: dem radikal fremden Blick auf das Vertraute. – 1 *Caxtons*: ‹Gutenberger,› nach dem er-

sten englischen Buchdrucker. – 3 f. *melt ... shriek*: Weinen und Lachen sind für den Marsbewohner fremde Dinge. – 9 *Model T*: das Auto, nach dem berühmten Fordschen Basistyp.

426 IN THE MORTUARY (Text: A Martian, S. 13; Ü: M. Paech, in: Britische Lyrik der Gegenwart, ed. I. Galbraith, Mainz 1984, S. 190 f.)

428 THE NEW HOSPITAL (Text: A Martian, S. 36 f.; Ü: G. Bock, in: Englische Lyrik 1900–1980, ed. A. Calder, S. 350 f., bearb.)

CAROL RUMENS

London 1944

Wuchs in einem katholischen Milieu auf, studierte Philosophie an der Universität London und arbeitet als Journalistin. Ihr dichterisches Werk verbindet persönliche mit politischer Thematik und behandelt die ‹Frauenfrage› auf nachdrückliche, nachdenkliche und witzige Weise. Sie ist Herausgeberin der Anthologie *New Women Poets* (1990).

Ausgaben: A Strange Girl in Bright Colours, 1973. – *Unplayed Music*, 1981. – *Star-Whisper*, 1983. – *Selected Poems*, 1987. – *From Berlin to Heaven*, 1989. – Alle London. – *Thinking of Skins*, 1993. – *Best China Sky*, 1995. – Beide Newcastle.

430 A MARRIAGE (Text: Unplayed Music, S. 37 f.; Ü: Ch. Schuenke, in A. Calder, ed., Englische Lyrik, S. 352 f.) – 4 *laundered*: durchgewaschen (und gebügelt). – 14 *the perfect apple*: Auf ihn fällt nicht nur ein Abglanz der Renaissance, sondern auch des Gartens Eden.

432 THE FREEDOM WON BY WAR (Text: Unplayed Music, S. 47; Ü: W. v. Koppenfels) – 1 *hassock*: das Besticken von Betkissen als fromme Beschäftigungstherapie für viktorianische Frauen. – 7 *bloodiest white*: Im Ersten Weltkrieg schickten Frauen Umschläge mit weißen Federn an kriegstaugliche Männer, die sich noch nicht freiwillig zum Waffendienst gemeldet hatten, um sie als Feiglinge zu brandmarken. Dieses Kulturerbe hielt sich auch noch im Zweiten Weltkrieg; vgl. John Betjemans «In Westminster Abbey», in diesem Band auf S. 250, sowie die Anmerkung zu Vers 33 im Kommentar. – 14 *unlaced*: Anspielung auf die wohlverschnürten Korsagen, aus deren Banden der Krieg die Frauen befreit hat.

Carol Ann Duffy

Glasgow 1955

Ihre Kindheit verbrachte sie in Staffordshire; in Liverpool studierte sie Philosophie. Mehrere ihrer Stücke wurden u. a. im Liverpool Playhouse aufgeführt. Ihre Gedichte befassen sich mit Gesellschaftskritik, mit Liebesbeziehungen, vor allem lesbischen Freundschaften, mit dem Erwachsenwerden, Geschlechterstereotypen und der Konstruktion von Wirklichkeit durch Sprache. Sie schreibt in einfacher Diktion und liebt Rollenmonologe, in denen sich der Sprecher indirekt charakterisiert.

Ausgaben: Standing Female Nude, 1985. – *Selling Manhattan,* 1987. – *The Other Country,* 1992. – Alle London. – *Selected Poems,* Harmondsworth 1994.

434 Warming her Pearls (Ausgabe und Text: Selling Manhattan, 1987, S. 58; Ü: S. Schmid)

James Fenton

Lincoln 1949

Unter den neuen Autoren, die sich seit den siebziger Jahren in England einen Namen als eigenständige Dichter gemacht haben, ist James Fenton einer der intellektuell und sprachlich kühnsten. Seine poetischen Anfänge in *Terminal Moraine* (Endmoräne) zeigen eine gewisse Nähe zur ‹sozialpsychologischen› Perspektive Audens. Erfahrungen als Auslandskorrespondent in Deutschland und Südostasien machten ihn hellhörig für politisch-menschliche Grenzsituationen, wie sie der eindrucksvolle Sammelband *The Memory of War* von 1982 in vielen Varianten darstellt. Seine Texte verbinden Montagetechniken und semantische Offenheit mit wirkungsvollen Rückgriffen auf narrative Verfahren.

Ausgaben: Terminal Moraine, London 1972. – *The Memory of War: Poems 1968–1982,* Edinburgh 1982. – *The Memory of War and Children in Exile,* 1983. – *Out of Danger,* 1994. – Beide Harmondsworth.

Literatur: A. Robinson, *Instabilities in Contemporary British Poetry,* London 1988, S. 1-15. – R. Pordzik, *Signaturen der Postmoderne: Lyrik als Paradigma postmoderner Literatur,* Essen 1996.

436 A GERMAN REQUIEM (Text: The Memory of War, 1982, S. 9–12; Ü: R. Pordzik) Dieses Gedicht über die verblassende Erinnerung des Fürchterlichen, zu dem Fenton durch einen längeren Berlinaufenthalt in den siebziger Jahren angeregt wurde, nimmt seinen Titel von Brahms und sein Motto aus folgender Passage von Thomas Hobbes' *Leviathan: Or The Matter, Forme, and Power of A Commonwealth Ecclesiasticall and Civil* (London, 1661): «For as at a great distance of place, that which wee look at, appears dimme, and without distinction of the smaller parts; and as Voyces grow weak, and inarticulate: so also after great distance of time, our imagination of the Past is weak; and wee lose (for example) of Cities wee have seen, many particular Streets; and of Actions, many particular Circumstances. This *decaying sense*, when wee would express the thing it self, (I mean *fancy* it selfe,) wee call *Imagination*, as I said before: But when we would express the *decay*, and signifie that the Sense is fading, old, and past, it is called *Memory*. So that *Imagination* and *Memory* are but one thing ...» (Denn wie über eine große örtliche Entfernung das, was wir sehen, undeutlich und ohne Unterscheidung der kleineren Teile erscheint; und wie Stimmen schwach und undeutlich werden: so ist nach einem großen Zeitabstand unsere Einbildung des Vergangenen schwach; und wir vergessen z. B. viele einzelne Straßen von Städten, die wir gesehen haben, und viele einzelne Umstände von Handlungen. Diese *zerfallende Empfindung* nennen wir, wenn wir die Sache selbst (nämlich ihr Auftreten in der *Phantasie*) bezeichnen wollen, *Einbildung*, wie ich oben sagte. Wenn wir aber den *Zerfall* ausdrücken und andeuten, daß die Empfindung blaß, alt und vergangen ist, spricht man von *Erinnerung*. So sind also *Einbildung* und *Erinnerung* ein- und dasselbe.) Die Passage findet sich im Teil I («Of Man») im zweiten Kapitel («Of Imagination»), auf S. 5 in der Erstausgabe von Hobbes' Essay, der für die philosophische Gesellschaftslehre der Neuzeit grundlegend war.

SEAMUS HEANEY

Mossbawn/Castledawson (Nordirland) 1939

Seamus Justin Heaney wuchs als ältestes von neun Geschwistern auf dem kleinen Bauernhof Mossbawn an der Landstraße zwischen dem katholischen Toomebridge (County Antrim) und Castle Dawson (im protestantischen County Londonderry) auf. Mit zwölf Jahren wurde er mittels eines staatlichen Stipendiums in die Internats-Schule des Columb's College in Londonderrry aufgenommen, und weise Dorfnachbarn hatten zu seiner ‹Freilassung› genickt: «The pen's lighter than the spade». Er wußte bald, wie er uns (in G. Summerfields *Worlds*, 1974, S. 94 f.) zu wissen gibt: «I was to be

translated from the earth of physical labour to the heaven of education. Between that time and my graduation from Queen's University, Belfast, in 1961, I gradually grew more at ease in that poetic world which had eluded me in Anahorish School. Shakespeare, Chaucer, the Border ballads, Wordsworth, Hopkins, Arnold, Robert Frost – they were all part of ‹the course›, yet at different times I experienced real onsets of pleasure and epiphany in their work. By the time I left St. Columb's I had become acquainted with Latin poetry as well and was passing notes in the study-hall in reasonable Latin hexameters. I had also written a description of an old wall-stead on our farm in Miltonic blank verse.» Stipendiat war er auch an der Queen's University in Belfast. Damals gestand man das Wahlrecht noch keineswegs allen Bürgern zu, Katholiken bekamen kaum Arbeit, lebten wie Menschen zweiter Klasse. An der Universität begann Heaney als Angehöriger einer Freundesgruppe junger nordirischer Dichter – darunter Longley und Mahon – Gedichte zu schreiben. Nach seinem B. A. in englischer Literatur (1961) heiratete Heaney und unterrichtete als Englischlehrer und akademischer *lecturer* an der Queen's University (1963 bis 1966). Obwohl ihn seine ländliche Abstammung und katholische Erziehung weiterhin prägten, hatte ihn der Sprung auf seinen ‹zweiten Bildungsweg› längst mitten in einer gefährlichen Grauzone landen lassen: Zwischen der dominanten englischen und der vielfach verschütteten irischen Kultur der seit 1969 im Bürgerkrieg befindlichen nordirischen «Six Counties». Für seine in Studentenmagazinen veröffentlichten frühen Gedichte wählte er das Pseudonym «Incertus». Unsicher, verunsichert, blieb er. Als die ersten beiden seiner Gedichtbände bei Faber and Faber erschienen waren, war Heaney und seine wachsende Familie bereits in die irische Republik umgezogen. Zuerst wohnten sie im County Wicklow, dann in Dublin. Seit 1976 lautete die Heimatadresse des Jahr um Jahr als «Poet in Residence» vier Monate in Amerika lebenden «Boylston Professor of Oratory», der von 1989 bis 1994 auch «Professor of Poetry» in Oxford war: Sandymount, Dublin. – Als irischer Dichter fühlt sich Heaney verwurzelt in der Tradition der Bardenkunst, der keltischen Mythologie, dem Bilderreichtum und der Musikalität gälischer Balladen. Als Brite sieht er sich zugleich als Sachwalter des altenglischen und des gesamten klassischen Erbes. Gedichte sind für ihn Elemente von Kontinuität, Wiedereinsetzung von Kultur in sich selber. Dichtkunst ist ihm ein Spatenstich nach Funden, die sich am Ende als Pflanzen erweisen. 1995 wurde Heaney – nach W. B. Yeats, G. B. Shaw und Samuel Beckett – der vierte irische Dichter, dem man den Nobelpreis zuerkannte.

Ausgaben: Death of a Naturalist, 1966. – *Door into the Dark,* 1969. – *Wintering Out,* 1972. – *North,* 1975. – *Field Work,* 1979. – *Selected Poems 1965–1975,* 1980. – *Preoccupations: Selected Prose 1968–1978,* 1980. – *The Haw Lantern,* 1987. – *The Government of the Tongue: The T. S. Eliot Memorial Lectures and Other Critical Writings,* 1988. – Alle London. – *The Redress of Poetry,* Oxford 1990. – *New Selected*

Poems 1966–1987, 1990. – *The Spirit Level*, 1996. – *Opened Ground: Poems 1966–1996*, 1998. – *Beowulf*. Translated, 1999. – Alle London.

Übersetzungen: R. Pietraß in A. Calder, ed., *Englische Lyrik 1900–1980*, Leipzig 1983. – W. Knoedgen in *Moderne englische Lyrik*, ed. W. Erzgräber/U. Knoedgen, 1984. – H. Beese, *Ausgewählte Gedichte/Selected Poems 1965–1975*, Stuttgart 1984. – R. Pietraß, *Norden, Gedichte*. Englisch/Deutsch, Leipzig 1987. – G. Bandini/D. König, *Die Hagebuttenlaterne: Gedichte*. Zweisprachige Ausgabe, 1990. – A. Schmitz, *Die Herrschaft der Sprache. Essays und Vorlesungen*, 1992. – G. Bandini/D. König, *Ausgewählte Gedichte*, 1995. – Dies., *Verteidigung der Poesie: Oxforder Vorlesungen*, 1996. – Dies., *Die Wasserwaage. The Spirit Level* (Edition Akzente), 1998. – Alle München.

Literatur: B. Morrison, *Seamus Heaney*, London 1982. – T. Curtis, ed., *The Art of Seamus Heaney*, Bridgend 1982. – S. Koch, *Dichtung als Archäologie: Die Lyrik Seamus Heaneys*, Münster 1991. – E. Andrews, ed., *Seamus Heaney: A Collection of Critical Essays*, Basingstoke 1992. – H. Hart, *Seamus Heaney: Poet of Contrary Progressions*, New York 1992. – M. Parker, *Seamus Heaney: The Making of the Poet*, London 1993. – A. McGuinness, *Seamus Heaney: Poet and Critic*, Frankfurt/M. 1994. – H. Vendler, *The Breaking of Style: Hopkins, Heaney, Graham*, Cambridge/Mass. 1995. – R. F. Garratt, ed., *Critical Essays on Seamus Heaney*, 1995. – M. Allen, ed., *Seamus Heaney* (Macmillan Casebook), 1997. – N. Corcoran, *The Poetry of Seamus Heaney: A Critical Study*, 1998. – Alle London.

442 DIGGING (Ausgabe: Death of a Naturalist, 1969; Text: New Selected Poems, 1990, S. 1; Ü: H. Beese, S. 10; bearb.) Das erste Gedicht in Heaneys erstem Gedichtband: Heaney hat es jedem seiner Auswahlbände beigegeben. Es endet mit einer lebensgeschichtlichen Absichtserklärung und stellt ein poetologisches Credo dar. Themen sind: die von Landarbeit bestimmte Familientradition, die Rolle des Dichters auf dem Hintergrund der irischen Geschichte, die Allgegenwärtigkeit von Gewalt und die Feier männlicher Sexualität und Kreativität. Die Schreibfeder des Sohnes folgt dem Grabgerät der Altvorderen: Der beim Ausgraben der Kartoffeln beobachtete Vater erinnert an den Torf stechenden Großvater. Des Enkels Poesie «ist der Versuch, das sprachliche und kulturelle Trauma zu heilen, das Irland durch die englische Kolonialisierung zugefügt wurde. Auf seine Weise setzt der Dichter die Arbeit seiner bäuerlichen Vorfahren fort. Auch er treibt ‹Field Work› – Feldarbeit und Feldforschung.» (H. Hartung in Luftfracht, 1991, S. 406).

444 THE TOLLUND MAN (Ausgabe: Wintering Out, 1972; Text: New Selected Poems, 1990, S. 31; Ü: H. Beese, S. 131, bearb.) Das erste einer Serie von Gedichten auf «bog people», entstanden unter dem Eindruck einer aufsehenerregenden Veröffentlichung über Moorfunde in Jütland. Der Autor versammelte 1975 acht «Bog Poems» in einer kleinen Sonderausgabe in limitierter Auflage, von denen «The Tollund Man» in den Band Wintering Out

wanderte und «The Grauballe Man» als eine Art von Pendant dazu in den Band North (1975). Heaneys Verbildlichungen des grabenden Dichters einerseits, und des Torfmoors andererseits – das weitentfernt vergangenes Leiden und beschädigtes Menschentum wie in einem abrufbaren Gedächtnis-Magazin aufbewahrt – erhielten durch die jüngere Archäologie in unerwarteter Weise dramatische Resonanz. Auslöser war die englische Ausgabe eines 1965 auf dänisch erschienenen Grabungsberichts: P.V. Glob, The Bog People – Iron-Age Man Preserved, London 1969. – *Titel*: Globs erstes Kapitel befaßt sich mit dem Fund des «Tollund Man»: 1950 waren zwei dänische Bauern beim Torfstechen auf eine derart gut erhaltene Moorleiche gestoßen, daß man zuerst einem jüngst gezeitigten Mordfall auf die Spur gekommen zu sein glaubte. Aber es handelte sich um ein über 2000 Jahre altes Hinrichtungsopfer aus der Eisenzeit. Sein Strick lag ihm noch um den Hals. – 1 *Aarhus*: Im Interview mit J. Randall sagte der Autor: «When I wrote that poem I had a sense of crossing a line really, that my whole being was involved in the sense of – the root sense – of religion, being bonded to something, being bound to do something. I felt it a vow...» (S. Koch, 1991, S. 157 f.) Seine Selbstverpflichtung zu einer «Pilgerreise» nach Aarhus, wo die strangulierte Moorleiche im Museum zu besichtigen ist, löste der Autor 1973 ein. – 7 *gruel of winter seeds*: Aufgrund der Analyse des Mageninhalts des Tollund-Manns konnte man das Kochrezept seiner Henkersmahlzeit genauestens rekonstruieren. Als man im Fernsehen dem berühmten britischen Archäologen Sir Mortimer Wheeler eine Kostprobe des Gerichts offeriert hatte, gab dieser schlagfertig kund «that it would have been punishment enough for Tollund man to have had to eat this gruel for the rest of his life, however terrible his crime». – 12 *Bridegroom to the goddess*: In Globs Buch wurde die These vertreten, daß der Tollund-Mann zu Jahresbeginn der Erd- und Fruchtbarkeitsgöttin Nerthus geopfert wurde, um ausreichende Ernte sicherzustellen. – 13 *torc*: Halsring als Zeichen der rituellen Vermählung. – 22 *cauldron bog*: Kesselmoor, kleiner runder Sumpf, in der Eisenzeit für rituelle Beerdigungen verwendet. – 24 *germinate*: die Bildvorstellung, daß aus den Opfern des irisch-katholischen Aufstands von 1798 neuer Weizen wuchs, entspricht dem protestantischen Plädoyer in Miltons «On the Late Massacre in Piedmont» (siehe Band 1, S. 43 in dieser Anthologie). – 32 *four young brothers*: laut Erläuterung des Autors eine Anspielung auf die Ermordung vierer katholischer Brüder durch Protestanten in den zwanziger Jahren; die vier jungen Arbeiter wurden als Verräter an der nationalen Sache über Eisenbahnschwellen von einer Lokomotive zu Tode geschleift. – Zu den Abbildungen in Globs Buch sagt Heaney in Preoccupations, 1980 (S. 57 f.): «... Die unvergeßlichen Photographien dieser Opfer überlagerten sich in meinem Kopf mit den Photos der Gewalttaten in Vergangenheit und Gegenwart, in den langen Riten der irischen politischen und religiösen Kämpfe.»

446 North (Ausgabe: North, 1975; Text: New Selected Poems, 1990, S. 56; Ü: R. Pietraß, Norden, 1987, S. 23 f., bearb.) – Der *Titel* lautete ur-

sprünglich «North Atlantic». Heaney versucht, die verborgenen Wurzeln der mörderischen Ulster-Problematik der Gegenwart als verschüttete Altlast der Geschichte aufzuzeigen. Am Ende einer ihn fast überwältigenden Vision der sagenhaften Wikinger-Überfälle auf Irland sieht sich der Dichter durch einen sakralen Orakelspruch in die Pflicht genommen, im Dunkel der Zeitläufte sich klaren Auges schreibend dem «Wort-Hort» zu weihen. (Diese im Original altenglisch klingende «Kenning»-Vokabel wird dem Leser von Heaneys Neuübersetzung des «Beowulf», 1999, prophetisch erscheinen. Schon in den frühen achtziger Jahren hatten M. H. Abrams und Jon Stallworthy Heaneys Übertragung ausgewählter Passagen des Epos für die «Norton Anthology of English Literature» in Auftrag gegeben. Vgl. die Anmerkungen zu Heaneys Gedicht «On a New Work in the English Tongue» weiter unten.)

450 THE GRAUBALLE MAN (Ausgabe: North, 1975; Text: New Selected Poems, 1990, S. 69; Ü: R. Pietraß, 1983, S. 332 f. bearb.) Abermals wird ein aus dem Torfmoor Jütlands ins Museale gehobenes Eisenzeit-Gewaltopfer akribisch beschrieben, und die in terroristischer Blutrache in und um Belfast begangenen Greueltaten sind mit gemeint. «Das Mitleiden mit den Unterlegenen der Geschichte wird nicht in rhetorischem Pathos laut, sondern in der genauen Beschreibung der einzelnen Moorleichen, die ihnen das Recht gibt, noch nach Jahrhunderten als gestorbene, aber individuelle Geschöpfe betrachtet zu werden, nicht als archäologische Objekte.» (Beese, S. 245)

454 SUMMER 1969 (Ausgabe: North, 1975; Text: New Selected Poems, 1990, S. 87; Ü: R. Pietraß, 1987, S. 97; bearb.) Der vierte von sechs Teilen des Langgedichts «Singing School», in dem sich Heaney anhand von autobiographisch und zeitgeschichtlich identifizierbaren Entwicklungsmomenten seines politischen Engagements wie von außen und selbstkritisch analysiert, während er sich von einer in stärkerem Maße öffentlichen Stellungnahmepflicht zu entbinden bemüht. Seine persönliche Einstellung zur moralischen Bewertung der Bürgerkriegsparteien im Nordirlandkonflikt ist eine Mischung aus kühler Distanz und Anteilnahme. – Der *Titel* «Singing School» ist ein Zitat aus Yeats' «Sailing to Byzantium» (siehe S. 164). – Zwei längere Motti sind dem Ganzen vorangestellt: (1) «Fair seed-time had my soul, and I grew up/Fostered alike by beauty and by fear;/Much favoured in my birthplace, and no less/In that beloved Vale to which, ere long,/I was transplanted ...«. (William Wordsworth, «The Prelude», 1: 305–309 in der Version von 1805) – (2) «He [the stable-boy] had a book of Orange rhymes, and the days when we read them together in the hay-loft gave me the pleasure of rhyme for the first time. Later on I can remember being told, when there was a rumour of a Fenian rising, that rifles were being handed out to the Orangemen; and presently, when I began to dream of my future life, I thought I would like to die fighting the Fenians.» (W. B. Yeats: Autobiographies) Die Zitatkontexte evozieren die Mittelstellung des jungen Wordsworth (dessen Autobiographie den Untertitel «The Growth of a Poet's Mind» trägt) zwischen seiner Revolutionsbegeisterung und seiner Ableh-

nung des jakobinischen Schreckensregimes, desgleichen die ambivalente Haltung des zum irischen Nationaldichter heranwachsenden Yeats zwischen Feniern und Oraniern (vgl. dessen «Easter 1916» auf S. 158 in diesem Band.) – Im Spätjahr 1968 kam es zu ersten bürgerkriegsähnlichen Auseinandersetzungen zwischen den feindlichen Bevölkerungsgruppen Nordirlands. Auf der katholischen Seite standen Sympathisanten der «provisorischen I. R. A.» (die sich von der 1919 gegründeten Irish Republican Army herleitet, der illegalen Befreiungs- und Schutzorganisation), und auf der protestantischen Seite paramilitärisch organisierte Anhänger des «Oranier-Ordens», angestachelt vom fanatischen Ian Paisley. Und während daheim brutale Straßenkämpfe toben, Polizeiterror und britisches Kriegsrecht herrschen, Bombenanschläge, Folterungen und Morde zu Alltäglichkeiten geworden sind, hält sich der Dichter arbeitsbesessen und weinfroh unter der fernen Sonne Madrids auf oder studiert in kultivierter Kühle im Prado Goyas Meisterwerke. «Was immer du sagst, sag nichts» heißt es in einem der Gedichte des Bandes «North»: da Bombenterror nicht die Lösung ist, schweigt Heaney über die Tagesereignisse in der Fall Road. Den «Forderungen des Tages» nach militantem Nationalismus verweigert er sich.

456 ST. KEVIN AND THE BLACKBIRD (Ausgabe: The Spirit Level, 1996: Text: Opened Ground, 1998, S. 410 f.; Ü: G. Bandini/D. König, Erstabdruck Frankfurter Allgemeine Zeitung, 6. Oktober 1995; nachgedruckt in Die Wasserwaage 1998, S. 44 f.) Im sanftmütigen Verhalten des legendären Heiligen Kevin aus dem 7. Jahrhundert sieht der Autor die stoische Geduld der leidensfähigen Bevölkerung von Ulster angesichts von jahrhundertelanger Gewalttätigkeit vorgezeichnet.

458 ON A NEW WORK IN THE ENGLISH TONGUE. AFTER READING TED HUGHES' BIRTHDAY LETTERS (Erstabdruck: The Sunday Times, 11. Oktober 1998; Text: ebenda; zwei Satzfehler wurden korrigiert; Ü: L. Rumold/H. Meller) – *Titel*: Der Band von Hughes erschien im Januar 1998. Hughes starb am 28. Oktober 1998. Heaneys mittlerweile zu einem Bestseller gewordene Beowulf-Übersetzung erschien 1999. – 1 *Post-this, post-that...*: Des Autors Abneigung gegen poststrukturelles und postmodernes Etikettieren u. a. schafft sich Luft. – 11 *limen*: psychologischer Begriff für «Schwelle» nach Herbarts Psychologie von 1824; die Bewußtseins- und Reizschwelle, die Grenze, unterhalb welcher ein gegebener Stimulus aufhört perzipiert werden zu können (vgl. ‹subliminal›). – 21 *Hrethel's Sohn*: Beowulf erzählt im altenglischen Heldenepos während seines Rückblicks auf sein Leben von König Hrethel, dessen ältester Sohn Herebeald beim Bogenschießen vom eigenen Bruder versehentlich getötet wurde. Damit konnte der Vater weder in Rache noch in Sühne irgendeinen ‹Trost› finden. – 23 *word-hoard*: Kenning, eine für die altnordische und westgermanische Stabreimdichtung charakteristische Metaphernbildung, mehrgliedrige bildliche Umschreibung. Vgl. die Beauftragung des Dichters am Ende von Heaneys Gedicht «North». – 26 *three of us*: Heaney war sowohl mit Ted Hughes befreundet als auch mit

dessen Ehefrau Sylvia Plath, über deren Lyrik Heaney die vierte seiner «T. S. Eliot Memorial Lectures» gehalten hatte und an die nach ihrem Selbstmord die Birthday Letters ihres Ehemanns adressiert waren (siehe die Gedichte «Epiphany» und «The Dogs Are Eating Your Mother» in diesem Band auf S. 382–390, sowie die Kommentierung). – 31–52 *It was like the misery...*: Nach der Erwähnung des tragischen, unsühnbaren Tods von König Hrethels Sohn Herebeald entwickelt der Beowulf-Autor ein merkwürdig ausgedehntes episches Gleichnis in Form der Geschichte eines Gehenkten, für den sein greiser Vater analog auf Sühnung verzichten muß, da das angelsächsische Recht dekretierte, für einen Hingerichteten dürfe weder Wergeld entrichtet noch Blutrache vollzogen werden. Heaney (Beowulf, 1999, S. xx-xxi) zählt diese Episode zu den Höhepunkten des angelsächsischen Epos, zu den «passages of great lyric intensity – such as... rise like emanations from some fissure in the bedrock of the human capacity to endure ... Such passages mark an ultimate stage in poetic attainment» (Passagen großer lyrischer Intensität, die wie Emanationen aus den Spalten und Sprüngen des Grundgesteins menschlicher Leidensfähigkeit emporsteigen... Solche Passagen stellen die höchste Stufe poetischer Leistung dar). Es handelt sich um eine der berühmtesten Passagen des frühmittelalterlichen Heldengedichts, «The Father's Lament» (V. 2444–2465, in der Ausgabe der Beowulf-Übersetzung Heaneys von 1999 auf S. 77 f. in leicht veränderter Fassung). Deutsche Übersetzungen wurden von F. Genzmer germanophil stabend bei Reclam (zuletzt Leipzig 1950, S. 98) und prosaischer von H. Koziol (Innsbruck 1979, S. 73) veröffentlicht. Wir danken den Kollegen H. Käsmann und K. Weimann für fachkundige Beratung. Hier eine nahe am Text orientierte Version der altenglischen Passage: «So jammervoll ist es für einen alten Mann zu erleben, daß sein Sohn jung am Galgen hängt; dann mag er ein Klagelied anstimmen, wenn sein Sohn dort schwingt, dem Raben zur Freude, und er, alt und hochbetagt, ihm keine Hilfe bringen kann. Stets wird ihm ins Gedächtnis gerufen an jedem Morgen des Sohnes Hingang. Er denkt nicht daran, auf einen anderen Erben zu warten im Inneren der Burg, nachdem der eine durch Todesnot schlimme Taten erlitten hat. Kummervoll betrachtet er die Wohnung seines Sohnes, die verödete Festhalle, die windumwehte Ruhestätte, die der Freude beraubt ist – die Reiter schlafen den Todesschlaf, die Helden im Grab. Da gibt es keinen Harfenklang, keinen Jubel in den Gehöften, wie sie einstmals herrschten. Er geht dann zu Bett, ein Klagelied singt der Zurückgelassene für den anderen. Es schien ihm alles zu geräumig, Gefilde und Wohnstätte. So erlitt der Schutzherr der Wettern (König Hrethel) wegen Herebeald wogenden Herzenskummer. Er konnte nicht irgendwie an dem Lebenstöter die Bluttat rächen.» (Übs. K. Weimann) – 55 *aye:* das formelle «Ja» als affirmative Entscheidungsformel, wie bei Gerichtsverhandlungen oder Abstimmungen im Haus of Commons. – 56 *Milosz*: Der 1911 in Litauen geborene polnische Lyriker, Essayist und Literarhistoriker Czesław Miłosz. Er war nach dem Krieg Kulturattaché in Paris und

Washington. 1961 wanderte er aus in die USA, schrieb aber weiterhin in polnischer Sprache. Er übersetzte neben Shakespeare und Eliot auch Milton. 1995 erhielt er den Nobelpreis für Literatur. - Teilstücke aus der von Heaney seit seinen Studienjahren in Belfast geplanten Gesamtübersetzung des Beowulf-Epos wurden u. a. veröffentlicht in A Parcel of Poems: for Ted Hughes on his Sixty-Fifth Birthday (1995).

JOSEPH BRODSKY

Leningrad 1940 – New York 1996

Als der Russe Joseph Brodsky, der seit 1972 im amerikanischen Exil lebte, Ende der siebziger Jahre anfing, in englischer Sprache zu dichten, hatte er keinen Ehrgeiz, sich als poetische Größe auch im angelsächsischen Sprachraum zu etablieren. Er schrieb Englisch allein aus dem inneren Anlaß, seinem Vorbild näherzukommen, «to please a shadow». Vorbild war ihm schon seit vielen Jahren W. H. Auden, den er für den größten Lyriker des 20. Jahrhunderts hielt und in dem er die Inkarnation der englischen Sprache sah. Zu dieser Sprache, die sich Iossif Brodskij (so sein ursprünglicher Name) übrigens selbst beibrachte, entwickelte er schon als junger Mensch ein inniges Verhältnis. Er empfand für sie sein Leben lang eine beinahe religiöse Verehrung. Des weiteren waren es vor allem ‹Metaphysiker› wie Donne, Blake, Hardy, Eliot und Wallace Stevens, die auf Brodsky einen tiefen Eindruck gemacht und seine dichterische Entwicklung besonders geprägt haben. Zugleich machte er erste Versuche in der literarischen Übersetzung und wagte sich an keinen geringeren als John Donne. Später widmete er ihm eines seiner bedeutendsten Gedichte *Bol'šaja elegija Džonu Donnu* (*Große Elegie an John Donne*, 1963). Die volle Anerkennung als Dichter fand Joseph Brodsky in den achtziger Jahren – und vor allem im Ausland, wo er erst richtig bekannt wurde. In der Sowjetunion waren seine Gedichte lediglich in Form von Manuskriptabschriften zugänglich. Die Gesamtwerkausgabe erschien in Rußland erst 1994. Obwohl der angehende Dichter keine politische Lyrik schrieb, entsprach sein Werk nicht der offiziell geforderten Literatur des sozialistischen Realismus. Da Brodsky an keiner Universität eingeschrieben war und nur kurzfristigen Arbeiten nachging, wurde ihm 1964 der Prozeß gemacht. Als Grund gab man «Parasitentum» an, also die Nichtausübung einer gesellschaftlich anerkannten Arbeit. Das Urteil lautete fünf Jahre Verbannung und Zwangsarbeit im Nordwesten der Sowjetunion. Doch nach massiven Protesten von etlichen Künstlern, vor allem von A. Achmatova, D. Šostakovič und S. Maršak, wurde er nach anderthalb Jahren freigelassen. 1972 mußte er im Rahmen der Ausreisegenehmigungen für die Juden das

Land verlassen. Nach kurzen Aufenthalten in Österreich, wo er W. H. Auden besuchte, sowie in London ging Brodsky endgültig in die USA. Einen literarischen Erfolg im Ausland brachten dem expatriierten Russen, der 1991 in der Library of Congress in Washington zum «U. S. Poet Laureate» ernannt wurde, jedoch nicht seine Gedichte und Übersetzungen, sondern seine Essays. Die erste Essaysammlung von Brodsky *Less Than One* (1986) wurde in den USA als bestes literaturkritisches Buch des Jahres geehrt und in mehrere Sprachen übersetzt. Seine Lyrik dagegen wurde mit Zurückhaltung aufgenommen und sorgte für heftige Diskussionen in den literarischen Kreisen. Die Meinungsvielfalt reichte von großer Begeisterung (bei Auden, Spender, Heaney, Walcott) bis zu vernichtender Kritik (bei Craig Raine und Christopher Reid, die die Abteilung für Poesie im Verlagshaus Faber and Faber leiteten). In der Tat bietet Brodskys Lyrik, die auf den ersten Blick eher «unlyrisch» erscheinen mag, keine leichte Lektüre. Unerwartete Metaphern, Serien von Verben, stark gehäufte Enjambements und manieristische Wort- und Buchstabenspiele verschleiern oft die Thematik und erfordern vom Leser einiges Einfühlungsvermögen. Auch in Reim und Rhythmus macht sich der Einfluß der russischen Prosodik bemerkbar, die der englischen Sprache von Brodsky einen ungewöhnlichen Klang verleiht. Dennoch läßt sich auch in seinen englischen Gedichten seine subtile Meisterschaft im Umgang mit dem Wort erkennen. Sprache wurde für ihn, einen Heimatlosen, zur Heimat. «Als einem virtuosen Erneuerer der poetischen Sprache» wurde ihm 1987 der Nobelpreis für Literatur verliehen.

Ausgaben: Sočinenija Iossifa Brodskogo, 4 Bde., Sankt Petersburg 1994. – *Less Than One. Selected Essays*, 1986. – *So Forth: Poems*, 1996. – *On Grief and Reason: Essays*, 1995. – Alle New York. – In deutscher Sprache: *Flucht aus Byzanz*, 1988. – *Von Schmerz und Vernunft: Hardy, Rilke, Frost und andere*, 1996. – Beide München.

Übersetzungen: Heinrich Ost/Alexander Kaempfe, *Ausgewählte Gedichte*, Esslingen 1966. – Karl Dedecius/Rolf Fieguth/Sylvia List, *Einem alten Architekten in Rom, Ausgewählte Gedichte*. München 1978.

Literatur: Seamus Heaney, «Brodsky's Nobel: What the Applause was About» in: *The New York Times Book Review*, 8. 11. 1987. – V. Polukhina, *Joseph Brodsky: A Poet for Our Time*, Cambridge 1989. – Dies., *Brodsky's Poetics and Aesthetics*, London 1990. – R. Martin, «The Autonomous Eye of Joseph Brodsky» in G. Hoffmann/A. Hornung, ed., *Ethics and Aesthetics: The Moral Turn of Postmodernism*, Heidelberg 1996, S. 243–253. – Seamus Heaney, «The Singer of Tale: On Joseph Brodsky» in: *The New York Times Book Review*, 3. 3. 1996, S. 31.

462 THE BERLIN WALL TUNE (Text und Ausgabe: Sočinenija 1994, Bd. 3, S. 371 f.; Ü: T. Grochotneva/H. Meller) 1980 geschrieben und Peter

Viereck gewidmet, einem amerikanischen Freund des Autors. Anfang des Jahrhunderts verließen die Eltern von Viereck Deutschland und ließen sich in New York nieder. Der mit vielen Preisen (unter anderem mit dem Pulitzer-Preis) geehrte Dichter und Historiker Viereck unterrichtete europäische und russische Geschichte am Mount Holyoke College in Massachusetts. Sein besonderes Interesse galt der russischen und sowjetischen Emigrantenliteratur. Dank seiner Bemühungen wurde Brodsky 1981 an das Mount Holyoke College eingeladen, wo er als Professor für russische Literatur bis zu seinem Tod tätig war. – *Titel*: Als im Sommer 1961 der Flüchtlingsstrom aus Ost- nach West-Berlin täglich anstieg, veranlaßte die DDR-Regierung den Bau der 45 km langen Betonmauer. Somit wurde die Grenze zwischen den Stadtteilen bis auf wenige Übergänge hermetisch abgeriegelt. Die Berliner Mauer war mit Sicherungsanlagen versehen, das Wachpersonal hatte Schießbefehl. – 1 *This is the house*...: In dem ersten Satz wird die Anfangszeile eines englischen Kindergedichts paraphrasiert, das mit der Übersetzung von Maršak in der Sowjetunion sehr beliebt wurde. («This is the house that Jack built./This is the malt/That lay in the house that Jack built.») Samuil Maršak (1887–1964), der Begründer der sowjetischen Kinderliteratur, übersetzte sehr viel aus dem Englischen und Deutschen, unter anderem Shakespeare, Wordsworth, Shelley, Byron und Heine. – 5 *This is the wall*...: wiederum ein Rückgriff auf das Erzählschema des Kinderreims. – 15 *Compass and Hammer*: Symbol der Solidarität von Arbeitern und Intelligenz in der DDR. Der Ährenkranz, die dritte Komponente des Staatszeichens, die symbolisch für das Bauerntum stand, wird von Brodsky jedoch nicht erwähnt. – 16 *Masonic dream's breakthrough*: Zirkel und Hammer sind unter anderem auch Freimaurersymbole.

466 LETTER TO AN ARCHAEOLOGIST (Text und Ausgabe: Sočinenija 1994, Bd. 3, S. 384; Ü: T. Grochotneva) Entstanden 1983. Dieses kurze in der Form einer Botschaft verfaßte Gedicht sagt viel über die Thematik der Lyrik von Brodsky aus. Die Welt sieht er als eine düstere, von der Zeit zerstörte Ruinenlandschaft, in der der Mensch an die Vergänglichkeit ausgeliefert ist. In solch einer Welt scheinen lyrische Intonation und fließende Sprache kaum noch möglich: Das Gedicht löst sich in einzelne Verben und Substantive auf, die sich dem Sprecher entziehen und den Menschen schutzlos gegenüber dem Tod erscheinen lassen. Seine pessimistische Haltung versucht Brodsky hinter der sarkastisch-blasphemischen Ausdrucksweise zu verstecken. – Vgl. die unterschiedlichen poetischen Vorgriffe auf die Menschheitszukunft in diesem Bande: Hardys «Channel Firing» (S. 114 ff.), W. B. Yeats' «The Second Coming» (S. 164), und Ted Hughes' «When men got to the Summit» (S. 390), sowie die Moor-Gedichte Heaneys, in denen die Torfschichten zum Magazin für menschliche Leidenserinnerungen werden und die Archäologie zu einer Metapher für die Aufgabe des «grabenden» Dichters. Der junge Brodsky nahm an verschiedenen geologischen Expeditionen im Hohen Norden und in Mittelasien teil.

DEREK WALCOTT

Castries (Santa Lucia, Westindien) 1930

Zum Abschluß des Jahrtausends gefiel es der Nobelpreisakademie, drei Meister der englischen Dichtkunst auszuzeichnen, die partout nicht Engländer genannt werden wollten. Gleichwohl beschließen und krönen sie – wie wir meinen: zu Recht – alle drei den vorliegenden Anthologieband: Joseph Brodsky, der Russe, der zum «US Poet Laureate» wurde, der Ire Seamus Heaney, dem das Urzeitgermanische, das Bronzezeit-Keltische und das Altangelsächsische zum Antidot gegen Britenstolz und Engländertum wurde; und der auf der karibischen Insel Santa Lucia geborene Derek Walcott. Diesem wurde die mit fast allen Kolonialsprachen der Welt in Kontakt gekommene Sprache der imperialen Pax Britannica zu einem Erneuerungsmedium für die Wortkunst Shakespeares, Miltons und Wordsworths. Mit dem Gongschlag eines provokanten Vierzeilers stellt er sich vor: «I'm just a red nigger who love the sea,/I had a sound colonial education,/I have Dutch, nigger, and English in me,/and either I'm nobody, or I'm a nation.» (Ein roter Nigger, der lieben das Meer,/bin ich, mit echt kolonialem Diplom;/hab Holländisch, Nigger und Englisch in mir,/bin entweder niemand oder eine Nation. – Übs. K. Martens, in *Luftfracht: Internationale Poesie 1940–1990*, Frankfurt/M. 1991, S. 30). Diese Visitenkarte brachte den Anthologisten der *Luftfracht*, H. Hartung, ein Jahr vor der Preisverleihung in Stockholm über sein Fragen zu einer Antwort: «Aber wo sind die Rimbauds? Gibt es ihn noch, den Aufbruch ins Neue, ins Unbekannte? Wer entwirft uns die lyrische *Karte einer neuen Welt?* – Der Mann heißt Derek Walcott, ist nicht mehr ganz jung, will sagen: er hat die Sechzig überschritten.» Frank Schirrmacher begrüßte die Ehrung des neben Heaney, Paz und Brodsky «größten lebenden Lyrikers der Gegenwart» mit dem Hinweis darauf, «daß er noch einmal einen ganz neuen Ton, eine neue Welt, eine ganz neue Imagination in die Dichtung einbrachte – eine Sprache, die, wenn sie endlich gehört und verstanden werden wird, eine neue Wendung in der Literatur einleiten könnte, die vergleichbar wäre nur mit dem Auftreten Rimbauds vor hundertzwanzig Jahren.» (*Frankfurter Allgemeine Zeitung*, 9. 10. 1992.) – Walcott studierte an der Universität von Jamaica und lebte danach in Trinidad als Kritiker, Dramatiker und Direktor einer Theater-Werkstatt. Sein Werk begreift die karibische Mischkultur vieler Sprachen und Rassen als eine exemplarische Schnittstelle der Weltkulturen, zwischen Nord und Süd, Kolonisatoren und Kolonisierten; als einen Ort, der nach selbstbewußt poetischer Verortung verlangt, und von dem aus entscheidende Fragen über die vergangene, gegenwärtige und künftige Zivilisation neu und nachhaltig zu stellen sind. Im sprachlichen Nebeneinander britischer und heimischer Register, in seinem diszplinierten Umgang mit exotischer Bilderfülle, in seiner postkolonialen Perspektivierung europäischer Entdeckermythen offenbart er

Chance, Fruchtbarkeit und Souveränität dieses britisch-kreolischen Synkretismus. Beispiele solcher umdeutenden Mythenaneignung liefert das *Sturm*-Drama Shakespeares, das in Walcotts 1967 uraufgeführtem Drama *Dream on Monkey Mountain* (Der Traum vom Affenfelsen) und vielerorts sonst im Werk auftaucht, ebenso Daniel Defoes Roman *Robinson Crusoe*, in dem sich Walcotts Leser sowohl als gestrandeter Europäer wie auch als Eingeborener Freitag wiedererkennt; und vor allem und immer wieder die *Odyssee*, die in Walcotts kosmopolitischem Meerfahrt-Epos *Omeros* (1990) nachlebt. Sein Verhältnis zum Medium, der englischen Sprache, sieht er in einem unausweichlichen Widerspruch: Sie ist Instrument der eigenen Ausdrucksfreiheit (Walcott kennt und liebt die englische Literatur in ihrer ganzen geschichtlichen Tiefe) und sie ist zugleich Wahrnehmungsorgan der kolonialen Unterdrückungserfahrung. Dieser Widerspruch verlangt immer aufs neue danach, thematisiert und ausgetragen zu werden. Mit der 1962 in London erschienenen Auswahl aus drei in Westindien veröffentlichten Gedichtbänden unter dem Marvellschen Titel *In a Green Night* (vgl. Bd. 1, S. 372 in dieser Anthologie) gelang ihm der sogenannte Durchbruch. Der Weg von Trinidad in die Welt führte über London; und das bedeutete die Gefahr, sich fremden Maßstäben zu beugen, sein Lebenswerk (wie er im «Prelude» jener Sammlung sagt) erst dann publizieren zu dürfen, wenn man «gelernt hat, in exakten Jamben zu leiden». Walcott hat speziell das Neue England bewußt in seinen Lebenskreis einbezogen, hat als «Poet in Residence» und Professor für Englisch in Harvard, Yale, Columbia und seit 1981 in Boston gewirkt, seine Zeit zwischen den USA und seiner karibischen Heimat geteilt und seine Freundschaft ebenso dem Amerikaner Robert Lowell wie dem Iren Seamus Heaney und dem Russen im amerikanischen Exil Joseph Brodsky zugewandt. Wie letzterer steht Walcott, der 1992 den Nobelpreis mit Bezug auf sein griechisch-karibisches Epos *Omeros* zugesprochen bekam, mit seinem Werk exemplarisch für den neuen Reichtum, die Chance des Synkretismus und für die interkulturelle Auffrischung, die die englische Sprache im Zeitalter ihrer «Globalisierung» erfährt und die ihrer Literatur neue Vitalität beschert.

Ausgaben: Twenty-Five Poems, Port-of-Spain 1948. – *Epitaph for the Young*, Bridgetown 1949. – *Poems*, Kingston 1953. – *In a Green Night: Poems 1948–1960*, 1962. – *The Castaway and Other Poems*, 1965. – *The Gulf and Other Poems*, 1969. – Alle London. – *Another Life*. 1973. – *Sea Grapes*, 1976. – *The Star-Apple Kingdom*, 1979. – *The Fortunate Traveller*, 1981. – *Midsummer*, 1983. – *Collected Poems 1948–1984*, 1986. – *The Arkansas Testament*, 1987. – *Omeros*, 1990. – *The Bounty*, 1997. – *The Odyssey: A Stage Version*, 1993. – *The Antilles: Fragments of Epic Memory* [Nobel Lecture], 1993. – (mit Joseph Brodsky und Seamus Heaney) *Homage to Robert Frost*, 1996. – *What the Twilight Says: Essays*, 1998. – Alle New York.

Übersetzungen: K. Martens, *Das Königreich des Sternapfels: Gedichte 1979–1984*, 1989. – Ders., *Erzählungen von den Inseln*, 1993. – K. Klotz, *Omeros*, 1995. – R. Schrott, ed., *Gedichte*, 1999. – Alle München.

Literatur: E. Baugh, *Derek Walcott*, London 1978. – R. D. Hamner, *Derek Walcott*, Boston 1981. – G. Brown, ed., *The Art of Derek Walcott*, Chester Springs/Pennsylvania 1990. – R. Terada, *Derek Walcott's Poetry*, Boston 1992. – R. D. Hamner, ed., *Critical Perspectives on Derek Walcott*, Washington D. C. 1993. – Ders., *Epic of the Dispossessed: Derek Walcott's Omeros*, Columbia/South Carolina 1997. – B. King, *Derek Walcott: A Caribbean Life*, Oxford 2000.

468 A FAR CRY FROM AFRICA (Ausgabe: In a Green Night, 1962; Text: Collected Poems 1986, S. 17 f.; Ü: K. Martens, Erzählungen von den Inseln, 1993, S. 29; bearb.) – *Titel*: unübersetzbares Wortspiel; «a far cry from» wörtlich ‹in weiter Ferne von›/‹ganz anders als›. – 2 *Kikuyu*: ostafrikanischer Stamm, dessen Mitglieder als Mau Mau-Kämpfer unter der Führung von Jomo Kenyatta, der später Premierminister wurde, jahrelang bis zum Erreichen der Unabhängigkeit (1963) das britische Kolonialregime in Kenia als Terroristen bekämpften. – 3 *veldt*: (Afrikaans) offenes, unbewirtschaftetes Land. – 11 *beaters*: einheimische Treiber, die bei der Jagd das Wild aus dem Busch treiben. – 24 *Spain*: gemeint ist der spanische Bürgerkrieg. – 26 *both*: Gorilla und Übermensch, Kolonisierter und Kolonisator.

470 VOLCANO (Ausgabe: Sea Grapes, 1976; Text: Collected Poems 1986, S. 324 f.; Ü: K. Martens, Erzählungen von den Inseln, 1993, S. 89 f.; bearb.) – 4 *Was it Zurich or Trieste*? Es war Zürich. – 8 *Victory*: später Roman von Joseph Conrad (1915) über das Südsee-Inselparadies eines Zivilisationsflüchtlings im Schatten eines Vulkans, mit tragischem Ende und ironieverdächtigem Titel. – 14 *glow of the cigar*: Der Held des Romans, Manager der Tropical Belt Coal Company, pafft jeden Abend mit dem Vulkan um die Wette.

472 LOVE AFTER LOVE (Ausgabe: Sea Grapes, 1976; Text: Collected Poems 1986, S. 328; Ü: K. Martens, Erzählungen von den Inseln, 1993, S. 93)

474 FOREST OF EUROPE (Ausgabe: The Star-Apple Kingdom 1979; Text: Collected Poems 1986, S. 375–378; Ü: K. Martens, Das Königreich des Sternapfels 1989, S. 23-25; bearb.) – *Widmung*: Derek Walcott und Joseph Brodsky waren eng befreundet. Neben dem vorliegenden Gedicht wurde Brodsky auch das sechsteilige Gedicht «Italian Eclogues» gewidmet, das Walcott auf den Tod des Freundes im Jahre 1996 schrieb. – 9 *Mandelstam*: Ossip Mandelstam (1891–1938), wie Brodsky, den er beeinflußt hat, jüdischer Herkunft, ist einer der bedeutendsten russischen Dichter seiner Epoche. In seinem tragischen Schicksal spiegelt sich exemplarisch das Schicksal der sowjetischen Intelligenzija wider. Als politischer Abweichler wurde Mandelstam jahrelang gehetzt, in die Provinz verbannt und schließlich verhaftet. Er kam in einem der zahlreichen Gulag-Zwangsarbeitslager Stalins um (siehe Anm.

zu V. 16). Man versuchte sein Oeuvre aus der russischen Literatur herauszustreichen. Erst mit der Perestrojka wurde eine umfassende Veröffentlichung seiner Lyrik möglich. Mandelstam gehörte zu den Lieblingsdichtern Brodskys, der ihn für «Rußlands größten Dichter des Jahrhunderts» hielt und zu seiner literarischen Rehabilitierung beitrug. – 11 *«The rustling of ruble notes by the lemon Neva»*: Zitat aus Mandelstams «Der Welt der Mächtigen war ich nur kindlich verbunden ...» (1931), aus den Moskauer Gedichten 1930–1934, poetischen Protokollen eines vom Totalitarismus bedrohten Bewußtseins (gedr. in «Mitternacht in Moskau», übs. von R. Dutli, Frankfurt/M. 1990, S. 47). Bei Dutli lautet die Verdeutschung der von Walcott im Gedicht mehrmals zitierten Zeile so: «Auf dem Newà-Fluß, zitronengelb, zum Hundertrubelgeknittre». Während der Konferenz zum hundertsten Geburtstag Mandelstams in London hielt Brodsky einen Vortrag zu diesem Gedicht (abgedruckt in «Materials from the Mandelstam Centenary Conference, School of Slavonic and East European Studies», London 1991). – 15 *Oklahoma*: Das Gedicht erinnert an ein dort bei einem literarischen Symposion geführtes Gespräch zwischen Walcott und Brodsky. – 16 *Gulag Archipelago*: Das 1975 vollendete historiographische Werk «Der Archipel Gulag» Alexander Solženicyns, des Nobelpreisträgers vom Jahre 1970, beschreibt das grausame Strafvollzugssystem der Sowjetunion von 1918 bis 1956. Als Gulag (im Russischen die Abkürzung für «Hauptverwaltung der Lager») wurde das System der administrativen und juristischen Strafmaßnahmen bezeichnet; heute steht die Vokabel symbolisch für die Gesamtheit des Terrors der Stalin-Ära. – 18 *Trail of Tears*: Unter der trostlosen winterlichen Oberfläche der akademischen Oklahoma-Szenerie ist ein fast vergessener historischer «Archipel Gulag» verborgen: Jener «Tränenpfad», der den östlichen Cherokesenstämmen (die im «French and Indian War» zunächst loyal zu England gehalten hatten) bei ihrer Deportation aus den ihnen in Georgia verbliebenen Restgebieten ins ferne Oklahoma zu einer Via dolorosa wurde. Bei Winteranfang 1838 hatte gemäß dem Diktatfrieden von New Echota (1835) eines der vielen «Indian Removals» der «Jacksonian Era» begonnen. Über 17 000 Indianer waren von Regierungstruppen unter General Winfield Scott mit aufgepflanzten Bajonetten erst in ‹Konzentrationslager›, dann zu Fuß – nur für Kleinkinder und Schwerkranke gab es Planwagen – in ihre «Reservate» westlich des Mississippi getrieben worden. Tausende kamen um. Den unwegsamen Pfad durch Regenmatsch und Frostkälte, bei Hunger und Krankheit, erinnerten die Überlebenden als «The Trail Where They Cried». – 21 *Writers' Congress*: Der Sprecher denkt wohl auch an die Kongresse des sowjetischen Schriftstellerverbandes, die von 1934 bis zum Zusammenbruch der UdSSR (1991) stattfanden. Der Schriftstellerverband, formell ein freiwilliger Verband, bildete in der Tat die einzige Grundlage für die literarische Karriere. Der sozialistische Realismus galt als verbindliche Richtlinie für seine Mitglieder. Einem Abweichen von seinen Prinzipien konnte eine Bestrafung bis zum Ausschluß folgen, was fast automatisch das berufliche Fortkommen des Literaten unmöglich machte. Weder Mandelstam noch Brodsky waren Mitglieder des Schriftstellerverbands, Solženicyn wurde ausgeschlossen. – 22 *Cossacks*: Gemeinschaften freier Krieger im zaristischen Russland. Die Hauptaufgabe der privilegierten kosakischen Reiterverbände bestand in der Grenzsicherung der gefährdeten Regionen des Reichs im Kaukasus, in Zentralasien, am Schwarzen Meer und im Fernen Osten. Die Kosaken, die nie in Leibeigenschaft gelebt hatten, waren wegen ihres Unabhängigkeitsdrangs legendär geworden. – 23 *Choctaw*: Von Hernando De Soto 1540 im südöstlichen Mississippi-Gebiet und im südwestlichen Alabama angetroffene Indianerstämme, die sich 1699 bei der Gründung Lousianas mit den Franzosen gegen die Engländer verbündeten. Sie traten mit dem Vertrag vom «Dancing Rabbit Creek» (1830) ihre Ländereien der US-Regierung ab. Um das ihnen statt dessen in Oklahoma versprochene Land wurden sie durch Finanzspekulanten bei den «Choctaw Land Frauds» betrogen. – 41 f. *parapets of Europe*: Echo des Ausrufs «Je regrette l'Europe aux anciens parapets» aus dem Gedicht «Le bateau ivre» (1871) des sechzehnjährigen Arthur Rimbaud (1854–1891), das zu einem der Grundtexte des europäischen Symbolismus wurde. – 44 *Neva*: Die Heimatstadt Brodskys, Sankt Petersburg, das einstige Leningrad, liegt am Fluß Newa. – 45 *Hudson's silhouettes*: Nach seiner Ausbürgerung aus der Sowjetunion ließ sich Brodsky in New York nieder. – 55 *living with English*: Über Joseph Brodskys Verhältnis zur englischen Sprache siehe seine Kurzbiographie. – 56 *tourist archipelagos*: die karibische Inselwelt, für ‹Westler› aus den wohlhabenden Industrieländern nur ein exotisches Urlaubsrevier. – 69 *Archangel*: Archangelsk, eine 1553 von den Engländern gegründete Handelsniederlassung, die altrussische Stadt an der nördlichen Dwina mit einem Seehafen am Weißen Meer; sie entstand an der Stelle des Erzengel-Klosters, dem sie auch ihren Namen verdankt. Der zu fünf Jahren Verbannung verurteilte Joseph Brodsky wurde in ein Dorf in der Nähe von Archangelsk deportiert. Wie Los Angeles im fernsten Westen steckt in dieser maximal vom «Forest of Europe» distanzierten Ortsbezeichnung im borealischen Osten eine Spur von Engeln – und eine Kommunion der Kulturen.

Register der Gedichttitel und -anfänge

Übersetzerregister

Quellennachweis

Ein Großteil der Gedichte wurde für diese Ausgabe neu übersetzt; die Rechte an diesen Neuübersetzungen bleiben bei den Übersetzern. Der Verlag dankt den folgenden Inhabern von Rechten und Verlagen, aus deren Publikationen Originaltexte oder Übersetzungen übernommen wurden:

Fleur Adcock (S. 402)
Oxford University Press: *Miss Hamilton in London; Against Coupling* in: F. Adcock, Selected Poems, Oxford 1983
Suhrkamp Verlag: *Miss Hamilton in London*: Übersetzung von Norbert Elias in: N. Elias, Los des Menschen, Frankfurt a. M. 1987

W. H. Auden (S. 268ff.)
Faber & Faber Ltd.: *Funeral Blues; As I Walked Out One Evening; Lullaby; Culture* in: W. H. Auden, Collected Shorter Poems 1930–1944, London 1950 – *Paysage Moralisé; Roman Wall Blues; Musée des Beaux Arts; In Memory of W. B. Yeats* in: W. H. Auden, Collected Shorter Poems 1927–1957, London 1966
Europa Verlag: *Roman Wall Blues; As I Walked Out One Evening; In Memory of W. B. Yeats; Moon Landing*: Übersetzungen von E. Jandl und H. Zand in: W. H. Auden, Gedichte, hrsg. von W. Kraus, Wien 1973
Buchverlage Langen Müller Herbig: *Paysage moralisé*: Übersetzung von H. Hennecke in: A. Claes / E. Lohner, Der Wanderer, Originalausgabe im Limes Verlag Niedermayr und Schlüter GmbH, Wiesbaden / München 1955 © by F. A. Herbig Verlagsbuchhandlung, München
Suhrkamp Verlag: *Culture*: Übersetzung von Hans Magnus Enzensberger in: Museum der modernen Poesie, eingerichtet von H. M. Enzensberger, 2 Bde., Frankfurt a. M. 1978

George Barker (S. 310ff.)
Faber & Faber Ltd.: *In Memory of David Archer* (Auszug); *Turn on your side* in: G. Barker, Collected Poems, ed. R. Fraser, London 1987

Samuel Beckett (S. 254ff.)
John Calder: *Dortmunder; Echo's Bones; Dieppe; my way is in the sand flowing; what would I do; I would like my love to die* in: S. Beckett, Collected Poems 1930–1978, London 1984
Buchverlage Langen Müller Herbig: *Dortmunder; Echo's Bones; Dieppe; my way is in the sand flowing; what would I do; I would like my love to die*: Übersetzungen von E. Hesse und E. Tophoven in: S. Beckett, Gedichte, aus dem Engl. von E. Hesse und E. Tophoven, Originalausgabe im Limes Verlag Niedermayr

und Schlüter GmbH, Wiesbaden / München 1976 © by F. A. Herbig Verlagsbuchhandlung, München

John Betjeman (S. 250 ff.)
John Murray: *In Westminster Abbey* in: J. Betjeman, Collected Poems, London [3]1971

Joseph Brodsky (S. 462 ff.)
Puschkinskij Fond: *The Berlin Wall Tune; Letter to an Archaeologist* in: J. Brodsky, Socinenija Iossifa Brodskogo, Bd. 3, St. Petersburg 1994

Robert Browning (S. 4 ff.)
Huber & Co. AG Buchverlag: *Summum Bonum; Paracelsus* (Auszug): Übersetzungen von Max Geilinger in: M. Geilinger, Englische Dichtung, Frauenfeld 1946
Klett-Cotta: *Porphyria's Lover*: Übersetzung von Rudolf Borchardt in: R. Borchardt, Gesammelte Werke in 14 Einzelbänden. Gedichte II / Übertragungen II, hrsg. von Marie L. Borchardt / Ulrich Ott, Stuttgart 1956, [2]1994

Basil Bunting (S. 240 ff.)
Oxford University Press: *Briggflatts* (Auszüge) in: B. Bunting, The Complete Poems, Oxford 1994
Droschl Verlag: *Briggflatts* (Auszüge): Übersetzungen von E. Schenkel in: B. Bunting, Briggflatts und andere Gedichte, Graz/Wien 1990

W. H. Davies (S. 96 ff.)
Jonathan Cape, Random House Group Ltd.: *The Lodging-House Fire* in: W. H. Davies, Collected Poems, London 1951

Ernest Dowson (S. 82 ff.)
Klett-Cotta: *To One in Bedlam; Seraphita; Dregs*: Übersetzungen von Stefan George in: St. George, Werke in 2 Bänden, hrsg. von Robert Boehringer, Bd. 2, Stuttgart 1958, [4]1984

Carol Ann Duffy (S. 434 f.)
Anvil Press Poetry: *Warming Her Pearls* in: C. A. Duffy, Selling Manhattan, London 1987

T. S. Eliot (S. 210 ff.)
Faber & Faber Ltd.: *The Hollow Men; A Song for Simeon* (Auszug); *Choruses from «The Rock»; East Coker* (Auszug); *Little Gidding* (Auszug) in: T. S. Eliot, Collected Poems, London 1963
Suhrkamp Verlag: *The Hollow Men; A Song for Simeon; Choruses from The Rock, IX; The Naming of Cats*: Übersetzungen von Hans Magnus Enzensberger,

Eva Hesse und Erich Kästner in: T. S. Eliot, Gesammelte Gedichte 1902–1962, hrsg. und übers. von E. Hesse u. a., Frankfurt a. M. 1972, [2]1988 – *Little Gidding* (Auszug): Übersetzung von Norbert Elias in: N. Elias, Los des Menschen, Frankfurt a. M. 1987
Ullstein Propyläen: *O dark dark dark; So here I am*: Übersetzungen von D. Sternberger in: W. Schmiele (Hrsg.), Poesie der Welt: England, Berlin 1981

William Empson (S. 285 f.)
Lady Empson, Hagarth Press: *Dissatisfaction with Metaphysics; Homage to the British Museum; Arachne; This Last Pain; Aubade; Let It Go* in: W. Empson, Collected Poems, London 1956
Reclam Leipzig: *Aubade*: Übersetzung von Th. Rosenlöcher in: Angus Calder (Hrsg.), Englische Lyrik 1900–1980 © Reclam Verlag Leipzig 1983

D. J. Enright (S. 334 ff.)
Oxford University Press: *Am Steinplatz; No Offence; Apocalypse; Midstream* in: D. J. Enright, Collected Poems, Oxford 1987
Mattes Verlag: *Am Steinplatz; No Offence; Apocalypse; Midstream*: Übersetzungen von H. Winter in: D. J. Enright, Gedichte. Zweisprachig, übers. von H. Winter, Heidelberg 1996

Robert Graves (S. 146 ff.)
Reclam Leipzig: *The White Goddess*: Übersetzung von H. Czechowski in: Angus Calder (Hrsg.), Englische Lyrik 1900–1980 © Reclam Verlag Leipzig 1983
Suhrkamp Verlag: *Ulysses*: Übersetzung von W. Held in: Robert Graves, Der Schrei, übers. von W. Held, Frankfurt a. M. 1998

Thom Gunn (S. 370 ff.)
Faber & Faber Ltd.: *Considering the Snail; In Praise of Cities; Carnal Knowledge; My Sad Captains* in: Th. Gunn, Collected Poems, London 1994
Verlag Volk & Welt: *In Praise of Cities*: Übersetzung von K.-H. Berger in: Gedichte. Ph. Larkin, T. Gunn, T. Hughes, hrsg. von K.-H. Berger, Berlin 1974

Michael Hamburger (S. 354 ff.)
Anvil Press Poetry: *Lines on Brueghel's Icarus; After a War; S-Bahn; Cat, Aging; Yew* in: M. Hamburger, Collected Poems 1941–1994, London 1995, 1998
Günter Kunert: *S-Bahn*: Übersetzung von G. Kunert in: M. Hamburger, Gedichte: Englisch und Deutsch, Berlin: Literarisches Colloquium Berlin 1976

Thomas Hardy (S. 112)
Langewiesche-Brandt KG Verlag: *The Oxen*: Übersetzung von Georg von der Vring in: G. von der Vring, Englisch Horn, Köln 1953

Tony Harrison (S. 406ff.)
Penguin Books: *Punchline; Illuminations* (Auszug); *On Not Being Milton* in: T. Harrison, Selected Poems, London 1984

Seamus Heaney (S. 442ff.)
Faber & Faber Ltd.: *Digging; The Tollund Man; North; The Grauballe Man, Summer 1969* in: S. Heaney, New Selected Poems 1966–1987, London 1990
C. Hanser Verlag: *St. Kevin and the Blackbird*: Übersetzung von G. Bandini und D. König in: S. Heaney, Die Wasserwaage. The Spirit Level, übers. von G. Bandini und D. König, München 1998
Klett-Cotta: *Digging; The Tollund Man*: Übersetzungen von H. Beese in: S. Heaney, Ausgewählte Gedichte. Selected Poems 1965–1975, Übertr. und Nachwort von H. Beese. This Selection © Seamus Heaney 1980. Klett-Cotta, Stuttgart 1984

A. E. Housman (S. 76ff.)
Holt, Rinehart & Winston: *A Shropshire Lad* (Auszüge); *Diffugere Nives* in: A. E. Housman, Complete Poems. Centennial Edition, New York 1959
Mattes Verlag: *When smoke stood up from Ludlow; If truth in hearts that perish* aus *A Shropshire Lad*: Übersetzungen von Hans Wipperfürth in: A. E. Housman, A Shropshire Lad / Ein Junge aus Shropshire, übers. von H. Wipperfürth, Heidelberg 2000

Ted Hughes (S. 378ff.)
Faber & Faber Ltd.: *The Thought-Fox; When Men Got to the Summit* in: T. Hughes, Selected Poems 1957–1981, London 1982 – *Relic; Her Husband; Full Moon and Little Frieda* in: T. Hughes, Selected Poems 1957–1994, London 1995 – *Epiphany; The Dogs Are Eating Your Mother* in: T. Hughes, Birthday Letters, London 1998
Frankfurter Verlagsanstalt: *Epiphany; The Dogs are Eating Your Mother*: Übersetzungen von A. Paluch und R. Habeck in: T. Hughes, Love Letters, übers. von A. Paluch und R. Habeck, Frankfurt a. M. 1998
Mattes Verlag: *The Thought-Fox*: Übersetzung von U. Horstmann in: Ted Hughes, Gedichte. Zweisprachig, hrsg. und übers. von U. Horstmann, Heidelberg 1995
Verlag Volk und Welt: *Her Husband*: Übersetzung von E. Faas und M. Selezki in: Gedichte. Ph. Larkin, T. Gunn, T. Hughes, hrsg. von K.-H. Berger, Berlin 1974

James Joyce (S. 184ff.)
Langewiesche-Brandt KG Verlag: *All day I hear*: Übersetzung von Georg von der Vring in: G. von der Vring, Englisch Horn, Köln 1953
Suhrkamp Verlag: *Strings in the earth and air; I hear an army; There's an anthropoid consul called Bennett*: Übersetzungen von Hans Wollschläger in: J. Joyce, Gesammelte Gedichte Englisch und Deutsch, übers. von H. Wollschläger, Frankfurt a. M. 1987 – *Alone*: Übersetzung von H. Broch in: J. Joyce, Kommentierte Werkausgabe, Bd. 8: Gedichte, Frankfurt a. M. 1986

Rudyard Kipling (S. 92ff.)
Kyle Cathie Ltd.: *Tommy; The Deep-Sea Cables* in: R. Kipling, The Complete Verse, London 1990

Philip Larkin (S. 342ff.)
Faber & Faber Ltd.: *Love, we must part now; Church Going; High Windows; Love Songs in Age; Aubade* in: Ph. Larkin, Collected Poems, ed. A. Thwaite, London 1988
Verlag Volk & Welt: *Love, we must part now; Love Songs in Age*: Übersetzungen von H. Heinrich und K.-D. Sommer in: Gedichte. Ph. Larkin, T. Gunn, T. Hughes, hrsg. von K.-H. Berger, Berlin 1974

D. H. Lawrence (S. 194ff.)
William Heinemann Ltd.: *Lightning; Bei Hennef; Green; Gloire de Dijon; Song of a Man Who Has Come Through; Piano; Bare Fig-Trees; Little Fish; Bavarian Gentians; Only Man* in: D. H. Lawrence, The Complete Poems, London 1964

Hugh MacDiarmid (S. 236f.)
Reclam Leipzig: *Empty Vessel; At my Father's Grave*: Übersetzungen von J. Mitchell in: Angus Calder (Hrsg.), Englische Lyrik 1900–1980 © Reclam Verlag Leipzig 1983

Louis MacNeice (S. 294ff.)
Faber & Faber Ltd.: *Bagpipe Music; Thalassa* in: L. MacNeice, Collected Poems, London 1966

Roger McGough (S. 412ff.)
Mattes Verlag: *Blazing Fruit; Incident at a Presidential Garden Party; Survivor*: Übersetzungen von A. Paluch und R. Habeck in: R. McGough, Tigerträume, Heidelberg 1997
Andrea Paluch / Robert Habeck: *Curse* (unveröffentlicht)

Les Murray (S. 418ff.)
Carcanet Press: *Poetry and Religion* in: L. Murray, Collected Poems, Manchester 1991

C. Hanser Verlag: *Poetry and Religion*: Übersetzung von M. Lehbert in: L. Murray, Ein ganz gewöhnlicher Regenbogen. Gedichte, übers. von M. Lehbert, München 1996

Wilfred Owen (S. 124 ff.)
Mattes Verlag: 1914; *Anthem for Doomed Youth; Dulce et decorum est; Strange Meeting; Asleep; Futility; The Parable of the Old Man and the Young*: Übersetzungen von Joachim Utz in: W. Owen, Gedichte, hrsg. und übers. von J. Utz, Heidelberg 1993

Craig Raine (S. 424 ff.)
Craig Raine: *A Martian Sends a Postcard; In the Mortuary; The New Hospital* in: C. Raine, A Martian Sends a Postcard Home, Oxford 1979
Reclam Leipzig: *The New Hospital*: Übersetzung von G. Bock in: Angus Calder (Hrsg.), Englische Lyrik 1900–1980 © Reclam Verlag Leipzig 1983

Carol Rumens (S. 430 ff.)
Reclam Leipzig: *A Marriage*: Übersetzung von Ch. Schuenke in: Angus Calder (Hrsg.), Englische Lyrik 1900–1980 © Reclam Verlag Leipzig 1983

Siegfried Sassoon (S. 134 f.)
Faber & Faber Ltd.: *‹They›* in: S. Sassoon, Collected Poems, London 1961 – *Glory of Women* in: S. Sassoon, Selected Poems, London 1968

Edith Sitwell (S. 306 ff.)
Macmillan Ltd.: *The Shadow of Cain* (Auszug) in: E. Sitwell, Collected Poems, London 1957
Insel Verlag: *The Shadow of Cain* (Auszug): Übersetzung von E. Fried in: E. Sitwell, Gedichte. Englisch und Deutsch, hrsg. von W. Vordtriede, Frankfurt a. M. 1964

Stevie Smith (S. 246 f.)
Allen Lane, Penguin UK: *Not Waving but Drowning; Infelice; God the Eater* in: St. Smith, Collected Poems, ed. J. MacGibbon, London 1975
Luchterhand Literaturverlag: *Not Waving But Drowning*: Übersetzung von Ernst Jandl in: Akzente, 1969
Reclam Leipzig: *Infelice*: Übersetzung von G. Böhnke in: Angus Calder (Hrsg.), Englische Lyrik 1900–1980 © Reclam Verlag Leipzig 1983

Stephen Spender (S. 298 ff.)
Faber & Faber Ltd.: *Your Body is Stars; The Landscape Near an Aerodrome; Epilogue to a Human Drama* in: St. Spender, Collected Poems 1928–1953, London 1955 – *Ultima Ratio Regum* in: St: Spender, Collected Poems 1928-1985, London 1985

Bouvier: *Spiritual Exercises to Cecil Day Lewis* (Auszug): Übersetzung von E. R. Curtius in: *In Ihnen begegnet sich das Abendland.* Bonner Vorträge zur Erinnerung an E. R. Curtius, hrsg. von W.-D. Lane, Bonn 1990
Paul Egon Rohde: *Ultima Ratio Regum*: Übersetzung von Hans Feist in: H. Feist, Ewiges England. Dichtungen aus sieben Jahrhunderten von Chaucer bis Eliot, Zürich 1945

Algernon Charles Swinburne (S. 30ff.)
Klett-Cotta: *Dedication; A Ballad of Dreamland; Song*: Übersetzungen von Stefan George in: St. George, Werke in 2 Bänden, hrsg. von Robert Boehringer, Bd. 2, Stuttgart 1958, [4]1984 – *Atalanta in Calydon* (Auszug); *A Forsaken Garden*: Übersetzungen von Rudolf Borchardt in: R. Borchardt, Gesammelte Werke in 14 Einzelbänden. Gedichte II / Übertragungen II, hrsg. von Marie L. Borchardt / Ulrich Ott, Stuttgart 1956, [2]1994

Dylan Thomas (S. 314ff.)
C. Hanser Verlag: *The Hand that Signed the Paper; In My Craft of Sullen Art*: Übersetzungen von E. Fried in: D. Thomas, Ausgewählte Gedichte. Zweisprachige Ausgabe, übers. von E. Fried, München 1967

R. S. Thomas (S. 330ff.)
Babel-Verlag: *Countering; A Marriage*: Übersetzungen von K. Perryman in: R. S. Thomas, Deciduous Language / Laubbaum Sprache Gedichte. Englisch / Deutsch, übers. von K. Perrryman, Denklingen 1998

Francis Thompson (S. 48ff.)
Huber & Co. AG Buchverlag: *The Hound of Heaven* (Auszug): Übersetzung von Max Geilinger in: M. Geilinger, Englische Dichtung, Frauenfeld 1946

James Thomson (S. 28ff.)
Haffmans Verlag: *The City of Dreadful Night* (Auszug): Übersetzung von U. Horstmann in: J. Thomson, Nachstadt, © by Haffmans Verlag AG Zürich

Charles Tomlinson (S. 362ff.)
Mattes Verlag: *The Art of Poetry; Cézanne at Aix; A Given Grace; Variation on Paz; Hawks; Etruria Vale; The Marl Pits*: Übersetzungen von J. Utz in: Ch. Tomlinson, Gedichte. Zweisprachig, hrsg. und übers. von J. Utz, Heidelberg 1994

Derek Walcott (S. 468ff.)
Farrar, Straus and Giroux: *A Far Cry from Africa; Volcano; Love after Love; Forest of Europe* in: D. Walcott, Collected Poems 1948–1984, New York 1986
C. Hanser Verlag: *A Far Cry from Africa; Volcano; Love after Love*: Übersetzungen von K. Martens in: Erzählungen von den Inseln, übers. von K. Martens, München 1996 – *Forest of Europe*: Übersetzungen von K. Martens in: D. Wal-

cott, Das Königreich des Sternapfels, übers. von K. Martens, München 1995

Oscar Wilde (S. 64 ff.)
Dieterich Verlagsgesellschaft Leipzig: *The Ballad of Reading Gaol* (Auszug): Übersetzung von L. L. Schücking in: Englische Gedichte aus sieben Jahrhunderten, hrsg. von L. L. Schücking, Leipzig 1956
Verlag Ferdinand Schöningh: *Impression du Matin*: Übersetzung von O. Hauser in: London. The Urban Experience in Poetry and Prose. Ed. by H. Meller and H. Slogsnat, T.E.A.S. 19, Paderborn 1991

William Butler Yeats (S. 154 ff.)
Macmillan Ltd.: *The Lake Isle of Innisfree; The Pity of Love; When You Are Old; The Old Men Admiring Themselves; An Irishman Foresees His Death; The Scholars; Easter 1916; The Second Coming; Sailing to Byzantium; Leda and the Swan* in: W. B. Yeats, Collected Poems, London 1950
Dieterich Verlagsgesellschaft Leipzig: *When You Are Old*: Übersetzung von L. L. Schücking in: Englische Gedichte aus sieben Jahrhunderten, hrsg. von L. L. Schücking, Leipzig 1956
Luchterhand Literaturverlag: *The Pity of Love*: Übersetzung von S. Schaup in: W. B. Yeats, Werke, Bd. I: Ausgewählte Gedichte, hrsg. von Werner Vordtriede, Berlin 1970

Leider konnten die Inhaber der Rechte nicht in allen Fällen bis Redaktionsschluß ausfindig gemacht werden. Der Verlag bittet gegebenenfalls um Mitteilung, um berechtigte Ansprüche abzugelten.

Jahrbuch der Lyrik

Christoph Buchwald/Joachim Sartorius (Hrsg.)
Jahrbuch der Lyrik 1995/96
1995. 115 Seiten. Broschiert
Beck'sche Reihe Band 1101

Christoph Buchwald/Michael Buselmeier/
Michael Braun (Hrsg.)
Jahrbuch der Lyrik 1996/97
1996. 159 Seiten. Broschiert
Beck'sche Reihe Band 1148

Christoph Buchwald/Ror Wolf (Hrsg.)
Jahrbuch der Lyrik 1997/98
Gewitter über der Akademie
1997. 150 Seiten. Broschiert

Christoph Buchwald/Marcel Beyer (Hrsg.)
Jahrbuch der Lyrik 1998/99
1998. 143 Seiten. Broschiert

Christoph Buchwald/Ludwig Harig (Hrsg.)
Jahrbuch der Lyrik 2001
2000. 158 Seiten. Broschiert

Seit nunmehr 20 Jahren erscheint das «Jahrbuch der Lyrik», herausgegeben von seinem «Erfinder» Christoph Buchwald und einem zeitgenössischen Lyriker als jährlich wechselndem Mitherausgeber. Jahr für Jahr versammelt es etwa 100 neue, bislang unpublizierte Gedichte – als repräsentativen Querschnitt dessen, was in der deutschsprachigen Lyrikszene passiert.

Verlag C.H.Beck München